U0940396

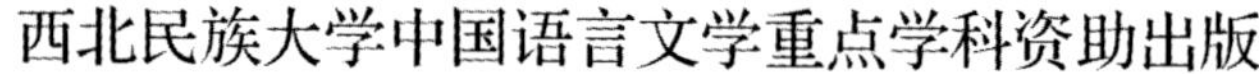

西北民族大学中国语言文学重点学科资助出版

西北地域文学研究

——中国文学西北论坛论文集

主　编　高人雄
副主编　多洛肯　黄大祥

中国社会科学出版社

图书在版编目（CIP）数据

西北地域文学研究：中国文学西北论坛论文集／高人雄主编．—北京：中国社会科学出版社，2014.9

ISBN 978－7－5161－4658－3

Ⅰ.①西… Ⅱ.①高… Ⅲ.①中国文学—文学研究—西北地区—文集 Ⅳ.①I209.94－53

中国版本图书馆 CIP 数据核字（2014）第 186095 号

出 版 人 赵剑英
责任编辑 田 文
特约编辑 赵梅芳
责任校对 李 超
责任印制 王 超

出 版 中国社会科学出版社
社 址 北京鼓楼西大街甲 158 号（邮编 100720）
网 址 http://www.csspw.cn
中文域名：中国社科网 010－64070619
发 行 部 010－84083685
门 市 部 010－84029450
经 销 新华书店及其他书店

印 刷 北京市大兴区新魏印刷厂
装 订 廊坊市广阳区广增装订厂
版 次 2014 年 9 月第 1 版
印 次 2014 年 9 月第 1 次印刷

开 本 710×1000 1/16
印 张 27.5
插 页 2
字 数 468 千字
定 价 76.00 元

中古时代礼乐和军乐的关系、从繁钦《与魏文帝笺》看呼
等方面阐释了《与魏文帝笺》对研究中亚的潮尔艺术史、考
乐形态乃至探讨中国音乐史具有重要文献价值。文章图文并茂
凿、联想丰富，学术性与趣味性兼得。再如王锺陵《飞天形象的
当代诗人对其的描写》描述了敦煌艺术中有代表性的飞天形象的
以及当代诗人对其的哲思。文章视角新颖，见解深刻，富有才情诗意。
如李永平、王天觉《李贺诗歌与唐代外来文明》阐述了李贺诗歌中的
代甚或以前的外来风物，成为研究外来文明的史料。文章以唐代的外来文明特别是唐代的舶来品为视角深入全面地审视李贺诗歌的独特美，并分析了这些物品在李贺诗集中大量出现的三个方面的原因：一是李贺处于特定的历史时代而产生了猎奇和追忆盛世繁华的心态；二是李贺苦闷的心理造就了他对宇宙人生等形而上学问题的思索；三是李贺在与同时代其他诗人如韩愈、孟郊的交往中形成并深化了他猎奇的心态，导致了他对外来事物的大量记载。鞭辟入里，实为高论。再如郝青云《和瑛〈西藏赋〉的民族文化交流功能》以全景的方式展现了西藏这幅美丽而独特的画卷。作品对西藏的自然地理、社会历史、宗教文化进行了深入细致而全面地描写，同时又在西藏与内地之间架起了历史与文化的多架桥梁，非常突出地展现了作品的文化交流功能。再如高建新《唐诗中的北部边防重镇——“金河”》展示了金河在唐诗中的书写。指出金河即今天呼和浩特市南的大黑河。金河在《全唐诗》中一共出现了20余次，大多数与边塞、战争、烽烟、荒凉、僻远以及边塞建功的理想、思乡盼归的感情相联系。唐代金河诗是唐代边塞诗的重要组成部分，虽未出现高、岑那样的名家，却为我们提供了研究唐代北部军事、边防、地理、风俗、风光等方面的珍贵材料。文章体现了撰写者敏锐的洞察力以及扎实的地理文化知识和文学素养。

二是西北多民族文化及其文学的个案、专题的研究。文学植根于文化，不同的文化土壤孕育出丰富多彩的文学形式以及文学成就。论文展示了西北不同地区作家的人生轨迹，如朱则杰《清代甘肃诗人丛考——以〈清人诗文集总目提要〉为中心》对《提要》中的甘肃籍作家张晋、邢澍、马疏、牛树梅、张和、王权、朱克敬、王源瀚、孙海、安维峻、王树中、任承允、巨国桂、李于锴、张建、程天锡的生平事迹给予了补充、订正，引证丰富，学术价值较高。再如陈君《中古隐逸传统中被忽略的一

序　言

高人雄

近年古典文学开拓研究领域，掀起了一个规模不小的古代地域文化、地域文学研究的热潮。西北地域文学与中国传统文学互动发展，在文学史上具有重要意义。论集以中国古代西北地域文学及文化为研究主题，探讨中国文学史上以河西四郡（武威、张掖、酒泉、敦煌）为中心的西北文学在中国文学发展史上的地位、河西边塞文学的民族地域特色、中国古代文学的传播途径等目前中国古代文学研究领域的热点问题，阐释了中国古代文学的发展与西北地域文化、西北民族文化的关系。论集内容丰富，有综合考察，也有个案研究。

一是侧重展现西北民族文化对文学的影响，以及文学创作中的诸多西北多民族文化因子。古代西北地区民族繁多，在历史文化的长河中，相互融合与交流是必然现象。文学植根于文化的土壤中，西北多民族文化深刻影响和制约着本土文学的发展。从北周宇文鲜卑、关陇氐羌等少数民族文学及民俗文化入手，可克服以往对北周文学研究多限于由南入北的文人及个别北地汉族文人的片面性，客观阐释北周关陇地域多民族人文精神的文学状况。高人雄《北周关陇地域民族文化的沿革》即从氐族的地理文化沿革、羌族的地理文化沿革、稽胡的地理文化沿革、鲜卑族的地理文化沿革、汉族的地理文化沿革等方面说明了关陇地域民族文化状况，进而说明关陇文化必然深刻影响和制约北周本土文学的发展。再如范子烨《浩林·潮尔与胡笳：中古时代的喉音艺术——以繁钦〈与魏文帝笺〉所反映的西北民族音乐为中心》从浩林·潮尔的发声原理以及胡笳的形制、繁钦《与魏文帝笺》的历史文化背景、从繁钦《与魏文帝笺》看胡笳与环——关陇高士及其对隐逸传统的建构》特别关注东汉至魏晋这一历史进程中关陇地区的隐逸士人，他们对中古隐逸传统的形成发挥了关键作用，而此正是学界研究的薄弱环节。文章从地域角度来观察中古时期的隐逸传统，不难发现，东晋以前，北方高士是隐逸传统的主流，关陇高士可视为他们的代表。汉代的关陇高士与以陶渊明为代表的南方高士，一北一南，各具特点，都是中古文化史上最美的风景。他们一起为中国的士大夫传统注入了思想的清流，让后人从中汲取道德的力量。再如龙建国《“陇头”文学元素解析》介绍了传统乐曲“陇头”这样一个古老而常青的乐府诗题，它已成为独特的文学题材、意象元素，为诗歌创作拓宽了空间，提供了新的领域，展示了一个具有浓郁地域特色的文化现象以及它的流播，俨然已成为人们的“集体无意识”。再如延娟芹《石鼓文与游猎文学的发展》指出石鼓文是从《诗经・车攻》到汉大赋之间很重要的一环，在二者之间起到了桥梁的作用，其出现与秦国文化有直接关系，以及石鼓文对后代文学有重要的影响。再如王树林《元西域散文家及其散文成就》从三个方面对西域文家展开论述：西域散文家的群体构成及社会文化共生环境；西域散文家散文的文献考察；西域文家散文的整体风貌及民族特质。最后说明了少数民族质直、淳朴的民族特性不仅影响了西域散文家人格气质的形成和定型，也在一定程度上影响了西域散文家的散文创作，造就了其散文独有的民族特质。论据充分，结论有力。再如刘嘉伟《元大都多族士人圈的互动对元代“清和”诗风的影响　以西域诗人廼贤为叙述中心》以西域葛逻禄诗人廼贤为叙述中心，考察了元大都多族士人圈文化互动的情况，探讨其对于元代清和诗风的影响：在频繁的文化互动之中，少数民族诗人的尚清诗风被文坛广泛接受认同；汉儒的浸染陶冶，也使得民族诗人涵醇茹和、笔触工润。多元文化的碰撞融合促成了诗风的新变，这可以说是多元一体的中华民族宝贵的精神财富。再如钟进文《作为“方法”的西部文学》强调西部文学中的“西部”特征：地域的多样性、民族的多元性、宗教的交融性、农耕文明与牧业文明的混杂性，以及西部文学内部研究的可能性：民族文学的区域共性特征、区域与民族互文性彰显西部文学的特征。对研究西北文学具有一定的建设性意义。

三是论文研究视野开阔，体现通达的历史文化观念。中华民族地大物博，不同地区之间相互融合的趋势弥久不衰，其关系可以说是盘根错节，同时，不同区域具有鲜明的历史文化特点。专家一方面积极探讨西北地区多民族文学的同时，对其他区域文学也有着独到的见解。如薛瑞兆《论女真字文化的兴衰》详尽阐述了女真文字的创立、女真文字的应用、女真文字的衰落等，并指出女真文字的兴衰是同女真民族的命运紧密联系在一起的。历史表明，一个民族的语言文字只有承载自身足够的文化经验，才能比较充分地吸纳其他民族的文化营养，形成并保持自己的传统。否则，就会丧失竞争力，在民族政权覆灭或是在融入先进文明的过程中而渐次消亡。文章见解深刻，材料新颖，具有较高的文学、文献价值。再如王昊《黑水城出土〈刘知远诸宫调〉作期和著作权综考》在充分理解已有前贤研究成果的基础上，扬弃“盲点”另觅蹊径，采取“复合和逆向思路”，从看似对立歧异处突破，对《刘知远诸宫调》的作期和著作权问题予以综考，并指出《刘知远诸宫调》辽金西夏三地传播个案的文学史意义，即刘知远由草民到皇帝的传奇，不但契合着彼时广泛地域中的市民“变泰发迹”心理，而且在文学史的意义上，作为讲唱文学的诸宫调正可视为叙事诗传统晚生和不发达的中国古代汉语言文学中的“英雄史诗”。文章构思独特，方法独到，结论合理。再如裴兴荣《论〈中州集〉作家小传的文学史意义》指出《中州集》记载金代史料丰富，具有重要的文学史意义，诸如金人论述本朝文学的“国朝文派”是今人研究金代文学史分期的重要参照系，“吴蔡体”则给金词的研究提供了非常好的视角和论题；有关金代文坛上父兄渊源、师友讲习等文人的交游活动则有助于我们厘清金人诗文创作的源流关系，进而深入了解金代文学繁荣的原因；而其中记载的许多异闻轶事又从一个侧面反映了金代文坛尚奇的倾向。文章从新视角对元好问《中州集》重新进行了审视。再如李献芳《杜仁杰在山东的文化活动及其贡献》侧重研究金末元初山东文坛的领袖杜仁杰的诗、文、曲的创作实绩，对文坛由雅到俗的新风的贡献，以及他在严实幕府为诸子师并为其出谋献策，使元初的严实幕府崇尚仁政，兴学养士，修复泰山、曲阜文物，尽最大努力保护和保存了中华传统文化。文章体现了特殊时期特殊地域的文人对当时社会的特殊贡献。

四是论文亦展示了不同地域、民族之间文化与文学的相互影响。如海外学者赵雪莹女士《满族文学之瑰宝——子弟书》将子弟书置于18世纪北京的文化背景中，并介绍它在19世纪及民国初年于中国北方地区的发展。文章阐述了三种不同语言形式的子弟书，并具体分析一篇子弟书《查关》，以此为例来说明子弟书作者如何诠释改编传统中国戏曲故事。

并指出子弟书虽然由八旗子弟所创，但它的读者及听众不限于满人，为了全面了解子弟书，文章侧重作品中的满文化内涵，又关注汉文化对其的影响。体现了研究者对满族独特文体《子弟书》的深刻认识。再如于润琦《小议满族作家对北京话的贡献》介绍了语言学家对北京话的经典解读、北京话与北方少数民族语言多次交融的深厚历史语境、满族小说家曹雪芹、文康、老舍等对“京师人语”的特殊贡献，强调中华民族是一个多民族的国家，每一个少数民族都有着自己民族的优秀文化，也多少对整个中华民族文化作出过自己民族的贡献。在我们炫耀中华文化之时，切不可只言汉族文化的辉煌，而忘记少数民族所作出的历史贡献。正如邓乔彬《新疆风光和壁画对唐人边塞诗与变文的影响》中指出，颇得之于地理上的西部因素对盛唐诗歌的雄壮、浑厚气象的影响，岑参的边塞诗即是见证。朱易安《唐代诗化的音乐和西部乐器》一文认为，乐器的发展、外来民族音乐的渗透以及唐人对音乐的特殊爱好，对唐代的乐诗和声诗的繁盛起到了重要作用。有的文章别出心裁，对唐代诗人杜甫精神境界及其创作又有了新认识，如徐希平、彭超《杜甫和睦平等民族观之具体表现——杜甫与少数民族关系之二》指出作为富有儒家博爱精神和宽广胸怀的伟大诗人，杜甫具有和睦平等的民族意识和观念，并分析了其三个方面的具体表现：即广泛结交各族朋友，平等相待；广泛了解和接触多民族文化习俗，反映出博大宽广的胸怀；对斑斓多彩的民族文化和艺术营养的由衷喜爱，兼收并蓄，吸收运用。对进一步丰富杜甫诗歌的精神内涵具有重要意义。再如张崇琛《中西交通视野下的〈聊斋〉狐狸精形象——从〈聊斋〉中狐狸精的“籍贯”说起》根据《聊斋》中的狐狸精在自报家门时往往称其“籍贯”为陕西，《聊斋》篇中的“女狐狸”大都是好的，而“男狐狸”则多是坏的，深入探讨了中西交通的文化背景对《聊斋》狐狸精形象形成的影响，并启示人们对《聊斋》成书的大文化背景作更广阔、更深入的思考。显示了张先生研究视野的博大与宏通。

五是论文亦体现了对一代文学新的认识与评价，如查洪德《元代文学史研究的现状与期待》在21世纪新的学术背景下审视以往的元代文学研究，指出了所存在的问题：一是残缺，二是割裂。沿自古代“一代有一代之文学”的民族观念，以及阶级性、人民性的评价标准，不同程度地遮蔽了人们对元代文学的认识。三大遮蔽造成了元代文学史的残缺；一代文学整体意识的缺位，造成了元代各部分文学的相互割裂。文章热切期待今后的元代文学史研究，应该以多民族共有文化精神统摄各部分或各版块的研究，写出既是全面的又是多元一体的元代文学史。元代作为少数民族政权，处在这个政权下的文人的创作及其思想心态就具有鲜明的特色。任红敏《金莲川藩府文人仕与隐的冲突》阐释了金末元初时期，忽必烈金莲川藩府文人，作为一特殊的文人阶层和群体，他们所表现出来的独特行为方式和心理特征，其中，出仕与归隐一直是金莲川藩府文人的心结，成为元代文人士大夫隐逸文学创作不可或缺的一部分。

关于传统的古典文学的研究，论文也都见解深刻，创新意识浓厚。如莫砺锋《苏轼与人生》从性情的道德观、重视实践的认识论、愉快的生活态度、平易近人的智者、苏轼的精神家园五个方面阐释了苏轼独特的人生观。文章学术含量高，可读性强，体现了古典文学研究中的深厚的人文关怀。吉定《试论庾信文学思想中的核心价值观》指出在南北朝后期，庾信实现了从"吟咏性情"到"含吐性灵"的文学思想新跨越，在六朝文论发展史上，他的性灵文学观具有里程碑的意义。周茜《李清照是第一流词人吗？——由词学史引发的一段思考》对李词在不同时期的历史地位问题给予了深刻的认识与思考。孙宏哲《明清长篇世情小说女性丑怪身体的群像》主要运用女性主义批评，结合身体诗学、心理分析、社会历史批评、文化批评，以历史理性眼光审视明清长篇世情小说中的女性形象，通过对女性形象生理层次、心理层次、文化层次的层级式解剖，揭示在封建宗法父权家庭中，在各种宗法礼教和道德禁忌上，女性压抑、内囿的处境以及共同具备绝望、焦虑、病态的特质，构成了丑怪身体群像。李洲良《兴的三重内涵表现形式及其演变》指出兴的内涵及其演变历程依次可分为祭祀之兴、政教之兴和诗学之兴三个阶段。兴在由宗教内容演化为政教内容并最后积淀为诗学艺术范畴的过程中，其表现形式在不同阶段也呈现出不同的特点。详尽、深刻地阐释了兴的内涵的演化过程。曹萌《中国古代文学传播研究》指出文学传播学还处于创建阶段的背景下，进行中国古代文学传播研究的重要意义，文章呈现了新颖独特的研究方法与思想观念，有助于推广古代文学的研究领域。

总的来说，论集围绕西北多民族文化与文学等问题，对一代文学史进行再认识与再评价，对中国古典文学的相关研究进行了广泛的探讨，展现了中国多民族文学与古典文学研究的积极活跃、不断深入、不断提高的面貌。

目　录

在西北民族大学文学院主办的“中国文学西北论坛”上的主题发言

刘扬忠

（中国社会科学院）

西北地区和其他地区古典文学研究界的各位同行、各位专家，女士们，先生们：

最近一些年，我国古典文学研究者开拓研究领域，掀起了一个规模不小的古代地域文化、地域文学研究的热潮。作为国家社科研究中心古代文学学科的领头人，我时时关注着全国各地在这个领域的研究动态，我高兴地看到，作为中华传统文化中心地区之一的甘肃地区在这个研究领域成果比较突出。比如，贵校高人雄教授在这方面堪称有所作为。她不但发表了有关西北地域文化如何影响唐宋文学发展的一系列文章，而且出版了《唐代文学与西北民族文化研究》这本专著。此书内容丰富，涉猎广泛，是古代文学研究领域值得关注的好书。此书论证了：唐代文学不单是中国古代文学史上的一段辉煌，其中亦蕴含了丰富灿烂的古代西北地域民族文化。此书以新颖的视角，围绕唐代文学与西北地域民族文化，探讨唐人诗歌的审美、七言诗的繁荣等与民族文化的内在关联；深入研究了地域作家与反映地域战争和人物风情的唐代边塞诗；并且还论证了：受西北民族乐舞的影响，唐五代词体文学及歌舞戏得到长足发展；对于敦煌民间歌辞、古代西北少数民族民间文学，亦有拓展性的论述。贵校及兰州大学、西北师范大学的许多研究者在这个领域也有许多优秀成果，由于时间关系，恕我不一一举例了。

除了西北地区的学者、教授之外，全国其他地区的学者们关于西北地域文学研究的学术论文和专著大都见解独到、论证翔实，围绕西部要素对古代文学创作和发展的影响、地域因素对古代文学创作的影响、中国古代文学与民族文化交流这三大主题集中论述了地域与文学之间诸多方面的关系。比如暨南大学中文系邓乔彬教授在他的论文《新疆风光和壁画对唐人边塞诗与变文的影响》中指出，盛唐诗歌的雄壮、浑厚气象，颇得之于地理上的西部因素，岑参的边塞诗尤可见之，他的作品与此前符号化、类型化的景象事物不同，而带有难以移易的地域特征和西部风情；唐代文学与西部文化的紧密关系，又见于西域佛教壁画对变文创作的影响，其中关于释迦牟尼成道的变文，应直接受到佛传故事画的启发。上海师范大学朱易安教授的《唐代诗化的音乐和西部乐器》一文认为，如果没有乐器的发展、外来民族音乐的渗透以及唐人对音乐的特殊爱好，就没有唐代的乐诗和声诗的繁盛。西部乐器和音乐因素的加入，改变和大大丰富了中原音乐。唐代诗歌中所反映的音乐演奏状况，正是中原地区人们接受西部音乐和乐器的过程与心理感受，为后世留下了诗化的音乐，从中可以看到西部音乐从民族的、民间的“新声”逐步主流化的过程。

从这些论文和专著的研究角度、方法不难看出，我国古代文学的研究者们已不仅仅把地理、地域理解为文学创作、作家活动的客观背景，而且看作渗入到文学内质中的能动因子。这是对地域与文学关系认识上的一个质的飞跃。本着这一思路进行研究，对我们重新审视、继续发现中国古代文学演进过程中的许多问题，必将起到非常重要的作用。从这个认识出发，我认为，古代文学的地域文化与文学研究是大有作为的，甘肃省和整个大西北地区的地域文化与文学研究也是大有作为的。作为一个词学研究者，我在这里仅举一个例子：至今为止，我们对于长短句的词作为一种音乐文学，作为一种本来可以抒发人的多方面的感情和具有多种艺术风格的文学样式的研究是非常感情用事和极为不全面的，其中重要的一个缺项就是对敦煌曲子词和陕甘、新疆及中亚地区的音乐舞蹈缺乏基本的研究和理解，以至于急急忙忙地、简单粗糙地得出了词是南方文学和“婉约文学”的片面结论。如果我们能在西北地域文化与文学之关系的研究上（包括音乐、舞蹈、绘画、书法、戏剧及其他文化种类与文学的互动、对文学的影响）能够有所提高和有所突破，那我们的词史、诗史及文化史就应当局部有所改写了。

谢谢大家听完我的讲话。敬请批评指正！

中国古代文学传播研究

曹　萌

（沈阳师范大学）

就学科界定的角度来说，一个学科只有能够利用自己的学术范畴、研究方法进行全面、系统而深入地科学研究才可以称为学科。在这个意义上说，作为传播学分支学科的文学传播学只有具备学术研究的独立性、学术规范的完整性、研究方法的科学性、研究成果的系统性才能标志着它的成立。因此在这个分支学科尚未明确建立之前，我们先进行中国古代文学传播的研究，可以为文学传播学的建设奠定一定的基础。撰写本文的目的在于：对中国古代文学的传播主体、传播方式、传播目的与功能、传播思想、传播类型，以及影响中国古代文学传播的重要因素等进行描述和说明，从中归纳和揭示出中国古代文学传播的某些规律，以及与传播学发展相关的理论质素。

一　中国古代文学传播的历史进程

像世界许多民族或国家的文学一样，中国古代文学传播的最初阶段也是口语传播。人类的口语是因为交流的迫切需要而产生，所以它诞生以后，即成为人类传播最初始的媒介、最重要的媒介，也是最基本的媒介。口语传播文学中首先是一些神话，其中也包括民间故事和英雄传说。这些故事和传说，到后来才嬗变为文本或是以其他媒介传播的文学。应指出的是，中国唐朝出现的“僧讲”、“俗讲”，宋代出现的“说话”和元代繁荣的戏剧，也都属于口头传播文学的特例。

口头传播文学之后，是文字传播的文学。由于人类文明的日趋发展，传播交往的深化需要，导致社会信息系统的日趋复杂，也逐渐需求更进步、更先进的媒介，因此，文字这一新媒介适应着这一文化需要而产生。文字对文学的传播具有非常重要的作用。与口语为媒介的文学传播相比较，以文字为媒介的文学传播其功能有两个特点，即能使文学信息的传播在空间上做到广阔，又能在时间上持久，而这恰好弥补了口语文学传播的两大缺陷。同时，更使得文学的传播与文字、语言的艺术联系到一起。这一点尽管在文字文学传播初始阶段，或者说在利用文字传播文学信息的初始阶段还不甚明确，那么到了后来，尤其是文学的自觉完成以后，就非常明显了。这就是历代作家，尤其是以杜甫、贾岛、李贺和宋代王安石为代表的那些诗词高手在诗词文字、文句方面刻意雕琢和努力推敲的主要原因。

接下来是印刷传播与文本文学。雕版印刷术是我国的重要发明之一。其具体发明时间尽管目前尚有争论，但它起源于唐代已成定论。印刷术的出现打破了文字传播的垄断。这正如英国思想家卡莱尔在《英雄与英雄崇拜》里所言："发明了印刷，民主就是不可避免的。"在印刷传播时代，人类传播活动的一项显著进展就是以杂志和报纸为主体的新闻事业的崛起。而从中国古代文学传播方面说，则是出现了文本文学的繁荣。诗人的诗集、散文家的文集、小说家的小说集、大部头的小说，以及话本、戏剧脚本的印刷本都是代表。到后来一些文学家的文集成为中国古典文献经史子集的一大组成部分。

从传播媒介发展的角度来说，文学传播的下一个阶段是电子传播与广播、电视、网络文学的出现。李彬的《传播学引论》认为电子媒介有广义和狭义之分。狭义的电子媒介专指公共性媒介，即广播、电视和网络。传播学里所说的电子传播通常用的是狭义，因此在电子媒介传播阶段，文学的传播也得到前所未有的拓展，其中最突出的就是广播文学、影视文学和网络文学，但是中国古代文学的传播距离电子传播的产生还有相当漫长的年代，所以，古代文学传播的研究也就暂时将这一阶段放置不论，可是，应该说明的是，此前的中国古代文学传播，已经为文学的电子传播积淀了非常深厚的资源，尤其是在作为文学传播的信息源——题材和内容方面。

二 中国古代文学的传播媒介

媒介是指信息传递或接受过程中的载体和中介。理解传播媒介需要对它与传播符号、传播形式、传播载体、传播渠道进行一定辨别，认识到它们之间的联系与区别。从传播媒介的角度看，文学传播与新闻传播的区别在于：传播新闻的媒介是比较固定和专门的，而文学传播的媒介则呈现为多样化。其主要原因在于文学有时本身就是传播的媒介，而新闻不具备这方面的功能。此外，在文学传播中传播媒介与传播方式往往表现为交叉关系，很难明确划清两者的界限。

在这样的认识基础上，我们可以归纳和提出以下几种中国古代文学传播的媒介。

一是龟甲兽骨。甲骨文是中国原始文学的表现形式之一，是广义的文学。从甲骨文产生的时代背景看，它主要是用来记录祭祀、征伐、狩猎、田渔、畜牧、丰稔、出入、疾病、风雨等事宜的文字，有的还涉及经济状况、社会组织与人事等。这些文字的组合也带有文学的性质，因此，龟甲和兽骨可以看作是较早的文学传播媒介。与此相近，有的民族原始文学是写在泥上，或刻在石头上，这样的泥与石头也可视为类同龟甲和兽骨意义的文学传播媒介。

二是青铜器。比甲骨文稍晚出现的是金文，金文也叫钟鼎文，还叫青铜书，其媒介是青铜器。这里的“金”指铜与铅的合金，人们在由这些材料铸造的器物上刻铸的字叫“铭”。金文的内容是关于当时祀典、赐命、诏书、征战、围猎、盟约等活动或事件的记录，它们反映了当时的社会生活，其中也有夸张、修饰或想象的成分，因而带有特定的文学性。青铜器于是成为文学传播媒介。青铜铭文的字体，前期接近甲骨文；后来用“籀文”，又称“古文”或“大篆”；最晚的则用“小篆”或“汉隶”体。青铜的铭文，虽然不能算纯粹的文学，但因其本身包含重要的历史和文学价值，故亦被后世视为广义的文学。

三是石。因为刻字于青铜器上太过辛苦，且青铜器的载体面积也有限，所以后来石刻逐渐代替了金文。南宋学者郑樵《通志·金石略》云：“五代而上，惟勤鼎彝，秦人始大其制而用石古鼓，始皇欲详其文而用丰碑。”自秦迄今，石刻分为碣和碑两种。此外，我们在许多民族较早的文学里，也发现过石刻的作品，或者叫石刻书、石刻文。流传到现在的石刻，以秦国的石鼓为最早。其上刻有四言诗："吾车既工　吾马既同　吾车既好　吾马既宝。"这已经是文学作品了。我国石刻书的正式产生，是东汉末年的"熹平石经"。它由著名学者蔡邕书写。此外，在我国不少名山上都有历代文人学者或各代王朝所留下的石刻，这其中也有许多内容体现出文学的属性，因此这种石头也自然成为文学传播的媒介了。石是一种特殊的物质，当它被用作媒介，就造成一种特有的文献图书形态，是我国古籍版本的一种特殊类型，在这个意义上，石也就成了文学传播媒介的重要的一种。

四是写本文学的媒介。写本是指用笔写在不同书写材料上的书。这是自周代至唐末五代我国古籍和文学文献的主要形态。具体材料包括以下类项：一是竹，即竹写本，即用笔写在竹简上的书，称为"简策"。其形制是一根竹片叫"简"，将许多简编连起来称为"策"；二是木，即木写书，也就是用笔写在木板上的书。一块木板称为"版"，写上字的叫"牍"，一尺见方的牍称为"方"。"方"面积小，一般用于写短文和通信。"尺牍"之名，即源于此。《礼记·中庸》云："文武之道，布在方、策"；三是帛，即用笔写于帛上的书称为帛书或帛写本书。质地细致的丝织品也叫软缣，用缣写的书，亦称为缣帛之书。《晏子春秋》卷八云："（齐）景公谓晏子曰：'昔吾先君桓公予管仲，狐与毂，其县十七，著之于帛，申之以策'"；四是纸。纸起源约在东汉初期，以纸写书比以竹、木、帛写书要晚得多，这与造纸术的发明有密切关系。唐代发明雕版印刷术后，纸写本仍很盛行。五代以后印刷术普及，纸写书才进入末期。但在明朝，像《金瓶梅》这样的小说仍有手抄本流行；五是雕版。雕印文学在唐、宋、明诸朝都颇为繁荣，诗集、散文集、小说集的印刷都很多。如北宋书坊中著名的就有永顺书堂、岳家书坊、汪氏书肆。永顺书堂曾刻印一些唱本和传奇，岳家书坊刻有《西厢记》，汪氏书肆曾刻印《文选注》、《史记》、《苏诗》、《韩诗外传》等；六是墙壁。作为文学传播媒介的墙壁，主要是旅馆、酒店、驿站的墙壁。题壁是中国文化和文学中特有现象，也是中国文人传统嗜好之一。而与墙壁相近的文学传播媒介还有诗板或诗牌。唐宋时期人们出于爱护壁的需要或方便题诗者，不少寺院、驿站专门设有诗板（诗牌）供过往行人题诗。

当然，中国古代文学传播的媒介并不止于上述，比如"说话"艺术中的话本、戏剧文学表演中的舞台，以及刊载小说、诗歌的杂志和书籍等，这里只是择要而言。

三 中国古代文学传播的主要内容

文学传播的内容具有双重含义：从文学发展的纵向说，文学传播的内容大致可以分为几方面的主题（亦可称“母题”）或几种类型的故事，而从文学创作本身说，文学传播内容可以划分为原创文学传播的内容与已存文学传播的内容。在此基础上，我们将中国古代文学传播的内容加以归纳。

一是“志”与“情”。在中国古代文学史上，原创文学传播的内容首先被规定为“志”。这就是由来已久的“诗言志”理论。“志”是文学家的思想感情或理想愿望的综合，其核心是“情”。人们常说文章不是无情物，即因为此，许多文学作品都是情动于中而发于言的结果。“情”的内涵非常复杂，包括男女之“情”、家国之“情”，以及与生活和生命历程密切相关的友谊、感慨、愤懑不平、惆怅、孤独之“情”等。此外，还有一些是与“志”结合的“情”。如“昼短苦夜长，何不秉烛游。为乐当及时，何能待来兹”；“安得广厦千万间，大庇天下寒士俱欢颜”等。诗歌之外的其他文学体裁也同样传播着这样的内容。如《聊斋志异》经常借花妖狐魅故事传达作者对社会的不满和自己命运的不平；曹雪芹谈及《红楼梦》所说的“满纸荒唐言，一把辛酸泪！都云作者痴，谁解其中味?”是用小说传播他的隐“情”。

二是“道”与“史”。中国古代原创文学传播内容的另一重要构成是“道”。也就是中国古代文学理论一贯倡导的“文以载道”、“文以传道”之“道”。“道”是中国古典哲学的基本概念和命题，其含义广泛而深奥。有道家之“道”、儒家之“道”、佛家之“道”、帝王之“道”、为臣之“道”等。作为中国古代文学传播主要内容的“道”尽管由来久远，内涵复杂，但其核心却是儒家之“道”，即儒家所持的伦理道德。战国时《荀子》中《解蔽》、《儒效》、《正名》等篇提出的“文以明道”；三国时代曹丕《典论·论文》提出的“文以载道”；唐代韩愈提出的“文以载道”和“文以贯道”；刘勰《文心雕龙·原道》中说：“道沿圣以垂文，圣因文而明道”，以及中国古代文人士大夫一向坚持的“文以载道”，大都是儒家之“道”。“道”在晚明时期被王艮、李贽、三袁等人发展成“穿衣吃饭”①，文学所传播的内容也由传统的“道”嬗变为日常生活。“史”即历史，是文学传播的另一重要内容。文学传播“史”主要体现在小说体裁的传播上。小说传播“史”大致有以下几方面：首先是将现实社会中人生内容写入作品，即把写小说当作写历史；其次是小说叙写非现实时，如传奇志异等，作家总是有意地或极力地为所写故事找出一个实际人生方面的见证；最后是小说作者大多愿意演叙一些有文献根据的故事，而很少新创小说。

三是“食”与“事”。这就是文学史一再强调的“饥者歌其食，劳者歌其事”。此处的“歌”是倾诉、是表达，就是传播，而作为传播媒介或载体的文学体裁则主要是民歌和诗词。

四是人生风貌与审美意识。文学更重要的传播内容是人生状况与社会生活、人的精神风貌，特别是全景式地展现社会人生。这在小说、戏剧等体裁的文学作品中表现得最为充分。《红楼梦》可以作为这方面的代表。审美意识是文学传播内容的另一侧面。审美意识是广义的美感，包括审美意识活动的各个方面和各种表现形态，如审美趣味、审美能力、审美观念、审美理想、审美感受等。狭义的美感，专指审美感受，即指具有一定审美观点的主体，在接受美的事物刺激后，所引起的一种综合着感知、理解、想象、情感等因素的复杂心理现象。审美感受构成审美意识的核心部分。中国古代文学中一些小巧精致的文学体裁长于传播作者细腻的审美意识。如宋代晏几道、贺铸、欧阳修、王安石的词。他们承继了花间词的一些表现手法，大都善于以迂回曲折的笔致抒写心中的怅然、真挚、无奈之情，通过“措词婉妙”实现个体审美意识的传达。

四 中国古代文学传播的主体

在古今中外的文学传播中，只有原创文学的传播才体现出传播学中典型的“五W模式”特征，而文学史上那些流传或传播着的文学大多是脱离了原创阶段的已存文学。这些已存文学的传播与原创文学的传播有着特定的差异，而导致这一差异的根本原因就在于文学传播主体的不同。因

① （明）李贽：《答邓石阳》，《焚书》卷1，中华书局1974年版，第10页。

此，讨论文学传播的主体应该从两个方面进行：一是原创文学传播的传播主体，二是已存文学传播的传播主体。从传播理论角度来说，文学传播中被传播的信息首先是文学作品，而产生或制造文学作品的人就是文学传播的主体，但这仅限于原创文学的传播主体。

（一）原创文学传播的传播主体

作家是文学信息的制造者，这在今天已非常明确，但在古代，尤其是在文学尚未自觉的时期，却是比较复杂的，因为当时没有出版权、没有自觉的文学创作意识。因此在文学尚未自觉的时代，作为原创文学传播主体的作家比较普泛，难以确定，或者可以笼统地说当时原创文学传播的主体是劳动人民：人们随时随地地唱歌，歌就是文学信息。唱歌者就是文学传播的主体。与此相类似，讲故事的人也是文学传播主体之一。他们是文学创作中的一个差不多永恒存在的群体。人们编造故事而加以讲演，编造故事者并实施讲演的人也是文学传播的主体。此外，古代人不仅编造和讲演有关生活及其经验和理论的故事，还制造或生产游记、自传或书信一类的文学信息，它们的创作者也都是文学传播的主体。

到了文学自觉时代，作家作为文学传播的主体已经非常明确。他们本身的创作意识已经突出，创作动机已经明显，要通过文学使自己得到社会承认，立言不朽的意向也非常突出。所以，作家作为文学传播主体的特征也就更明确了。

这里还涉及原创文学传播主体的团体化倾向。进入文学创作自觉时代以后，一些作家或者因为创作风格接近，或者因思想倾向比较一致，或者因为生活在比较接近的社会圈子里，他们自觉或非自觉地形成许多类型的文学团体或文学社团。一般来说，文学社团是由文学作家或文学批评家组成的文学组织。其内涵比较宽泛，文学同乡会、文学体派、文学沙龙、文学协会、文学俱乐部、诗歌创作协会、人文沙龙、文学角等都属于其范畴。在中国古代文学发展史上，文学团体难以尽数，他们往往以一种特殊的文学体式呈现出来，对此，宋人严羽《沧浪诗话》有很好的概括。从文学传播的角度看，古代文学社团的传播主体特征也非常明显，以文学社团为传播主体而进行传播的情况比较普遍。

（二）已存文学传播的传播主体

文学传播并不停止在创作者将其发表这一阶段，更多的情况是，绝大多数文学作品在产生并发表以后，还要历经继续传播，甚至是相当漫长的继续传播历程。古今中外的文学名著大都经过漫长的传播过程，而历朝文学文献的传递也是已存文学传播的体现，因此，已存文学的继续传播在文学传播中更为主要和突出，其传播构成文学传播的主要部分。

已存文学的传播过程体现出不同类型或形式的传播，它们大致可以命名为：整理加工传播、学术传播、编选传播、改编传播、评论或评点传播、翻译传播、“说话”传播、商业印刷传播、杂志期刊传播、电子媒介传播等。因为上述传播过程的类型和方式不同，其文学传播主体也相应地有所区别。这一点与当代新闻传播中的传播主体是报纸、广播电台、电视台相类似。尽管在上述传播过程的类型和形式中，其文学传播的主体充当的是类似“二传”或“三传”的角色，但作为文学传播的主体地位却是不容置疑的。分别起来有以下几类：首先，是采用整理加工方式进行传播文学的传播主体。这主要以乐府为代表。“乐府”是古代中央政府设立的专门掌管音乐的官署，该机构的设置是因袭周代的采诗制度而来。古代歌、诗不分，从以上对乐府产生及发展情况的描述看，乐府是一个很明确的文学传播机构，其根本任务就是将从各地搜集到的民歌，亦即文学作品经过特定加工再传播开去。因此它作为一个特定的文学传播主体必然是成立的。到后来，与文学传播关系密切的是“乐府诗”；其次是利用学术研究方式传播文学的传播主体。这里所说的学术研究方式是指文人学者对古代文学作品加以辨伪、考据、校勘和传、疏、注、集解、索隐，以及评论、评点和序跋。在中外文学传播史上，许多已存文学，尤其是文学名著的传播，大都经过了不同时代学者的整理、注释、校勘、辨伪、训诂等学术处理，而上述诸项学术处理，从未有一个概括性的称谓，现在我们姑且统称为学术传播。这样，我们可以说中国古代文学史上的绝大多数名著都经历了学术传播的过程，有的甚至构成一部学术传播史。当然，已存文学的学术传播，还包括文人学者的评论、评点和序跋传播。在这个方面，采取学术研究方式传播文学的传播主体是学者和文学批评家。

此外，已存文学传播还有其他传播主体。已存文学除上述所罗列的传播过程或形式外，还有一些较常见的传播情况。其中主要的是编选、改编、翻译、“说话”传播、印刷传播，以及通过杂志期刊传播等。因为这些传播情况比较接近于新闻传播，其传播主体也因具体传播形式而分别体现为编选者、改编者、翻译者、“说话”人，以及文学印刷和出版企业，比如书社、书斋、杂志期刊社等。

（三）文学传播主体的特征

综上所述，我们可以大致看出文学传播主体具有以下特征。首先，文学传播主体因不同存在状态的文学传播而性质不同。在文学传播过程中，虽然作家个人、政府机构、文学印刷和出版企业、文学团体都可以称作文学传播主体，但它们却有着本质上的区别。文学传播主体的不同也就决定了文学传播性质与形态的不同。以政府机构为主体的文学传播是政府信息传播的延伸，是政府传播的组成部分；文学团体有着不同的类型，而不同类型主体主导下的文学传播性质也是不同的。例如创作性文学社团的文学传播属于体式传播或发表传播范畴；批评类文学团体的文学传播属于文学理论传播范畴，它们各有其传播规律与特殊要求。个人作为文学传播主体，其性质随着时代的发展而发展变化：在文学尚未自觉的古代，作家传播主体具有隐匿性、分散性、随意性的特点。

其次，文学传播主体具有不同影响力。在诸种文学传播主体中，政府是强势主体，最具影响力。作家个人的影响力最小，因为他们是一个个分散的个体，而个体的声音远不及国家、社会组织或企业响亮。但也有一些例外，作家个人的知名度很高就是突出的例证，像庾信、徐陵、白居易、柳永等。

再次，媒介影响文学传播主体的影响力。文学传播主体利用媒体的程度不同也对其功能和性质有所影响。这决定主体在媒体选择和使用上的特殊性。国家是强势的传播主体，它对媒体的使用是全方位的。文学印刷和出版企业利用印刷媒体，其影响面也比较大，但主要是在俗众面产生影响力。个人利用媒体自主传播信息的可能性很小，只有到今天通过互联网，他们才能成为自由、独立的传播主体。

最后，传播行为决定传播主体的性质。文学传播主体是文学传播行为的发出者，是对文学传播过程与结果产生直接影响的重要因素。在一般传播学所确定的传播行为中，涉及人内传播、人际传播、群体传播和组织传播，传播主体采取其中的传播行为，决定该主体的性质。

五　中国古代文学传播方式与类型

中国古代文学传播的过程、内容和主体均与古代文学的传播方式有密切关系，因此，归纳、确定和描述说明中国古代文学传播方式是中国古代文学传播研究的关键部分。

文学作为被传播的信息，传播主体采取怎样的途径或手段实施传播，构成文学传播的传播方式。中国古代文学的传播方式是比较难以确切划定的。因为在中国古代，随着文学本身的复杂和不规范，文学以什么方式被传播也变得难以厘清。古代的文学并不是今天我们所说的单纯的文学，而是混杂在哲学、史学、公文、政令、法律、文章，以及外交辞令中。文学在人们的意识观念里，还很少被理解为文学。在这样特殊的文化背景下，确定古代文学传播方式除了立足传播学所界定的一般传播方式外，还应该加以其他的甄别和考察标准。经过甄别和归纳，我们可以大致确定中国古代文学的传播方式有以下几种。

一是配乐演唱，就是比乐弦歌，即是将诗、词、曲之类的文学作品配上乐谱，通过乐器相伴的演奏或演唱而传播开去。中国最早诗歌总集《诗三百》，就主要是凭借这种弦歌演唱的方式实现其传播的；二是行吟与游历。这是因为中国古代发表文学的媒介较少、传播技术水平较低，文学便往往通过作者自己或文学爱好者口头吟咏而传播，或者通过作者自己的边游历边吟咏方式来完成传播。屈原的“行吟泽畔”是这方面典型例证；三是聚徒讲学与周游列国。这主要是文人在教学和游说的同时传播文学的方式，而被传播的文学样式主要是文学性散文。春秋战国之际，以孔子、墨子、孟子、韩非子为代表的士人为发布和传播自己对当时社会和政治的改革意见，大多采取这种方式，而夹杂在他们社会意见中的文学也因此得以传播；四是赠答与酬唱，这主要是在官僚和士人阶层中展开的文学传播方式。这些人在感情往来和官场应酬中，往往书信往还与诗词唱和，其中的文学信息也因此被传播；五是谏诤和讽喻。古代官僚或士人常常把他们的政治意见或建议进行文学包装，然后传递给上级或最高统治者，而文学传播也就通过这样的方式实现了。司马相如的《上林赋》、贾谊的《过秦论》、白居易的讽喻诗都是这一传播方式的代表。此外，在中国古代比较常见的文学传播方式还有刻石与题壁、传抄与印刷，以及“说话”、杂剧演出、文学团体聚会、文学流派形成、文学机构建立，甚至文人的用典和修辞都曾经是古代文学传播的手段。

关于中国古代文学传播的类型，如果依照传播学对传播类型划分的原理，可以大致确定出以下几种：一是单一传播，亦即自我传播，即是作家个体对作品的创作、加工和欣赏，以及价值肯定。在中国古代文学发展史上，因为文学的自觉到魏晋时代才开始，因此很多作家的文学创作，并非出于广泛传播目的，而更多地在于自娱和自我欣赏。另外，有些作家在创作之后也倾向“藏之名山，传之后人”；二是线性传播，亦称纵向传播，即通过口口相传或代代相传的方式，将文学作品流传下去，从而在文学传播中形成了一条向前的直线或垂直向下的线。古典小说名著的传播最能体现这种类型。一部小说名著的成书过程，往往形成了一条人物形象和故事情节传播的直线，人物形象在这条线上越传越丰满、越完美，故事情节在这条线上越传越生动曲折。“三国故事”的传播是此一类型的代表。该故事先由史书、继而是史书的注释，再经过诗歌、杂剧、小说的传播；三是非线性传播，亦称横向传播，即一篇（部）文学作品在同一时代，得到广泛传播。左思《三都赋》造成的“洛阳纸贵”传播局面是这一类型的说明；四是放射性传播，即以一种文学体式或文学群体构成传播的源点，然后呈放射状向四外扩散传播。南朝的宫体诗、宋初的西昆体、明初的台阁体、茶陵体都是此种传播类型的体现。当然，中国古代文学传播类型，还可以按传播学的另外标准进行划分。这样又可以有下面一些类型：一是自我传播，即作家在构思、推敲、苦吟、联想、创造中所体现的自我传播意识和表现。这主要以李贺、韩愈等诗人为代表；二是垂直传播，即同一主题、同一体裁、同一模式文学创作和文学作品的垂直传播情况与现象；三是源点扩散传播，如中国古代的“洛阳纸贵”、刘杨风采、柳永的词、白居易的诗等扩散和传播状况；四是接力传播，即古代文学史和文学批评史上所出现的代复一代的点评、注释、结集、续书、赓和、今注等现象产生的文学传播类型；五是人际传播，如古代诗人赋诗言志和国家规定的公卿士大夫献诗等；六是制度传播。即通过政府的考试制度或其他文学制度所进行的文学传播，比如科举考试制度等；七是团体文学传播类型和大众传播类型，前者是因为集会、宴会或其他方式产生的团体组织，并作为文学传播的主体而出现和产生；后者则是指书商或书坊通过机器设备，大批印刷拟话本小说并迅速地加以销售传播的情况。

六 古代文学传播的目的与功能

文学传播是文化传播的具体表现，从功能的角度看，文学传播也体现出一般文化传播的政治功能、社会功能、娱乐功能和经济功能以及教育功能，只是它表现得更为细致和具体，因此，文学传播的功能有时又更具体地体现为传播目的，所以探讨文学传播的功能和目的有时是放在一起的。具体有以下方面：一是抒情言志。即传播作家的人生志向与境界情怀、表达作家自己的孤独、惆怅、寂寞、思念、表达爱情、传播自己的愤怒与批判意识、传播自己的理想、抒豁怀抱等。二是干预政治。在中国古代，文学传播除了体现出满足表达作者心理需求的协调心理、平衡内心等目的，更为重要的还在于以文学传播的方式来干预社会政治。这体现在通过文学传播来实施政治考察的情况，在政治考察目的下，被传播的文学作品主要是诗。即统治者通过当时民歌来“观民风，察得失”。以干预政治为目的而被传播的文学更多的是古代臣僚、文人所写的诗赋文章。公卿士大夫献诗的“赋诗言志”，“劝百讽一”的大赋都是代表。三是淳风化俗。传播文学是教育活动的内容和目的之一，文学语言在没有传播之前是个体行为，体现了个性自由，但文学进入传播过程后，语言就为社会共有，是规则和惯例，社会共有的符号交流系统形成交往机制，实现社会意义的沟通，不仅提高了人类技能和相关智能，而且成为社会形成和发展的关键因素。文学传播与受众在特定的社会环境下阐释文本，形成社会舆论和社会价值体系。文学传播的教育功能主要指文学传播中普及人文知识、劝导生活方式、劝诫人生不良、倡导道德伦理等具有教育指向和意义。四是志怪传奇。志怪传奇是很早就体现出的文学构成，因此志怪传奇作为文学传播体现出的功能也显而易见，这一方面主要体现在古代小说上。小说的志怪传奇功能源起于志怪小说，而该类小说的起源可以追溯到远古至先秦时代的口头流传或载入史书的神话传说、迷信故事、地理博物传说和寓言故事。魏晋南北朝的志怪小说具有丰富的想象和幻想，比较鲜明的形象和比较完整的情节，这将文学的志怪传奇功能提升到了很高的程度。五是自娱娱人。这主要是指俗文学传播的功能而言。俗文学的传播改变了文化长期以来为少数上层人士拥有的局面，艺术创作转向庞大队伍。丰富多彩的文化内容和节目量大、通俗、浅显、快速，满足了群众的娱乐需求。小说休闲时间增多，为娱乐节目的生存提供了广阔的空间。文学作为媒介，它传播的信息使个人及其行为社会化，助长了文化的多元化。文学的自娱娱人功能得以发挥。六是营销获利。文学传播既然有自娱娱人的作用，也就有了商品的属性，因此，从宋代开始，文学渐渐带有了商业特点，这主要体现在通俗文学上；到了元代便开始在戏剧、小说两方面展开，至明清时代则达到了兴盛。其时由作家社会地位的低下，很多戏剧家和小说家出于生活方面的考虑，不得不“著书都为稻粮谋”。这样一来，他们的创作以及传播就带有了非常明显的商业目的。

七　中国古代文学传播思想

所谓的文学传播思想主要指鼓励、强调、号召，以及限制或推动文学传播的意见、观点、主张。另外，有些关于文学翻译、文学互动的观点和意见，也属于文学传播思想的范畴，它们在先秦时代的一些哲学散文或记事散文中就已经有所体现。因为一些文学传播思想的推动或作用，无论是原创的文学还是已存的文学，其传播都会得以或加速，或扩大，或深化，或久远地实现。从传播学的立场考察，中国古代文学传播在其发生、发展过程中，也体现出明确的文学传播思想。其主要内容可以归纳为以下几方面。

一是“言之无文，行而不远”与“再次立言”。前者是孔子提出的传播思想。以孔子为代表的儒家在要求每个社会成员通过道德修养提升自身思想境界、融个体于集体之中、个人的欲望和价值以群体的价值和欲望为转移的同时，特别主张以“文”作为道德的外现，并与道德一起构成君子形象。认为只有这样，个体才能为社会所接受，即“文质彬彬，然后君子”。这里的“文”具有文采、文雅之意。儒家不仅要求人格上体现“文”的特征，也还要求人所发表的言论也应该“文”。显然，从传播的角度“言之不文，行而不远”是具有传播思想意义的。为了使言能“文”，孔子主张学诗，他认为“不学诗无以言”。不单单是孔子和先秦诸子，其实中国古代文人大都重视文章的“文”。古代很多史学家、哲学家、科学家，往往也即是文学家。所以像《文心雕龙》、《水经注》、《洛阳伽蓝记》一类的著作都是富有文采的。

“再次立言”也是先秦时代出现的一种传播思想，语出《左传·襄公二十四年》，是说人有三不朽："大上立德，其次立功，再次立言。"后来的士人把它当作人生目标，到司马迁那里，这一思想则被他以生命做了实践和发扬光大——他把忍辱含诟所写《史记》的工作，看成是与比他更早的那些圣贤的立言以传世一样，并郑重强调"立言"是一项不朽的事业。这一思想为后来的文人所继承和发扬。

二是"成一家之言"。该思想源于司马迁《史记·太史公自序》。其言："究天人之际，通古今之变，成一家之言。"司马迁的这一思想与其自身实践是一致的，或者说他用行为实践了这一思想。司马迁"二十而南游江、淮，上会稽，探禹穴，规九疑，浮于沅湘；北涉汶、泗，讲业齐、鲁之都，观孔子之遗风，乡射邹、峄；厄困鄱、薛、彭城，过梁楚以归"；又"奉使西征巴、蜀以南，南略邛、笮、昆明"[①]。以后又因侍从武帝巡狩、封禅，游历了更多地方。这些考察活动丰富了司马迁的史书创作，成就了不朽的《史记》。到了文学传播领域，"成一家之言"则成为许多文学家追求的人生目标，鼓励文学创作制造精品，帮助了文学传播。

三是"寄身于翰墨，见意于篇籍"。该观点是曹丕《典论·论文》所提出。即"盖文章，经国之大业，不朽之盛事。年寿有时而尽，荣乐止乎其身，二者必至之常期，未若文章之无穷。是以古之作者，寄身于翰墨，见意于篇籍，不假良史之辞，不托飞驰之势，而声名自传于后"。这主要是就文学的功能而言：文学对政治而言，可以经营治理国家；文学对个人可以使人不朽，与人生中的其他表现形式比较，文学具有无穷的久远性。这一段思想中还包括文学有让人的名声传播后世的作用，表现出一种跨越历史与现实的人文精神和道德意识，以及对文学家命运的深层关注。这种思想实质上是鼓励文人的文学自觉地担当起文学的使命，通过文学来唤醒人们的生命意识、历史忧患意识和民族意识；表达作家自身的生命体验和对历史生命的悲悯，以及对历史的激情，提倡追求一种情理合一的雅致语言，在抒情中融注着历史理性，在历史叙述中也透露着生命哲理等。

四是"骋我径寸翰，流藻垂华芳"。这是曹植的文学传播思想，源出其《薤露行》："天地无穷极，阴阳转相因。人居一世间，忽若风吹尘。愿得展功勤，输力于明君。怀此王佐求，慷慨独不群。鳞介尊神龙，走兽宗麒麟。虫兽犹知德，何况于士人。孔氏删诗书，王业粲已分。骋我径寸

① （汉）司马迁：《太史公自序》，《史记》卷130，中华书局1959年版，第3293页。

翰，流藻垂华芳。”是作者在屡求参与并吴灭蜀战争被曹丕拒绝之后，认为自身价值只有作赋吟诗，以寄托怀才不遇的情怀，并诉之于后代读者。曹植位为藩侯，实同囚徒，落落寡欢，在忧愤中死去。像司马迁一样，他也是用自身实践并实现了这一传播思想。钟嵘《诗品》卷一说：“陈思之于文章也，譬人伦之有周孔，鳞羽之有龙凤，音乐之有琴笙，女工之有黼黻。”古代不少诗人皆以王佐之才自命，却大都身世沦落，而以诗词名世，他们的命运与曹植相似，所以对曹植多有一种认同感，他的这一文学传播思想也得到了接纳。

五是“文章可立身”。语出北宋汪洙《神童诗》。汪氏作此诗时，年方九岁。该诗属于《劝学》系列，其中包含了一定的文学传播思想。这一观念在元代戏曲作家宫天挺的作品中也有反映。其《死生交范张鸡黍》第一折《混江龙》云：“皇天有意为斯文，教人从诚心正意修根本，以至齐家治国为标准。孔子书，齐鲁论，不离忠恕传心印，以此上天子重贤臣。[天下乐] 方信文章可立身。”宋代是一个文官治国的时代，也是一个文人备受推崇的时代，在这样的背景下，甚至以后的时代里，这一思想对于文学的传播具有很大的推动作用。

六是以幻为真。这一文学传播思想可以追溯到神话传说。神话作为文学源头，它是人们按照自身的认识对自然和社会的幻态反映，可是它又是原始人对世界的“合理解释”。因为在原始人观念中，幻态即真态，真与幻浑然一体。此一思维影响到后来，就使得文学家甚至史学家在发表自己的作品时，秉持这一思想，如司马迁《史记》中“信以传信，疑以传疑”①；干宝作《搜神记》“以发明神鬼之不诬”②。

七是声律传文。中国古代早期诗文的声律大多带有自然特征，到南朝，沈约等人发现了所谓的“前人未睹之秘”——诗歌声律，从此，中国古代的诗文开始了自觉地以声律传播，甚至被强调到“妙达此旨，始可言文”的程度。这种思想到唐宋诗词繁荣以后，更被一些文学家和文学批评家所发扬，如初唐的“上官体”、宋代周邦彦的创作以及明代戏剧方面的“吴江派”、清代的“格律说”。这些有关声律的思想和主张对于文学的传播起了很大作用。

① （汉）司马迁：《三代世系表》，《史记》卷13，中华书局1959年版，第505页。

② （晋）干宝：《搜神记序》，《搜神记》卷首，中华书局1979年版。

八是古代文学批评中的文学传播思想。学界的文学批评一般表现为四种类型：肯定称扬、驳斥诘难、谩骂攻击和评价研讨，但无论是哪一类型的文学批评，都不同程度地辅助或推动了文学的传播。文学批评的基本要义是对文学作品及其他文学现象的价值进行阐释和评价。它通过对艺术价值的阐释和评价，直接制约着人类审美行为的导向、深度和效率。真正意义上的文学批评，不仅能够影响文学创作的发展，而且能够指导文学鉴赏，提高读者的文学欣赏水平，同时也辅助和推动着文学的传播，这表明了文学批评与文学传播思想的关系，也说明了古代文学批评中包含有文学传播思想。

此外，在中国古代的文学作品、史书以及其他文献典籍中，还有多方面的文学传播思想。如不虚美、不隐恶；文以载道、诗赋欲丽、小说与群治之关系、志怪尚奇；饥者歌其食，劳者歌其事；唯歌生民病、劝百讽一、追踪经史、露才扬己、自娱娱人，以及像杜甫那样的"为人性癖耽佳句，语不惊人死不休"；"笔落惊风雨，诗成泣鬼神"；贾岛的"两句三年得，一吟双泪流"之类的诗句。

八　中国古代文学传播的辅助性因素

以传播学的视角考察，还可看出中国古代文学传播过程中有几个辅助性因素，它们也构成文学传播研究的组成部分。这些辅助性因素如下：一是作家人品与政治地位。在中国古代文学传播中，常常体现出文学作品的传播范围与其作者的人格品行成正比的情况，即作家品格越高尚，其作品传播越久越广。孔子的《论语》、屈原的《离骚》、陶渊明的田园诗、杜甫的爱国诗都是具体例证。与此相近，作家的政治地位有时也与其作品传播成正比。身居高位的作家的文学作品往往借其政治位置而得到较广泛的传播；另外有些地位较高的作家还罗致文学之士，在其周围形成作家群落，这也有助于其文学的传播。西晋的张华，南朝的庾信，宋初的杨亿、刘筠、钱惟演，明初的李东阳都可作为代表；二是文学作品的人物形象与故事情节。作品的艺术形象越鲜明、丰富和生动，审美价值越高，其传播的范围就会越大，传播的时间越久远。中国文学史上的刘兰芝、花木兰、诸葛亮、宋江、贾宝玉都是这样的人物形象。与之相联系，文学作品的故事情节越生动曲折并蕴含深刻的美学、社会学意义，该作品就有可能被广泛传播。文学史上的孟姜女哭长城、七仙女与董永的爱情、唐僧取经、三国故事等都属此类；三是统治者的喜好。在中国古代文学传播方面也体现出类似“楚王好细腰，宫中多饿死”的状况，即如果某类题材的文学或某种文学体式受到统治者的喜欢，该题材文学或该文学体式则会获得较大范围的传播。南朝梁简文帝喜欢宫体诗，当时该体式诗歌传唱范围就非常广；宋高宗喜欢话本，通俗小说在那时就繁荣；更能说明这一点的是元代蒙古贵族喜爱杂剧，于是有元代杂剧创作和演出的繁荣；四是作品的语言与修辞。《三国演义》、《水浒传》持久而广泛的传播，很大的方面是取决其通俗化的语言，而杜甫“为人性僻耽佳句，语不惊人死不休”的诗的语言修辞方面的锤炼，对其诗歌的广大传播肯定也起到了特定作用。

元代文学史研究的现状与期待

查洪德
（南开大学文学院）

在中国文学史上，元代文学是特殊的也是复杂的。我们已经认识的元代文学，与客观的元代文学的原貌和全貌之间，还有很大距离。我们需要认识元代文学的整体和全貌。元代文学的构成极其复杂，但又可用“多元一体”来概括：汉语言文学是元代文学的主体，少数民族语言文学创作也取得了前所未有的成就。汉语言文学创作中，有汉族诗人作家的创作和少数民族诗人作家的创作。汉语言文学可分为传统雅文学和新兴俗文学。如果把元代文学首先分为汉民族作家创作和少数民族作家创作，则少数民族作家创作中有汉语言文学和母语文学之分。元代文学自其异处观之，地有南北，人有华夷，体分雅俗，内容、体式、风格，有诸多差异。自其同处观之，各样式各部分文学虽各具特色，但都是在中国元代这同一时空中的文学活动和文学创作，又都是在元代多民族共有文化精神哺育下的文学活动和文学创作，因而是多元一体的①。元代文学具有多元性，但同时也具有一体性。

元代文学的特殊性源于元代文化的特殊性。元代文化的特殊性表现在许多方面，其中最为突出的、对文学影响最大的，是元人观念的多元性。元代在意识形态领域没有强制性的导向，政治力量基本上不介入文学活动，诗人、作家写什么，怎么写，是自由的，也是自主的。因而，元代文人观察认识问题视角的多元化，元代文学中表现出的作家观念意识的多样

① 参考查洪德《元代文学的多元丰富性》，《光明日报》2008 年 8 月 1 日《文学遗产》。

化，元代文学内容和观点的纷繁复杂，是中国文学史上独有的。但同时，在一个大一统的国度里，不管其民族构成多么多样，区域文化有多少差异，在文化和精神上，必然有某些同一的东西存在，我们称为共有文化精神。因此，在元代中国这同一时空中的文学创作，无论地之南北、人之华夷、体之雅俗，都体现了这共有的文化精神。正因为有这共有文化精神的统摄，元代的中国文学才是一体的，也才有中国文学史上“元代文学”这一概念。

在21世纪新的学术背景下审视以往的元代文学研究，客观地说，还是难以令人满意的。概括地说，存在的问题有二：一是残缺，二是割裂。沿自古代的民族观念、“一代有一代之文学”观念以及阶级性、人民性的评价标准，不同程度地遮蔽了人们对元代文学的认识。三大遮蔽造成了元代文学史的残缺；一代文学整体意识的缺位，造成了元代各部分文学的相互割裂。在我们的期待中，今后的元代文学史研究，应该以多民族共有文化精神统摄各部分或说各板块的研究，写出既是全面的也是多元一体的元代文学史。

一　现状:残缺与割裂

谈论这个问题时，我们特别需要重温老一代文学史家罗根泽先生在60多年前给我们的告诫，他在《中国文学批评史》之第一篇第一章《绪言》之十《历史的隐藏》中说：史家的责任是求“事实的历史”之真，但“事实的历史”之真却往往隐藏不见。隐藏的方式很多，大体可归纳为“原始的隐藏”和“意识的隐藏”两种。“原始的隐藏”由于史料的缺陷。这在元代表现得特别突出，且已经是我们在千年之下无论如何也无法补救的了。我们要时时告诫和警醒自己的，是如何尽力避免“意识的隐藏”。罗根泽说：“意识的隐藏”由于编著者的成见。哲学家不妨有成见，有成见往往可以创造独特的哲学。历史家最怕有成见，有成见则“事实的历史”便被摒弃于你的成见以外，使你不能发现。成见的养成是多方面的，而最重要的是时代意识。由于“成见”的遮蔽，“合于自己意见的史料能被发现，异于自己意见的史料容易忽略，而历史真象，便隐藏不见了”。如何避免“意识的隐藏”？他给我们开的药方是“超然”：“因此编著历史者，应当有一种超然的态度。否则虽立志‘求真’，而‘真’

却无法接近。譬如编著中国文学史或文学批评史者，如沾沾于载道的观念，则对六朝、五代、晚明、‘五四’的文学或文学批评，无法认识，无法理解。如沾沾于缘情的观念，则对于周、秦、汉、唐、宋、元、明、清的文学或文学批评，无法认识，无法理解。”①

他的见解是如此精辟，对元代文学史研究之病，也可谓一语破的。他开出的去除遮蔽的药方，也正合今天元代文学研究之用。这“意识的隐藏”，在元代文学史研究中反映得异常突出。我们把他使用的“隐藏”一词替换成“遮蔽”，则元代文学史研究中突出的有“三大遮蔽”：沿自古代的民族观念的遮蔽，“一代有一代之文学”观念的遮蔽，阶级性、人民性的评价标准的遮蔽。观察历史需要一定理论和观念，但任何理论和观念都会导致对真实历史的过滤，屏蔽掉大量的历史信息，使我们在努力接近历史真实时却远离了历史真实。上述三大观念，在以往的元代文学史研究中形成了三大遮蔽，造成了元代文学史的残缺。

（一）三大遮蔽造成元代文学史的残缺

这“三大遮蔽”都属罗根泽所说的“意识的隐藏”。20世纪以来的元代文学研究中，这三种观念造成了严重的遮蔽：民族意识之遮蔽，遮蔽了宋元之际、元明之际一批作家，且否定元代文学的整体成就；“一代文学”观念之遮蔽，造成近乎元曲以外无文学的认识；阶级性、人民性之遮蔽，遮蔽掉一大批被认为只表现自我、不反映现实，缺乏批判性、战斗性的作品。

第一，民族情绪之遮蔽。

由于元代是“异族统治”，对元代在很多方面取得的成就，人们不承认或不愿承认。这是古已有之的偏见，所以自古就有“元无文”之论。20世纪初，史学家陈垣就客观地指出了这一问题，他在《元西域人华化考》卷八《总论元文化》中曾谈到这一情况：元代之“儒学文学，均盛极一时，而论世者每轻之，则以元享国不及百年，明人蔽于战胜之余威，辄视如无物。加以种族之见横亘胸中，有时杂以嘲戏”。相对于明人，清人对元代的学术与文学集成较为肯定，他说：“清人去元较远，同以异族

① 罗根泽：《中国文学批评史》第1分册，商务印书馆1947年版，第25—27页。

入主，间有一二学者，平心静气以求之。”于是“知元人文化不弱”。[①] 在民族情绪激烈时，这种偏见表现得尤为强烈。20 世纪 30、40 年代民族危亡之际，学者就难有陈垣那样客观的态度，钱基博的《中国文学史》说：“金无文学，以宋之文学为文学；元无文学，以宋金之文学为文学。”[②] 不仅钱基博，这一时期的学者，多带有一定的民族情绪。陈柱评价元文的前提是：“辽金以异族僭主中国，士气消沉，文学本无特色”，而“明太祖驱逐异族，还我河山，士气为之一振，故明初古文家如宋濂、刘基诸人之文，皆雄伟博大，足以国运也”。[③] 在如此民族情绪的支配下，元代文学成就之被遮蔽是必然的。这种遮蔽表现在以下几方面：

一是对元代文学成就的全面否定。这在 20 世纪初的一些文学史著作中表现得很明显，如 1904 年印行的林传甲《中国文学史》、1920 年刊行的朱希祖《中国文学史要略》等，元代一代之文学，几乎都是被忽略的。即使是以研究戏曲著称，后来编写过《辽金元文学史》的吴梅[④]，1920 年前后在北大讲中国文学史，也几乎没有元代文学的内容[⑤]。当然，这一遮蔽在 20 世纪初至今的百余年中，随着文学史研究的进步在逐步消除。但要完全去除，尚须时日。二是在宋元、金元、元明之际的诗人作家，在时代断限时，将大量元人归为宋、金、明。这类情况之极端，如元代著名诗人杨维桢，72 岁元亡，入明三年（洪武三年）去世，且曾赋《老客妇谣》以明拒不仕明之意，说：“岂有老妇将就木而再理嫁者邪！”此人竟入《明史·文苑传》，于是古人有“明杨维桢”之说。元人而入《明史·文苑传》者尚多，如戴良、王逢、丁鹤年。这些过于明显的误断早已纠正，但至今还有很多仍沿旧说，如所谓“宋末词四大家”张炎、王沂孙、蒋捷、周密，其中张炎、王沂孙无疑是元代词人。王沂孙（1233—1293），入元为庆元路学正，怎么还是宋人？张炎（1248—1320?），27 岁入元，在元生活四十多年，还曾于至元二十七年（1290）应召赴大都缮

---

① 励耘书屋 1935 年刻本，北京师范大学出版社 1982 年《励耘书屋丛刻》影印本。

② 钱基博：《中国文学史》，湖南蓝田新中国书局 1943 年版，第 494 页，中华书局 1993 年整理本删去。

③ 陈柱：《中国散文史》，商务印书馆 1937 年版，第 265 页。

④ 吴梅：《辽金元文学史》，商务印书馆 1934 年《国学小丛书》本。

⑤ 北京大学出版社 2005 年影印《早期北大文学史讲义三种》：林传甲《中国文学史》、朱希祖《中国文学史要略》、吴梅《中国文学史（自唐迄清）》。

写金子藏经，后求仕不遂而南归。怎么说也是元代词人。另外两人，蒋捷生卒年不详，但知其宋度宗咸淳十年（1274）进士，两年后即1276年元军破临安，他已入元，至元成宗大德时（1297—1307），“宪使臧梦解、陆垕俱荐其才”，此时他至少已经在元代生活23年，即“荐其才”，肯定未老。在元生活23年而未老，他一生主要生活在元代，或者说他成年以后基本上生活在元代，应该是无可怀疑的。这4人中，可以断为宋人的只有周密，他们怎么就都成了宋代词人了呢？金元之际的元好问、元明之际的高启，从政治态度上说，元好问对新朝的接受程度远高于高启，元好问（1190—1257）在元代生活25年，高启（1336—1374）在明代生活6年，但现在的文学史著作中，元好问是金人，高启是明人，都不是元人。这类情况还可以举出很多。三是由宋入元之际作家，隐逸者被彰显，仕元者被遮蔽；由元入明则相反，仕明者被彰显而遗民被遮蔽。遗民文学研究，已经成为文学史研究引人注目的一个重要板块，而历来的遗民文学研究，主要关注宋遗民和明遗民。清遗民至今还被视为“遗老”，是一个被讥讽的群体。多数文学史研究者不知道明初有元遗民，更不知道这一群体的基本状况。即使是研究元代文学史的，以往所知元末以遗民身份入明的知名文人，不过寥寥数人而已，除了色目人丁鹤年、蒙古人伯颜子中等人外，汉族文人则有戴良、王逢等，大约因为这些人太过有名了。王逢心系故国，讥讽朱元璋是孺子成名，入明二十年，他还称朱元璋是“南朝天子”，自许“平生气节诗千手”，清初钱谦益《列朝诗集小传》曾表彰说：“呜呼，皋羽之于宋也，原吉之于元也，其于遗民一也”（元初著名宋遗民谢翱字皋羽，王逢字原吉），两人并提，应该是正常的，但文人们一般不愿意接受，所以编《元诗选》的顾嗣立认为钱说荒唐：“抑何其不相类乎。”后世学者感到惊异：异族政权元灭亡了，竟然还会出现“谢翱式”的人物①。其实，这是一段被严重遮蔽了的历史。元亡后的中国，有一大批忠于元廷拒不仕明的文人，他们的学术或文学成就足可传世，但就因为他们做了元之遗民，被历史学家有意无意地遮蔽了。上海古籍出版社影印出版的《续修四库全书》，收录了一批颇有成就的元遗民著述，仅集部所收，就有沈贞之《茶山老人遗集》二卷、韩奕之《韩山人诗集》九卷续集八卷、黄枢之《后圃黄先生存集》四卷、金固（金守正）之《雪厓先生诗

① 邓绍基主编：《元代文学史》，人民文学出版社1991年版，第19页。

集》五卷、吴会之《吴书山先生遗集》二十卷、吕不用之《得月藁》七卷以及自杀殉元马玉麟之《东皋先生诗集》五卷。马玉麟在明军下平江时服毒自尽，并赋诗见志："囊中短疏成遗恨，身后佳名愧昔贤。玉石俱焚嗟此日，中原消息尚茫然。"又云："不见吾兄已四年，江南江北各风烟。归来若欲相寻处，朽骨如霜落照边。"[①] 金固《夜读元史》诗云："幽燕雪暗河关废，丰沛云寒庙貌虚。俛仰人间如梦寐，灯前展卷一欷歔。"其感情之真挚沉痛，并不亚于宋、明遗民。至于元遗民的数量，由于文献的缺失，无法具体考查，但有些数据可作参考：民国初年，广东番禺遗老汪兆镛搜求元遗民文献，编成《元广东遗民录》二卷[②]，同时人张其淦跋其后云："吾粤清溪渔隐著《元广东遗民录》，余读之而叹曰：此岭海之文献，岁寒之松柏也。虽只表章乎吾粤，尚未搜罗乎各省，已可与九龙真逸之《明粤东遗民录》并传矣。"[③] 受《元广东遗民录》触发，张其淦亦致力于考订元明遗民事迹，以诗咏之，成《明千遗民诗》，又《元八百遗民诗咏》八卷[④]。如此巨大的遗民群，人们不得而知，偶然知其一二，则以为咄咄怪事：汉族文人竟忘记夷夏之辨而作异族政权之遗民。相对的，在元初仕元者（以及清初仕清）也被不同程度地遮蔽了。

第二，"一代文学"观念之遮蔽。

王国维在《宋元戏曲史》之《自序》中说："凡一代有一代之文学：楚之骚，汉之赋，六代之骈语，唐之诗，宋之词，元之曲，皆所谓一代之文学，而后世莫能继焉者也。"[⑤] 学者们都知道，其所表达的见解，并非王氏首创，明代胡应麟早就说过："汉文、唐诗、宋词、元曲，虽愈趋愈下，要为各极其工。"[⑥] 这里我们更愿意提及的是清代焦循的"一代有一代之所胜"之说："有明二百七十年，镂心刻骨于八股……洵可继楚骚、汉赋、唐诗、宋词、元曲，以立一门户。……夫一代有一代之所胜。……余尝欲自楚骚以下至明八股，撰为一集。汉则专取其赋，魏晋六朝至隋则

① 马玉麟：《东皋先生诗集》卷5《丁未遗墨》，《续修四库全书》影印宛委别藏清抄本。

② 收入国家图书馆古籍馆编《中国古代地方人物传记汇编》，北京燕山出版社2008年版。

③ 张其淦：《跋元广东遗民录后》，载其《松柏山房骈体文钞》卷4，1927年铅印线状本。

④ 张其淦：《元八百遗民诗咏》八卷，祁正注，民国间铅印本2册，台北明文书局1991年影印本，《明代传记丛刊》第71遗逸类。

⑤ 王国维：《宋元戏曲史》，商务印书馆1925年版。

⑥ 胡应麟：《少室山房笔丛》卷41《庄岳委谈下》，中华书局1958年版，第562页。

专录其五言诗，唐则专录其律诗；宋则专其词，元则专其曲，明专录其八股。一代还其一代之所胜。”（《易馀钥录》卷十五）尽管在这些说法中，现在最流行的是王国维“一代有一代之文学”之说，但我更愿意接受焦循的“一代有一代之所胜”说。两相比较，王国维的说法经典但不够客观，焦循的说法，既经典又客观。因为“一代之文学”的说法，肯定了一代代表性的文体，否定了或者说遮蔽了同一时代其他文体，是不客观、不全面的。不管在唐在宋在元，都不仅仅是一种文体，唐代决不仅仅是诗，宋代决不仅仅是词，元代也决不仅仅是曲。唐代的古文和传奇，宋代的散文和诗歌，元代的诗文词小说等，成就都是很高的。从文学史研究的实际情况看，“一代有一代之文学”说对唐代文学研究基本上没有形成负面影响，对宋代文学研究曾有负面影响，但目前大致已经消除。对元代文学的负面影响最大，尽管近 20 多年元代文学研究的进展正在逐步消除这种影响，但人们对元代各体文学的评价，还远没有从“一代之文学”的影响下解脱出来，这种说法还相当严重地遮蔽着人们对元曲以外元代各体文学的认识。这种遮蔽之严重，我们可以从 20 世纪以来一些代表性的文学史著中看出。

我们把 20 世纪代表性文学史著中元代各体文学在元代部分所占篇幅做一对比。我们选取 20 世纪 8 种代表性的文学史著：1932 年出版的郑振铎《插图本中国文学史》，简称郑著；1943 年完成 1949 年出版的刘大杰《中国文学发展史》下卷，简称刘著；1962 年中国科学院文学研究所编《中国文学史》，简称科学院本；1964 年出版的游国恩等主编《中国文学史》第三册，简称五教授本；1989 年出版的吴组缃、沈天佑《宋元文学史稿》，简称吴著；1996 年出版的章培恒、骆玉明主编《中国文学史》，简称复旦本；1998 年出版的郭豫衡主编《中国古代文学史》，简称郭著；1999 年出版的袁行霈主编《中国文学史》，简称高教本，分别统计了元代各体文学在代表性文学史著元代部分所占比重和所占比例，为节省篇幅，这里只介绍其比例：

元代文学主要文体在新中国成立后几种文学史著元代部分所占比例

科学院本	杂剧 67%	散曲 9.8%	诗文 9.8%
五教授本	杂剧 69%	散曲 13%	诗文近 10%

续表

科学院本	杂剧 67%	散曲 9.8%	诗文 9.8%
吴著	杂剧 49%	散曲 16%	诗文 8.6%
郭著	杂剧 60%	散曲 7.5%	诗文 9.7%
高教本	杂剧 51%	散曲 9.7%	诗文 5.8%

数据说明，在这些具有代表性的文学史著中，元代文学基本上是元杂剧的一体独尊、一枝独秀，其他文体的成就，被严重遮蔽了。

到 20 世纪 90 年代，元代文学研究再度改观。1991 年 12 月，邓绍基主编的《元代文学史》由人民文学出版社出版。这部书极大地改变了以往元代文学史著的面貌。学者们评价说："这部《元代文学史》内容丰富、全面，举凡杂剧、散曲、南戏、诗、词、文、小说，无所不包，弥补了以前文学史有点无面的不足，内中诗文的七章，涉及数十位作家，不仅为历来文学史所未有，甚至已经超出当前学术界的研究范围……总之，此书是一部比较符合元代文学发展的历史面貌，全面反映各种文学样式及其发展过程的文学史。"① 2001 年出版的李修生、查洪德主编的《20 世纪中国文学研究·辽金元文学研究》，较之邓绍基主编《元代文学史》，又增加《元代曲论》一章、《元代诗文批评》一章。而关于元代少数民族汉语诗文创作，在邓绍基主编《元代文学史》中有一章［未表明少数民族诗人，为《元代后期诗文作家》（二），该章所论均为少数民族诗人］，在《20 世纪中国文学研究·辽金元文学研究》，则题为《元代少数民族诗人作家作品》。因而，较之《元代文学史》，《20 世纪中国文学研究·辽金元文学研究》更为全面。但是，元代少数民族作家之本民族语言文学创作，在这部书里依然未能体现。

至于阶级性、人民性观念造成的遮蔽，随时代的变化，在很多方面已经被去除，其残存的影响，也不是目前元代文学研究中的主要问题，故略而不谈。

（二）一代文学整体观念之缺失造成元代文学史的割裂

元代文学史研究现状中存在的另一个问题是割裂，即元代文学各板块

① 李修生：《总结·深入·开拓》，《文学遗产》1992 年第 5 期。

之间的研究，存在着各自叙述、互不关联的问题。元代文学大致有杂剧、散曲、南戏、话本、笔记小说、元代诗文词等传统文学样式（可再分汉族文人创作、非汉族文人创作）、诗文批评理论、曲论、白话碑、非汉语文学（主要是蒙古文学）等部分。对各个板块，目前都有不同程度的研究，其中研究成果最为丰富的当然是杂剧，其次是散曲，近些年元代诗文的研究也越来越受关注。但在学者的叙述中，这些板块之间似乎没有任何关系。甚至同属“元曲”概念的剧曲杂剧和散曲，研究也几乎互不关联，研究杂剧不关注散曲，研究散曲不关注杂剧。这种奇怪的现象在元代文学研究中一直习以为常，不以为怪。所以，11 年前我在写作《20 世纪中国文学研究》之《辽金元文学研究》时曾说：对于元代文学的宏观认识与宏观把握，应该说从元末已开始。自然，由于种种原因，对于元代文学的宏观研究一直是很薄弱的，如果不作深入的考察，也许会认为以有元一代全部文学现象和文学活动及其成果为对象的宏观研究差不多是空白。[①] 进入 21 世纪的十年来，这种“差不多是空白”的情况有所改变，但没有出现根本性的变化。之所以如此，原因是元代文学研究者没有找到存在于元代多民族、多区域、多体式文学中的共同的东西，即我们所说的多民族共有文化精神，不能用这一共有精神统摄元代全部的文学现象、文学活动、文学作家作品的研究。到目前为止的元代文学史写作和研究，离我们期待的以多民族共有文化精神统摄的，具有整体性的元代文学史还有不小距离。

二 期待：一代共有文化精神统摄下通观性的元代文学史

文学史家罗根泽先生说，写史的人要想求得“事实的历史”之真，就要以“超然”的态度去除意识的隐藏，客观地对待历史。在其《中国文学批评史》绪言第十一《材料的搜求》中，他说：“超然就是客观。绝对的客观是没有的。如法朗士所说，吾人永远不肯舍弃自己，永远锁在自己的躯壳及环境，所以没有真正的客观。但因时代意识所造成的主观成见，则因我们得时独厚，可以去除。”他认为，作为现代的文学史家，既

① 查洪德：《二十世纪元代文学之宏观研究》，《社会科学战线》1999 年第 6 期。

要具备以超然的态度去除成见遮蔽的条件，也有这样的历史使命：这并不是我们比古人聪明，是古人没有见过像我们这么多的时代意识。假使见过这么多的时代意识的我们，仍然自锁于一种胶固的时代意识以编著史书，致使历史的真象，无法显露，不唯对不起历史及读者，也对不起时代及自己。[①] 在罗根泽写了这些话后多半个世纪，我们再讨论元代文学史的研究与写作，更应该力争客观全面地描述元代文学的历史，以期对得起历史、读者和我们的时代。且造成元代文学史残缺的三大遮蔽，属于罗根泽所说的"意识的隐藏"，到我们这个时代，都应该去除了：民族的情绪，早应该被今天的大中华民族意识所取代；"一代文学"的观念，也早已应该作客观的理解和对待；阶级性、人性的问题，似乎也不需要多说了，只不过我们还需要增强以文学的眼光看待文学问题的自觉性。在我们对上述三大问题都应有客观、冷静思考的今天，这三大遮蔽毫无疑问是应该被去除的。因而，我们已经可以期待完整的，以多民族共有文化精神统摄的，通观性的元代文学史了。

（一）期待完整的元代文学史

元代文学的多元丰富性，可以看作元代文学的特点之一。这一点，在中国文学史上显得独特而突出。元代文学作品，其使用的语言，有汉语和非汉语，汉语中有文言有白话，白话不仅用于戏曲、小说，还用于公文和碑传；其作者有汉族和非汉族。非汉族作家创作的，有汉语和本民族语，有诗文和戏曲、散曲；用本民族语言创作的，有史传类作品和长篇叙事诗；就体裁来说，元代有诗文词赋，也有戏曲小说，抒情文学既有从前代继承来的诗和词，也有新兴的散曲，戏曲有杂剧与南戏，小说分白话和文言；文学理论批评也有传统的诗文批评理论与新兴的曲论，诗文批评领域除具有此前所有的批评形式外，还出现了集诗选、诗格、诗话于一体的诗学批评著作《瀛奎律髓》和第一部赋学专著《古赋辨体》等。所谓完整的元代文学史，应该反映和展示这所有方面的内容。但文学史界有一种观点，说我们的文学史，应该是古典文学史而不是古代文学史，因为全面地研究和向人们介绍中国古代的文学，既是没有意义的，也是不可能的。对

① 罗根泽：《中国文学批评史》第 1 分册，商务印书馆 1947 年版，第 29 页。

一代文学来说，只要研究和认识了它的经典就足够了。其他的部分，既没有研究的价值，也没有研究的必要。按照这样的理论，本文提出和要讨论的问题，是毫无意义的，因为就目前的文学价值评判眼光看，元代文学中最有价值的部分，应该还是元杂剧。但麻烦的是，只取经典的所谓“古典文学史”，这种看似既聪明又理性化的理论，恐怕是不能拿去指导文学史的研究特别是元代文学史的研究的。因为它经不起最为基础性的追问：什么是经典？中国文学史上哪些算是经典？因为一件作品是不是经典，在众多作品中哪些会成为经典，都并不仅仅取决于作品本身，而是取决于接受，取决于社会、时代和读者的选择。学者季广茂在《经典的由来与命运》一文中说：“经典不经典，并不取决于作家的创作态度，也不取决于文本某些先验的特质，而是取决于它是否在冥冥之中满足了一个时代的无意识欲望，把握了时代精神的走向。”所以在一个时代被奉为神圣经典的东西，在另一时代可能没人理会，所以“经典化之途有时异常漫长”，所以古人才有所谓“名山事业”，还有很多作家，一生困顿，生不逢时，他完全没有料到他的作品在他去世后几百年成了经典。陶渊明是一个典型的例子。南朝时，人们只是把他视为品行高洁的隐士，对他的诗作并不感兴趣，因为他与当时的“时代精神”颇为不合：那时大家推崇的是华彩绚丽的文风，不爱朴素平淡的风格。即使到了唐代，李白、杜甫等人也不把他视为值得尊敬的前辈，只是到了王维、孟浩然、韦应物那里，才稍稍引人注目，因为他与当时的“审美风尚”格格不入：那时大家推崇的是激情浩荡，不喜欢他的素面朝天。只是到了宋代，陶渊明才算遇到了真正的知音，才开始受到广泛的推崇和膜拜。“经典之所以为经典，与经典自身关系小，与时势关系大。一个普通文本强身一变成为经典，肯定与它自身的特点相关，但与它自身的哪些特点相关，是无法确定的。”[①] 因此，在任何时代，我们都不能只关注我们认为的有价值的、经典的东西，而抛弃那些我们认为不能成为经典的东西。元杂剧本身就是一个十分具有说服力的例子。如果历代的学者都无视其价值，将其毁灭或任其消亡，或竟如20世纪初之文学史家林传甲那样，认为元代“民间无学不识者，更演为说部文体，变乱陈寿《三国志》，几与正史相溷；依托元稹《会真记》，

① 季广茂：《经典的由来与命运》，载自童庆炳、陶东风主编《文学经典的建构、解构和重构》，北京大学出版社2007年版，第126页。

遂成淫亵之词"，希望一旦"有王者起，必将戮其人而火其书乎！"[①] 幸而他所呼唤的"王者"未出，不然的话，后来的王国维、吴梅等人无论如何高明，都不可能再发掘出这"一代文学"之经典。退一步说，就是为了研究和认识这所谓的经典（古典），也不能舍弃经典以外的东西。因为离开整体去认识部分，即使这一部分是最精华的部分，人们认识到的部分就很难是真实的，很可能是变形的。离开整体不可能真正认识部分，就像离开整棵大树不可能认识树的一枝一样。事实上，在以往的元杂剧研究中，就存在这样的弊端：不是在元代文学和元代文化的整体背景上认识元杂剧，而仅就杂剧研究杂剧，得出的一些观点，往往不符合元代社会的实际，不符合元代文学的实际，甚至也不符合元代杂剧的实际。

（二）期待通观性的元代文学史

通观性的元代文学史，就是以多民族共有文化精神统摄的，以多元一体的眼光将各板块文学作整体观的文学史。能不能做到一代文学之通观，关键是能否认识并运用一代共有文化精神并以之统摄一代文学之研究。元代多民族共有文化精神，是建立在自古就有的大一统观念之上的。这并非我们的想象。元代将前代的《全国舆地总志》更名为"大一统志"，修《大元大一统志》，就说明在元代这种大一统观念的强化，而许有壬为此书写的序，更让我们直接感受到，元人对大一统观念下共有文化精神的重视："春秋所以大一统者，六合同风，九州共贯也。然三代而下，统之一者，可考焉：汉拓地虽远，而攻取有正谲，叛服有通塞，况师异道，人异论，百家殊方，指意不同，亡以持一统，议者病之。唐腹心地为异域而不能一者，动数十年。若夫宋之画于白沟，金之局于中土，又无以议为也。我元四极之远，载籍之所未闻，振古之所未属者，莫不涣其群而混于一。则是古之一统，皆名浮于实；而我则实协于名矣！"[②] 许有壬所谓的大一统，既包括版图之一统，也包括"道"即观念、精神之一统。从这一意义上说，即使版图统一，如果"师异道，人异论，百家殊方，指意不同"，便难称真正的一统，只有版图既一，且"六合同风，九州共贯"，

---

① 林传甲：《元人文体为词曲说部所乱》，《中国文学史》第十四篇之十六，1904年印行。北京大学出版社2005年影印《早期北大文学史讲义三种》，第210页。

② 许有壬：《大一统志序》，《至正集》卷35，文渊阁四库全书本。

才能称作真正的一统。他这里主要是在学术、学说层面上说话，也就是说，元代在其版图之内所有地区、民族、人群中推行儒家文化（如科举考试蒙古、色目人也考儒家经典），而不同于我们今天所说的文化的全部内涵，但学术、学说毕竟是文化的重要部分，且如果对“六合同风，九州共贯”作泛化的理解的话，肯定包含有统一的、共有的文化精神的意义在。

以前的元代文学史著或中国文学史的元代部分，大致都包括了元杂剧、元散曲、元代诗文、宋元话本、宋元南戏等部分。各个部分尽管同属元代文学，但各部分各自叙述，互相之间少有关联。按照文学史家的眼光，这些不同部分，分别属于传统雅文学和新兴俗文学，或者分属抒情文学和叙述文学。不同部分各具特点，要找到它们的不同处很容易，要寻找它们的共同点则很难。以往的元代文学史写作，也很少作这方面的努力，研究者没有对元代文学的共同性或总体特色作系统论述。邓绍基主编《元代文学史》第一章《元代文学的若干历史文化背景》，从宏观视角谈了四个问题：元王朝的建立和封建文化的继续发展；元代的儒士问题；理学成为官学的过程；全真教对文学的影响。这是元代文化的几个重要方面，也是影响文学的重要文化因素，这些方面对元代文学的影响当然也是全面的。这一论述是开创性的，给人们思考元代文化与元代文学的关系问题，提供了新的视角和新的思路。但仍存在一些问题：第一，所论元代文化的四个方面，并非每个方面都对元代文学各部分各样式发生影响；第二，文化的这四个方面，如何影响文学，在各体式、各部分文学的论述中，看得还不是很清楚；第三，之所以讨论这四个问题，说明作者的视野所及是元代的诗文词曲及文学思想，此外的部分，尚未真正进入作者思考的范围，或者未能在作者的意识中占据相当位置，比如蒙古文学等。更进一步说，还没有概括出元代文化的共有精神。

从理论上说，任何一个时期的文学，都应该具有整体性，元代文学当然应该是多元一体的。以往元代文学史的各体文学各自叙述、各不相关，读者可以认识元代文学的“多元”性，但未能体现其“一体”性。2005年，贵州人民出版社出版了郎樱、扎拉嘎主编的《中国各民族文学关系研究》，其中的元代文学部分，以恢弘的视野审视元代多民族的文学创作和文学思想及其相互关系。同年，民族出版社出版了云峰的《元代蒙汉文学关系研究》，专门研究元代汉文学中与蒙古民族和民族文化有关的作家作品、文学思想，以及元曲与蒙古文化的关系。2007年，《民族文学研究》期刊开辟《创建“中华多民族史观”笔谈》栏目，连续集中发表一系列研究文章，对这一研究是极其有力的推进。这可以看作，学者们不满足于以往元代文学史各部分各自叙述、互不关联的状况，也可以理解为对多元一体的元代文学史著的期待。这要求文学史家在思考元代文学时，应有新的思路、新的眼光。首先，要以多元一体的思维审视元代文学，以整个元代文学为审视对象，包括汉族作家的汉语言文学创作，汉族以外多民族作家的汉语言文学创作，非汉族作家的母语文学创作（主要是蒙古语）。其次，还不能停留于汉民族与其他民族文学双方关系的审视，而要把元代所有文学现象、文学创作、文学思潮，放在同一视野中加以审视（文言的、白话的，抒情的、叙事的，南方的、北方的等），关注在多元文化影响的合力下所形成的元代的文学思潮、文学风貌。最后，强调“元代中国文学”这一着眼点，将元代中国这同一时空中的文学作整体观，关注其多元丰富性和一体性；同时也注重“中国元代文学”这一着眼点，关注元代文学在中国文学史上的共同性和特殊性。在中国元代这同一时空中存在的文学活动，应该作整体观。在很多方面，它们是相互影响的，也是多样互补的。不同民族语言文学互补，雅俗文学互补，抒情与叙事文学互补。少数民族史诗是中国文学的重要补充等。在元代这同一时空中，这多元并存且互补的文学形式，都体现了元代共同的文化精神。大致来说，文道融合、雅俗分流、华夷互补，可以概括元代文坛的基本状况，也体现了元代文坛的独特之处。

论述元代文化与元代文学的关系，如果寻找影响文学的若干文化因素，似乎还不是特别困难，而真正困难的，是寻找元代文化的共有精神，寻找影响甚至主导着元代文学总体特色的元代文化精神。找到了这一共有精神，探讨元代文学的总体特色，就有了一个理论前提。寻找到这一共有文化精神，就能实现对有元一代文学之通观。元代文化是多源融会、多元一体的。多元，基本上是三源：以蒙古族草原游牧文化为主导，以中原汉民族农耕文化为主干，以西域商业文化为重要一源。元代文化的共有精神，既不单是中原传统的农耕文明宗法制度下固有文化精神的延续，也不是北方游牧文化精神的入主，更不是西域商业文明所具有的文化精神的移植，而是这多元文化冲突、融合后形成的一种独特文化精神。在此独特的文化精神下，作家们有着与中原传统文人不同的人生价值观，也获得了中国文人从来没有过的思想和创作自由以及观察认识问题的多元视角。元代文学在中国文学史上的新面貌才得以展现。研究者对多元文化影响文学的认识是早已有之了，比如元杂剧研究，1930 年贺昌群的《元曲概论》就已关注。欠缺的是对多元文化由碰撞融会而形成的元代文化共有精神的寻找，以及元代各体式、各部分文学在此共有精神影响下呈现的共同的时代特色。

对个体人的尊重；宽容与含弘，思想文化上的一体多元，对多种信仰与文化的兼收并容；重实用，重治生，意识形态的弱化，特别是强制性导向的弱化；重外轻内的思维方式在各个方面的体现；汉民族恋土意识与蒙古、色目人游牧、行商的旅居习俗相互影响；传统的国家概念在游牧文化影响下形成的大国观念并由此形成文人的大国意识；一元独尊文化与道德观念淡化，多元信仰、多元价值观的形成，以及汉族文人在此文化精神环境中的心灵苦闷和对人生价值的重新发现和认识。这些都是体现在元代社会文化精神和文学各体式、各部分的文学精神。由此而形成的元代文学的一些特点，如各体文学所共有的正大气象，思想界、文学界少有壁垒与门户的融通性，作家观察事物视角的多元性和价值评判标准的多元性，元后期雅、俗文学风格和表现手法的趋同，在草原文化和俗文学影响下元诗叙事性的增强，元代文章立论之杂及碑传（传记）文章的传奇化（小说化）[①]，如此等等。这些特点，多是元代独特文化精神的体现。

当然，这些只是一些浮光掠影的认识，要真正把握元代的文化精神与文学精神，需要作深入细致的探讨，也需要思想的敏感，还要如宋儒张载所说，“濯去旧见，以来新意”，换一副眼光去看问题，如《元史·世祖本纪》载：忽必烈时任宰相的维吾尔人桑哥被处死，中书省上奏，说词臣有以诗文誉桑哥者，建议治这些词臣之罪（主要针对冯子振）。忽必烈说：“词臣何罪？使以誉僧格为罪，则在廷诸臣，谁不誉之？朕亦尝誉之矣。”如此处理，不应归为忽必烈个人的英明，而是蒙古族民族性格的体现。因为这不是偶然发生在某一个皇帝身上的孤立事件，类似事件如元顺帝即位后，也有人想治文人虞集之罪：元文宗在位时，按照预约，他应该

① 鲁迅《中国小说史略》谈及明清之际文章受传奇小说影响，说：“文人虽素与小说无缘者，亦每为异人侠客童奴以至虎狗虫蚁作传，置之集中。盖传奇风韵，明末实弥漫天下，至易代不改也。”此风实早在元代已盛。

传位给哥哥元明宗的长子妥欢帖睦尔（即后来的元顺帝），但文宗要立自己的儿子为太子，就让虞集写诏，说妥欢帖睦尔非明宗之子。顺帝（妥欢帖睦尔）即位后，有人要借诏书事治虞集罪，“侍臣有以旧诏为言者，帝不怿，曰：此我家事，岂由彼书生耶？”（《元史·虞集传》）这种民族性格，对元代政治和文化的影响是巨大的。又有拉施特的蒙古史著《史集》记载窝阔台的故事：“一个戏班从中原的汉人聚居地来到了和林，为汗王演出异彩纷呈的戏剧。一出戏有个胡须斑白、头缠丝巾的老人，被捆在马尾上。这是来自大食的回回俘虏。窝阔台下令，停止演出，并说：‘你们怎能用演戏来侮辱大食人呢？这次我不惩罚你们，快走吧，下次就不行了！’”[①] 这种观念，与蒙古族游牧生活形成的习俗有关，并影响着元人的行为方式。

要写出一部通观性的而不是各自叙述、互不关联的拼盘元代文学史，需要以多元一体的思维去把握元代各体式、各部分文学。而要真正把元代各体式、各部分文学作一体观，深入探讨元代共有文化精神及文学精神，是其关键。而要真正认识元代的共有文化精神，又是极艰难的。我们期待有关研究的突破，期待通观性的元代文学史的出现。

① 拉施特：《成吉思汗的儿子窝阔台合罕纪》第三部分，《史集》第 2 卷，商务印书馆 1985 年版，第 87 页。

中古隐逸传统中被忽略的一环

——关陇高士及其对隐逸传统的建构

陈　君

（中国社会科学院）

隐逸的思想很早就出现了，《易》曰："遁之时义大矣哉。"① 又曰："不事王侯，高尚其事。"② 就其内涵而言，士人的隐逸主要是追求人格的独立和完善。孔子说："隐居以求其志，行义以达其道。"③ 孟子说："穷则独善其身，达则兼善天下。"④ 秦汉以来，随着政权机构的日益庞大、社会组织的日趋复杂，出与处、仕与隐的矛盾日渐突出。关于隐逸士人及其生活方式的评价，便成为社会舆论关注的焦点。司马迁《史记·伯夷叔齐列传》表彰了夷、齐饿死西山、不食周粟的高节，班固《汉书·王贡二龚鲍传》则赞赏了成帝至王莽之际的清名之士。东汉至魏晋时期，具有隐逸思想的士人，遂以其生活实践和著作，建构起一个影响深远的隐逸传统。在这个历史进程中，关陇地区的隐逸士人特别引人注目，他们对中古隐逸传统的形成发挥了关键作用。对于这一点，前人还没有给予太多的关注，笔者希望通过相关问题的探讨，补上中古隐逸传统中被忽略的这一环。

---

① 《周易·遁卦·彖辞》。

② 《周易·蛊卦·上九》。

③ 《论语·季氏》。

④ 《孟子·尽心上》。

一 关陇的地域范围与两地的密切联系

本文所说的关陇，主要包括关中和陇右两个地区。以汉代为例，关中地区指属于司隶校尉部的三辅地区，包括京兆尹、左冯翊、右扶风。[①] 陇右地区指属于凉州的天水（汉阳）[②]、陇西等郡。从地形上来看，二者以六盘山、陇山为界，其“东侧为关中盆地，西侧为陇中高原，渭河横贯其中，切割陇山形成联系两个地形区最为便捷也最为险要的交通线”[③]。

其中，关中地区在汉代被称为三辅，包括京兆尹、左冯翊、右扶风。三辅平敞，四面险固，“南有江、淮，北有河、渭，汧、陇以东，商、洛以西”[④]，土地肥美，沃野千里，号为天府陆海，是中华文明最早的发祥地之一。周都镐京、秦都咸阳、汉都长安，关中地区一直是周秦汉政治、文化的核心区域。加上汉代政府奉行“强干弱支”的政策，“世世徙吏二千石、高訾富人及豪桀并兼之家于诸陵”，更加强了三辅首善之区的地位。大量外来的移民带来各地不同的风俗，使这一地区的礼俗文化呈现出庞杂的特点，班固称其“五方杂厝，风俗不纯。其世家则好礼文，富人则商贾为利，豪桀则游侠通奸”[⑤]。因为是秦汉都邑所在，三辅地区相对周围的安定、天水、陇西等地来说，文化上要发达很多。东汉桓帝曾问陈蕃：“徐稚、袁闳、韦著谁为先后？”蕃对曰：“闳生出公族，闻道渐训。著长于三辅，礼义之俗，所谓不扶自直，不镂自雕。至于稚者，爰自江南卑薄之域，而角立杰出，宜当为先。”[⑥] 陈蕃的回答不仅是他个人的意见，也是社会公意的反映，从答词中我们可以看到时人对三辅“礼义之俗”的推崇。

陇右地区在汉代主要包括天水、陇西等郡。陇右位于河西四郡与三辅

---

① 司马迁《史记》卷7《项羽本纪》：“关中阻山河四塞，地肥饶，可都以霸。”裴骃《集解》引徐广曰：“东函谷，南武关，西散关，北萧关。”又《史记》卷8《高祖本纪》：“（怀王）令沛公西略地入关。与诸将约，先入定关中者王之。”司马贞《索隐》引《三辅旧事》云：“西以散关为限，东以函谷为界，二关之中谓之关中。”

② 东汉明帝永平十七年（74）改称汉阳，见司马彪《续汉书·郡国志五》。

③ 陈健梅：《魏蜀对峙中关陇的政区建置与军事方略》，载《文史》2009年第3辑。

④ 班固：《东方朔传》，《汉书》卷65。

⑤ 班固：《地理志》，《汉书》卷28下。

⑥ 范晔：《徐稚传》，《后汉书》卷53。

之间，畜牧资源丰富，具有关键的战略意义："西有羌中之利，北有戎翟之畜，畜牧为天下饶。然地亦穷险，唯京师要其道。"① 东汉初年天水成纪人隗嚣打算割据陇右，谋士王元对他说："天水完富，士马最强，北收西河、上郡，东收三辅之地，案秦旧迹，表里河山。元请以一丸泥为大王东封函谷关，此万世一时也。若计不及此，且畜养士马，据隘自守，旷日持久，以待四方之变，图王不成，其弊犹足以霸。"② 王元的这番话，很能反映陇右地区政治、军事地位的重要性。

不管是和平时期，还是战乱之中，关陇两地一直保持着紧密的联系。总的来看，在安定的政局下，人口多由陇地向三辅流动，如敦煌渊泉人张奂少游三辅，③ 师事太尉朱宠，学《欧阳尚书》，后因军功得徙为弘农华阴人。④ 而在动乱的时候，人口更多由三辅流向凉州，如两汉之间，马援"为郡督邮，送囚至司命府，囚有重罪，援哀而纵之，遂亡命北地。遇赦，因留牧畜，宾客多归附者，遂役数百家，转游陇汉间"⑤。新莽、更始之际，关中大乱，关中文人为了逃难，主要流向陇右与河西。割据陇右的是隗嚣集团，三辅耆老士大夫皆奔归之，郑兴、杜林、申屠刚、金丹等学者文人在其周围。占据河西的窦融集团也有很高的文化水平，班彪避难凉州，初投隗嚣，后转投窦融；⑥ 儒生文人如扶风茂陵孔奋、冯翊云阳王隆等亦避难河西。⑦ 以上这些例子都说明了关陇两地的交流既深且广。

---

① 司马迁：《史记》卷129《货殖列传》。

② 范晔：《后汉书》卷13《隗嚣传》。

③ 范晔：《后汉书》卷65《张奂传》云奂"敦煌酒泉人"，实当为敦煌渊泉人，陈垣先生云："按酒泉郡名，非县名，当作渊泉。胡三省注《通鉴》云：'奂，敦煌渊泉人。'（刘乃和案：见《通鉴》卷56《汉纪》永康元年十月条）胡所见本，尚未伪也。《汉志》敦煌郡有渊泉县，《晋志》作深泉，盖避唐讳。章怀本亦当作深，后人习闻酒泉之名，妄改为酒耳。"见陈著《史讳举例》卷6，第五十七"不知为避讳而妄改前代地名例"，上海书店出版社1997年6月第一版，第74页。

④ 范晔：《后汉书》卷65《张奂传》，王先谦《集解》引惠栋曰："谢承《书》云：奂处在扶风郿县界中，立精舍，斟酌法乔卿之雅训。昼颂诗书，暮宿弓马。""法乔卿"即法真，字高卿（一作乔卿）。该传又载奂以永康元年（167）讨东羌、先零功当受赏，奂"并辞不受，而愿徙属弘农华阴。旧制边人不得内移，唯奂因功特听，故始为弘农人焉"。

⑤ 范晔：《后汉书》卷24《马援传》。

⑥ 关于班彪等学者文人对河西文化的贡献，参见刘跃进《班彪与两汉之际的河西文化》一文，载《齐鲁学刊》2003年第1期。

⑦ 分别见范晔《后汉书》卷31《孔奋传》、卷80上《文苑·王隆传》。

在地域文化特点上，三辅和陇右有文与质、文与武的不同。三辅尚文，文化发达，风俗奢靡，而陇地则“民俗质木”、“高上气力”。但随着陇右与关中两地之间人口流动与物质文化交流的日益频繁，这些差异在逐渐减少，西汉时期已出现司马迁所说的“天水、陇西、北地、上郡与关中同俗”① 的情况。丝绸之路开通以后，凉州成为汉朝与西域物质、文化交流的通道，三辅与天水、陇西等郡的联系更加紧密。从军事上来看，关陇两地一同为秦汉政权提供了大批名将，如白起、王翦、李广、苏建、赵充国、辛庆忌等，② 使汉代出现了“山东出相，山西出将”③ 的俗谚。到了东汉时期，随着安帝永初（107—113）年间羌乱的发生，两地在政治、军事上可以说是唇齿相依，不可分离。在安帝与桓帝时期，关于是否放弃凉州，朝廷分别有过两次激烈的争论，而争论的结果是凉州不可放弃，弃凉州则三辅为边。这充分证明了关陇两地在政治、军事上相互依存的关系。

总之，虽然关中和陇右因为陇山的一山之隔，分属司州（或称司隶校尉部）和凉州两个行政区，但两地自秦汉以来在政治、军事、经济、文化上的相互依存关系，使二者完全可以视为同一个文化区。

二 汉代的关陇高士及其事迹

汉代隐逸风气极盛，在关陇地区出现了许多隐逸士人。西汉时期有挚峻，京兆长安人；安丘望之，京兆长陵人；张仲蔚，扶风平陵人；魏景卿，扶风平陵人；郑朴，冯翊谷口人；郭钦，扶风隃麋人；蒋诩，京兆杜陵人；王真，京兆杜陵人；韩顺，天水成纪人。东汉时期有梁鸿，扶风平陵人；高恢，京兆人；井丹，扶风郿人；挚恂，京兆长安人；王符，安定临泾人；④ 矫慎，扶风茂陵人；马瑶，扶风人；丘訢，扶风人；韩康，京

① 司马迁：《史记》卷129《货殖列传》。

② 秦将白起，（扶风）郿人。王翦，（左冯翊）频阳人。汉将李广，天水成纪人。苏建，京兆杜陵人，赵充国，天水上邽人，辛庆忌，陇西狄道人。

③ 班固：《汉书》卷69《赵充国辛庆忌传赞》，此以崤山为界。又有“关西出将，关东出相”之说，见《后汉书》卷58《虞诩传》，此以函谷关为界。

④ 严格来说，王符不能算是关中人，但他所在的安定临泾在泾水之畔，南距扶风郡甚近，王符又与关中文人马融、窦章相友善，因此本文也将其列入关陇高士。

兆霸陵人；法真，扶风郿人；任棠，汉阳人；姜岐，汉阳上邽人。下面根据《汉书》卷72《王贡二龚鲍传》、《后汉书》卷83《逸民列传》、赵岐《三辅决录》、嵇康《高士传》、皇甫谧《高士传》等文献的记载，将其生平、事迹列述于下：

挚峻，字伯陵，京兆长安人。少治清节，与太史令司马迁交好。峻独退身修德，隐于岍山。迁既亲贵，乃以书劝峻进曰："迁闻君子所贵乎道者三：太上立德，其次立言，其次立功。伏惟伯陵，材能绝人，高尚其志，以善厥身，冰清玉洁，不以细行荷累，其名固已贵矣，然未尽太上之所由也，愿先生少致意焉。"峻报书曰："峻闻古之君子，料能而行，度德而处，故悔吝去于身，利不可以虚受，名不可以苟得。汉兴以来，帝王之道，于斯始显。能者见利，不肖者自屏，亦其时也。《周易》：'大君有命'，'小人勿用'。徒欲偃仰，从容以游余齿耳。"峻之守节不移如此。迁居太史官，为李陵游说，下腐刑，果以悔吝被辱。峻遂高尚不仕，卒于岍，岍人立祠，号曰岍居士，世奉祀之不绝。①

安丘望之，字仲都，京兆长陵人。少治《老子》经，恬静不求进宦，号曰安丘丈人。成帝闻，欲见之，望之辞不肯见。上以其道德深重，常宗师焉，望之不以见敬为高，愈日损退，为巫医于民间，著《老子章句》，故老氏有安丘之学。扶风耿况、王汲等皆师事之，从受《老子》。终身不仕，道家宗焉。②

张仲蔚，扶风平陵人。与同郡魏景卿俱修道德，隐身不仕。明天官博物，善属文，好诗赋。常居穷素，所处蓬蒿没人。闭门养性，不治荣名。时人莫识，唯刘龚知之。③

魏景卿，扶风平陵人，名迹已见上。又赵岐《三辅决录》曰："张仲蔚平陵人也，少与同郡魏景卿隐身不仕，所居蓬蒿没人。"

郑朴，字子真，冯翊谷口人。修道静默，世服其清高。成帝时，元舅大将军王凤以礼聘之，遂不屈。扬雄盛称其德曰："谷口郑子真，耕于岩

① 皇甫谧：《高士传》卷中《挚峻传》。

② 皇甫谧：《高士传》卷中《安丘望之传》。《后汉书》卷19《耿弇传》："父况，字侠游，以明经为郎，与王莽从弟伋共学《老子》于安丘先生。"章怀太子注引嵇康《圣贤高士传》曰："安丘望之字仲都，京兆长陵人。少持《老子》经，恬净不求进宦，号曰安丘丈人。成帝闻，欲见之，望之辞不肯见，为巫医于人间。"

③ 皇甫谧：《高士传》卷中《张仲蔚传》。

石之下，名振京师。”冯翊人刻石祠之，至今不绝。[①]

郭钦，扶风隃麋人。哀帝时为丞相司直，奏免豫州牧鲍宣、京兆尹薛修等，又奏董贤，左迁卢奴令，平帝时迁南郡太守。王莽居摄，钦以病免官，归乡里，卧不出户，卒于家。[②]

蒋诩，字元卿，京兆杜陵人。平帝时为兖州刺史，以廉直为名。王莽居摄，以病免官，归乡里，卒于家。[③] 赵岐《三辅决录》："蒋诩字元卿，舍中三迳，唯羊仲、求仲从之游，皆挫廉逃名不出。"[④] 嵇康《高士传》："蒋诩，字元卿，杜陵人，为兖州刺史。王莽为宰衡，诩奏事，到灞上，称病不进，归杜陵，荆棘塞门，舍中三径，终身不出。时人谚曰：'楚国二龚，不如杜陵蒋诩。'"[⑤]

王真，字叔平，京兆杜陵人。嵇康《高士传》："王真，字叔平，杜陵人。……真世二千石，王莽辟，不至，尝为杜陵门下掾，终身不窥长安城，但闭门读书，未尝问政，不过农田之事。"[⑥]

韩顺，字子良，天水成纪人。以经行清白辟州宰，不诣。王莽末，隐于南山。地皇四年（23），汉起兵于南阳，顺同县隗嚣等起兵，自称上将军，西州大震。唯顺修道山居，执操不回。嚣以道术深远，使人赍璧帛，卑辞厚礼聘顺，欲以为师。顺因使谢嚣曰："礼有来学，义无往教。即欲相师，但入深山来。"嚣闻矍然，不致强屈。其后，嚣等诸姓皆灭，唯顺山栖安然，以贫洁自终焉。[⑦]

梁鸿，字伯鸾，扶风平陵人。遭乱世，受业太学，博览不为章句。学毕，乃牧豕上林苑中。曾误遗火，延及他舍，鸿乃寻访烧者，问其所去失，悉以豕偿之。其主犹为少，鸿又以身居作，执勤不懈。邻家耆老见鸿非恒人，乃共责让主人，而称鸿长者。于是始敬异焉，悉还其豕，鸿不受

---

① 皇甫谧：《高士传》卷中。郑朴事迹又见《汉书》卷72《王贡二龚鲍传序》："谷口有郑子真，蜀有严君平，皆修身自保，非其服弗服，非其食弗食。成帝时，元舅大将军王凤以礼聘子真，子真遂不诎而终。"

② 班固：《汉书》卷72《王贡二龚鲍传》。

③ 同上。

④ 萧统：《文选》卷45引陶渊明《归去来兮辞》，李善注引。

⑤ 《太平御览》卷510"逸民部"，中华书局据上海涵芬楼影印宋本复制重印1960年2月第1版第3册，第2321页。

⑥ 同上。

⑦ 皇甫谧：《高士传》卷中《韩顺传》。

而去。归乡里，执家慕其高节，多欲女之，鸿并绝不娶。同县孟氏有女，状丑，择对不嫁，父母问其故，女曰："欲得贤如梁伯鸾者。"鸿闻而聘之。及嫁，始以装饰入门，七日而鸿不答，妻乃下请，鸿曰："吾欲裘褐之人，可与俱隐深山者尔！今乃衣绮缟，傅粉墨，岂鸿所愿哉？"妻曰："以观夫子之志耳。妾自有隐居之服。"乃更为椎髻，着布衣，操作而前。鸿大喜曰："此真梁鸿妻也，能奉我矣。"字之曰德曜，孟光。居有顷，乃共入霸陵山中，以耕织为业，咏诗书弹琴以自娱。仰慕前世高士，而为四皓以来二十四人作颂。因东出关，过京师，作五噫之歌。肃宗求鸿，不得，乃易姓运期，名耀，字侯光，与妻子居齐鲁之间。有顷又去，适吴，居皋伯通庑下，为人赁舂。每归，妻为具食，举案齐眉，伯通察而异之，乃方舍之于家。鸿潜闭著书十余篇，疾且告主人曰："昔延陵季子葬于嬴博之间，不归乡里。慎勿令我子持丧归去。"及卒，伯通等为求葬地于吴要离冢傍。①

高恢，字伯达，京兆人。少治《老子》经，恬虚不营世务。与梁鸿善，隐于华阴山中。及鸿东游思恢，作诗曰："鸟嘤嘤兮友之期，念高子兮仆怀思，想念恢兮爰集兹。"二人遂不复相见，恢亦高抗匿耀，终身不仕焉。②

井丹，字大春，扶风郿人。少受业太学，通《五经》，善谈论，故京师为之语曰："《五经》纷纶井大春。"性清高，未尝修刺候人。建武末，沛王辅等五王居北宫，皆好宾客，更遣请丹，不能致。信阳侯阴就，光烈皇后弟也，以外戚贵盛，乃诡说五王，求钱千万，约能致丹，而别使人要劫之。丹不得已，既至，就故为设麦饭葱叶之食，丹推去之，曰："以君侯能供甘旨，故来相过，何其薄乎？"更置盛馔，乃食。及就起，左右进辇。丹笑曰："吾闻桀驾人车，岂此邪？"坐中皆失色。就不得已，而令去辇。自是隐闭不关人事，以寿终。③

挚恂，字季直，京兆长安人。为西汉高士挚峻十二世孙，"明《礼》、

① 皇甫谧：《高士传》卷下《梁鸿传》。

② 皇甫谧：《高士传》卷下《高恢传》。高恢事迹又附见《后汉书》卷83《逸民·梁鸿传》，章怀太子注引《高士传》曰"恢字伯通"，是章怀所见《高士传》与今本《高士传》不同。

③ 范晔：《后汉书》卷83《逸民·井丹传》。井丹事迹又见嵇康《高士传》（《世说新语·品藻》第80条，刘孝标注引）。

《易》，遂治《五经》，博通百家之言。又善属文，词论清美，渭滨弟子扶风马融、沛国桓驎等，自远方至者十余人”[①]。

王符，字节信，安定临泾人。少好学，有志操，与马融、窦章、张衡、崔瑗等友善。自和、安之后，世务游宦，当涂者更相荐引，而符独耿介不同于俗，以此遂不得升进。志意蕴愤，乃隐居著书三十余篇，以讥当时失得，不欲章显其名，故号曰《潜夫论》。其指讦时短，讨谪物情，足以观见当时风政。[②]

矫慎，字仲彦，扶风茂陵人。少好黄老，隐遁山谷，因穴为室，仰慕松、乔导引之术。与马融、苏章乡里并时，融以才博显名，章以廉直称，然皆推先于慎。[③]

马瑶，扶风人。隐于汧山，以兔罝为事，所居俗化，百姓美之，号“马牧先生”焉。[④]

丘䜣，字季春，扶风人，少有大材，自谓无伍，傲世，不与俗人为群。郡守始召见，曰：“明府欲臣䜣耶？友䜣邪？师䜣邪？明府所以尊宠人者，极于功曹；所以荣禄人者，已于孝廉。一极一已，皆䜣所不用也。”郡守异之，遂不敢屈。[⑤]

韩康，字伯休，一名恬休，京兆霸陵人。家世著姓。常采药名山，卖于长安市，口不二价，三十余年。时有女子从康买药，康守价不移。女子怒曰：“公是韩伯休那？乃不二价乎？”康叹曰：“我本欲避名，今小女子皆知有我，何用药为？”乃遁入霸陵山中。博士公车连征不至。桓帝乃备玄纁之礼，以安车聘之。使者奉诏造康，康不得已，乃许诺。辞安车，自乘柴车，冒晨先使者发。因道逃遁，以寿终。[⑥]

法真，字高卿，一字乔卿，[⑦] 扶风郿人。南郡太守法雄之子，好学而

---

① 皇甫谧：《高士传》卷下《挚恂传》。

② 范晔：《后汉书》卷49《王符传》。

③ 范晔：《后汉书》卷83《逸民·矫慎传》。

④ 马瑶事迹附见《后汉书》卷83《逸民·矫慎传》。

⑤ 皇甫谧：《高士传》卷下《丘䜣传》。丘䜣生活的时代不可详考，依《高士传》叙述的次序，当在安、顺之间。

⑥ 范晔：《后汉书》卷83《逸民·韩康传》。

⑦ 许慎《说文·十四篇·内部》“离”字下引欧阳乔说：“离，猛兽也。”清段玉裁注：“欧阳乔者，盖即（欧阳）高，古乔、高通用。”见（清）段玉裁《说文解字注》，上海古籍出版社1988年2月第2版，第739页。

无常家，博通内外图典，为关西大儒，弟子自远方至者陈留范冉等数百人。性恬静寡欲，不交人间事。辟公府，举贤良，皆不就。同郡田弱荐真曰："处士法真，体兼四业，学穷典奥，幽居恬泊，乐以忘忧，将蹈老氏之高踪，不为玄纁屈也。臣愿圣朝就加衮职，必能唱《清庙》之歌，致来仪之凤矣。"会顺帝西巡，弱又荐之。帝虚心欲致，前后四征。真曰："吾既不能遁形远世，岂饮洗耳之水哉?"遂深自隐绝，终不降屈。友人郭正称之曰："法真名可得闻，身难得而见，逃名而名我随，避名而名我追，可谓百世之师者矣!"乃共刊石颂之，号曰玄德先生。年八十九，中平五年，以寿终。①

任棠，字季乡，汉阳人。少有奇节，以《春秋》教授，隐身不仕。庞参为汉阳太守，到先就家俟焉。棠不与言，但以薤一本、水一盂，置户屏前，自抱孙儿，伏于户下。主簿白以为倨傲，参思其微意，良久，曰："棠置一盂水者，欲谕太守清也；投一本薤者，欲谕太守击强宗也；抱孙儿当户者，欲谕太守开门恤幼也。"终参去不言，诏征不至。及卒乡人图画其形，至今称任征君也。②

姜岐，字子平，汉阳上邽人。治《书》、《易》、《春秋》，恬居守道，名重西州。延熹中，沛国桥玄为汉阳太守，召岐，欲以为功曹，岐称病不就。其母死，丧礼毕，尽让平水田与兄岑。遂隐居，以畜蜂、豕为事。教授者满于天下，营业者三百余人。辟州从事，不诣。民从而居之者数千家。后举贤良，公府辟以为茂才、为蒲坂令，皆不就。以寿终于家。③

汉代关陇高士可考者共 21 人，其中来自京兆地区的有挚峻、安丘望之、蒋诩、王真、高恢、挚恂、韩康 7 人，来自扶风地区的有张仲蔚、魏景卿、郭钦、梁鸿、井丹、矫慎、马瑶、丘訢、法真 9 人，来自冯翊地区的有郑朴 1 人，来自天水（汉阳）地区的有韩顺、任棠、姜岐 3 人，来自安定地区的有王符 1 人。如果合并统计的话，来自关中（三辅）地区的有 17 人，占整个关陇高士人数的 81%；来自陇右地区的有 3 人，占整

① 范晔：《后汉书》卷 83《逸民·法真传》。《艺文类聚》卷 37，载胡广《征士法高卿碑》，考之史传，法真卒于中平五年（188），年八十九。胡广卒于熹平元年（172），年八十二。胡广卒年在法真前，不及为法真撰碑。此碑当为法真友人郭正所作，范晔《后汉书》所引郭正的话盖简括碑文而成。

② 皇甫谧：《高士传》卷下《任棠传》。

③ 皇甫谧：《高士传》卷下《姜岐传》。

个关陇高士的 14%。考虑到三辅地区文化发达的事实，这个结果并不让人惊讶。就关陇两个区域内部而言，高士的分布也不均衡，三辅高士共 17 人，其中来自京兆者 7 人，来自扶风者 9 人，两郡高士 16 人，占整个关陇高士群体的 76%，而来自冯翊的只有 1 人。相对于关中地区的辉煌，来自陇右地区的高士只有 3 人，而且都来自天水（汉阳）郡，可见其在凉州文化中的特殊地位。

另外，我们也很容易发现，关陇隐逸士人主要集中出现在两个时期，一个是成帝至王莽之际，有安丘望之、张仲蔚、魏景卿、郑朴、郭钦、蒋诩、王真、韩顺 8 人；另一个是东汉安、顺之间，有挚恂、王符、矫慎、马瑶、丘訢、韩康、法真、任棠、姜岐 9 人。两个时期的高士加起来共有 17 人之多，占整个关陇高士的 81%。这两个时期都是汉代政治、军事相对衰落的阶段，隐逸士人的勃兴恰好反衬出汉代政治的颓势，从中可见作为文化现象的隐逸与政局之间密切的关联。由于文献资料的残缺，以上统计和归纳自然无法还原历史的本来面目，但它毕竟在一定程度上反映了真实的情况，可以作为我们观察那个时代的参照。

三 关陇高士的隐逸生活及其对隐逸传统的建构

关陇高士选择归隐的原因，有的是因为家庭与当权者产生矛盾，梁鸿就属于这一类。梁鸿之父梁让王莽时曾任城门校尉，封修远伯，后寓于北地而卒。“寓于北地而卒”，是《后汉书·梁鸿传》委婉的说法，真实情况很可能是东汉建立后梁让因为与新莽政权的纠葛被流放北地，后来郁郁而终。当时梁鸿年纪尚幼，“以遭乱世，因卷席而葬”。背井离乡、幼年丧父，可以想见这些辛酸的经历在梁鸿心中一定留下了不可磨灭的印迹。正是因为“君、父”之间产生了剧烈的冲突，梁鸿才主动选择了远离政治。有的是因为仕途多险，出于惧祸的目的而选择隐居，如挚峻主动远离武帝一朝的政治，才得以全其天年；郭钦、蒋诩则在王莽摄政后还归乡里，卧不出户；韩顺则以隐居避隗嚣之祸，山栖安然，以贫洁自终。有的是出于自己的选择，其中不少人家世不凡，如隐遁于霸陵山的韩康“家世著姓”，法真之父法雄曾任南郡太守，名儒显宦胡广即出其门下。

在生活趣味上，关陇高士清素质朴、不同流俗，如王符“耿介不同于俗”；马瑶“隐于汧山，以兔罝为事”。法真“性恬静寡欲，不交人间事”；丘訢“少有大材，自谓无伍，傲世，不与俗人为群”；姜岐“隐居……以畜蜂、豕为事”；韩康卖药“不二价”的故事，更鲜明表现了关陇高士质朴自然的性格。

韩康为了“避名”而隐居，与此类似的还有法真的“逃名”，他们的思想、行为与东汉流行的“求名”之风形成了鲜明的对比，恰好从两个对立的角度反映了当时社会的真实情况。

汉代的生产和生活水平普遍较低，关陇高士又没有俸禄，缺乏稳定的生活来源，他们中的不少人不仅布衣蔬食，有些甚至与社会脱节，过着原始的生活。与魏晋以后相对“优雅”和“体面”的隐逸生活相比，汉代关陇高士的生活可以说是非常艰苦的。后来明清之际的许多“遗民”名士，虽然早年选择隐居，但最终因为衣食无着而“下山”仕清，与他们相比，关陇高士能够坚持这样简单、朴素的生活，是值得我们尊敬的。物质生活的艰难更需要精神力量的支持，高士之间的友谊此时更显得珍贵，如梁鸿与高恢、蒋诩与二仲之间淡如水的情谊，对他们坚守自己的信念是莫大的鼓舞，其轶事更为后人所津津乐道，一代代流传下去。

关陇高士中有不少都擅长儒学，[①] 以《五经》教授，如挚恂“明《礼》、《易》，遂治《五经》，博通百家之言……渭滨弟子扶风马融、沛国桓驎等，自远方至者十余人”。法真“好学而无常家，博通内外图典，为关西大儒，弟子自远方至者陈留范冉等数百人”。任棠“少有奇节，以《春秋》教授，隐身不仕”。姜岐“治《书》、《易》、《春秋》，恬居守道，名重西州”。当时人对关陇高士就称誉有加，如顺帝永和（136—141）中尝博求名儒，公卿荐挚恂“行侔颜闵、学拟仲舒、文参长卿，才同贾谊”[②]，又如同郡田弱曾举荐法真“体兼四业，学穷典奥，幽居恬泊，乐以忘忧”[③]。关陇高士对经学研究和教授的重视，开启了魏晋以后高士以学术和创作传名后世的传统。从历史的发展来看，西晋以前的高士，多以经学研究为主，关陇高士如此，西晋时期的青土隐逸之士樊毓、刘兆、徐苗等亦然，他们擅长经学，以教授为业，樊毓还有《春秋释疑》、《肉刑

① 除了儒学以外，道家的《老子》也是关陇高士的重要思想资源，如安丘望之少治《老子》经，著《老子章句》，老氏有安丘之学；高恢少治《老子》经，恬虚不营世务；矫慎少好黄老，隐遁山谷，因穴为室，仰慕松、乔导引之术。

② 皇甫谧：《高士传》卷下《挚恂传》。

③ 范晔：《后汉书》卷83《逸民·法真传》。

论》等著作。[①] 东晋以后，陶渊明以其杰出的诗文创作，开启了高士传名后世的另外一个“法门”。文学创作从此取代学术撰著，成为高士的主要精神创造和生命寄托。

从文学上来看，关陇高士的冷眼旁观和冷静思索，为观察东汉文学和思想提供了主流以外的另外一种视角。如东汉前期梁鸿在《五噫歌》中所发的感慨，与明、章时期的宫室兴建和文化繁荣对比鲜明。时鸿东出关，过京师，作五噫之歌曰：

> 陟彼北芒兮，噫！顾览帝京兮，噫！宫室崔嵬兮，噫！人之劬劳兮，噫！辽辽未央兮，噫！

从“宫室崔嵬，人之劬劳”八字，可以看到当时工程之浩大、民众之辛苦。洛阳的宫室制度，在明、章时期才逐渐走向完备。明帝永平三年（60）“起北宫及诸官府”，[②] 章帝时期因为承平日久，“宫室台榭渐为壮丽”。[③] 同时，明、章时期的文化建设也取得了很大成就，作于后汉的一篇佚题《颂》云：“建初郁郁，增修前绪，班固司籍，贾逵述古，崔骃颂征，傅毅巡狩，文章焕烂，粲然可观。”[④] 描绘了明、章时期学术活动与文学创作的繁荣景象。客观而言，明、章时期的制度和文化建设，在很多方面代表着东汉一代物质和精神文明所达到的最高水平。但这些现实的成就、繁荣的景象和热烈的气氛，作为旁观者的梁鸿却无法感受得到，或者说根本就不愿去感受，从充满感慨的语气中我们可以察觉他对现实深深的不满。

东汉中期王符的《潜夫论》，是关陇高士议政的代表之作，也是东汉子书中的名著。王符虽然过着隐居的生活，但并未封闭自己，他与“凉州三明”之一的皇甫规有交往，又与马融、窦章、张衡、崔瑗等友善。

---

① 房玄龄：《晋书》卷91《儒林·樊毓传》。

② 范晔：《后汉书》卷2《明帝纪》。

③ 袁宏：《后汉纪》卷12《章帝纪》“建初五年（80）”。章帝时期宫室兴造之多，在将作大匠一职的变化上也有所反映，将作大匠自建武以来常以谒者兼之，肃宗即位乃以任隗为将作大匠，“始置真焉”。事见范晔《后汉书》卷21《任光附子隗传》。

④ 东汉人所作佚题《颂》，载《文馆词林》卷699，见（唐）许敬宗编，罗国威整理《日藏弘仁本〈文馆词林〉校证》，中华书局2001年10月第1版，第486页。

这使他对当时的政局有清醒的认识和把握，加上作为旁观者的角色，使他的政治批判更加客观。《潜夫论》针砭时弊，对当时风俗之奢靡、西北羌乱之危害以及郡国官吏之无能，提出了严厉的批判，史称其“指讦时短，讨谪物情，足以观见当时风政”①。“知政失者在草野”②，王符的直陈极言，与史岑、马融等文人在《出师颂》、《广成颂》里的谲谏，形成了鲜明的反衬。

与仕宦通达的士人相比，关陇隐逸士人显然处于一种边缘状态。正是这种边缘状态，使关陇高士对前代隐逸士人及其思想价值的体认非常自觉，并加以强化，逐渐构建起一个有关高士人物、事迹的传记文学传统。③ 东汉前期，已有梁鸿“仰慕前世高士，而为四皓以来二十四人作颂”④。残存至今的有《安丘严平颂》两句：“无营无欲，澹尔渊清。”⑤ 是对西汉隐士安丘望之和严遵（即庄遵）的赞美之词，富有道家色彩。刘知几《史通·杂述》云：“贤士贞女，类聚区分，虽百行殊途，而同归于善。则有取其所好，各为之录，若刘向《列女》、梁鸿《逸民》、赵采《忠臣》、徐广《孝子》。此之谓别传者也。”⑥ 刘知几将梁鸿《逸民》与诸家别传相提并论，可见梁鸿之颂逸民，其中可能还有传记的内容。

东汉中期京兆霸陵人苏顺，曾整理过前代高士事迹，皇甫谧《高士传序》就有“苏顺科高士”的记载。苏顺在和、安间以才学见称，早年“好养生术，隐处求道”，⑦ 后来才出仕，拜郎中。苏顺对前代高士事迹的整理工作，很可能是在他早年隐居期间完成的。到了东汉后期，京兆长陵人赵岐在他的《三辅决录》中记载了不少关中高士的事迹，如蒋诩舍中三径、二仲从之游的故事，因为陶渊明在诗文中每每提及，尤为

---

① 范晔：《后汉书》卷49《王符传》。

② 王充《论衡·书解篇》：“知屋漏者在宇下，知政失者在草野。”

③ 关于汉魏六朝时期的传记文学成就，请参考朱东润先生遗著《八代传叙文学述论》一书中的相关论述，复旦大学出版社2006年11月第1版。

④ 范晔：《后汉书》卷83《逸民·梁鸿传》。

⑤ 萧统：《文选》卷19束皙《补亡诗》，李善注引。

⑥ 刘知几著，浦起龙笺释：《史通通释》上册，上海古籍出版社1978年4月第1版，第274页。

⑦ 范晔《后汉书》卷80上《文苑·苏顺传》。

人所熟知。[①] 由上可知，在东汉时期，关陇士人对隐逸传统的构建已颇成规模。这种构建工作，当然可以称为自我意识的觉醒，而从求名的角度来说，谓之自我标榜亦未尝不可。

到了西晋时期，西州名士安定朝那人皇甫谧撰《高士传》，录“自尧至魏（高士），凡九十余人”[②]。《高士传》记述人物先“传”后“赞”，体例与嵇康《高士传》相同，这一方面或许是受到了代表主流意识形态的《汉书》的影响，另一方面也是继承了梁鸿颂逸民“传颂”结合的文体特征。[③] 后来，皇甫谧的学生京兆长安人挚虞撰《三辅决录注》，则以另外一种形式强调了隐逸传统的价值。随着历史的演进，从后汉关陇高士开始对隐逸传统的体认和构建，参与者的范围不断扩大。曹魏时期有嵇康的《高士传》；东晋陶渊明撰有《咏贫士七首》、《扇上画赞》、《读史述九章》等，其笔下的“二仲”、“蓬头王霸之子”等人物形象，既是对名士风度的推崇，也暗含着承续这个隐逸传统的意思；后来南朝宋范晔的《后汉书·逸民列传》，则是对东汉高士名节事迹的集中记录。

综上所述，关陇隐逸士人不但身体力行，以自己的生活实践促成了隐逸传统的生长，而且以丰富的传记文学著作，构建出一个有人物可考、有事迹可案的隐逸传统。古之圣贤有立德、立功、立言“三不朽”的追求，隐逸士人如果没有太过显著的事迹，很难在历史上留下名字。[④] 高士传记文学传统的形成，解决了隐士们的身后之忧，使他们相信，自己的事迹可以在后世觅得知音。从地域角度来观察中古时期的隐逸传统，不难发现，东晋以前，北方高士是隐逸传统的主流，关陇高士可视为他们的代表。汉代的关陇高士与以陶渊明为代表的南方高士，一北一南，各具特点，都是中古文化史上最美的风景。他们一起为中国的士大夫传统注入了思想的清流，让后人从中汲取道德的力量。

---

① 陶渊明《归去来兮辞》中的“三径就荒，松菊犹存”，以及《与子俨等疏》中的“邻靡二仲，室无莱妇”，都讲到了这个故事。

② 皇甫谧：《高士传序》。

③ 《诗大序》曰：“颂者，美盛德之形容。”“传颂”结合的文体特征自西汉刘向撰《列女传》时已然。

④ 古代高士之名多不传于后世，陶渊明在《集圣贤群辅录》末对此有一番感慨：“凡书籍所载及故老所传，善恶闻于世者，盖尽于此矣。汉称田叔、孟舒等十人及田横两客、鲁八儒，史并失其名。夫操行之难而姓名翳然，所以抚卷长慨，不能已已者也。”

浩林·潮尔与胡笳:中古时代的喉音艺术

——以繁钦《与魏文帝笺》所反映的西北民族音乐为中心

范子烨

(中国社会科学院)

柏拉图（Platon，前427—前347）说：“节奏与和声根植于灵魂深处。”① 当我初次听到潮尔（Throat Singing）之声和胡笳之音的时候，我感到自己的心灵受到了强烈的震撼。这种震撼是有生以来从未体验过的，它来自俄罗斯卡尔梅克共和国蒙古族潮尔歌唱家查干扎木（Okna Tsahan Zam）演唱的《萨满的声音：大草原之旅》（*SHAMAN VOICES, A Journey in The Steppe*），来自我国新疆天山深处的蒙古老人叶尔德西（1938—2006）用胡笳吹奏的《美丽的喀纳斯湖的波浪》②。那神秘的静穆的声音，从皓齿丹唇之间，从悠悠笳管之内，时升时沉，时缓时急地飘出——仿佛是林壑的鸟鸣，温馨而温情；仿佛是煦日的风语，轻柔而轻盈；仿佛是高柳的蝉唱，悠远而悠扬；仿佛是巫峡的猿啼，悲怨而悲伤；仿佛是深山的虎啸，清雄而清壮；仿佛是沧海的龙吟，广袤而广远……种种杳渺、空灵、淳厚、深邃的音乐胜境，来自艺术家的灵魂深处。那人间的

---

① 转引自［美］Roger Kamien《听音乐》第一部分《要素》目录页，世界图书出版公司2008年版。

② 当地的图瓦人称为“楚吾尔”。详见邱翔《楚吾尔——奏响在喀纳斯的天籁之音》，2005年7月22日，新疆天山网（http：//www. tianshannet. com. cn）。

天籁，那天国的异响，无疑具有一种使人神共舞、使天地同悲的大自然的伟力！在极度的惊讶、惋愕、迷茫、困惑和愉悦中，我被深深地吸引了。

一　浩林·潮尔的发声原理以及胡笳的形制

浩林·潮尔（Holin-Chor），俗称呼麦（图瓦语 Хөөмей，蒙古语 Хөөмий，古蒙古语 kцgemi，西文 khoomei）；胡笳，即冒顿·潮尔（Wooden-Chor）。所谓“潮尔（Chor）”，蒙古语意为和声。“浩林”，蒙古语本意为喉咙，由此引申为喉音之意。关于呼麦的唱法，莫尔吉胡指出：“先发出主音上的持续低音，接着便同时在其上方（相差三个八度）发出一个音色透明的大调性旋律，最后结束在主音上。同胡笳曲一样，全曲是单乐句构成的乐段。”① 莫尔吉胡指出，其中的“吟”，“是持续的低音，一直延续到全曲结束”。“泛音旋律线与持续低音的有趣结合，构成了奇妙的二重结构的音乐（原始多声部音乐），其音响多彩，令人感到空旷而神奇”。他又指出：“在吹奏笳管之前，演奏者先要发出持续的低音。”而这就是呼麦的“吟”。在“吟”的基础上，“再用突出的气息吹奏笳管，构成一种双重结构的音乐织体”②。因此，“二声部音乐产生在吹管的独奏过程中，形成人声（主音持续低音）与笳管音乐的结合。在低沉、浓重而稳定的调性主音的衬托下，几乎相隔二至三个八度上面奏出清晰而圆润的笳管旋律”③。根据莫尔吉胡的研究，胡笳的基本吹奏方法是：

首先，将笳管的上端顶在上腭的牙齿上；其次，上下唇将管子包起来；吹奏前，人声先发出主音的持续低音；最后，同时吹奏笳管旋律，构成二重结构的音乐织体④。至于胡笳的形制⑤，以上所列举的胡笳与古代

---

① 莫尔吉胡：《“浩林·潮尔”之谜》，《追寻胡笳的踪迹——蒙古音乐考察纪实文集》，上海音乐学院出版社 2007 年版，第 33 页。

② 莫尔吉胡：《追寻胡笳的踪迹》，《追寻胡笳的踪迹——蒙古音乐考察纪实文集》，第 43—44 页。

③ 同上书，第 56—57 页。

④ 同上书，第 48 页。

⑤ 关于这个问题，参见蔡文玲《从汉匈关系的视域讨论胡笳在汉文化中的意义展演》，《徐州师范大学学报》2007 年第 3 期。

典籍的记载并不完全一致，但无论其形制如何，我们对胡笳本身可以有这样的基本认识，那就是它是一种吹管乐器，上下开口，无簧；喉音之发声技巧是演奏胡笳的重要基础，胡笳显示了人声潮尔与器乐潮尔的密切关联性。宋陈旸（公元1094年前后在世）《乐书》卷130对胡笳有比较集中的记载①，值得我们给予特别的关注：

> 胡笳似觱篥而无孔，后世卤簿用之，盖伯阳避入西戎所作也。刘琨尝披而吹，杜挚尝序而赋，岂张博望所传《摩诃兜勒》之曲邪？晋有大箛、小箛，盖其遗制也。沈辽集《大胡笳十八拍》，世号为沈家声；《小胡笳十九拍》，末拍为契声，世号为祝家声。唐陈怀古、刘光绪尝勘停歇，句度无谬，可谓备矣。楚调有《大胡笳鸣》、《小胡笳鸣》，并琴、筝、笙，得之亦其遗声欤？杜德曾序《笳赋》，以为老子所作，非也。
>
> 胡人卷芦叶为笳，吹之以作乐，汉《筝篴录》有其曲，李陵有“胡笳互动”之说是也。
>
> 汉有吹鞭之号，笳之类也，其状大类鞭焉者，今牧童多卷芦叶吹之。《晋先蚕仪注》：“凡车驾所止，吹小菰，发大菰。”其实胡笳也。古之人激南楚，吹胡笳，叩角动商，鸣羽发徵，风云为之摇动，星辰为之变度，况人乎？刘畴尝避乱坞壁，贾胡欲害之者百数，畴援而吹之，为《出塞》之声，动游客之思，群胡卒泣，遁而去。刘越石为胡骑围之者数重，越石中夜奏之，群胡卒弃围而奔。由此观之，笳声之感人，如此其深，施之于戎貉可也。晋之施于车驾仪注，不几乎变夏于夷邪？

没有按孔的胡笳是比较原始的，因为它虽然借助喉音的震动能够发声，却不能形成旋律；有按孔的胡笳则有丰富的五音表达，是音乐思维发展到一定阶段的产物。但人类文化的复杂性和趣味性在于：并不是先进的

① 陈氏《乐书》关于胡笳记载的重要性，承蒙中国艺术研究院音乐研究所李玫研究员提示，谨此致谢。但陈氏的记载多踵承前人旧说，且将胡笳与赵宋时代江南牧童所用之芦笛混淆，实不可不辨。

东西一出现，落后的东西就马上消失，而往往是各种形态的东西在不同的文化环境中兼容并存，胡笳就是如此。而尤可注意者，是陈旸关于“胡人卷芦叶为笳”的记载，此说实际上来自唐白居易（772—846）、宋孔传（公元1132年前后在世）所撰之《白孔六帖》卷62：

胡笳者，胡人卷芦叶吹之以作乐也，故曰胡笳。[①]

这种记载是荒谬的，因为胡笳是一种管乐器，管壁必须平直，既要结实耐用，还要有一定的承重能力，而芦叶脆弱易断，如何适应这些要求？但是，我们也应该看到，这种记载本身又有其合理的内核，因为所谓“卷芦叶吹之”，实际上是说用韧性比较好的芦叶卷起葭管，以此来吹奏音乐，在这里，芦叶所起的作用大致与绳子相近。但是，由于这种胡笳的外表确实缠绕了许多芦叶，所以就很容易给人以胡笳乃是由芦叶卷制而成的错觉。《全上古三代秦汉三国六朝文·全三国文》卷41魏杜挚（生卒年不详）《笳赋并序》：

唯葭芦之为物，谅絜劲之自然。托妙体于阿泽，历百代而不迁。

这里说的就是用葭芦的“妙体”制作胡笳，而不是用芦叶卷成胡笳。《乐府诗集》卷61《杂曲歌辞》、北周庾信（513—581）《出自蓟北门行》诗有曰：

笳寒芦叶脆，弓冻纻弦鸣。

“笳”与“弓”相对，“芦叶”与“纻弦”相对，则芦叶为胡笳的外包装形式显然可见。庾信作为一位杰出的诗人，亦颇长于音乐艺术之鉴赏，特别是由南入北而终老于北的特殊人生经历，使他对胡笳这种乐器非常熟悉。他也常常被胡笳之音所感动，从而唤起他深沉的故国之思：

① （唐）白居易、（宋）孔传：《白孔六帖》，《四库类书丛刊》，上海古籍出版社1992年版。

闻鹤唳而虚惊，听胡笳而泪下。①

敛眉光禄塞，还望夫人城。片片红颜落，双双泪眼生。冰河牵马渡，雪路抱鞍行。胡风入骨冷，夜月照心明。方调琴上曲，变入胡笳声。②

我们再读他的以下诗作：

乐宫多暇豫，望苑暂回舆。鸣笳陵绝浪，飞盖历通渠。桂亭花未落，桐门叶半疏。荷风惊浴鸟，桥影聚行鱼。日落含山气，云归带雨余。(《奉和山池》)③

楼船聊习战，白羽试撝军。山城对却月，岸阵抵平云。赤蛇悬弩影，流星抱剑文。胡笳遥警夜，塞马暗嘶群。客行明月峡，猿声不可闻。(《和赵王送峡中军》)④

上将出东平，先定下江兵。弯弓伏石动，振鼓沸沙鸣。横海将军号，长风骏马名。雨歇残虹断，云归一雁征。暗岩朝石湿，空山夜火明。低桥涧底渡，狭路花中行。锦车同建节，鱼轩异泊营。军中女子气，塞外夫人城。小人乖摄养，岐路阻逢迎。几月芝田熟？何年金灶成？哀笳关塞曲，嘶马别离声。王子身为宝，深思不倚衡。(《奉报赵王出师在道赐诗》)⑤

三川羽檄驰，六郡良家选。观兵细柳城，校猎长杨苑。惊雉逐鹰飞，腾猿看箭转。鸣笳河曲还，犹忆南皮返。(《冬狩行四韵连句应诏》)⑥

都能够发现同样的思想情调。事实上，庾信的父亲庾肩吾（487—551）对胡笳也并不陌生，如其《登城北望》诗曰：

---

① 严可均：《全后周文》卷8庾信《哀江南赋並序》，《全上古三代秦汉三国六朝文》，中华书局1958年版，第3923页。

② 丁福保：《全北周诗》卷2庾信《昭君辞应诏》，《全汉三国晋南北朝诗》下册，中华书局1959年版，第1567页。

③ 同上书，第1572页。

④ 同上书，第1577页。

⑤ 同上书，第1576—1577页。

⑥ 同上书，第1597页。

誓师屠六郡，登城望九嵏。山沈黄雾里，地尽黑云中。霜戈曜垅日，哀笳断塞风。[①]

其《经陈思王墓》诗曰：

……枯桑落古社，寒鸟归孤城。陇水哀葭曲，渔阳惨鼓声。离家来远客，安得不伤情。[②]

“哀葭”就是“哀笳”，比较原始的胡笳乃是用葭管制成。葭多生长在水中，是一种很常见的水生植物。南朝梁吴均（469—520）《赠朱从事》诗：“长葭历渚生，疏蒲缘岸出。”[③] 又吴均《酬别》诗：“露下寒葭中，风起秋江上。”[④] 陈思王曹植（192—232）的墓地在山东东阿，由此可知庾肩吾是到过北方的。可见庾氏父子对胡笳的艺术描写确实有深厚的生活基础。

关于胡笳的形制问题，我们还可以通过今日新疆哈萨克族的斯伯孜柯乐器加以观察。这种乐器又称为斯布斯额、色不孜克。关于这种乐器，哈依夏·塔巴热克作了如下描述：

哈萨克民族的斯伯孜柯乐器长约50—70厘米，管壁开三个、四个、五个，甚至七个音孔。最早的斯伯孜柯乐器的管壁用鲜羊肠套着作为保护膜，现在有人已经改用铜丝缠绕。吹奏时，先吸水润湿管口，并用舌尖堵住管口大部，留一小口为吹孔。吹奏时发出不同音阶，同时用喉头发出持续低音，形成双声部。它的音量虽然较小，但音色柔和、舒缓、悠远。斯伯孜柯乐器经过几千年的传承已经比较成熟，已经基本上能提供逻辑化的音体系，音乐的组织结构也已经变得比较复杂。斯伯孜柯乐曲的曲调揭示了这种乐器所能表现的丰富内涵，它的音区高低分明，节奏富于变化，同一旋律反复出现，极大地丰富了音乐形象，造成了前呼后应，此起彼伏的效果。……哈萨克民

① 丁福保:《全梁诗》卷七,《全汉三国晋南北朝诗》下册，第1107页。

② 同上书，第1098页。

③ 丁福保:《全梁诗》卷八,《全汉三国晋南北朝诗》下册，第1124—1125页。

④ 同上书，第1126页。

族几乎是整体性地沉溺于斯伯孜柯音乐的。这种传统的音乐艺术无疑触及了这个民族的深层心理，即生活应该是有追求有理想的。斯伯孜柯音乐给了哈萨克族这种想象力，使哈萨克这个民族一代又一代在寻找流奶流蜜的乐土。它也给了我们心灵的自由，而创造力恰恰属于心灵自由的民族。这种特别的民族精神使得哈萨克民族在历史的长河中没有像匈奴那样灰飞烟灭。细细聆听斯伯孜柯音乐，你会听出一种沉静，它使你无法轻松，无论什么样的快乐主题，也会被它变得平静舒缓。当代著名的斯伯孜柯演奏家尼合买提曾经创作过一首乐曲——《婚礼曲》，我以为自己终于可以听到一首表现欢乐主题的乐曲了。但适得相反，它依然是沉静的，好像在告诉沉浸在欢乐中的男女双方：新的、更加艰难的生活就要开始了。斯伯孜柯音乐迫使你节制无穷尽的物质欲望，迫使你宽容地对待不同国家、不同民族、不同宗教、不同文化背景下的所有人，迫使你珍惜足下的每一根草，有一种与天上的小鸟交流的冲动，迫使你重新认识已经变得喧嚣、躁动、面目全非的人类生活，牢牢地把握自己的心灵，无悔地度过一生。①

有的音乐工作者也指出：

色不孜克，哈萨克语是“吹”的意思。色不孜克是哈萨克族民间艺人最常使用的一种吹奏乐器，被哈萨克人民誉为“心笛”。这种乐器类似汉民族的竖萧，是一种竖吹木笛。原先用草原上的一种“从文依草”制成，如今发展到用松木、骨头、铜片、铁筒和钢管作原料。色布孜克长约50—70厘米不等。管开3孔、4孔或5孔。原先管外扎套羊肠细绳保护，现改用铜丝。不吹时套木塞，以保护木笛。吹奏前，先吸水润湿管口，用舌尖堵住管口大部，留一小口为吹孔。吹奏时发出不同音阶，同时用喉头发出持续低音，形成双声部，音量较小，音色柔和，似鹿鸣。②

这种乐器实际上也是胡笳的遗存，其乐理和吹奏方法与冒顿·潮尔是完全

① 《新疆日报》2007年10月23日。

② http：//minzu. folkw. com/Content. Asp？Id＝3035，关于哈萨克人的这种乐器有专门的介绍。

一样的。

在中原的管乐器中，有一种名叫筹，所谓筹，就是潮尔或楚兀尔，其在语源上明显来自阿勒泰语系。关于筹，赵书峰在《“筹”——中国吹管乐器的鼻祖》一文中作了如下描述：

> “筹”是流行于河南省鄢陵县一种古老的斜吹吹管乐器。它形似竹，“筹”有一种意义为“竹、木或象牙等制成的小棍或小片”，而“筹”还是一种罕见的乐器。“筹”，古文献中字作“楚”。《道德经》中的“天地之间，其状橐乎”便是指“筹”。据朱载堉《律吕精义》载：“南龠”俗称为“楚”，提出了“筹”之祖乃是古龠的观点，认为“筹”乃是古南龠在民间的一种变体孑遗，属中国吹管乐器的鼻祖。质朴的斜吹之法，至少已有八九千年的历史可考，蕴含着重要的音乐文化价值。“筹”是流行于中原地区的一种在道教音乐中使用的吹管类伴奏乐器。……“筹”又称为“斜筹”。直管，它形似竹笛，吹奏时竖持，将上端置于口，右斜约45度角，故民间俗称为“斜吹”。长约45厘米，直径约3厘米，“筹”身有9音孔，下端的2个是调音孔，两端粗细差别不大的竹制乐器。……“筹”的音色，介于笛箫之间，兼有笛的清脆明亮与箫的悠扬婉转，呈45度角放到嘴边，还可通过吹口角度的变化，调节音调。同时要求气沉丹田，所以一般人根本就吹不响。筹与高亢、明亮的管搭配在一起，音色调和优美。岁月流转中，“筹”仅在道教音乐中有保留。被称为：民间艺术“活化石”。据张福生老人介绍，当年做道场时，一共上场9人，持管、笛、笙、箫、铙、锣、木鱼、磬、筹9样乐器，管是主奏乐器，筹是配器中的一种。“筹”的演奏技巧非常难学，同时欣赏管筹音乐需要有一种氛围、一种境界。①

另据记者左丽慧报道：

> 筹是一种古老而罕见的乐器，北魏时期已经进入宫廷乐队之中；北宋都城——开封铁塔的琉璃砖上也出现过吹筹人的形象。筹形似竹

① 见 http：//dstu98. blog. 163. com/blog/static/55301820201003185707 95/。

笛和箫，却为斜吹，音质介于笛与箫之间，兼有笛音的清脆、明亮与箫声的柔和、优美。《道德经》中的“天地之间，其犹橐乎”便是指筹。岁月流转中，筹仅在道教音乐中有保留。[①]

而近年来的调查表明，筹在河南开封相国寺中也有遗存。从形制上看，筹与胡笳并无根本的区别，而乐理也是基本相通的。

其实无论哪种形制的胡笳，只要是胡笳，其发音原理都是相同的；加簧的管乐器，可能是筚篥，也可能是其他乐器，如芦管，但绝对不是胡笳，因为它的发音原理与喉音震动无关，胡笳是中空，上下开口，且无簧的管乐器，必须依靠喉音震动才能发声，必须依靠按孔的调节才能产生五音旋律。因此，《白孔六帖》和《乐书》关于胡人卷芦叶为笳之记载，适可为本文之观点提供一个强有力的佐证。由于这种胡笳是彻头彻尾的自然妙物，所以我国魏晋时期的中原士人常常为之叹赏称奇，也就无足惊怪了。关于胡笳与呼麦在发音上的关联性，李世相指出：

胡笳，蒙语称“冒顿·潮尔”，“冒顿”蒙语意为“树木”，即以木管为震动体来获得音响共鸣之意，竖吹，三孔，类似箫。奏时先以人声哼鸣发出长低音持续音，然后再利用按孔发出高声部的管奏旋律。特点是人声与器乐结合，有一人发出高低双声部的“二重结构”音响，音色圆润而动人[②]。

可见呼麦与胡笳是兄弟艺术，“是姊妹艺术”[③]，而同属于潮尔艺术的大家庭[④]。但呼麦“有明显的自娱性音乐属性”[⑤]，胡笳不仅有自娱性，

---

① 《“非物质文化遗产中原行”之天下独绝一斜筹》，见中原新闻网（www. zynews. com）。

② 李世相：《蒙古族长调民歌概论》，内蒙古人民出版社 2004 年版，第 10—11 页。

③ D. 布贺朝鲁：《喉音艺术——呼麦初探》，载 C. 巴音吉日嘎拉编《潮尔歌及浩林·潮尔》，香港天马出版有限公司 2006 年版，第 212 页。

④ D. 布贺朝鲁将潮尔艺术划分为五种形态，见其《喉音艺术——呼麦初探》一文，《内蒙古大学艺术学院学报》1992 年第 2 期；C. 巴音吉日嘎拉：《也谈潮尔》（C. 巴音吉日嘎拉编：《潮尔歌及浩林·潮尔》，第 235—246 页）；李世相：《“潮尔”现象对蒙古族音乐风格的影响》（《中国音乐学》2003 年第 3 期）皆承续此说。莫尔吉胡将潮尔艺术划分为四种形态，详见其《“潮儿”现象及“潮儿”音乐——试论阿尔泰蒙古古音乐文化圈》一文，《音乐艺术》1998 年第 1、2 期。

⑤ 李世相：《蒙古族长调民歌概论》，第 2 页。

更具娱他性或者说表演性。可见呼麦与胡笳确实是非常独特的音乐艺术。南飞雁在《喉音演唱与呼麦》一文中非常自豪地说：“西方的经典声乐理论不可想象一个人可以同时发出两个或更多的声音。”[①] 而这也正是潮尔艺术的特殊价值之所在。

近年来，我一直怡情于潮尔艺术，并在中国古代文化的千山万壑中苦苦追寻它的鸿影，试图在蒙古民族正式走上历史舞台之前的历史云烟中窥见它的一缕芳踪。众里寻他千百度，蓦然回首之际，著名诗人繁钦（？—218）在建安十七年（212）正月写给曹丕（187—226）的一纸短笺跳入了我的视线，这就是见于《昭明文选》卷40的《与魏文帝笺》：

> 正月八日壬寅，领主簿繁钦，死罪死罪。近屡奉笺，不足自宣。顷诸鼓吹，广求异妓，时都尉薛访车子，年始十四，能喉啭引声，与笳同音。白上呈见，果如其言。即日故共观试，乃知天壤之所生，诚有自然之妙物也。潜气内转[②]，哀音外激，大不抗越，细不幽散，声悲旧笳，曲美常均。及与黄门鼓吹温胡，迭唱迭和，喉所发音，无不响应，曲折沈浮，寻变入节。自初呈试，中间二旬，胡欲傲其所不知，尚之以一曲，巧竭意匮，既已不能。而此孺子遗声抑扬，不可胜穷，优游转化，余弄未尽；暨其清激悲吟，杂以怨慕，咏《北狄》

---

① 《天津音乐学院学报》2005年第2期。

② 在中古时期，“转”、“啭”二字经常通用。如蔡镜浩释“转”云：一指吹奏乐器，如：“笳吟度陇咽，笛转出关鸣。”（陈后主《昭君怨》）“笛转”犹“笛吹”。“单吟如转箫，群噪学调笙。”（颜之推《和阳纳言听鸣蝉篇》）“转箫”犹吹箫。“寥戾清笳转，萧条边马烦。”（谢朓《随王鼓吹曲十首·从戎曲》）“清笳转”即清笳鸣。“出则鸣驺御道，文物成行，铙吹响发，笳声哀转。”（《洛阳伽蓝记·城南·高阳王寺》）《太平广记》引此文，“转”作“啭”，两字通。《广韵》去声线韵，“转”、“啭”同为知恋切，并云：“啭，韵也，又鸟吟。”“胡马哀吟，羌笳凄啭。”（庾信《竹杖赋》，此例作“啭”，与“转”之义全同）“清紧如敲玉，深圆似转簧。”（白居易《题周家歌者》）据此可知，此义至唐代仍流行。二指乐曲、歌声，用作名词，如：“制赋已百篇，弹琴复千转。”（吴均《赠周散骑兴嗣》二首之一）“千转”犹千曲。“传声入钟磬，余转杂箜篌。”（梁元帝《咏歌》）“转”与“声”互文，“余转”犹余音。“舞馆识余基，歌梁想遗传。”（谢朓《和伏武昌登孙权故城》）“遗转”犹遗音。“故秦楚燕之歌，异转而皆乐也。”《淮南子·修务训》高诱注：“转，音声也。”由此可见，这一用法早在西汉时期即已存在。又“转”指鸟鸣，这是“啭”的通假字，上文所引《广韵》的解释已提及这一点。“莺林响初转，春畦药欲含。”（孔焘《往虎窟山寺》）“初转”指黄莺最初的鸣声。“乍动轩墀步，时转入琴声。”（阴铿《咏鹤》）这里的“转”指鹤鸣。见蔡镜浩《魏晋南北朝词语解诂》，《苏州大学学报》（哲学社会科学版）1986年第4期。

> 之遐征，奏《胡马》之长思，凄入肝脾，哀感顽艳。是时日在西隅，凉风拂衽，背山临溪，流泉东逝。同坐仰叹，观者俯听，莫不泫泣殒涕，悲怀慷慨。自左　史妠、謇姐名倡，能识以来，耳目所见，佥曰诡异，未之闻也。窃惟圣体，兼爱好奇；是以因笺，先白委曲。伏想御闻，必含余欢。冀事速讫，旋侍光尘，寓目阶庭，与听斯调，宴喜之乐，盖亦无量。钦死罪死罪。①

毫无疑问，这位“车子”乃是建安时期（196—219）的“呼麦之杰”：他没有留下名字，他仅仅是曹操西征大军中的一个普通的御手。所谓“喉啭引声，与笳同音”，我们可以引述松迪的精彩观点加以解释：“潮尔（指胡笳）实际上就是呼麦在作响。没有胡笳管子，呼麦本身也可以发出胡笳的效果。吹奏胡笳，其持续音还是原来呼麦的低音部，只是把高声部吹入管子里，成为胡笳的上声部而已。”②《与魏文帝笺》实在太重要了。就研究中亚的潮尔艺术史，考察阿尔泰音乐形态，乃至探讨中国音乐史而言，繁氏此笺实为核心性的文献。倘若没有这篇文献传世，有关我国音乐史的若干重大关节将难以明了，而面对音乐史中的许多问题，我们将要永远地一头雾水。但是，迄今为止，人们对这篇文献并未作深入的开掘③，它犹如暗藏于一只沧海老蚌中的一颗璀璨的明珠，其光辉其莹彻尚未显现于人间。有鉴于此，本文拟参照音乐学界的相关研究以及田野调查的成果，全面考察其特殊的文化背景，而着重从音乐学的角度阐发其文化特质与艺术价值。

---

① 建安十七年，曹操58岁，曹丕26岁，曹植21岁。笺云“正月八日壬寅”，“八”为“九”字之讹。建安十七年正月九日为壬寅。“冀事速讫，旋侍光尘”，说明繁钦“尚在归途而未抵邺”。详见张可礼《三曹年谱》，齐鲁书社1983年版，第113—120页。

② 转引自D. 布贺朝鲁《喉音艺术——呼麦初探》，载自C. 巴音吉日嘎拉编《潮尔歌及浩林·潮尔》，第212—213页。

③ 关于繁氏《与魏文帝笺》的学术论文极少，以笔者之所见，有欧阳艳华《汉魏文论辨要：繁钦与曹丕文气说疏论》，《中国文体学国际学术研讨会、〈文学遗产〉论坛论文集》下卷（2008年12月，广州），第426—442页；高华平《繁钦〈与魏文帝笺〉的写作时间及相关问题》，南京大学古典文献研究所：《古典文献研究》第十二辑，凤凰出版社2009年版，第572—576页。

二 繁钦《与魏文帝笺》的历史文化背景

建安十六年（211）秋七月，曹操（155—220）西征马超（196—222），繁钦领主簿于军中。《艺文类聚》卷30曹丕《感离赋并序》：

> 建安十六年，上西征，余居守，老母诸弟皆从，不胜思慕，乃作赋曰：秋风动兮天气凉，居常不快兮中心伤。出北园兮彷徨，望众慕兮成行。……

北园在邺城（今河北临漳西南），曹操西征时曹丕即留守于此。而他的胞弟曹植则随军而行。《全三国文》卷13曹植《离思赋并序》：

> 建安十六年，大军西讨马超，太子留监国，植时从焉。意有忆恋，遂作《离思赋》云：……在肇秋之嘉月，将曜师而西旗。余抱疾以宾从，扶衡轸而不怡。

曹道衡（1928—2005）、沈玉成（1932—1995）《中古文学史料丛考》"曹植从曹操西征在建安十六年"条：

> 《魏志·武帝纪》载，建安十六年秋七月，操西征。曹丕《感离赋序》："建安十六年，上西征，余居守，老母诸弟皆从，不胜思慕，乃作赋。"曹植《离思赋序》："建安十六年，大军西讨马超，太子留监国，植时从焉。意有忆恋，遂作《离思赋》云。"是行也，从者尚有丁仪、王粲、阮瑀、徐干、繁钦①。

在这次西征的途中，繁钦似乎并没有什么实际的建树。建安十七年（212）正月，在大军凯旋，即将抵达邺城之际，他迫不及待地以短笺的

① 曹道衡、沈玉成：《中古文学史料丛考》，中华书局2003年版，第43页。

形式向曹丕汇报自己发现的“车子”这样一位音乐奇才①。曹丕在给繁钦的回信中说：“披书欢笑，不能自胜，奇才妙伎，何其善也。”② 对他的发现给予了充分的肯定。从文学的角度看，《与魏文帝笺》是一篇驰誉千古的美文。其文辞之美，亦可谓“文采委曲，晔若春荣，浏若清风”③，曹丕也说“其文甚丽”④。昭明太子萧统（501—531）赏其佳词丽句，所以收入《文选》中。由此，“薛访车子”的“喉啭引声”便成为善歌者的代名词。如清朱彝尊（1629—1709）《曝书亭集》卷19《虎山桥夜泊》诗：“薛家车子十四，白傅歌童一双。”同书卷24《红娘子》词：“唤薛家车子近前歌，胜名倡謇姐。”繁钦不仅是一位富有才情的诗人，还知音审律，长于鉴赏。《三国志》卷21《王卫二刘傅》南朝宋裴松之（372—451）注引《典略》曰：

> 钦字休伯，以文才机辩，少得名于汝、颍。钦既长于书记，又善为诗赋。其所与太子书，记喉转意，率皆巧丽。为丞相主簿。建安二十三年卒。

《文选注》卷40李善注引《文章志》说他“少以文辩知名，以豫州从事稍迁至丞相主簿”。建安之前，他“避乱荆州”，受到刘表（142—208）的赏识⑤。大约在建安三年（198）之后，繁钦归投曹操⑥。繁钦的代表作是宋郭茂倩（公元1084年前后在世）《乐府诗集》卷76《杂曲歌辞》一六著录的《定情诗》：

> 我出东门游，邂逅承清尘。思君即幽房，侍寝执衣巾。时无桑中契，迫此路侧人。我既媚君姿，君亦悦我颜。何以致拳拳，绾臂双金

① 曹道衡、沈玉成：《中古文学史料丛考》“繁钦《与魏文帝笺》作年”条，第86—88页。

② 严可均：《全三国文》卷7《答繁钦书》，《全上古三代秦汉三国六朝文》，中华书局1958年影印本，第1088页。

③ 萧统：《文选》卷42曹植《与吴季重书》，上海古籍出版社1986年版，第1906页。

④ 严可均：《全三国文》卷7曹丕《叙繁钦》，《全上古三代秦汉三国六朝文》，第1091页。

⑤ 事见《三国志》卷23《杜袭传》和《赵俨传》。

⑥ 曹道衡、沈玉成：《中古文学史料丛考》“繁钦年岁”条，第85—86页。

环；何以致殷勤，约指一双银；何以致区区，耳中双明珠；何以致叩叩，香囊系肘后；何以致契阔，绕腕双跳脱；何以结恩情，佩玉缀罗缨；何以结中心，素缕连双针；何以结相于，金薄画搔头；何以慰别离，耳后玳瑁钗；何以答欢悦，纨素三条裾；何以结愁悲，白绢双中衣。与我期何所，乃期东山隅，日旰兮不至，谷风吹我襦。远望无所见，涕泣起踟蹰。与我期何所，乃期山南阳，日中兮不来，飘风吹我裳。逍遥莫谁睹，望君愁我肠。与我期何所，乃期西山侧，日夕兮不来，踯躅长叹息。远望凉风至，俯仰正衣服。与我期何所，乃期山北岑，日暮兮不来，凄风吹我衿。望君不能坐，悲苦愁我心。爱身以何为，惜我华色时，中情既款款，然后克密期。褰衣蹑花草，谓君不我欺。厕此丑陋质，徙倚无所之。自伤失所欲，泪下如连丝。

在诗题下，郭茂倩引唐吴兢（670—749）《乐府解题》曰：“《定情诗》，汉繁钦所作也。言妇人不能以礼，从人而自相悦媚，乃解衣服玩好致之，以结绸缪之志，若臂环致拳拳，指环致殷勤，耳珠致区区，香囊致扣扣，跳脱致契阔，佩玉结恩情，自以为志而期于出隅、山阳、山西、山北。终而不答，乃自伤悔焉。”诗中接连十一个“何以”（22句诗），四个“与我期何所”（24句诗），以自问自答的抒情歌诗将女主人公的悲怨情怀渲染得淋漓尽致，充分表现了繁钦的文学才能和音乐修养。清田雯（1635—1704）《古欢堂集》卷13《无题》诗曰：“凤尾香罗红豆蔻，繁钦合作《定情》词。”足见推许之意。又如严可均《全后汉文》卷93繁钦《愁思赋》：

听鸣鹤之哀音，知我行之多违。怅俯仰而自怜，志荒咽而摧威。聊弦歌以厉志，勉奉职于闺闱。

诗人对自然界的声音是非常敏感的，鹤的哀音与人的弦歌相应相和，别有一番情味。宋邓名世（公元1134年前后在世）《古今姓氏书辩证》卷12“繁”：

……汉魏间有繁钦，文集十卷。又汴州人繁氏世居梁孝王吹台之侧，其家富盛，人谓吹台为繁台，今东都天清寺即其地也。……

梁孝王吹台是战国时代的著名音乐建筑，繁氏聚居于此台之侧，可能与其家族对音乐的爱好不无关系。这种音乐文化背景足以表明为什么在大军凯旋之际，繁钦没有赞美曹操的赫赫武功，却津津乐道于一个无名小卒“喉啭引声”的绝技。

在汉魏时期，胡笳之乐已经广泛渗透于高层人士的风雅生活当中。东汉后期，胡风极盛，胡乐自然如影随形。南朝宋范晔（398—445）《后汉书·五行志》：

> 灵帝好胡服、胡帐、胡床、胡坐、胡饭、胡箜篌、胡笛、胡舞，京都贵戚皆竞为之。①

上行下效，蔚然成为一时的风气。这无疑为潮尔艺术的发展提供了一个良好的文化温床。而建安时期蔡文姬（177—?）从匈奴单于的王廷返回阔别已久的祖国，又将潮尔艺术推向了一个新的高峰。《乐府诗集》卷59《琴曲歌辞》三蔡琰《胡笳十八拍》解题曰：

> 《后汉书》曰：“蔡琰，字文姬，邕之女也。博学有才辩，又妙于音律，适河东卫仲道。夫亡无子，归宁于家。兴平中，天下丧乱，文姬没于南匈奴。在胡中十二年，生二子。曹操痛邕无嗣，乃遣使者以金璧赎之，而重嫁陈留董祀。后感伤乱离，追怀悲愤，作诗二章。”《蔡琰别传》曰：“汉末大乱，琰为胡骑所获，在右贤王部伍中。春月登胡殿，感笳之音，作诗言志，曰：‘胡笳动兮边马鸣，孤雁归兮声嘤嘤。’”唐刘商《胡笳曲序》曰：“蔡文姬善琴，能为《离鸾》、《别鹤》之操。胡虏犯中原，为胡人所掠，入番为王后，王甚重之。武帝与邕有旧，敕大将军赎以归汉。胡人思慕文姬，乃卷芦叶为吹笳，奏哀怨之音。后董生以琴写胡笳声为十八拍，今之《胡笳弄》是也。”《琴集》曰：“《大胡笳》十八拍，《小胡笳》十九拍，并蔡琰作。”……

① 范晔：《后汉书》第11册，中华书局1965年版，第3272页。

我们试读《胡笳十八拍》之末拍:

> 胡笳本自出胡中,绿琴翻出音律同。十八拍兮曲虽终,响有余兮思未穷。是知丝竹微妙兮均造化之功。哀乐各随人心兮有变则通,胡与汉兮异域殊风。……

继李延年(?—约前90)之后(参见下文),蔡文姬是第二位改编胡笳之乐为汉乐琴曲的音乐家。她的不幸身世,她的旷世才情,她的优雅风度,她的纯洁品格以及她在文学和音乐领域的卓越造诣,使她的胡笳之音和古琴之曲缭绕在历史的天际,人们异代相感,千秋洒泪。

建安时期,以曹氏兄弟为核心的邺下文人集团对潮尔音乐具有浓厚的兴趣。《全三国文》卷7曹丕《答繁钦书》:

> 披书欢笑,不能自胜,奇才妙伎,何其善也。顷守宫王孙世有女曰琐,年始九岁,梦与神通,寤而悲吟,哀声急切,涉历六载,于今十五。近者督将具以状闻,是日戊午,祖于北园,博延众贤,遂奏名倡。曲极数弹,欢情未逞,白日西逝,清风赴闱,罗帏徒祛,玄烛方微。乃令从官引内世女,须臾而至,厥状甚美,素颜玄发,皓齿丹唇。详而问之,云善歌舞,于是振袂徐进,扬蛾微眺,芳声清激,逸足横集,众倡腾游,群宾失席。然后修容饰妆,改曲变度,激清角,扬白雪,接孤声,赴危节。于是商风振条,春鹰度吟,飞雾成霜,斯可谓声协钟石,气应风律,网罗韶濩,囊括郑卫者也。今之妙舞,莫巧于绛树,清歌莫善于宋臈,岂能上乱灵祇,下变庶物,漂悠风云,横厉无方,若斯也哉?固非车子喉转长吟所能逮也。吾练色知声,雅应此选,谨卜良日,纳之闲房。

这里提到的女歌舞家王琐(生卒年不详),实际上是一位女子呼麦手,所谓“梦与神通,寤而悲吟,哀声急切”,正是典型的潮尔声乐(卡基拉唱法,详见下文)特征①。她不仅善歌,而且善舞,所以,曹丕认为她要远远胜过“车子喉转长吟”。对王琐的魅力,曹丕在《善哉行》一诗中更是

① 关于这一点,我将另文加以论述。

称扬有加：

有美一人，婉如清扬。妍姿巧笑，和媚心肠。知音识曲，善为乐方。哀弦微妙，清气含芳。流郑激楚，度宫中商。感心动耳，绮丽难忘。离鸟夕宿，在彼中洲。延颈鼓翼，悲鸣相求。眷然顾之，使我心愁。嗟尔昔人，何以忘忧。[①]

黄节（1873—1935）《汉魏乐府风笺》卷12引清朱乾（字秬堂，生卒年不详）《乐府正义》曰："魏文《答繁钦书》云：'守宫王孙世有女曰琐，年……十五。……素颜、玄发，皓齿、丹唇。……善歌舞，……芳声清激，……可谓声协钟石，气应风律……。吾练色知声，雅应此选，谨卜良日，纳之闲房。'诗当指此。'离鸟夕宿'以下，乃其'纳之闲房'之意欤？"[②] 朱乾认为曹丕的《答繁钦书》和《善哉行》描写的是同一个人物，此说可谓卓见。曹丕不仅对潮尔声乐有浓厚的兴趣，而且对潮尔器乐也颇具妙赏。《文选》卷42曹丕《与朝歌令吴质书》曰：

……每念昔日南皮之游，诚不可忘。既妙思六经，逍遥百氏，弹棋闲设，终以六博。高谈娱心，哀筝顺耳。驰骛北场，旅食南馆，浮甘瓜于清泉，沈朱李于寒水。白日既匿，继以朗月，同乘并载，以游后园，舆轮徐动，参从无声，清风夜起，悲笳微吟，乐往哀来，凄然伤怀。……

《文选》卷42曹植《与吴季重书》：

若夫觞酌陵波于前，箫笳发音于后；足下鹰扬其体，凤观虎视，谓萧曹不足俦，卫霍不足侔也。

足见曹氏兄弟对胡笳的赏爱。在建安之后，著名作家杜挚在魏明帝曹睿

① 郭茂倩：《乐府诗集》卷36《相和歌辞》11《瑟调曲》一，中华书局1979年第1版，第538页。

② 黄节：《黄节注汉魏六朝诗六种》，人民文学出版社2008年版，第148—149页。

(204—239) 青龙年间 (233—236) 因奏上一篇优美的《笳赋》而获得官位①。《全三国文》卷41载其《笳赋并序》曰：

昔李伯阳避乱，西入戎，戎越之思，有怀土风，遂造斯乐，美其出入戎貉之思，有大韶夏音。

唯葭芦之为物，谅絜劲之自然。托妙体于阿泽，历百代而不迁。于是秋节既至，百物具成，严霜告杀，草木殒零，宾鸟鼓翼，蟋蟀悲鸣，羁旅之士，感时用情，乃命狄人，操笳扬清。吹东角，动南征，清羽发，浊商起。刚柔待用，五音迭进。倏尔却转，忽焉前引。或缊缊以和怿，或凄凄以噍杀，或漂淫以轻浮，或迟重以沈滞。

说胡笳为老子所造，纯粹属于无稽之谈。但胡笳来自西域，故杜挚之说亦有其合理的内核。赋中说“乃命狄人，操笳扬清”，则说明胡笳乃是草原游牧民族创造的乐器。事实上，中古时代的古典诗文更多地显示了胡笳与草原游牧民族的关系。《文选》卷41李陵（？—前74)《答苏武书》：

凉秋九月，塞外草衰，夜不能寐，侧耳远听：胡笳互动，牧马悲鸣，吟啸成群，边声四起。晨坐听之，不觉泪下。

这封书信无疑是中国散文史上最动人的作品之一。宋范仲淹（989—1052)《渔家傲・秋思》“塞下秋来风景异”、“羌管悠悠霜满地”② 的凄美意境，则几乎全从此文化出。我们再读以下诗文：

边风落寒草，鸣笳坠飞禽。越情结楚思，汉耳听胡音。既怀离俗伤，复悲朝光侵。日当故乡没，遥见浮云阴。③

① 《三国志》卷21《王卫二刘傅传》称“郎中令河东杜挚等亦著文赋，颇传于世”，裴松之注引《文章叙录》曰：“挚字德鲁。初上《笳赋》，署司徒军谋吏。后举孝廉，除郎中，转补校书。”

② 唐圭璋编：《全宋词》第1册，中华书局1965年版，第11页。

③ （南朝宋）吴迈远：《胡笳曲》，《乐府诗集》卷59《琴曲歌辞》三，第869页。

垄树饶风，胡天少色。……闻繁钲之韵冰，听流风之入笳。[①]

胡雾连天，征旗拂日，时闻坞笛，遥听塞笳。[②]

闻羌笛之哀怨，听胡笳之凄切。[③]

胡笳屡凄断，征蓬未肯还。妾坐江之介，君戍小长安。相去三千里，参商书信难。四时无人见，谁复重罗纨?[④]

杂虏客来齐，时余在角抵。扬鞭渡易水，直至龙城西。日昏笳乱动，天曙马争嘶。不能通瀚海，无面见三齐。[⑤]

图形汉宫里，遥聘单于庭。狼山聚云暗，龙沙飞雪轻。笳吟度陇咽，笛转出关鸣。啼妆寒叶下，愁眉塞月生。只馀马上曲，犹作别时声。[⑥]

杨柳动春情，倡园妾屡惊。入楼含粉色，依风杂管声。武昌识新种，官渡有残生。还将出塞曲，仍共胡笳鸣。[⑦]

长城飞雪下，边关地籁吟。濛濛九天暗，霏霏千里深。树冷月恒少，山雾日偏沈。况听南归雁，切思胡笳音。[⑧]

天马汗如红，鸣鞭度九嵏。饮伤城下冻，嘶依北地风。笳寒芳树歇，笛怨柳枝空。横行意未已，羞往毂车中。[⑨]

我本良家子，充选入椒庭。不蒙女史进，更失画师情。蛾眉非本质，蝉鬓改真形。专由妾命薄，误使君恩轻。啼沾渭桥路，叹别长安城。夜依寒草宿，朝逐转蓬征。却望关山迥，前瞻沙漠平。胡风带秋

① 《全梁文》卷8（南朝梁）文帝萧纲《阻归赋》，《全上古三代秦汉三国六朝文》，第2995页。

② 《全梁文》卷11（南朝梁）文帝萧纲《答张缵谢示集书》，《全上古三代秦汉三国六朝文》，第3010页。

③ 《全梁文》卷15（南朝梁）元帝萧绎《玄览赋》，《全上古三代秦汉三国六朝文》，第3037页。

④ 逯钦立：《梁诗》卷11（南朝梁）吴均《闺怨诗》，《先秦汉魏晋南北朝诗》，中华书局1983年版，第1746页。

⑤ 《乐府诗集》卷58《琴曲歌辭》二（南朝梁）吴均《渡易水》，第849页。

⑥ 丁福保：《全陈诗》卷1（南朝）陈后主《昭君怨》，《全汉三国晋南北朝诗》下册，第1341页。

⑦ （南朝）陈后主：《折杨柳》二首其一，《全汉三国晋南北朝诗》下册，第1343页。

⑧ （南朝）陈后主：《雨雪曲》，《全汉三国晋南北朝诗》下册，第1344—1345页。

⑨ 丁福保：《全陈诗》卷4（南朝陈）陈暄《紫骝马》，《全汉三国晋南北朝诗》下册，第1437页。

月，嘶马杂笳声。毛裘易罗绮，毡帐代金屏。自知莲脸歇，羞看菱镜明。钗落终应弃，髻解不须萦。何用单于重，讵假阏氏名。駃騠聊强食，筒酒未能倾。心随故乡断，愁逐塞云生。汉宫如有忆，为视旄头星。①

这些文字荡漾着凄美、哀怨、缠绵、缥缈的胡笳之音，几乎都与遥远的边塞密切相关。陈旸《乐书》卷126《夷乐论》说："东夷之音怨而思，南蛮之音急而苦，西戎之音悲而洌，北狄之音雄以怒，四夷之声也。"陈氏在这里提到了环绕中原文明的"四大音乐集团"，而以呼麦和胡笳为代表的潮尔艺术无疑来自西方和北方。"车子"的民族属性，也足以证明这一点。

三　从繁钦《与魏文帝笺》看胡笳与中古时代礼乐和军乐的关系

都尉薛访（生卒年不详）的这位"车子"是一个年仅十四岁的匈奴少年。《后汉书》卷89《南匈奴传》说"居车儿一心向化"，"单于居车儿立"，"车儿"就是"车子"。匈奴人通晓马性，善于驾车，如金日磾本为匈奴休屠王的太子，入汉后被武帝"拜为马监，出则骖乘"，后来又担任车骑将军②，即是一个显证。又如《三国志》卷8《张绣传》引《傅子》曰："绣有所亲胡车儿，勇冠其军。太祖爱其骁健，手以金与之。绣闻而疑太祖欲因左右刺之，遂反。"曹操对"胡车儿"赏识和馈赠，居然导致了张绣的一场叛乱。而"胡车儿"的"胡"乃其民族属性，即匈奴，"车儿"也就是"车子"——善于驾车的人。这种非个性化的通名常常见于中古时期的历史文献。繁钦能够发现车子那样的音乐人才不是偶然的。《全后汉文》卷93繁钦《三胡赋》曰：

莎车之胡，黄目深精，员耳狭颐。康居之胡，焦头折頞，高辅陷口，眼无黑眸，颊无余肉。罽宾之胡，面象炙蝟，顶如持囊，隅目赤

---

① （隋）薛道衡：《昭君辞》，载自丁福保《全隋诗》卷2，第1662页。

② 见《汉书》卷68《金日磾传》。

眦，洞頞仰鼻。……额似鼬皮，色象娄橘。

又《嘲应德楗文》云：

应德温云："昔与季叔才俱到富波，饮于酒肆，日暮留宿。主人有养女，年十五，肥头赤面，形似鲜卑。……"

可见繁钦对胡人是比较关注，也比较了解的。乔玉光说："呼麦（浩林·潮尔）是北方草原民族最为古老的艺术形式，远在匈奴，至少在蒙古民族形成时期，就已经是北方草原民族艺术的重要构成。"① 而根据以上对车子的民族属性的分析，现在我们可以肯定地说，在匈奴时代，呼麦在我国西部和北部的草原地区，已经是广泛流行，并且达到高度成熟的声乐艺术了（参见下文的讨论）。

潮尔音乐之进入中原，与张骞（约前164—前114）出使西域的壮举有绝大的关系。《晋书》卷23《音乐志》：

胡角者，本以应胡笳之声，后渐用之横吹，有双角，即胡乐也。张博望入西域，传其法于西京，惟得《摩诃兜勒》一曲。李延年因胡曲更造新声二十八解，乘舆以为武乐。后汉以给边将，和帝时，万人将军得用之。魏晋以来，二十八解不复具存，用者有《黄鹄》、《陇头》、《出关》、《入关》、《出塞》、《入塞》、《折扬柳》、《黄覃子》、《赤之杨》、《望行人》十曲。

又《白孔六帖》卷62"出塞入塞"条：

胡笳者，张博望入西域，传其法于西京，惟得《摩诃兜勒》一曲，李延年因胡曲更造新声二十八解，以为武乐，有《出塞》、《入塞》、《杨柳》等十曲。

---

① 乔玉光：《"呼麦"与"浩林·潮尔"：同一艺术形式的不同称谓与表达——兼论呼麦（浩林·潮尔）在内蒙古的历史承传与演化》，《内蒙古艺术》2005年第2期。

"摩诃兜勒"在今日的蒙古语中为"颂赞"之意。著名宫廷音乐家李延年所作武乐十曲就是在《摩诃兜勒》的基础上产生的，其核心腔或者说主旋律肯定是胡笳曲《摩诃兜勒》的翻版。而随着胡笳以及胡笳曲进入中原，呼麦也自然进入了中原。张骞是朝廷的使节，他从西域带回了潮尔音乐，在政治和文化上都具有权威的意义。这对呼麦的传播与普及无疑具有极大的推动作用。《乐府诗集》卷21《横吹曲辞》一：

> 横吹曲，其始亦谓之鼓吹，马上奏之，盖军中之乐也。北狄诸国，皆马上作乐，故自汉以来，北狄乐总归鼓吹署。其后分为二部，有箫笳者为鼓吹，用之朝会、道路，亦以给赐。汉武帝时，南越七郡，皆给鼓吹是也。

这表明在汉武帝时代，潮尔音乐已经走进宫廷，走进乐府机关，因而可以赏赐给南越七郡（今浙东一带，因此，在西晋时代有会稽人夏统擅长呼麦和胡笳，就不是偶然的，详见下文）。这意味着以胡笳为代表的潮尔艺术已经成为汉民族国家礼乐的一个有机的组成部分。南朝梁刘孝威（？—548）所作《行幸甘泉宫歌》一诗即生动地再现了这种历史真实：

> 汉家迎夏毕，避暑甘泉宫。栈车鸣里鼓，驷马驾相风。校尉乌桓骑，待制楼烦弓。后旌犹五柞，前笳度九嵏。才人豹尾内，御酒属车中。辇回百子阁，扇动七轮风。鸣钟休卫士，披图召后宫。材官促校猎，凉秋戏射熊。①

这种礼乐制度由汉武帝首创，此后历代相承。《文选》卷2汉张衡（78—139）《西京赋》：

> ……相羊乎五柞之馆，旋憩乎昆明之池。登豫章，简矰红。蒲且发，弋高鸿。挂白鹄，联飞龙。磻不特絓，往必加双。于是命舟牧，为水嬉。浮鹢首，翳云芝。垂翟葆，建羽旗。齐栧女，纵棹歌。发引和，校鸣葭。奏《淮南》，度《阳阿》。……

① 丁福保编：《全梁诗》卷11，《全汉三国晋南北朝诗》下册，第1216页。

《文选》卷6南齐王融（467—493）《三月三日曲水诗序》：

既而灭宿澄霞，登光辨色，式道执殳，展轸效驾，徐銮警节，明钟畅音。七萃连镳，九斿齐轨，建旗拂霓，扬葭振木。……

“鸣葭”和“扬葭”都是吹奏胡笳的意思。又如《晋书》卷94《隐逸列传》说贾充（217—282）对隐士夏统“欲耀以文武卤簿，觊其来观，因而谢之，遂命建朱旗，举幡校，分羽骑为队，军伍肃然。须臾，鼓吹乱作，胡葭长鸣，车乘纷错，纵横驰道”，这里的“胡葭长鸣”，就是“文武卤簿”的一部分。我们看皇帝出行的场面：

伤离复伤离，别后情郁纡。凄凄隐去棹，悯悯怆还途。戚戚意不申，转顾独沾襟。前驱经御宿，后骑历河湄。胡香翼还幰。清笳送后尘。……①

睿情欣逸赏，临泛入淮淝。棹声喧岸度，风影出云飞。清流含日彩，奔浪荡霞晖。还如漳水曲，鸣笳启路归。②

东都礼仪举，西京冠盖归。是月春之季，花柳相依依。云跸清驰道，雕辇御晨晖。嘹亮铙笳奏，葳蕤旌旆飞。后乘趋文雅，前驱厉武威。③

承平重游乐，诏跸上之回。属车响流水，清笳转落梅。岭云盖道转，岩花映绶开。下辇便高宴，何如在瑶台。④

皇亲国戚出行的场面：

---

① 丁福保：《全梁诗》卷2（南朝梁）简文帝《伤离新体》，《全汉三国晋南北朝诗》下册，第941页。

② 丁福保：《全隋诗》卷4（隋）弘执恭《奉和出颖至淮应令》，《全汉三国晋南北朝诗》下册，第1710页。

③ 丁福保：《全隋诗》卷2（隋）隋炀帝《还京师》，《全汉三国晋南北朝诗》下册，第1623—1624页。

④ 丁福保：《全隋诗》卷3（隋）陈子良《上之回》，《全汉三国晋南北朝诗》下册，第1700页。

清宵出望园，诘晨届钟岭。轮动文学乘，笳鸣宾从静。……[①]

嵩岳基旧宇，盘岭跨南京。睿心重禅室，游驾陟层城。金辂徐既动，龙骖跃且鸣。途方后尘合，地迥前笳清。逦迤因台榭，参差憩羽旌。高随阆风极，势与元天并。气歇连松远，云生秋野平。徘徊临井邑，表里见淮瀛。……[②]

御鹤翔伊水，策马出王田。我后游祇鹫，比事实光前。翠盖承朝景，朱旗曳晓烟。楼帐萦岩谷，缇组曜林阡。况在登临地，复及秋风年。乔柯变夏叶，幽涧洁凉泉。停銮对宝座，辩论悦人天。淹尘资海滴，昭暗仰灯然。法朋一已散，笳剑俨将旋。……[③]

千乘之后，好道轼闾。开府之日，有弓有舆。久动引领，独下辟书。鸣笳启路，托乘后车。[④]

得胜将军还朝的场面：

去时儿女悲，归来笳鼓竞。借问行路人，何如霍去病。[⑤]

王公大人出行和退朝的场面：

汉水深难渡，深潭见底清。锦笮系凫舸，珠竿悬翠旍。鸣笳芳树曲，流唱采莲声。神游不停驾，日暮返连营。宁顾空房里，阶下绿苔生。[⑥]

---

① 丁福保：《全梁诗》卷1（南朝梁）萧统《钟山解讲》，《全汉三国晋南北朝诗》下册，第876页。

② 丁福保：《全梁诗》卷10（南朝梁）萧子显《奉和昭明太子钟山讲解》，《全汉三国晋南北朝诗》下册，第1172页。

③（南朝梁）刘孝绰：《奉和昭明太子钟山解讲》，《全汉三国晋南北朝诗》下册，第1195页。

④ 丁福保：《全梁诗》卷12（南朝梁）虞羲《敬赠萧咨议》其七，《全汉三国晋南北朝诗》下册，第1256—1257页。

⑤ 丁福保：《全梁诗》卷11（南朝梁）曹景宗《光华殿侍宴赋竞病韵》，《全汉三国晋南北朝诗》下册，第1235页。

⑥ 丁福保：《全梁诗》卷11（南朝梁）刘遵《从顿城还应令》，《全汉三国晋南北朝诗》下册，第1231页。

> 游子惜春暮，策杖出蒿莱。正直康庄晚，群公谒帝回。履度南宫至，车从北阙来。珂影傍明月，笳声动落梅。迎风采旄转，照日绶花开。红尘掩鹤盖，翠柳拂龙媒。绮云临舞阁，丹霞薄吹台。轻肥宁所羡，未若反山隈。①

显而易见，在这些国家礼乐的形式中，胡笳是一种不可缺少的乐器，就其重要性而言，可以说无笳不成礼。中古时代的这种礼乐制度在后代一直被延续着，直到晚清时代才渐渐退出了历史舞台。

呼麦不仅渗透于胡笳艺术，有时也可以成为直接的礼乐形式。内蒙古艾博云集博物馆张海波馆长收藏的一套元代黑陶人物、车马俑，乃是表现元代的一位高官出行的壮观场景，其中有一位掌控整个随从队伍行走节奏的人物，可能就是以低音呼麦的持续性基音来调节队伍的节奏，他虽然有着与演唱蒙古长调相近似的手势、动作，却不是演唱长调。因为长调既不能在走路时演唱，更不能在那样庄重的气氛中演唱。

尤其值得注意的是，《与魏文帝笺》“黄门鼓吹温胡”云云，这意味着来自草原的艺术家已经被吸收到当时朝廷的黄门鼓吹署之中。这是一个非常重要的文化史和音乐史的信息。在“及与黄门鼓吹温胡迭唱迭和”句下，唐吕向（生卒年不详）注曰：

> 黄门，乐官名。温胡，姓名也。迭，更也。变，曲会也。《汉书》曰：“郑声尤集黄门。”集，乐之所，已见《长笛赋》。桓谭《杂论》曰：“汉之三主，内置黄门，工倡也。”②

黄门鼓吹主要演奏郑声，属于当时的俗乐，一般用在天子宴乐群臣的场合。《乐府诗集》卷84《杂歌谣辞》二《黄门倡歌》解题：

> 《汉书·礼乐志》曰：“成帝时，郑声尤甚。黄门名倡丙疆、景武之属，富显于世。”《隋书·乐志》曰：“汉乐有黄门鼓吹，天子宴

① 丁福保：《全隋诗》卷3（隋）陈子良《春晚看群公朝还人为八韵》，《全汉三国晋南北朝诗》下册，第1701页。

② 《六臣注文选》卷40，中华书局1987年版，第749页。

群臣之所用也。”

《乐府诗集》卷56《舞曲歌辞》五《杂舞》四《散乐附》：

> 《周礼》曰：“旄人教舞散乐。”郑康成云：“散乐，野人为乐之善者，若今黄门倡。”即《汉书》所谓黄门名倡丙强、景武之属是也。汉有黄门鼓吹，天子所以宴群臣。然则雅乐之外，又有宴私之乐焉。

黄门鼓吹乐是东汉四品乐中的一品，是由黄门鼓吹乐人演奏的音乐。元郝经（1223—1275）《续后汉书》卷87下《撰录第五》下《礼乐》引汉蔡邕（132—192）《乐志》曰：

> 汉乐四品：一曰《大予乐》，典郊庙、上陵殿诸食举之乐；二曰《周颂》雅乐，典辟雝、飨射、六宗、社稷之乐；三曰《黄门鼓吹》，天子所以燕乐群臣；四曰《短箫铙歌》，军乐也①。

所以，王运熙指出：

> 汉代的黄门鼓吹乐，……包括了相和歌杂舞曲，其中尤以相和歌为首要部门，它是宴乐嘉宾时娱心意悦耳目的最美妙的乐歌。
>
> 所谓相和歌，包括相和曲、平调、清调、瑟调、楚调等曲调，是黄门鼓吹最重要的一部门。应璩《百一诗注》说：“马子侯为人颇痴，自谓晓音律。黄门乐人更往嗤诮。子侯不知，名《陌上桑》，反言《凰将雏》，辄摇头欣喜，多赐左右钱帛，无复惭色。”（《百三名家集·应休琏集》）黄门乐人即黄门鼓吹乐人，《陌上桑》系相和曲调名。原诗云：“汉末桓帝时，郎有马子侯。”这记载直接证明了汉

① 《东观汉记》卷5《乐志》，吴树平：《东观汉记校注》上册，中州古籍出版社1987年版，第159页。

代相和歌属于黄门鼓吹[①]。

因此，车子与温胡的“迭唱迭和”，实际上属于汉代相和歌的新形式。而由《与魏文帝笺》“顷诸鼓吹，广求异妓”，“即日故共观试”三语推断，温胡显然是在以竞赛的方式对车子进行“音乐考试”。“考试”分为初试和复试两次进行：“自初呈试，中间二旬。”可知两次考试的时间间隔为“二旬”。在此二十天内，“胡欲傲其所不知，尚之以一曲”，也就是说，温胡为了取胜进行了精心的准备，宿构了一个车子绝对没有接触过考试曲目。如此严格、苛刻的考试，目的在于选拔优秀的音乐人才，而繁钦自然因为通晓音乐全程参与了这次活动。在这里，我们必须强调的是，黄门鼓吹乐人出现在曹操西征的大军之中，这说明曹操的军队中有一支军乐队，胡笳乃是当时军乐的构成要素之一。我们试读以下诗作：

陇头鸣四注，征人逐贰师。羌笛含流咽，胡笳杂水悲。湍高飞转驶，涧浅荡还迟。前旌去不见，上路杳无期。[②]

箫声凤台曲，洞吹龙钟管。镗鎝渔阳掺，怨抑胡笳断。[③]

贱妾有所思，良人久征戍。笳鸣塞表城，花开落芳树。白登澄月色，黄龙起烟雾。还闻《雉子斑》，非复长征赋。[④]

色映临池竹，香浮满砌兰。舒文泛玉碗，漾蚁溢金盘。箫曲随鸾易，笳声出塞难。唯有将军酒，川上可除寒。[⑤]

四更星汉低，落月与云齐。依稀北风里，胡笳杂马嘶。[⑥]

边城风雪至，游子自心悲。风哀笳弄断，雪暗马行迟。轻生本为

---

① 王氏以上所论出自《说黄门鼓吹乐》、《汉代鼓吹曲考》两篇论文，分别见王运熙《乐府诗述论》，上海古籍出版社 1996 年版，第 210—217、218—226 页。

② 丁福保：《全陈诗》卷 2（南朝陈）张正见《陇头水》二首其一，《全汉三国晋南北朝诗》下册，第 1392 页。

③ 丁福保：《全陈诗》卷 3（南朝陈）江总《横吹曲》，《全汉三国晋南北朝诗》下册，第 1410 页。

④ 丁福保：《全陈诗》卷 4（南朝陈）顾野王《有所思》，《全汉三国晋南北朝诗》下册，第 1429 页。

⑤ （南朝陈）岑之敬：《对酒》，《全汉三国晋南北朝诗》下册，第 1433 页。

⑥ （南朝陈）伏知道：《从军五更转》五首其四，《全汉三国晋南北朝诗》下册，第 1455 页。

国，重气不关私。恐君犹不信，抚剑一扬眉。①

旌门临古堞，徼道度深隍。月冷疑秋夜，山寒落夏霜。遥空澄暮色，清景散余光。笳声喧陇水，鼓曲噪渔阳。沈郁兴神思，眺听发天章。嵩岱终难学，丘陵徒自强。②

寂寂无与晤，朝端去总戎。空庭聊步月，闲坐独临风。临风时太息，步月山泉侧。朝朝散霞彩，暮暮澄秋色。秋色遍皋兰，霞彩落云端。吹旌朔气冷，照剑日光寒。光寒塞草平，气冷咽笳声。将军献凯入，蔼蔼风云生。③

边庭烽火惊，插羽夜征兵。少昊腾金气，文昌动将星。长驱鞮汗北，直指夫人城。绝漠三秋暮，穷阴万里生。寒夜哀笳曲，霜天断雁声。连旗下鹿塞，迭鼓向龙庭。妖云坠虏阵，晕月遶胡营。左贤皆顿颡，单于已系缨。绁马登玄阙，钩鲲临北溟。当知霍骠骑，高第起西京。④

君侯称上宰，命世挺才英。本超骐骥足，复蕴风云情。摅藻拨锦绮，育德润瑶琼。已踵四知举，非无三杰名。济世同舟楫，匡政本阿衡。雍容入青琐，肃穆侍丹楹。桂宫擅鸣佩，槐路独飞缨。高门罗虎戟，绮阁丽雕甍。金罇酌湛湛，歌扇掩盈盈。匈奴轶燕蓟，烽火照幽并。天子命薄伐，受脤事专征。七德播雄略，十万骋行兵。雁行蔽虏甸，鱼贯出长城。交河方饮马，瀚海盛扬旌。拔剑倚天外，蒙犀辉日精。弯弧穿伏石，挥戈斩大鲸。鼓鼙朝作气，刁斗夜偏鸣。六郡多壮士，三边岂足平。岭云朝合阵，山月夜临营。胡尘暗马色，芳树动笳声。关云未尽散，塞雾常自生。川长蔓草绿，峰回杂花明。小人愧王氏，雕文惭马卿。滥此叨书记，何以谢过荣。高山徒仰止，终是恨才轻。⑤

三边烽乱惊，十万且横行。风卷常山阵，笳喧细柳营。剑花寒不

---

① （南朝陈）江晖：《雨雪曲》，《全汉三国晋南北朝诗》下册，第1457页。

② 丁福保：《全隋诗》卷2（隋）薛道衡《奉和月夜听军乐应诏》，《全汉三国晋南北朝诗》下册，第1664页。

③ （隋）薛道衡：《重酬杨仆射山亭》，《全汉三国晋南北朝诗》下册，第1665页。

④ （隋）薛道衡：《出塞·和杨素》二首其二，《全汉三国晋南北朝诗》下册，第1662页。

⑤ 丁福保：《全隋诗》卷3（隋）陈子良《赞德上越国公杨素》，《全汉三国晋南北朝诗》下册，第1701页。

落，弓月晓逾明。会取淮南地，持作朔方城。[①]

都可以听到悠远的胡笳之音缭绕于军营之中，袅袅迂回的笳声，拂地而来，冲天而起，在长河落日、大漠孤烟的背景之下，在衰草遍地、断雁经天的自然画卷中，特别给人以威武的、肃杀的、寂寥的、凄凉的、悲怨的感觉。胡笳之声是杀伐的秋音，是战争的乐符：

……燕兵歌越水，代马思吴州。金笳夜一远，明月信悠悠。云色被江出，烟光带海浮。[②]

拥旄为汉将，汗马出长城。长城地势险，万里与云平。凉秋八九月，虏骑入幽并。飞狐白日晚，瀚海愁云生。羽书时断绝，刁斗昼夜惊。乘墉挥宝剑，蔽日引高旍。云屯七萃士，鱼丽六郡兵。胡笳关下思，羌笛陇头鸣。骨都先自詟，日逐次亡精。玉门罢斥堠，甲第始修营。位登万庾积，功立百行成。天长地自久，人道有亏盈。未穷激楚乐，已见高台倾。当令麟阁上，千载有雄名。[③]

昔听陇头吟，平居已流涕。今上关山望，长安树如荠。千里非乡邑，四海皆兄弟。军中大体自相褒，其间得意各分曹。博陵轻侠皆无位，幽州重气本多豪。马衔苜蓿叶，剑莹鹈鹕膏。初征心未习，复值雁飞入。山头看月近，草上知风急。笛喝曲难成，笳繁响还涩。武帝初承平，东伐复西征。蓟门海作堑，榆塞冰为城。催令四校出，倚望三边平。箭服潮来动，刀环临阵鸣。将军一百战，都护五千兵。且决雄雌眼前利，谁道功名身后事。丈夫意气本自然，来时辞弟已闻天。但令此身与命在，不持烽火照甘泉。[④]

刘生殊倜傥，任侠遍京华。戚里惊鸣筑，平阳吹怨笳。俗儒排左

① （隋）明余庆：《从军行》，《全汉三国晋南北朝诗》下册，第1705—1706页。

② 丁福保：《全梁诗》卷5（南朝梁）江淹《从萧骠骑新帝垒》，《全汉三国晋南北朝诗》下册，第1039页。

③ 丁福保：《全梁诗》卷12（南朝梁）虞羲《咏霍将军北伐》，《全汉三国晋南北朝诗》下册，第1258页。

④ 丁福保：《全梁诗》卷13（南朝梁）戴暠《释奠应诏为王瞰作》，《全汉三国晋南北朝诗》下册，第1296页。

氏，新室忌汉家。高才被摈压，自古共怜嗟。[①]

关山度晓月，剑客远从征。云中出迥阵，天外落奇兵。轮摧偃去节，树倒碍悬旌。沙扬折阪暗，云积榆溪明。马倦时衔草，人疲屡看城。寒陇胡笳涩，空林汉鼓鸣。还听呜咽水，并切断肠声。[②]

关山陵汉开，霜月正徘徊。映林如璧碎，侵塞似轮摧。楚师随晦尽，胡兵逐暖来。寒笳将夜鹊，相乱晚声哀。[③]

这种情况与中古时代的民族矛盾和冲突是分不开的。但是，我们惊喜地发现，就在南北朝对峙的历史时期，胡笳由最初胡人发明并操作的乐器，转而成为当时胡、汉各民族共有的乐器，这意味着在长期残酷的征战和对垒中，各民族的文化也在不断地融合，从而在音乐文化上呈现出某种共性特征。

四　从繁钦《与魏文帝笺》看呼麦的发声技巧

温胡面对稚嫩的车子，虽然穷尽了歌唱的技巧（“巧竭”），但在感情的音乐表达上还是非常匮乏（“意匮”），因而不能挽回败局。因为温胡的歌唱是普通的唱法，即依靠主声带震动发音的唱法，而车子则是有假声带参与的呼麦唱法。车子的“引声”相当于胡笳演奏的持续低音，而“喉啭”则是同时用气流冲击口腔，震动声带而不断形成泛音的循环性发声过程，相当于笳音的高声部。因此，古人常用“啭”字来描写胡笳之声：

视华鼓之繁桴，听边笳之嘶啭。[④]

胡马哀吟，羌笳凄啭。[⑤]

① 丁福保：《全陈诗》卷2（南朝陈）徐陵《刘生》，《全汉三国晋南北朝诗》下册，第1368页。

② （南朝陈）张正见：《度关山》，《全汉三国晋南北朝诗》下册，第1387页。

③ 丁福保：《全陈诗》卷4（南朝陈）阮卓《关山月》，《全汉三国晋南北朝诗》下册，第1435页。

④ 严可均：《全宋文》卷37颜延之《七绎》，《全上古三代秦汉三国六朝文》，第2639页。

⑤ 严可均：《全后周文》卷9庾信《竹杖赋》，同上书，第3926页。

驱四牡之低昂，响繁笳之清啭。[①]

而最能够为车子的“喉啭”提供佐证的是《晋书·夏统传》关于会稽隐士夏统为当时显贵贾充等人所作的潮尔音乐表演。那是某一年春天的三月三日（上巳节），夏统到洛阳为母亲买药，与贾充率领的士女、贵人们在洛水浮桥相遇。贾充得知他是会稽人，便问他：“昔尧亦歌，舜亦歌，子与人歌而善，必反而后和之，明先圣前哲无不尽歌。卿颇能作卿土地间曲乎?”统曰：“先公惟寓稽山，朝会万国，授化鄙邦，崩殂而葬。恩泽云布，圣化犹存，百姓感咏，遂作《慕歌》。又孝女曹娥，年甫十四，贞顺之德过越梁宋，其父堕江不得尸，娥仰天哀号，中流悲叹，便投水而死，父子丧尸，后乃俱出，国人哀其孝义，为歌《河女》之章。伍子胥谏吴王，言不纳用，见戮投海，国人痛其忠烈，为作《小海唱》。今欲歌之。”“统于是以足叩船，引声喉啭，清激慷慨，大风应至，含水漱天，云雨响集，叱咤欢呼，雷电昼冥。”而《太平御览》卷581引《夏仲御别传》曰：

激南楚，吹胡笳，风云为之摇动，星辰为之变度[②]。

可知夏统不仅用呼麦唱法唱了三首动人的歌曲，还吹奏了胡笳。他的“引声喉啭”，正与车子无别，因为在本质上这是任何吹奏胡笳的人都必须掌握的技巧。“引声喉啭”是使用最基本的喉音技法（khoomei）的呼麦，是抒情式的，而“叱咤欢呼”则显然是粗旷、豪放式的，两种风格的呼麦的交叉使用，取得了震人心魄的艺术效果。就艺术风格而言，车子的呼麦也是属于粗旷型和抒情型兼有的呼麦，而且他能够将这两种类型的呼麦自由地转化，所谓“此孺子遗声抑扬，不可胜穷，优游转化，余弄未尽”即指此而言。这也表明车子的呼麦大量运用了旋律拖腔，每个乐句都比较长，各个乐句衔接得自然、巧妙，构成一个又一个浑成、和谐的二重结构的音乐织体。他内力强大，底气充足，技巧高绝，绝不是一般呼

---

① 严可均：《全梁文》卷25沈约《郊居赋》，《全上古三代秦汉三国六朝文》，第3098、3099页。

② 又见（宋）潘自牧（公元1195年前后在世）《记纂渊海》卷78，影印本文渊阁《四库全书》，台湾商务印书馆1983年影印。

麦手所能望其项背的[①]。年仅十四岁的车子，有如此高超的艺术水准，肯定与他的“童子功”及其所依托的草原生态的潮尔艺术背景分不开。

就发声的技法而言，车子运用了三种呼麦技法。第一是最基本的呼麦技法（khoomei）。钟明德对这种技法描述道：“khoomei 这个字原义为‘喉咙’，一方面泛指各种喉音，另一方面，同时也指喉音技法中偏中到高泛音的特殊唱法。根据图瓦人的说法，‘呼麦’乃风卷过岩石峭壁所发出的声音。‘呼麦’的发声技法近似元音，演唱时口腔形状彷佛‘呜’（u）的发声，据说其他各种特殊的喉音唱法均源自‘呼麦’。‘呼麦’做为喉音之母，虽然不像其他唱法那么璀灿炫丽，但是，平实之中自有一种洗净铅华的兼容并蓄、淡远悠长。”[②] 繁氏笺中所谓“大不抗越，细不幽散”即指这种呼麦技法。第二是西奇（sygyt）。钟明德指出：“sygyt 原义为‘挤出来的声音’，一般直译为‘哨音’。这种演唱技法能产生像口哨、笛子一般高而尖锐透明的泛音，经常是呼麦演唱会上最受欢迎和最叫人惊艳的喉音风格。图瓦人认为‘西奇’模仿夏天吹过大草原的轻风或鸟鸣，演唱时嘴形略如‘哦’（ö）的发声。‘西奇’似乎荡漾着西伯利亚萨满巫术的魔力……。”繁氏笺中所谓“曲折沉浮，寻变入节”说的就是这种技法。蔡振家说：“Sygyt 原意为吹口哨，这种演唱技巧的重点是将舌头拱起，在口腔前端隔出一个小的共鸣腔，同时喉部发出紧而扁的嗓音（这种嗓音的高泛音比较明显），经由舌头的前后移动，改变共鸣最强的泛音，共鸣腔越小，则所强调的泛音越高。”

第三是卡基拉（kargyraa）。钟明德指出：“kargyraa 原义为‘哮喘’

① 李世相说：“呼麦音乐从一口气的单句体乐段发展为可换气演唱的多句体乐段，音调变化也更丰富多彩。”见其《从“呼麦”中寻觅长调音乐风格的成因》一文，载《内蒙古大学艺术学院学报》2004 年第 1 卷第 1 期；并参见李世相《蒙古族长调民歌旋律的拖腔体特性探析》，《中国音乐学》2007 年第 1 期；他又指出：“近年来的研究成果表明，呼麦这种古老的音乐形态在自身发展中，已按演唱方式及效果分为粗旷呼麦与抒情呼麦两大类别。其中粗旷呼麦是利用整个喉管来做为共鸣体，是呼麦发声的基本形式。而抒情呼麦则有更为细致的分类，按其侧重发音位置的不同而分为鼻腔呼麦、硬腭呼麦、嗓音呼麦、咽喉呼麦、胸腔呼麦五种类型。可见，是充分利用了人体的发声器官及其各部位相互协调的可能性，使音乐表现更为细腻，具有更强的艺术表现力。”见李世相《蒙古族长调民歌概论》，第 4 页。这些论述都有助于我们加深对车子呼麦的理解。

② 钟明德：《呼麦：泛音咏唱乃入神的上道》，《OM：泛唱作为艺乘》，台北艺术大学 2007 年版，第 33—34 页。

或‘咆哮’，图瓦人以为其在模仿咆哮的冬风或失子骆驼的哀号声。‘卡基拉’发声时口形如‘啊’（a）的发声，关键在于假声带必须有规则地振动。‘卡基拉’能同时发出三四个高低泛音，尤以低于基础音八度的颤动低音为特色。”繁氏笺中“清激悲吟”以下六句就是这种技法的表现。总的来看，车子的呼麦首先是作为温胡歌唱的伴音而出现的。温胡故意唱出许多艰难而陌生的歌曲，试图使车子的呼麦迟滞、停顿，无法跟进，但车子却游刃有余，不仅为他伴唱了他唱出的所有歌曲，而且还在他黔驴技穷之后，独立运用复杂的泛音歌唱技巧来演唱《北狄征》和《胡马思》这些古老的草原歌曲[①]。《全晋文》卷60孙楚（？—293）《笳赋并序》曰：

> 顷还北馆，遇华发人于润水之滨，向春风而吹长笳，音声寥亮，有感余情，爰作斯赋。
>
> 衔长葭以泛吹，噭啾啾之哀声。奏《胡马》之悲思，咏《北狄》之遐征。顺谷风以抚节，飘逸响乎天庭。尔乃调唇吻，整容止，扬清矑，隐皓齿。徐疾从宜，音引代起，叩角动商，鸣羽发征。若夫《广陵散》吟，三节《白纻》，《太山》长曲，哀及《梁父》。似鸿雁之将雏，乃群翔于河渚。

赋中“奏《胡马》”二句，即来自繁钦的《与魏文帝笺》。由“尔乃”句至“鸣羽”，则是对“华发人”呼麦的描写。在潮尔艺术的实践中，呼麦和胡笳常常是交替运用的，由此而将音乐的整体性艺术表现不断推向高潮。这种情形，我们可以在夏统的潮尔艺术中看到，在今日俄罗斯图瓦人民共和国、蒙古人民共和国和我国内蒙古自治区的潮尔艺术表演中也可以经常看到。

就整体的艺术风格而言，车子的呼麦更偏向于深沉的抒情性的那一类型。在他自由、轻灵、缅邈、哀怨的呼麦声里，在“日在西隅，凉风拂衽，背山临溪，流泉东逝”的无限美好的自然背景中，人们或“仰叹”，或“俯听”，无不为之“泫泣殒涕，悲怀慷慨”。车子的呼麦所具有的艺

---

① （唐）吕延济（生卒年不详）注云：“《北狄征》、《胡马思》，皆古歌曲，皆能喉啭为之，凄伤也，顽钝艳美者皆感之。”见《六臣注文选》卷四〇繁钦《与魏文帝笺》。

术感染力真是令人遐想不已!

曹操西征的赫赫功业已经在历史的秋风中烟消云散了，然而他浩浩大军中的一个小小的车子却以自己的呼麦之音穿越了历史的长空，带着“天苍苍，野茫茫”的大草原气息一路雀跃着向我们走来。车子的呼麦确实让我们体验到了马克·范·汤可邻（Mark van Tongeren）在《泛音咏唱》[①] 一书中所说的“一般状态下无法感受到的强烈感动、灵视和情感”，并“让我们瞥见另一种真实”[②]。所以，车子（198—?）是伟大的，车子是不朽的。

① Overtone Singing: *Physics and Metaphysics of Harmonics in East and West*, Amsterdam: Fusica, 2002.

② 转引自钟明德《呼麦：泛音咏唱乃入神的上道》，《OM：泛唱作为艺乘》，第36页。

唐诗中的北部边防重镇

——“金河”

高建新
（内蒙古大学文学与新闻传播学院）

在唐王朝辽阔的版图上，西北有许多著名的边关、城市，仅是岑参边塞诗中提到的就有凉州（今甘肃武威）、酒泉（今甘肃酒泉）、玉门关（今甘肃敦煌西北）、阳关（今甘肃敦煌西南）、安西（今新疆库车）、北庭（今新疆吉木萨尔北）、轮台（今新疆米泉）、蒲昌（今新疆鄯善）等，引起了唐诗研究者特别是边塞诗研究者的浓厚兴趣，有大量研究论文发表，而同样处在北部边境的属于唐单于大都护府的金河虽在唐诗中被多次提及，却鲜有人关注，更谈不上研究。

一

杜佑《通典》卷179“州郡九”“单于府”条说：“单于大都护府，战国属赵，秦汉云中郡地也。大唐龙朔三年（663），置云中都护府，又移瀚海都护府于碛北（瀚海都护府旧曰燕然都护府），二府以碛为界。麟德元年（664），改云中都护府为单于大都护府。领县一：金河，有长城。有金河，上承紫河及象水。又南流入河。李陵台、王昭君墓。”[①]《太平寰

① （唐）杜佑：《通典》（五），王文锦等校点，中华书局1988年第1版，第4745页。

宇记》卷49“云中县”“金河水”条下注引《郡国志》说：“云中郡有紫河镇，界内有金河水，其泥色紫，故曰金河。”[①] 云中，即今内蒙古呼和浩特的托克托县。金河，即今天呼和浩特市南的大黑河，《中国古今地名大辞典》说：“金河，古水名。即今内蒙古自治区呼和浩特市南，托克托县北大黑河，下游汇为金河泊，南入黄河。《资治通鉴》隋大业三年（607），炀帝‘车驾发榆林，历云中，溯金河’，即此。”[②] 其实，金河之名第一次出现在历史文献中是《隋书》卷84《北狄·突厥传》：大业三年“帝亲巡云内，溯金河而东，北幸启民所居。启民奉觞上寿，跪伏甚恭。帝大悦，赋诗曰：‘鹿塞鸿旗驻，龙庭翠辇回。毡帐望风举，穹庐向日开。呼韩顿颡至，屠耆接踵来。索辫擎膻肉，韦鞲献酒杯。如何汉天子，空上单于台’”，此诗题作《云中受突厥主朝宴席赋诗》。启民，是东突厥首领，曾居朔州大利城（今内蒙古和林格尔西北）；[③] 隋炀帝为自己在云中受到的热情接待兴奋不已，赋诗以志其盛。诗中提到的“毡帐”、“穹庐”以及敬献羊肉、美酒等，都是典型的当地风物、习俗，今天犹存。

金河，今称大黑河，蒙语名为伊克土尔根河，是黄河的支流，全长100余公里，发源于今内蒙古卓资山县北、察哈尔右翼中旗南山。源出后，大黑河西南流经卓资山、呼和浩特市南、昭君墓北，再西南经托克托县河口镇注入黄河。[④] 金河历史悠久，《汉书·地理志·定襄郡》称“荒干水”：“荒干水出塞外，西至沙陵入河”；郦道元《水经注·河水》称“芒干水”：“白渠水又西北，迳沙陵县故城南，王莽之希恩县也。其水西注沙陵湖。又有荒干水，出塞外，南迳钟山，山即阴山。”沙陵，指沙陵

① （宋）乐史：《太平寰宇记》（二），王文楚等校点，中华书局2007年第1版，第1034页。

② 戴均良等主编：《中国古今地名大词典》，上海辞书出版社2005年版，第1847页。

③ 参见廖盖龙等主编《中国人名大词典·历史人物卷》，上海辞书出版社1990年版，第285页。

④ 参见陈国灿《大黑河诸水沿革考辨》，载《内蒙古大学学报》1964年第2期。此文长达2万余字，是有关大黑河诸水沿革研究最重要的文献，文后附有“大黑河诸水示意图”。陈国灿（1933—），湖北鄂城人，1958年武汉大学研究生毕业后即赴内蒙古大学历史系任教，从事中国古代史教学及北方民族关系史研究。1975年调回武汉大学历史系，任副教授、教授，现为博士研究生导师，兼任中国敦煌吐鲁番学会常务理事兼副会长，中国敦煌研究院兼职研究员。

湖，也就是金河泊，故址在今托克托县西北。[①] 今天的大黑河紧邻位于呼和浩特市玉泉区的内蒙古大学南校区，两岸土地肥沃、绿野青青、林木繁茂，塞北著名的风景胜地——昭君墓就坐落于大黑河的南岸。与金河、金河泊密切关联的是金河县，金河县因北有金河而得名，《中国历史地名大辞典》说："金河县，隋开皇十八年（598）改阳寿县置，属云州。治所在今内蒙古托克托县北中滩乡哈拉板申村大黑河东岸古城。一说在托克托县西南之沙拉湖附近。以金河（今大黑河）为名。二十年（600）改属胜州。后废，唐天宝四年（745）复置，为振武治，移治今和林格尔县西北土城子，后废。"[②]《旧唐书·玄宗下》载：天宝四年，"冬十月，于单于都护府置金河县，安北都护府置阴山县"。从以上材料可以看出，无论金河、金河泊还是金河县，三地相距甚近，均在今天呼和浩特南部境内，是中原进出朔方的交通要道，也是唐王朝北部的边防要地，游牧文化与农耕文化在这里分界也在这里汇合，有着非同寻常的政治与军事价值，吴融所谓"北驰柳塞，南控金河，欲净烟尘，必资心膂"（《授王行审鄜州节度使制》，《全唐文》卷820）。

金河在《全唐诗》中一共出现了20余次，大多数与边塞、战争、烽烟、荒凉、僻远、寒冷以及边塞建功的理想、思乡盼归的感情相联系，这一部分诗歌都可以归入唐代的边塞诗中。金河地处朔北，背靠黄河，面对阴山的主峰大青山，是突厥等北方游牧民族的聚居地，军事和边防的地位极其重要，历来为兵家必争之地："薙垣铺障，钼亭伐鼓，斩元于铁防之门，流血于金河之浦"（徐彦伯《登长城赋》，《全唐文》卷267）。唐将张仁愿所筑三受降城之一的东受降城就在今天的托克托县南的东岗古城，筑城的目的就是吕温所称的"纳阴山于寸眸，拳大漠于一掌。惊尘飞而烽火耀，孤雁起而刁斗鸣"（《三受降城碑铭并序》，《全唐文》卷630），让阴山和金河一带完全在唐军的掌控之中，以防范和阻止北方游牧民族对中原的袭扰。李德裕《条疏太原以北边备事宜状》也说："云州之北，并是散地，备御之要，系把头烽"；"三受降城相去四百里，自置天德军及

① 《中国古今地名大词典》："沙陵湖，古湖名。约今内蒙古自治区托克托县西北低洼淤积滩地。《水经注·河水》：白渠水（今宝贝河）'西注沙陵湖'，'芒干水（今大黑河）又西南注沙陵湖'，皆即此。唐代称'金河泊'，明代名'天瑞泊'，清代名'黛山湖'，清代后期逐渐湮废。"参见戴均良等主编《中国古今地名大词典》，上海辞书出版社2005年版，第1558页。

② 史为乐主编：《中国历史地名大辞典》，中国社会科学出版社2005年版，第1605页。

振武节度，其东受降城中并在腹内，都无大段兵马镇守。就中受降城不过三五十人，古城摧断，都不修筑。今虏众在阴山之北，山中尽有过路，若突出山南，便入二城，即天德、振武当时隔断。其中受降城本是突厥拂云祠，最是要地，今天德人力不及，望令太原、振武共出三千人，速与修筑，便令镇守，即天德形势自壮，虏骑不敢窥边"；"东受降城缘是近年新筑，城内无水，城外取金河水充饮，又于城西门掘一二十井，若被围守，即须困蹙。今筑月城，护取井水"（《全唐文》卷705），作为唐文宗朝的宰相，李德裕心忧边患，不仅指出金河在北部边防中的特殊意义，更提醒皇帝要切实加强金河一带的边防，万万不可掉以轻心。这样，体现在唐诗中，金河从一开始就与保家卫国的使命感及其边塞立功的理想紧密相连，从中体现出的是一种英雄主义的精神与品质，如唐初员半千《陇头水》：

路出金河道，山连玉塞门。
旌旗云里度，杨柳曲中喧。
喋血多壮胆，裹革无怯魂。
严霜敛曙色，大明辞朝暾。
尘销营卒垒，沙静都尉垣。
雾卷白山出，风吹黄叶翻。
将军献凯入，万里绝河源。

作为唐王朝的边防重地，金河、玉门关直接护卫着首都长安的安全，所以杨炯说："路指金河，途连玉塞，尘沙共起，烽火相惊，秋草将腓，胡笳动吹，寒胶欲折，虏骑腾云"（《大周明威将军梁公神道碑》，《全唐文》卷195）。在这样严酷的环境下，唐军从金河一路向北向西，浩浩荡荡地行进，英勇无畏，所向披靡。全诗表现出的英雄主义品格，俨然有高适"虏骑闻之应胆慑，料知短兵不敢接，车师西门伫献捷"（《走马川行奉送出师西征》）的气概。中唐郑锡《出塞曲》表现的也是边关立功的理想：

校尉征兵出塞西，别营分骑过龙溪。
沙平虏迹风吹尽，雾失烽烟道易迷。
玉靶半开鸿已落，金河欲渡马连嘶。

会当系取天骄入，不使军书夜刺闺。

出征塞西，满目茫茫黄沙，不见敌人踪迹。“金河欲渡马连嘶”，写渡河人马之众，渲染出激战前的紧张气氛。“系取天骄”，表现了渴望建立功勋的雄心壮志。王维“吹角动行人，喧喧行人起。笳悲马嘶乱，争渡金河水”（《从军行》），描写的景象与此相似，但更见悲劲苍凉。贺朝的《从军行》是一首长诗，以充满感情的笔调写出“边树萧萧不觉春，天山漠漠长飞雪”的荒寒北地，将士们不顾个人安危，英勇作战，颂扬了一种“直为甘心从苦节”的牺牲精神，其中写道：

自从一戍燕支山，春光几度晋阳关。金河未转青丝骑，玉箸应啼红粉颜。鸿归燕相续，池边芳草绿。已见氛清细柳营，莫更春歌落梅曲。烽沉灶减静边亭，海晏山空肃已宁。行望凤京旋凯捷，重来麟阁画丹青。

在春去春来、鸿归燕来的季节推移中，征人依旧戍守金河，经年未移，家中的妻子在盼归中早已是泪水涟涟。如今边尘既净，功勋已建，还乡的时刻终于到来了。雍陶《僧金河戍客》表现的则是戍守金河的苦寒生活：

惯猎金河路，曾逢雪不迷。
射雕青冢北，走马黑山西。
戍远旌幡少，年深帐幕低。
酬恩须尽敌，休说梦中闺。

诗题中的“僧”应为“赠”。因为常年在金河戍边，已熟悉金河一带的自然环境，即使遭逢大雪天气也不再会迷路。驻守的地方偏远，因缺少增援，故军旗见少；营垒常年不移动，沙土越积越多，故幕帐越发显得低矮。要报答皇恩，不杀尽敌人是不便提及回乡之事的。青冢，即今呼和浩特市南的昭君墓；黑山，今呼和浩特市东南的杀虎山；[①] 一说，“黑山”

① 朱东润主编：《中国历代文学作品选》中编第 1 册，上海古籍出版社 1979 年版，第 393 页。

即今内蒙古境内的蛮汉山，[①] 蛮汉山居阴山主峰大青山南支，西距呼和浩特40公里。青冢北、黑山西，其地理范围大致是今天的呼和浩特市。许浑的《登蒜山观发军》，写北部边防军情危急，朝廷征兵选将，远赴前线，中有“去想金河远，行知玉塞空”之句。蒜山，在今江苏镇江市西滨江，后为江水淹没，今仅存孤峰。从长江南岸的镇江远赴漠北的金河，路途遥远漫长可想而知。

二

抒发边塞建功立业理想的同时，在提及金河的诗歌中，有一部分作品表达的是厌战的情绪，虽然数量不多，但弥足珍贵，如李约的《从军行三首》（其二），写在金河一带征战戍边的艰辛及战争的激烈残酷，已经有厌战的情绪在内：

栅壕三面斗，箭尽举烽频。
营柳和烟暮，关榆带雪春。
边城多老将，碛路少归人。
杀尽金河卒，年年添塞尘。

诗说部队三面受敌，箭尽之后频繁举烽求救，情况万分危急。征人知道，一旦沦为金河卒，就将岁岁戍边、年年征战，直到战死在异域他乡，最终化为边塞上的尘土。“多老将”、“少归人”，指出了战争造成的残酷现实，流露出对统治者的不满情绪。张震的《宿金河戍》，在表现戍边将士异常辛劳的同时，同样隐隐地流露出了厌战的情绪：

朝发铁麟驿，夕宿金河戍。
奔波急王程，一日千里路。
但见容鬓改，不知岁华暮。
悠悠沙漠行，王事弥多故。

① 朱成德主编：《中华诗词文库·内蒙古诗词卷》，中国文联出版社2009年版，第499页。

从铁麟驿到金河，朝夕奔波，不辞辛劳。在无休止的征战中，美好的年华悄然逝去，青春的容颜日渐衰老。如果问“我”为什么常年穿行在浩瀚的沙漠中不能回家，那是因为“王事弥多”。在“王事弥多”的诗句中，传递出的是如《诗经》“王事靡盬，不能蓺稷黍。父母何怙？悠悠苍天，曷其有所”（《唐风·鸨羽》）一样的怨愤之情，劳役、兵役无穷无尽，何时才是一个尽头呀！柳宗元的族叔柳中庸擅长边塞诗，他的《征人怨》描写战士常年辗转边塞，欲归不得，更直接明白地表达了厌战的情绪：

岁岁金河复玉关，朝朝马策与刀环。
三春白雪归青冢，万里黄河绕黑山。

诗题一作《征怨》。前二句说战士年年不是戍守金河就是戍守玉门关，每天接触的不是马鞭就是武器，在“岁岁”、“朝朝”的重叠中，已含厌倦情绪；后二句说三春时青冢尚有白雪，万里黄河围绕着黑山奔流，又指出了此地气候、地理环境的奇特。俞陛云评此诗说：“四句皆作对语，格调雄厚。前二句言岁岁在穷荒之地，朝朝与刀马为缘。后二句言正芳序三春，而青冢寻碑，仍是茫茫白雪；长征万里，而黑山立马，惟见浩浩黄河。诗题为‘征人怨’，前二句言情，后二句写景，而皆含怨意。嵌‘白’、‘青’、‘黄’、‘黑’四字，句法浑成。”① 李益《夜上西城听梁州曲二首》（其一）表达的厌战情绪就更加强烈了：

鸿雁新从北地来，闻声一半却飞回。
金河戍客肠应断，更在秋风百尺台。

西城，即西受降城，故址在今内蒙古杭锦后旗乌加河北岸。《梁州曲》，也称《梁州》、《凉州词》，多用来抒写戍边将士慷慨悲凉的情怀。李益是当时常受到外族侵扰的陇西姑臧（今甘肃武威）人，8 岁时逢“安史之乱”。代宗大历四年（769）中进士，曾任象郑县尉等职位低下的小官，后弃官游于燕、赵间，在藩镇任幕僚 18 年，先后入渭北节度使臧希让、朔方节度使李怀光、灵州大都督杜希全、邠宁节度使张献甫幕，后又被幽

① 俞陛云：《诗境浅说》，北京出版社 2003 年版，第 211 页。

州节度使辟为从事。由于长期南北征战，李益对边塞军旅生活非常熟悉，写下了多篇表现边塞风光、边塞战争的诗歌，自言“腰悬锦带佩吴钩，走马曾防玉塞秋。莫笑关西将家子，只将诗思入凉州”（《边思》）。这首诗就是他长期军旅生涯的杰作，生动地写出了长期戍边将士的厌战情绪。金河处地荒僻，自然环境恶劣异常，连新从北地飞来的鸿雁都不肯停留。秋风中，金河戍守的将士产生了强烈的思乡之情。“一半”，一语双关，含义丰富，既指鸿雁群中的一半，也指“闻声”闻到了一半，即雁群听苍凉的《梁州曲》听到一半就受不了了，要返回内地。雁群尚且如此，更何况是守边的人！因为思归不得，所以将士们痛苦得以至于肝肠寸断。诗在厌战情绪中又浸入了浓重的感伤情绪。

战争戕害生命，夺取生命，也毁坏家园，包括自己的家园和别人的家园。伴随着厌战情绪，就是对故乡、家园的强烈思念之情。中唐陈去疾的《塞下曲》，表达的就是戍边将士对家乡的深挚思念：

春至金河雪似花，萧条玉塞但胡沙。
晓来重上关城望，惟见惊尘不见家。

春至金河唯有飘雪似花，遥想家乡的春天恰恰是花开似雪：“春景春风花似雪，香车玉舆恒阗咽”（卢照邻《行路难》），“两岸山花似雪开，家家春酒满银杯”（刘禹锡《竹枝词九首》其五），在僻远萧条的玉门关，入目但见满天尘沙；心怀着希望重登关城，遥望家乡，除了“惊尘”依旧一无所见。“重上”，说明已经远不止是一次遥望了；“不见家”，说明心怀着希望却总是失望。北地自然环境的恶劣，更激起了戍边人对家乡的热望，汉乐府“悲歌可以当泣，远望可以当归，思念故乡，郁郁累累”（《悲歌》）的悲慨再一次升起在后代征人的心头。晚唐罗邺的《春闺》则以闺怨的形式，表现了闺中人对远在金河戍守亲人的关切和深挚的思念之情：

愁坐兰闺日过迟，卷帘巢燕羡双飞。
管弦楼上春应在，杨柳桥边人未归。
玉笛岂能留舞态，金河犹自浣戎衣。
梨花满院东风急，惆怅无言倚锦机。

兰闺独坐，春日迟迟，连重归旧巢的燕子都是结伴飞来，这让孤处的闺中人羡慕不已。在声声管弦中，闺中人翘首企盼，渴望杨柳轻拂的桥边有她思念的人归来，然而却不见亲人的踪影。她在推想，塞上玉笛纵然动听，又岂能留住她日夜思念的亲人。此时的亲人正在冰凉的金河水里浣洗着自己的军服。在等中盼中，又到了暮春时分，就在初起的东风吹落满院洁白的梨花之时，闺中人独倚锦机，惆怅无言。全诗如一幅色彩明丽的图画，“金河犹自浣戎衣”一句最能看出闺中人对戍边亲人的牵挂。罗邺有北入单于都护府幕的经历，“既而俯就督邮，不得志，踉跄北征，赴职单于牙帐。邺去家愈远，万里沙漠，满目谁亲，因兹举事阑珊，无成于邑而卒”（《唐才子传》卷8），因有漠北生活的体验，故其此类诗情真景真，感人至深。《唐才子传》卷8评他的诗“清致而联绵”，信然。

三

金河县属单于大都护府统辖，近带河山，远接大漠，是唐代中央政府设在版图内最北的军政机构之一，金河自东北向南横贯今天的呼和浩特地区，这里不仅是用兵之地，也是古代北方的交通要道，距内地路途遥远。“榆塞连延玉关侧，云间沈沈不可识。葱山隐隐金河北，雾里苍苍几重□”（王勃《春思赋》，《全唐文》卷177），“彷徨于金河之外，生长乎葱山之里”（牛上士《狮子赋》，《全唐文》卷398），葱山，即葱岭，帕米尔高原和喀喇昆仑山脉的总称，陈代江总说：“葱山沦外域，盐泽隐遐方。两源分际远，九道派流长”（《渡黄河》）；岑参说：“蒲海晓霜凝剑尾，葱山夜雪扑旌竿”（《献封大夫破播仙凯歌六章》）。将金河与葱山相提并论，足见金河在唐人心目中遥远的程度。还有“金河流而更遥，铜柱去而太剧”（符载《愁赋》，《全唐文》卷688），“金河一去路千千，欲到天边更有天。马上不知何处变，回来未半早经年”（敦煌曲子词《何满子》其四），都是说金河的遥不可及、如在天边，金河也因此成了僻远、荒寒、绝域的代名词，给人一去不归之感。唐初上官仪的《相和歌辞·王昭君》，就是通过昭君远嫁写出了金河的遥远：

玉关春色晚，金河路几千。

琴悲桂条上，笛怨柳花前。
雾掩临妆月，风惊入鬓蝉。
缄书待还使，泪尽白云天。

诗将金河与玉门关并置，以凸显其遥远；“路几千”更见对前程的忧惧。昭君怨的感情，普遍存在于历代文人的咏昭君作品中。事实上，昭君辞别了亲友，带着汉元帝赠送的锦绣、杂帛等各种丝织品一万八千匹、絮一万六千斤和黄金、图画以及其他贵重物品，离开长安，翻过莽莽群山，渡过滔滔黄河，出塞来到了辽阔的草原。昭君出塞后，被呼韩邪单于封为“宁胡阏氏”。颜师古曰：“言胡得之，国以安宁也”（《汉书·匈奴传》注），说王昭君嫁到匈奴后会带来和平安宁。确实如呼韩邪单于所期待的那样，自此以后，“边城晏安，牛马布野，三世无犬吠之警，黎庶亡干戈之役”（《汉书·匈奴传》），“边人获安，中外为一，生人休息六十余年”（《后汉书·南匈奴传》），确如张仲素《王昭君》诗说得那样：“仙娥今下嫁，骄子自同和。剑戟归田尽，牛羊绕塞多。”“初唐四杰”之一骆宾王的《秋晨同淄川毛司马秋九咏·秋雁》，通过咏秋雁的长途飞行映衬出金河的遥远：

联翩辞海曲，遥曳指江干。
阵去金河冷，书归玉塞寒。
带月凌空易，迷烟逗浦难。
何当同顾影，刷羽泛清澜。

海曲，指海湾；江干，指江岸。从海湾到江岸，一行行、一队队的秋雁联翩飞翔，不辞辛劳。诗人推想秋雁飞往的北方金河、玉门关，不仅遥远，而且寂寥、冷落，难以栖息。宋人詹玉也有“日衔山，山带雪。笛弄晚风残月。湘梦断，楚魂迷。金河秋雁飞”（《更漏子》）的感叹。

武则天朝诗人郑愔的《塞外三首》，是边塞诗中的精品。第一首极写塞外荒凉又雄奇壮阔的景象：“塞外萧条望，征人此路赊。边声乱朔马，秋色引胡笳。遥嶂侵归日，长城带晚霞。断蓬飞古戍，连雁聚寒沙”，大漠、高山、古堡、长城叠加在夕阳、晚霞的映照下，边地已然被涂成一幅撼人心魄、引人神往的重彩油画。第三首描写动荡不安的征戍生活，其中又融入了浓浓的思乡、思归之情：

阳鸟南飞夜，阴山北地寒。
汉家征戍客，年岁在楼兰。
玉塞朔风起，金河秋月团。
边声入鼓吹，霜气下旌竿。
海外归书断，天涯旅鬓残。
子卿犹奉使，常向节旄看。

苏武字子卿。汉家（以汉喻唐）征人常年在外，不是楼兰，就是玉门关、金河，在南北征战中耗尽的是青春年华，而思乡之心就如同北海牧羊十九年的苏武一样没有丝毫改变。卢照邻也说："子卿北海，伏波南川；金河别雁，铜柱辞鸢"（《秋霖赋》，《全唐文》卷166），北海牧羊的苏武有金河别群之雁的悲苦，被封为伏波将军的汉代马援在南方亦遭遇了常人难以想象的恶劣环境。别群之雁本已悲苦，却偏又别在遥远荒凉的金河上，那滋味就更难尝了。杜牧的《早雁》则托物寓意，句句写雁，字字寓人：

金河秋半虏弦开，云外惊飞四散哀。
仙掌月明孤影过，长门灯暗数声来。

须知胡骑纷纷在，岂逐春风一一回。
莫厌潇湘少人处，水多菰米岸莓苔。

唐武宗会昌二年（842），回鹘族首领乌介可汗"师众过杷头烽南，突入大同川，驱掠河东杂虏、牛马数万，转斗至云州城门，刺史张献节闭门自守，吐谷浑、党项皆挈家入山避之"（《资治通鉴》卷246）。八月的金河，正是回鹘开弓射猎之时，被袭扰的边地百姓流离四散，如被弓箭惊散的大雁。如今春天又来，善射的回鹘兵早已布满了金河一带，即使大雁想随着春风逐一返回又怎么有可能呢？全诗充满了对流离失所百姓的深挚同情。

笔者以为，唐代边塞诗研究既要以作者论，如高适、岑参、王昌龄等，还要以地域论，如北部边塞的金河、云中、雁门关等，它们和西北边关阳关、玉门关、凉州有同等重要的地位。可以肯定地说，唐代金河诗是唐代边塞诗的重要组成，虽未出现高、岑那样的名家，却为我们提供了研究唐代北部军事、边防、地理、风俗、风光等方面的珍贵材料，应该引起高度重视。

北周关陇地域民族文化的沿革*

高人雄
（西北民族大学文学院）

文学植根于文化的土壤中，关陇文化深刻影响和制约北周本土文学的发展。西魏于535年建都长安，割据关陇一带，名义上仍奉元氏为国君，但它的建立者和实际操纵者是鲜卑族人宇文泰即以后的周文王。557年宇文泰的儿子以“禅让”的形式取代西魏建立北周。此后关陇地区就成为北周统治地区。北周统治者推行“关陇本位文化”政策，形成了富有地域特色的北周多民族文化交融的文学背景。北周少数民族文人以鲜卑宇文氏为主体，兼及拓跋、氐、羌、西域诸民族等多种民族成分，在文学演进的过程中，风格由质朴逐渐走向相对华丽，这是少数民族文化与汉民族文化、关陇多民族文化相互融合交流的体现。在政治上，隋承周制，唐承隋制，北周对中国的政治文化产生过重要影响，同样，北周多民族文化交流的文学对以后隋唐文学的发展趋势有着重要意义。因此，探讨关陇多民族文化对研究北周本土文学具有深远意义。

从历史的长河追溯关陇地域多民族文化发展的轨迹，我们可以看到关陇地域丰富的多民族文化相互融合的过程。

自东汉末年及三国鼎立局面形成的前后阶段，北方和西北诸族或由于自然灾害引起大规模的民族迁徙，争夺新的生存空间，或是统治集团为了扩张实力范围，民族间的残杀及统治集团间的互相争战。大量边鄙游牧民

* 本文为教育部课题《关陇多民族文化背景下的北周文学研究》（编号：10XJA751003）的部分成果。

族内徙与农耕民族接触，多民族之间也不断相互文化交流。到北周时期多民族的内徙基本上已告一段落，整个北方少数民族已基本稳定下来，同时在长时间的多民族文化的相互交融中，尤其对汉文化的吸收与借鉴，北方各民族的汉化倾向是显著的，但各民族的内在民族特性还是存在的。到了北周时期关陇地区除汉族之外，其主要少数民族有氐族、羌族、稽胡和鲜卑族。正因如此，关陇地区民族文化沿革复杂，有必要对此期的民族地理文化沿革略加以阐述。

一 氐族地理文化沿革

氐族是我国古代分布在西北地区的少数民族之一，有着悠久的历史文化，在十六国时期曾建立前秦国，前秦统治者苻氏在短暂的44年的统治期间（351—394），其管辖的范围“东极沧海，西并龟兹，南苞襄阳，北尽沙漠”[①]。并与东北的新罗、肃慎，西北的大宛、康居、于阗等，东夷、西域的62王均遣使，献方物使与秦联系。与之对峙的只有占据东南一隅的东晋。可见氐族势力之大，在北中国影响之大。但随着苻坚野心的扩张攻打晋国，在淝水之战失败后前秦的势力日渐衰弱，于394年灭亡。前秦氐族在统治时期为了处理民族间的矛盾，提出“黎元应抚，夷狄应和”[②]的主张，在缓和民族矛盾方面起到了积极的作用。同时大力宣扬儒家思想，通过广建学校让更多的氐族人接受儒家文化的熏陶。史载苻坚“广修学官，召郡国学生通一经以上充之，公卿以下子孙并遣受业”[③]，这些教育措施对氐族上层贵族子弟学习汉族文化起了积极的作用。除此氐族还在军队和宫廷里办学校，学习汉族先进文化。因而统治阶级也有着较深的汉文化水平，如前秦皇族子弟苻融“聪辩明慧，下笔成章”[④]，苻朗“耽翫经籍，手不释卷”[⑤]，可知氐族在思想文化方面还是崇拜汉文化的，并能积极的吸收汉文化的精髓，改变他们“荒俗”的现状，让其知“仁义”。“用夏变夷”的措施有助于内迁诸族的汉化，利于民族间的融合及

① （梁）释慧皎：《高僧传·晋长安五级寺释道安传》，中华书局1992年版，第182页。

② （唐）房玄龄等：《晋书·苻坚载记上》，中华书局1974年版，第2914页。

③ 同上书，第2920页。

④ 同上书，第2934页。

⑤ 同上书，第2936页。

国家的统一。氐族政权除前秦外还有后凉吕氏（386—403）和前仇池国杨氏（296—371）。了解了氐族在历史上尤其在北中国的巨大影响，我们有必要对其各个历史阶段的主要分布情况及其文化特征做一番溯源，更有利于我们把握氐族与其他民族的交融状况。

从春秋战国到秦汉这一时期，氐人主要活动的范围为西起陇西，东至略阳，南达岷山以北的地区，即现在的甘肃省的东南、陕西省的西南、四川省的西北交界处。西汉至三国时期，氐人经历了两次较大的迁徙。一次为公元前108年汉武帝刘彻为扩大自己的疆土开拓西南边境，开益州、设置武都郡以来，氐族人受排挤，遂迁于福禄（今甘肃省酒泉）、汧、陇（今陕西陇县至甘肃陇西一带）者。另一次为，东汉末年时曹操和刘备争夺汉中和陇右，介于陇、蜀之间的氐族也成为他们的争夺对象。其间，氐族曾被迁到蜀国、扶风、京兆、天水等地。时武都太守杨阜也迁氐万户于京兆、扶风、天水等地。氐族经过这两次迁徙其分布范围更为扩大，原氐族最东分布于汧、陇，至此汧、陇以东关中的扶风、京兆等地也有氐人了。而陇右的天水、南安（今甘肃陇西东南）、汉阳（今甘肃甘谷、陇西、定西以东，静宁、庄浪以西）诸郡也形成了氐族的聚居区。此外，氐族原居地武都、阳平、仇池一带仍有不少的氐族分布。至魏晋，氐人除原在武都、阴平二郡外，又在关中、陇右一些郡县形成与汉人及其他各族交错杂处的聚居区。十六国时期，前赵、后赵、前秦等多次将氐人迁往关东、河北等地。据史载，前、后赵的统治者有四次强迁秦陇豪酋及氐、羌之众于雍州，人数一万七千多户；有四次强迁秦、雍等州。氐、羌入关东于司、冀、青、并等州，人数二十七万余户。苻坚曾多次移民关中，并分地而置，同时又把氐族分散到各方镇。这几次的内徙，不仅影响了十六国后期的局势，而且有利于氐族等少数民族与汉族的进一步融合。南北朝时期氐族的分布并无太大变化，但在雍州、秦州、益州、岐州、清水等地，氐族曾多次发动起义反抗北朝统治阶级，可都被武力镇压下去。总的来看大多是活动于河陇地区氐族反叛较为激烈，氐族的起义在一定程度上威胁了当时统治阶级的利益，同时也给当地的人民带来了战乱，但也从一定的程度上加快了氐族与汉族及其他少数民族之间的融合。氐族是一个以农业为主，兼营畜牧业的民族。随着农业的发展，纺织水平有了很大的提高，手工艺达到一定的水平。除此氐族还有自己本民族的语言，但由于受汉族、羌族、藏族等民族的影响，语言已十分混杂。但仍保留了本民族一些语言特色。在服饰上喜好穿青、绛以及白色的麻布衣。婚姻习俗上与羌族相似，起初是父亡子娶后母，兄亡弟娶兄嫂。但随着与汉文化的交融，逐渐改变这一习俗。

二 羌族的地理文化沿革

羌族是古代西部少数民族之一，有着悠久的文化历史。早在春秋战国时期就从甘肃、青海地区迁于岷江上游一带生息繁衍，并与当地居民融合逐渐形成的民族即羌族。到汉代时，羌族经长时期的发展繁衍，其分布较广人口众多，原主要居住在河湟地区，逐渐向今四川西北、青海南部迁徙。西汉王朝为防止羌族与胡联盟，遂将羌族迁于河西、陇右诸郡，东汉时期统治者为控制羌族内乱，又陆续强迁羌族入内地，其分布于安定（今甘肃省镇原东南），北地（今宁夏金积），上郡（今陕西省米脂北），以及三辅和河东地区。这样就产生所谓的东西羌。胡三省依据地理位置命名东西羌"羌居安定、北地、上郡、西河者，谓之东羌；居陇西、汉阳延及金城塞外者，谓之西羌"①。魏晋时期的羌族主要分布在秦州陇西、南安、天水、略阳、武都、阴平郡，雍州冯翊、北地、新平、安定等郡，凉州金城、西平等郡，益州汶山郡。可见羌族几乎遍布关中地区。十六国时期羌族的势力逐渐强大，羌族姚苌建立了后秦政权。姚氏羌族为稳固自己的统治地位，采取了一系列的措施，如招抚流民，放免奴婢；搜罗人才，包容广纳；建立法治，抑制豪强。其最重要的一项措施就是推崇儒学，弘扬佛教，在思想上教化羌民，姚苌曾下令"各置学官，勿有所废，考试优劣，随才擢叙"②，试图以伦理安邦、忠臣治国。还弘扬佛法，请龟兹名僧鸠摩罗什传播佛法，当时僧众人数可谓极多。一方面加强了对人们思想上的控制，另一方面促进了佛教文化的传播与儒释文化交流。这些措施使后秦羌族的势力逐渐发展壮大起来，控制了西起河西，东逾汝颍的广大地区。历姚苌、姚兴两代君王之后，由于统治阶级内部争夺王位，内讧不断，后秦逐渐衰弱于元和二年（417）灭亡，王朝共历34年。羌族

① （宋）司马光：《资治通鉴中华书局标点本》，中华书局1956年版，第1689页，顺帝永和六年（141）条。

② （唐）房玄龄等：《晋书》，中华书局1974年版，第2971页。

统治时间虽短暂，但我们能看到羌族对汉文化的崇拜及吸收借鉴，以及它特有的文化统治。当时由于政权更替较频繁，西平、湟河诸羌三万余户被当时的南凉统治者迁徙于武兴、番禾、武威、昌松四郡。西秦统治者将羌人迁至枹罕。南北朝时期陇西羌，居白龙江一带的宕昌羌、白水江流域的邓至羌等相继兴起，并于南北朝来往密切同时受两朝封爵。宕昌羌主要分布在洮河以东，白水之北，渭水以南地区。政治中心是宕昌城（今甘肃省宕昌县西），北周时期周武帝灭宕昌，改其地为宕州。邓至羌分布在甘肃省文县至四川松潘一带，即蜀陇间的白水江及岷江上游。据《魏书》所载“邓至者，白水羌也，世为羌豪，因地名号，自称邓至。其地自庭街以东，平武以西，汶岭以北，宕昌以南，土风习俗，亦与宕昌同”[①]，后由于势力衰落归西魏北周管辖，随之羌民也融入了西魏北周多民族相互交融之中了。

羌族是一个起初以游牧业为主的民族，后逐渐发展农业，经济开始壮大起来了，但畜牧业仍占重要的地位。手工业也达到了一定的水平，除了制造日常生产、生活用品外，还制造车辆和武器。在对外交流上，羌族与汉、西域、西南夷、匈奴都有交往，文化得到了进一步的交融与沟通。羌族有本民族的语言，但无文字，属汉藏语系的一支。

三 稽胡的地理文化沿革

稽胡，南北朝时期活动较为频繁的民族之一。稽胡又称山胡，早在西晋末十六国初期就出现了。当时的山胡主要分布在汾水西岸吕梁山区之胡人，到南北朝时期稽胡的主要分布在今山西、陕西北部山谷间。依《周书·稽胡传》载：“自离石以西，安定以东，方圆七八百里，居山谷间，种族繁炽。”[②]《周书·韦孝宽》也载：“汾州之北，离石以南悉是生胡。”[③]除此之外在上郡、延州、丹州、绥州、银州都有稽胡的分布。由于当时统治阶级对稽胡的压迫剥削较为严重，稽胡反抗的频率很高。在北魏孝昌元年（525），当时正值六镇反抗起义时期，北魏政权极其混乱之

① （北齐）魏收：《魏书》，中华书局1974年版，第2249页。

② （唐）令狐德棻：《周书·稽胡传》，中华书局1971年版，第896页。

③ （唐）令狐德棻：《周书·韦孝宽传》，中华书局1971年版，第539页。

时，稽胡首领刘蠡升在汾州起义，在云阳谷自称天子，建年号“神嘉”，置百官，建立割据的地方民族政权，但仅仅维系了短暂的十年时间。在北魏分为东魏、西魏时，东魏统治者高欢于天平二年将其镇压下去。而北周时期统治阶级对待稽胡的反叛基本上也是用武力镇压的。曾在丹周、绥州、银州、云阳谷以及蒲川等地都有起义发生，都被北周统治阶级镇压下去。稽胡在与汉人及其他少数民族的生活交融中也逐渐被同化了。到隋唐时期史书的记载中还有稽胡之名。

对稽胡这一民族的族源问题，历代学者对其有不同的观点。《周书·稽胡》记载：“胡，一曰步落稽，盖匈奴别种，刘元海五部之苗裔也。或云山戎赤狄之后。”[①] 说稽胡为匈奴别种。但所谓的别种又有对其不同的理解。首先，周一良先生认为是西域胡人。“从山胡帅姓曹（昭武九姓之一）姓白（龟兹国姓）特多，我疑心山胡或稽胡是服属于匈奴的西域胡人”[②]，两汉以来因为战败被俘或经商、归顺，不断东迁而形成的民族。其次，唐长孺先生认为周一良将其划分为西域胡人有似不妥，认为“稽胡是最后出现的各种杂胡的混合，而所谓杂胡，都是与古代匈奴有统属上或血缘上关系的各种‘别部’”[③]。最后，马长寿先生认为其大多数为匈奴之后裔：“就其大多数来说应该是匈奴之裔为主。”[④] 而周伟洲先生也赞成这种观点，认为“是以内迁南匈奴后裔为主，不能说都是杂胡。”[⑤] 但林幹先生又有另一种解说，他认为从稽胡的民族特征，即其俗土著、语类夷狄、因译乃通、农业部族、风俗习惯、山居等特征，明确指出稽胡不是匈奴的后裔，也不是西域胡种，而是“族内主体部分却是一个土生土长的独自形成的部族，不过后来掺入了少数的匈奴和西域胡的民族成分，故亦不妨称它为‘杂胡’”[⑥]。以上就是对稽胡族源的不同观点。但无论稽胡的族源是什么，其少数民族的族源是无疑的，同样它也在中国的历史文化及北周民族文化上打下了深深的烙印。

稽胡包含的民族成分较复杂，主要是以农业为主，语言上虽与汉族不

① （唐）令狐德棻：《周书》，中华书局1971年版，第896页。

② 周一良：《魏晋南北朝史论集》，中华书局1963年版，第152页。

③ 唐长孺：《魏晋南北朝史丛》，上海三联书店1955年版，第444页。

④ 马长寿：《北狄与匈奴》，上海三联书店1962年版，第133页。

⑤ 周伟洲：《中国中世西北民族关系研究》，西北大学出版社1992年版，第147页。

⑥ 林幹：《稽胡（山胡）略考》，《社会科学战线》1984年第1期。

同，但汉化程度较深，能与汉族进行沟通。在风俗习惯上，女子在婚前与异性接触较自由，同时也盛行“兄弟死，皆纳其妻”这一风俗习惯。

四 鲜卑族的地理文化沿革

鲜卑族是中国古代北方游牧民族之一，兴起于大兴安岭山脉。其族源属东胡部落。先秦时期活动于大兴安岭中部与北部，汉时从大兴安岭一带南迁至乌桓故地饶乐水流域（今西拉木伦河即内蒙古东南部与辽宁西部交接地带），北匈奴西迁，鲜卑进至匈奴故地（即河套阴山一带），占据了漠北地区，将漠北留居的匈奴并入其中从此势力渐盛。在西晋时期鲜卑分为三大支部：东部有段部、慕容部、宇文部等。北部，有著名的拓跋部，西部有吐谷浑、乞伏氏、秃发氏。东晋南北朝时期鲜卑族诸部都曾建立政权。

东部鲜卑慕容部建立了前燕、后燕、南燕、西燕政权，其势力范围在辽西地区后又扩展到辽东、黄河流域。慕容鲜卑汉化程度很深，与汉族隔阂很少，前燕统治者慕容廆很注重对汉族文人的重用。“平原刘谮儒学该通，引为东痒祭酒，其世子皝率国胄束脩受业焉。廆览政之暇，亲临听之。于是路有颂声，礼让兴也。”[①] 由此可见鲜卑慕容部的汉化程度之深。鲜卑段部分布在辽西一代，魏末晋初势力渐强，兴盛时所辖范围西接渔阳（今北京密云县西南），东界辽水。段部强盛的原因主要是它占有燕国旧地，统治的多是晋国的汉人，同时它还奉晋为正，受到许多汉人的支持。后被羯人的后赵击溃，融入中原。而宇文部的族属为匈奴后与鲜卑人杂居逐渐鲜卑化才称其为鲜卑宇文氏。《北史·匈奴宇文莫槐传》记载“匈奴宇文莫槐，出辽东塞外，其先，南匈奴之远属也，世为东部大人”。[②] 在晋元康三年时宇文部的疆域西起濡东（今河北栾河东），东至柳城（今辽宁朝阳），后被慕容氏统辖，最后归属北魏拓跋鲜卑。在北朝末期宇文氏成立了北周，在西魏时期北周的奠基者宇文泰平定了秦陇，占据了关中地区，对内重用关中汉人，依据关陇豪右的支持，其势力慢慢扩展，到周武帝时进行一系列改革，如：尊儒毁佛，以儒家为正宗，尊儒学为国学等，

① （唐）房玄龄等：《晋书·慕容廆载记》，中华书局1974年版，第2806页。

② （唐）李延寿：《北史·匈奴宇文莫槐传》，中华书局1974年版，第3267页。

最后灭北齐统一整个北方地区，拥有黄河流域和长江上游广大地区。

北部鲜卑拓跋部原居于额尔古纳河和大兴安岭北段，“统幽州之北，广漠之地也，畜牧迁徙，射猎为业”①。后经过三次大迁徙，其势力遍布整个北方地区。在东汉初年时开始第一次南迁至“大泽”（今达赉湖）。第二次迁至匈奴故地并与匈奴人杂居在一起。第三次迁徙是拓跋诘汾长子秃发匹孤率众从塞北迁居河西一带。拓跋鲜卑曾建代国政权，势力范围大致跨有今内蒙古中部和山西北部。后建立北魏政权，建都平城，结束了长期混乱的北方地区的局面。统治者拓跋珪在进取中原的过程中曾采取一系列措施，如：注重招揽人才，吸收汉族士人；离散诸部，分土定居等措施，巩固了北魏初期的稳定局势。到孝文帝时期进一步实施汉化改革，他迁都到洛阳为更进一步吸收汉文化做了铺垫，以巩固中原的势力。同时禁止鲜卑人穿胡服、在朝廷上说鲜卑语等措施推进鲜卑汉化。此后北魏势力达到鼎盛时期，其疆域东北起辽西，西至新疆东部，南达秦岭、淮南，北抵蒙古高原。

西部慕容鲜卑在公元3世纪末至4世纪初西迁到内蒙古阴山一带。在西晋永嘉末期，又从阴山南下，经河套南，度陇山，至陇西之地枹罕（今甘肃临夏）西北的罕幵原。建立了吐谷浑政权，以此为据点向南、北、西发展并逐渐壮大起来。统治了今甘肃省南部、四川西北和青海等地的氐、羌等民族。乞伏鲜卑是陇西鲜卑最重要的一支。原居于漠北，到东汉中后期逐渐南迁至大阴山（今内蒙古阴山山脉），后又西迁至河西之极东之地牵屯山（今甘肃平凉西北二百里处）一带，随后迁居苑川。那里水土肥沃，后势力逐渐增强，建立西秦政权。统治阶级置百官，仿汉制。因而西秦强盛时期的统治范围东至平襄、略阳，西至金城、白土，南抵层城、赤水，北达度尖山以北。

秃发鲜卑原是从塞北拓跋鲜卑分出来的一支。3世纪60年代秃发匹孤时率众迁于河西，故又称河西鲜卑。《晋书·秃发乌孤载记》记载“秃发乌孤，河西鲜卑人也。其先与后魏同出。八世祖匹孤率其部自塞北迁入河西”。② 后曹魏时迁秃发鲜卑数万人至河西陇右的雍、凉二州之间，即今天的陕西中部及甘肃一带。后因统治阶级对其镇压之深，纷纷起义反

① （北齐）魏收：《魏书·序记》，中华书局1974年版，第1页。

② （唐）房玄龄等：《晋书·秃发乌孤载记》，中华书局1974年版，第3141页。

抗。后取得了洪池岭南五郡（广武、西平、乐都、浇河、湟河）之地，并将族人分镇各地，选用汉夷各族豪门，汉族官吏有一半以上。这样南凉的统治得到了稳固的发展，其势力范围为凉州五郡、岭南五郡及晋兴、三河，共十二郡，大约包括今甘肃兰州以西，永昌西水泉子之东，北抵今甘肃腾格里沙漠，南至今青海以南同仁一带，东南至今青海循化，西南抵青海湖西北。后陇西、河西鲜卑归属北魏，最终多融于汉族中。

鲜卑民族初期以游牧为生，后逐渐向农耕业转变。在婚姻方面：保留了掠女，以牛羊为聘礼；父兄死，妻后母执嫂；女子嫁娶前有一定性生活自由等习俗。在宗教信仰方面：初期信崇巫术，祭祀天地日月星辰山川，后逐渐信仰佛教、道教。音乐、舞蹈方面：音乐多是“马上之声”。隋唐时期的“北狄乐”就有鲜卑乐在里面。而在舞蹈上，舞姿刚健有力，威武雄壮。有自己本民族的语言，与汉民族融合后使用汉语，北魏时期曾一度设鲜卑语为官话，北齐北周时期仍说鲜卑语。

五　汉族地理文化沿革

关陇一带是中原文化的发祥地之一。今甘肃陇东地区的泾河流域是夏商周三代的周民族发祥地，相传古代周族始祖后稷善种粮食，曾在尧舜时代做农官教民耕种。后稷死后其子不窋继任农官，夏太康时不窋失官，西迁戎狄间隐居，隐居地即今甘肃庆阳城。春秋时期开始崛起的秦人和秦国，据《史记·秦本纪》及考古发现证实发起于今甘肃清水、天水一带。秦灭六国后继续被逐戎狄，筑长城以拒胡。西汉王朝建立（前206年）陇西郡辖十一县，至汉武帝元鼎三年（前114），从陇西郡分置天水郡，北地郡分置安定郡，元鼎六年（前111）增置武都郡。关陇地区自上古以来就是中原汉文化与氐羌戎狄文化交织地带。西汉末年中原大乱，河西相对稳定，窦融举为河西五郡（包括汉昭帝时增置的金城郡）首领，治理有方，河西成为“兵马精强，仓库有蓄，民庶殷富”（《后汉书·窦融传》）的地域。到东汉明帝（58—76年）以后，开始是北匈奴侵扰，继之东汉王朝镇压羌人反抗斗争的十余次战争，使河西经济文化受到严重创伤。东汉晚期战乱不休，各地豪强地主乘机兼并土地，攫取劳动力，迫使他们变成具有强烈人身依附关系的私附和部曲，建立起所谓壁、坞、堡、垒的地主庄园，割据一方。到曹魏初年，河西先后又有张进、黄华、鞠演、伊健妓妾、元治多等的叛乱。明帝太和年间（227—232）仓慈为敦煌太守，史称："郡在西垂，以丧乱隔绝，旷无太守二十年，大姓雄张，遂以为俗"[①]，人口更是急剧下降。西晋建立全国出现暂短统一，西北地区得以相对稳定，经济文化有所恢复和发展。但很快又进入了一个大分裂时期，先后出现五个称"凉"的政权。在前凉和前秦统治时期，社会相对安定。在张氏统治凉州时有民谣说："秦川中，血没腕，唯有凉州倚柱观。"[②] 社会相对安定，招来了中原大量的流民。到前秦灭掉前凉，苻坚曾将河西七千户"豪右"迁往关中，又从江淮及中原地区迁来一万七千余户，这时中西交往比从前更频繁，西域各国都曾遣使者往长安朝贡。淝水之战后前秦崩溃，征讨西域的前秦大将吕光占河西建立后凉政权，后凉亡河西出现了南凉、北凉和西凉三个并列割据政权。此期间战乱不休，直到北魏统一北方，孝文帝推行均田制，河西、陇右等西北地域的经济文化才得到恢复和发展。

汉朝在文化思想上提倡"罢黜百家，独尊儒术"，使儒学发展成了经学，并占统治地位，儒学成了汉民族共同的文化心理，关陇的儒家文化自汉以来开始兴盛。西汉时，凉州的范围，大概包括现在甘肃的全部及宁夏、青海、内蒙古自治区的一部分。东汉循而不改。至汉献帝时，曾一度复设幽州，西晋因之，为当时全国十九州之一。西晋时的凉州比之两汉时期的凉州地域面积要小，仅包括今甘肃省兰州以西河西走廊的全部及青海和宁夏的一部分。汉武帝开发河西，河西早先曾居住过羌族人，并和商朝有联系。秦朝统一以后，河西又有月氏和乌孙人居住过。后来，乌孙被大月氏人逼迫西迁至伊犁河流域。汉初，北方强大的匈奴人进入河西，又逼迫大月氏西迁，没有迁走的保聚南山，称小月氏。以后的匈奴卢水胡沮渠氏即是小月氏的遗种。而在匈奴人据河西之后，匈奴经常向陇西、北地等郡骚扰，掠夺人、畜和财物。汉武帝时，驻牧河西的是休屠王和浑邪王，武帝正式向匈奴进攻。元狩二年（前121），汉将霍去病又两度深入河西。匈奴战败，浑邪王杀休屠王，率4万人降汉。被汉王朝安置于陇西、北地等五郡。汉昭帝始元六年（前81）增置金城郡，郡治在今甘肃省永靖县盐锅峡镇黄河北岸的汉城遗址，史称河西五郡。到汉宣帝时，金城境内无

① 《三国志·魏志·仓慈传》，中华书局1959年版，第512页。

② 《晋书·张轨传》，中华书局1974年版，第2229页。

不田作，于是河西的经济文化上升为先进地区，凉州水草畜牧为天下饶，富庶甲于内郡。王莽篡汉改制，引起了绿林、赤眉农民起义。隗嚣趁乱割据，保河西，后被光武帝讨平。窦融保聚河西，东汉统一的过程中窦融主动献地内附，河西未受战争兵役制苦。东汉的凉州刺史部比西汉时的地域面积要广。除东汉明帝时将天水郡改为汉阳郡，郡治徙为翼县，今甘谷县城，安定郡治迁至临泾（今泾川县），其余皆沿袭了西汉的郡制。

东汉末年，三国鼎立，曹魏集团占有河陇的大部分地域，只有东南部的武都、阴平两郡属蜀汉。时河西有敦煌、酒泉、西海（今内蒙古自治区额济纳旗）、张掖、武威、金城、西平（今青海省西宁市）七郡，魏文帝黄初元年（220 年），以河西为凉州，陇右为秦州。西晋统一以后河西地区为凉州，又增设西郡（今山丹以东，永昌以西），其余仍为曹魏之旧。东部地区为秦州，下辖陇西、武都、阴平（文县、迭部、舟曲等地）、南安、天水、略阳（改曹魏时广魏郡为略阳郡，治今秦安陇城镇）六郡，安定郡归属雍州。后西晋末年中原大乱，安定张轨于晋惠帝永宁元年（301 年）自请为凉州牧，保据河西，开启了河陇地区发展的崭新的一页。虽然在北魏统一河陇之前，这里曾是几易其主，但是这些并没有阻碍文化的进步。在十六国时期，河西关陇之地经历了前凉、前秦、后凉、后秦、南凉、北凉、西秦、西凉等十二个割据政权。直至北魏政权统一了北方后，河陇地区分为敦煌镇，包括今酒泉地区、新疆哈密地区；凉州，包括今内蒙古额济纳旗、张掖、武威、河州（今兰州地区）。东部地区分为秦州，包括今陇西至天水的渭河流域。梁州，包括今陇南西和县、礼县、文县。泾州，即今平凉地区。豳州，即今庆阳地区。后北魏分裂成东魏、西魏，东魏被高欢北齐政权所取代，西魏为北周政权所替。

汉代儒学为中心，汉王朝在移民、设郡、设防、屯垦大力开发河西的同时，汉文化尤其汉文化的核心思想儒学也带到了河西。当然在移民实边的过程中，有贫民、普通罪犯，还有的是“忤旨”或犯“科条”的官吏及其家属，其中包括一些有着良好的儒学和仕宦背景的家族，这也为后来河西地区出现儒学昌明的文学盛世提供了有利因素。在河西地区，西汉的墓葬群很多。张掖黑水国附近及武威乱墩子滩等地都有上千个西汉墓。在河西大量墓葬中曾出土了大量汉简、丝织品、陶、木器等物品。武威磨咀汉墓群曾出土了大批木简，其中六号墓出土的四百六十九枚木简，共二万七千多字，是完整的九篇《仪礼》，为我国古文字及古籍校勘提供了重要资料。

东汉初年河西五郡首领窦融去洛阳，任延为武威太守，在武威建立学校，奖励耕垦，兴修水利，整修武备，大力推行儒家文化。西晋亡后，自317年起，张氏世守凉州，建立前凉政权。其强盛时期的疆域范围“分武威、武兴、西平、张掖、酒泉、建康、西海、西郡、湟河、晋兴、广武合十一郡为凉州；兴晋、金城、武始、南安、永晋、大夏、武成、汉中为河州；敦煌、晋昌、高昌、西域都护、戊己校尉、玉门大护军三郡三营为沙州”①。前凉汉族统治的张氏割据政权，凉州、河西局面较中原相对安定，汉族文化得以保留。而匈奴刘氏攻陷京师洛阳，攻占长安后，关中、陇右汉族士族及民众大批流入关中，带来了更多的汉文化。加之前凉统治者还兴学育人，张轨在凉州大力弘扬文教“征九郡胄子五百人，立学校，始置崇文祭酒”②。从此汉文化在此得以繁衍发展繁荣，进而影响了周边少数民族文化。又如汉族李皓又建立了西凉政权，盛时疆域包括甘肃西部酒泉、敦煌一带，西抵新疆葱岭。前凉、北凉及西凉的政权不仅为汉文化的存留及进一步发展繁荣提供了发展之地，同时又因特殊的地理位置成为丝绸之路的重镇和经济交流的都会，对东西方文化交流做出了不可小觑的贡献，为佛教文化向中原传播开辟了道路。从此凉州积累了深厚的文化底蕴。北魏时期平北凉后，不少河西学者到平城，或著书修史，或讲学授业，对北魏学术界产生较大影响。而到孝文帝改革时，河西人士又参加了很多典章制度的制定。此外，在传入西域佛教与汉化方面皆起着特殊作用。到北魏后期政治逐渐败坏，六镇兵变后国力大衰。最后分裂成东魏、西魏，后由北齐、北周取代。北齐的核心主要为六镇流民及关东世族，其军力比较强盛。同时占有北魏经济政治中心的繁华地带，地域为今黄河下游流域的河北、河南、山东、山西以及苏北、皖北的广阔地区。此地区在北魏统治时期汉化程度就较深，加之许多北魏汉士族流随到北齐。而南方发生侯景之乱，又有不少汉族移居北齐。北周占据偏于西北的关陇地区，其经济文化相对落后，后有汉族王褒、庾信等南方文人入北周。汉民族文化与各少数民族文化得以更充分地交融。

魏晋时期佛教虽在河西广泛传播，但占河西真正占统治地位的却还是

① （唐）房玄龄等：《晋书·地理志上》，中华书局1974年版，第434页。

② （唐）房玄龄等：《晋书·张轨传》，中华书局1974年版，第2222页。

儒学。自西晋末年中原大乱以后，关陇学者多来河西避难，《资治通鉴》卷 123“文帝元嘉十六年十二日”条胡注：“永嘉之乱，中州士人避地河西，张氏礼而用之，子孙相承，衣寇不坠，故凉州号为多士。”[①] 前凉张氏和后凉李氏本是汉族，重视儒学自不待言。在这种儒学氛围下，就是建立南凉的秃发乌孤、建立北凉的沮渠蒙逊，为了统治的需要，也不得不重视儒学。这批河西学者不仅为保留中原传统的儒学作出了贡献，而且，他们反过来还影响着中原文化的发展。如前秦时，洛阳、关中的千余生徒就是跟着河西学者胡辩学习的。北魏统一北方后，河西学者如赵逸、刘昞、胡叟、江式、阚骃、程骏、常爽等人，都是当时著名的儒学大师。河西的儒学一直到隋唐时期还有影响。

历数从东汉末年至隋唐盛世之时的儒学大家，我们又不难发现，在河西关陇地区有一个非常重要的社会群体，那就是世家大族。他们作为河陇地区儒学发展的中流砥柱，始终出现在史籍的记载中，生生不息，代代相传。“经学盛于汉；汉亡而经学衰。桓、灵之间党祸，东汉末年，儒学式微，几乎到了难以维继的地步。董遇、贾洪、邯郸淳、薛夏、隗禧、苏林、乐详等七人，在儒学衰退大潮中艰难地维持着局面，因此被称为儒宗。其中就有一位来自陇上，即天水的薛夏。”[②] 又史籍记载，至西汉末年，河西人士的文化素养已经达到了一定的高度。

以上就是关陇地域民族文化状况。关陇地域民族虽较为杂乱繁多，但在历史文化的长河中都与周边的汉文化相互交融促进。同样汉文化也吸收少数民族文化，二者共同缔造了中国古老而灿烂的文化。文学植根于文化的土壤中，关陇文化必然深刻影响和制约北周本土文学的发展。所以占据关陇地区的北周统治者鉴于关陇地域复杂特殊的多民族背景，宇文泰推行“独立于东魏萧梁的关陇本位文化”的政策，首先，表现宇文氏对本国多民族的沟通与妥协的策略；其次，它也对周边少数民族实行文化妥协策略，其主要表现为对突厥、吐谷浑等国的和亲与商业往来，在保护国家政治经济稳定的同时，也形成了富有地域特色的北周多民族文化交融的文学背景。北周文坛，以由南入北的文人王褒、庾信为代表的文风趋尚华丽，

---

① （宋）司马光：《资治通鉴》卷一二三，中华书局标点本 1956 年版。

② 《三国志》卷十三《魏书·王肃传》，中华书局 1959 年版，第 421—422、420 页。

但儒家尚用的文学观，始终是根深蒂固的，乃至影响了隋初的文化政策[①]，唐代标榜汉魏风骨的文学复古思潮。从北周宇文鲜卑、关陇氐、羌及关陇儒学等多民族文化及其相互影响和制约入手，可克服以往对北周文学研究多限于由南入北的文人及个别北地汉族文人的片面性，以期揭示北周关陇文学全貌，反映北周关陇地域多民族人文精神的文学实况。

---

① 隋文帝开皇四年诏天下文翰并宜实录，文表华艳要治罪。

和瑛《西藏赋》的民族文化交流功能

郝青云
（内蒙古民族大学文学院）

和瑛（？—1821），原名和宁，避宣宗讳改为和瑛，字太莽，蒙古族，额勒德特氏。乾隆三十六年（1771）进士，先后担任四川按察使，安徽、四川、陕西布政使、西藏办事大臣、内阁学士等职。驻守西藏长达八年之久，其间几乎踏遍了西藏的山山水水。

和瑛出身于蒙古族世家，自幼接受汉文化教育，长期处理边疆事务，为满清朝廷效力。其自身的多民族文化特征非常明显。他一生汉文著述颇多，其中最著名的是《西藏赋》，在《西藏赋》中，和瑛不仅娴熟地运用汉文大赋这种文体，而且充分描述了西藏的自然地理、社会历史和宗教文化，具有非常突出的民族文化交流作用和意义。

一　向内地读者传播了西藏的地域文化

在交通、通信极为发达的现代，西藏给人的感觉依然是远在天边，充满神秘，在落后于当时世界科技一般水平的清代，西藏仿佛是在另一个世界。和瑛作为驻藏大臣长期驻守西藏，并深入青藏高原的腹地，以自己的所见所闻，结合西藏的历史和传说，在《西藏赋》中对西藏的自然地理、历史文化进行了全面的描写，向内地读者展示了西藏的独特风物风情。

（一）对青藏高原自然地理的描述

在《西藏赋》的开头部分，对西藏进行了总体的宏观概述：

奥坤维之奥域，实井络之地阡。风来阊阖，日跃虞渊。斗杓东偃，月窟西联。三危地广，五竺名沿。吐蕃种别，突厥流延。乌斯旧号，拉萨今传。其阳……其阴……藏布衍功德之水，机渚涌智慧之泉。

从地理、天文、种族及各方山川地理进行了大体的描述，在时间和空间上给西藏一个总体的定位。在后面的铺叙中，频繁出现对西藏独特的自然风貌的生动描写，尤其是在后半部分中，对西藏周边地区的自然地理和政治局势作了更为详细的记述。和瑛曾经担任四川按察使、四川布政使，因而，他对川西南至西藏的地理和局势非常了解，他对此作了详尽的陈述。这就使这部文学作品为朝廷提供了更多的有关西藏的信息，对管理西藏具有了重要的参考价值。和瑛之后的驻藏大臣在进藏之前，《西藏赋》是他们的必读书目。

在对西藏内部各地区进行描述时，作者往往以拉萨为中心，向四方延展。在记录这些地名时，通常都是按照行走的路线来连缀的，而在记述地名之间位置距离时，除用里程的方法外，还独具特色地使用行程测距的方法。如：

禽则曲水宿鸿，前藏西南行二日，地名曲水，多暖雁，于冬月在此处避寒。南山翔鹤。前藏东四十里南山凹多白鹤。

在这两句的自注中就用了两种表述距离的方法。用行程的方法表示距离在中国古代比较常见，因为中国地理勘测工作进行得比较晚，很多偏僻的地区都少有人去测量和估算。西藏更是偏远而人烟稀少的地方，作者对很多地理距离都是按照行走的时间来计算的。这也说明作者在治理西藏期间，对西藏进行了大量的实地考察工作。

文中还写到青藏高原奇特的自然景观。其中有大量的笔墨描绘西藏的雪山、冰川；还写到了险恶的自然环境及其对人的伤害，如雪崩、流沙，雪光在强烈的阳光下给人造成的雪盲、高山缺氧等常见的高山反应。这些都使内地读者大开眼界，也为来藏的内地人积累了宝贵的经验。

（二）对西藏独特宗教文化的描述

和瑛出身于蒙古世家。蒙古族在元代就已经接受了藏传佛教，在清代又深受黄教的影响。西藏内部当时是政教合一的管理体制，宗教氛围十分浓重。《西藏赋》中的大量笔墨都涉及西藏独特的宗教文化。具体关系到佛教的法事活动、佛教的教义、朝廷与达赖班禅的关系、民众的信仰活动等。尤其值得关注的是和瑛对佛教的认识并不仅限于藏传佛教，也并非仅来源于西藏这个佛国世界的见闻。他同时具有深厚的汉传佛教素养，对汉传佛教的典籍、掌故以及相关诗文，都能信手拈来，应该是早已了然在胸。

如苏轼关于佛教禅宗的诗文，作者就引用了四处：《记所见开元寺吴道子画佛灭度以答子由》、《明州阿育王广利寺宸奎阁碑》、《宿海会寺》及《冷斋夜话》所载读《传灯录》所作“荼毗一个僧”诗句。苏辙的碑文引用了一处《龙井辨才法师塔碑》。作者将这些与佛教有关的诗文与西藏的佛教相对应，常常把汉传佛教的典籍、掌故与藏传佛教相比照，找到二者的通性。赋中也提到了汉传佛教传入西藏的历史等。作者深厚的佛教文化功底拉近了他与西藏的关系，宗教文化的互相认同也取得了西藏地区官民的信任，这对他在西藏地区实施政务管理提供了一定的便利和保障。

（三）对西藏历史文化的叙说

西藏地处西南，其历史文化有其相对独立的形成过程。和瑛在《西藏赋》中对此予以了格外的关注。他在描摹独特风貌的同时，引证了大量相关的史料典籍。很明显作者研读了大量有关西藏的文献，他把了解西藏当作驻藏大臣的重要职责和处理政务的重要前提。通过对宗教文化、社会历史、民俗风情的深入了解，作者实际上已经融入了西藏的社会生活。从字里行间看得出作者对西藏地区独特民俗风情的理解和尊重。比如文中写到了“唐古特俗：夏秋之交，无论男女，群浴于藏布江之汜，以祓除厉疫，乃古所谓秋禊也”。另外还写到了“弟兄两三人共娶一女为妻”的一妻多夫现象。再如“贵少贱老，沿成罗汉之名，厌死轻生，误堕尸陀之害。出家则荼毗成灰，在家则刲成脍”等火葬、天葬习俗。作者在文中只是作了客观的记述，并没有站在中原传统文化的立场上加以评价。

正是由于和瑛身为少数民族，民族之间的互相认同和尊重，取得了相互信任。在此基础上，驻藏大臣才能顺利开展工作，才能把朝廷的旨意加以贯彻实施，才能巩固边疆地区局势的稳定。

另外在《西藏赋》中，还记载了一些文娱、体育活动，如藏戏的演出、飞绳表演、赛马、赛跑等，也记述了当地独特的饮食习惯：

> 食则麦屑毡根（糌粑干羊），饮则鸠盘牛酪（茶块酥油）。衣则黄毳紫驼，居则彩甍丹䐿，优钵净瓶，玉盂金杓。三幡比以离离，百玩灿其愕愕。

作者对西藏独特的自然和人文描述是其《西藏赋》重要的内容，为内地读者展开了西藏这幅神秘画卷的全貌，因而有人将《西藏赋》称为“西藏志”。这篇赋使更多的内地人了解了西藏，也使朝廷对西藏有了更加全面的认识和了解，这篇赋的传播值得高度肯定。

二 考述了西藏与内地的文化渊源关系

西藏虽远在天边，但自元代以来，就已经归属到中国的版图。清朝时期，中央政权又对西藏地区实施了真正意义上的管理。基于江山一统的思想，和瑛对西藏的地域文化与中原的传统文化的相互影响进行了考述。

（一）从藏族的族源来说明西藏与内地少数民族的渊源关系

藏族有独特的语言和生活习俗，作者将藏族的渊源与古代少数民族相联系，从吐蕃与突厥民族的历史文化中，找到了线索：

> **吐蕃种别，突厥流延。**《唐类函》：吐蕃在吐谷浑西南不知国之所，或云：秃发利鹿有子樊尼。其主为傉檀，为乞伏炽盘所灭，樊尼率馀种依沮渠蒙逊，其后子孙西魏时为临松郡丞，甚得众心。魏末招抚群羌，日益强大，遂改姓为窣勃野。始祖赞普，自言天神所生，号鹘堤悉补野，因以为姓。其国都号逻逤城，雄霸西羌。隋开皇中其主罗卜藏索赞普，都牂牱西匹播城，以五十国西南与婆罗门接。今考前

藏名拉萨，藏旧有石头城，即古逻逊城也。藏布江即赞普名也。又考青海所属七十族，并四川打箭炉明正司迤西各土司，至西藏附近各部落，其语言文字皆同名唐古特，唐古特者，即唐突厥之遗种也。

唐古特作为突厥的后裔，自然与中原的联系更近了。作者考证了唐古特部落的主要区域和共同的特征。唐古特是居住在青海南部古羌族的后裔建立的大部落名，曾经长期受厄鲁特部蒙古族的压迫，清顺治皇帝听从蒙古大臣的请求，招降乌斯藏。归顺清廷后，唐古特部得到了保护。之后唐古特和乌斯藏总称为唐古特，直到雍正时期还以唐古特称卫藏。现在“西藏”一词的英文音译 Tibet 就来自唐古特。

（二）找到唐代与吐蕃交往的历史遗迹

历史上西藏与中原官方来往最大的事件就是文成公主入藏这件事，作者在《西藏赋》抛开大家共知的汉籍史料的记载，从《西藏番王传》中，找到绰尔济松赞噶木布（汉籍文献为松赞干布）迎唐公主为妻，又迎巴勒布（尼泊尔）王鄂特色尔郭恰之女拜木萨为妾的史实材料：

其寺则两招建自唐朝，丰碑矗矗。西藏番王传七世到绰尔济松赞噶木布，迎唐公主为妻，又迎巴勒布王鄂特色尔郭恰之女拜木萨为妾。唐公主带来释迦牟尼佛像，拜木萨带来墨珠多尔济佛像，藏王择地兴建大招供奉之，大招门前有唐德宗时和亲盟碑，字迹尚真，碑文载入通志。善兴于公主，古柳娟娟。大招前有古柳二株，相传植自唐时。填海架梁，西开梵宇；经簿拉萨地乃海子也，唐公主卜此地为妖女仰在之形，海子乃妖女心血，是为海眼须将海眼填塞，上修庙宇如莲花形，及得吉祥。藏王遂兴工将海子四面用石堆砌。……大殿内有明万历时太监杨英所立碑庙，前壁上绘唐元奘法师取经师弟四人像。背山起阁，东望云天。小招在大招半里许，地名喇木契，坐西朝东，北面达拉，楼高三层，上有金殿一座，唐公主建，公主悲思中国，故东向，内供墨珠多尔济佛。或云内有塑像乃唐公主肉身，座上书“默、寂、能、仁”四字。

这里提到了唐代及明代西藏与中原往来的多条证据，大招前唐代植种的古柳、唐德宗时的和亲盟碑、明代产的碑庙、墙壁上绘制的唐僧师徒四人像、唐公主的肉身像、关圣帝君像等。这么多的遗迹都见证了西藏与中原的密切交往历史和文化上的融通。

（三）反映了中原文化与西藏文化的双向互动关系

和瑛一方面从历史的角度找到中原对西藏文化输出，同时他又从节日风俗上找到西藏影响中原的证据。他敢于怀疑汉籍文献及民间传说中关于元宵节张灯习俗由来的“定论”，在西藏的元宵节活动中找到依据，并指出汉籍文献中有悖常理的缺陷：

> 厥惟元夕竞尚燃灯，前万户之馋膏；星流月偃，耀百华之宝树。霞蔚云蒸，青鸾彩凤，灵鹫仙鹏。法象吼狮，神光夜炳，木牛泥马，业火宵兴。琉璃世界，点长明大千活佛，坚固菴罗，传不昧十万高僧。烟煤彻于重霄，云间沃雪；灰烬馀于徼道，地上销冰。此则太乙祠坛之伊始，金吾弛禁之明徵也。《七修类稿》云：上元张灯诸书以为沿汉祀太乙。自昏至明，今其遗事。《容斋三笔》既辩，《史记》无此文，尚未得其实，《事物纪元》又引《僧史略》，以西域十二月三十日乃汉正月望日，彼地谓之大神变故。汉明帝令烧灯表佛，夫事即无据，时日又非，不足信也。《春明退朝录》以为梁简文帝有《列灯赋》，陈后主有《山灯》诗，以为起自南朝。《唐书·严挺传》云睿宗好音律，先天二年正月望日，胡人婆陀请燃千灯。因弛门禁，帝御安福门纵观，昼夜不息。韦述《两京新记》：正月十五夜，金吾弛禁，前后各一日，看灯则是始于睿宗，成于元宗。……予谓本于西域者，何也？今考卫藏每岁正月十五夜达赖喇嘛及各胡图克图噶布伦公台吉等于大招四面各高彩灯，以青稞面捻成佛仙之像及鸟兽花卉。各种供品燃以酥油，照以松炬，火光烛天，如不夜城，男女数万纵游彻晓，其灯架高至二三丈，番僧团坐诵经其下，是僧史略所言，不为无据，仁宝以为不足信，过矣，惟《僧史》以西域十二月晦为汉之正月望，则失于考证，何也？今考卫藏时宪名朱尔亥，一内地正朔不同者，只以置闰不置闰相差一月，朔望则无不同者，何至以晦为望耶？盖除夕前一日则止于送祟，名曰“跳布札”，并不燃灯也，至于三日五日之不同，则唐宋以后事耳。

内地文献中关于元宵节的记载很多，起源之说也五花八门，但作者在与西藏的元宵节张灯活动对比之后，认为这个习俗来自于西域（也包括西藏），并指出《僧史》中关于西域与汉地晦望相反之说记载的根本性错误。从和瑛对元宵节来源的考证来看，他试图在寻找西域文化对中原的影响。

同时，他还纠正了过去有关西藏使用干支纪年上的错误认识："旧说西藏用地支而不用天干，非也，今见藏中纪年如甲子年则云木鼠，乙丑年则云木牛，丙寅则云火虎，……以此推之，亦六十甲子仍用天干也。"天干地支是中国几千年沿用下来的纪年方法，西藏也在使用这一方法，尽管称法不同，但表达的意思是一样的。这是又找到了一条西藏与内地文化交流源远流长的依据。

此外，又与中国古代神话传说相联系。指出"阿耨达池相传即王母瑶池也"。把中原的神话传统与西藏的山川地理联系起来，以此来说明中原与西藏在文化本源上的一体性特征。在讲到西藏的赛跑运动时，还引出了《传灯录》中关于唐代的一段记载：

> **御风追日，万回之脚马先登。**番人于七八里外争以步行跑远，以先到大招者为胜。《传灯录》：万回法云者，虢州人也，俗姓张，啸傲如狂。唐武则天时赐万回和尚锦袍玉带。八九岁始能言，其兄戍安西师，持信朝往夕返万余里，故号万回云。

把西藏的赛跑活动与唐代的佛教掌故相联系，作者又试图从文化上建立西藏与内地的联系。这种联系证明了西域文化与中原文化的双向互动，也说明中华文化的多元一体。

三　向西藏传播了朝廷的边疆管理思想

驻藏大臣是代表朝廷管理西藏的政府官员，尽管他们力求做到依俗而治，但无论从贯彻朝廷的旨意，还是在处理政务和方式上，都会带来中原文化的影响，和瑛驻藏期间，踪迹遍布前藏后藏，每到一处都把使命带给当地官民僧侣。

《西藏赋》中多处记载了朝廷对西藏实施制度管理的时间，如：

乾隆五十八年，钦定章程，令达赖喇嘛自行铸造乾隆宝藏钱文，由川省派文员监铸。

雍正年间颁给印信，其印文曰协理黄教诺们罕之印，乃清字、蒙古、唐古特字三译篆文。

康熙五十七年，护军统领温普带领官兵入境宣布，圣朝德威，兵至大朔地方，该第巴等赴营投见，愿附版图。

康熙五十八年，颁给帕里克巴拉原图克图诺们之印，亦系三译篆文。

类似这种记载很多，主要是对西藏地区的政治军事进行管辖的时间，驻藏大臣应该是这些命令的传达、执行者。除此之外，还在一些具体的政务上，进行了干预，从《西藏赋》中可以看出中原管理思想在西藏地区的渗透。如减免赋税：

藏地旧俗扫地割草乌拉，折钱征比，岁辄数万。嘉庆元年，概予删减。拯救天花患儿：

畏天花而弃子如遗。藏地小儿向不出痘，近岁传染甚盛，遇有出痘者，遂弃之荒山僻野，冻馁而死，甚惨。自乾隆五十九年，劝谕达赖喇嘛捐资，于离藏幽僻处所建盖房间，供给糌粑酥茶，以资抚养，又派妥干番目经理，如此数年来，全活甚众，藏风稍变，其札什伦布暨察木多照此行之，有效。

变更驻藏大臣与达赖喇嘛相见礼仪：

旧俗驻藏大臣见达赖喇嘛以佛礼瞻拜。乾隆五十八年，奉旨钦差驻藏大臣与达赖喇嘛系属平等，不必瞻礼，钦此。以后皆宾主相接也。元文宗时，以西僧年札克喇实为帝师，大臣俯伏进觞，僧师不为动。惟国子祭酒富珠礼翀举觞立进，曰：帝师释伽之徒，天下僧人师也，子孔子之徒，天下儒人师也，请各不为礼。帝师笑而起肖觞座饮，众为之凛然。

这段自注记载了驻藏大臣与达赖喇嘛相见礼仪的变迁，从原来的以佛礼瞻拜到宾主相接，体现了中原使者在西藏地区地位的逐步提高。同时又引出元代国子祭酒敢于将孔子之徒与释伽之徒平等相待的勇气和胆量，表明清代中央代表地位的提升，也说明朝廷在西藏统治地位的逐渐巩固。

四 蒙藏文化交流的自然流露

作者出身于蒙古族世家，从小受到蒙古文化的熏陶。担任驻藏大臣之后，由于蒙藏文化的近缘关系，作者自身的蒙古族文化因素常常不自然地流露出来。

蒙古与西藏的关系渊源已久，元代时蒙古人已经深入西藏，并参与平息西藏的内乱，稳定了局势。蒙古与西藏在宗教文化上的特殊关系，形成了两个民族文化的互相认同。在《西藏赋》中，作者提到了元代大国师八思巴的后裔，也谈到了黄教的产生、青海蒙古部落的状况，对有些名词还进行了蒙古语与藏语的词汇对译，还谈到了蒙古礼佛习俗与西藏特产的联系，等等，如：

> 名冠元班练心摈影学能神讲续祖希庐诺们罕转全藏之秘奥（蒙古语诺们，经也；罕，王也。盖通经典之称）。
>
> 由羊八井至桑托罗海，越红塔尔小山，过拉纳根山，即腾格哩诺尔，蒙古语天池也，及达木蒙古游牧之处。
>
> 吉祥草如蓍草，而多细杈，直上如穗，深黄色，名曰“藏草”，蒙古人以之供佛。
>
> 第三辈（达赖喇嘛）名索诺木嘉磋，生于明嘉靖二十二年癸卯，亲赴各蒙古地方布行黄教，蒙古王等咸称为达赖喇嘛班禅杂尔达拉。明万历间封为大国师。

从这些记载中可以看出作者虽没有刻意去阐述蒙藏之间文化关联，但作者的民族情节和民族文化的历史在不经意间流露出来，从中也能看到历史上复杂的蒙藏关系，也看得出两个民族在历史文化上的互通关系。

五　充分展现作者个人的汉文化素养

出身于蒙古世家的和瑛，熟读汉文经史典籍，并于乾隆三十六年（1771）考中进士。担任驻藏大臣之后，更为广泛阅读和了解西藏的历史、宗教和文化。从《西藏赋》的自注中，就可以看到其坚实的汉文化功底和丰厚的知识储备。

（一）博览百家经典

在《西藏赋》的自注中，不仅涉及了大量汉文经史子集各类经典，同时还涉及大量的有关西藏历史文化的佛家经典和野史、番史书籍。其知识的密集程度极高，称其为“西藏的百科全书”毫不为过。

《西藏赋》中涉及的主要文献有：

正史：《左传》、《后汉书》、《史记》、《魏书》、《梁书》、《四蕃志》、《元史》、《唐书》、《陈书》、《十六国春秋》、《旧志》等；

野史、笔记、杂录类：《西藏番王传》、《广舆记》、《七修类稿》、《刘向外传》、《宣室志》、《异名记》、《见闻录》、《江表志》、《春明退朝录》、《事物纪元》、《两京新记》等；

佛经：《心经》、《梵书》、《楞严经》、《楼炭经》、《法华经》、《六祖传》、《传灯录》、《达摩传》、《释典》、《维摩经》、《番禺记》、《贤愚经》、《释氏要览》、《华严弥陀经》、《无动经》、《欢喜国经》、《高僧传》、《涅槃经》、《冥祥记》、《佛国记》、《洛阳伽蓝记》、《僧史》等。

从引证的这些文献典籍来看，和瑛作为蒙古族驻藏大臣可谓遍观百家，博闻强识，具有深厚的汉文化造诣和丰厚的佛教文化积累。这也是他贯彻朝廷江山一统思想和对西藏朝廷政务管理的重要前提和优势条件。

（二）充分展现赋体散文的风貌

自汉赋兴盛以来，主客问答、铺陈排比的写作体例一直被后代所承袭。《西藏赋》中虽未用主客问答式串起内容，但作为都邑赋的体例保留得非常清晰、完美。西藏地区的地名、物名多是较长音节的藏语译音，但作者都能巧妙地加以使用，不仅句式工整对仗，同时又能符合西藏的地理历史、宗教文化的实际和特征。如：作者开头便沿用汉大赋以方位写物产的手法，对西藏的自然地理进行了描绘，同时又结合西藏地理名词音译特点，进行简缩和对称性地使用，使骈偶句式与名词音译完美地结合在一起，这是作者的独创之一。如：

> 藏布衍功德之水，机渚涌智慧之泉。
>
> 达木珠而朗卜切兮，象舆马之番语。冈底斯之东有泉流出，名达木珠喀巴普。达木珠者，马也；喀者，口也；巴普者，盛糌粑木盆也。以山形似马口，故名。冈底斯之南有泉流出，名朗卜切喀巴。朗卜切者，象也。以山形似象故名。此东南之二大水之源也。僧格喀而玛卜伽兮，狮孔雀其译言。冈底斯之北有泉流出，名僧格喀巴普。僧格者，狮子也，以山形似狮名也。冈底斯之西有泉流出，名玛卜伽喀巴普，玛卜伽者，孔雀也，以山形似孔雀名也。此西北二大水之源也。

类似这样的铺排比比皆是，但如果没有作者的自注，对不熟悉西藏河流且又不懂藏语的读者，就会跟读天书一样费解。一旦理解了地理名词和汉语含义，就能体会到作者卓越的语言加工能力。这里既有江河名称的缩写，也有汉藏名词的互译，同时也有地形地貌的外形特征，作者将这些元素统筹在一起，又将其加工成对称的赋体骈文，其文采可见一斑。

从《西藏赋》的正文及作者自注来看，作者和瑛是一位功业卓著的边疆大臣，他代表清廷处理藏区事务的同时，又用自己独特的视角，探寻西藏地域文化的特殊性，并用自己的才思和文笔将其汇织成长篇大赋。全赋的正文不足 4500 字，但作者自注则 2 万余字。可见作者的匠心所在。清代满蒙与西藏在宗教上密不可分的渊源关系又使和瑛对藏传佛教的经典和教义、礼仪极为谙熟。同为少数民族，他能够站在全局的立场，关怀和理解少数民族地区的风俗习惯和生活方式，但他又不失时机地贯彻朝廷旨意。同时也将西藏以全角的方式，介绍给内地的读者。作品具有非常重要的民族文化交流功能。

试论庾信文学思想中的核心价值观

吉　定

（江苏南通大学文学院）

近20年来，学术界对庾信创作研究十分重视，然而对其文论研究虽有涉猎，但还不够深入[①]。有鉴于此，笔者本着求真与拓新的精神，拟对庾信晚期文学思想中的核心价值观及其创新意义作一探析，以期弥补庾信研究之不足。

众所周知，庾信一生大致分为前后两个时期。早年在南朝梁代作为一名文学侍臣，创作过大量宫体诗赋，这对创作题材由山水田园走向人性、人情有助推之功，但其反映生活、现实领域过于狭窄，题材过于平庸。中年以后，有两件事对庾信文学创作影响最大，即公元548年发生的侯景之乱和公元554年发生的江陵之祸。国破家亡的经历使庾信由一位为宫廷而创作、“为艺术而艺术”的文学侍臣转变成了“抒发人生真情、悲情”、反映社会现实的羁旅之臣。这一角色转换，不仅促使庾信后期文学作品在思想内容、艺术性方面达到了很高的水平，而且其文学观也日臻成熟。有关庾信文论的专著《诗箴》今已不存[②]，这里笔者以庾信与文人交往的一

---

① 关于这一问题，李岚《庾信晚期审美思想初探》《北京师范学院学报（社会科学版）1988年第1期》、钟优民《庾信文学思想初探》（《社会科学战线》第4期）已有研究，笔者是在他们研究的基础上进行的探索，特作说明。

② 见皎然《诗式序》：“他日（与前御史中丞李公洪）言及《诗式》，予具陈以夙昔之志。公曰：‘不然。’因命门人检出草本，一览而叹曰：‘早岁曾见沈约《品藻》、惠休《翰林》、庾信《诗箴》，三子之论，殊不及此。奈何学小乘偏见，以夙志为辞耶?’”据李壮鹰《诗式校注》：沈约《品藻》、惠休《翰林》、庾信《诗箴》今皆不存，“庾信《诗箴》，今《庾子山集》亦不载，当是唐以后亡佚”（齐鲁书社1987年版）。

些书信、诗文集序以及创作为研究材料，首先阐释庾信性灵观的具体内涵，以凸显庾信晚期成熟的诗美理想和文学创作的核心价值观。

一 庾信性灵说的具体内涵

“性灵说”作为中国古代文学评论的一种主张有源远流长的历史[①]。但是，在中国文坛上最早直接使用“性灵”品评诗文者是钟嵘《诗品》。他在评晋步兵阮籍诗时云：“其源出于《小雅》，无雕虫之巧，而《咏怀》之作，可以陶性灵，发幽思。”庾信与钟嵘都是梁朝文臣，庾信在《庾子山集》[②] 中多处提到性灵问题。

“含吐性灵，抑扬词气。”（《赵国公集序》）

“四始六义，实动性灵。”（《谢赵王示新诗启》）

“年发已秋，性灵久歇。”（《答赵王启》）

“天下有情人，居然性灵夭。”（《拟咏怀》其十九）

“盖闻性灵屈折，郁抑不扬，乍感无情，或伤非类。是以嗟怨之水，特结愤泉；感哀之云，偏含愁气。”（《拟连珠》其二十三）

“性灵如不灭，神理定何从？”（《送灵法师葬》）

“昭日月之光景，乘风云之性灵。”（《象戏赋》）

“性灵造化，风云自然。”（《荣启期乐赞》）

观以上数例，可以发现，庾信对“性灵”，情有独钟。“性灵”一词始见于南北朝，词意由“性”、“灵”二字合成。所谓“性”即性情，“性情”是指人的真朴自然的内在的种种感性心理状态。“灵”原意是巫，后被引申为人的非凡才能。南北朝时期，“性灵”二字合成一词开始被较频繁地使用，它的词意应为同时兼含人的本真性情和人的非凡才能两个方面。“性”、“灵”二者之间本来就有关联，有什么样的性情往往就有与之相适

① 中国大百科全书出版社编辑部编：《中国大百科全书·中国文学》（Ⅱ），中国大百科全书出版社 1988 年版，第 1109—1110 页。

② 本文中凡引庾信作品，皆出自倪璠《庾子山集注》，中华书局 1980 年版。恕不一一出注。

应的才能，也就是说，天赋禀性决定着人的洞察力、感受力、领悟力和表现力。“灵”可以说是性的外化或再现。但“灵”由“性”生出却又不囿于“性”，作为一种才气或能力，“灵”通过后天的学养习尚而得以丰富和升华，当然这种后天的丰富或升华不应背离“灵”的本源“性”。因此，“性”、“灵”一词合用，实际上既包含着先天的本然的性情、天赋，又包含着被灵感所决定又经过后天丰富升华的才气、能力。庾信作品中的“性灵”至少有两层意思：

其一，庾信认为，从创作构思上看，文学的本质是作者性情、才气和能力的综合再现，而从审美视角和社会作用看，文学又具有感化人心的力量。如他在《赵国公集序》中云：“窃闻平阳击石，山谷为之调。大禹吹[illegible]，风云为之动。与夫含吐性灵，抑扬词气，曲变阳春，光回白日，岂得同年而语哉。”这里的赵国公是北周王公宇文招，《北史·周室诸王传》：“赵僭王招，字豆卢突。幼聪颖，博涉群书，好属文，学庾信体，词多轻艳。……武成初，进封赵国公。……进爵为王。……所著文集十卷。”庾信入北与赵王的文学交游十分频繁，他们亦师亦友的关系很值得研究。这里庾信首先盛赞当朝北周的文化氛围犹如上古尧舜禹那样，重视礼乐教化的功能。然后评说赵国公的作品以“含吐性灵”为特点。在《谢赵王示新诗启》中，庾信又云“四始六义，实动性灵”，阐明文学具有审美功能。庾信对赵王主动学习、接受汉文学的态度，表示欢迎，为其文集写序。每有新作，及时品评。客观上推动了北周文学的进步。可惜赵王的作品，今仅存一篇《从军行》。但从庾信对其诗文的评价中，我们大致可以了解其创作特点是抒写个人情怀的。“柱国赵国公发言为论，下笔成章。逸态横生，新情振起。风雨争飞，鱼龙各变。方之珪璧，涂山之会万重。譬以云霞，赤城之岩千丈。文参历象，即入天官之书；韵涉丝桐，咸归总章之观。论其壮也，则鹏起半天；语其细也，则鷦巢蚊睫。岂直熊熊旦上，增城抱日月之光；焰焰宵飞，南斗触蛟龙之气。昔者屈原、宋玉始于哀怨之深，苏武、李陵生于别离之世。”

其二，庾信认为，作者由本然的性情所决定的才气和能力集中体现在他对外在世界有什么样的感受和领悟，这样的感受和领悟是否能够用恰到好处的语言及多种艺术手法加以表达，至关重要。“性灵”二字高度浓缩地概括了决定文学特征的两个不可分割的根本要素“性”和“灵”，这种才能实际上是通过作者运用语言的能力得以表现的。作家先天的才气心性和后天的学养习尚的有机融合，只有在作家与外界接触感动中才得以呈露外现。失去了与外界的接触感动，“性灵”就会消失埋没。庾信在《答赵王》中云：“年发已秋，性灵久歇。”“天下有情人，居然性灵夭。”（《拟咏怀》其十九）“盖闻性灵屈折，郁抑不扬，乍感无情，或伤非类。是以嗟怨之水，特结愤泉；感哀之云，偏含愁气。”（《拟连珠》其二十三）庾信对现实人生有太多的不满意，他感到压抑和苦闷，他急于将这种内心感受用语言表达出来，这说明庾信就是认为文学是表现自我意绪的手段。从文学发生学的意义上看，“性灵”一词实质上反映了庾信对文学创作的内容及表达方法以及二者之间关系的辩证思考[①]。

二　庾信的性灵说与先秦两汉性情说的区别和联系

“文学者，民族精神之所寄也。凡一民族形成之时期，其哲人巨子之言论风采，往往影响于其民族精神，流风余韵，亘千万年。故于此时期中，能深求一代名哲之主张，于其民族文学之得失，思过半矣。此其人虽不必以文学批评家论，而其影响之大，往往过一般批评家远胜。”[②] 先秦时的“性情说”即具有中华民族精神的流风余韵。我们首先从诗学渊源上看，庾信的性灵说主张来自先秦两汉的性情说。与《性情论》（上博简《性情论》与郭店简《性自命出》内容大致相同）的性情说既有联系，又有区别。《性情论》的作者将性和情分开，使情成为人性论中的重要概念[③]，性情论的第二简说：“性自命出，命自天降，道始于情，情生于性。”战国前期的子思学派提出了一整套性情学说，其精华即三句话：“天命之谓性，率性之谓道，修道之谓教。”（《中庸》开头的三句话）两相对照，“情生于性”与“天命之谓性”只差一个情字，但对诗乐教化理论却意义重大。这是因为性内情外，性的内容包括喜怒哀悲之气，好、恶、善、不善等。它们是人类禀受于天的内在自然本性，性外发出来就是

① 林怡：《庾信研究》，人民文学出版社2000年版，第67页。

② 朱东润：《中国文学批评史大纲》第二，上海古籍出版社1957年第1版，1983年新一版，第3页。

③ 陈桐生：《哲学、礼学、诗学——谈性情论与孔子诗学的学术联系》，《中国哲学史》2004年第4期。

情。教化当然要化性，但化性要从外在的情入手。由外在的情而进入内在的性。《性情论》将“情”字点出来，可以说抓住了诗乐教化的要害。《性情论》从天命的角度正面承认性情存在的合理性。如第十二简说：“君子孅其情。”第十四简说：“凡声，其出于情也信，然后其入拨人心也厚。”只有出于情之声，才是真实的，只有真情才具有感动人心的厚重力量。第十八简说：“（至乐）必悲，哭亦悲，皆至其情也。”第二十一简、第二十二简说：“凡人情为可悦也。苟以其情，虽过不恶；不以其情，虽难不贵。未言而信，有孅情者也。”在作者看来，发自生命本原的真性情是非常美好的；表达真情的音乐真实可信，感人至深；无论是乐极而悲，还是悲极而哭，都是至情的真实流露；只要性情真诚，即使表达过分也不为恶，反之，如果是虚情假意，再矫揉造作也无足称道。当然，这并不意味着情没有任何节制，《性情论》还具体论述了性情的教化问题，竹书第一简说：“凡人虽有性，心亡正志，待物而后作。待兑而后行，待习而后奠。喜怒哀悲之气，性也，及其见于外，则物取之也”，“（其性一也，其）用心各异，教使然也。”（第四简）“理其情而出之，然后复以教”（第十简），一个教字，堪称《性情论》的点睛之笔。总之，先秦时《性情论》中的“性情说”明确肯定了情的合理性，又不忽视教的作用。

先秦孔子已有礼乐教化的观念，到荀子把礼教发挥尽致。孔子主张诗乐结合，尽善尽美。如：“子在齐闻《韶》，三月不知肉味。”（《论语·述而》）“子谓《韶》尽美矣，又尽善也。谓《武》尽美矣，未尽善也。”（《论语·八佾》）孔子还提出：“文质彬彬，然后君子。”（《论语·雍也》）荀子对儒教与天下之道的关系作了如下阐述：“圣人也者，道之管也。天下之道，管是矣。百王之道，一是矣。（管，枢要也。是，是儒学）故诗书礼乐之归是矣，诗言是，其志也。（是儒之志）……故风之所以为不逐者，取是以节之也。”（《荀子·儒效篇》）荀子论述了圣人—天下之道—诗书礼乐之归的过程，明确强调了“国风所以不随荒暴之君，而流荡者，取圣人之儒道以节之”的礼教约束作用①。

《礼记·经解篇》云：孔子曰：“入其国，其教可知也。其为人也，温柔敦厚，诗教也。……故诗之失愚；（失，谓不能节其教者也。诗敦

① （唐）杨倞：《荀子注·儒效》，上海古籍出版社1989年版，第39页。

厚，近愚。）……其为人也，温柔敦厚而不愚，则深于诗者也。”[①] 正义云：“温柔敦厚，诗教也者，温谓颜色温润，柔谓性情和柔，诗依违讽谏，不指切事情，故云温柔敦厚是诗教也……诗之失愚者，诗主敦厚，若不节制，则失在于愚。”一个“节”字，堪称诗教、礼教、儒教的法度机杼。它代表礼教之大防。与情形成了一对矛盾。当然值得注意的是，这里明确提出“节制”之要求，是唐人孔颖达的观点。《礼记·乐记》又云：

> 凡音者，生人心者也。情动于中，故形于声。声成文，谓之音。是故治世之音安以乐，其政和。乱世之音怨以怒，其政乖。亡国之音哀以思，其民困。声音之道与政通矣。……郑卫之音，乱世之音也，比于慢矣。桑间濮上之音，亡国之音也。其政散，其民流，诬上行私而不可止也。
>
> 是故君子反情以和其志，广乐以成其教。乐行而民乡方，可以观德矣。（注方犹道也）德者性之端也，乐者德之华也。金石丝竹，乐之器也。诗言其志也，歌咏其声也，舞动其容也。三者本于心，然后乐器从之。是故情深而文明，气盛而化神。和顺积中，而英华发外，唯乐不可以为伪。

从以上记载可以看出，《礼记》中明确提出“温柔敦厚”的诗教；阐释了诗歌反映现实社会生活的功能，说明诗歌与政教相通的特点，诗可以观德的作用；强调了诗、乐、舞“皆本于心”，不可以为伪的本真特征。最后阐发了诗歌的美学功能：“情深而文明，气盛而化神。和顺积中，而英华发外，唯乐不可以为伪。”

诗三百，与政教结合在一起。到汉儒那里，被奉为经典。《诗大序》是我国第一篇专论诗的理论文章，它在中国文学批评史上所占地位的重要，却是被一致肯定的。如郭绍虞即认为它“吸收了它以前传诗经生的意见，比较全面地阐说了有关诗歌特征、内容、体裁、表现手法和作用等问题，可以看作是先秦儒家诗论的总结”[②]。在阐释诗歌本质及艺术特征的同时，将儒家诗教进行了整合，有了一个完备而系统的表述：“《关

① 《礼记译注》下，上海古籍出版社1997年版，第849页。

② 《中国历代文论选》第1册，上海古籍出版社1979年版，第67页。

雎》，后妃之德也。风之始也，所以风天下，而正夫妇也。故用之乡人焉，用之邦国焉；风，风也，教也。风以动之，教以化之。诗者，志之所之也。在心为志，发言为诗，情动于中，而形于言，言之不足，故嗟叹之，嗟叹之不足，故永歌之，永歌之不足，不知手之舞之足之蹈之也。情发于声，声成文谓之音。”这里，作者从诗、乐、舞三位一体的视角来理解诗歌的本质。

其一，承认诗歌抒情与言志相统一。在《毛诗序》的作者看来，情和志是可以统一的。但这里的情明确应受到礼义节制，“发乎情，止乎礼义”。这里的情志与政教有密切的关系。

其二，它不仅反映现实生活而且具有政治教化的作用。“治世之音安以乐，其政和。乱世之音怨以怒，其政乖。亡国之音哀以思，其民困。故正得失，动天地，感鬼神，莫近于诗。先王以是经夫妇，成孝敬，厚人伦，美教化，移风俗。”

其三，诗歌具有独特的表现手法和文体特征，“故诗有六义焉：一曰风；二曰赋；三曰比；四曰兴；五曰雅；六曰颂；上以风化下，下以风刺上，主文而谲谏，言之者无罪，闻之者足以戒。故曰风。至于王道衰，礼义废，政教失，国异政，家殊俗，而变风变雅作矣。国史明乎得失之迹，伤人伦之废，哀刑政之苛。吟咏情性，以风其上，达于事变，而怀其旧俗者也。故变风发乎情，止乎礼义。发乎情，民之性也。止乎礼义，先王之泽也。是以一国之事，系一人之本，谓之风。言天下之事，形四方之风，谓之雅。雅者，正也。言王政之所由废兴也。政有小大，故有小雅焉；有大雅焉。颂者，美盛德之形容，以其成功告于神明者也。是谓四始，诗之至也。然则《关雎》、《麟趾》之化，王者之风，故系之周公。南，言化自北而南也。《鹊巢》《驺虞》之德，诸侯之风也。先王之所以教，故系之召公。《周南》、《召南》，正始之道，王化之基。是以《关雎》，乐得淑女，以配君子，忧在进贤，不淫其色。哀窈窕，思贤才，而无伤善之心焉。是《关雎》之义也。”这里的情是民情、实情，只有将实情讽于上，才能“达于事变”，“怀其旧俗”。观以上数端，《诗经》无论是其本质、抒情特征，还是文体特征、表现手法，都有一个共同的特点，即必须服从政治教化的统一要求，不仅要随时代的变化而变化，而且《诗经》的原文就作为一种教义被确定下来，成为金科玉律，不可在“发乎情，止乎礼”、“温柔敦厚”的诗教之外有任何邪思。而其自身独具的“吟咏情性”

的特征，诗乐舞愉悦身心的功能完全被概念化、政教化了。

庾信是在北周提倡“性灵说”。而北周在政治上，“依周礼建六官”[①]，在文化上崇尚往古，赞美三代，踵武商周圣贤。表层看来，这是为了适应汉族士大夫普遍的心理需求。究其实，北周实际统治者宇文泰提出的“托古改制”和文风上的复古运动，明显是出于统治阶层的政治需要实施的文化策略。因为尊古便于统治。换句话说，北周正是为了迎合汉族士人的心理需求而制定国策。有着深厚文化文学素养积淀的庾信，自幼饱读群书，“若乃德圣两礼，韩鲁四诗，九流七略之文，万卷百家之说，名山海上，金匮玉版之书；鲁璧魏坟，缥帙缃囊之记，莫不穷其枝叶，诵其篇简。岂止仲任一见之敏，世叔五行之速？强记独决，博物不群”[②]。因而庾信在西魏北周不可能完全按照北周统治者的意志创作。很快，北周的复古文风被强势的庾信的思乡文学巨浪所淹没。诚然，庾信提出性灵说与先秦《诗经》“性情论”是有联系的，其联系在于：（1）肯定情的合理性，庾信主张：“不无危苦之词，惟以悲哀为主”（《哀江南赋并序》）；（2）庾信同样主张文学反映现实生活，提出“穷者欲达其言，劳者须歌其事”（《哀江南赋并序》）；（3）庾信特别注重文学表现个人内心真情的一面。这是对“性情说”内涵中重情特点的进一步发挥。诚然，由于庾信的经历和时代的不同，他的文学思想与前代的性情说又是有区别的。其区别在于：

其一，庾信“性灵观”的重要特征，就在于强调文学的本体特征必须抒发和表现真情。前期在梁朝，萧统、萧纲、萧绎都具有文学家的天赋和素养，其文学思想不仅追求“新变”，主张吟咏情性，而且极富于创造性的思考。在他们共同的探索中，已初步完成了文学与经学的剥离。换句话说，即文学已从“自觉”走向了真正的独立。这里的性情，基本上已没有诗教、节制这些附加内容的束缚。尤其是萧纲标举吟咏性情的创作观，提出“立身之道与文章异，立身先须谨重，文章且须放荡”，这里的“放荡”，就是解放，就是追求创作上的自主和自由表达，就是追求标新立异，同时表明文学内容、风格没有禁区。事实上，萧纲倡导的宫体诗新

① （唐）令狐德棻等：《卢辩传》，《周书》卷 24，中华书局 1971 年第 1 版，第 404 页。

② 严可均：《庾信集序》，《全后周文》卷 4，《全上古三代秦汉三国六朝文》，中华书局 1958 年版，第 3902 页。

变的理论与实践取得了实质性的进展，这对庾信性灵观的产生，影响很大。因而庾信的性灵观的重要特征，就在于强调文学的本体特征必须抒发和表现真情。

其二，庾信性灵观与他的人生信念注入老庄思想的新质有关。

其三，庾信的性灵观更多地继承了先秦《诗经》、屈宋抒情特征和汉魏建安文人的那种清新、刚健、质劲地反映现实的文风，但他又在内容上将题材扩大到个人情感生活的隐秘层次，这是一种创新。他对正始文人情感内质的把握，很值得注意，他的《拟咏怀》、《哀江南赋》就是性灵之作。其中，比兴寄托、直抒胸臆艺术，高度成熟。对南朝山水诗、宫体诗成果的沿革和进一步发展，都有了全新的创造。不难看出，庾信的性灵说既具有集六朝之大成的特点，也有创新的意义，当然他与晚明清初文人主张退居到个人生活的小圈子中表现的那种"伤心人别有怀抱"的性灵是完全不同的。总之，它开启了唐代文学"文质并取，风骚两挟"新风格的先河。

综上，庾信的"性灵"观，不仅吸纳了先秦两汉"性情"文学观中的精华，即文学反映现实生活，而且以文学的本质特征"情"为生命，更为淡化政治教化功能，在风格上追求清新脱俗、真率新奇，抒发心中不便明言却又不吐不快的悲慨之气。因而庾信对文学为宫廷政治教化服务的功能，在文学观上尽管内心仍然存在矛盾，偶尔亦采取了二元对立的方法，但他坚持在创作取向上将性灵创作与宫廷教化的功能同时并举。用当时滕王逌的评论：即"盖闻五声调应，则宫征成其文；八音克谐，则弦管和其韵。所以《周南》、《召南》之篇，为风人之首；《小雅》、《大雅》之作，实王政之由。复有《阳春白雪》之唱，郢中之曲弥高；'秋风'、'黄竹'之词，伊上之才尤盛。遂能弘孝敬，叙人伦，移风俗，化天下，兼夫吟咏情性，沉郁文章者，可略而言也。"[①] 也就是说，庾信文学作品涵盖两个方面，即既有弘孝敬、叙人伦、移风俗、化天下的内容；又有吟咏情性，沉郁文章的内容[②]。如庾信作品不仅有为宫廷写作的郊庙歌辞，

① 严可均：《全后周文》卷4《庾信集序》，《全上古三代秦汉三国六朝文》，中华书局1958年版，第3901页。

② 杨尚梅：《节操意识：庾信后期性情之作主题解读》，《三峡大学学报》（人文社会科学版）2001年第4期。虽未能点明性灵问题，但关注庾信性情之作，比学界清一色的乡关之思研究就有进展。

《贺新乐表》、奉和、应诏等；更多的是不受拘束，贴近生活之作，如果是政治生活，他也尽量抒发性灵。正因为如此，一些读者因为未能注意这一点，对庾信作品的理解，常陷入片面性，不易全面把握，因而其研究也屡屡陷入人言言殊的瓶颈；从庾信处境看，庾信作为北周宫廷文人，上自帝王，下至文武官员，交游颇广。他的文学活动自然必须为北周政治服务，这是毋庸讳言的。但北周政治和文化都以西周为典范。庾信前期在梁朝写过一些宫体诗，如《和咏舞》、《奉和示内人》，在情韵、声律、体制上虽达到很高水平，但他无法摆脱南朝香软的诗风。当时在萧纲文人集团中，他能脱颖而出，获得了"徐庾体"的殊荣，主要依靠的是诗才、先天禀赋和环境。这些为他日后在文学上取得卓越成就奠定了深厚的基础，这一点与宋玉、曹植的经历有些相似。金陵、江陵两次丧乱，庾信、徐陵、周弘正、颜之推、王褒、沈炯、宗懔、刘瑴、刘臻、裴政、庾季才、殷不害；帝王萧氏子孙萧世怡、萧督、萧悫（萧晔之子）、萧放、萧祗、萧圆肃、萧抝、萧大圜、萧永、释氏侃法师、灵法师、卫元嵩均有流离失所的遭际。但真正在文学上独树一帜、引领潮流的文学家是庾信、徐陵。而实际上徐陵今存诗歌仅四十首，形式稍显单调。庾信的作品《和永丰殿下言志》、《拟咏怀二十七首》、《和张侍中述怀》、《哀江南赋》、《伤心赋》等都是既贴近现实，又抒吐性灵的好作品。在南北朝民族融合中，他的作品具有融合南北文学之长的特点和风格特色，受到当时和后世文人的重视和欣赏。

三　庾信强调"性灵说"动因

（一）时风使之然

晋陆机《文赋》云："诗缘情而绮靡"，并论及创作构思的过程，"伫中区以玄览，颐情志于典坟。遵四时以叹逝，瞻万物而思纷。悲落叶于劲秋，喜柔条于芳春。心懔懔以怀霜，志眇眇而临云。咏世德之骏烈，诵先人之清芬。慨投篇而援笔，聊宣之乎斯文。其始也，皆收视反听，耽思傍讯，精骛八极，心游万仞。其致也，情曈昽而弥鲜，物昭晳而互进。倾群言之沥液，漱六艺之芳润。……谢朝华于已披，启夕秀于未振。观古今于须臾，抚四海于一瞬。然后选义按部，考辞就班。……笼天地于形内，挫万物于笔端。"到了梁代，"时膏腴贵游，咸以文学相尚，罕以经术为业”[①]，“江左齐、梁，其弊弥甚，贵贱贤愚，惟务吟咏。遂复遗理存异，寻虚逐微，竞一韵之奇，争一字之巧。连篇累牍，不出月露之形；积案盈箱，惟是风云之状”[②]。但由于前代文学虽各具特色，却缺乏个性。“楚国词人，御兰芬于绝代；汉朝才子，综鞶帨于遥年。虚玄流正始之音，气质驰建安之体。长离北度，腾雅咏于圭阴；化龙东骛，煽风流于江左。爰逮有梁，宏材弥劭。昭明太子，业膺守器，誉贞问寝，居肃成而讲艺，开博望以招贤。搴中叶之词林，酌前修之笔海。周巡绵峤，品盈尺之珍；楚望长澜，比径寸之宝。”[③] 南北朝前期，作家追求新体、新变的文学，“情必极貌以写物，词必穷力而追新”。文学理念追求真性情已达成共识，作家创新精神蔚然成风。钟嵘云：“摇荡性情，形诸舞咏。”[④] 刘勰云：“洞性灵之奥区，极文章之骨髓者也”、“性灵镕匠，文章奥府”[⑤]。王筠云“吟咏性灵，岂惟薄技。”[⑥] 萧子显云：“图写性情，各任怀抱。”[⑦] 姚察云：“夫文者，妙发性灵，独拔怀抱。”[⑧] 颜之推云：“文章之体，标举兴会，发引性灵”；“陶冶性灵，从容讽谏。”[⑨] 萧绎云：“至如文者，惟须绮縠纷披，宫征靡曼，唇吻遒会，情灵摇荡。”[⑩] 萧纲曰：“文章且须放荡”[⑪]、“吟咏情性”[⑫]、“性情卓绝，新致英奇”[⑬]。他们试图把文与质、情与辞、雅与俗、丽与典、华与朴、隐与显、繁与约、平正与新巧、先天的性情与后天的学养等诸多理论范畴恰到好处地通过语言加以

---

① （唐）李延寿：《王承传》，《南史》卷22，中华书局1975年版，第599页。

② 李谔：《上隋高祖革文华书》，载自郭绍虞主编《中国历代文论选》第2册，上海古籍出版社2001年版，第5页。

③ （明）王志庆编：《古俪府》卷9（唐）李善《进注文选表》，《文渊阁四库全书》本。

④ （梁）钟嵘：《诗品序》，中华书局1991年版。

⑤ （梁）刘勰：《文心雕龙·宗经》，上海古籍出版社1984年影印本。

⑥ （清）严可均：《全梁文》卷65《昭明太子哀册文》，《全上古三代秦汉三国六朝文》，第3338页。

⑦ （梁）萧子显：《南齐书》卷52《文学》，中华书局1972年版，第907页。

⑧ （唐）姚思廉：《梁书》卷50《文学》下，中华书局1973年版，第727。

⑨ （北齐）颜之推著，程小铭译注：《颜氏家训》卷4《文章篇》，贵州人民出版社1993年版，第148、149页。

⑩ （梁）萧绎：《金楼子》卷4《立言篇》下，丛书集成初编本，中华书局1985年版，第75页。

⑪ （清）严可均：《全梁文》卷11萧纲《诫当阳公大心书》，第3010页。

⑫ 《与湘东王（萧绎）书》，同上书，第3011页。

⑬ 《答新渝侯（萧暎）和诗书》，同上。

表现，庾信处于文学思想多元的时代，这使他有机会兼收并蓄各种文学理论观念，且在创作实践中融会贯通，并加以创新。性灵文学观在庾信诗赋的创作中多次出现，完全是文坛风云际会的结晶，集中体现了庾信在文学理论创新尝试中触角的敏感度。这自然与他长期耳鬓厮磨的南朝文臣生活习染有关，而与北朝羁臣的心路历程亦脱不了干系。

（二）机遇使之然

庾信由南入北，是他人生的一大转折点。西魏早期，“中州板荡，戎狄交侵，僭伪相属，生灵涂炭，故文章黜焉”[①]。大冢宰宇文泰决心革新政治，励精图治，于大统十一年（545）令苏绰撰《大诰》发表，禁止有晋以降的华靡文风，这是文学复古的最早信号，致使西魏长期没有一位可称的作家[②]。唐魏征在《隋书·文苑传序》中详尽描述了这一情形：“自汉、魏以来，迄乎晋、宋，其体屡变，前哲论之详矣。暨永明、天监之际，太和、天保之间，洛阳、江左，文雅尤盛。于时作者，济阳江淹、吴郡沈约、乐安任昉、济阴温子升、河间邢子才、钜鹿魏伯起等，并学穷书圃，思极人文，缛彩郁于云霞，逸响振于金石。英华秀发，波澜浩荡，笔有余力，词无竭源。方诸张、蔡、曹、王，亦各一时之选也。闻其风者，声驰景慕。然彼此好尚，互有异同。江左宫商发越，贵于清绮，河朔词义贞刚，重乎气质。气质则理胜其词，清绮则文过其意。理深者便于时用，文华者宜于咏歌。此其南北词人得失之大较也。若能掇彼清音，简兹累句，各去所短，合其两长，则文质斌斌，尽善尽美矣。”公元554年，梁庾信出使的西魏，当时可以说没有一个著名作家，实际上他进入了一个文学的真空地带。李延寿在《北史·文苑传序》中云：两周文学“其离谗、放逐之臣，途穷后门之士，道坎坷而未遇，志郁抑而不伸，愤激委约之中，飞文魏阙之下，奋飞泥滓，自致清云，振沉溺于一朝，流风声于千载者，往往而有矣。”“既而中州板荡，戎狄交侵，僭伪相属，生灵涂炭，故文章黜焉。其能潜思于战争之间，挥翰于锋镝之下，亦有时而间出矣。若乃鲁征、杜广、徐光、尹弼之俦，知名于二赵。宋该、封奕、朱彤、梁谠之属，见重于燕秦。然皆迫于仓卒，牵于战阵，章奏符檄，则粲然可

① （唐）李延寿：《北史》卷83《文苑传序》，中华书局1974年版，第2778页。

② 吴先宁：《北朝文化特质与文学进程》，东方出版社1997年版，第59页。

观，体物缘情，则寂寥于世。非其才有优劣，时运然也。”到了北周，庾信大得宇文泰父子的赏识和重用[1]。这一外在环境加之新的生活阅历使庾信的创作进入了高潮。在此期间，庾信创作真正进入了以“性灵观”指导创作的良好状态。庾信文学上全部的灵感和才华在北周得到了尽情发挥。从这一点来看，庾信入北这一机遇，虽被强留北方，终身未归，但北方为他施展个人文学才情，“嫁接”出“兼具南北之长”的文学硕果[2]，提供了一个广阔的人生大舞台。

（三）思想升华使之然

首先，庾信出身于官僚兼文人的家庭，其父庾肩吾，散骑常侍，中书令，“文宗学府，智囊义窟，鸿名重誉，独步江南。或昭或穆，七世举秀才，且珪且璋，五代有文集，贵族华望，盛也哉。”[3] 庾信所受到的家庭影响显然不仅在学识与文学方面，更重要的是在门阀政治思想方面。庾信积极用世，忠君报国的传统儒家价值观在幼年即逐渐形成。其次，庾信博通经学子史，尤擅《春秋左氏传》。“若乃德、圣两礼，韩、鲁四诗，九流七略之文，万卷百家之说，名山海上，金匮玉版之书，鲁壁魏坟，缥帙缃囊之记，莫不穷其枝叶，诵其篇简。岂止仲任一见之敏，世叔五行之速。强记独决，博物不群。”[4] 又庾信三十六岁，曾在江陵梁元帝身边校集部书。这些经典中系统的儒家正统文化思想和文学发展的源流，对庾信的思想、文学素养的形成，同样产生了很重要的影响。最后，庾信早年与梁代君王关系殊密。“年十五，侍梁东宫（萧统）讲读”[5]，萧统既有文学天赋，又有杰出的文学实绩，在他周围集中了有梁一代当时最优秀的文才学士，当时萧统最欣赏的刘孝绰、王筠都在太子身边，尤其是东宫文人

---

① （唐）令狐德棻《周书·庾信传》曰：“世宗、高祖，并雅好文学，信特蒙恩礼。至于滕赵诸王，周旋款至，有若布衣之交。群公碑志，多相请托。唯王褒颇与信相埒，自余文人，莫有逮者。”另见滕王逌《庾信集序》：“屡聘上国，特为太祖所知，江陵名士，惟信而已。绸缪礼遇，造次推恩。明帝守文，偏加引接；武皇英主，弥加委寄。”以上史料说明庾信与西魏、北周诸帝王关系密切。

② 袁行霈主编：《中国文学史》第2册，高等教育出版社1999年版，第153页。

③ 严可均：《全后周文》卷4《庾信集序》，《全上古三代秦汉三国六朝文》，第3902页。

④ 宇文逌：《庾信集序》，《全上古三代秦汉三国六朝文》，第3902页。

⑤ 同上。

集团充满活力的文学活动，给少年庾信以气质上的熏染，自不待言。十九岁，与有“天上石麒麟”之称的徐陵“并为（萧纲）抄撰学士，父子在东宫，出入禁闼，恩礼莫与比隆。既有盛才，文并绮艳，故世号为徐庾体焉”。庾信的文学天赋在少年、青年时代便得到了得天独厚的发展机遇。忠君孝国也是他的生活信条。“惟忠且惟孝，为子复为臣”正是他前期人生观的自我表白。侯景之乱，庾信三十六岁，作为战时“建康令”，奉萧纲之命，带三千文武迎敌于朱雀航，“及景至，信以众先退”，梁国台城失陷。这一经历，给庾信心理留下了第一道阴影。此后，庾信“奔于江陵，梁元帝承制，除御史中丞。及即位，转右卫将军，封武康县侯，加散骑常侍，来聘于我。属大军南讨，遂留长安”①。江陵陷落，梁元帝出降后，仍被人用土囊压死。梁国灭亡，庾信从梁君王最宠幸的近臣，到亡国之时的遭遇，心灵产生巨大的落差。这一心灵的震撼使庾信自幼树立的儒家人生信念轰然倒塌，在他此后的人生中一直留下了阴影。“其面虽可热，其心常自寒”即是他后半生心路历程的真实写照。正是国破家亡的经历，生活视野的扩大，尤其是庾信思想进一步的锤炼与丰富，使文学家的庾信真正冲破了在南朝帝王身边文学创作的困惑，即儒家经学观与缘情创作观之间的矛盾，由早年描写男女之常情的“性情”升华为描写鲜活的社会人生中的真性灵。“某些阶级或某些种族长期以来，在统治他们的其他阶级或种族手里，遭到各种各样的不幸。对于这种挑战，这些遭遇不幸的阶级或种族所采取的应战办法常常是他们被禁止向某些方面发展，因此，就在容许他们发展的其他方面，表现出突出的精力和突出的才能。”②作为南梁旧臣，庾信在西魏北周政坛上完全没有了发展的空间，他只能把全部精力投入到文学创作及其理论创新之中，“性灵”文学观与《哀江南赋》、《拟咏怀》诗等由此孕育而生。

（四）理性自觉使之然

庾信入北所主张的“性灵”说，具有人的自我意识觉醒的意义，反映了他高度的文学理性自觉。换句话说，庾信在南朝，创作题材多是在帝王提倡的范式下进行。而占统治地位的儒家经学思想在六朝存在着严重的

① （唐）令孤德棻：《周书》卷41《庾信传》，中华书局1971年版，第734页。

② ［英］汤因比：《历史研究》上册，曹沫风等译，上海人民出版社2005年版，第314页。

文心与人心的裂变现象。梁武帝是一个典型，萧统、萧纲、萧绎也无一例外。“立身之道与文章异，立身先须谨重，文章且须放荡。”[①] 到了西魏北周，庾信提出的性灵主张是自己个人对文学创作产生强烈的渴求后形成的思想感情升华的结晶。在北周他成了实际上的文坛领袖，其性灵主张与南朝文论中的“性灵”、“性情”相比，已渗入了异质同构的新内涵。因而，它既突破了刘勰性灵的宗经色彩，又比钟嵘“吟咏性情”的悲美主张更富于时代感，更丰富多姿、生动活泼。因为，写社会生活、写时事、写个人所感所思，成了庾信对文学表达内容的全部解悟，这是鲜活人生的写照，不像六朝有些固定文学题材，终是有些隔。这是建安以来在文学实践上的一大转变。因而在文学史上，这一新理念的出现，具有清新的意义：首先，文学的性灵观被确立，文学真正突破了儒家经学观的传统。其次，庾信作为世族成员沦落为羁旅之臣，他不仅能将个人独特的全部心灵体验进行艺术地具象再现，而且能以一位战地记者的身份，高度的艺术概括力，真实记录下南北朝战争中社会生活的重大题材，真实成了文学的生命。最后，庾信提出文学含吐性灵，并主张文学表现现实，既符合我国“诗缘情”、“吟咏性情”的诗学传统，又切合北方“重乎气质”的审美要求。从这一视角看，庾信到北朝（当时，北周赵王即学“庾信体”），并带动了北周作家群体的创作活动的繁荣和文风的转变。应该说，这决不是偶然的。

四　庾信“性灵观”对后代文学的影响

唐代文学的最高成就是诗，诗可以说是一代文学的标志。而唐诗高峰的重要内涵就在于写实与叙情，写真实、叙真情可以说是盛唐诗的艺术生命，也是唐诗的重要特征。从初唐四杰起就反对齐梁纤巧绮靡的文风，提倡刚健骨气，他们将内容题材的表现领域从台阁走向关山塞漠，由宫廷移向市井。他们不甘人下，作不平之鸣，“高情壮思，有抑扬天地之心；雄笔奇才，有鼓怒风云之气”（王勃《游冀州朝家园序》）。他们的这种壮思和气势，在古体和歌行中表现得尤为充分。陈子昂的《修竹篇序》明确

① （清）严可均：《全梁文》卷11萧纲《诫当阳公大心书》，《全上古三代秦汉三国六朝文》，第3010页。

提倡“风骨”与“兴寄”，对恢复《诗经》以来建安文学的现实主义传统大声疾呼。他创作中的壮伟之情和豪侠之气，充分展示了革新齐梁文风的个性风采，融入了改革弊政的爱国雄心与壮志。这实际上是对庾信写实抒情文学观的继承和拓新。此后的盛唐优秀诗人李白、杜甫，无论题材、写作手法上怎样汇彼多方，但其反映现实、鞭挞时弊、表现对客观现实的感受在诗中从来也没有改变，诗人李白在《古风》中云：“大雅久不作，吾衰竟谁陈”，“自从建安来，绮丽不足珍”。李白拟作古乐府遵循的是“感于哀乐，缘事而发”，表现理想与现实的矛盾，其傲世独立的人格，以奔腾的纵横之气，夺人心魄。喷发式的抒情方式正是李白的艺术个性。但李白诗中所体现的殷切关注政治和国家命运，批判黑暗和不合理的现实内容，是相当突出的。杜甫诗歌的写实与抒情几乎是中国古典诗歌史上的一个光辉典范、集大成者。他对庾信的知音之感，在于人格、诗境、人生经历等方面。而史识和诗史又使他们有了隔代之音之感。尽管庾信和杜甫萧条异代不同时，但他们所遭遇的民族矛盾和流离生活却非常相似，所不同的是，杜甫完全有意识为诗史，因而创作成就更大，而庾信多为哀感所致。中唐诗人更是沿着为拯救民生而写实。可见汉魏风骨、建安风骨中涵盖的主要内容即诗经、汉乐府的现实内容，也就是人民的喜怒哀乐和强烈的表达生活理想的内容。而其内涵应是“文质斌斌（彬彬），尽善尽美”①。刘勰《文心雕龙·风骨篇》云：“结言端直，则文骨成焉；意气骏爽，则文风清焉。若丰藻克赡，风骨不飞，则振采失鲜，负声无力。是以缀虑裁篇，务盈守气，刚健既实，辉光乃新。其为文用，譬征鸟之使翼也。故练于骨者，析辞必精，深乎风者，述情必显。捶字坚而难移，结响凝而不滞，此风骨之力也。”大致可以推断：“风”属于文章情意方面的要求，其征象是气势的高峻和爽朗；“骨”属于文章语言声调方面的要求，其显现为言辞的端正与直切。不过风和骨又是紧密相连的，旺盛的气势与端直的文词配合在一起，便构成了那种昂扬奋发、刚健有力的美学风格。文气说的特征是体气高妙、放逸、遒劲、壮大。严羽《沧浪诗话·诗辨》论唐诗云：“诗者，吟咏情性也。盛唐诸人，惟在兴趣，羚羊挂角，无迹可求，故其妙处透彻玲珑，不可凑泊，如空中之音，相中之色，水中之月，镜中之象，言有尽而意无穷。”唐诗的这种境界没有真性灵的

① （唐）魏征等：《隋书》卷76《文学》，中华书局1973年版，第1730页。

流露是不可能达到的。庾信抒发真性灵的理论，以及在文学创作上写实与抒情的成功实践，就是“导四杰之先路”[①]、“启唐之先鞭”[②]。

事实上，庾信之后，在文学理论发展史上，大力提倡性灵的，代不乏人。唐杜甫、白居易，宋苏轼、辛弃疾、杨万里、陆游，晚明“公安派”三袁、李贽、屠隆，清初的黄宗羲、顾炎武、钱谦益等人，也大力强调诗歌表现性情的特点。其出发点都在于反对模拟复古的形式主义诗风。袁枚针对沈德潜的格调说，系统地提出性灵说理论。他首先强调出新意，去陈言。“须知有性情，便有格律，格律不在性情外。《三百篇》半是劳人思妇率意言情之事，谁为之格，谁为之律?”“诗在骨不在格也。”[③] 因此他提出“要之，以出新意，去陈言为第一着”[④]。在前代作家中，他非常推崇左思和谢朓，认为“左思之才，高于潘岳；谢朓之才，爽于灵运。何以？以其超隽能新故也。”[⑤] 很显然，袁枚正是以超隽能新作为品评文学作品的首要艺术价值标准的。其次，他提倡艺术风格多元化，意在提倡追求艺术个性化。“凡作诗者，各有身份，亦各有心胸。”[⑥] 又“人或问余以本朝诗，谁为第一？余转问其人：‘三百篇以何首为第一?’其人不能答。余晓之曰：‘诗如天生花卉，春兰秋菊，各有一时之秀，不容为人轩轾。音律风趣，能动人心目者即为佳诗，无所谓第一、第二也’。”[⑦] 袁枚的这一艺术主张体现了兼容并蓄的态度，其渊源来自南北朝时期钟嵘、庾信的“性灵”观。

---

① （清）纪昀等：《四库全书总目》卷148《庾开府集笺注十卷》，中华书局1965年版，第1275页。

② （明）胡应麟：《少室山房笔丛》卷23《续乙部·艺林学山五》，中华书局1958年版，第312页。

③ 袁枚：《随园诗话》卷1，人民文学出版社1982年版，第2页。

④ 袁枚：《随园诗话》卷6（47），第85页。

⑤ 袁枚：《随园诗话补遗》卷10，第819页。

⑥ 袁枚：《随园诗话》卷4（1），第101页。

⑦ 袁枚：《随园诗话》卷3（6），第70页。

杜仁杰在山东的文化活动及其贡献

李献芳

（齐鲁师范学院）

杜仁杰（1198—1278），山东长清人，金末元初著名的文学家、散曲家。王恽称誉他说："细吟风雅三千首，独擅诗名四十年。"[①] 胡紫山也曾赠诗说："百年放诗诗千首。"[②] 可见他诗作甚多，可惜流传至今者甚少。据长清档案馆2006年出版的《杜仁杰——文献与研究》，其中收诗词二十九首、曲七首（包括残曲二首）、散文十七篇。

杜仁杰金末曾避地长水（今河南洛宁），又游汴京（今河南开封），元好问为内乡令（今河南内乡）时，与麻革、张澄前往依之。壬辰之变，北归故乡，客东平行台严实之门，晚年多次辞翰林学士之召，退居山林。子元素，任福建闽海道廉访使职等。杜仁杰因子贵，武宗赠翰林承旨，谥文穆。

纵观杜仁杰一生，除22岁至河南，到35岁"壬辰之变"，大多在山东度过。他和元好问等在金末元初的战乱中得以生存，并为元初民族的融合极力奔走，如果说元好问是金末元初文坛领袖的话，杜仁杰则是这一时期山东文坛的领袖。他自1232年进入严实幕府到1265年严实幕府撤藩，他几乎是伴随严实幕府相始终的人。他为金末元初的文化发展作出了巨大的贡献。

"壬辰之变"打破杜仁杰学而优则仁的梦，战争中他从河南逃回到家

① 王恽：《挽杜止轩》，《秋涧先生大全文集》卷17，四部丛刊本。

② 胡祗遹：《紫山大全集》卷6《赠杜止轩》，文渊阁四库全书本。

乡长清，依归严实幕府，被严实聘为诸子师。杜仁杰不仅与严实是老乡关系，而且还有姻亲关系，因此在严家他不单纯是诸子师，而且他还为严实政权出谋划策。

一　崇尚传统文化，礼赞仁德为本

中华文明是以仁德为核心的，1233—1237年，东平一带虽然安静，但蒙汉战争仍未停止，严实要带兵征战，杜仁杰在东平协助严实夫人，安顿生产、安抚民心。战争中受伤害的人们在这里得以医治。杜仁杰诗《绝句》："高烧银烛照云鬟，沸耳笙歌彻夜阑。不念征西人万里，玉关霜重铁衣寒。"此诗收于陈衍《元诗纪事》卷三，杜仁杰名下。并引蒋子正语曰："（严实）时有掌兵官戍于外，其妻宴客，笙歌终夕。善甫诗云云。"此诗正是叙写这一时期的东平恢复文化、安定人心的情况。

杜仁杰鼓励严实行仁政，以仁德为本。任士林《东平杜氏种德堂记》："往时杜先生善夫，以道游齐鲁，客武惠公之门。时中原甫定，公方握重权为外屏，先生从容其间，切磋磨琢之德，善虐不谑之道。卫人所以美武公者，武惠公有焉。则先生善甫之行其道也。"[①] 赞扬严实有武公之风。这些足以证明是先生辅佐的结果。严实之所以有吸引四方文士多于他郡的能力，与杜仁杰等人的辅佐与施行仁政、崇尚传统文化是有关系的。

经历"壬辰之变"的惨烈战争，战火中死里逃生的经历，使杜仁杰倍加珍惜和平，礼赞仁爱，谴责暴政，谴责战争。至元三年（1264），道士张志伟（天倪子）建成泰山南天门时，杜氏写下《泰山天门铭》："圣道熄，彝伦斁，揖让歇，篡夺屡。忽焉阖，梗无路。象纬森，敕诃护。朝百灵，由兹户。"谴责统治者败坏天地伦常，破坏历代帝王法规，不顾百姓的苦难。"刮政疵，剔民蠹。上得情，下安作。"要刮去政治疵病，剔去残害百姓的毒虫。"刻我铭，期孔固，垂万世，正王度。"使国家法度永垂不朽，流传万世，以正帝王之政权。杜氏此文名为泰山铭，实为谴责暴政的檄文，淋漓尽致。

对传统文化的守望，以仁为本是中华文明内在的一种精神，是中华文

---

① 李修生：《全元文》卷583第18册，江苏古籍出版社2000年版，第423页。

明精神世界深处不可见的形象，把它从深刻得不可见性中牵拉出来，意味着这个文明的文化因子，也就是最值得注意的差异性文化因子。作为亡金士子，对故都的留恋，对老友的思念绵绵不绝，使杜仁杰在至元七年，重游故都汴京，至杞县访老友刘继先，写下了《河南公祠堂记》，颂扬仲子（子路）治蒲，以礼待民，以威服吏，深得百姓爱戴，蒲之百姓为其立祠，祭祀不忘。经过金元鼎革后，蒲地百姓再修仲子祠堂，友人太医侯钟安请杜仁杰为之作记以颂仲子之德。杜氏在这篇“祠堂记”里，赞颂仲子亲受教于孔子，仕于卫，祠于蒲、墓于蒲，“遗爱于民”，“其始终之节，灼然见于后世”。谴责战争给人民带来的灾难。“庚辰之祸，古今无是惨！河朔萧然者，盖五十余年于兹矣。我国朝开创以来，至圣上甫五叶，始以文教作治具”。对50年来文化的复兴表示赞叹，真切地表达杜仁杰对传统文化的深深爱恋与追求。

二　兴学养士，培养人才

惨烈的战争给人们带来的灾难“古今无是惨”，而且“礼崩乐坏至此已极矣。”作为一介书生，能给予这个社会的就是保护人才，兴修学校，把中华文明的精神承传下去并深入人心，以此达到治理天下的目的。

北渡归来的杜仁杰受到严实的赏识，被聘为诸子师。“北渡后，薄游东平，谒先行台严公，一见即被赏识。待以师宾之礼，授馆于长清之别墅。得致力于文史，以诗为专门之学。”① 杜仁杰与严家的关系非同一般的幕宾关系，他先后辅佐严实父子两代四人前后达32年之久，直到撤藩。严实政策的制定，与元政府的关系处理，与地方上豪强关系的处理，杜仁杰都参与其中。

严实虽为武人但能折节自厉，间亦延至儒士，道古今成败，至前人良法美意，所以仁民爱物者辄欣然慕之（万户严武惠公），于是，中川之士趋之若鹜，东平人才一时之盛。

东平郓学始于王沂公，在宋真宗景佑五年，厥后哲宗时代郓州公滕元发复置田二千五百亩，是为州新学田，并由碑记之。在此基础上，东平府

---

① 姚奠中：《元好问全集》卷37《张仲经诗集序》下册，山西古籍出版社1990年版，第42页。

学重建和修复，严实在世时有计划要建新学，可惜没能实施，1245年，严忠济承父志，将学校迁至县城爽垲之地，有150人的规模，栖书阁、讲堂、斋、庖、湢等学府建设一应俱全，“故郓学视他郡国为独异”[1]。并请来元好问校士授课，选出了著名的“东平四杰”：阎复、徐琰、李谦、孟祺等人。在这之前，杜仁杰应做了大量的筹备工作，恐怕还参与了预校士的工作。

这时东平兴学也具备了天时地利条件，亡金的大批官员文人被押在此，此时的东平府聚集了一批金亡之后的名流人物：张特立、王玉汝、康晔、刘肃、宋子贞、商挺、王磐、李昶、徐世隆等，还有在冠氏赵天锡幕府的杨奂、元好问、周良老、王鹗、李治等，他们在这里教授褚生，交游日广，声名日隆，他们教学方法灵活，随时传授，不拘于形式，富有启发性。为东平的治理作出了重大贡献。

东平的兴学为元廷培养了大批栋梁之材，至元至中统年他们先后被召进元朝中央政府任职。

张特立（1179—1253），字文举，曾州东明（今山东东明）人，金泰和三年（1203）调宣德州司侯，调莱州节度判官，不赴。南渡，居杞县。正大初，因荐授洛阳令。四年，拜监察御史，左迁邳州军事判官。金亡，入严实幕，讲授东平。（参见《元史》卷一九九本传）

王玉汝（？—1255），郓（今山东东平）人。严实据郓，王玉汝为掾史，严实领东平行台，为行台令史。耶律楚材授其为东平路奏差官，为严实使居京，迁行台知事，遥领平阴令。累官至龙虎卫上将军，泰定军节度使，兼兖州管内观察使，充行台参议。元宪宗二年（壬子1252），以病辞职。五年（乙卯1255），严忠济以参议印强委之。八月卒。（参见《元史》卷一五三本传）

康晔，字显之，高唐（今山东高唐）人。金末进士，后至东平学府为教授，儒林祭酒。著有《淡轩文集》。[2]

刘肃（1188—1263），字才卿，威州洛水（今河南威县人）。金兴定进士。金亡，为东平行省左司员外郎，改行军万户经历。元宪宗元年（1250），为邢州安抚使。中统元年（1260）任真定宣抚使，次年，为左

① 姚奠中：《元好问全集》卷32《东平府新学记》上册，第729页。

② 孙楷第编：《元曲家考略》，上海古籍出版社1981年版，第136—137页。

三部尚书，后兼商议中书省事。三年致仕。（参见《元史》卷一六〇本传）

宋子贞（1185—1266），字周臣，潞州长子（今山西长子）人。先附宋将彭义斌，金亡，为东平评议官，兼提举学校。元太宗七年（1235）为行台右司郎中，十二年参议东平路事兼提举太常礼乐。中统元年（1260），为益都路宣抚使，拜三部尚书，后历任翰林学士，参议中书省事、中书平章政事等职。至元三年（1265）致仕。（参见《元史》卷一五九本传）

商挺（1209—1289），字孟卿，号左山老人，曹州济阳（今山东菏泽）人。金亡，先依冠氏赵天锡，后东平严实聘为诸子师。严忠济时为经历，元宪宗三年（1253），应忽必烈之征至陕，任职关中，升为宣抚副使，兼理怀孟。宪宗卒。北上开严，助忽必烈谋汗位。中统元年（1260），宣抚陕蜀，官参知政事。四年，行四川行枢密院事。至元元年（1264），入拜参知政事，后升任枢密副使。九年为安西王相，寻因事得罪被拘，十六年获释。二十年，复枢密副使，以疾辞。（参见《元史》卷一五九本传）

王磐（1202—1293），字文炳，号鹿庵。广平永年（今河北永年）人，金正大进士。蒙古兵南下，入宋为山吏。元太宗八年（1236）北归，寓河内（今河南沁阳）。东平严实聘为师。元世祖中统元年任益都、济南等路宣抚使。后入为翰林直学士。三年，出任真定、顺德等路宣抚使，复入为翰林学士。后以年老辞官。（参见《元史》卷一六〇本传）

李昶（1203—1289），字士都，东平须城（今山东东平）人。金兴定进士。金亡，为严实幕僚，以讲学为业。元世祖即位，召至开平。至元五年为吏礼部尚书。八年，为山东东西道提刑按察使。不久致仕。（参见《元史》一六〇本传）

徐世隆（1206—1285），字威卿，陈州西华（今河南淮中）人，金正大四年进士。金亡，为严实掌书记。元世祖中统元年（1260），为燕京等路宣抚使。至元元年（1264），迁翰林侍讲学士，兼太常卿。七年，迁吏部尚书。后历任东昌路总管、山东提刑按察使、淮东道按察使等职。（参见《元史》卷一六〇本传）

除进入元廷东平文士，在1278年后，元平定江南，中央政府派入江南的官员也有东平府培养的人才。

王旭，字守初，东平人，后移家奉高。家贫力学，教授四方，足迹遍安徽、河南、江苏、浙江、河北。著有《兰轩集》。①

三 修复泰山、曲阜文化古迹，崇尚中华文明精神象征

泰山、曲阜俱在东平府管辖范围之下，严实自知泰山、曲阜是中华文明精神象征，“前后古帝封禅之所”，命道士张志纯自战乱后修缮之。把衍圣公孔元措，在战乱中从汴京请到东平，行礼乐之教，为元廷培养了一批礼乐人才。

杜仁杰一生多次登泰山，频率之繁非一般可比。他在中统五年（1264）陪张德辉登泰山，写下了《东平路宣慰张公登泰山记》，自称“予自壬辰北渡，三十余年，凡九来。至元后的近二十年中，漫游于泰山、灵岩之间，且‘岁以结夏泰山为例’”（《娄敬洞洞虚观碑记》），即每年至泰山度夏，加之平时纵游泰山，更不可计数。可惜这些泰山诗没有保存下来，倒是登山时撰写的碑文，因刊刻于石得以保存，留下了登山的具体时间，可以了解一些当时的情景。泰山为五岳之尊、为帝王文化山，加之杜仁杰等人的题诗留名，增添了更丰富的文化内涵。杜仁杰所作的《泰山铭》、《谷山寺碑》，从不同角度记述泰山文物修复的经历，记录了为泰山文物修复作出贡献的人物，记录下了金末元初战后泰山、曲阜景物、古迹，是不可多得的珍贵资料。

值得注意的是，杜仁杰的泰山诗，不同于一般的范山模水之作，融入了对历史和文化的反思，对现实的关切和时代的要求，蕴含了深厚的哲理内涵和文化底蕴。他不仅将泰山作为游赏吟咏的对象，隐隐之中，还将其视为中华正统文化的象征，浩然正气之所系，华夏文明之所维，因之当蒙古胡尘崛起之际，诗人遂将其作为个人生命和精神家园。随着推行汉法的实施，诗人心中由愤怒变为期待、由期待变为热情礼赞。细考察一下写作背景，可以感受到诗人强烈的感情。

《泰山天门铭》、《东平路宣慰张公登泰山记》写于同年（中统五年、至元元年，即1264年）。《泰山天门铭》中通过记道士天倪子建造泰山南

---

① 李修生：《全元文》卷605，江苏古籍出版社2000年版，第456页。

天门的破天荒的壮举，批判元统治者破坏帝王法度，相互残杀，希望国家的法度永垂不朽，流传万世，以正帝王之政权。作为游牧民族的忽必烈，他接受先进的中原文明，使用汉法治理国家，并不是一帆风顺的，其中张德辉是促使忽必烈行汉法的重要人物。1247 年，忽必烈尚在潜邸，张德辉觐见，陈以治国方略，并举荐名儒元好问。第二年，他再次入觐忽必烈表示："今以后，此礼勿废。" 1252 年，张德辉与元好问一起觐见忽必烈，请忽必烈为儒教大宗师。世祖悦而受之。因又启，蠲儒户兵赋。(《元史》卷一六三《张德辉》）在张德辉等汉族文士的极力策划和游说下，忽必烈最终如愿接受中原封建文明。并且在邢台辖区内首先实施。1264 年大元国号的确立，标志着蒙古政权行汉法的开端。张德辉在 1264 年被派山东路宣慰，老朋友的到来，让杜仁杰欣喜若狂，尤其是汉法的实行，这是自壬辰年三十年来汉族文人为之奋斗的，在历史发展中，他们深刻体会到天不变道亦不变的道理。能行中国之道，则是中国之道的道理。这是丘处机、严实、赵天锡、孔元措、元好问等人为之奋斗也是所期盼的结果。这次登泰山，他所见之景是那么绚丽多姿，每次登泰山不见的景象，"六合褰开，肃然无纤滓"、"乍离乍合。移晷，日露其半，恍然如入无量金色界中"，这天地奇观是往昔九登泰山而见不到的。这是张公"纯诚、盖无往而不协，无动而不吉，无祷而不应"的见证。作者惊叹道："予自壬辰北渡，三十余年，凡九来，未曾睹此奇事，虽欲勿记得乎?"这无异于挥剑成河、变昼为夜，这发自心底的礼赞，赞扬张德辉等人为中国历史、为儒家文化不辞辛劳的伟大成就。的确，在蒙古游牧民族南下过程中，他们以"纯诚"胸怀，以忘我的胆量，影响忽必烈，变夷为夏，发挥了不可替代的作用。杜仁杰借泰山异景，讴歌张德辉促成推行汉法变夷为夏的历史功业，同时亦暗示了中原文明虽时遇挫折而决不会湮没不彰的文化信念。

杜仁杰作为传统文化的守望者，在金末元初之际，他以诗、文、曲的创作实绩引导了文坛由雅到俗的新风。他充分利用严实幕府这个舞台，与元好问等人一起为保护和保存中华传统文化而积极奔走。为使元初的严实幕府崇尚仁政、兴学养士、修复泰山、曲阜文物，尽了最大努力，因此他为山东文坛所作的贡献是不能忽略的。

李贺诗歌与唐代外来文明

李永平　王天觉
（陕西师范大学文学院）

向达先生认为："李唐一代之历史，上汲汉、魏、六朝之余波，下启两宋文明之新运。而其取精用宏，于继袭旧文物而外，并时采撷外来之菁英。"[①] 唐代陆地与海上丝绸之路的畅通，许多国家的商人、使节、僧侣与留学生，涌入唐朝境内。长安、洛阳、广州、扬州等地都有大量的外国人、外族人居住。唐都长安俨然是国际大都会，仅接待外国使者、宾客的机构鸿胪寺就拥有外国人四千多。在长安西市有来自中亚、西亚的许多胡商摆摊设点，酒店里有美貌如花的胡姬招徕生意，诗人李白常来此光顾，咏叹"胡姬貌如花，当垆笑春风"。此外，还有移居长安的周边少数民族，如突厥人进入长安的就有上万家。大量外国人、外族人长期在唐朝生活，与汉族杂居，或娶妻生子，入籍唐朝，带来了外国文化和边地风俗，从衣食娱乐到宗教信仰，都对唐朝社会产生了深远影响。

波斯与阿拉伯商人也在这一时期或从陆路，或从海上进入唐朝，他们以经营珠宝著称，动辄获利巨万。通过他们，菠菜、蜜枣、胡饼、三勒浆等食品及吞刀吐火之类的杂技进入唐朝社会，而造纸、织锦等手工业技术也辗转传至西方世界，使那里的社会发生了巨大的变化。

随着西域胡人的到来，其信仰的伊斯兰教以及袄教、景教、摩尼教等也在唐朝内地传播。这些外来宗教，特别是早已在中国流传的印度佛教，渗透到唐朝社会的方方面面，对哲学、文学、语言学、建筑、艺术等均产

① 向达：《唐代长安与西域文明》，河北教育出版社2007年版，第3页。

生了巨大影响。

唐前期各族文化的交融以华化为主导，但初盛唐诗人描写境内外来胡俗、胡风的作品较少。中唐以后文人因国力的衰弱而对外来文化入侵心生畏惧，出于对盛世繁华的留恋和追忆，诗中对异族风物记述反而增加。美国汉学家爱德华·谢弗所著的《撒马尔罕的金桃——唐朝的舶来品研究》一书中就记载了18类170余种唐朝的外来物品，其中所涉及的唐代诗人诗中的外来风物，以李贺为突出。笔者在已有成果基础上，以此为切入点，略加考述，试图从一个侧面透视李贺诗歌中所涉及的外来文明，并顺此探究长吉诗歌的艺术美，以见教于方家。

一　李贺诗歌中的唐代外来日常消费品

李贺在他的诗中记录了在日常生活消费领域受西域文明影响的诸多内容。其中胡床、胡乐最为典型。[①] 在诗歌《谢秀才有妾缟练，改从于人，秀才引留之不得，后生感忆。座人制诗嘲诮，贺复继四首》其四中有“邀人裁半袖，端坐据胡床”的句子，叶葱奇在“胡床”下面这样解释道：“今之交床本自虏（胡人）来，始名胡床，隋改交床，唐穆宗（李恒）时又名绳床”按，胡床即大交床。[②] 李贺在这首诗中引入了外来称谓，不言“交床”、“绳床”而称“胡床”显然怀有强烈的褒贬之情。流露出了他对谢秀才改嫁之妾的讽刺，对所嫁之人的轻视。“座中制诗嘲诮”，而贺与他人不同，由此可以窥见。

在另一首《申胡子觱篥歌》中诗人又刻画了一种叫做“觱篥”的乐器。据《文献通考》卷138载：

---

① 初盛唐诗里与胡有关的称谓很多。例如胡人、胡姬、胡床、胡笳……葛晓音认为，这些与其说是文化和风俗“胡化”的反映，还不如说是汉魏至南北朝以来社会生活中习见事物的遗存以及诗歌传统中习用语汇的延续，而并非在隋唐时才传人的新鲜的外来事物。安史之乱后，两京屡遭胡兵扫荡，国势衰落，对社会风俗胡化的忧虑也随之产生。捍卫传统道德、排斥外来文化的呼声越来越高，正是士大夫在唐王朝衰落过程中对自身力量缺乏信心的表现。中唐人对风俗胡化的批判，已经不是文化的批判，而是政治的批判。外来文化被视为乱华的重要因素。佛教即因其为“夷狄之教”而遭到强烈反对。参见葛晓音《唐前期文明华化的主导倾向——从各族文化的交流对初盛唐诗的影响谈起》，《中国社会科学》1997年第3期。

② 叶葱奇：《李贺诗集》，人民文学出版社1998年版，第174页。

觱篥一名悲篥，一名笳管，羌胡龟兹之乐也，以竹为管，以芦为首，状类胡笳而九窍，所法者角音，而甚悲篥。胡人吹之以惊中国马焉。后世乐家者流，以其旋宫转器以应律管，因谱其音为重器之首，至今鼓吹教坊用之，小者六窍，以风管名之。六窍者犹不失乎中声，而九窍者其失盍与太平管同矣。

李贺在《听颖师弹琴》中就勾勒了这样一位僧人："竺僧前立当吾门，梵宫真相眉棱尊。""竺僧"即是题目中的颖师，这个颖师无疑是个技艺高超、声名显赫的弹奏家，韩愈也有一首同题的《听颖师弹琴》的诗，显然也是为他而作。佛教出于天竺，所以称"竺僧"；"真相"，佛家语，犹言真容；"梵宫真相"是拿庙中菩萨、罗汉像来比颖师。这两句是在叙述颖师的来访和他相貌的古朴。

李贺诗中同样提及颇受唐代市民喜欢的外来木料。《李凭箜篌引》一诗中就生动地展露了"箜篌"这种外来乐器弹奏出的神奇美妙的音乐。诗中"二十三丝动紫皇"一句，杜佑《通典》解释说："竖箜篌，胡乐也，汉灵帝（刘宏）好之，体曲而长，二十有三弦，竖抱于怀中，用两手齐奏，俗谓之擘箜篌。"① 另据《后汉书·五行志》记载："灵帝好胡服、胡帐、胡乐、胡坐、胡饭、胡箜篌、胡笛、胡舞，京都贵戚皆竞为之。"在《册府元龟·夷乐》中亦详细记载了包括"竖箜篌"在内的西域胡乐器输入河西与中原的历史事实，前凉张重华据镇州时，天竺国重四译来贡，其乐器有凤首箜篌、琵琶、五弦、笛、毛圆鼓、都昙鼓、铜鼓等九种，为一部工十二人。歌曲有《沙石疆》，舞曲有《矢曲》。后凉吕光既灭龟兹因得其乐，乐器有竖箜篌、琵琶、五弦、笙、笛、箫、觱篥、毛圆鼓、都昙鼓、答腊鼓、腰鼓、羯鼓、奚娄鼓、铜拔等十五种，为一部工二十二人。歌曲有《善善摩尼》、《解曲》、《婆伽儿》，舞曲有《小天》、《疏勒盐》。可见李贺诗中的这种箜篌是"竖箜篌"。这把高雅的箜篌据说是用四川出产的美丽的泡桐制作的，表面有用真珠母镶嵌而成的花鸟图

① 箜篌，《文献通考》卷137《乐考十》："……旧说皆如琴制，唐制似瑟而小。其弦有七，用木拨弹之，以合二变，故燕乐有大箜篌、小箜篌。"《通典》卷144："竖箜篌，胡乐也，汉灵帝（刘宏）好之。体曲而长，二十有二（一作三）弦，竖抱于怀中，用两手齐奏，俗谓之臂箜篌。"

案，二十三根弦系在鹿骨轸子上，如今它正躺置在日本的正仓院中。[①]

除泡桐外，李贺还在诗中记述了一个用紫檀木做成的琴槽："胡琴今日恨，急语向檀槽。"[②] 苏恭告诉我们："紫真檀出昆仑盘盘国，虽不生中华，人间便有之。不香尔。时珍曰：按《大明一统志》云：檀香出广东、云南及占城、真腊、爪哇、渤泥、暹罗、三佛齐、回回等国，今岭南诸地亦皆有之。树、叶皆似荔枝，皮青色而滑泽。"[③] 在唐代最常见的一个树种是马来西亚的檀香木，这种树带有类似玫瑰的香味，木质为淡黄或淡红色。或许这种树的更为疏远的亲系也传到了中世纪的中国——例如像安达曼群岛的紫檀木和印度的檀香木。另一首《美人梳头歌》有"西施晓梦绡帐寒，香鬟堕髻半沉檀"[④] 的句子，"沉檀"即是檀枕，也是用紫檀木做的。

李贺对外来毛毯、丝织品的描绘。外来贡品中，有时也可以见到"毛毯"这样的生活用品。例如，开元十四年（726），安国王派遣使臣来到唐朝，请求唐朝皇帝帮助他们抵御大食入侵者时就上贡一些华美的毛毯。[⑤] 李贺在《感讽六首》其一中用"舞席泥金蛇，桐竹罗花床"来描写一种金蛇装饰的舞席。如果说这种舞席可能是来源于波斯的话，那么，他在另一首诗《宫娃歌》中提到的"象口吹香毾登见暖，七星挂城闻漏板。""毾登毛"则毫无疑问就是伊朗的地毯。在8、9世纪时，这种波斯的羊毛毯在唐朝富豪家里根本算不上是罕见之物。[⑥]

在外来的丝织品中，"朝霞"还值得注意。"朝霞"这个词在唐代被用来称呼从朝鲜输入的淡红色柞绸。李贺诗《南园》十三首其十二中云："轻绡一匹染朝霞"，就是指丝绸而言。[⑦] 叶葱奇、王琦把"朝霞"均解释为"绡的红黄色"，王友胜则注释为"染上朝霞般的粉红色"。显然，这些解释是望文生义而已。因为它实际上是一种外来的丝绸。清代姚文燮

---

① 爱德华·谢弗：《唐代的外来文明》，吴玉贵译，陕西师范大学出版社2005年版，第182页。

② 叶葱奇：《李贺诗集》，人民文学出版社1998年版，第199页。

③ 李时珍：《本草纲目》，中国中医药出版社1998年版，第828页。

④ 叶葱奇：《李贺诗集》，人民文学出版社1998年版，第314页。

⑤ ［美］爱德华·谢弗：《唐代的外来文明》，吴玉贵译，陕西师范大学出版社2005年版，第257页。

⑥ 同上。

⑦ 同上书，第266页。

在《昌谷集注》卷1中有这样的评价“倘染霞绡作道帔，即可登诸岩廊，何用著书以自苦耶?”[①] 姚氏把霞、绡并称，显然认识到了这只是一种朝霞品类的绡。所以这首诗后两句“谁遣虞卿裁道帔，轻绡一匹染朝霞”的正确理解只能是：“谁能送我一匹染成的朝霞绡，让我来制成道服呢?”言外之意是，这样自己便可以终老乡间，埋头著书了。

李贺对外来颜料、灯树、盔甲、纸张、玻璃都有不同程度的记述。唐代妇女在画眉时多使用“青黛”这种颜料，李贺诗中亦有“续客下马故客去，绿蝉秀黛重拂梳”[②] 的句子。我们相信这是一种由波斯输入的，从真正的靛青中得到的颜料。[③] 但到了9世纪初年时，“青黛”就被诗人们用来作为一种特定的，指称远山的颜色词汇了。

唐代的人工树——灯树是庆祝正月十五使用的灯饰。但这种美丽的灯饰最早也是舶来之物。在7世纪中叶，吐火罗王子曾经给唐朝宫廷带来了两株特别有意思的“玛瑙灯树”。此后，史册上关于灯树的记载则络绎不绝。李贺既是一位好猎奇的诗人，其诗中也免不了对这种树的描写：“仙人烛树蜡烟轻，清琴醉眼泪泓泓。”[④]

翻看李贺的诗集，还可见他对盔甲的描写。初盛唐的边塞诗人多在诗中提到剑、枪、盔甲之类的战争用品。自8世纪初年起，中国出现了锁子甲。爱德华·谢弗先生认为锁子甲最初起源于伊朗，但是马冬和陶涛两位先生却提出了斯基泰人才是锁子甲的最早发明者和使用者。[⑤] 它最早见于开元六年（719），是康国贡献的礼物。[⑥] 一般来说锁子甲都是用铁制作的，而李贺笔下的锁子甲却是用黄铜制作的，《贵主征行乐》诗云：“奚骑黄铜连锁甲，罗旗香干金画叶。”[⑦]

尽管唐朝本土出产的纸的质量非常精良，但是我们发现唐朝人也大量地使用了外来的纸张。这其中的一种书写材料就是扇页树头榈，即生长在

---

① 叶葱奇：《李贺诗集》，人民文学出版社1998年版，第412页。

② 同上书，第344页。

③ 爱德华·谢弗：《唐代的外来文明》，吴玉贵译，陕西师范大学出版社2005年版，第272页。

④ 叶葱奇：《李贺诗集》，人民文学出版社1998年版，第76页。

⑤ 马冬、陶涛：《锁子甲的起源形制及传入中国》，《中国典籍与文化》2005年第1期。

⑥ 爱德华·谢弗：《唐代的外来文明》，吴玉贵译，陕西师范大学出版社2005年版，第322页。

⑦ 叶葱奇：《李贺诗集》，人民文学出版社1998年版，第122页。

南亚的扇叶桐榈的树叶。在唐代，这种书写材料仅仅是以其梵文的读音“贝多”（Pattra，树叶）知名。[①] 用裁成合适形状的棕榈叶作成的书叫做“Ollahs”，这种书在唐朝人中间又叫“梵夹”，取这个名字的意思是因为这种是用两块木板相夹，然后再用绳子捆扎起来的。[②] 李贺在《送沈亚之歌》中对这一制作流程做了清楚的记录：“白藤交穿织书笈，短策齐裁如梵夹。”[③]

我们相信，李贺对这种外来“梵夹”的了解与他对佛家经典的熟悉是相辅的。因为从去往天竺的唐朝取经人积极地搜集贝叶经来看，这种书在唐朝并非罕见之物，而在唐朝的各大寺院里，更是可以轻易地见到梵夹。又，李贺诗句中有：“楞伽堆案前，楚辞系肘后”[④] 的句子，可见他对外来文明的接受不仅在物质上，而且还有精神上的契合点。《楞伽阿跋多罗宝经》（简称《楞伽经》）对李贺的影响是深刻的，这一点已为学界所共知。[⑤]

李贺在《秦王饮酒》中还写到了玻璃这种物品：“羲和敲日玻璃声，劫灰飞尽古今平。”[⑥]“玻璃”对中国人而言并不陌生，自东周以后中国人就已经制作出了玻璃。在汉语中，将玻璃分作两类，一类是琉璃，一类是玻璃。但是在唐代，冰清玉洁的玻璃还仍然被看作是外来的宝物。[⑦] 根据史书记载，这种神奇的原料样品来自罽宾（今克什米尔），“碧玻璃”来自拔汗那（今吉尔吉斯斯坦费尔干纳地区），“红、碧玻璃”来自吐火罗，赤玻璃和绿玻璃则来自拂林国（意大利前身）。玻璃是吹制器皿，是制作杯盘、罐等器皿的常见的材料。敲击玻璃的声音是清脆空灵的，尤其是当玻璃被打碎的时候。李贺“呕尽心血”，运用了一个清脆空灵、金声玉振式的比喻，把敲击太阳的声音同玻璃声联系起来，成为既令人不可思议又不得不拍案叫绝的手笔。

---

① 爱德华·谢弗：《唐代的外来文明》，吴玉贵译，陕西师范大学出版社 2005 年版，第 332 页。

② 同上书，第 333 页。

③ 叶葱奇：《李贺诗集》，人民文学出版社 1998 年版，第 44 页。

④ 同上书，第 191 页。

⑤ 陈允吉：《李贺与楞伽经》，《唐音佛教辨思录》，上海古籍出版社 1988 年版，第 165 页。

⑥ 叶葱奇：《李贺诗集》，人民文学出版社 1998 年版，第 76 页。

⑦ 爱德华·谢弗：《唐代的外来文明》，吴玉贵译，陕西师范大学出版社 2005 年版，第 297 页。

二 李贺诗歌中的唐代外来奢侈性消费品

李贺诗歌中记载了外来宝石、象牙、香料等奢侈性消费品。在《听颖师弹琴》中，李贺描绘了“水玉”这样一种外来事物：“暗佩清臣敲水玉，渡海蛾眉牵白鹿。”[①] “水玉”便是“水晶”，它是一种纯净、透明、结晶质的石英。8世纪时，康国首领曾几次向唐朝贡献水晶制品（包括水晶杯），罽宾国也向唐朝贡献过水晶杯。[②] 输入唐朝的水晶就突出地表明了水晶纯洁无瑕的特质和水晶工匠精湛绝伦的技艺。水晶不光是一种饰品，它还是身份地位的象征，李贺刻画那位颖师时着重点染了他身上的水晶饰物，既烘托了这位颖师身份的显赫，又暗喻出他品德的高洁如同水晶一般。

李贺对外来宝石的描写璀璨夺目，真可谓“时尚诗人”。但凡他遇见或听闻外来的珍奇宝石，总是用他那彩色绚丽的笔墨将其生动地写入自己的诗歌中。翻开他的诗集，除了“水晶”外，我们还可以看到他对玉石、玻璃、象牙、珍珠、玳瑁、珊瑚、琥珀等宝石的描绘。

中国古代的玉就是指软玉，而使用硬玉则是近代的事情。遗憾的是，唐代文献对玉的记载不详，因此，很多被唐人看成是玉的矿物在今天看来显然不是那么回事。李贺《老夫采玉歌》有“蓝溪之水无清白”、“蓝溪之水厌生人”的句子，《春坊正字剑子歌》有“神光欲截蓝田玉”的句子。学者由此把这种玉称为“蓝田玉”，而这种所谓的蓝田玉实际上却是长安以南，终南山的蓝田采掘的一种绿色和白色的大理石。在唐代，将大理石称为“白玉”是寻常事，而黑色的大理石则称为“黑玉”，同时其他类似冻石、叶蜡石之类的软材料，也都被冠以“玉”的美称。而在这些假玉中，最有名的无疑则是“蓝田玉”。[③] 中国古代使用的软玉全都来源于于阗国，而且唐代玉工需要的白玉、碧玉也主要来源于于阗的喀拉喀什（墨玉）河和玉龙喀什（白玉）河，由于阗国供给。在这两条河的水中，

---

① 叶葱奇：《李贺诗集》，人民文学出版社1998年版，第359页。

② 爱德华·谢弗：《唐代的外来文明》，吴玉贵译，陕西师范大学出版社2005年版，第288页。

③ 同上书，第285页。

于阗“国人夜视月光盛处，必得美玉”①。尽管对玉石品种的辨析并不一定十分清楚，但这丝毫不影响唐人对玉的喜爱，因为这种装饰品象征着高洁和纯净，有护身和辟邪的功能，所以几千年来都受到人们的钟爱。李贺诗歌中“玉”字出现了“96”次，兹录部分如下：

玉碗盛残露。(《过华清宫》)
玉轸蜀桐虚。(《追和柳恽》)
腰围白玉冷。(《贵公子夜阑曲》)
当唇注玉罍。(《送秦光禄北征》)
玉壶银箭稍难倾。(《河南府试十二月·十月》)
紫钗玉股照青渠。(《湖中曲》)
夜光玉枕栖凤凰。(《许公子郑姬歌》)
五色丝封青玉凫。(《夜来乐》)
玉轮轧露湿团光，鸾佩相逢桂香陌。(《梦天》)
暗珮清臣敲水玉，渡海蛾眉牵白鹿。(《听颖师琴歌》)
玉蟾滴水鸡人唱，露华兰叶参差光。(《李夫人歌》)

在这些诗句中，有的是写实，有的是想象。但在诗人的主观世界中所要表达的恰恰就是一种外来的代表着身份地位、具有温润的光泽、雕刻着美丽图案的玉制品。

李贺在诗中还写到了“象牙”，具体来说是“象床”。唐朝的药物学家甄权说道：“西域重象牙，用饰床座。中国贵之，以为笏。象每蜕牙，自埋藏之，昆仑诸国人以木牙潜易取焉。”② 在唐代，可以从岭南道、安南都护府的领地及其云南的南诏国等地获取象牙。当时更远一些的象牙产地还有林邑、印度群岛的北邑和堕婆登以及锡兰的狮子国等地。③ 象牙既可以被做成小的饰物，又可以用来装饰大的器物。李贺诗中的象牙以“象床”这样的大件出现，尽管也有提到“鸾篦”和“笏”的地方，但

① 爱德华·谢弗：《唐代的外来文明》，吴玉贵译，陕西师范大学出版社 2005 年版，第 285 页。

② 同上书，第 1156 页。

③ 同上书，第 300 页。

我们不敢妄加断定它们就是用象牙制成的。在《恼公》一诗中，诗人写道："象床缘素柏，瑶席卷香葱。"《美人梳头歌》里也有"解鬟临镜立象床"的句子。可见，"象床"确实可以烘托富贵的氛围，衬托诗中女性雍容华贵的生活。

唐诗中所写的"玳瑁"是从安南的陆州得到的。这种玳瑁可以制作成妇女的头簪和头饰，还可以用来镶嵌贵重的家具。李贺也在他的诗中写到了这种饰物。《恼公》中有"玳瑁钉簾薄"之句；《潞州张大宅病酒遇江使寄上十四兄》里有"椒桂倾长席，鲈鲂斫玳筵"的诗句。可见，玳瑁在当时已被广泛应用了。

除此之外，李贺在《贾公闾贵婿曲》中还对珊瑚作了记载："今朝香气苦，珊瑚涩难枕。"这两句是反衬法，"香气本甜而云苦，珊瑚本滑而云涩，富贵骄奢到了极点，以致感觉迟钝，毫无激情。"[①] 唐朝的珊瑚主要是从波斯国和狮子国进口的，这种树枝状的样品对唐朝人产生了最为强烈的吸引力，因为珊瑚的形状看来就像是真正的仙境中的灌木和来自长生不老的仙人居住的天宫里的玉树。[②]

李贺在《夜饮朝眠曲》中还描写过一种叫做"琅玕"的东西："玉转湿丝牵晓水，热粉生香琅玕紫。"叶葱奇先生把"琅玕"解释为玉名。"琅玕紫"解释为"酒后面赤，色如紫玉。"[③] 在唐代，确实从西南蛮和于阗输入过一种叫做"琅玕"的物质。有人说"琅玕"就是一种玻璃，即它与被称为"琉璃"的彩色假宝石原料有关，而另外的人则提到 种"石阑干"的物质，或许有些琅玕就是青色或绿色的珊瑚，而有一些则是一种玻璃质的矿产物。[④]

唐朝诗人用"琥珀"形容一种半透明的红黄色"酒"。唐人以为"琥珀"产自拂林，据考证，唐朝的琥珀系从波斯输入。[⑤] 在《残丝曲》中李贺写道："绿鬓少年金钗客，缥粉壶中沉琥珀。"《将进酒》有"琉璃钟、琥珀浓，小槽酒滴真珠红。烹龙炮凤玉脂泣，罗屏绣幕围香风"的句子。

---

① 叶葱奇：《李贺诗集》，人民文学出版社 1998 年版，第 213 页。

② 爱德华·谢弗：《唐代的外来文明》，吴玉贵译，陕西师范大学出版社 2005 年版，第 307 页。

③ 同上书，第 196 页。

④ 同上书，第 307 页。

⑤ 同上书，第 308 页。

盛唐大诗人李白在《客中行》中有“兰陵美酒郁金香，玉碗盛来琥珀光”的句子。我们相信李贺在诗中以“琥珀”喻酒显然是受到了李白的影响。

唐人有焚香的习惯，甚至连皇帝身上也佩戴着香囊，而在腊日的庆典上，就更是非佩戴“衣香囊”不可了。尽管中国本地的香料质量都非常优异，但来自异国他乡的奇香，尤其树脂和树脂胶——檀香、沉香、婆罗洲龙脑香和广藿香，安息香与苏合香，以及乳香与没药等——无论品种还是数量都是相当可观的。[①] 李贺在他的诗中屡屡提到香，以叶葱奇先生疏注的《李贺诗集》为底本，笔者统计出李贺 241 首诗中共出现“香”字 81 次。李贺诗中所写的香料大致是一种“混合香”。东西方使用的混合香料是有区别的，它们的不同就在于使用了不同的配料：在西方，混合香料的主要成分是乳香，配以没药、波斯的树脂与甲香；而在东方，主要成分则是沉香，再配以乳香、檀香、丁香、麝香与甲香。[②]

在《贵公子夜阑曲》这首绝句中，李贺具体而微地说明了沉香的重要作用。诗中描写了一位贵公子在孤寂的房屋中等待黎明的情景：“袅袅沉水香，乌啼夜阑景。曲沼芙蓉波，腰围白玉冷。”李贺其他诗中我们也可以见到对沉香的描述：“沉香火暖茱萸烟，酒觥绾带新承欢。”“归来无人识，暗上沉香楼。”“沉香熏小像，杨柳伴啼鸦。”据万震《南州异物志》载，沉香来自于树木的坚实心材，木质沉重，比重超水，故置水中则沉，名沉香。[③] 在中世纪中国的礼仪大典和个人生活中，沉香是一种非常重要的香料。沉香种类繁多。唐朝人使用的沉香来源多元，但主要以林邑、柬埔寨之外来沉香为主。[④]

正史载，沉香是林邑国（今越南中南部）的名产，《梁书》卷 54《诸夷传·林邑国》云：

> 林邑国者，本汉日南郡象林县……又出玳瑁、贝齿、吉贝、沉木香。……沉木者，土人斫断之，积以岁年，朽烂而心节独在，置水中

---

① 爱德华·谢弗：《唐代的外来文明》，吴玉贵译，陕西师范大学出版社 2005 年版，第 211 页。

② 同上书，第 212 页。

③ 李昉：《太平御览》，中华书局 1960 年版，第 4349 页。

④ 温翠芳：《唐代外来香药研究》，重庆出版集团 2007 年版，第 78 页。

则沉，故名曰沉香。次不沉不浮者，曰栈香也。[①]

《广异记》云，梁武帝时，林邑国曾进献沉香镂枕，“林邑所献七宝澡瓶、沉香镂枕，皆帝（梁武帝）所秘惜”。[②]

有唐一代，林邑国王曾多次朝贡，在玄宗统治时期，曾多次进献沉香。《唐会要》卷98“林邑国”云：武德六年二月，其王范梵志遣使朝贡。……先天开元中，其王建多达摩又献驯象、沉香、琥珀等。占婆（即林邑）出产沉香，还可证之于阿拉伯著作《中国印度见闻录》：

随后，船只航行了十天，到达一个叫占婆的地方，该地可取得淡水。沉香木正是从这里来的，叫做“占婆木”。[③]

李贺《嘲少年》一诗提到龙脑香：“青骢马肥金鞍光，龙脑入缕罗衫香。美人狭坐飞琼觞，贫人唤云天上郎。”

早在贞观十六年（642）的时候，这种香料就已经由乌荼国国王达摩因陀诃斯遣使者献给了唐太宗，朝廷当时还玺书优答。[④] 到了玄宗朝它才因贵妃使用而声名大噪。龙脑香价格昂贵，以至于唐人认为，用得起龙脑香者乃为天上之人，《灵怪集》云：

太原郭翰，少简贵，有清标，姿度美秀，善谈论，工草隶……女微笑曰：“吾天上织女也，久无主对，而佳期阻旷，幽态盈怀、上帝赐命游人间，仰慕清风，愿托神契。”……乃携手登堂，解衣共卧。其衬体轻红绡衣，似小香囊，气盈一室。有同心龙脑之枕。（李昉：《太平广记》，中华书局1961年版，第420页。）

段成式《酉阳杂俎》卷18“广动植之三”云，龙脑香是龙脑香树木心中的香：

① 《南史》卷78《夷貊传》上“林邑国”条，《通典》卷188，“边防四・南蛮下”之“林邑国”条略同。

② 李昉：《太平广记》，中华书局1961年版，第2666页。

③ 阿布・赛义德等：《中国印度见闻录》，穆根来等译，中华书局1983年版，第9页。

④ 欧阳修、宋祁：《新唐书》，中华书局2000年版，第6240页。

龙脑香树，出婆利国，婆利呼为固不婆律。亦出波斯国。树高八九丈，大可六七围，叶圆而背白，无花实，其树有肥有瘦，瘦者有婆律膏香。一曰瘦者出龙脑香，肥者出婆律膏也。[①]

与其他香料相比，丁香还可以作为食物或者药物使用，但唐朝人经常将丁香用来作为调剂焚香之类的芳香配料。唐诗中的“丁香”通常可能都是指中国土生的“紫丁香”，而不是指进口的丁香。[②] 所以尽管李贺诗中有“丁香筇竹啼老猿”的句子，这种丁香仍不是舶来之物。我们可以肯定李贺对这种外来的丁香是熟悉的，他在《酒罢张大彻索赠诗时张初效潞幕》这首诗中就说：“金门石阁知卿有，豸角鸡香早晚含”，与前一首诗中提到的“丁香”并不混淆。而中晚唐诗人所说的“鸡舌香”，简称“鸡香”的，才是外来的丁香，这种鸡舌香是从印度尼西亚进口的。[③]

除对日常消费和奢侈性的消费描绘刻画以外，外来马匹是李贺着墨最多的外来物种。李贺著名组诗《马诗》23首通过咏马、赞马或慨叹马的命运，表现志士的奇才异质、远大抱负及不遇于时的感慨与愤懑。在这些诗中，诗人除了吟咏历史上的名马和“伯乐”，如赤兔马、项羽的马外，还刻画了一些现实中的马。这些马虽然以喻体的形式出现，但是作者将它们描画得活脱逼真，经考证这些马来自西域诸国、大食、罽宾等地，属于舶来品。[④] 清人方扶南有言：“皆自寓也。人人所知，次第用意，略与《南园》诗同。……此二十三首，乃聚精会神，伐毛洗髓而出之，造意撰辞，犹有老杜诸作之未至者。率处皆是炼处，有一字手滑耶？五绝一体，实做尤难。四唐唯一老杜，此亦摭实似之；而沉着中飘萧，亦似之。”[⑤]

《马诗》其一中说：“龙脊贴连钱，银蹄白踏烟。”从“龙脊”“连钱”“银踢”中我们可以断定这种马大致是突厥马。突厥马是阿拉伯马的一种，头部硕大，高鼻梁，母羊式的脖颈，身材纤细，四肢修长。“龙

① 段成式：《酉阳杂俎》，方南生点校，中华书局1981年版，第177页。

② 爱德华·谢弗：《唐代的外来文明》，吴玉贵译，陕西师范大学出版社2005年版，第227页。

③ 同上。

④ 同上书，第65页。

⑤ 王琦：《三家评注李长吉歌诗》，上海古籍出版社1998年版，第303页。

脊”似指“双脊”，“连钱”指“虎纹”，“银蹄”是突厥马的特殊成分，即那种黑身白蹄的品种。大凡古人都喜欢将“龙”与“马”联系起来，李贺的《送沈亚之歌》中有“掷置黄金解龙马”一句，《周礼》上记载“马八尺以上为龙”，显然，龙马是良马的代称。当然，我们还要注意到，皇帝的马一般也冠以“龙马”的美称，因为这些马是“真龙天子”的坐骑，而皇帝骑马狩猎的地方则又美其名曰“天苑”[①]。

在《马诗》其八中诗人还写到了两种不同类型的马，以此作对比：“赤兔为人用，当须吕布骑。吾闻果下马，羁策任蛮儿。”诗人把赤兔马同果下马对举，显然有意贬视果下马。唐代的果下马在高祖时期已经由朝鲜半岛西南部的百济国进贡到中国。[②] 这是一种娇小玲珑的马，它的作用主要是用来拉皇太后乘坐的辇车。7 世纪时，唐朝风气严厉而尚武，人们的审美视野多集中在硕大骠悍的“天马”。到了 8 世纪唐玄宗统治时期，代之而起的是更儒雅、更浮华的“文治”时代。这时，小巧娇柔的小马则进入了贵族的审美视野。可以想见，在李贺生长的中唐时期，这种果下马还正在流行。诗人一反当时的社会风气，蔑视这种外来的不堪重用的小马，流露出了心中常含的郁勃不平之气，英雄失路托足无门之悲。

在唐代的外来马匹中，最有名的当属唐太宗亲冒石矢与群雄逐鹿中原时骑乘的“六骏”。唐太宗为纪念他在开国时的武功，将其征战时所乘的六匹战马雕置于昭陵北面祭坛东西两庑，史称“昭陵六骏”。这六骏的名字是：飒露紫、拳毛䯄、青骓、白蹄马、特勒骠、什伐赤。虽然就气质而言，太宗的六骏全都具有西方马匹的血统，从它们的名字看出，有些马必定是太宗从突厥那里得到的。李贺《马诗》其十六描写了“六骏”中的一匹马，从他的诗中，我们可以进一步认识这匹马的来源：“唐剑斩隋公，拳毛属太宗。莫嫌金甲重，且去捉飘风。”清人王琦说：“玩诗意，拳毛䯄必隋之公侯所乘者，其人既为唐所杀，其马遂为太宗所得。虽事遗无考，而诗语甚明。”葛承雍谓“这匹骏马也可能来自突厥人之手或粟特人之手。”[③]“拳毛䯄”体形特征是头部硕大，高鼻梁，母羊式的脖颈，身

① 爱德华·谢弗：《唐代的外来文明》，吴玉贵译，陕西师范大学出版社 2005 年版，第 101 页。

② 同上书，第 103 页。

③ 葛承雍：《唐韵胡音与外来文明》，中华书局 2006 年版，第 163 页。

材不高，蹄大快程，属于蒙古骏马种系。7世纪中叶倭马亚王朝（白衣大食）时，阿拉伯人发现突厥人在吐火罗（Tokharian）山区的养马人占主导地位，并由拔野古部族人将名为 birdaun 的纯种马献给大马士革王庭，这种良骑与“拳毛騧”似乎接近。“birdaun”一词源于中世纪拉丁语，与阿拉伯语含义一样都是“拖马”（牵引的马），有体形不大、身躯粗壮、毛发茂密的特征。[①] 在《马诗》的二十二首中，诗人还提到了唐人所周知的汗血马：“汗血到王家，随鸾撼玉珂。少君骑海上，人见是青骡。”

三　李贺追捧外来文明的原因

在谢弗论著中，唐代李白、李珣、李贺三位诗人与外来文明关联最紧。由于李贺存诗较少，所以堪称濡染外来文明中甚为突出的一位。他对外来事物抱有极大的热情，其中深层次的原因值得分析。

其一，时代背景下所产生的猎奇和追忆盛世繁华的心态。李贺所处的时代是一个表面“中兴”，实则千疮百孔的时代。“安史之乱”以后，社会衰败，经济贫瘠，人民流离失所。唐宪宗登基之初，很有点“励精图治”的样子。他重用了一批有才干的文臣武将，如杜黄裳、裴度、李绛、白居易、高崇文、李愬等人，进行了一系列大刀阔斧的改革。但稍见成绩，宪宗便得意忘形，露出了他固有的弱点，如宠信宦官，骄奢淫逸，广事征敛；信神求仙，妄图长生，对人民的死活无动于衷，以致朝政昏昏，危机四伏。由于宦官弄权，使得“官家有程，吏不敢听”的局面一直持续了十年之久。至元和十四年，淄青等十二州藩乱才算平定下来。《资治通鉴》说：“自广德以来，垂六十年，藩镇跋扈河南、北三十余州，自除官吏，不供贡赋，至是尽遵朝廷约束。”[②] 可是这时李贺已经去世五年了，在诗人的有生之年一直没有看到现状的改变。李贺身处乱世，他用激愤的眼光注视周围的一切时，思绪不可避免地与盛唐文化相碰撞。当他的抱负在现世的空间受重挫时，他便转而将梦想嫁接在昔日辉煌的盛世上。但这样的盛世毕竟一去不复返了，宛如一座坍塌的大厦，只留下断壁残垣供后来者凭吊和感怀。而外来物品就是那昔日大厦中最为光亮的点缀物。大肆

① 葛承雍：《唐韵胡音与外来文明》，中华书局2006年版。

② 司马光：《资治通鉴》卷241《唐纪》，中华书局1976年版，第57页。

的追忆这些残留的或正在流行的舶来品多少可以给这位宗室后裔以身份认同和精神慰藉。

其二，李贺苦闷的心理造就了他对宇宙人生等形而上问题的思索，外来物品充当着他认识外在世界的媒介。李贺属于唐高祖李渊的叔父大郑王李亮这一系，是一个不折不扣的皇室裔孙，然而仕途偃蹇、生活困踬、多病早衰、妻室早逝、遭人打击、寄人篱下，现实的残酷取代了美好的理想，多方面的原因，形成了他极其忧郁的性格。在有限的短暂生命中，诗歌成了他生命的宣泄，同时也是生命的寄托。他那可怕的写作状态，像膏烛的消融一般煎熬着自己的生命，使他的创作焕发出奇异的想象力和神经质的创造力。他充满奇幻色彩的作品很容易让人联想到童话，就像诺瓦利斯给童话下的定义，"有如毫不连贯的一幅梦中图画，是种种令人惊叹的事物和事件的汇集"[①]，然而他诗中却根本缺乏童话的天真感觉，不如说充斥着过于早熟而病态的少年幻想。他全部的诗歌都可以称为抒写内心的苦闷，他的诗歌艺术，一言以蔽之就是苦闷的探索。这种苦闷的心理促使他对生死问题、宇宙问题产生了极大的好奇。从而营造了一个又一个寒冷、幽暗、悲凉、朦胧的诗境。王思任《昌谷诗解序》中说李贺"喜用鬼字，泣字，死字，血字"[②]。他的诗歌从时间上表现出对过去、现在、将来的展现，从空间上考察，则表现为对自己周围可知世界、半可知世界，包括冥界、仙界的展现。因为其时的中国人尚未在头脑中建立地球这个概念，所以在他们的眼里，大唐以外的空间都是模糊和神秘的，和现在人们所知道的宇宙合而为一。李贺对外来世界的记述小而言之是猎奇，大而言之是对个体以外的世界和宇宙的求索。外来物品既然能引起诗人对异域的想象，它顺理成章地契合了李贺对宇宙世界追慕的心理。因此我们可以大胆地说李贺大量地描写外来事物还与他对宇宙人生的苦苦思索、茫茫求索有关。在艺术表现上，则如钱锺书先生所言："长吉文心，如短视人之目力，近则细察秋毫，远则大不能睹舆薪；故忽起忽结，忽转忽断，复出傍生，爽肌戛魄之境，酸心刺骨之字，如明珠错落。与《离骚》之连

① 韦勒克：《近代文学批评史》第2卷，杨自伍译，上海译文出版社1989年版，第104页。

② 吴企明：《李贺资料汇编》，中华书局1994年版，第200页。

怍荒幻，而情意贯注，神气笼罩者，固不类也”[①]。

其三，与同时代其他诗人的交往中形成并深化了李贺猎奇的心态。与韩愈、孟郊等人的交往，也使他的诗歌染上了一层虚荒诞幻的色彩，是他诗歌中大量出现外来风物的一个原因。韩愈赏识李贺的才华，同情他的遭遇，作《讳辩》为他鸣不平。韩愈的诗风向怪奇一路发展，始于贞元中期，至元和中期已经定型，在此后的几年中，更是以丑陋之事之景入诗，写落齿、写鼾睡、写恐怖、写血腥，形成了以俗为美、以丑为美的特点。[②] 他本人提倡作诗要务去陈言，戛戛独造，追求雄奇怪异的诗歌美学风格，这不可避免地对李贺造成了影响。清代管世铭说：“昌谷、樊南，退之之属国也。”[③] 吴闿生也说：“昌谷诗上继杜韩，下开玉谿，雄深俊伟，包有万变，其规橅意度，卓然为一大家，非唐之他家所能及。”[④] 虽赞誉过甚，然不失中规。因此，李贺的诗歌刻意追求艺术思维的逸出常轨，遣词造句的刺激狠透，修辞设色的惨淡经营，意象结构的古怪生新。对外来意象的钟爱，正是他猎奇的表现，是建构“长吉体”中不可或缺的一环。李贺诗歌因其具有独特性而被誉为“长吉体”，关于李贺诗歌的独特性，历代诗家作过不少评价。《旧唐书》称其诗歌：“其文思体势，如崇岩峭壁，万仞崛起，当时文士从而效之，无能仿佛者。”[⑤] 正是搜肠刮肚得来的成果，既形成了李贺独特的诗风又影响到他以后的诗坛，扩大了汉语的词汇量，拓展了诗歌的表现范围和描写题材。

---

① 钱锺书：《谈艺录》（补订本），中华书局1984年版，第46页。

② 袁行霈：《中国文学史》，高等教育出版社1999年版，第315页。

③ 吴企明：《李贺资料汇编》，中华书局1994年版，第349页。

④ 同上书，第386页。

⑤ 刘昫等：《旧唐书》卷137《李贺传》，中华书局1975年版。

兴的三重内涵表现形式及其演变[①]

李洲良

（大连民族学院）

关于《诗经》比兴研究，尤其兴的研究，近30年来一直是中国诗学研究的热点，并取得了一系列重要的学术成果，主要著作有赵沛霖的《兴的源起》（中国社会科学出版社1987年版）、傅道彬的《中国生殖崇拜文化论》（湖北人民出版社1988年版）、刘怀荣的《中国古典诗学原型研究》（台北文津出版社1996年版）、陈丽虹的《赋比兴的现代阐释》（中国美术学院出版社2002年版）、李健的《比兴思维研究》（安徽教育出版社2003年版）、彭锋的《诗可以兴》（安徽教育出版社2003年版）、刘怀荣的《赋比兴与中国诗学研究》（人民出版社2007年版）等，另有多篇有学术价值的论文。[②] 结合当前比兴研究成果，笔者认为，兴的内涵及其演变历程依次可分为祭祀之兴、政教之兴和诗学之兴三个阶段，兴由宗教内容演化为政教内容并最后积淀为诗学艺术范畴的过程中，其表现形式在不同阶段也呈现出不同的特点：祭祀之兴呈现出隐喻象征的特点，政教之兴呈现出美刺寄托的特点，诗学之兴则呈现为言近旨远、意味无穷的特点，而言近旨远、意味无穷正是兴的诗学本质。由祭祀之兴到政教之兴再到诗学之兴，其话语表达都呈现为隐约含蓄的诗性品格。

---

① 本文为国家社科基金一般项目之阶段性成果，项目编号：04BZW016。

② 详见刘怀荣《20世纪以来赋、比、兴研究述评》，《文学遗产》2008年第3期。

一 祭祀之兴:隐喻象征

兴，繁体为兴字，《说文》写作“兴，起也，从舁从同，同力也”。舁，共同用手抬举之意。从字形分析，兴，像四只手共同抬举一物之状，至于所举为何物，或以为“盘”①，或以为“帆”②，或以为“酒爵”③，其中释为祭祀用的“盘”较妥。对此，有学者辨之甚详，认为：“多人供牲于盘并集体起舞当是兴祭最基本的特征，换言之，兴字造字的本意当指兴祭活动中的供牲和舞蹈。”④ 可见，兴的源起和祭祀密不可分。那么，在《诗经》文本中又怎样体现兴的祭祀内容的呢？赵沛霖先生在《兴的源起》中把《诗经》中众多的兴象分成鸟意象、鱼意象、植物意象和虚拟动物意象，并破译出这些“兴象”所承载的原始宗教的文化密码。现以《诗经》中的鸟兴象和鱼兴象为例加以说明。

在赵沛霖先生看来，《诗经》中鸟的兴象与上古时期鸟图腾崇拜有密切的关系，并由鸟兴象作为“他物”引起缅怀家国父母之“所咏之词”在《诗经》中屡见不鲜：

> 肃肃鸨羽，集于苞栩。王事靡盬，不能艺稷黍。父母何怙？悠悠苍天，曷其有所？
>
> ——《唐风·鸨羽》

朱熹《诗集传》：“言鸨之性不树止，而今乃飞集于苞栩之上。如民之性本不便于劳苦，今乃久从征役，而不得耕田以供子职也。”⑤ 借鸟起兴写役夫久征在外不得回家奉养父母。《小雅·黄鸟》：“黄鸟黄鸟，无集于

---

① 商承祚先生认为甲骨文之“兴字像四手各执盘之四角而兴起之”。见商承祚《殷契佚存考释》，金陵大学中国文化研究丛刊甲种，1933 年线装本，第 62 页；又参见郭沫若《卜辞通纂考释》般字条、凡字条，《郭沫若全集》第 2 卷，科学出版社 1982 年版。

② 杨树达先生认为兴乃“像四手持帆之形”。见《积微居小学述林》，科学出版社 1954 年版，第 90 页。

③ 孔颖达《毛诗正义》云：“同，酒爵之名也。”意思是说兴为多人举酒爵以行祭祀之礼。

④ 刘怀荣：《赋比兴与中国诗学研究》，人民出版社 2007 年版，第 94 页。

⑤ 朱熹：《诗集传》卷 6，上海古籍出版社 1980 年版，第 71 页。

谷，无啄我粟。此邦之人，不我肯谷。言旋言归，复我邦族。”这是以黄鸟起兴抒发怀乡之情。《小雅·小宛》：“宛彼鸣鸠，翰飞戾天。我心忧伤，念昔先人。明发不寐，有怀二人。”“二人”按朱熹所说是指父母，同样是以鸟起兴表达对父母的怀念。另如《小雅·绵蛮》、《小雅·小旻》也无不如此。这些都真实地反映了源于远古先民鸟的图腾崇拜观念下以鸟象征父母祖先的情怀。

其实，“将鸟的兴象追溯到鸟的图腾崇拜并不是鸟的最早的原始意象，最初的意象当同人类早期的生殖崇拜历史有关”[①]，换句话说，鸟图腾观念是源于人类的生殖崇拜观念进而引申为祖先观念、家园观念和父母观念。由此可见，《诗经》中的鸟兴象是远古先民生殖崇拜观念的隐喻。

彼候人兮，何戈与祋。彼其之子，三百赤芾。
维鹈在梁，不濡其翼。彼其之子，不称其服。
维鹈在梁，不濡其咮。彼其之子，不遂其媾。
荟兮蔚兮，南山朝隮。婉兮娈兮，季女斯饥。

——《曹风·候人》

《毛传》解释此诗说：“《候人》，刺近小人也。共公远君子而好近小人焉。”其实这是汉儒经生的迂腐之解。闻一多先生认为，“《诗经》里常用水鸟指男性，鱼比女性，鸟入水捕鱼比两性的结合”，全诗在“讲水鸟不入水捕鱼，只闲着站在梁上，譬如男人不来找女人行乐，所以致令她等得心焦。”[②] 这一解释抓住了这首诗所承载的原始先民生殖崇拜文化内容。郭沫若先生指出：“无论是凤或燕子，我相信这传说是生殖器的象征。鸟直到现在还是生殖器的别名。”[③] 由于男根与鸟形相似，且男根有卵（睾丸），而鸟能生卵，所以远古先民就以鸟作为男根的象征，通过崇拜鸟祈求生命繁殖。由鸟—男根—性—爱情—婚嫁，构成了鸟兴象以生殖崇拜为核心的性爱、婚恋内容，并伴随着两性浓郁而热烈的情感。《诗经》首篇《关雎》就是以雄性雎鸠鸟的求偶之声兴起君子对淑女追求的情歌，是原

---

① 傅道彬：《中国文学的文化批评》，黑龙江人民出版社 2000 年版，第 443 页。

② 闻一多：《诗经研究》，巴蜀书社 2002 年版，第 9 页。

③ 郭沫若：《郭沫若全集·历史卷》第 1 卷，人民出版社 1982 年版，第 329 页。

始先民生殖崇拜宗教观念的孑遗。其他如《召南·鹊巢》、《邶风·燕燕》《秦风·晨风》都是以鸟起兴，从而引发男女相恋的内容。因此，《诗经》中有些以鸟为兴象的诗歌不仅传达出远古先民在鸟图腾崇拜过程中所体现的祖先观念和思念家园父母观念，同时也承载鸟图腾中更为古老的生殖崇拜观念。

《诗经》中以鱼为兴象的作品也同样承载着原始先民生殖崇拜观念，鱼成为性象征的隐喻。对此，闻一多先生在《说鱼》一文中有明确的解释。赵国华先生在此基础上有了更具体的阐发："从表象上来看，因为鱼的轮廓，更确切地说是双鱼的轮廓，与女阴的轮廓相似。从内涵来说，鱼腹多子，繁殖力强，当时的人类还只知道女阴的生育功能，因此，这两方面的结合，使生活在渔猎社会的先民将鱼作为女性生殖器官的象征。这表现了远古人类的模拟心理，表现了他们对鱼的羡慕和崇拜。在万物有灵观念的引导下，远古先民尤其是女性，希望对鱼的崇拜能起到生育功能的转移作用或者加强作用，即能将鱼的旺盛生殖力转移给自身，或者能加强自身的生殖能力。为此，应运诞生了一种巫术礼仪——'鱼祭'。半坡那些精工特制的鱼纹彩陶，便是神圣的祭器。原始先民以鱼为神，象征着以女阴为神，实质是生殖崇拜，以祈求人口繁盛。"①《豳风·九罭》：

> 九罭之鱼鳟鲂。我觏之子，衮衣绣裳。
> 鸿飞遵渚，公归无所，于女信处。
> 鸿飞遵陆，公归不复，于女信宿。
> 是以有衮衣兮，无以我公归兮，无使我心悲兮！

《毛公传》及孔颖达《正义》都说是周大夫赞美周公东征，刺成王不迎周公还朝。可实际上，按着闻一多先生的解读，这是一首抒写男女性爱的诗②。九罭，细密的鱼网，以细密的鱼网捕捞鳟鲂这样的大鱼，是男女性爱的隐语。事后男子要走，女子不知他走向何方，不知他何时能回来，便藏起男子的衮衣来挽留他，希望和他再住一宿，不要让她太悲伤。再如《齐风·敝笱》：

---

① 赵国华：《中国生殖崇拜文化论略》，《中国社会科学》1988年第1期。

② 闻一多：《诗经研究》，巴蜀书社2002年版，第20页。

敝笱在梁，其鱼鲂鳏。齐子归止，其从如云。敝笱在梁，其鱼鲂鲊。齐子归止，其从如雨。敝笱在梁，其鱼唯唯。齐子归止，其从如水。

全诗意在讽刺鲁桓公放任文姜淫乱，并同她一起回国。敝笱，破鱼篓，暗指淫乱的文姜，鲂、鳏暗指和文姜淫乱之人，其从如云，其从如雨，其从如水，将云、雨、水相连，更道出从者的企图。类似的诗句还有《邶风·新台》："鱼网之设，鸿则离之。燕婉之求，得此戚施。"《陈风·衡门》："岂其食鱼，必河之鲂？岂其娶妻，必齐之姜？岂其食鱼，必河之鲤？岂其娶妻，必宋之子？"

从以上《诗经》中的鸟兴象和鱼兴象的文化分析可以看出，作为祭祀意义上的兴，作者所选取的"他物"本身就隐含着原始先民丰富的宗教文化密码即生殖崇拜、图腾崇拜、祖先崇拜以及乡土观念、父母观念等。原始先民在万物有灵观念的引导下，他们面对大千世界充满了神秘和恐惧，他们不是也不可能从逻辑的关系来理解自然，只能用前逻辑的或原逻辑的方法看世界。列维—布留尔说："我们用'原逻辑'这个术语，并不意味着我们主张原始人的思维乃是在时间上先于逻辑思维的什么阶段。""他不是反逻辑的，也不是非逻辑的。我说它是原逻辑的，只是想说它不像我们思维那样必须避免矛盾。它首先是和主要是服从于'互渗律'。"① 布留尔所说的"互渗律"是原始思维的突出表征，它不同于我们现代人依托于概念判断和逻辑分析的思维方法，而是依托于神秘想象和联想建立起的原始表象间相互渗透，充满了不可思议的神秘联系的思维方法。在原始思维"互渗律"的影响和支配下，日月山川、风云雷电、虎豹熊罴、花鸟草虫都和人类有着神秘的无可争议的联系。神秘产生了恐惧，恐惧产生了神，也产生了禁忌和祭祀。在原始先民集体祭祀神灵的庄严仪式上，那热烈而酣畅的娱神乐舞和歌诗隐含着原始先民多么丰富的祈望和想象！因此，作为祭祀意义上的"兴"，在原始先民的文化语境中其文化内涵是不言自明的，并不存在意念遮蔽的问题，只是进入了文明社会，被文明之网层层包裹而变得扑朔迷离。因此，《诗经》中有些鸟兴

① 列维—布留尔：《原始思维》，丁由译，商务印书馆1994年版，第71页。

象、鱼兴象、植物兴象和虚拟动物兴象在保留了原始先民的宗教祭祀内容的同时，由于时代的发展、文明的演进和文化语境的变化，兴的宗教祭祀内涵裹上了厚重的政教外衣，兴的内涵也由祭祀之兴演变为政教之兴，兴的表现形式也由隐喻象征转变为美刺寄托。

二　政教之兴:美刺寄托

伴随着原始宗教观念的淡去和礼乐文化的兴起，兴的内涵也由祭祀之兴演进为政教之兴。如果说“信巫鬼而重淫祀”的殷商文化培养了兴的祭祀品格，那么以礼乐化成天下的周文化则为兴注入了政教的内容；如果说祭祀之兴的表现形式是隐喻是象征，那么政教之兴的表现形式是美刺是寄托。尽管周文化仍保留了殷商祭神祭祖的宗教仪式，但“事鬼神而尽人事”是周文化有别于商文化的基本特征。政教之兴虽不能彻底摒除宗教祭祀的内容，但更多的是政治、是礼仪、是会盟、是社交、是宴飨。政教之兴从春秋时期行人赋《诗》开始，经春秋末年孔子及其弟子对“诗三百”的解说，再到汉儒经生对《诗经》之兴进行经学化解读，进而完成了它的建构过程。

从春秋中叶到战国末期，“诗三百”被广泛运用到典礼、会盟、外交、宴飨等领域，成为“全面的社会生活”。傅道彬先生将这一时期概括为“用诗时代”:“用诗分为赋诗和引诗。一般来说赋诗多用于外交和上层社会的祝美称愿；引诗则常用来阐发义理论证问题。从时间上说行人的赋诗盛行于春秋之时，哲理的引诗通行于战国的诸子著作。”① 从兴的言说方式上看，春秋行人赋诗所先言他物的“物”是“诗三百”成句，而所咏之词的“词”是赋诗者内心想说又不便明说的话。也就是说赋诗者是运用兴的手法借吟诵“诗三百”成句来寄托自己的美刺褒贬，这就构成了政教之兴的基本言说方式。与赋《诗》相类的引《诗》，大多是通过“引经据典”的方式展开论辩，即以《诗经》成句作为论据，论其成破利害，断其是非曲直，呈现出直而切的特点。因而，大体说来引《诗》是赋的言说方式，不是兴的言说方式，此不赘述。

据清人劳孝舆《春秋诗话》统计，春秋“列国公卿大夫宴享赠答而

① 傅道彬:《中国文学的文化批评》，黑龙江人民出版社2000年版，第85—86页。

赋诗者三十一则，自僖公二十三年春秦穆享重耳起（用《河水》，逸诗），至昭公二十五年叔孙婼聘宋而讫（用《新宫》，亦逸诗）"[①]。现以《左传·襄公二十七年》垂陇之会为例，看看春秋行人在外交上如何采用兴的言说方式来赋诗的。

> 郑伯享赵孟子于垂陇，子展、伯有、子西、子产、子大叔、二子石从。赵孟曰："七子从君，以宠武也。请皆赋以卒君贶，武亦以观七子之志。"[②]

郑伯在垂陇对前来郑国的晋国使臣赵文子（即赵孟，又名赵武）设飨礼招待。席上赵孟请与郑伯同席的七位随从赋诗言志，是向郑国友好的表示。子展所赋《草虫》，出自《召南》，依杜预注，取"未见君子，忧心忡忡。亦既见止。亦既觏止，我心则降。"子展借《草虫》成句起兴，其意在于称美赵孟是君子，令人思慕。赵孟则连忙解释说："善哉！民之主也。抑武也不足以当之。"而伯有所赋的《鹑之贲贲》出自《墉风》，今本作《鹑之奔奔》，据《诗序》此诗为讥刺卫国宣姜淫乱而作。伯有取诗中"人之无良，我以为君"句，则意在发泄对郑伯的怨愤和不满。赵孟闻此连忙打岔调侃道："床第之言不逾阈，况在野乎？非使人之所得闻也。"宴罢，赵文子与叔向私下议论道："伯有将为戮矣。诗以言志，志诬其上而公怨之，以为荣宾，其能久乎？幸而后亡。"赵文子从伯有的赋诗中分明觉察到了他的不臣之心。由此可见，春秋行人赋诗是以"诗三百"成句起兴，意在表达自己爱憎褒贬，这实际上就是美刺寄托的方法，与"春秋笔法"没有什么质的差别。类似的事例在《左传》里很多，著名的有《襄公八年》、《襄公二十六年》、《昭公十六年》、《僖公二十三年》、《文公十三年》、《定公四年》等。尽管春秋行人赋《诗》言志更多地属于个人的即兴发挥，但在礼乐文化的背景下"兴"还是被赋予了政治教化的内涵，到春秋末年孔子及其弟子对"诗三百"的解读，则自觉地凸显了兴的礼乐教化特色。

陈伯海先生认为："孔门诗教的特点在于借用现成诗句以启发人们对

① 劳孝舆：《春秋诗话》，广东高等教育出版社1996年版，第14页。

② 杨伯峻：《春秋左传注》，中华书局1990年版，第1134页。

人生事理的感悟，其达意方式与春秋以来列国士大夫交往赋诗时的‘断章取义’是一个路子”[1]，这是一方面。另一方面，孔子及其弟子从礼乐文化的角度解释“诗三百”，具有更强更自觉的政教伦理意味：“小子何莫学乎诗？诗，可以兴，可以观，可以群，可以怨。迩之事父，远之事君，多识于鸟兽草木之名。”[2] 这里，孔子虽然没有解释什么叫“兴”，但联系这段文字不难看出，孔子是从政教伦理教化的角度阐释“兴、观、群、怨”的。他对“诗三百”具体篇章的解释就可以看到这一点。例如《诗经·卫风·硕人》本是写美人美貌的诗，《左传·隐公三年》有明确记载：“卫庄公娶于齐东宫得臣之妹，曰庄姜，美而无子。卫人所为赋《硕人》也。”[3] 而《论语》中提到《硕人》中的诗句时，“子夏问曰：‘巧笑倩兮，美目盼兮，素以为绚兮。’何谓也？子曰：‘绘事后素。’曰：‘礼后乎？’子曰：‘起予者商也，始可与言《诗》矣’”[4]。在孔子和子夏看来，读《硕人》的意义不在“色”而在“礼”，是由“色”而兴“礼”。这就叫“诗可以兴”。近年出土的战国楚竹简《孔子诗论》中有关孔子评价《关雎》的题旨也充分证明了这一点：

> 《关雎》以色喻于礼。(10 简)
> 《关雎》之改，则其思益矣。(11 简)
> 反纳于礼，不亦能改乎？(13 简)
> 其四章则喻矣，以琴瑟之悦，拟好色之愿。(14 简)[5]

文中的“改”字，虽有多种解释，但以李学勤先生释为“更易”较为稳妥。在孔子看来，《关雎》虽是描写美色，却可以把对美色的喜好转变（“改”）为对礼的追求。换句话说，对美色的追求只有纳入礼的规范才是美的。所以《关雎》所显现的“更易”，其思想是很有益的。能把对美色的喜爱回归到对礼的重视，不就是善于“更易”吗？第四章的意思就更

① 陈伯海：《中国诗学之现代观》，上海古籍出版社 2006 年版，第 130 页。

② 《论语·阳货》，杨伯峻《论语译注》，中华书局 1980 年版，第 185 页。

③ 杨伯峻：《春秋左传注》，中华书局 1990 年版，第 30—31 页。

④ 杨伯峻：《论语译注》，中华书局 1980 年版，第 25 页。

⑤ 季旭升主编：《上海博物馆藏战国楚竹书（一）读本》，北京大学出版社 2009 年版，第 39 页。

明了了，把对琴瑟的喜悦比拟为喜爱美色的愿望。如果联系《论语》中孔子有关“好德”与“好色”的议论，则不难得出孔子以礼解诗的特点。于是“兴”的政教伦理教化内涵被强化了。

汉儒则继承了孔子及其弟子以礼解诗的方法和路径，通过对《诗经》“兴”义的经学化阐释，从而完成了兴的政教理论建构。《毛传》与《郑笺》在对“兴”的阐释上就能说明这一点。

刘勰在《文心雕龙·比兴》中说：“毛公述传，独标兴体。”可见兴在《毛传》中地位之重要。什么叫“兴”?《毛传》并未给出答案，而是通过对《诗经》116 篇标注“兴也”的文本分析来说明。现举三例加以分析。

例一，在《周南·关雎》“关关雎鸠，在河之洲。”二句注云：

> 兴也……后妃说乐君子之德，无不和谐，又不淫其色，甚固幽深，若关雎之有别焉，然后可以风化天下。夫妇有别则父子亲；父子亲则君臣敬；君臣敬则朝廷正；朝廷正则王化成。①

例二，在《王风·采葛》“彼采葛兮，一日不见，如三月兮”下注云：

> 兴也，葛所以为絺绤也。事虽小，一日不见君，忧惧于谗也。②

例三，在《齐风·南山》“南山崔崔，雄狐绥绥”下注云：

> 兴也……国君尊严，如南山崔崔然，雄狐相随绥绥然。无别，失阴阳之匹。③

例一，《毛传》在《关雎》序中已点出“后妃之德”的题旨，在此又以雎鸠鸟雌雄和鸣而有别喻后妃乐君子之德，进而引发风化天下的政教之用，显然是沿着《孔子诗论》“《关雎》以色喻于礼”的思路发展而来。

① 阮元校刻：《十三经注疏》，中华书局 1979 年影印本，第 272 页。

② 同上书，第 333 页。

③ 同上书，第 352 页。

例二，以采葛草织成葛布这样的小事为喻，抒发一日不见国君就可能被国君周围的谗人所毁的忧惧之心。例三，是讽刺齐襄公淫其妹的乱伦行为，以南山和雄狐起兴，以南山喻君王之威严，以雄狐求偶状襄公之丑态。由以上三例可以看出《毛传》以喻释兴的特点。郑玄释兴，紧承《毛传》之意。《毛传》标“兴也”的地方，郑笺多释为“兴者喻”，或者用“如”、“犹”、“若”等比喻词衔接。如对《周南·麟之趾》之兴，《郑笺》云：“兴者喻今公子亦信厚与礼相应有似于麟。”[①] 此外，郑玄还直接对比、兴作了解释。在《周礼·春官·宗伯·大司乐》注云：“兴者，以善物喻善事。”[②] 又在《周礼·春官·宗伯·大师》注云：“比见今之失，不敢斥言，取比类以言之。兴见今之美，嫌于媚谀，取善事以喻劝之。”[③]《毛传》、《郑笺》之外，汉代其他学者如刘安、孔安国、班固、王符、王逸等解释兴的时候多是以喻释兴[④]。也就是说，汉儒笔下的兴呈现出比喻化的特点。因此有学者总结说，由“兴义销亡”而形成兴向比汇合的结果，在汉儒那里得到了充分的表现。[⑤]

“以喻释兴”虽然是汉儒解释《诗经》的普遍特点，但是把“喻”普遍理解为“比喻”则显得过于宽泛，尚须细化。刘勰在《文心雕龙·比兴》说：“比显而兴隐。”这是比兴在“引类譬喻”上的最大不同。可见，兴即使向比汇合也只能限定在隐的层面上。就政教之兴而言，笔者认为，从孔子提出“以色喻礼”到汉儒普遍认同的“以喻释兴”、“兴者喻”，这里的“喻”看似“比喻”，却是“寓托”、“寄托”之意，是“兴寄”，或者更具体地说是“美刺寄托”。这与春秋时代行人赋诗断章、赋诗言志所形成的美刺寄托方法一脉相承，是政教之兴的表现形式。

汉儒解诗与春秋赋诗既有联系又有区别。春秋行人赋诗多属于各言其志，不考虑所赋之诗的本义，而是断章取义，用春秋人的话说是“赋诗断章，余取所求焉”。[⑥] 听诗者也不重诗的本义而重赋诗者的言外之意。

---

① 阮元校刻：《十三经注疏》，中华书局1979年影印本，第283页。

② 同上书，第787页。

③ 同上书，第796页。

④ 参见萧华荣《汉代“兴”喻说》，《齐鲁学刊》1994年第4期。

⑤ 刘怀荣：《赋比兴与中国诗学研究》，人民出版社2007年版，第293页。

⑥ 这里借用《左传·襄公二十八年》载卢蒲葵的一句话。见杨伯峻《春秋左传注》，中华书局1990年版，第1145页。

相比之下，汉儒解诗是要把政教得失、伦理观念、王道事功熔铸到《诗经》三百篇中，不能像春秋赋诗那样随意发挥，各言其志。他们不仅要探究诗的本义，还要想方设法将诗的本义同政治教化内容“对接”起来，并熔铸到诗的本义中，其难度远大于春秋赋诗。通常情况下，《诗经》中那些直接描述君王政事以及伦理教化的篇章很容易与政教观念“对接”起来，甚至能达到妙合无痕的境地。但是那些描写鸟兽草木、男女风情、农事生活、燕饮酬酢之诗，纯系自然景物、日常生活，与王道政教无干，根本无法“对接”。无法“对接”，也就意味着达不到以《诗经》教化天下的目的。于是一向因循守旧的汉儒忽然变得灵活起来，把这类诗的本义作为“喻体”，将王道教化作为“被喻体”，并通过“兴”的方法，将“被喻体”（王道教化）引发出来。如果套用朱熹的话，就叫“先言他物以引所咏之词也”，这就是兴寄，既照顾到了诗的本义又达到了寓托政治教化的目的，可谓两全其美。这是汉儒解诗的聪明处。只是这一“对接”免不了牵强附会，更达不到妙合无痕的境地。因为“喻体”和“被喻体”之间无法构成比喻和被比喻的关系。尽管汉儒大谈“兴者喻”，但这里的“喻”，不是比喻而是寓托，是兴寄，是政教之用的美刺寄托。与春秋行人赋诗的美刺寄托并无二致，只不过前者带有官方色彩，后者则是个人的即兴发挥。

“以喻释兴”不是从汉儒开始的。如前所述，《孔子诗论》中谈到《关雎》篇时，孔子提出“以色喻于礼”的主张，其实就是“以喻释兴”的先例。其中，“以色喻于礼”的“喻”，仔细体味，也不是比喻的意思，而是寓托、寄托即兴寄之意。因为比喻的特点在于喻体和被喻体之间有相似性，“色”与“礼”之间构不成相似性。一首借雎鸠鸟和鸣起兴的男女爱情诗硬被说成是“后妃之德”，即使我们找出一千个理由证明二者之间相似都是牵强附会的。在《论语·子罕》、《论语·卫灵公》中孔子曾两度发出“吾未见好德如好色者也”的慨叹，看来孔子也认为好德与好色是不同的：好色容易好德难，好德如好色就更难。而好礼如好色同样难。“色”与“礼”之间隔着一道难以逾越的鸿沟。好色出自人的本能，好礼则需后天的教化。而人的教化又是从学诗开始的，所谓“不学诗，无以言”，所谓“兴于诗，立于礼，成于乐”。在孔子看来“诗三百”是人们接受礼乐教化的最基础的教科书，理应成为礼乐教化的载体。因此要弥合“色”与“礼”的鸿沟，就要把《关雎》解释成“好色而不淫”的典型，

“不淫”在于符合“礼”的规范。这样“色”与“礼”就实现了“对接”，达到了统一。因此，是“礼”寄托到了“色”上，而不是“礼”与“色”有相似性。所以，孔子所说《关雎》“以色喻于礼”，实质是“以礼托于色”；汉儒所说的“以喻释兴”，实质也是“以托释兴”。汉儒中只有郑众对兴的解释最有说服力：

> 比者，比方于物也。兴者，托事于物也。①

只可惜，郑众的解释那么微弱，还没有引起汉儒的响应，便被他的后代——大名鼎鼎的经学大师郑玄所掩盖。随着《诗经》在汉代被推上至高无上的经学地位，“诗三百”生动鲜活的诗性特点也丧失殆尽。当讲求美刺寄托的政教之兴，连同赋与兴，都充当了政治教化的工具，《诗经》也就成了名副其实的政教伦理教科书。反之，当《诗经》真的成为名副其实的政教伦理教科书的时候，兴也就沦为两汉经学家“以兴寓理”的政教工具。

三　诗学之兴：韵味无穷

如果说以美刺寄托为表现形式的政教之兴伴随着儒家诗学话语的强盛而强盛，那么也必然伴随着儒家诗学话语的衰微而衰微。魏晋以降，由于以官方儒家哲学为主体的两汉经学的崩塌，先秦以来的赋比兴终于从经学的废墟中站立起来，脱下了政治教化外衣，焕发出诗性的光芒。“兴”终于由“以兴寓理”的经学本位回归到“以兴寄情”的诗学本位。就诗学之兴的表现方式而言，同祭祀之兴、政教之兴一样，都是隐喻象征。但后二者的隐喻象征意义是特指的，诗学之兴则是泛指的。祭祀之兴蕴含着生殖崇拜、图腾崇拜等原始宗教密码，政教之兴蕴含着讽谕教化等内容，到了诗学之兴则不再蕴含这些特指的内容，而是将其泛化，泛化为诗人丰富多彩的情感世界。诗学之兴从真正意义上达到了言有尽而意无穷的境界，这也正是中国诗学所追求的最高境界。

---

① 阮元校刻：《十三经注疏》，中华书局1979年影印本，第796页。

第一位将“兴”视为抒情手法的是西晋的挚虞。他在《文章流别论》中说：“赋者，敷陈之称也；比者，喻类之言也；兴者，有感之辞也。”① 挚虞说赋说比均无新意，唯有说兴有新意。有感之词是说受外物的触发而形成的感慨、感动之词，兴的抒情意味突出了。至南朝齐代刘勰在《文心雕龙》专设《比兴》篇加以系统总结。刘勰对比兴的贡献是在总结归纳前人有关比兴的论述的基础上提出“比显而兴隐”的观点，对比兴的区别做了令人信服的阐释。“故比者，附也；兴者，起也。附理者切类以指事，起情者依微以拟议。起情故兴体以立，附理故比例以生。比则畜愤以斥言，兴则环譬以记讽。”又说：“兴之托喻，婉而成章，称名也小，取类也大。”② 这些言论表明刘勰受儒家诗教观念影响之重。尽管如此，刘勰仍能凸显兴的抒情功能和委婉隐约的话语模式。而真正确立兴的诗学品格的是稍晚于刘勰的钟嵘。他在《诗品·序》中说：

> 故诗有三义焉：一曰兴，二曰比，三曰赋。文已尽而意有余，兴也；因物喻志，比也；直书其事，寓言写物，赋也。弘斯三义，酌而用之，干之以风力，润之以丹采，使味之者无极，闻之者动心，是诗之至也。

应该说是钟嵘摆脱了儒家诗教观念的束缚，真正从诗歌美学的角度为诗之兴赋予了新的生命与活力。“文已尽而意有余”是一个全新的命题。这里的兴不是简单地给诗开个头儿，不是“引譬连类”、美刺寄托、“主文而谲谏”，而是要通过有限的文字表达无限的情意。这是对诗歌内在审美特征的要求，是解读诗歌艺术奥秘的深切体验，是诗人诗美理想的艺术呈现。在钟嵘看来，如果恰当地运用赋、比、兴的手法，再把骨气风力内蕴于诗中，文采华章润泽于诗表。这样的作品才能“使味之者无极，闻之者动心”，才能达到诗的极致。这可视为钟嵘的诗美理想。钟嵘对赋比兴的阐释突出了诗人在诗歌创作中“吟咏性情”的艺术特质，不再把赋比兴同儒家推行的讽喻教化内容联系起来，摆脱了诗歌创作为政教服务的束缚，赋比兴真正成为中国古典诗歌艺术创作的基本手法，并对后代

① 见郭绍虞主编《中国历代文论选》第一册，上海古籍出版社 1984 年版，第 190 页。

② 范文澜：《文心雕龙注》，人民文学出版社 1958 年版，第 601 页。

诗学之兴的理论建构产生了积极影响。如果说刘勰论比兴意在总结过去，对汉以来儒家诗教之兴进行系统总结，那么钟嵘论比兴则意在开辟未来，开辟了中国诗学之兴审美建构的新路径。从此，《诗经》之兴形成了以审美创造为核心的诗学派，有别于以儒家诗教理论为核心的政教派。

沿着《诗品》的路径，唐人多以兴与象相融合的方式表达诗学之兴的美学理念。皎然《诗式》云："兴者，立象于前，后人以人事谕之。"[①]殷璠《河岳英灵集》则拈出"兴象"一词解读唐诗。唐末司空图所提出"象外之象"[②]，虽然看似与兴的理论无关，但是，作为诗歌的审美意象，"象外之象"正是以"兴象"为基础的[③]。至于他所提出的"韵外之致"和"味外之味"正与钟嵘提出的"文已尽而意有余"的"兴"以及"滋味"说密切相关。宋代严羽《沧浪诗话》则以"兴趣"评价唐诗："盛唐诗人惟在兴趣，羚羊挂角，无迹可寻。故其妙处透彻玲珑，不可凑泊，如空中之音，相中之色，水中之月，镜中之象，言有尽而意无穷。""兴象"也好，"兴趣"也罢，都是由"兴"引发的审美意象和意趣。尽管"兴象"侧重在艺术创造，"兴趣"侧重在艺术鉴赏，但都表明"兴"的含蓄蕴藉，涵咏不尽的特点。可以说"兴象"与"兴趣"一脉相承。事实上，熔风骨、声律与兴象为一炉，达到炉火纯青的盛唐诗歌正是对诗学之兴的最好诠释。"兴"的"吟咏性情"功能不仅在理论上得到了发扬，而且在创作上得到了响应。宋人胡寅在《与李叔易书》引李仲蒙的话说："叙物以言情谓之赋，情物尽也。索物以托情谓之比，情附物者也。触物以起情谓之兴，情动物者也。"[④] 这里，李仲蒙从情物关系上阐释赋比兴，认为比是情在先物在后（"索物以托情"），兴是物在先情在后（"触物以起情"）。与朱熹所说"比者，以彼物比此物也；兴者，先言他物以引所咏之词也"意思相近，但比朱熹说得醒豁，强调比兴在抒发情感上有别于赋（情意尽显），而追求含蓄蕴藉的特点。类似的话，在明代李东阳的

① ［日］遍照金刚：《文镜秘府论·地卷·六义》，王利器校注，中国社会科学出版社 1983 年版，第 159 页。

② 参见司空图《与极浦谈诗书》："戴容州云：'诗家之景，如蓝田日暖，良玉生烟，可望而不可置于眉睫之前也。'象外之象，景外之景，岂容易可谈哉？"

③ 刘怀荣：《赋比兴与中国诗学研究》，人民出版社 2007 年版，第 380 页。

④ 《四库全书·〈斐然集〉卷十八》第 1137 册，上海古籍出版社　影印本，第 534 页。

《麓堂诗话》中也说过："所谓比与兴者，皆托物寓情而为之者也。盖正言直述，则易于穷尽，而难于感发。唯有所寓托，形容摹写，反复讽咏，以俟人之自得，言有尽而意无穷。"清初王士祯论诗，倡导"神韵"说，从理论渊源上说，也是从诗学之兴发展而来。宋人范温在《潜溪诗眼》中认为"有余意之为韵"[①]，可见宋以后韵的内涵就与诗学之兴发生了联系。至于"神"，早在唐代殷璠在《河岳英灵集》中谈"兴象"就有"神来、气来、情来"之语。至明代彭辂《诗集自序》云："赋实而兴虚，比有凭而兴无据，不离字句而有神存于其间，神之在兴者十九，在赋者半之。"[②] 尽管王士祯标举"神韵"意在追求山水诗中清幽淡远的诗趣，不免有些狭窄，但"神韵"也罢，"清远"也罢，都与诗学之兴"言有尽而意无穷"相合。直到清末王国维的"境界"说，我们仍能看出诗学之兴对其理论的影响。王国维在《人间词话》删稿中说："言气质，言神韵，不如言境界。有境界，本也。气质、神韵，末也。有境界而二者随之矣。"在王氏看来，境界是在神韵、气质之上的更高级的诗美范畴，彼此并不相互排斥。那么，什么是"境界"？王国维并未对这一范畴作出明确的解说，但他评说姜白石词的一段话值得注意："古今词人格调之高，无如白石。惜不于意境上用力。故觉无言外之味，弦外之响，终不能与第一流之作者也。"在王氏看来，姜白石所以不入第一流作者，是在意境（境界）创造上不用力，所以没有"言外之味，弦外之响"。这就等于说境界的特点在于有"言外之味，弦外之响"，在于"言有尽而意无穷"。境界与诗学之兴便紧密地联系起来。可见诗学之兴对后代诗论影响之深。这是一方面。

另一方面，政教之兴在发挥着它讽喻时政作用的同时，也呈现出向诗学之兴回归的趋势。隋唐之际经学大师孔颖达对汉儒各家有关赋比兴的阐释进行了系统的梳理和总结。其中，对郑众"兴者，托事于物"的解释就颇有诗学之兴的意味："兴者起也，取譬引类，起发己心，诗文举诸草木鸟兽以见意者，皆兴辞也。"[③] 这里的"意"是意愿，也包括人的情感

① 转引自钱锺书《管锥编》第4册，中华书局1987年版。

② 黄宗羲选，黄百家编：《明文授读》卷36，康熙三十八年（1699）味芹堂刻本。

③ （唐）孔颖达：《毛诗正义》，见阮元校刻《十三经注疏》，中华书局1979年影印本，第271页。

在内。也就是说，外在世界各种事物的形象触动并引发了诗人内心的感受，进而展开联想、想象，借草木鸟兽形象表达内心的意愿。孔颖达是经学家，却对兴作了文学的阐释。初盛唐之交的陈子昂不满于六朝以来"风雅不作"、"彩丽竞繁，而兴寄都绝"的文风，提出"兴寄"说。兴寄就是比兴寄托，通过比兴手法寄托诗人政治怀抱，实现诗歌讽谕时政的社会作用。他的三十八首《感遇》诗就是他这一主张的具体实践。尽管《感遇》诗多寄托而少比兴，质胜于文，影响了《感遇》诗的艺术成就，但仍不乏《兰若生春夏》那样的佳作。从陈子昂开始，唐人把《诗经》的风雅精神作为反对当下颓靡文风的一面旗帜，如李白"大雅久不作，吾衰竟谁陈?"（《古风》其一）"而欲继风雅，岂为清心魂。"（《过彭蠡湖》）杜甫"别裁伪体亲风雅，转益多师是汝师。"（《戏为六绝句》）元结"风雅不兴，几及千岁"（《箧中集序》）等。至中唐白居易则把比兴同风雅联系在一起："诗之豪者，世称李杜。李之作，才矣奇矣，人不逮矣；索其风雅比兴，十无一焉。"（《与元九书》）又说："为诗意如何?六义互铺陈。风雅比兴外，未尝著空文。"（《读张籍古乐府》）白居易论诗以"风雅比兴"为标准，强化了诗人以诗歌干预现实，反映民生疾苦，进而达到讽上化下，泄导人情的政治作用，但也没有忽视诗歌的艺术规律。他说："诗者，根情，苗言，华声，实义。"（《与元九书》）肯定了诗歌的抒情功能。白居易如此，宋代的理学家论兴也是如此。一般说来理学家被冠以"存天理，灭人欲"的恶名，不可能重视人的情感，可实际不然。程颐认为："诗者……其发于诚，感之深，至于不知手之舞、足之蹈，故其入于人也亦深，至可以动天地，感鬼神。"[①]"诗发于人情，止于礼义，言近而易知，故人之学，兴起于诗。"[②] 不仅如此，理学家还将人心之善与"诗可以兴"联系起来："兴己之善，观人之志，群而思无邪，怨而止礼义。"[③] 可见，情、善、义在理学家那里是可以统一的，统一于诗之兴，诗可以兴情，可以兴善，也可以兴义。到了清代，政教之兴归于诗学之兴的趋势就更加明显，尤以常州词派比兴寄托理论为代表。尽管陈

① 《诗解》，见《二程集·程氏经说》卷3，中华书局1981年版，第1046页。

② 《论语解》，见《二程集·程氏经说》卷6，中华书局1981年版，第1148页。

③ 《正蒙·乐器》，见《张载集》，中华书局1978年版，第55页。

沆作《诗比兴笺》意在强化儒家诗教伦理观念[①]，但在具体解读比兴诗篇因多牵强附会而难以令人信服，也形不成广泛影响。相比较而言，常州词派的代表人物张惠言、周济、陈廷焯等人的比兴寄托理论在当时影响很大。张惠言论词主张“意内言外”，与“诗之比兴，变风之义，骚人之歌”[②] 同类，体现了诗学之兴与政教之兴相互融合的特点。稍后的周济论词以“寄托”为本，在《宋四家词选条目序》云：“夫词，非寄托不入，专寄托不出。一事一物引而申之，触类而旁通，驱心若柔丝之飞英，含毫如郢斤之斫蝇翼。”又在《介存斋论词杂著》中专列“词亦有史”条，主张“感慨所寄，不过盛衰”[③]，将比兴寄托与历史感慨统一起来，实际上是借比兴之象寄托政治情怀。周济之后的陈廷焯对“兴”的理论也多有阐发：

> 所谓兴者，意在笔先，神余言外，极虚极活，极沉极郁，若远若近，可喻不可喻，反复缠绵，都归忠厚。求之两宋，如东坡《水调歌头》、《卜算子》……亦庶几近之矣。[④]

如此说“兴”，不免绕口，但意图是明显的。这里，陈廷焯所说的“兴”就是“不说破”的意思。他在《白雨斋词话》卷一云：“写怨夫思妇之怀，寓孽子孤臣之感，凡交情之冷淡，身世之飘零，皆可于一草一木发之。而发之又必若隐若现，欲露不露，反复缠绵，终不许一语道破。”[⑤] 卷二亦云：“感慨时事，发为诗歌，便已力据上游，特不宜说破，只可用

---

① 魏源在《诗比兴笺序》对历史上萧统、钟嵘、司空图、严羽侧重诗美而忽视诗教的做法十分不满：“自《昭明文选》专取藻翰，李善《选注》专诂名象，不问诗人所言何志，而诗教一敝；自钟嵘、司空图、严沧浪有《诗品》、《诗话》之学，专揣于音节风调，不问诗人所言何志，而诗教再敝；而欲其兴会萧瑟嵯峨，有古诗之意，其可哉！”魏源的这些观点基本上代表了陈沆的意见。

② 张惠言：《词选序》，见郭绍虞主编《中国历代文论选》第3册，上海古籍出版社1986年版，第557页。

③ 唐圭璋：《词话丛编》第2册，中华书局1986年版，第1630页。

④ 陈廷焯：《白雨斋词话》卷8，见曲兴国《白雨斋词话足本校注》，齐鲁书社1983年版，第611页。

⑤ 曲兴国：《白雨斋词话足本校注》，齐鲁书社1983年版，第20页。

比兴体，即比兴中亦须含而不露，斯为沉郁，斯为忠厚。"[①]"不说破"就是意在笔先、神余言外，就是反复缠绵、含而不露，就是沉郁，就是忠厚。

综上所述，诗之兴是祭祀之兴政教之兴更是诗学之兴；诗之兴是隐喻象征的美刺寄托的更是韵味无穷的；诗之兴可以牢笼万物于掌下，可以思接千载于胸中，可以家事国事天下事事事兴发，但一定是抒情的艺术的和审美的，一定是意内言外涵咏不尽而终不许一语道破的。

① 曲兴国：《白雨斋词话足本校注》，齐鲁书社1983年版，第123页。

元大都多族士人圈的互动对元代“清和”诗风的影响

——以西域诗人廼贤为叙述中心

刘嘉伟

（南开大学文学院）

长期以来，人们认为元代主导性的诗风是“雅正”。但认真研读元代诗歌和元代诗论，会得出一个大不相同的认识：元代主导诗风不是“雅正”而是“清和”。以“清和”还是以“雅正”概括元代诗风，是对元代诗歌价值的两种不同性质的评判：以“雅正”评元诗，认为元诗没有创新，没有形成自己的特色。以“清和”评元诗，是肯定元诗在唐宋诗之外另标一帜，形成了既不同于唐也不同于宋的元诗特色。元代清和诗风的形成，有着复杂的社会历史文化等方面的原因，其中多族诗人的相互影响，多元文化的碰撞融合，是重要原因之一。本文拟从元大都多族士人圈的文化互动入手，探讨其对于元代“清和”诗风的影响。

一

论及元代诗风，应当关注元代诗歌创作主体的新变，那就是非汉族诗人群体的崛起。据统计，元代有作品流传至今的蒙古诗人有二十余人，色目诗人约一百人。[①] 这些非汉族诗人并非孤立于汉族文学家为主体的文坛之外，而是通过师生、同年、同僚、同乡、姻戚等各种关系，建立与汉族诗人多种人际关系。多族诗人在同一时空、同一文坛，进行着相互关联的创作，彼此文化互动频繁，形成了中国历史上前所未见的“多族士人圈”。[②] 元代诗人队伍构成的这一变化，对元代主导性诗风的形成及演变，产生着重要影响。

元代多族士人圈的活动，遍及全国各地。而最为活跃、最为集中的，首先是大都，其次是江南。我们选取元代后期大都多族士人圈的文学活动加以考查，探讨多族诗人之间当然主要是汉族与非汉族诗人之间的相互交往、相互浸润，对元代“清和”诗风形成的影响。为了叙述方便，我们选取体现“清和”诗风的重要诗人、葛逻禄人迺贤为叙述线索。

迺贤（1309—1368），元末诗人、书法家、金石学家，西突厥葛逻禄氏，在元代属色目人。汉姓马，字易之，因又名马易之，别号河朔外史。诗有《金台集》二卷[③]，游记《河朔访古记》残存三卷。迺贤自幼生长在江南鄞县，多次北上大都，“久留京师，出入于英俊之林”[④]，融入了多族士人圈中。他是中国诗史上唯一的西域葛逻禄诗人，受汉文化影响较深，又不失其民族性格。在热情爽朗的西域民风影响下，诗人自称“出门满眼多故人”（《新月行》），他乐于交友，送别怀远、欢宴唱酬、凭吊哀挽的诗篇多见于其诗集。《金台集》收诗 210 首，另外笔者见到有集外佚诗 10 首。按迺贤现存的 220 首诗统计，诗题中写有友人名字的就多达 140 首，比例不可谓不高。题赠对象中，文朋诗侣、官吏士绅、僧徒道士，都不乏其人，而且消弭了民族、宗教、年龄的界限。我们选择他作为叙述中心，来考察元大都多族士人圈的文化互动，并进一步探讨多族士人的相互影响及与“清和”诗风形成的关系。

大都是元代政治、文化的中心，名贤云集，蒙古、色目、汉人、南人

① 杨镰：《元诗史》，人民文学出版社 2003 年版，第 67 页。

② “多族士人圈”的说法见萧启庆《内北国而外中国：蒙元史研究》，中华书局 2007 年版，第 477 页。

③ 中国书店《海王邨古籍丛刊》（1990 年出版）之《元人十种诗》收《金台集》（影明末汲古阁刻本）。又顾嗣立《元诗选》初集收迺贤诗 158 首，题《金台集》。

④ 李修生：《全元文》卷 948 黄溍《金台集题词》第 29 册，凤凰出版社 2004 年版，第 215 页。

齐聚。廼贤第一次赴大都的时间和缘由已无从考证，陈高华先生推测廼贤曾在国子监求学。[①] 应当就是在国子监，廼贤结识了元诗四大家中的虞集、揭傒斯，这两位文坛耆老都对他十分欣赏。虞集（1274—1348）为元中期文坛宗主，不少诗人、文章家都蒙其提携而成名，或比之宋之欧阳修。他长廼贤35岁，却以友称之。其跋廼贤《金台集》云：“目疾深坐，听读《金台集》，喜而偶作。写奉易之孝廉良友。集顿首。”并作五律一首。虞集和廼贤何时相识已不得而知，题跋《金台集》在至正五年（1345）前后[②]。这位奖掖后学的文坛巨擘给廼贤留下深深的印象。宴集之时，廼贤曾作诗道：“上东门外杏花开，千树红云绕石台。最忆奎章虞阁老，白头骑马看花来。”（《次韵赵祭酒城东宴集》）一个“最”字，思念之情溢于言表。1349年，廼贤赴上都时，作有《归途过金阁山怀虞侍讲》，诗原注：“虞公过山下尝闻异香十馀里。”念念不忘虞阁老和他谈过的云州风物，睹物思人，发而为诗。而这时，虞集已经不在人世了。

虞集于泰定帝时，任翰林直学士兼国子祭酒。翰林国史院是管理文化事业的政府机构，其官员成分也是多元的。据统计，其中汉人、南人约占52%，蒙古、色目人约占31%，而族属不明者16%[③]。元代中后期，蒙古、色目官员大多与汉族同僚具有相近的文化素养，经常赋诗雅集。廼贤之外，虞集还和诸多非汉族士人相交甚善：曾向回回人海鲁丁、契丹人述律杰赠诗，与雍古部马祖常、唐兀氏孟昉唱酬颇多，曾为蒙古术里歹氏僧家奴的诗集、龟兹人盛熙明所著《法书考》题序，为畏吾人薛昂夫撰写《马清献公墓亭记》，为女真人孛术鲁翀撰《画像赞》。北魏拓跋氏后裔元明善与之为文学之交，翰苑名公西域人雅琥与之有同僚之谊。萨都剌曾向虞集求教诗法，“大服而去”，更成了文学史的佳话[④]。在虞集的引领参与下，元大都多族士人的文化活动频繁多样。揭傒斯（1274—1344），谥文安，杨维桢《竹枝词序》称其“文章居虞之次”。揭傒斯于至正三年

① 见陈高华《元代诗人廼贤生平事迹考》，《元史研究新论》，上海社会科学院出版社2005年版，第267页。

② 虞集的跋文未题所作年份，此为杨镰先生所断。见《元代文学编年史》，山西教育出版社2005年版，第458页。

③ ［日］山本隆义：《元代に於ける翰林學士院について》，《东方学》第11辑，1955年10月，第19—28页。

④ 见李日华《六研斋笔记》二笔卷4，文渊阁四库全书本。

(1343) 题跋金台诗稿，亦称廼贤为友，对其诗称赏有加。[①] 廼贤再至京师时，揭傒斯已溘然长逝。廼贤读其遗编，作诗云："忧时论议泉倾峡，载道文章日丽天。"(《读揭文安集》) 对这位文坛前辈十分崇敬。

至正五年 (1345)，廼贤从浙东北上，于第二年抵达大都，希望能谋得一官半职。对廼贤来说，入仕之路，一是科举，二是举荐。清人顾嗣立尝言："自科举之兴，诸部子弟，类多感励奋发，以读书稽古为事。"[②] 元仁宗延祐年间恢复科举，改变了很多蒙古、色目人的人生道路，也促进了元代多族士人圈的形成。伯牙吾台部人泰不华、高昌畏兀人三宝柱、西域人雅琥、萨都剌、拂林人金元素、唐兀氏余阙、乃蛮人答禄与权、高昌畏兀人偰伯僚逊、蒙古逊都思氏笃烈图、回回人马元德等人在大都先后中进士，皆以诗闻名当时。[③] 廼贤的哥哥塔海，也在延祐五年 (1318) 中进士。杨镰先生推测廼贤也参加过科考，惜未果。[④] 科举未成，廼贤"闲写新诗寄玉堂"[⑤]，玉堂即翰林院。他向不少文官赠诗，希望得蒙擢拔举荐。赠诗的对象有蒙古、色目，亦有汉人。为国子祭酒赵期颐所作《投赠赵祭酒廿韵》，赠礼部尚书伯牙吾台部人泰不华（字兼善）《病起书事呈兼善尚书》，自荐之心迹甚明。

元末官场没有给这位西域才子一展身手的机会。廼贤审视自身所长，对贡师泰说："此心泊然无他好，其有好而得之者，尽在是（指诗）矣。"[⑥] 诗是廼贤羁旅国都的最大收获，是各族友人彼此接纳的纽带，是将多种文化连接到一起的津梁。廼贤以文会友，"声价相随诗价长，新交应似旧交多。"[⑦] 他与游历京师的会稽人韩文玙、义乌人王袆并称"江南三绝"，曾题诗于赵孟頫之子赵雍的《挟弹游骑图》和《看云图》[⑧]，和赵雍之子赵麟、"元词冠冕"张翥、大画家王冕相互唱酬。《金台集》前

---

① 《金台集》应当经过多次编定整理，揭傒斯当时所见与今本不尽相同。

② 顾嗣立编：《元诗选》初集，中华书局 1987 年版，第 1729 页。

③ 泰不华、萨都剌的族属有色目、蒙古等多种说法，这里存而不论。

④ 杨镰：《元西域诗人群体研究》，新疆人民出版社 1998 年版，第 420 页。

⑤ 危素：《金台集·还京道中》跋，文渊阁四库全书本。

⑥ 贡师泰：《金台集》序，钱仲联主编《历代别集序跋综录》（元—明代卷），江苏教育出版社 2005 年版，第 785 页。

⑦ 张仲深：《奉寄易之在京师》，《子渊诗集》卷 4，文渊阁四库全书本。

⑧ 《挟弹游骑图》真迹现存于故宫博物院，朱存理《铁网珊瑚》中存有廼贤诗《赵仲穆画看云图》。

有欧阳玄、李好文、贡师泰、黄溍等诸多名士的序，卷末还有虞集的题诗，以及张起岩、危素、揭傒斯、程文、杨彝等人的跋，泰不华的题识。廼贤的游记《河朔访古记》，许有壬、黄溍、危素、余阙也作过序，惜无传。[①] 这些人，皆是享誉当时的硕儒俊彦。

除诗文唱和、题跋赠序、观书读画等各种文化活动外，廼贤还与多族士人雅集游宴。《次韵赵祭酒城东宴集（子期）》、《南城席上闻筝怀张子渊》，为高道吴全节写的挽诗中都提到了在京师与多族士人宴集的情形。至正十一年（1351），廼贤与翰林编修危素、翰林应奉宇文公谅、道教徒梁有、黄昪、王虚斋（名不详）、新进士朱梦炎等七人出游金旧京——大都南城，并写组诗16首。后，朱梦炎向廼贤索书前咏，因书与之，即为《南城咏古诗帖》，传世至今。已故国学大师启功先生极言其文献价值、艺术价值，建议故宫博物院收藏之。[②]

廼贤笃于友情，“朋友有急，则挺然为解纷，无德色，达官贵人咸信重之”[③]。至正十二年（1352），其离别大都，回归江浙之时，李好文称“凡所与游者皆恋恋不忍其去”[④]。看来，精神文化的互动超越了族群的藩篱，多族士人间彼此接纳，感情真挚。

至正二十三年（1363），廼贤赴京任编修，“此行，携带了大量的江南文人致大都友好的信函。其中包括：来复邀张翥撰《蒲庵记》，克新请张翥为《金玉编》作序，乡贤郑觉民请危素在身后为自己撰写墓铭”[⑤]。宋宗室赵偕托其问候危素。[⑥] 张翥有《答马易之编修病中作》，可知老病交困的廼贤还与诗友们彼此唱酬，遗憾的是，写于此时的作品基本散逸无存了。

《论语·阳货》云：“诗，可以兴，可以观，可以群，可以怨。”所谓“群”，《论语集解》引孔安国云：“群居相切磋。”元大都多族士人圈的

① 刘仁本《河朔访古记序》称：“征序于搢绅先生，若许安阳、黄金华、危临川、余武威诸公者论说尽矣，复以示余。”见《羽庭集》卷五，《四库全书》本。

② 朱诚如：《启功先生二三事》，《人民日报》2005年8月4日海外版（第七版）。

③ 《全元文》卷1546朱右《送葛逻禄易之赴国史编修官序》第50册，凤凰出版社2004年版，第523页。

④ 《全元文》卷1459《金台集序》第47册，凤凰出版社2004年版，第428页。

⑤ 杨镰：《元代文学的终结：最后的大都文坛》，《文学遗产》2004年第6期。

⑥ 赵偕：《赠马易之游大都》“为问玉堂危学士，圣贤治务可行否？”《赵宝峰先生文集》卷2，《续修四库全书》本。

文化互动即是如此，以诗切磋攻错、敦睦情谊。以廼贤为叙述中心，我们可以看到，元大都多族士人关系密切，文化互动频繁，形式内容多样。多族士人的学习交流也自然而然地影响着元诗风貌。

二

考述多族士人圈的文化互动之后，我们回到本文开头提出的问题，元代主导性诗风“清和”。文坛宗主虞集在《天心水面亭记》中以水言诗，云：

> 月到天心，清之至也；风来水面，和之至也。……今夫水滔滔汩汩，一日千里，下趋而不争，渟而为渊，注而为海，何意乎冲突？一旦有风鼓之，则横奔怒激，拂性而害物，则亦何取乎水？必也至平之水，而遇夫方动之风，其感也微，其应也溥，涣乎至文生焉，非至和乎？譬诸人心，拂婴于物则不能和，流而忘返又和之过，皆非至也。是以君子有感于清和之至，而永歌之不足焉。①

这里，他提出了“至清至和”的诗风主张。

宋人苏轼既以清和论诗，其《〈邵茂诚诗集〉叙》称：“余读之，弥月不厌，其文清和妙丽，如晋宋间人。”形容诗风的清新和雅。虞集踵事增华，对“至清至和”的审美理想作出了细致的分析和论说。“清和”诗风，经元代中期以虞集等人为代表的诗人的努力，逐渐成为元代主导性的诗风，在元代诗坛产生了积极影响。

所谓“清”，虞集曾形容为是“春花结冰，尘滓都尽。秋空卓秀，一色空青。”（《会上人诗序》）形之于诗歌，则要求语言明晰省净，立意新颖脱俗，意境轻灵飞动等。“清”，是中华民族特有的审美好尚。在古典诗论中，“清”被视为一种理想的又难以企及的美学境界。唐人释贯休诗云：“乾坤有清气，散入诗人脾……千人万人中，一人两人知。”（《古意九首》其四）被尊为“北方文雄”的鲜卑后裔元好问综观金代诗词后慨然吟道：“万古骚人呕肺肝，乾坤清气得来难。”（《自题〈中州集〉后五

① 虞集：《道园学古录》卷22，《四部丛刊》据景泰本影印本。

首》其三）可见诗家清境之难。

在元代，“清”成为诗坛普遍的审美追求，恐怕与蒙古、色目诗人群体的崛起有着深层次的关系。如清人况周颐所言：“北人以冰霜为清”[①]，“清”作为与“浑厚”相对的一种审美趣味，明快而澹净，具有一种透明感，与北方的自然与人文环境相一致。翰林待制胡行简称：“海宇混合、声教大同、光岳之气冲融磅礴，而人材生焉！西北贵族联英挺华，咸诵诗读书，佩服仁义。……诗文雄混清丽，如马公伯庸、泰公兼善、余公廷心，皆卓然自成一家。其余卿大夫士以才谞擅名于时，不可屡数。”[②] 在他看来，自己的同僚——西域诗人马祖常、泰不华、余阙等人之所以能自成一家，是因其“诗文雄混清丽”，以清新劲挺之风为诗坛带来了活力。元大都多族士人圈的文化互动中，汉族士大夫广泛接受了少数民族诗人的尚清追求，他们以赠序、赠诗等多种评论形式激赏之。我们可以总体审视一下汉族文人对于他们的评价。

被誉为“有元一代词人之冠”的萨都剌使座师虞集“忽见新诗实失惊”[③]。是什么让深谙理学、不动声色的文坛大老吃惊呢？虞集在他撰写的《清江集序》中给出了答案：“进士萨天锡者，最长于情，流丽清婉，作者皆爱之。”（《傅与砺诗集》卷首）“长于情”是诗之内容，“流丽清婉”是其诗风，是其所惊者，一是情，二是清。萨都剌清丽喜人、富于个性的诗风让文坛泰斗虞集大为称赏，这也使其在多族士人圈中享有盛誉，以致“作者皆爱之”，众口称赞。元人干文传序萨都剌诗称：“其刚健清丽，则如淮阴出师，百战不折。”[④] 从喻体来看，是把清刚、清壮之美作为萨诗的特色。泰不华诗虽多雍容肃穆之作，但时人品鉴，也注意到了其诗文之清。如泰不华友人，元代诗文大家苏天爵《题兼善尚书自书所作诗后》称：“白野尚书向居会稽，登东山，泛曲水，日与高人羽客游。间遇佳纸妙墨，辄书所作歌诗以自适。清标雅韵，蔚有晋唐风度。”苏序指出了祖上没有汉学根基，又不以诗为业的政治家泰不华，即兴赋

① 况周颐原著，孙克强辑考：《蕙风词话 广蕙风词话》，中州古籍出版社2003年版，第41页。

② 胡行简：《樗隐集》卷5《方壶诗序》，《四库全书》本。

③ 虞集：《道园学古录》卷3《与萨都拉进士》，《四部丛刊》据景泰本影印本。

④ 殷孟伦、朱广祁整理的《雁门集》附录此序，上海古籍出版社1982年版，第401页。桂栖鹏、杨镰等先生指出此序是伪作，这里存而不论。

诗，高标清雅。这应当得益于民族诗人自身的清新之气与汉文化滋养。余阙（1303—1358），字廷心，唐兀氏，翰林待制，后淮南乱起，城陷殉国。他的友人，文坛巨匠宋濂曾为之作传，并在《题余廷心篆书后》称：“公文与诗，皆超逸绝伦。书亦清劲，与人相类。”指出余阙的艺术风格和人格一样清刚劲健。

元末登上诗坛的迺贤在真定路游览玉华宫时，读到了萨都剌《玉华宫监礼咏事》，应是颇为喜爱，全文抄入《河朔访古记》中。在大都，迺贤和余阙、泰不华多有唱和。余阙赠别迺贤的《题葛逻禄易之鄞江送别图》：“欲去更还顾，依依恋所知。今朝去京日，似子渡江时。”可知彼此感情之深挚。色目贤臣泰不华、余阙清正的诗品、人品应当对迺贤产生了积极的影响。大都文化互动之中，迺贤与少数民族士人的唱酬常带清刚之气，呈现出西域人粗犷豪放的民族性格。如《送按摊不华万户湖广赴镇》，首联“三品新除万户侯，红旗照海出皇州”，便颇为清劲豪迈。秘书监管勾答禄与权是西域乃蛮人，迺贤屡次赠答、相邀饮宴的国子祭酒赵期颐是答禄的姑父，可能通过这层关系彼此相识，迺贤称其“与余雅善”。《明实录》的答禄与权小传里说他“博学强记，善谐谑”。大概这位乃蛮文士也很擅长讲故事，曾为迺贤讲述过自己曾祖——乃蛮部主答禄将军曾为民除害，射杀信阳郭外食人猛虎的故事，并求诗以记。迺贤因作有《答禄将军射虎行》，共36句，塑造了锄强扶弱、骁勇善战的西域勇士形象。诗歌从内容上看，就带有尚武健勇的游牧文化基因，诗风清雄刚健，堪称元代叙事诗的佳构。迺贤的《宫词八首次偰公远正字韵》，是写给翰林应奉畏兀人偰伯僚逊（字公远）的。诗中与“清”结合的词语就有“清漪”、“清新”等，呈现出清轻俊爽的风格，与很多汉族文人浮华绮靡的宫词大异其趣。可以说，京师交游，促进了迺贤的诗文创作。与蒙古、色目诗人的交流之中，迺贤更好地将西域民风沉淀为清雄刚健、自然清新的诗风，清刚而不流于粗砺，清丽而不堕于纤弱，形成了自己独特的风格，为诗坛注入了新的活力。而他尚清的诗风，也得到了汉族士大夫的广泛赞赏认同。

时人对其他西域诗人尚清诗风的评论，多从诗歌风格、审美倾向的角度出发。而对迺贤的评价，多突出诗歌之“清”是作者主体心境的外化。贡师泰序《金台集》称迺贤“博学善歌诗，其词清润纤华。”并称：“富贵可以知力求，而诗固有难言者矣。是以黄金丹砂，穹圭桓璧，犹或幸致，而清词妙句在天地间，自有一种清气，岂知力所能求哉！昔之善论者，谓诗有别思。易之之于诗，其将悟于是也?"所谓"人之清者，诗必清；浊者，诗必浊"[①]。贡师泰正是指出了廼贤不汲汲于富贵，有清思清趣，于是能得乾坤之清气。此评将气质禀赋之清，人格追求之清，诗风之清紧密地联系在一起。当时诸名公为廼贤诗集所作的序跋，大都强调他以诗为好的清高追求，成就了清气满纸的好诗。黄溍序称："易之雅志高洁，不屑为科举利禄之文，平生之学，悉资以为诗。"李好文谓其诗"清新俊迈"，并说："吾闻易之不喜禄仕，惟以诗文自娱。其来京师，特以广其闻见以助其诗也。"危素跋说他"泊然无意于仕进，退藏句章山水之间。其所为诗清丽而粹密，学士大夫多传诵之。"这应当是元末多族士人圈的频繁互动，使汉族诗人增进了对这位西域诗人的了解，对其"清"的品鉴，也就是对其"清"的接受。他们喜爱廼贤的清词秀句，对其人生情趣，审美取向都大为肯定。

《元诗选》的编撰者清人顾嗣立尝言："要而论之，有元之兴，西北子弟，尽为横经，涵养既深，异才并出：云石海涯、马伯庸以绮丽清新之派振起于前，而天锡继之，清而不佻，丽而不缛，真能于袁、赵、虞、杨之外别开生面者也。于是雅正卿、达兼善、廼易之、余廷心诸人，各逞才华，标奇竞秀，亦可谓极一时之盛者欤!"[②] 在他看来，元代中后期登上诗坛的少数民族诗人之所以能在"袁、赵、虞、杨之外别开生面"，得益于其"清"之天性，给诗坛带来了清爽之气。如果说"袁、赵、虞、杨"等汉族诗人偏于儒雅，偏于"和"，则少数民族诗人则偏于自然，偏于"清"。两相浸润，同趋于"清和"。在多族士人圈的互动中，萨都剌"诗妙人皆诵"[③]，廼贤"上而公卿大夫，下而里闾韦布之士，莫不称之，一时之善为诗者亦莫之能过也。"[④] 少数民族诗人被诗坛广泛接受认同，尚清诗风也势必影响着汉族诗人的审美追求、诗歌创作。

---

① 陈澧：《送韩螺舍人序》，傅云龙等《唐宋明清文集》第2辑《清人文集》卷3，天津古籍出版社，第1591页。

② 顾嗣立编：《元诗选》初集，中华书局1987年版，第1185—1186页。

③ 李孝光：《次萨使君道林寺壁》，《李孝光集校注》，上海社会科学院出版社2005年版，第283页。

④ 程文：《书金台集后》，文渊阁四库全书本。

三

就诗风而言，元中期虞集等人倡导和实践的，是一种儒雅平和的治世之音，如青天白日之舒徐，如名山大川之浩荡，如光风霁月，如天地元气。虞集“至清至和”之论中，“和”的审美理想是要高于“清”的。论诗主和，主要是儒家思想在诗论中的体现。在元代，不少蒙古、色目子弟“舍弓马而事诗书”[①]，受汉学影响深刻，学界多有论及。我们可以就多族士人圈的互动对诗风的影响问题再做一些探讨。

廼贤自幼在乡贤郑觉民、高岳的教诲之下刻苦读书，以儒道自勉。在大都，“择天下善士为之交际，求天下硕儒为之师友。”[②] 和他相交甚善的汉族士大夫多为名贤硕儒。廼贤“自弱冠知名胄监中。”[③] 胄监，即国子监，廼贤应该在这里从学名师，而且学业精进，颇有名气。从现有文献看，望重文坛的虞集、揭傒斯、宋褧等人都应与其有师生之谊。我们可以看一下这几位文学大家的文学创作和倡导主张。

一代文宗虞集在学术上回归传统儒学，主张克治血气、归于平和，倡导“明畅而温柔，渊静而光泽”的诗风文风。[④] 为《金台集》题序的“元诗四大家”之一的揭傒斯说：“夫为诗与为政同，心欲其平也，气欲其和也，情欲其真也，思欲其深也。”[⑤] 亦是主张以道制欲，倡导平易舒徐的诗风。至正六年（1346），廼贤刚刚再次来到京师，遇到翰林直学士宋褧逝世，作诗悼之曰：“援蚁浮春涨，听鸡坐夜窗。谏台书第一，艺苑笔无双。”（《宋显夫内翰挽诗》）谈到曾和宋褧彻夜欢宴，对其艺文极其敬佩，当是在国子监中相识已久。危素序宋褧《燕石集》云：“公之于诗，精深幽丽，而长于讽谕，其文温润而完结，固足以成一家之言。”称“其文温润”，就是说宋褧的文章具有中和之美。廼贤就学于这些诗文名

① 戴良：《鹤年吟稿序》，《全元文》卷1630，第53册，凤凰出版社2004年版，第274页。

② 朱右：《送葛逻禄易之赴国史编修官序》，《全元文》卷1546，第50册，凤凰出版社2004年版，第523页。

③ 林弼：《林登州集》（影印本）卷9《马翰林易之使归序》，《北京图书馆古籍珍本丛刊》，书目文献出版社1998年版，第　页。

④ 虞集：《道园学古录》卷5《李景山诗集序》，《四部丛刊》据景泰影印本。

⑤ 揭傒斯：《揭文安公全集》卷8《萧有孚诗序》，上海古籍出版社1985年李梦生标点本。

家，嘉言懿行、耳濡目染，自然对虞集等人所倡导的雍容和缓之风有所认同。

廼贤第二次赴大都，“出入英俊之林”。翰林待制贡师泰（1298—1362）曾与其同赴上都，并序过《金台集》。贡师泰《玩斋集》卷八有《跋诸公所遗马编修书札》，至正二十二年（1362）三月，廼贤才被授官编修，可知此文为师泰暮年所作。谈道：“师泰于欧阳先生有师生之分，于黄学士有兄弟之义，于申屠待制有交承之契，而张承旨、周太常、危参政、宇文佥事，则又朋友之厚爱者也。是皆天下名贤硕师，易之悉与之游，书问往复缱绻，若不忍一日相忘者。斯固诸公谦挹下士盛德，然非易之才行超卓，足以感动乎人，能得此哉?”可见，廼贤待人真挚热诚，又以自身的才华赢得了欧阳玄、黄溍、申屠駉、张起岩、危素、宇文公谅等名流的称赏。汉族士大夫与廼贤的交往完全跨越了族群的畛域，情深义厚，在廼贤离京十年之后，还保持着书信往来。

贡师泰“其学问培植深厚，见于文章者气充而能畅，辞严而有体。讲道学则精而不凿，陈政理则辨而不夸，诚足以成一家之言。”[①] 也是服膺理学的大儒。贡文中提到了黄溍为元代“儒林四杰”之一，“以精纯之学，羽翼圣学；以典雅之文，黼黻人文。诚一代之儒宗，百世之师表。”[②] 黄溍曾为廼贤的诗集、游记作序，称廼贤诗“言必发乎情，辞必称乎事，不规规焉务为刻雕藻饰，以追逐乎前人，而自不能不与之合也。”贡师泰《题黄太史上京诗稿后》言：“葛逻禄易之得其稿以传，且谒诸君为之题，其知太史亦深矣。易之尚善葆之。”[③] 今本《黄金华先生文集》中有《上京道中》杂诗数首，这位黄太史应当就是黄溍。廼贤珍藏其文集，并请名公为之赠序。彼此文友之情，可见一斑。危素和廼贤共同出游、彼此赠诗、赠序，相互编定了对方诗集。《送危助教分监上京（太朴）》一诗中，廼贤写道：“幸托君子交，情亲不子弃。裹衾屡就宿，下榻辱延致。谆谆味道言，情匪骨肉异。”可见在大都危素给予了廼贤经济上的援助和精神上的慰藉。情同骨肉，关系之密切不言而喻。危素称黄溍诗文为“俯仰雍容，不大声色。譬之澄湖不波，一碧万顷，鼋鼍蛟龙，潜伏而不动，渊

① 王祎：《玩斋集》序，文渊阁四库全书本。

② 王祎：《王忠文公集》卷16《黄文献公祠堂碑铭并序》，《四库全书》本。

③ 《玩斋集》卷8，文渊阁四库全书本。

然之色，自不可犯。”[①] 是说将一切的奇崛和光怪，隐藏在表面的广大和平波微澜之下，诗文圭角不露，正大平和。这既是对黄溍诗风的评价，也可说是危素本人的文学主张。要之，以典雅醇和为尚，题跋《金台集》的欧阳玄、张起岩、李好文，与廼贤并称“江南三绝”的王祎等人莫不如此。

孔子说过：“与善人居，如入芝兰之室，久而不闻其香，即与之化矣；与不善人居，如入鲍鱼之肆，久而不闻其臭，亦与之化矣。”[②] 可见一个人的交友对其人品与个性有着莫大的影响。在诸多汉儒师友的影响下，廼贤诗风渐趋儒雅。我们可以比较一下他在浙东和京师所作诗歌的差别。廼贤《月湖竹枝四首题四明俞及之竹屿卷》中的“月湖”在浙江四明山一带，应作于浙东之时，其诗为：

丝丝杨柳染鹅黄，桃花乱开临水傍。隔岸谁家好楼阁，燕子一双飞过墙。

五月荷花红满湖，团团荷叶绿云扶。女郎把钓水边立，折得柳条穿白鱼。

水仙庙前秋水清，芙蓉洲上新雨晴。画船撑着莫近岸，一夜唱歌看月明。

梅花一树大桥边，白发老翁来系船。明朝捕鱼愁雪落，半夜推篷起看天。

这几首诗以白描的手法形成四幅清丽的图画，又是四季的写照，笔调清新、通俗流畅，表现出一种纯净之美。这是西域诗人自身的清风灵气与东南山水陶铸润泽下的佳作。我们再来看看廼贤在大都与多族士人饮宴时所写《次韵赵祭酒城东宴集》（八首选四）：

童子将车候辟雍，先生载酒出城东。丝丝细雨春云薄，却恨罗衫怯晓风。

鲈满银盘酒满壶，山童竹里送行厨。风流绝似兰亭会，留取他年

① 危素：《日损斋笔记》附录《文献黄公神道碑》，《四库全书》本。

② 《孔子家语·六本》，辽宁教育出版社 1997 年版，第 43 页。

作画图。

碧草纤纤藉翠茵，酴醾酿熟十分春。移尊更近池边树，漉酒先生待挂巾。

十骑联镳入郭迟，从教斜日过棠梨。候门稚子牵衣笑，今日先生有好诗。①

与竹枝词相比，虽然语言风格大致相近，但节奏舒缓、气象雍容，自有清新自然与儒雅风流之不同。廼贤诗中增添了儒雅之气，应在京师与汉族士人交往日久、浸润日深有关。

廼贤诗“多有关风化之言”②，这应当是色目人清刚正直的民风与儒家士大夫心系天下的精神综合作用的结晶。但其讽喻诗大都“发乎情，止乎礼仪”，怨而不怒。《三峰山歌》《颍州老翁歌》《新乡媪》诸篇讽喻诗，波澜起伏，但每喷薄欲出之时，其仁者之心，便把悲怆之情渐渐抑制，使其缓慢、深沉，反复低回，始终以理节情、以志御气。这些平中寓奇之作，具有很高的艺术价值，决不因缺乏峥嵘气象而减价。而廼贤诗“粹然独有中和之气”③，当有汉族士人熏染陶冶之功。

元代蒙古、色目人虽然在政治上处于优势地位，但人口要比汉人、南人少得多，文化底蕴自然也不及汉民族。在汉文化的环境中生活，异族士人主动学习接受汉文化。陈垣先生有云：“爵禄豢养之恩，不如礼义渐摩之泽也。”④ 多族士人圈频繁的文化互动，也使得汉族士大夫的儒雅气象，如春风化雨般改变着民族诗人自身的朴野之气，使其诗文兼具中和之美。礼部尚书雍古人马祖常与袁桷、王士熙、虞集、王结、许有壬、贡奎、欧阳玄等大儒更倡迭和，如金石相喧，主持风宪达二十余年。其论诗称唯“赋天地中和之气而又充之以圣贤之学，大顺至仁，浃洽而化，然后英华之著见于外者”才是自然之理。⑤ 这是典型的儒家文论。萨都剌《溪行中秋玩月》称：“有子在官名在儒”，以儒者自居。他在《山中怀友》六首诗中，所怀吴澄、萧惟斗、韩明善、安敬仲、杜清碧等大都是儒学名人。

---

① 自注：国子监散学候日影到堂后梨树。

② 翁方纲：《石洲诗话》卷5，人民文学出版社1981年版，第173页。

③ 李好文：《金台集》序，《全元文》卷1459第47册，凤凰出版社2004年版，第428页。

④ 陈垣撰：《元西域人华化考》，陈智超导读，上海古籍出版社2000年版，第56页。

⑤ 马祖常：《石田文集》卷9《卧雪斋文集序》，《四库全书》本。

和廼贤交好的泰不华自幼蒙金华大儒王柏的再传弟子周仁荣养而教之，又曾师事隐居雁荡山学者李孝光。元儒虞集、宋褧、张翥、吴师道、贡师泰、陈基都和泰不华有过交往。无须赘言，和廼贤有诗唱酬的康里拜住、唐兀氏脱脱、拂林人金元素、高丽人李榖等异族士人都是广交名贤，深受濡染。

“清和”的审美理想由元代中期的文坛大老虞集倡导，在元末多族士人圈的互动中得以践行。这种诗风，比之盛唐诗的清奇雅正，又带有民族诗人的清新劲挺之气；比之宋诗的主理，又回归到了诗歌的抒情传统，但反对肆情，追求气象涵蓄，具有隐然动人的力量。与虞集齐名的文坛大家欧阳玄《金台集》序就如此评价廼贤诗：“清新俊逸而有温润缜栗之容”，“清新俊逸”是指西域诗人的劲爽之风，“温润缜栗”是指涵醇茹和、笔触工润。民族性格的外化，成就了他清气袭人的诗风；而汉儒的熏陶涵化，又使其“追风雅之遗音，振金声之远响”[①]，诗歌具有雍容醇正之美。以“清和”相尚，是在唐宋诗外别具一格的。清人金侃跋《金台集》称：“易之为葛逻禄人，其国去中华数千万里，西夷之最远者。而其诗工丽秀逸，极得唐人之风致，而又确然自成其为元人，亦豪杰之士矣。”[②] 指出廼贤诗虽学唐，却独具元人的特色。如果我们把这种特色用语言概括的话，可以说便是既清且和的诗歌风格。

不仅廼贤诗如此，廼贤亦师亦友视之的汉族诗人贡师泰“有虞（集）之宏，而雄健不减于马（西域人马祖常）；有揭（傒斯）之莹，而清俊则类于袁（桷）。”[③]《四库全书·玩斋集》提要称其：“虞杨范揭之后，可谓挺然晚秀矣。”和廼贤迭相唱和的唐兀氏余阙“其诗以汉魏为宗，优柔沉涵，于元人中别为一格”[④]，而又“清新明丽，颇自足赏。”[⑤] 与廼贤交往甚密的元末诗人张翥、危素、王冕作诗莫不既清且和。

要之，元朝作为中国历史上第一个由北方少数民族建立的统一王朝，疆域之广阔，民族之众多，文化之多元，在中国历史上都堪称空前。多族士人间优势互补、活力互注、素质互融，彼此感情深挚、联系紧密，形成

① 程文：《书金台集后》，文渊阁四库全书本。

② 《金台集》，康熙二十四年（1685）抄本，国家图书馆善本室藏。

③ 沈性：《玩斋集序》，文渊阁四库全书本。

④ 《四库全书总目》卷167《青阳集》提要，中华书局1965年版，第1447页。

⑤ 胡应麟：《诗薮》外编卷6，中华书局1958年版，第233页。

了前所未见的多族士人圈。多族士人圈频繁文化互动促成的“清和”诗风是元代诗风的主导，也是元诗的特色。这可以说是多元一体的中华民族宝贵的精神财富[①]，值得我们深入研究发掘。

(拙作承查洪德教授多方指导，特致谢忱!)

① 这种说法参见费孝通主编《中华民族多元一体格局》，中央民族大学出版社 1999 年版。

“陇头”文学元素解析

龙建国

（江西财经大学中文系）

“陇头”在中国文学史、音乐史上都具有特殊的意义。它是一首流传久远的传统乐曲，也是一个古老而常青的乐府诗题。更值得注意的是，它是一个独特的文学元素（包括题材、意象）。千百年来，“陇头题材”盛行不衰，为诗歌创作拓宽了空间，提供了新的领域；“陇头意象”也不断丰富和刷新，为诗歌抒情言志增添了艺术“材料”。

一 “陇头”与《陇头》

陇头，即矗立于陕、甘边境的陇山，为渭河平原与陇西高原的“界山”。唐李吉甫《元和郡县志·秦州》记载：

> 小陇山，一名陇坻，又名分水岭。隗嚣时，来歙袭得略阳，嚣使王元拒之。陇坂九回，不知高几里。每山东人西役，升此瞻望，莫不悲思。陇山有水，东西分流，因号驿为分水驿。行人歌曰：“陇头流水，鸣声幽咽。遥见秦川，肝肠断绝。”东去大震关五十里，上多鹦鹉。[1]

《陕西通志·山川》也记载：

① （唐）李吉甫：《元和郡县志》卷39，文渊阁四库本。

陇山即陇坻，一名陇坂，一名小陇山。又名鹦鹉山，在州西六十里，接巩昌府清水县界（《州图》）。阪有漆（《诗经·秦风》），陇阪也，即今陇山。《地理志》：陇西有陇坻，在其西（《诗注》）。天水有大坂，曰陇坂（《应劭注》）。汧水出县西山，世谓之小陇山。高险不通轨辙，即古陇坂也。其坂九回，不知高几许，欲上者七日乃越。高处可容百余家，有清水四注下，即陇头水也（《三秦记》）。陇山东西一百八十里，登山东望秦川四五百里，极目怅然。山东人行役升此，而顾瞻者莫不悲思，故为之歌。[①]

据此可知，陇头即小陇山，又名龙坂，位于甘肃张家川回族自治县和陕西陇县的交界处。此山有三个明显的特点：一是距汉唐京城长安不是太远，登其顶巅，可东望秦川；二是外接大漠边陲，一过此山，即意味着将离开中土，故产生去国离乡之情；三是山势高险，景物奇特。

由于陇头具有这些特点，故历来为人们所关注。早在汉魏时期，就有以"陇头"为题材的歌辞出现。如《元和郡县志》和《甘肃通志·艺文》所录魏、晋时期的《陇头吟》："陇头流水，鸣声幽咽。遥见秦川，肝肠断绝。""朝发欣城，暮宿陇头。寒不能语，舌卷入喉。"[②] 此二首歌辞为"行人"所作，姓名无传，故无从得知其创作年代。而从有关文献可知，汉代有《陇头》之乐曲。《陇头》为西汉李延年所作，如南宋郭茂倩《乐府诗集·横吹曲辞》记载："《乐府解题》曰：汉横吹曲，二十八解，李延年造。魏、晋已来，唯传十曲：一曰《黄鹄》，二曰《陇头》，三曰《出关》，四曰《入关》，五曰《出塞》，六曰《入塞》，七曰《折杨柳》，八曰《黄覃子》，九曰《赤之扬》，十曰《望行人》。"[③] 关于"二十八解"，《晋书·乐志下》早有较为详细的记载：

胡角者，本以应胡笳之声，后渐用之横吹，有双角，即胡乐也。汉博望侯张骞入西域。传其法于西京，惟得《摩诃兜勒》一曲。李

① 《陕西通志》卷10，文渊阁四库本。

② 《甘肃通志》卷49，文渊阁四库本。

③ （宋）郭茂倩：《乐府诗集》卷21，上海古籍出版社1993年版，第203页。

延年因胡曲更造新声二十八解。乘舆以为武乐。后汉以给边将。和帝时，万人将军得之。魏、晋以来，二十八解不复具存，用者有《黄鹄》、《陇头》、《出关》、《入关》、《出塞》、《入塞》、《折杨柳》、《黄覃子》、《赤之扬》、《望行人》。①

从南宋郑樵《通志·乐略·乐府总序》也可得知，魏晋以来的鼓角横吹十五曲和边角十曲皆有《陇头吟》。宋郑樵《通志》卷四九云："《陇头吟》，亦曰《陇头水》。"

综合上述文献所述，《陇头》，即《陇头吟》，又名《陇头水》，是"汉横吹曲二十八解"之一。所谓"汉横吹曲二十八解"，即西汉改《摩诃兜勒》而成的二十八首新曲，且皆为横吹曲。《摩诃兜勒》本是佛曲，于汉武帝时期传入中国。李延年根据此曲改作新声二十八解，即同一音调体系的二十八首新曲，而《陇头》便是其中之一。魏晋以后，"二十八解"虽只传十曲，而《陇头》仍然存在。《陇头》乐曲源自胡乐，即从域外佛曲改作而来，汉魏时为横吹曲，属武乐，即军乐。郭茂倩《乐府诗集·横吹曲辞》云："横吹曲，其始亦谓之鼓吹，马上奏之，盖军中之乐。""有箫笳者为鼓吹，用之朝会、道路，亦以给赐。""有鼓角者为横吹，用于军中，马上所奏者是也。"其所用乐器主要有鼓、角，用于军中，在马背上演奏。后来有人改为琴曲。

《陇头吟》是一首传统名曲。按古人音乐创作和表演的传统惯例（诗、歌、舞三位一体），有乐曲一般就有歌辞。《甘肃通志》所录《陇头吟》二首是否原始的歌辞？已不得而知。《乐府诗集》录南朝至晚唐诗人歌辞二十一首，宋、元、明、清诸代仿作者甚众，可见此曲曾广为流行，且经久不衰。明代《魏氏乐谱》录有《陇头吟》曲谱（工尺谱），歌辞是唐代王维的声诗。《魏氏乐谱》虽为明人所编，但所选乐谱除《关雎》外皆为汉至唐宋时期的乐府、声诗和词。这些乐谱可能出自明代宫廷，更多地保留着原貌。刘崇德先生破译了《陇头吟》乐曲，并指出："此曲《魏氏乐谱》标为道宫。演唱时先是首句中'游侠客'三字重复一次。然后自'陇上明月'至'双泪流'反复一次。最后由'关西老将'至结尾

① 房玄龄等：《晋书》卷23，中华书局1974年版，第715、716页。

'海西头'反复一次。"[1] 经刘崇德先生破译后，此曲重新流传于世，并可照谱演奏或演唱。

二 "陇头"曾是一个流传千年的文学题材

随着《陇头》乐曲的流传，其歌辞也不断增多，因此，"陇头"形成一个引人注目的题材类型，在此姑且称之为"陇头题材"。从现存的资料看，这一题材应萌发于汉代，流行于南北朝、隋、唐诸代，消歇于宋代。元代以后，由于诗歌复古之风盛甚，"陇头题材"也随之兴盛，几乎所有著名的诗人都创作过这一题材。这是一个流传千年的文学题材，为诗歌创作提供了元素和空间。

"陇头题材"内涵较为丰富，主要表现在以下几个方面。

其一，从总体上看，"陇头题材"与边塞题材有很大的重合，包含了边塞诗的主要内容。这大概是陇头"北接大漠，南界汧陇，高五十里，冬夏有雪"的缘故。[2] 在古人的心目中，陇头便是边塞。因此，《陇头吟》就必然成为"边塞吟"。从现存的《陇头吟》歌辞看，或写边塞奇异风物；或写将士征戍之苦；或写消除边患、免于征战的希冀，充斥着一种悲凉的基调。如陈后主的《陇头》：

> 陇头征戍客，寒多不识春。惊风起嘶马，苦雾杂飞尘。投钱积石水，敛辔交河津。四面夕冰合，万里望佳人。

作者着力渲染陇头"寒多"春少、朔风惊马、苦雾杂尘、夕冰四合的恶劣环境，以凸显"陇头征戍客"的艰苦悲苦，揭示他们"万里望佳人"的思乡情绪。又如晚唐翁绶的《陇头吟》：

> 陇水潺湲陇树黄，征人陇上尽思乡。马嘶斜月朔风急，雁过寒云边思长。残月出林明剑戟，平沙隔水见牛羊。横行俱足封侯者，谁斩楼兰献未央。

---

① 刘崇德：《乐府歌诗古乐谱百首》，河北大学出版社 2001 年版，第 39 页。

② 《甘肃通志》卷 5《山川》，文渊阁四库本。

与陈后主之作相比，此诗笔调显得健朗一些。作者运用多种意象（如潺湲的陇水、枯黄的陇树、月夜的马嘶、劲急的朔风、寒空的飞雁等）来映衬征人悠长浓烈的思乡之情。“残月出林明剑戟”，展示了戍边将士坚守边关、严阵以待的紧张场景；“平沙隔水见牛羊”，则描绘了陇水对岸野沃草丰、牛羊成群的平静画面。二句一张一弛，形成鲜明对比，为末尾言志进行铺垫。最后一句借典故明志。作者希望有人能够像汉代傅介子那样勇斩楼兰王，平定边患，报效国家。这是古代富有社会责任感的知识分子共同的希冀和志向，也是边塞诗歌常见的主题思想。

其二，故乡之思是“陇头题材”的重要内容之一。《元和郡县志》云：“每山东人西役，升此瞻望，莫不悲思。”这大概是古人以为一过陇头便离开了中土故邦的缘故。古人西行至陇头，每顾瞻秦川，悲伤的思乡意绪油然而生，故有人作歌云：“遥望秦川，肝肠断绝。”梁元帝萧绎的《陇头水》也表达出这种意绪：

> 衔悲别陇头，关路漫悠悠。故乡迷远近，征人分去留。沙飞晓成幕，海气旦如楼。欲识秦川处，陇水向东流。

作品揭示了创作主体在告别陇头时衔悲怀恨的心情。这是所有过陇头者的共同情感体验，因为从此而西去不仅关隘重重、前路漫长，而且故乡渐远，归程迷茫。秦川已从视野中消失了，唯有望着东流的陇水，才能辨识出秦川的方向。作者将东流的陇水与西役的行人进行对比，以“有情”的流水反衬“无情”的人事，突出行人的无奈和痛苦。这类作品较多，也较为感人。初唐杨师道《陇头水》云：“陇头秋月明，陇水带关城。笳添离别曲，风送断肠声。”卢照邻《陇头水》也云：“陇坂高无极，征人一望乡。关河别去水，沙塞断归肠。”

其三，借古抒怀，即借与陇头相关的历史人物来表达创作主体对人生的感悟，也是“陇头题材”中较为凸显的内容。王维的《陇头吟》可作这方面的代表作：

> 长安少年游侠客，夜上戍楼看太白。陇上明月迥临关，陇上行人夜吹笛。关西老将不胜愁，驻马听之双泪流。身经大小百余战，麾下

偏裨万户侯。苏武才为典属国，节旄空尽海西头。

作者通过历史名人的遭遇表达自己对社会、对人生的看法。关西老将李广是边塞功臣，曾与匈奴进行大小七十余战，最终未能封侯，而他麾下的副手裨将最后都成为了万户侯。苏武被匈奴拘禁十九年，节旄空尽，饱受苦辛，然忠贞报国，不辱君命，回朝后也只获得典属国的职务。[①] 李广、苏武的遭遇揭示了朝廷赏罚的不当、社会的不公、人生的不幸。王维后期对社会、对人生的看法大变，于此已见端倪。中唐鲍溶的《陇头水》也表达了同样的意旨：

陇头水，千古不堪闻。生归苏属国，死别李将军。细响风凋草，清哀雁入云。

从表面看，“生归”二句似乎是写朋友之间的离别之情，而参照王维诗，再结合鲍溶的人生经历来看，则恐大有深意。元代辛文房《唐才子传》卷四记载：“鲍溶，字德源，元和四年韦瓘榜进士，在杨汝士一时，与李端公益少同袍，为尔汝交。初隐江南山中避地，家苦贫，劲气不扰，羁旅四方，登临怀昔，皆古今绝唱。过陇头（古天山大坂），泉水呜咽，分流四下，赋诗曰……其警绝大概如此。古诗、乐府可称独步。盖其气力宏赡，博识清度，雅正高古，众才无不备具云。卒飘蓬薄宦，客死三川。”[②] 由于“羁旅四方”，“飘蓬薄宦”，怀才不遇的人生遭际，鲍溶对社会、人生有着更深层的体悟。在他看来，人生的得与失、社会的是与非已无实质的差别。“生归”的苏武虽气节凛然而只不过官授典属国；“死别”的李陵虽降敌辱祖然则享受荣华富贵。其实，李陵投降是在强敌围攻，兵少援绝的情况下作出的无奈之举。李陵不仅英勇杀敌，威震匈奴，而且心念汉室，但仍然遭受灭族之灾。在专制统治的年代里，社会就是如此不公平，人生就是如此悲哀，恰如鲍溶自身，尽管“劲气不扰”，“众才无不备具”，但依然是终身薄宦，一生苦贫，最后“客死三川”。诗人“过陇头”

① 见（汉）班固《前汉书》卷54《李广、苏建传》二十五本。典属国，官秩中二千石，等同九卿。本不低，而王维认为苏武受到了不公平的封赏。

② （元）辛文房：《唐才子传》卷4，文渊阁四库本。

时，忽听“千古不堪闻”的陇头水声，不禁感慨万千，怀古抚今，由人及己，借苏武、李陵的遭遇委婉地表达内心的悲愤。“细响风凋草，清哀雁人云”，正可助诗人之悲。

三　陇头景物多已成为文学意象

由于“陇头”是一个诗歌题材，陇头景物因此而成为文学意象。意象是景与情、物与我的有机统一。它富有象征意蕴，具有营造意境和表达情感的功能。从古典诗歌中不难发现，与陇头景物有关的文学意象不少，常见的有：陇头水、陇头云、陇头树、陇头月、陇头雪、陇头风、陇头沙、陇头鹦鹉等。这些意象都寓含着丰富的象征意义，表达出创作主体独特的人生感受和思想情感。由于篇幅限制，在此只阐释其中几个较重要的意象。

“陇头水”既是乐曲名称，又是一个出现频率较高的诗歌意象。而据《甘肃通志》卷五记载，发源于陇山的水流很多，如高平川、洛川、犊奴川、大黑水、峡水和陇水。“陇水在州南一里，源发六盘之阴。按六盘为陇山尾，故水为陇水，味甘美，俗名甜水河。”由于这条“味甘美”的甜水河所处的行政区位特殊，而在行人眼里和文人笔下变成了一个极其悲苦而辛酸的意象。在早期的歌辞中，这个意象的“色调”已基本确定。“陇头流水，鸣声幽咽”，已散发出浓烈的悲伤和凄凉的气息。宋代曹勋《陇头水》序云：“伤离别、倦征戍也。”此言道出了这一意象的重要内涵。后来，经过诗人们进一步地酿造加工，“陇头水”意象不仅色调悲凉，而且具有多层蕴意。

“陇头水”是戍边将士悲苦的象征。由于环境的恶劣和战争的残酷，将士的身心都受到摧残。他们往往处于建功立业与陷阵赴死的矛盾之中，内心充满着期待和痛苦。诗人们对他们的遭际总是予以莫大的同情，以“陇头水”这一独特的意象来揭示他们的内心情绪。唐代罗隐《陇头水》云：“借问陇头水，年年恨何事。全疑呜咽声，中有征人泪。”元代胡布《陇头水》云：“不是陇水声辛酸，千古万古英雄流泪血，至今幽咽不曾干。”明代胡奎《陇水吟》云：“陇头水，呜呜咽。朝洗秦人骨，暮流汉人血。秦骨化黄土，汉血归黄泉。水流如人声，夜哭长城边。”清代施闰章《陇头水》其四：“陇头水幽咽，陇头人发白。陇头人回头，陇头水自流。"千百年来，在诗人眼里，"陇头水"就是征夫泪、英雄血，是边塞残酷环境的代名词，是戍边将士血洒疆场、悲壮捐躯的象征物。或许只有在盛唐时期，边塞曾成为乐于冒险的有志之士的"人生博奕场"，而其他年代，边塞总是一派"将军白发征夫泪"的悲凉境况。这就是"陇头水"始终与征夫的悲苦、将士的血泪联系在一起的原因。凡写边塞题材的诗歌多半出现"陇头"意象，凡出现"陇头水"意象的诗歌一般是边塞题材的作品。

"陇头水"是行人思乡之情的象征。这一意象含义缘起于《元和郡县志》所谓"每山东人西役，升此瞻望，莫不悲思"①。中国古代诗人也有用无穷流水比喻无尽情思的创作思维习性。因此，以"陇头水"作为西役塞外者思乡之情的象征是十分确切。南朝谢燮《陇头水》云："陇陂望咸阳，征人惨思肠。咽流喧断岸，游沫聚飞梁。"宋代陆游《陇头水》云："陇头十月天雨霜，壮士夜枕绿沉枪，卧闻陇水思故乡，三更起坐泪数行。"宋代唐庚《即事》云："归心急似陇头水，华发多于岭上梅。"明代薛蕙《陇头水》云："陇关出塞路，征客离乡思。忽闻呜咽水，共下潺湲泪。"从这些诗中不难发现，"陇头水"既是诱发思乡的物象，又是思乡泪水的比衬性意象。通过比喻，将抽象的情感形象化了；通过映衬，把思乡之情渲染得更加浓烈。它与西役行人的故乡情思有机地融合为一体。

"陇头水"是惜别念远之情的象征。在古代送别诗中，或因朋友远去边关；或在边关思念朋友，诗人在抒写离别之情时，也会运用"陇头水"意象，以表达对朋友的思念、关怀之情。同时，也寄托诗人对远别亲友、历尽艰辛者的同情和理解之意。唐代储光羲《陇头水送别》："相送陇山头，东西陇水流。从来心胆盛，今日为君愁。"宋代王安石《送董传》："悠悠陇头水，日夜向西流。行路未云已，归人空复愁。"明代何景明《陇头流水歌·送刘远夫行》："我欲望长安，陇阪高蔽天。陇阪高可陟，陇水鸣溅溅。""长安有高楼，不见陇西州。可怜陇头水，日夜东北流。"

"陇头月"也是古诗人用得较多的意象。它虽不像"陇头水"那样常见，但于历代诗歌中也并不少见。"陇头月"与"陇头水"、"陇头云"、"陇头树"、"陇头雪"等意象一样，寓含着悲凉、辛酸、伤感等否定性情感。由于"月"在中国古代诗歌中是一个象征人生离合的意象，尤其是

① 《元和郡县志》卷39《秦州》，文渊阁四库全书本。

在抒写离愁别恨的作品中，一般成为孤独和忧伤的象征，因此，“陇头月”也剥离不了这层色彩，甚至被赋予更深沉的（生离死别）象征蕴意。唐黄滔《寄怀南北故人》：“岭上青岚陇头月，时通魂梦出来无。”元代顾瑛《寄远曲》：“朔雪满天山，征人去不还。惟应陇头月，照见玉门关。”元代范梈《怀京城诸公书崖州驿》：“只今夜夜陇头月，照见征人有所思。”明代皇甫涍《陇头水》：“月照潺湲泪，霜凋离别颜。笳声杂陇树，雁影没秦关。”

“陇头鹦鹉”是一个十分独特的诗歌意象。《元和郡县志》卷39记载：陇山“上多鹦鹉”。由于鹦鹉善于学舌，故有很多人豢养之。有关陇山鹦鹉的故事也多见于古代笔记野史之中。宋邵伯温《闻见录》卷17记载：

> 有关中商得鹦鹉于陇山，能人言，商爱之。偶以事下有司狱，旬日归，辄叹恨不已。鹦鹉曰：“郎在狱数日已不堪，鹦鹉遭笼闭累年奈何？”商感之，携往陇山，泣涕放之去。后每商之同辈过陇山，鹦鹉必于林间问郎无恙，托寄声也。①

《陕西通志》卷98引《闲居笔记》：

> 宋高宗养鹦鹉数百。一日问之曰：“思乡否？”鹦鹉曰：“思乡。”遂遣还陇山。后数年，有使臣过陇山，鹦鹉问曰：“上皇安否？”使臣曰：“已崩矣！”皆悲鸣不已。使臣赋诗曰：“陇口山深草木荒，行人到此断肝肠。耳边不忍听鹦鹉，犹在枝头说上皇。”

从这两则故事看，陇山鹦鹉具有追求自由，思恋故林，能够言语，有情有义的特性。而在古代诗歌中，描写陇山鹦鹉的作品虽多，但很少揭示陇山鹦鹉有情有义的“品格”。在为数不少的咏鹦鹉诗中，诗人们一般都以陇山鹦鹉为吟咏对象，即把陇山鹦鹉作为鹦鹉的代表。这确实是一种奇特的文学现象。唐代岑参《赴北庭度陇思家》诗云：“西向轮台万里余，也知乡信日应疏。陇山鹦鹉能言语，为报家人数寄书。”明代高岱《咏鹦鹉》

---

① （宋）邵伯温：《闻见录》卷17，文渊阁四库本。

云："一人深笼损翠衣，陇云秦树事全非。月明万里归心切，花落千山旧侣稀。"明代张维《鹦鹉》诗云："憔悴君家历岁年，翠襟蒙宠自须怜。能言肯信真如凤，钩喙应知不类鸾。千里云山迷陇树，几回魂梦绕秦川。稻粱未必虚朝夕，直为樊笼一惘然。"这些诗着力地表现陇山鹦鹉能学人言的能力、不忘故乡的"情怀"和不甘囚禁的"性格"。而不忘故乡、不甘囚禁也是诗人所共有的情怀和所崇尚的人格。从这一点看，诗人与陇山鹦鹉有相通之处，故诗人借咏鹦鹉以明心志，在陇山鹦鹉身上寄寓自己的生活意绪和人生诉求。

苏轼与人生

莫砺锋
（南京大学文学院）

人生短促，如何才能使“生年不满百”的一生更加丰富且具有意义？人生多变，除了生老病死的自然演变之外，还有顺逆交替、祸福无常的人事变迁，如何才能在变幻莫测的一生中保持健康、积极的心态？对于这两个问题，历代的哲人无不绞尽脑汁进行探讨，并给出了各式各样的答案。儒家主张以“立德、立功、立言”的事业建树来实现人生的不朽，从而达到人生意义的最大值。道家主张清静无为，以顺应自然的态度追求长生，从而享受生命的最大值。宗教家则以幻想的方式来对待人生：道教既希望保持人间的物质享受，同时又追求白日飞升的仙境；佛教则主张离弃人世，以不生不灭的涅槃境界脱离苦海而归于西天极乐世界。在现实世界中，人们更是以形形色色的态度来对待人生。墨翟为了有利于天下不惜磨顶放踵，杨朱却主张“拔一毛而利天下，不为也”。[①] 屈原自沉汨罗以杀身成仁，张仪却朝秦暮楚绝无操守。颜回在陋巷中箪食瓢饮自得其乐，石崇却在金谷园里画卵雕薪犹嫌不足。陶渊明不肯为五斗米折腰而辞官归隐，主父偃却以“生不五鼎食，死即五鼎烹”的心态追求富贵。[②] 诸葛亮以“鞠躬尽瘁，死而后已”的精神来建功立业，[③] 马少游却认为优游乡里即足以了此一生。伯夷、叔齐不食周粟而饿死在首阳山上，冯道却“历

---

① 见《孟子·尽心上》，《孟子正义》，上海书店出版社1986年版，第539页。

② 见《史记》卷112《平津侯主父列传》，中华书局1959年版，第2961页。

③ 见《三国志》卷35《诸葛亮传》裴松之注，中华书局1959年版，第924页。

五朝、事十帝”且自号“长乐老”。[①] ……那么，对于人生的两大问题，苏轼给出了什么答案呢？苏轼一生中历尽坎坷，阅尽沧桑，他既遭遇了宦海中的大起大落，也经历了人事上的悲欢离合，他究竟是如何对待人生的呢？

一　立足于性情的道德观

苏轼的人生观非常复杂，举凡儒、道、释各家思想中的合理因素，他不但兼收并蓄，而且融会贯通。但是苏轼的人生观又非常独特，“三教合一”不是他思考人生的终点，而只是其起点，他的人生观是自成一家的。苏门弟子秦观曾在给傅彬老的一封信里高度评价苏轼的人生观：“苏氏之道，最深于性命自得之际。其次则器足以任重，识足以致远。至于议论文章，乃其与世周旋，至粗者也。阁下论苏氏而其说止于文章，意欲尊苏氏，适卑之尔！”[②] 这话深中肯綮，秦观真不愧是苏轼的入室弟子。

苏轼曾在《祭龙井辩才文》中明白地揭示他对“三教合一”的态度：“孔老虽异，儒释分宫。又于其间，禅律交攻。我见大海，有此南东。江河虽殊，其至则同。”[③] 由于这是一篇吊祭僧人的文章，所以对佛家说得更多一点，其实苏轼的人生观首先是立足于儒家思想的，尤其是在关于人生的意义等重大问题上，苏轼的价值判断是以儒家思想为基础而发展起来。苏轼曾耗费心血撰写了《易传》、《书传》和《论语说》这三部经学著作，其中有大量关于人生观的表述。

苏轼生活在一个特别重视易学研究的学术环境里。北宋是一个变古疑经的思潮此起彼伏的时代，宋以前能从思辨的角度研究《周易》的学者寥若晨星，而入宋以后，易学研究即蔚然成风，在苏轼的同时代人中间，欧阳修、司马光、张载、程颐、刘牧等人都写有易学专著，学者们热切地期望着从古老的《周易》中阐发出新的义理来。苏轼生长的蜀地更是易学特盛的地区，易学又是苏轼的家学，苏洵专心治易，对爻象中刚柔顺逆之理深有心得，可惜未及成书，临终时嘱咐苏轼兄弟继承遗志完成此书。

---

① 见《新五代史》卷54，中华书局1974年版，第614页。

② 《答傅彬老简》，《淮海集笺注》卷30，上海古籍出版社1994年版，第981页。

③ 《苏轼文集》卷63，中华书局1986年版，第1961页。

苏轼在凤翔的诗中有“易可忘忧家有师”的句子,[①] 就是指苏洵治易而言。

苏轼的《易传》后来成为易学史上的重要著作，清人在《四库全书总目提要》中指出其主要特色是“多切人事”,[②] 确实，此书多方面地表达了苏轼关于社会与人生的思考，而不是拘泥于抽象地谈论哲学理念。例如关于“阴阳”与“道”等形而上的概念，苏轼说：“阴阳果何物哉？虽有娄旷之聪明，未有得见其仿佛者也。阴阳交然后生物，物生然后有象，象立而阴阳隐矣。凡可见者皆物也，非阴阳也。然谓阴阳为无有可乎？虽至愚知其不然也。物何自生哉？是故，指生物而谓之阴阳，与不见阴阳之仿佛而谓之无有者，皆惑也。圣人知‘道’之难言也，故借阴阳以言之，曰‘一阴一阳谓之道’。”[③] 虽然此说受到朱熹等人的批评，但是它说理明白易懂，而且稍一涉及深奥的概念后立即返回具体的事物，正是苏轼谈易的特色。再如关于如何治理国家，苏轼认为：“世之方治也，如大川安流而就下。及其乱也，溃溢四出而不可止。水非乐为此，盖必有逆其性者。泛溢而不已，逆之者必衰，其性必复，水将自择其所安而归焉。古之善治者，未尝与民争，而听其自择然后从而道之。”[④] 这正是苏轼反对王安石剧烈变法的政治观点的哲学依据，而其说理是多么的简明、畅达！

苏轼在《易传》中阐述得最深刻的是关于性情的内容。他说：“君子日修其善，以消其不善。不善者日消，有不可得而消者焉。小人日修其不善，善者日消，亦有不可得而消者焉。夫不可得而消者，尧舜不能加焉，桀纣不能亡焉，是岂非性也哉！君子之至于是，用是为道，则去圣不远矣！情者，性之动也。溯而上，至于命；沿而下，至于情，无非性者。性之与情，非有善恶之别也。方其散而有为，则谓之情耳。命之与性，非有天人之辨也。至其一而无我，则谓之命耳。”[⑤] 在苏轼看来，命是由性上溯的抽象存在，情却是由性顺势而下的自然发动，所以情就是具体可感的性，其间并无善恶之别。既然情出于性，那么情外无性，性外无情，也就

① 《病中闻子由得告不赴商州三首》之三，《苏轼诗集》卷4，中华书局1982年版，第157页。

② 《四库全书总目提要》卷2《东坡易传》，中华书局1965年版，第6页。

③ 《东坡易传》卷7，吉林文史出版社2002年版，第296页。

④ 《东坡易传》卷6，第261页。

⑤ 《东坡易传》卷1，第5页。

是理所当然的结论了。苏轼所谓的性情其实不是他物，正是人们出于自然的种种欲求，他在《扬雄论》中说："人生莫不有饥寒之患、牝牡之欲，今告乎人曰：'饥而食，渴而饮，男女之欲，不出于人之性也。'可乎？是天下知其不可也。圣人无是，无由以为圣。而小人无是，无由以为恶。圣人以其喜怒哀惧爱恶欲七者御之而之乎善，小人以是七者御之而之乎恶。由此观之，则夫善恶者，性之所能之，而非性之所能有也。且夫言性者，安以其善恶为哉！"① 苏轼认为人们的自然欲求是圣人、小人所共有的，不同的仅是人们"御之"的态度或方法，所以性情本身是无所谓善恶的，只有在具体的表现中才能体现为或善或恶。

苏轼还认为礼也是本于情的，他特地写了一篇《礼以养人为本论》来阐述他的思想："夫礼之初，缘诸人情。因其所安者，而为之节文。凡人情之所安而有节者，举皆礼也。则是礼未始有定论也。然而不可以出于人情之所不安，则亦未始无定论也。执其无定以为定论，则途之人皆可以为礼。"他还尖锐地批评后世腐儒拘泥于繁文缛节的礼学思想："今儒者之论则不然，以为礼者，圣人之所独尊，而天下之事最难成者也。牵于繁文，而拘于小说，有毫毛之差，则终身以为不可。论明堂者，惑于《考工》、《吕令》之说；议郊庙者，泥于郑氏、王肃之学。纷纷交错者，累岁而不决。或因而遂罢，未尝有一人果断而决行之。此皆论之太详而畏之太甚之过也。"② 若与苏轼讥讽程颐在司马光丧礼上的举止的言论相对照，便可看出苏轼的见解是一以贯之的，他对程颐的嘲讽并非一时冲动的产物。

正因苏轼把情看作人类最根本的自然属性，所以在他的人生观价值体系中，情感就具有最基本、最重要的本体论的意义。在苏轼看来，政治理想也好，人伦道德也好，都应根于人情，而不应违背人情。苏轼认为儒家经典都是本于人情的，他在《诗论》中说："夫六经之道，惟其近于人情，是以久传而不废。"③ 他在《中庸论》中也说："圣人之道，自本而观之，则皆出于人情。"④ 即使在议论朝政的奏章中，苏轼也表现出重视

① 《扬雄论》，《苏轼文集》卷4，第111页。

② 《礼以养人为本论》，《苏轼文集》卷2，第49页。

③ 《诗论》，《苏轼文集》卷2，第55页。

④ 《中庸论》中，《苏轼文集》卷2，第61页。

人情的思想特征，正如曾国藩所云：“古今奏议，推贾长沙、陆宣公、苏文忠三人为超前绝后。余谓长沙明于利害，宣公明于义理，文忠明于人情。”① 在乌台诗案中受到御史们追究的苏轼文章中有一篇《灵璧张氏园亭记》，国子博士李宜之检举此文中有“古之君子不必仕，不必不仕。必仕则忘其身，必不仕则忘其君”的话，并指责苏轼“教天下之人无尊君之义，亏大忠之节”。② 李宜之所云当然是断章取义、深文周纳，但是苏轼的这两句话确实不大符合当时一般人的观念：士人当然应该出仕以实现忠君报国的理想，怎么可以“不必仕，不必不仕”呢？其实苏轼完全是从其性情论出发来立论的，既然性情是人类最根本、最自然的属性，那么只有符合性情的举动才是合理的，否则的话只能是矫情伪饰或屈己从人，那就无法保持自己的真性情了。所以苏轼认为出仕与否，也应该顺应自己的性情：“譬之饮食，适于饥饱而已。”可惜世人不明白这个道理，所以不能正确地对待出仕或不仕，苏轼接着说：“然士罕能蹈其义、赴其节。处者安于故而难出，出者狃于利而忘返。于是有违亲绝俗之讥，怀禄苟安之弊。今张氏之先君，所以为其子孙之计虑者远且周，是故筑室艺园于汴、泗之间，舟车冠盖之冲，凡朝夕之奉，燕游之乐，不求而足。使其子孙开门而出仕，则跬步市朝之上，闭门而归隐，则俯仰山林之下。于以养生治性，行义求志，无适而不可。”③ 他之所以推崇张氏的做法，就是因为他们或仕或隐，无不顺应其真性情，于是出仕则能从容、安详，隐居则能优游、逍遥，这样就与仕则躁进、隐则颓放的不良倾向绝缘了。如果与苏轼一生的行为相对照，就可看出上述言论几乎是苏轼的“夫子自道”。

从表面上看，苏轼的性情论与儒家的传统观念如出一辙，《礼记·礼运》说：“饮食男女，人之大欲存焉。”但是儒家又认为应抑制这种欲念，当告子声称“食、色，性也”时，孟子即不以为然。④ 在孟子的整个理论体系中，他也是否认这个判断的，他说：“口之于味也，目之于色也，耳之于声也，鼻之于臭也，四肢之于安佚也，性也。有命焉，君子不谓性也。仁之于父子也，义之于君臣也，礼之于宾主也，智之于贤者也，圣人

① 《曾文正公全集·读书录》卷9，岳麓书社1989年版，第326页。

② 《国子博士李宜之状》，见朋九万《乌台诗案》，《丛书集成初编》本。

③ 《灵璧张氏园亭记》，《苏轼文集》卷11，第369页。

④ 《孟子·告子上》，第437页。

之于天道也，命也。有性焉，君子不谓命也。”[①] 在孟子看来，人们的种种欲望虽是出于人之本性，但是它们应该受到“命”的制约，所以不能称为“性”。只有仁义道德才是合于“命”的，所以它们反而应被视为“性”。所以孟子的性善说其实是以后天的道德规范置换了内在于人的自然本性，这种观点的出发点当然是为了证明仁政的合理性，但是它在逻辑上也完全可以导致南辕北辙的结果，从而与荀子的“性恶论”殊途同归。程朱理学所揭櫫的“存天理，灭人欲”的口号，正是与孟子一脉相承的。苏轼则与之分道扬镳，他再三强调人的本性就是出于自然的真实情感，而道德也应是立足于人的性情再作向上一路的追求，他在《易传》中指出：“道者，其所行也。德者，其行而有成者也。理者，道德之所以然，而义者，所以然之说也。君子欲行道德，而不知其所以然之说，则役于其名而为之尔。夫苟役于其名而不安其实，则小大相害，前后相陵，而道德不和顺矣。譬如以机发木偶，手举而足发，口动而鼻随也。此岂若人之自用其身，动者自动，止者自止，曷尝调之而后和，理之而后顺哉！是以君子贵性与命也。欲至于性命，必自其所以然者溯而上之。”[②] 的确，如果像孟子那样强调仁义道德才是人的本性，那么必然会导致以道德来制约情感的结果，由此得到的“性善”其实已是第二性的、外在于人心的，从而不具有本体论的意义。及至程朱等人，便必需用“天理”来压抑甚至消灭“人欲”了。而像苏轼那样把道德视为从人的真情实感出发“溯而上之”的结果，才可能是自然发生的，从而具有本体论的意义。试将程颐、朱熹等理学家与苏轼的行为进行对照，便会觉得程朱等人都是正襟危坐、不苟言笑的学究，与他们一再标榜的“鸢飞鱼跃”的境界尚有不小的差距。苏轼曾讥刺程颐等人说：“何时打破这‘敬’字?”[③] 朱熹抓住此语大加诘责，[④] 其实这不但体现出二者不同的行为表现，而且说明双方的道德观的逻辑起点也是不同的。苏轼平生的举止潇洒自在、无拘无束，即使在面折廷争或颠沛流离之际也不乏活泼生动的精神风貌，然而他在道德追求上所达到的高度却丝毫不逊于程朱。黄庭坚赞扬苏轼“逢世爱憎怡怡，立

① 《孟子·尽心下》，第 582 页。

② 《东坡易传》卷 9，第 333 页。

③ 《二程集·河南程氏外书》卷 11 载：“朱公掞为御史，端笏正立，严毅不可犯，班列肃然。苏子瞻语人曰：‘何时打破这“敬”字?’” 按：朱光庭，字公掞，二程门人。

④ 详见《朱子语类》卷 130，中华书局 1996 年版，第 3110 页。

朝公忠炯炯”，[①] 可谓知言。而黄庭坚教导子弟的一番话：“视其平居，无以异于俗人，临大节而不可夺，此不俗人也。”[②] 也可视作苏轼的道德观的一个注脚。清人张问陶称赞苏轼说：“宋时多拘儒，惟公有生气。”[③] 这颇可代表多数后人对苏轼人格境界的体认。

二　重视实践的认识论

苏轼重视实践，不尚空谈。他偶然也会论及虚幻，例如在黄州时曾让别人以“姑妄言之”的态度来谈神说鬼，但那只是穷极无聊时以此消磨时间而已，所以他自己的态度也就是“姑妄听之”，并不当真。[④] 苏轼不承认世间有“生而知之”的圣人，他认为一切知识和才能都必需来自实践。他在《日喻》中用两个寓言来说明这个道理：天生目盲的人当然无从知道太阳是什么样子的，因为他不具备用于实践的视觉器官，即使其他人想方设法为他讲解太阳的状态，也不可能使他获得正确的知识。同样，生于南方水乡的人自幼与水打交道，丰富的实践使他们熟知水性。北方少水，那里的勇士即使心无畏惧，且向水性好的人打听过潜水经验，但由于他缺乏实践经验，所以入水即溺。苏轼认为那些不重实践而徒尚空谈或浅尝辄止不求精进的人都不可能获得真正的知识，更不用说博大精深的“道”了。

苏轼对待各家的学说也取类似的态度，就是重视契合实际、有益于世事的理论，反对谈空说有的清谈，他写信给刘巨济说：“近时士人多学谈理空性，以追世好，然不足深取。”[⑤] 苏轼任杭州通判时，与知州陈襄（字述古）交好，两人都爱好禅学，但苏轼只取禅学中有益于人生修养的内容，陈述古却专喜那些玄妙虚空的禅理，两人格格不入。苏轼在给毕仲

---

① 《东坡先生真赞三首》之三，《豫章黄先生文集》卷14，《四部丛刊》本。

② 《书嵇叔夜诗与侄榎》，《山谷题跋》补编，上海远东出版社1999年版，第280页。

③ 《眉州》，《船山诗草选》卷8，中华书局1986年版，第189页。

④ 叶梦得《避暑录话》卷1云：苏轼在黄州时，好与人谈。“有不能谈者，则强之说鬼。或辞无有，则曰‘姑妄言之’，于是闻者无不绝倒。”（《宋元笔记小说大观》第3册，上海古籍出版社2007年版，第2583页）按：《庄子·齐物论》曰：“予尝为女妄言之，女以妄听之。”苏轼此语当即出自《庄子》。

⑤ 《答刘巨济书》，《苏轼文集》卷49，第1433页。

举的信中回忆这段往事说："若世之君子所谓超然玄悟者，仆不识也。往时陈述古好论禅，自以为至矣，而鄙仆所言为浅陋。仆尝语述古：'公之所谈，譬之饮食，龙肉也。而仆之所学，猪肉也。猪之与龙，则有间矣。然公终日说龙肉，不如仆之食猪肉实美而真饱也！'"[①] 是啊，龙肉固然难得，或许真为人间之绝味，但是谁有机会一尝其味呢？庄子曾说过朱泙漫学屠龙之术的故事，此人耗费千金去学屠龙之术，但是"三年技成而无所用其巧"，[②] 因为世间根本无龙可屠。苏轼的说法也许正是从庄子而来，他认为与其空谈子虚乌有的龙肉，不如饱吃实实在在的猪肉。也就是说与其沉溺于玄虚奥妙而不切实际的高论，不如掌握浅显而实用的学说并付诸实践为好。苏轼还指出繁复庞杂的阐释丝毫无益于某种思想的价值，他发现西晋的袁宏在《后汉纪》中所叙述的佛教道理十分简洁，于是推导出一个结论："此殆中国始知有佛时语也。虽若浅近，而大略具是矣。野人得鹿，正尔煮食之矣。其后卖与市人，遂入公庖中，馔之百方。鹿之所以美，未有丝毫加于煮食时也！"[③]

正因重视实践，苏轼对各家的思想学说都采取循名责实的态度而不尚虚名。苏轼曾与宋宝国进行过一次有趣的交谈。宋宝国非常推崇王安石的《华严经解》，并认为王安石所以只取《华严经》80卷中的一卷作解，是相中了此卷所载皆"佛语"，而他卷则为"菩萨语"。苏轼诘问宋宝国，如果把几句佛语置于菩萨语中，或反过来把几句菩萨语置于佛语中，你能分辨出来吗？宋回答说不能。苏轼说，不但你不能，连王安石也不能。于是苏轼讲了一个故事："予昔在岐下，闻汧阳猪肉至美，遣人置之。使者醉，猪夜逸，置他猪以偿，吾不知也。而与客皆大诧，以为非他产所及。已而事败，客皆大惭。"[④] 苏轼用他的亲身经历说明，世人经常会徒尚虚名而不求其实，而且身陷谬误仍毫无知觉，因为这种谬误会受到虚假名义的掩盖。苏轼所以能对诸家思想作出实事求是的取舍而不受虚名的误导，除了他天才卓荦、长于思辨的先天因素外，其重视实践的人生态度也是重要原因。

① 《答毕仲举二首》之一，《苏轼文集》卷56，第1671页。

② 见《庄子·列御寇》，《庄子集释》，上海书店出版社1986年版，第453页。

③ 《记袁宏论佛》，《苏轼文集》卷66，第2083页。

④ 《跋王氏华经解》，《苏轼文集》卷66，第2060页。

苏轼在人生实践中旗帜鲜明地体现了上述理论倾向。苏轼的政治主张完全是从实际出发的，子由说苏轼“初好贾谊、陆贽书，论古今治乱，不为空言”，[①] 确为的论。其实苏轼也像所有的儒者一样，把传说中的尧舜禹三代视为最高的治世典范，他在《儒者可与守成论》中说：“禹、汤、文、武之威德，亦儒者之极功，而陆贾、叔孙通之流，盖儒术之粗也。”[②] 然而在现实政治中，苏轼并不奢谈尧舜，无论是向神宗上书，还是为哲宗进讲，他谈论得最多的还是汉唐以来明君良相的事迹。他还把陆贽的奏议编集进呈，让哲宗作为行政典范。众所周知，所谓尧舜之世其实只是儒家根据他们的政治理念而虚构出来的理想境界，正像古希腊柏拉图描绘的“理想国”一样。不同的是古希腊人崇拜诸神，又偏爱哲学，所以柏拉图虚构的“理想国”是由诸神与哲学家共同统治的；中国的先民不语怪力乱神，又重视史学，故而儒家虚构的尧舜之世带有信史化的倾向。服膺儒学的苏轼当然认同尧舜之治的理想，但他在实践中却把切实可行的汉唐治世经验视为真正的典范。正因为如此，苏轼虽然对道家、佛家都有相当的好感，但是他在涉及政治时却只取二氏与儒家相通的部分，对那些玄妙空虚的教义及烦琐的清规戒律则弃之若敝屣。苏轼在《六一居士集叙》中指出：“自汉以来，道术不出于孔氏，而乱天下者多矣。晋以老庄亡，梁以佛亡，莫或正之。”又指责时弊说：“欧阳子没十有余年，士始为新学，以佛老之似，乱周孔之真，识者忧之。”[③] 苏轼对当时士大夫沉溺于佛老的思想状态持严厉的批判态度，他在《议学校贡举状》中说：“今士大夫至以佛老为圣人，鬻书于市者，非庄老之书不售也。读其文，浩然无当而不可穷。观其貌，超然无著而不可挹。岂此真能然哉？盖中人之性，安于放而乐于诞耳。使天下之士，能如庄周齐死生，一毁誉，轻富贵，安贫贱，则人主之名器爵禄，所以砺世摩钝者，废矣。陛下亦安用之？而况其实不能，而窃取其言以欺世者哉！”[④] 他还尖锐地批评佛教徒沉溺于清规戒律和无稽空言而无益于世的行为，甚至在一篇为佛寺所作的《中和胜相院记》中说：“佛之道难成，言之使人悲酸愁苦。其始学

① 《亡兄子瞻端明墓志铭》，《栾城后集》卷22，上海古籍出版社1987年版，第1421页。
② 《儒者可与守成论》，《苏轼文集》卷2，第40页。
③ 《六一居士集叙》，《苏轼文集》卷10，第316页。
④ 《议学校贡举状》，《苏轼文集》卷25，第725页。

之，皆入山林，践荆棘蛇虺，袒裸雪霜。或刲割屠脍，燔烧烹煮，以肉饲虎豹乌乌蚊蚋，无所不至。茹苦含辛，更百千万亿年而后成。其不能此者，犹弃绝骨肉，衣麻布，食草木之实，昼日力作，以给薪水粪除，暮夜持膏火薰香，事其师如生。务苦瘠其身，自身口意莫不有禁，其略十，其详无数。终身念之，寝食见之，如是，仅可以称沙门比丘。虽名为不耕而食，然其劳苦卑辱，则过于农工远矣。计其利害，非侥幸小民之所乐，今何其弃家毁服坏毛发者之多也！意亦有所便欤？寒耕暑耘，官又召而役作之，凡民之所患苦者，我皆免焉。吾师之所谓戒者，为愚夫未达者设也，若我何用是为。剟其患，专取其利，不如是而已，又爱其名。治其荒唐之说，摄衣升坐，问答自若，谓之长老。吾尝究其语矣，大抵务为不可知，设械以应敌，匿形以备败，窘则推堕滉漾中，不可捕捉，如是而已矣。"①苏轼之所以对佛老二家持如此严厉的批判态度，并不是像韩愈辟佛那样一心为了维护儒学的正统地位，而是由于他在政治上极为重视利国利民且切实可行的思想理论，所以不能容忍佛道二家谈空说有而不切实际的虚无观念。

苏轼一生中无论在朝在野，也无论顺境逆境，他总是脚踏实地地从事实践，从不沉溺于无所事事的虚无缥缈之境。他在给毕仲举的信中说："学佛老者，本期于静而达，静似懒，达似放，学者或未至其所期，而先得其所似，不为无害。仆常以此自疑，故亦以为献。"② 正因苏轼对佛道二家的流弊保持着足够的警惕，所以他尽管与许多僧人、道士有亲密无间的交往，尽管对佛经、道藏有广泛的涉猎，却很少受到消极的影响，那种在习禅学道之士身上容易产生的懒散、放逸等缺点在苏轼的行为中是不见踪影的。我们不必说在徐州城头浑身泥浆地指挥抗洪或在西湖筑堤工地上与民工同食陈仓米饭的知州，即使作为安坐在翰林院里待诏草制的学士或是栖身于不避风雨的桄榔庵里的逐客，苏轼也始终勤勉地对待人生，从不虚度光阴。除了政治上的奋发有为之外，苏轼一生中留下的学术著作、文学作品以及书画作品，其数量之多，质量之高，都达到了惊人的程度。如果不是惜时如金的话，苏轼怎么可能在短短的一生中作出如此巨大的贡献？元符三年（1100）六月，苏轼渡海北归，次年七月底卒于常州。此

① 《中和胜相院记》，《苏轼文集》卷12，第384页。

② 《答毕仲举二首》之一，《苏轼文集》卷56，第1672页。

时的苏轼已进入了生命的最后一程，衰老多病，旅途困顿，又因政局尚未明朗而为定居何地费尽踌躇，但就是在这一年中，苏轼依然创作了大量的诗文与书画作品。他几乎每到一地都作诗咏怀，每到一地都挥毫题字，还写了许多书札、题跋。次年五月，苏轼返至金陵，即写信给程之元，请他代购程奕所制的毛笔一百支、越州纸二千幅，[①] 要不是苏轼在两个月后遽然辞世，他不知还要创作出多少书画作品来！

古代的文人往往鄙薄生产劳动，甚至把有利于国计民生的技术发明也视为奇技淫巧而不屑一顾，苏轼则与众不同。作为书画家的他不但对笔墨纸砚的制造工艺了如指掌，而且曾亲自动手制墨。作为地方官的苏轼不但关心农业生产，对水利、灭蝗、农具、良种等技术孜孜以求，热心推广；而且对开矿、冶炼等工业技术也留意研求，以求有利于民生。至于日常生活中的各种技艺，诸如医药、酿酒、烹饪、服装等，苏轼简直是无一不精，且多有发明。苏轼对园艺也兴趣甚浓，他曾作文介绍种松之法，从收集种子到选择种植的季节、地点以及培植、养护，交代得一清二楚。[②] 他还记录了蜀中嫁接果树的方法，强调接合之处要涂上用一种特殊的芋头捣成的胶汁。[③] 绍圣四年（1097），谪居惠州的苏轼写信给广州知州王古，建议把离城二十里的山泉用大竹管引入广州城，以解百姓的缺水之虞，他还在信中详细介绍了防止漏水的关键技术。苏轼勤于实践，重视技术的精神，于此可见一斑。

苏轼《易传》阐释乾卦的《象辞》中“天行健，君子以自强不息”一句说：“夫天岂以刚故能健哉？以不息故健也。流水不腐，用器不蛊。故君子庄敬日强，安肆日媮。强则日长，媮则日消。”[④] 此几句话是苏轼终身遵循的座右铭，他正是以“自强不息”的积极态度来对待人生的，他的一生是始终努力实践的一生。

三　愉快的生活态度

苏轼一生中经受的磨难可谓多矣！他曾感慨万分地说：“退之诗云：

---

① 见《与程德孺四首》之四，《苏轼文集》卷 56，第 1688 页。

② 详见《种松法》，《苏轼文集》卷 73，第 2361 页。

③ 详见《接果说》，《苏轼文集》卷 73，第 2363 页。

④ 《东坡易传》卷 1，第 6 页。

‘我生之辰，月宿直斗。’乃知退之得磨蝎为身宫，而仆乃以磨蝎为命宫，平生多得谤誉，殆是同病也。”[①] 他还在《谢惠生日诗启》中自称：“摄提正于孟陬，已光初度；月宿直于南斗，更借虚名。”南宋的葛立方因而慨叹说：“则是东坡亦磨蝎为身宫，而乃云磨蝎为命，岂非身与命同宫乎？寻常算五星者，以谓命宫灾福，不及身宫之重。东坡以身、命同宫，故谤誉尤重于退之。职銮坡而代言，犯鲸波而远谪，退之之荣悴，未至如是也！”[②] 古人以出生时月亮所在的宫位为“身宫”，以上升星座为“命宫”，而磨蝎座一向被认为是“主得谤誉”的星座，苏轼身、命两宫俱值磨蝎[③]，当然会遭受到比韩愈更多的诽谤与磨难。然而苏轼一生中心情忧伤哀怨的时候并不太多，他更多地以一副乐观、愉快的面容出现于世人面前，以至于林语堂把他写的苏轼传记题作“一位愉快的天才”（A gay Genius），这又是什么原因呢？

苏轼热爱生活，善于享受生活的各种乐趣，即使是平凡简朴的生活，他也觉得滋味无穷。苏轼是位老饕，[④] 无论是珍馐奇肴还是普通的食品，苏轼都会津津有味地品尝，还时时著于诗文公诸同好。古今诗人题咏食品既多且好者，苏轼堪称是第一人。熙宁年间，苏轼受人诬陷出任杭州通判，他在赠给孙莘老的诗中却说：“三年京国厌藜蒿，长羡淮鱼压楚糟。今日骆驼桥下泊，恣看修网出银刀。”[⑤] 似乎离京来杭得此美食是他的夙愿。元丰年间，苏轼贬谪黄州，作诗自嘲：“自笑平生为口忙，老来事业转荒唐。长江绕郭知鱼美，好竹连山觉笋香。”[⑥] 绍圣年间，苏轼南迁惠州，因其地盛产荔枝而作诗自庆：“日啖荔枝三百颗，不辞长作岭南人！”[⑦] 这些诗虽然都含有牢骚之意，但是对各地食品的热爱却是出于真

---

① 《书退之诗》，《苏轼文集》卷 67，第 2122 页。

② 《韵语阳秋》卷 17，上海古籍出版社 1984 年版，第 226 页。

③ 林语堂《苏东坡传》中说东坡命宫所属之星座是“Scorpio”，宋碧云、张振玉两种中译本皆译作“天蝎座”，这是林语堂把“磨蝎”误作“天蝎”了。其实“磨蝎”一作“磨羯”，乃据梵文 Makara 音译而来，西人称 Capricorn，磨蝎座与天蝎座在黄道十二宫中的位置尚隔着一个人马座（Sagittarius），不能混为一谈。

④ 苏轼曾作《老饕赋》，在历数“尝项上之一脔，嚼霜前之两螯”等美食后又云：“盖聚物之夭美，以养吾之老饕。”（《苏轼文集》卷 1，第 16 页）盖自称也。

⑤ 《赠孙莘老七绝》之五，《苏轼诗集》卷 8，第 408 页。

⑥ 《初到黄州》，《苏轼诗集》卷 20，第 1032 页。

⑦ 《食荔枝二首》之二，《苏轼诗集》卷 40，第 2194 页。

诚的。

苏轼是位美食家，他擅长品鉴食物中的精品。江南的河豚，鲜美无比，但是其肝脏、卵巢都有毒，烹调不得法的话就会毒死人。苏轼的朋友李常虽是江南人，却从来不食河豚，还说："河豚非忠臣孝子所宜食。"东坡却盛赞河豚之美。[①] 岭南的荔枝，堪称果中极品。绍圣二年（1095）春，苏轼在惠州初食荔枝，作《四月十一日初食荔枝》一诗赞之："海山仙人绛罗襦，红纱中单白玉肤。不须更待妃子笑，风骨自是倾城姝。"还加了一条自注说："荔枝厚味高格两绝，果中无比，食物中惟江鳐柱、河豚鱼近之耳。"[②] 品尝了一种水果，竟至于作诗纪其日月，可见苏轼对荔枝是如何的珍视！

然而苏轼并不刻意追求珍味，他对普通平凡的食物同样充满兴趣。苏轼在黄州时生活贫困，得不到什么珍奇的食物，但他对当地出产的价格极贱的猪肉和鲤鱼、鲫鱼都很喜爱，并亲自下厨用这些普通的原料做成好菜。苏轼南谪惠州后，生活十分艰苦，他向别人借了半亩地种上蔬菜，便与苏过两人终年食菜。苏轼赞美那些清水煮成的菜羹说："味含土膏，气饱风露，虽粱肉不能及也！"他还写诗嘲笑晋代那位每顿饭要耗费一万钱的何曾说："秋来霜露满东园，芦菔生儿芥有孙。我与何曾同一饱，不知何苦食鸡豚？"[③]

苏轼对衣服的态度也是如此。苏轼很注重服饰，他在元祐年间曾自行设计了一种顶短、檐高的桶状帽子，汴京城里的士大夫争相仿效，风行一时，人称"子瞻帽"。苏轼并不只爱锦袍玉带，他对士大夫所鄙夷不屑的僧俗之衣也照穿不误。元丰七年（1084），苏轼在金山寺与客会饮，他披了一件木棉裘，有人说木棉裘是商人才穿的，显得俗气，苏轼却不以为意，还作诗说："江东贾客木棉裘，会散金山月满楼。夜半潮来风又熟，卧吹箫管到扬州。"[④] 金山寺的主持佛印赠给苏轼一件衲衣，苏轼也高兴地收下了。直到苏轼任颍州知州时，陈师道还亲眼看到苏轼披着这件衲衣会客。苏轼贬至海南后，更是以入乡随俗的态度接受当地土著的服装，有

---

① 见《能改斋漫录》卷10《东坡知味李公择知义》条，上海古籍出版社1979年版，第302页。

② 《四月十一日初食荔枝》，《苏轼诗集》卷39，第2121页。

③ 《撷菜并引》，《苏轼诗集》卷40，第2202页。

④ 《金山梦中作》，《苏轼诗集》卷24，第1274页。

时他头戴笠帽，身披蓑衣，脚蹬木屐，俨然是一个老于田亩的老农。后世的画家喜画“东坡笠屐图”，并非出于虚构。苏轼甚至模仿土著用椰子壳做了一顶尖顶的“椰子冠”，还自豪地写诗告诉子由说：“更著短檐高屋帽，东坡何事不违时！”①

由此可见，苏轼对物质生活的态度是相当独特的。儒家并不排斥物质享受，孔子甚至说过“食不厌精，脍不厌细”的话，然而他们决不接受“不义而富且贵”的物质享受，而且能在箪食瓢饮的简朴生活中不改其乐，这就是后儒赞叹不已的“孔颜乐处”。苏轼继承了这种精神，但又与孔颜同中有异。孔子与颜回以“固穷”的心态对待简朴乃至贫困的生活，是出于对自身道德人格的自信，有时甚至是出于对导致其穷困简朴生活的外在环境的抗争，苏轼在遭受政治迫害而贬逐蛮荒时也有类似的心态，但他更多的时候却是出于对简朴生活自身的热爱，他常常以一种近于审美愉悦的态度去拥抱生活，他对平凡、简朴的物质生活倾注了更多的感情。所以苏轼的心态更加平和，更加真诚，也更加贴近普通人的切身感受。即使剥离了“不义而富且贵”的道德因素，苏轼对那种穷奢极欲的生活也极为反感。苏轼的挚友王定国生活豪奢，苏轼曾写信规劝他：“粉白黛绿者，俱是火宅中狐狸、射干之流，愿深以道眼看破。此外又有一事，须少俭啬，勿轻用钱物。”② 苏轼的前辈韩维退休后声称要以酒色的享受来自娱晚年，苏轼听说后就托韩维的女婿王寔转达规劝之意。③ 苏轼自己虽曾有过锦衣玉食的生活经历，但是他真心喜爱的却是简朴的生活。熙宁年间，苏轼在杭州任通判，官场里宴席频繁，他心里厌烦，呼为“酒食地狱”。④ 元祐年间，苏轼以龙图阁学士的身份出任杭州知州，身份如此显赫的他依然生活简朴。⑤ 苏轼从简朴的日常生活中获得的不仅是幸福感，还有美感。元丰年间，苏轼在黄州写信给居乡务农的表兄子安说：“此书到日，相次岁猪鸣矣。老兄嫂团坐火炉头，环列儿女，坟墓咫尺，亲

---

① 《次韵子由三首·椰子冠》，《苏轼诗集》卷41，第2268页。

② 《与王定国四十一首》之三，《苏轼文集》卷52，第1514页。

③ 见李廌《师友谈记》，中华书局2002年版，第34页。

④ 见朱彧《萍州可谈》卷3，中华书局2007年版，第166页。

⑤ （宋）施德操《北窗炙輠录》卷上：“东坡性简率，平生衣服饮食皆草草。至杭州时，常喜至祥符寺琴僧惟贤房间憩。至，则脱巾褫衣，露两股榻上，令一虞侯搔之。起视其岸巾，止用一麻绳约发尔。”《宋元笔记小说大观》第3册，第3307页。

眷满目，便是人间第一等好事，更何所羡！”[①] 苏轼谪居海南，有时米粮匮乏，苏过就用山芋做成一道“玉糁羹”，苏轼赞美说：“天上酥陀则不可知，人间决无此味也！”他还用诗句形容此羹说：“香似龙涎仍酽白，味如牛乳更全清。”[②] 苏轼曾住杭州，他在元祐七年（1092）作《青玉案》词送苏坚返吴，词中说道：“春衫犹是、小蛮针线，曾湿西湖雨。”[③] 一味由苏过用山芋做成的羹汤，一件由朝云亲手缝制的旧衣裳，都是再平常不过的物品，可是在苏轼的笔下，它们是多么美好，多么深情绵邈！

苏轼热爱自然，每到一处都要遍游当地的山水。元丰八年（1085）十月十五日，苏轼赴任登州知州，五天后接到朝命，召为礼部郎中。登州濒临大海，当地最著名的景观就是海市蜃楼。苏轼很想见识一下闻名已久的海市奇观，可是当地父老说：海市一般只在春夏季节才会出现，如今已是冬天，不可能再看到了。苏轼觉得非常遗憾，就到海神广德王的庙里去祈祷，没想到第二天海市就出现了。苏轼大喜，作诗纪之。绍圣元年（1094）闰四月，苏轼在定州接到南谪之命，匆匆南下，他不无遗憾地想起自己北来定州后总是风沙漫天，还没有清楚地看过太行山，如今被贬岭南，以后恐怕再也没有机会了。没想到南行走到临城（今河北临城），忽然天清气爽，向西眺望太行山，连山上的草木都纤毫毕现，历历可数，更不用说雄伟秀丽的冈峦崖谷了。苏轼不禁又一次联想到韩愈途经衡山适逢秋雨阴晦，向山神祈祷后竟然云开雾散的故事。[④] 如果说苏轼在登州时将要入朝升任要职，他兴致勃勃地观赏海市是“人逢喜事精神爽”的人之常态；那么他路经临城时正在前往蛮荒僻远的岭南，竟然也有如此浓郁的兴致来眺望太行山色，就只能说是出于对山水景物的由衷爱好了。

苏轼不仅观赏山水，品题山水，他还用以人巧补天工的方式增添山水之美，比如名扬天下的杭州西湖，其中的“苏堤春晓”、“三潭印月”

---

① 《与子安兄七首》之一，《苏轼文集》卷60，第1829页。

② 《过子忽出新意，以山芋作玉糁羹，色香味皆奇绝。天上酥陀则不可知，人间决无此味也》，《苏轼诗集》卷42，第2316页。

③ 《青玉案》（三年枕上吴中路），《东坡词编年笺证》卷3，三秦出版社1998年版，第616页。

④ 详见《临城道中作并引》，《苏轼诗集》卷37，第2024页。

等景点就直接出于苏轼亲自筹划的浚湖工程。无独有偶，元祐六年（1091）苏轼调任颍州知州，那里也有一个西湖，就是欧阳修曾写下十首《采桑子》来吟咏的美丽湖泊。所以苏轼在颍州谢启中说："出典二邦，辄为西湖之长。"[①] 秦觏也赠诗苏轼说："我公所至有西湖。"[②] 苏轼还制订了疏浚颍州西湖的计划，因任期过短而未及实施。及至绍圣年间，苏轼南迁惠州，发现州城西边的丰湖景色幽美，便也称之为西湖。朝云死后，便埋葬在湖畔的松林中。后来惠州人民为了纪念苏轼，将丰湖正式改名为西湖，并把湖中长桥称作"苏公堤"，"苏堤玩月"从此成为惠州一景。

苏轼对山水自然的热爱是全方位的，也就是说他不仅喜爱那些雄伟壮丽的名山大川，也喜爱默默无闻的普通山川；他不仅在人称"东南山水窟"的杭州游兴浓厚、诗兴勃发，他对密州的桑麻之野和平冈荒山也怀有一份爱抚的心情。要不是见诸苏轼的题咏，密州的马耳、常山岂会广为人知？黄州的赤壁又何以成为名震天下的名胜？润州的金山寺虽然自南朝起就是海内名刹，但它靠近城市，游人熙攘，历代诗人并未留下多少题咏的名篇，唐诗中仅张祜的"树影中流见，钟声两岸闻"一联稍为有名而已。苏轼却非常欣赏金山寺那江天一览的景色，平生多次来游，还留下了千古绝唱《游金山寺》。如果说金山寺是地处"人境"的名胜，那么僻处鄱阳湖口的石钟山堪称远离红尘的幽绝境界，元丰七年（1084），苏轼离开谪居四年的黄州东下，途经鄱阳湖口，乘便游览石钟山，写出了游记散文中的绝代精品《石钟山记》，文中对月夜探幽的描写已达到出神入化的程度。游人如织的金山寺在苏轼眼中却有清奇绝俗的景色，人迹罕至的石钟山在苏轼眼中却是寻幽探奇的胜境，原因就在于苏轼总是以愉悦的心情来拥抱大自然，在他看来，普天下的山山水水无往而非名胜。

四　平易近人的智者

才智超群的人往往会孤独无友，从主观上说，他们孤芳自赏的傲慢

① 《颍州到任谢执政启》，《苏轼文集》卷46，第1333页。

② 见罗大经《鹤林玉露》卷4，中华书局1983年版，第70页。

心态会拒人于千里之外；从客观上说，普通人也会对他们鹤立鸡群的高大形象敬而远之。苏轼却是个绝对的例外。东坡天才卓绝，除了吕惠卿之外大概没人会持异议。不说苏轼在政事与学术上的非凡表现，单看他在写诗作文及日常谈笑中的敏捷机灵，便可知其才华横溢，世所罕见。相传王安石作《字说》，认为汉字的左右偏旁都有意义，他曾告诉苏轼："'波'者水之皮。"东坡应声而答："然则'滑'者水之骨也！"[①]传说苏轼还曾对王安石戏言："'鸠'字从'九'从'鸟'，亦有证据。《诗》曰：'鳲鸠在桑，其子七兮。'和爷和娘，恰是九个！"[②] 就是何等的机智！

如果说上述数事都是传说，那么我们再看几则记载确凿的事例：

元丰七年（1084）四月，苏轼即将离开黄州。友人为苏轼饯行，营妓李琪在席上向苏轼求诗。苏轼平日参加宴会，常常乘醉泼墨，并随意赠送给在座的客人，在旁服侍的营妓也常有所获。李琪是个知书识字的聪明姑娘，苏轼也很喜欢她，可是李琪从未得到过苏轼的墨宝。如今苏轼快要走了，李琪就上前向苏轼敬酒，并解下领巾请东坡题诗。苏轼提起笔来写下两行大字："东坡五载黄州住，何事无言及李琪？"然后掷下笔继续与人谈笑。座中的客人都很纳闷，觉得这两句诗立意平凡，又没有终篇，不知他葫芦里卖什么药。等到酒席将散，李琪再次央求苏轼，苏轼大笑，提笔续写了两句："恰似西川杜工部，海棠虽好不吟诗。"众人拍案称绝。[③] 原来海棠是蜀中名花，可是杜甫居蜀五年，却从未写诗咏过海棠。[④] 苏轼用此典故，言下之意是李琪实为黄州营妓中才貌

① 见罗大经《鹤林玉露》卷3，第53页。

② 见曾慥《高斋漫录》，《四部丛刊》本。

③ 事见何薳《春渚纪闻》卷6《营妓比海棠绝句》条，中华书局1983年版，第90页。按：苏轼此诗见《苏轼诗集》卷48，第2633页，题作《赠黄州官妓》，首句作"东坡五载黄州住"，末句作"海棠虽好不吟诗"。

④ 杜甫没有写过咏海棠的诗，后人议论纷纷。晚唐郑谷最早注意到此事，其《蜀中赏海棠》诗云："浣花溪上堪惆怅，少陵无心为发扬。"（《郑谷诗集笺注》卷2，上海古籍出版社1991年版，第241页）宋人王安石咏梅说："少陵为尔牵诗兴，可是无心赋海棠。"（《与微之同赋梅花得香字三首》之二，《王荆文公诗李壁注》卷31，上海古籍出版社1993年版，第1417页）宋人李颀甚至说："杜子美母名海棠，子美讳之，故杜集中绝无海棠诗。"（《古今诗话》）陆游的意见最称稳妥："广平作梅花赋，少陵无海棠诗。正自一时偶尔，俗人平地生疑。"（《六言杂兴》之六，《剑南诗稿校注》卷56，上海古籍出版社1985年版，第3295页）

最佳者，可是自己居住黄州五年从未给她题诗。即兴之作却用典如此精确，立意如此巧妙，不是才华横溢的话怎能办到？

元丰七年（1084）七月，苏轼在金陵与王安石相晤。王安石邀请苏轼游览蒋山，两人走进一所寺庙，在方丈里饮茶。王安石看到案上有一方大砚，就提议与苏轼集古人的诗句来联句咏之。苏轼应声说："轼请先道一句。"于是高声说"巧匠斫山骨。"① 王安石沉思久之，觉得难操胜算，就站起来说："且趁此好天色，穷览蒋山之胜，此非所急也！"当时在场的田昼后来说："荆公寻常好以此困人，而门下士往往多辞以不能。不料东坡不可以此慑服也。"②

元祐六年（1091）六月，苏轼在翰林院。一天，黄庭坚、秦观等人在馆中看画，黄取出一幅李龙眠画的《贤己图》，图中有一群人围着桌子正在博弈，盆中五颗骰子业已转定，只有一颗还在旋转。投骰的那个人俯在盆前张口大叫，旁观者也神情激动。大家都觉得画中人物栩栩如生，交口称赏。此时苏轼正巧从外面进来，他朝画上瞧了一眼，就说："李龙眠天下士，顾乃效闽人语耶？"众人不解，请问其故。东坡说："四海语音，言'六'皆合口。惟闽音则张口。今盆中皆六，一犹未定，法当呼'六'，而疾呼者乃张口，何也？"李龙眠听了，含笑称是。③

元祐八年（1093），苏轼出任定州知州。门人李之仪应邀前往，与孙子发、滕兴公、曾仲锡等人一起做苏轼的幕僚。贤主嘉宾，常相宴集。从容谈笑之间，常让官妓在旁随意唱曲，苏轼等人循其曲谱即席填词。一天，一个歌女故意在苏轼座旁唱了一曲《戚氏》，让苏轼在仓促之间为这首曼长的曲谱配词，以验证他是否果真具有天下所仰慕的才华。当时苏轼正与宾客谈论穆天子的故事，于是他就以此为内容，一边听曲，一边撰词。一曲唱毕，苏轼的词也正好终篇。事后东坡只改正了五六个字，这首

① "巧匠斫山骨"为唐人刘师服诗句，见于《石鼎联句》，《全唐诗》卷791。一说《石鼎联句》全诗皆为韩愈代拟。

② 见朱弁《曲洧旧闻》卷5，中华书局2002年版，第151页。

③ 见岳珂《桯史》卷2，中华书局1981年版，第25页。按："六"在《广韵》中属"屋"韵，其中古音的音韵地位为通摄合口三等屋韵，合口音发音时嘴唇呈圆形。宋代多数方言均如此，唯闽音"六"为开口音，也即东坡所说的"张口"。据北京大学中文系语言教研室编《汉语方音字汇》（语文出版社2003年版），各地现代方言"六"字皆为合口音，唯闽方言中的厦门话、潮州话为开口音。按：此条承鲁国尧教授指教，特此志谢。

《戚氏》就此流传于世。[①]

如此天才横溢的一位智者，当然会得到全社会的仰慕。文人学士是不必说了，他们簇拥在苏轼周围，希望亲聆他的指点，并获得他亲笔濡染的墨宝。他们争相呈献自己的作品，希望得到苏轼的品题。即使在他身处逆境的时候，人们对他的仰慕也依然如故。苏轼流落在黄州、惠州和儋州三处贬所时，许多士人不远万里前往探望、请益，便是明证。元丰七年（1084）四月，刚离开黄州贬所的苏轼来到庐山。此时的苏轼虽得量移汝州，但并未被撤销原有的处分，他的身份仍是一名罪官。可是苏轼一入庐山，满山僧众奔走相告："苏子瞻来矣！"苏轼既感诧异，又觉欣慰，作诗说："芒鞋青竹杖，自挂百钱游。可怪深山里，人人识故侯。"[②] 庐山的各处寺庙争相迎请苏轼，请他题诗、撰碑或书写匾额。开先寺、栖贤寺、白鹤观、慧日院、东林寺……隐藏在苍松翠柏中的大小名刹都留下了苏轼的足迹，也留下了他的墨宝。

元符三年（1100）十月，苏轼从海南北归，路经广州，谢民师携带自己的著作拦道求见。苏轼看了其作品，大加称赏，说其文犹如"上等紫磨黄金"。谢民师大喜，他的族人因此把谢的文集题作《上金集》。[③] 苏轼离广后舟行至清远县的峡山寺，得到谢民师的书信，回信盛赞谢的诗文。苏轼的这封信成为文学批评史上的重要文献，谢民师其人也因此信而名垂青史。

苏轼的名声早已溢出士林之外，普通平民也对他敬礼有加。元丰七年（1084）十月，苏轼途经扬州，在平山堂上当众挥毫作词。身在现场的张嘉甫日后为释惠洪描述当时的盛况说："时红妆成轮，名士堵立，看其落笔置墨，目送万里，殆欲仙去尔！"[④] 建中靖国元年（1101）六月，苏轼乘船前往常州。天气炎热，苏轼强支病体坐在敞篷的船舱中。他头戴小

① 见李之仪《姑溪居士文集》卷38《跋戚氏》。按：上面四则轶事分别载于何薳《春渚纪闻》、朱弁《曲洧旧闻》、岳珂《桯史》和李之仪文集。众所周知，何薳之父何去非为苏轼知交，曾得苏轼之荐，何薳所记苏轼事迹当闻自其父。朱书被《四库全书总目提要》评为"深于史事有补，实非小说家流也。"（卷121，第1039页）岳书也被《四库全书总目提要》评为"诸条皆比正史为详备，所录诗文，亦多足以旁资考证。在宋人说部中，亦王明清之亚也。"（卷141，第1200页）李之仪所记则为其亲身经历。所以四则轶事皆属可信。

② 《初入庐山三首》之三，《苏轼诗集》卷23，第1210页。

③ 见曾敏行《独醒杂志》卷1，上海古籍出版社1986年版，第7页。

④ 见惠洪《跋东坡平山堂词》，《石门文字禅》卷27，《四部丛刊》本。

冠，身穿半臂，形容憔悴。船在运河里缓缓行驶，数以千计的百姓夹河相随，争着一睹苏轼的风采。苏轼笑着说："莫看杀轼否?"[①]

虽然享有如此巨大的声望，苏轼却始终平易近人，既不像有些才子那样恃才傲物、目空一切，也不像有些理学家那样道貌岸然、壁立万仞。元祐年间，已成文坛盟主的苏轼想去拜访词人晏几道，晏几道傲慢地表示拒绝："今日政事堂中半吾家旧客，亦未暇见也!"[②] 苏轼却不以为忤。建中靖国元年（1101），苏轼南归途经九江，想去谒见当地的名士王元甫，王推辞说："吾不见士大夫五十年矣。"苏轼也不以为忤，还写了一则题跋称扬王元甫的诗。[③] 苏轼乐于成人之善，即使对身份卑微的人也从无鄙视之意。熙宁五年（1072），苏轼在杭州任通判时，曾在梵天寺看到僧惠诠所题的五言小诗，深赏其清幽宛转，就在其后次韵题诗一首，那位"佯狂垢污"的僧惠诠从此以诗知名。[④] 元丰元年（1078），苏轼在徐州亲笔书写子由所撰的《黄楼赋》，写到一半有事外出。营妓马盼盼正站在一旁观看苏轼写字，她平时就喜欢临摹苏轼的书法，便乘机偷偷地写了接下去的"山川开合"四个字。苏轼回来一看，哈哈大笑，提笔略为润色，不再重写，后来竟照此刻石。[⑤] 苏轼的诗文和书画都享有盛名，他随意挥洒的尺绢片纸都被人们视若珍宝。可是苏轼从不自矜自夸，他对前来求字求画的人几乎是来者不拒，即使对普通百姓也一视同仁。苏轼的平易近人，于此可见一斑！

苏轼在士大夫阶层里交游遍于天下，他对平民百姓也怀着平等、亲切的态度。熙宁六年（1073），苏轼到于潜县（今浙江临安于潜镇）去巡视，看到在县令刁璹的治理下百姓安居乐业的情景，心情舒畅。他作诗吟咏当地的村姑："青裙缟袂于潜女，两足如霜不穿屦。……苕溪杨柳初飞絮，照溪画眉渡谿去。逢郎樵归相媚妩，不信姬姜有齐鲁!"[⑥] 这不是居

---

① 见邵伯温《邵氏闻见后录》卷 20，中华书局 1983 年版，第 160 页。

② 见陆友仁《研北杂志》卷上引邵泽民言，《丛书集成初编》本。

③ 见吴曾《能改斋漫录》卷 11《王元甫有诗名》条，丛书集成初编本，中华书局 1985 年版，第 279 页。

④ 见惠洪《冷斋夜话》卷 6《东坡和僧惠诠诗》条。按：苏轼和诗为《梵天寺见僧守诠小诗清婉可爱，次韵》，《苏轼诗集》卷 8，第 380 页。

⑤ 见张邦基《墨庄漫录》卷 3，中华书局 2002 年版，第 92 页。

⑥ 《於潜女》，《苏轼诗集》卷 9，第 448 页。

高临下的怜惜，而是发自内心的赞美。只有具有平民意识的苏轼，才会以完全平等的态度来吟咏一位蓬头赤脚的村姑。

平易近人是苏轼性格中十分可贵的一个特点，古代文化史上受到后人尊敬的伟人不在少数，但很少有人具有像苏轼那样巨大的亲和力，原因就在于此。如果说许多伟人如同拔地而起的陡峭奇峰，人们只能遥相瞻仰而无从攀缘的话，那么苏轼就是一座坡度平缓的高峰，它的高度绝不逊于任何其他山峰，但是人们可以沿着缓缓上升的山路逐步登上顶峰。苏轼以平易近人的姿态走进了后代人民中间。

五　苏轼的精神家园

人生苦短，古人常把人生看作一次短暂的逆旅。汉末的古诗中说："人生天地间，忽如远行客。"[①] 陶渊明在自祭文中说："陶子将辞逆旅之馆，永归于本宅。"[②] 李白更扩展此意说："夫天地者，万物之逆旅也。光阴者，百代之过客也。"[③] 虽然人生短促得像一次短暂的旅行，人们的精神追求却没有止境，于是他们理所当然地要寻觅一个永久的归宿地，来寄托他们的精神，各种宗教所虚构的天堂、乐土便应运而生。当然，中国古代的士大夫由于受儒家淑世精神的影响太深，很少有人能像王维那样全心全意地皈依佛门，于是较常见的便是李白的做法，他一方面努力追求建功立业，希望以生前功业的建树来实现死后的不朽；另一方面又寄意于宗教乃至神话，幻想着"先期汗漫九垓上，愿接卢遨游太清"[④] 的逍遥境界。与李白一样，苏轼也是一位潇洒绝俗的风流之士，他同样鄙弃荣华富贵而追求理想境界，他同样爱与僧侣、道士交游并深深地浸润于各种宗教，但是苏轼从不向往海外仙山或西方净土，他明确地声称："我欲乘风归去，又恐琼楼玉宇，高处不胜寒。起舞弄清影，何似在人间！"据说宋神宗读到此句时感动地说："苏轼终是爱君。"[⑤] 其实苏轼深切依恋的对象不仅是

① 《古诗十九首》之三，《文选》卷29，上海古籍出版社1986年版，第1344页。

② 《自祭文》，《陶渊明集笺注》卷7，中华书局2003年版，第555页。

③ 《春夜宴从弟桃花园序》，《李太白全集》卷27，中华书局1977年版，第1292页。

④ 《庐山谣寄卢侍御虚舟》，《李太白全集》卷14，第678页。

⑤ 见鲖阳居士《复雅歌词》，转引于陈元靓《岁时广记》卷31《进新词》，《丛书集成初编》本，中华书局1985年版，第353页。

君主，也不仅是家人，而是整个人间。

人生的归宿在何处？苏轼一生中无时不在思索其答案。他的思索既有空间向度，也有时间向度，前者往往会导向某个地点，后者的终点则是身后的精神归宿。让我们沿着这两个向度来看看苏轼心中的归宿地到底在何处。

苏轼热爱故乡，虽然他的大半生都在异乡漂泊，至死未得归乡，但是故乡的一山一水、一草一木都是他梦魂萦绕的对象，更不用说那“明月夜、短松冈”的亲人坟茔了。嘉祐八年（1063），苏轼在凤翔便常常思念故乡，此期的诗句如“西南归路远萧条，倚槛魂飞不可招”、[①]“忽闻啼鴂惊羁旅，江上何人治废田”、[②]“何时归耕江上田，一夜心逐南飞鹄”[③]都表达了浓浓的乡情。此时的东坡年方二十八岁，而且离乡还不足三年！绍圣四年（1097），苏轼谪居海南，年过花甲的他明知此生绝无还乡的可能了，却依然难忘此愿：“还乡亦何有，暂假壶公龙。峨眉向我笑，锦水为君容。”[④]“故山不可到，飞梦隔五岭。”[⑤]次年的寒食佳节，苏轼又望乡而叹：“老鸦衔肉纸飞灰，万里家山安在哉！”[⑥]乡情和乡愁是东坡诗词中的一大主题，诸如“试登绝顶望乡国，江南江北青山多”、[⑦]“江汉西来，高楼下、蒲萄深碧。犹自带、岷峨雪浪，锦江春色”[⑧]的深情绵邈之句不胜枚举。

然而苏轼的思想自由通脱，他的情感既执着又潇洒，“蜀江水碧蜀山青”的故乡固然是其情之所系，远离故乡的其他地方也使他安之若素。从理智上说，苏轼向有“四海为家”的人生态度，他在《潮州韩文公庙碑》中称颂韩愈说：“公之神在天下者，如水之在地中，无所往而不在也。”[⑨]在苏轼看来，像韩愈这样的人物本是天下之士，虽然平生行踪限

① 《题宝鸡县斯飞阁》，《苏轼诗集》卷4，第168页。

② 《和子由寒食》，《苏轼诗集》卷4，第170页。

③ 《二十七日，自阳平至斜谷，宿于南山中蟠龙寺》，《苏轼诗集》卷4，第175页。

④ 《次前韵寄子由》，《苏轼诗集》卷41，第2249页。

⑤ 《和陶杂诗十一首》之二，《苏轼诗集》卷41，第2273页。

⑥ 《海南人不作寒食，而以上巳上冢。予携一瓢酒寻诸生，皆出矣。独老符秀才在，因与饮，至醉。符盖儋人之安贫守静者也》，《苏轼诗集》卷42，第2308页。

⑦ 《游金山寺》，《苏轼诗集》卷7，第307页。

⑧ 《满江红·寄鄂州朱使君寿昌》，《东坡词编年笺证》卷2，第340页。

⑨ 《潮州韩文公庙碑》，《苏轼文集》卷17，第508页。

于某些地方，但其神灵却是无所不在的。苏轼是当时的文坛盟主，其成就与声誉皆与韩愈不相上下，时人即以韩愈视之，苏轼自己也不无自矜地说：“前生自是卢行者，后学过呼韩退之。”[①] 天下之士当然应以四海为家，苏轼就是以这种襟抱对待一生中转蓬般的流宦和流徙的。

从感情上说，苏轼对各个地方都有天然的认同感和亲切感，甚至每到一处陌生地方都有恍若旧游之感。熙宁四年（1071），苏轼生平第一次来到杭州，但他恍然觉得这里的湖山都是旧曾相识。他在《和张子野见寄三绝句》中写道：“前生我已到杭州，到处长如到旧游。”[②] 他还在写给钱塘主簿陈师仲的信中追忆说：“在杭州尝游寿星院，入门便悟曾到，能言其院后堂殿山石处，故诗中尝有‘前生已到’之语。”[③] 如果说苏轼对杭州的亲切感是受了该地的明山秀水的激发，那么他对黄州等荒凉僻远的贬谪之地也有类似的亲切感就只能归因于其人生态度了。元丰四年（1081），苏轼在黄州写信给赵昶说：“某谪居既久，安土忘怀，一如本是黄州人，元不出仕而已。”[④] 绍圣元年（1094），苏轼来到惠州，作诗抒感说：“仿佛曾游岂梦中，欣然鸡犬识新丰。”[⑤] 元符三年（1100），已在儋州度过三个年头的苏轼遇赦北归，临行前作诗留别黎民表说：“我本海南民，寄生西蜀州。忽然跨海去，譬如事远游。”[⑥] 黄州、惠州、儋州都是苏轼被命运偶然抛往的荒僻之地，尤其是地处岭南的后面两个地方，自古以来就被视作流人的鬼门关。唐人韩愈被贬潮州，将到潮州时就作诗说：“潮阳未到吾能说，海气昏昏水拍天。”[⑦] 到达潮州后上表自诉：“居蛮夷之地，与魑魅为群。”[⑧] 柳宗元被贬到柳州（今广西柳州），作诗抒感说：

① 这两句诗在苏轼诗集中出现两次，分别见于《答周循州》（《苏轼诗集》卷39，第2151页）和《赠虔州术士谢晋臣》（《苏轼诗集》卷45，第2430页），可见苏轼对别人呼他为韩愈是颇为得意的。

② 《和张子野见寄三绝句》之一，《苏轼诗集》卷13，第652页。

③ 《答陈师仲主簿书》，《苏轼文集》卷49，第1428页。

④ 《与赵晦之四首》之三，《苏轼文集》卷57，第1711页。

⑤ 《十月二日初到惠州》，《苏轼诗集》卷38，第2071页。按：据《西京杂记》卷二载，刘邦登基后于长安之东仿照其家乡丰县建造新丰，“并移旧社，衢巷栋宇，物色惟旧。士女老幼，相携路首，各知其室。放犬羊鸡鸭于通途，亦竞识其家。”

⑥ 《别海南黎民表》，《苏轼诗集》卷43，第2362页。

⑦ 《题临泷寺》，《韩昌黎诗系年集释》卷11，上海古籍出版社1994年版，第1118页。

⑧ 《潮州刺史谢上表》，《韩昌黎文集校注》卷8，上海古籍出版社1987年版，第617页。

“海畔尖山似剑铓，秋来处处割愁肠。若为化得身千亿，散上峰头望故乡。”[①] 苏轼被贬往的惠州、儋州比潮州、柳州更加偏僻蛮荒，可是他不但随遇而安，而且视他乡如故乡，这是多么潇洒、通脱的人生态度！

苏轼对异乡的热爱是从内心奔涌出来的，既非无可奈何的权宜之计，也非强自排遣的自我慰藉。东坡总是以平和、愉快的心态去拥抱人生，既然简陋的物质生活都能使他感到津津有味，既然普通的山川风景都能使他流连忘返，那么异乡的风土人情当然也会使他觉得亲切可爱。所以“四海为家”这句话在别人口中也许带有几分无奈或悲慨，在苏轼心目中却洋溢着发自内心的愉悦感。从出生地眉山到终老之地常州，从玉堂金马的汴京到棘篱柴门的儋州，从湖山秀丽的杭州到黄尘漫天的定州，苏轼都留下了吟咏当地自然风光与风土人情的动人诗篇，还留下了与当地人民亲密相处的动人故事。天下之大，何处不能成为苏轼的归宿之地，哪里不是他的精神家园？

从时间的向度来看，苏轼的精神归宿也同样指向人生。像苏轼那样聪慧灵秀的人物，当然会深入思考生存与死亡的意义，也必定会上下求索超越生死大限的精神归宿。古往今来，除了坚持通过生前事业的建树以实现死后不朽的宗旨的儒家之外，人们只要一思考死后的问题，便难免要进入宗教的领域。庄子是最喜欢谈论死亡问题的先秦哲人，他认为死亡是人生的自然终点：“夫大块载我以形，劳我以生，佚我以老，息我以死。”[②] 由于这种人生观缺乏终极意义作为价值支撑，所以必然导致对死亡的恐惧。庄子对死亡的态度是自相矛盾的，他赞赏髑髅的话：“死，无君于上，无臣于下，亦无四时之事，从然以天地为春秋，虽南面王乐不能过也。”[③] 但是他也认同神龟“宁生而曳尾涂中”而不愿“死为留骨而贵”的态度[④]。所以庄子大讲养生，千方百计地延迟死亡的到来，后代的道教把庄子认作始祖之一，实出必然。佛教本来就是为了解脱生老病死的人生苦难而产生的，它精心构建了一个西方极乐世界，这是诱导芸芸众生皈依佛门的最大引力。苏轼与佛道二教都有密切的关系，苏轼的生死观受到两种宗

① 《与浩初上人同看山寄京华亲故》，《柳宗元诗笺释》卷3，上海古籍出版社1993年版，第357页。

② 《庄子·大宗师》，《庄子集释》，上海书店出版社1986年版，第110页。

③ 《庄子·至乐》，《庄子集释》，第273页。

④ 《庄子·秋水》，《庄子集释》，第267页。

教的深刻影响，由此增强了人生无常、人间如梦的观念。熙宁七年(1074)，苏轼路经秀州本觉寺，发现他的故交文长老已经病逝，作诗悼之：

> 初惊鹤瘦不可识，旋觉云归无处寻。三过门间老病死，一弹指顷去来今。存亡惯见浑无泪，乡井难忘尚有心。欲向钱塘访圆泽，葛洪川畔待秋深。[①]

由于主题是追悼僧人，诗中多用佛教术语，第三句追忆自己与文长老交往的全过程：熙宁五年（1072）以来，苏轼三次路经本觉寺，文长老的状态则由老转病，又因病而死。第四句则用佛家关于过去、现在与将来的“三世”观念来表达对时光迅速流逝的感受。这种人生虚幻如梦的感觉在苏轼的诗词中经常出现，尤其是当他遭遇逆境或面临亲友死亡的时候。可是苏轼从未因此遁入空门，也没有成为吃斋念佛的名副其实的“居士”。元祐八年（1093)，好友吴子野到汴京来谋求度牒，想要出家，苏轼劝止他说：“不须如此，在家出家足矣。”[②] 在苏轼看来，只要摒弃名利的欲念，保持内心的清静，也就等于出家了。所以苏轼赞扬范镇说：“范景仁平生不好佛。晚年清慎，减节嗜欲，一物不芥蒂于心，真却是学佛作家。然至死常不取佛法。某谓景仁虽不学佛而达佛理，虽毁佛骂祖，亦不害也。”[③] 可见尽管苏轼对佛教多有好感，但他只想把佛教思想作为人生的一帖清凉剂，对佛门宣扬的西方乐土则敬而远之。苏轼平生曾多次到佛寺施舍父母的遗物，还曾捐资修造佛像，来为父母祈求冥福。但这只是出于对父母的追思，并不表明苏轼果真相信轮回之说。

苏轼对道家也颇有好感，平生与道士交往不绝。苏轼还曾修习道家的养生之术，晚年曾写信劝子由同习“龙虎铅汞”之功。然而正像黄庭坚所说，“东坡平生好道术，闻辄行之，但不能久，又弃去”[④]。苏轼并不真的相信道家的长生之术，他讲求养生的目的只是维护身体健康而已。苏轼

① 《过永乐文长老已卒》，《苏轼诗集》卷11，第566页。

② 《与友人》，《苏轼佚文汇编》卷4，《苏轼文集》，第2507页。

③ 见李廌《师友谈记》，中华书局2002年版，第35页。

④ 《题东坡书道术后》，《豫章黄先生文集》卷25，四部丛刊本。

的集中记录了多种养生之法，如服黄连、食胡麻，乃至梳头、沐浴等，他甚至写信给王定国说：“御瘴之术惟绝欲练气一事，本自衰晚当然，初不为御瘴而作也。某其余坦然无疑，鸡猪鱼蒜，遇着便吃，生病老死，符到便奉行，此法差似简要也。”[①] 这种顺应自然的养生之道，与道教的长生之术貌同实异。苏轼根本不想追求长生不老，他追求的目标只是健康的人生。

由于人生在时间向度上的终点是死亡，人们在临终之前必须对自己的精神归宿作出最终的抉择。建中靖国元年（1101）七月，苏轼走到了人生的尽头。苏轼自知大限来临，便从容地向诸子交代后事。二十六日，苏轼的方外之友武康县（今浙江德清西）隆教院的长老维琳前来探望，对他说了一首偈语，苏轼回答说：“与君皆丙子，各已三万日。一日一千偈，电往乃能诘。大患缘有身，无身则无疾。平生笑摩什，神咒真浪出。”维琳不懂“神咒”的含义，苏轼就讨了笔来写给他看：“昔鸠摩罗什病亟，出西域神咒，三番令弟子诵以免难，不及事而终。”[②] 这说明苏轼明确表示对佛教迷信的摒弃，他根本不想借助宗教的虚妄力量来延长自己的生命。到了二十八日即苏轼生命中的最后一天，他要求沐浴，并换上朝衣，从容地等待死神的降临，当时侍候在病榻旁的有故友钱世雄和维琳等人。[③] 宋人傅藻的《东坡纪年录》记载说，在苏轼的弥留之际，他的听觉和视觉已经失去，维琳凑在东坡的耳旁大声说：“端明宜勿忘！”苏轼勉强回答说：“西方不无，但个里著不得。”钱世雄又说：“固先生平时履践，至此更须著力。”苏轼说：“著力即差。”说完他就断气了。[④] 释惠洪的《跋李豸吊东坡文》则记载说，钱世雄对苏轼说：“端明平生学佛，此日如何？”苏轼回答说：“此语亦不受。”[⑤] 两种记录稍有不同，但都说明

---

① 《与王定国四十一首》之三二，《苏轼文集》卷52，第1528页。

② 见傅藻《东坡纪年录》，《宋人所撰三苏年谱汇刊》，上海古籍出版社1989年版，第448页。

③ 维琳，湖州武康人，元祐年间苏轼任杭州知州时曾邀请其主持径山寺，见《苏轼诗集》卷45《答径山琳长老》李尧祖注，第2459页。

④ 见傅藻《东坡纪年录》，《宋人所撰三苏年谱汇刊》，第449页。按：《东坡纪年录》原文云：“琳叩耳大声云：‘端明宜勿忘。’‘西方不无，但个里著不得。’”文字似有脱误。周煇《清波杂志》卷3云：“琳叩耳大声曰：‘端明勿忘西方。’曰：‘西方不无，但个里着不得。’”（《宋元笔记小说大观》第5册，第5046页）语义较完整，可参。

⑤ 《石门文字禅》卷27，四部丛刊本。

在苏轼的弥留之际，尽管释维琳与钱世雄竭力劝诱，苏轼仍然拒绝皈依西方净土。所谓“个里著不得”、“著力即差”，意即不承认世人可以凭借皈依宗教的方法让灵魂进入虚幻的天国，也即表示他无论是生前还是死后，都不愿把自己的精神寄托于虚无缥缈的仙山佛国。三年以前，苏轼就在《和陶神释》诗中宣称过：“仙山与佛国，终恐无是处。”[1] 可见苏轼临终时拒绝皈依宗教的态度绝非出于偶然，而是经过深思熟虑的人生选择。早在元祐元年（1086），即苏轼五十一岁那年，弟子秦观就在给友人傅彬老的信中说：“苏氏之道，最深于性命自得之际。”[2] 苏轼临终时的表现证明秦观的这个判断是何等的准确、深刻！只有以澄明透彻的人生观领悟了生命意义的人，才可能在弥留之际仍有足够的定力来抵御皈依天界的诱惑。苏轼就是这样的一位豪杰之士，他始终以脚踏实地的态度对待人生，他以清醒的理性精神阐释了生命与死亡的意义。一句话，苏轼的精神家园始终都在人间。

---

① 《和陶神释》，《苏轼诗集》卷42，第2307页。

② 《答傅彬老简》，《淮海集笺注》卷30，第981页。

论《中州集》作家小传的文学史意义

裴兴荣

（山西大同大学）

《中州集》是现存最早的一部金代诗词集，是研究金代文学极为重要的文献之一。其编纂者为金代最伟大的史学家和文学家——元好问。其体例是选诗和作家小传相结合①，虽然所选诗词数量不多，共收入254位金代文人的诗词作品2176首（不包括注释和小传中所引录的诗歌），但小传的内容非常丰富，不仅有作家的姓名字号、籍贯里居、科第仕历、生平事迹等传记的基本要素，而且还记载了许多名句佳篇、著述情况、诗文评论以及文人交游和趣闻轶事等，给后人提供了非常宝贵的金代文学史料。关于其中金代文人的著述情况，笔者已有专文论述②，本文仅就其中记载的部分诗文评论和文人交游以及趣闻轶事等金代文学史料进行初步的探讨，以揭示其深刻的文学史意义。

一　文宗承传

（一）"国朝文派"与"正传之宗"

蔡珪小传中有这样的记载："国初文士如宇文太学、蔡丞相、吴深州

---

① 裴兴荣：《〈中州集〉编纂体例的开创性与示范性》，《雁北师范学院学报》2006年第1期，第67—68页。

② 裴兴荣：《〈中州集〉作家小传的书目文献价值》，《山西大同大学学报》2008年第1期，第41—43页。

之等，不可不谓之豪杰之士，然皆宋儒，难以国朝文派论之。故断自正甫为正传之宗，党竹溪次之，礼部闲闲公又次之。自萧户部真卿倡此论，天下迄今无异议云。”[①]（以下所引《中州集》内容，皆出自同一文献，只随文标注卷数和页码，不再一一出注。）这段话告诉了我们金代前、中期文坛上几位代表性的作家。尤其值得一提的是，他说金初文学家宇文虚中、蔡松年、吴激等人因为是由宋入金的，所以他们的创作并不能代表金代文学的特色。只有从蔡珪开始，才算是真正的金代文学家。继蔡珪之后执掌文坛的还有党怀英、赵秉文等人。小传中还说这一论述是由金代文学家萧贡首先提出来的，而且这种看法得到了当时大多数人的认可。赵秉文在为其座师党怀英所撰碑文中也有类似的说法：“本朝百余年间，以文章见称者，皇统间宇文公，大定间无可蔡公，明昌间则党公。于时赵黄山、王黄华俱以诗翰名世。至得古人之正脉者，犹以公为称首。”[②] 他历数金代百余年中的文坛大家有宇文虚中、蔡珪、党怀英、赵沨、王庭筠等人。还有元好问在为赵秉文所作墓志铭中也有类似的说法：“及翰林蔡公正甫，出于大学大丞相之世业，接见于宇文济阳、吴深州之风流，唐宋文派，乃得正传，然后诸儒得而和之。盖自宋以后百年，辽以来三百年，若党承旨世杰、王内翰子端、周三司德卿、杨礼部之美、王延州从之、李右司之纯、雷御史希颜，不可不谓之豪杰之士。若夫不溺于时俗，不汩于利禄，慨然以道德、仁义、性命、祸福之学自任，沉潜乎六经，从容乎百家，幼而壮，壮而老，怡然涣然之死而后已者，惟我闲闲公一人。”[③] 这里列举的金代文学大家依时代先后顺序有：蔡松年、宇文虚中、吴激、蔡珪、党怀英、王庭筠、周昂、杨云翼、王若虚、李纯甫、雷渊等。可以看出赵秉文、元好问所论述的金代文宗承传都是在萧贡所述的基础上又增添了后来的几位大家。也就是说他们对萧贡的文宗传承之说是赞同的。由此可见，元好问所记“自萧户部真卿倡此论，天下迄今无异议云”的说法并非虚语。

众所周知，由于正统观念和民族歧视等原因，金代文献在元明两朝没

---

① （金）元好问编：《中州集》，中华书局、上海编辑所 1959 年版，第 33 页。

② （金）赵秉文：《中大夫翰林学士承旨党公神道碑》，载阎凤梧主编《全辽金文》，山西古籍出版社 2001 年版，第 2250 页。

③ （金）元好问：《闲闲公墓铭》，载姚奠中主编，李正民增订《元好问全集》卷 17，山西古籍出版社 2004 年版，第 400 页。

能得到应有的重视，再加上战争、水火等主客观灾害的损毁，金代文学的研究一直受到学者的冷落，直到清代，出于民族的认同，才开始大力整理研究金代文学文献，也由此拉开了金代文学研究的序幕，直到今天真正掀起了金代文学研究的高潮。因此，自金人萧贡首倡此论，金代文人赵秉文、元好问又对此论作了继承和延伸，直到清学者庄仲方才对萧贡这条论点进行了引述和评论。他在《金文雅・序》中这样写道："金初无文字也。自太祖得辽人韩昉而言始文。太宗入宋汴州，取经籍图书。宋宇文虚中、张斛、蔡松年、高士谈辈后先归之，而文字煨兴，然犹借才异代也。至蔡珪传其父松年家学，遂开金代文章正宗。洎大定、明昌之间，赵秉文、杨云翼主文盟，时则有若梁襄、陈规、许古之劲直，党怀英、王庭筠之文采，王若虚、王渥之博洽，雷渊、李纯甫之豪俊，为金文之极盛。及其亡也，则有元好问以宏衍博大之才，足以上继唐、宋而下开元、明，与李俊民、麻革之徒为之后劲，迹其文章，雄浑挺拔，或轶南宋诸家。"这里庄仲方进一步提出了金代文学"借才异代"的论点，很显然是对萧贡"难以国朝文派论之"这一说法的转述。至于他所列举的几位金代文学大家也是在金人萧贡、赵秉文、元好问所论的基础上又有所扩展和补充。很显然，萧贡、赵秉文、元好问在列举金代文豪时是不便于把自己列入的，也不可能把他们的后辈列入，而清人庄仲方则可以摆脱那种顾虑和时代的制约，更加客观、公正和全面地论述和评价金代文学家的成就和地位。由此可见萧贡首倡之功的深远影响。

就是当今几位金代文学研究专家在他们的专著和论文中也多次引用了元好问在《中州集・蔡珪小传》中所记载的萧贡的这一段论述。如詹杭伦教授在其《金代文学思想史》中这样写道："元好问在《蔡珪小传》中曾引萧贡的话说……这种由正传之宗迭相主盟文坛的观念未尝不是政治上的'正统'观念在文学上的反映。"① 强调的是"道统"对"文统"的影响。又张晶教授在其《辽金诗史》中写道："金代大诗人、诗论家元好问在《中州集》里提出'国朝文派'的概念……这段话同庄仲方'借才异代'那番议论联系起来，正可以看出金诗从初期到中期的发展脉络。"紧接着又说"萧贡称蔡珪为'国朝文派'奠基人，这是颇具慧眼的，这个

① 詹杭伦：《金代文学思想史》，成都科技大学出版社 1990 年版，第 48 页。

观点有深刻的文学史价值。”[①] 则是把金人萧贡的论述与清人庄仲方的论述联系起来考察金代文学发展的脉络。而且张晶教授在他的另外一本专著《辽金元诗歌史论》中再一次引述了这段话：“‘国朝文派’的提出，见诸于《中州集·蔡珪小传》……这段话又说明了金代的诗人、诗论家们对于‘国朝文派’是有自觉的意识和理论准则的。”[②] 则又肯定了金人对本朝文学的理性认识，突出其自觉性和理论性。著名学者顾易生等人在《宋金元文学批评史》中亦云：“元好问论金代文学称：‘国初文士如宇文太学……’此仅就他们的出身而论。就创作而言，他们出于北宋，而又非北宋可拘，对金代文风的形成实有较大的影响。”[③] 则力避政治的腔调，而突出金初文学家对金代文学风尚的巨大影响。还有胡传志教授也在其专著《金代文学研究》一书中写道：“萧贡对金代文学的发展有过准确的概括，提出了‘国朝文派’这一概念。……此论强调的是金源文学不同于宋的特征，得到元好问等人的赞成，几乎成了公论。”[④] 则从中看出了宋金文学的差异性，并由此强调金代文学在中华大文学史中的独特地位和意义。此外，丁放教授[⑤]、陶然教授[⑥]、刘明今教授[⑦]等学者也在他们的著作中对这一段话有所引述和评论。

自金迄今，元氏的这些记载，不断地有人引述、评论、延伸，真可谓是“一石激起千层浪”。“国朝文派”成了金代文学研究的焦点，张晶教授[⑧]、李正民教授[⑨]、胡传志教授[⑩]等学者从它的性质、内涵和发展演变等方面进行了更加深入的探讨。甚至于“国朝文派”和“借才异代”的论

---

① 张晶：《辽金诗史》，东北师范大学出版社 1994 年版，第 171 页。

② 张晶：《辽金元诗歌史论》，吉林教育出版社 1995 年版，第 93 页。

③ 顾易生、蒋凡、刘明今：《宋金元文学批评史》，上海古籍出版社 1996 年版，第 839 页。

④ 胡传志：《金代文学研究》，安徽大学出版社 2000 年版，第 258 页。

⑤ 丁放：《金元明清诗词理论史》，安徽大学出版社 2000 年版，第 4 页。

⑥ 陶然：《金元词通论》，上海古籍出版社 2001 年版，第 282 页。

⑦ 刘明今：《辽金元文学史案》，上海古籍出版社 2004 年版，第 28 页。

⑧ 张晶：《论金诗的“国朝文派”》，《文学遗产》1994 年第 5 期，第 80—86 页。

⑨ 李正民：《试论金代“国朝文派”的发展演变》，《民族文学研究》2004 年第 2 期，第 11—17 页。

⑩ 胡传志：《金代“国朝文派”的性质及其内涵新探》，《江苏大学学报》（社会科学版）2009 年第 2 期，第 24—27 页。

断也成为当代学者研究金代文学分期的重要参照系[①]，并且得到了学界的普遍认可。

（二）“吴蔡体”

蔡松年小传中有这样的记载：“百年以来，乐府推伯坚与吴彦高，号‘吴蔡体’。”（《中州集》卷一，第22页）这里说的是，就词的创作成就来说，蔡松年和吴激堪称金代词坛的“双璧”，而且他们的创作体式也被时人称为“吴蔡体”。由此可见他们在当时的影响是非常大的。《金史》中也有类似的记载：蔡松年“文词清丽，尤工乐府，与吴激齐名，时号‘吴蔡体’”[②]。而事实上，《金史》的记述又是来自《中州集》的，因而上述两类说法不同，意思相类。又吴激小传中亦云其“乐府‘夜寒茅店不成眠’、‘南朝千古伤心事’、‘谁挽银河’等篇，自当为国朝第一手”。（《中州集》卷一，第12页）元好问称吴激的词作为“国朝第一手”，评价也是相当高的。而且小传所评论的吴激这几首词都选录在《中州集》中，其中《人月圆》（南朝千古伤心事）一首词后有小注云：“彦高北迁后，为故宫人赋此。时宇文叔通亦赋《念奴娇》先成，而颇近鄙俚。见彦高此作，茫然自失。是后有人求作乐府者，叔通即批云：‘吴郎近以乐府名天下，可往求之。’”（《中州集》乐府卷，第539页）这段注释进一步说明，吴激的词作成就极高，就连金初文坛盟主宇文虚中也自愧不如，极力推许。类似记载亦见之于金人刘祁的《归潜志》中：“先翰林尝谈国初宇文太学叔通主文盟时，吴深州彦高视宇文为后进，宇文止呼为小吴。因会饮，酒间有一妇人，宋宗室子，流落，诸公感叹，皆作乐章一阕。宇文作《念奴娇》，有‘宗室家姬，陈王幼女，曾嫁钦兹族。干戈浩荡，事随天地翻覆’之语。次及彦高，作《人月圆》词云：‘南朝千古伤心事，犹唱《后庭花》。旧时王谢、堂前燕子，飞向谁家。偶然相见。仙肌胜雪，云鬓堆鸦。江州司马，青衫泪湿，同是天涯。’宇文览之，大惊，自是，人乞词，辄曰：‘当诣彦高也。’”[③] 对于吴激此词的本事记载更加详

① 李正民、裴兴荣：《20世纪辽金文学研究存在的问题与不足》，《晋阳学刊》2004年第3期，第104—106页。

② （元）脱脱等：《金史》卷125，中华书局1975年版，第2715页。

③ （金）刘祁撰，崔文印点校：《归潜志》卷8，中华书局1983年版，第83页。

细。尤其令人想不到的是在宋人洪迈的《容斋随笔》中也记载了此事："先公（按，指洪皓）在燕山，赴北人张总侍御家集。出侍儿佐酒，中有一人，意状摧抑可怜。叩其故，乃宣和殿小宫姬也。坐客翰林直学士吴激赋长短句纪之，闻者挥涕。"[①] 可见，由于宇文虚中的一句推许的话，吴激的声名不仅在国内广为传扬，而且远播敌邦。

而元好问在《中州集》作家小传中关于"吴蔡体"的这两条记载也为后人不断引述和评论。比如清代词学家沈雄在《古今词话·词话下卷》"金源文派"条云："乐府推吴彦高、蔡伯坚，为'吴蔡体'。"[②] 又冯金伯在其《词苑萃编》中引《竹坡丛话》亦云："金九主百一十八年间，独蔡松年丞相乐府与吴彦高东山乐府，脍炙艺林，推为'吴蔡体'。"[③] 陈廷焯在《白雨斋词话》中这样写道："金代词人，自以吴彦高为冠，能于感慨中饶伊郁，不独组织之工也。同时尚'吴蔡体'，然伯坚非彦高匹。"[④] 强调吴激词中有沉郁的故国之思，是蔡松年所不能相比的，对"吴蔡"并称的说法提出质疑。吴衡照也说："吴彦高为《中州乐府》之冠，不特词高，其用韵亦谨饬有法。"[⑤] 极力推许吴激而对蔡松年不置一词，实际上也就是否定了"吴蔡"并称的说法。

当代学者对"吴蔡体"做了更深入、更细致的研究。缪钺先生在《论金初词人吴激》一文如是说："吴激与蔡松年是金初词人的冠冕，对于金源一代词风影响甚大。元好问《中州集》卷一'蔡丞相松年'条下说：'百年以来，乐府推伯坚与吴彦高，号吴蔡体'。"[⑥] 他还详细分析了吴激的词作，很好地论证了上述观点。胡传志教授在《论金初作家蔡松年》一文中说："元好问回顾金源词史，认为'百年以来，乐府推伯坚（蔡松年）与吴彦高，号"吴蔡体"'（《中州集》卷一，蔡松年小传）。

① （宋）洪迈：《容斋随笔》卷13，上海古籍出版社1978年版，第166页。

② （清）沈雄：《古今词话》，唐圭璋主编《词话丛编》，中华书局1993年版，第787页。

③ （清）冯金伯：《词苑萃编》卷6，唐圭璋主编《词话丛编》，中华书局1993年版，第1895页。

④ （清）陈廷焯著，杜维沫校点：《白雨斋词话》卷3，人民文学出版社2001年版，第54页。

⑤ （清）吴衡照：《莲子居词话》卷1，唐圭璋主编《词话丛编》，中华书局1993年版，第2419页。

⑥ 缪钺：《论金初词人吴激》，《四川大学学报》1989年第4期，第68—72页。

它一开始就以高起点，为金代词学树立了典范，成为金词正宗。”[①] 强调了“吴蔡”作为有金一代词宗的地位和影响。赵维江教授在其专著《金元词论稿》第五篇中专论“吴蔡体”，他说“对于金元词史上的北宗体派来说，有着开宗立派意义的创作实绩当属金初出现了‘吴蔡体’。‘吴蔡体’一语在今存文献中最早见于元好问《中州集》：百年以来，乐府推萧闲与吴彦高，号‘吴蔡体’。”他认为所谓“吴蔡体”，实指由金初词人吴激、蔡松年所创立的一种词体范式。这种古代文化中的“体”不同于具体作家作品批评中的“体”，因此，“吴蔡的创作被称为‘体’，也就意味着它具有了一种词体新变的意义，同时也标志着金源词坛上属于自己的词体派系的形成。”[②] 他还精辟地论述了从“东坡体”到“吴蔡体”，再到“稼轩体”的演变过程，并强调了“吴蔡体”在确立北宗词派中的重要地位和意义。陶然教授在其专著《金元词通论》中亦引述此论，他说：“金初宋儒词人，在成员构成上，主要有宇文虚中、高士谈、吴激、蔡松年以及刘著等，其中吴激与蔡松年之作，被合称为‘吴蔡体’，它构成了这个群体的中心，并代表了群体的主要特征和最高成就。”[③] 徐同林在《“吴蔡体”略论》一文中也引述了这一论断，他认为：“这是‘吴蔡体’名称的较早的确立。在近今关涉金源词史或词学的论著中，几乎无不提到吴蔡体。”之后，他又对吴激和蔡松年二人从各自的背景、身份、心境以及词作的内容、风格、成就、地位和影响等方面进行了比较分析，说：“吴蔡体不仅指称词的一种风格，而且揭示词的一个流派。它不仅具有共同的风格，而且有公认的领袖、典范的作品、紧密的队伍，以及久远的影响。如果进一步追源溯流，将苏轼、吴蔡体和元好问视为一个泛词派，则正好与苏辛词派一枝而二朵。”[④] 李静博士在《“吴蔡体”探辨》一文中也说：“‘吴蔡体’之称始于金人元好问，是由他发明、提出的一个词学概念。元氏在其《中州集》蔡松年小传中说：‘百年以来，乐府推伯坚与吴彦高，号吴蔡体。’”他进一步指出，元好问之前和同时的史料都没有“吴蔡体”的提出或类似说法。并通过对这一概念历史渊源的探辨，提出

① 胡传志：《论金初作家蔡松年》，《社会科学战线》1996年第6期，第255—262页。

② 赵维江：《金元词论稿》，中国社会科学出版社2000年版，第77页。

③ 陶然：《金元词通论》，上海古籍出版社2001年版，第283页。

④ 徐同林：《“吴蔡体”略论》，《厦门理工学院学报》2006年第2期，第106—111页。

“吴蔡体”指向两个意义层面：从广义角度可理解为以吴激、蔡松年为代表的金初词人的主导性的创作范式与风格；从狭义的层面理解，“吴蔡体”则是“吴体”与“蔡体”的合称，是两种写作范式的相提并论。在具体的特征上，则可以析化为抒情真挚、组织工致、思致含蓄、造语清雅、物象清新等几个方面。最后他又总结说：“作为金初词坛的一种代表性体式，‘吴蔡体’是北宋后期词风在北地的一种延续，同时因为北地的特殊风物及词人独特的生活遭际而发生了一定程度的异变，为金源一代百年词坛的发展肇启了一个开端，成为金源百年词风的奠基。从这个意义上讲，‘吴蔡体’是介于北宋词风与金源北派词风之间的一种过渡，它与二者有着相当多的联系，又不同于二者，这应当就是‘吴蔡体’在金代乃至整个词史上的一个定位。”① 刘锋焘教授在《论“吴蔡体”》一文中如是说：“考察现有的文献资料，最早提出‘吴蔡体’这一称谓的正是金代文人。元好问所编《中州集》卷一称：百年以来，乐府推伯坚与吴彦高，号吴蔡体。”他认为吴激、蔡松年二人的词作，在具体内涵、情感趋向、写作技法、词风等方面有同有异，而异又远远大于同。在对吴蔡二人的词作进行一番详细的分析考辨后他又指出：“‘吴蔡体’之称的合理性在于，在金代初期那种近乎荒漠化的文化背景中，二人的词作代表了词这种文学体裁在当时的最高成就，反映了一种文学样式的形态，成为一种标志、一种典范，而且与此后的‘国朝文派’的创作在格调上有所不同，因而就有了‘体’的意义。但二人的词作从各方面来说，都是异大于同，严格地说，‘吴蔡体’之称的合理性与科学性经不起推敲，虽然我们不能用今天的科学标准来衡量古人的概念术语和批评标准，但我们实在应该知道，吴、蔡不是一个整体，二人的作品不是同一风格，似乎也难说是同一类型。”② 等等。还有更多的论述，不再一一列举。

二　诗坛交游

由于现存金代文献资料非常有限，人们对金代文人的交游活动了解甚

---

① 李静：《“吴蔡体”探辨》，《学习与探索》2007 年第 2 期，第 192—194 页。

② 刘锋焘：《论“吴蔡体”》，《北京大学学报》（哲学社会科学版）2007 年第 3 期，第 49—56 页。

少，因而在《中州集》作家小传中记载的这些资料就显得非常重要了。

元好问在辛愿小传中有过这样的论述：“士之有所立，必藉国家教养、父兄渊源、师友讲习，三者备而后可。”又云“故作新人材，言教育也；独学无友，言讲习也；生长见闻，言父兄也。”（《中州集》卷10，第484页）这就是说，要培养出有文化、有教养的士人，必须依靠国家教育、家庭教育和社会教育的共同作用。可以说，金代文化之繁荣主要得力于教育的普及和繁荣。那么，就国家教育来说，金朝建国初年就建立起相当完备的教育体制：“近代皇统、正隆以来，学校之制，京师有太学、国子学，县官饩廪生徒常不下数百人……外及陪京、总管大尹府、节度使镇、防御州，亦置教官，生徒多寡，则视州镇大小为限员。……文治既洽，乡校、家塾，弦诵之音相闻。”[①] 同时又设立了科举制度，“维金朝大定已还，文治既洽，教育亦至，名氏之旧与乡里之彦，率由科举之选”[②]。又“进士科目兼采唐、宋之法而增损之。”[③] 由此可见，金朝的国家教育是相当完善和发达的。关于金代的科举和教育，著名学者薛瑞兆教授有《金代科举》[④] 一书，研究甚详，可参阅。至于家庭教育和社会教育，也就是指元好问所说的父兄渊源和师友讲习。而《中州集》作家小传中就有许多关于家学渊源、师友讲习和交游等方面的记载。

（一）父兄渊源

家庭的影响对一个人的成长至关重要。文学史上出现了为数众多的文学世家、文学家族就是最好的注解。金代文坛上也有许多文学世家的家族，诸如：浑源刘氏家族（刘撝、刘汲、刘从益、刘祁、刘郁）、雷氏家族（雷思、雷渊、雷膺）、忻州元氏家族（元德明、元好古、元好问、元严）、永济李氏兄弟（李献诚、李献卿、李献能、李献甫）、稷山段氏兄弟（段克己、段成己）、临猗陈氏兄弟（陈赓、陈庾）等。《中州集》作家小传中有更多的记载：比如孙九鼎小传云其：“天会六年经义第一

① （金）元好问：《寿阳县学记》，载自姚奠中主编，李正民增订《元好问全集》卷32，山西古籍出版社2004年版，第674页。

② （金）元好问：《内相文献杨公神道碑铭》，姚奠中主编，李正民增订《元好问全集》，山西古籍出版社2004年版，第420页。

③ （元）脱脱等：《金史》卷51，中华书局1975年版，第1130页。

④ 薛瑞兆：《金代科举》，中国社会科学出版社2004年版。

人……弟九畴、亿，俱有时名，三人同榜登科……吾州文派，先生指授之功为多。”（《中州集》卷二，第75页）高宪小传中写道：“仲常，黄华之甥，幼学于外家，故诗笔字画俱有舅氏之风。”（《中州集》卷五，第260页）魏道明小传云“子上达、元真、元化、元道，俱第进士，又皆有诗学。”（《中州集》卷八，第401页）高公振小传云“其诗有家学”（《中州集》卷八，第411页）又吕子羽小传记载道：“吕氏自国朝以来，父子昆弟，凡中第者六人，以‘六桂’名其堂。”（《中州集》卷八，第415页）宋景霄小传云其“于刘景玄为外兄，故其诗颇获沾丐。”（《中州集》卷八，第433页）白贲小传云“自上世以来，至其孙渊，俱以经学显。”（《中州集》卷九，第439页）桑之维小传云其为“蔡丞相伯坚之子婿也，以乐府著称，有《东皋集》传于世。”（《中州集》卷九，第442页）还有张汝霖小传云：“父浩……进拜太师，……五子……皆进士也……父子兄弟，各有诗传于世。王子端内翰，太师之外孙，其渊源有自云。”（《中州集》卷九，第455页）张孝纯小传云“孝纯……以相齐致仕……二兄尚安健，乡人为作‘三老图’，子公药……孙观……世为文章家。”（《中州集》卷九，第455页）等。正是因为有着良好的家学源渊和家庭教育，才涌现出这么多的文学世家和家族。

（二）师友讲习

文人间的交游切磋既能提高创作技巧，又能丰富生活，激发创作。因此，文人的交游活动就成为文学研究的重要内容。《中州集》作家小传中记载了许多师友间的交游，比如刘瞻小传中说：“党承旨世杰、郦著作元与、魏内翰飞卿皆尝从之学。”（《中州集》卷二，第80页）刘中小传则云其“为人短小精悍，滑稽玩世，中明昌五年词赋经义第。诗清便可喜，赋甚得楚辞句法，尤长于古文，典雅雄放，有韩柳气象。教授弟子王若虚、高法飚、张履、张云卿，皆擢高第，学古文者翕然宗之曰‘刘先生’。”（《中州集》卷四，第200页）冯延登小传云其“令宁边日，适闲闲公守此州，与之考论文义，相得甚欢，故子骏诗文皆有律度。”（《中州集》卷五，第255页）刘祖谦小传写道：“一时名士，如雷御史渊、李内翰献能、王右司渥，皆游其门。得人一诗可传，必殷勤称道，唯恐不闻。人以此称之。”（《中州集》卷五，第259页）密国公璹小传云其“少日学诗于朱巨观，学书于任君谟，遂有出蓝之誉，文笔亦委曲，能道所欲言。”（《中州集》卷五，第272页）周驰小传云其“经学出于醇德先生王广道，赋学出于泰山李时亨。至于党、赵，又其忘年友也。”（《中州集》卷七，第350页）李澥小传云其“少从王内翰子端学诗，能行书，工画山水，就所长论之，诗为长。”（《中州集》卷七，第356页）崔遵小传云其“少日在太学，有赋声。南渡后，不就举选，居崧山二十年，课僮仆治生，生理亦粗给。前辈如赵吏部子文、张左丞信甫、冯亳州叔献，或怀祖丈人行，皆与之诗酒相往来。”（《中州集》卷七，第364页）晁会小传中说：“李承旨致美昆仲亦出其门。”（《中州集》卷八，第399页）张大节小传云其“好奖进士类，沧州徐韪、太原王泽、大兴吕造，经其指授，卒成大名，士论以风鉴归之。”（《中州集》卷八，第406页）郭长倩小传云其“与施朋望、王无竞、刘岩老、刘无党相友善。”（《中州集》卷八，第407页）张澄小传云其“尝从辛敬之、赵宜之讲学，故诗文皆有律度。”（《中州集》卷八，第434页）胡汲小传云其“少日有赋声，与新郑傅伯祥、吕鹏举相友善。”（《中州集》卷八，第436页）靖天民小传云其“所与交如庞才卿、杨茂才、刘之昂、王逸宾，皆一时名士。”（《中州集》卷九，第441页）孙益小传云其“尝从先大夫学诗。”（《中州集》卷九，第446页）孙伯杰小传云“少日住太学，有时名，所与游，皆名士。”（《中州集》卷九，第448页）高永小传云“南渡后，居嵩州，出入屏山之门，其学遂进……真定王子奇士衡，攻杂学，屏山目为怪魁；王从之内翰，为赋《善哭诗》；奉圣马饵升公敢为大言，著书十万言，号《北新子》，大略以谈兵为主……信卿皆与之游，故其诗豪宕谲怪，不为法度所窘。”（《中州集》卷九，第449页）等。金代文人的交游活动之兴盛由此可见一斑。

（三）文人雅集

文人的聚会往往能催生优秀的作品，如王羲之的兰亭雅集就是典型的例子。《中州集》作家小传中也有这类记载：比如王启小传说他“与左丞董公、参政马公、宣徽卢公、尚书郭公为‘九老会’。”（《中州集》卷八，第398页）又冯璧小传中记载其“居崧山龙潭者十余年，诸生从之游，与四方问遗者不绝。赋诗饮酒，放浪山水间，人望以为神仙焉。山中多兰，每中春作华，山僧野客，人持数本诣公，以香韵清绝为胜，少劣则有罚，谓之‘斗兰’。所酿‘松醪’，东坡所谓‘叹幽姿之独高者’，惟叔献能尽之。客有以京国名酒来与之校者，味殊不能近。正如深山草衣木食人语，觉佣儿贩夫尘土气为不可响也。是后‘松醪’、‘斗兰’遂为山中故事。”（《中州集》卷六，第281页）对诗人们集会吟诗的活动记载得非常详细。

这些记载不但有利于我们了解金代文坛的具体活动情形，进而弄清他们诗文创作的源流关系，而且使我们切切实实地理解了“金用武得国，无以异于辽，而一代制作能自树立唐宋之间，有非辽世所及，以文而不以武也”① 这一论断的含义，深刻理解了金代文化繁荣的根本原因。

三　掌故异闻

元好问在《中州集》作家小传中用大量的篇幅来书写作家的生平事迹，其中也记录了不少文坛掌故，诸如生死怪异和梦验诗谶等异闻和轶事，有类小说家言。这种写法似不应出现在传记这类严肃的文体中，但元氏如此写法，也并非首创，其实在司马迁的《史记》中就已有这样的写法了，诸如汉高祖母梦蛟龙覆身而孕和高祖斩白蛇起义以及张良圯桥拾履得奇书的记载就是显例。这当然与司马迁漫游各地收集民间传闻的经历和好奇尚异的性格有关。想来元好问如此写法，亦与司马迁有着大体同样的原因。

（一）生死怪异

生死乃是人一生中的两大事情。中国人向来重视生和死。如果一个人在出生或是去世时发生了某些怪异的事情，更是成为人们津津乐道的话题，并且很快就会传播开来。如党怀英小传中就有这样的记载：“公之在孕也，太夫人梦道士吴筠来托宿，及公生，仪观秀整，如神仙然。”又云：“大安三年九月，年七十八，终于家。是夕，有大星殒于所居之堂，众惊视之，而公已逝矣。”（《中州集》卷三，第130页）李遹小传中记其“临终戒家人：‘吾明日归，而辈慎勿遽哭。’果如期而逝。家人哭不禁。良久开目云：‘戒汝勿哭，令我心识散乱。’言毕，目复瞑。”（《中州集》

① （元）脱脱等：《金史·文艺传·序》卷125，中华书局1975年版，第2713页。

卷五，第253页）又卫承庆小传中记载了他的父亲卫文仲“临终，沐浴易衣冠，与家人诀，怡然安坐，诵东坡《赤壁》乐府，又歌‘人生如梦’以下二句，歌阕而逝。”（《中州集》卷七，第85页）董文甫小传中亦记载道：“正大中，以公事至杞县。自知死期，作书与家人及同官，又作诗贻杞县令佐。诗毕，掷笔于地，以扇障面而逝。”（《中州集》卷九，第478页）又如王中立小传中有云：“一日来都下，馆于闲闲公家。中秋夜饮酒赋诗，且就公索墨水一盘。公如言与之。明旦，不告而去。壁间留‘龟鹤’二字，广长一丈，而墨水具在，不知以何物书之也。朝士来观者，车马填咽。都下竞传王先生仙去矣。久之，先生从外至。问二字以何物书之。不答。题诗其旁云：‘天地之间一古儒，醒来不记醉中书。旁人错比神仙字，只恐神仙字不如。’”又言其“临终，预克死期，如言而逝。”（《中州集》卷九，第472页）又王予可小传亦云其“年三十许，大病后忽发狂，久之能把笔作诗文，及说世外恍惚事。”（《中州集》卷九，第474页）等。这些都是有关生死怪异的记载。

（二）梦验诗谶

梦验即梦境成真。谶语即占卜预言、事后应验的话。谶语诗即指能预言人生祸福吉凶的诗歌。广义的谶语诗可分为童谣、灯谜、酒令和诗谶等多种形式，狭义的谶语诗专指诗谶。《红楼梦》就是谶语诗的集大成者。此处仅指严格意义上的谶语诗，即诗谶。在古人看起，梦境和谶语往往都能预言人生祸福吉凶的诗歌。民间百姓往往非常相信和看重。《中州集》作家小传中也引录了不少诗谶，比如马定国小传中说他“初学诗，未有入处，梦其父与方寸白笔，从是文章大进。”（《中州集》卷一，第48页）刘昂小传中亦记载道：“术士有言‘之昂官止五品’者，之昂自望者甚厚，不信也。俄丁母忧，为当涂者所忌，连蹇十年，卜居洛阳，有终焉之志。有荐其才于道陵者。泰和初，自国子司业擢左司郎中，将大用矣，会辽阳人大中欲摇执政贾铉，为言者所劾，辞连之昂，道陵震怒，一时闻人如史肃、李著、王宇、宗室从郁，皆谴逐之，铉寻亦罢政。之昂降上京留守判官，道卒。竟如术者之言。”（《中州集》卷四，第193页）又田特秀小传中则云其“所居里名半十，行第五，以五月五日生，小字五儿，二十五岁，乡、府、省、御四试俱中第五，年五十五，八月十五日卒，造物之戏人如此。”（《中州集》卷八，第409页）还有孟宗献（字友之）小传中引录了别人悼念他的几首挽诗，其中有高仲振挽诗云："见说平生梦，前途尽目前。（友之未第时，梦中预见前途所至，于今皆验。）乘除虽有数，凶祸竟何缘。礼乐三千字，才名二十年。仁人遽如许，无路问苍天。"又云："谁谓诗成谶，清冰果自焚。（友之《雪烛》诗：'固知劫火终无尽，谁谓清冰也自焚。'未几下世。）人嗟埋玉树，天为落文星。"（友之邻舍李生言："六月中，连二明星陨于友之所居虚静轩前。"）最后又说"数诗虽不尽工，姑并记之，有以见先生于出处之际、死生之变，造物者皆使之前知，其以天下重名畀之者，为不偶然云。"（《中州集》卷九，第465页）括号中内容为元好问所加的注释，显然，他不仅仅是为了便于后人理解诗歌，而是为了突出这些怪异之事。还有其兄元敏之小传中亦记道："（敏之）尝作《望月诗》，有'莫怪更深仍坐待，密云或有暂开时'之句，人或言诗境不开广，非佳语也。叹曰：'吾得年不永，境趣能开广否？'未几，没于北兵之祸，年三十一。"（《中州集》卷十，第536页）等。

那么元好问为什么要在作家小传中记载这些生死怪异、梦验诗谶之事呢？王永博士的一段论述也许能解释其原因："完颜部的先民们很早就开始了定居生活……由于其地处东北苦寒之地，冬季大雪封山之际，渔猎活动减少，这种纵酒聚食的生活成为居民的主要消遣方式……由于其文化尚不发达，巫风盛行，因此灵怪故事广为流传。随着女真入主中原，又佐以佛道二教，这种风习扩展到北方地区，直接影响到百姓喜尚传奇述异的习俗，这种风俗渗透到散文风格之中，遂形成一种传奇志异的倾向。""豪杰文士的奇谈异行在士大夫之间传颂，形成一种独有的风貌，最终促使偏于记人的笔记小说《归潜志》的形成。于此背景下，金末的各种文体自然都染上了传奇志异的习尚，读元好问的碑志文就可以明显感受到，即使这种面貌一向庄重的文体，也杂糅一些荒诞不经的叙述。"[①] 当然最明显、最突出的还是元好问的志怪小说集《续夷坚志》，其中记载了许多转世托生、妖狐鬼怪等荒诞不稽的故事。毕竟《中州集》和《续夷坚志》两书的性质和创作目的都不同，因此，我们对比《中州集》和《续夷坚志》两书的内容还是发现，有些怪异的事情在两书中都有记载，而有些则仅见

---

① 王永：《女真民族性格与金代散文风格关系管见》，《中央民族大学学报》（哲学社会科学版）2006年第3期，第130—134页。

于《续夷坚志》一书中。比如上面所举的党怀英、卫承庆、董文甫、孟宗献、元敏之和王中立之怪异故事，也分别见于《续夷坚志评注》[①] 之《党承旨生死之异》（第 67 页）、《卫文仲》（第 85 页）、《董国华》（第 84 页）、《孟内翰梦》（第 11 页）、《元敏之诗谶》（第 7 页）和《王云鹤》（第 82 页）诸文，而且两书所记大抵相同。又在《续夷坚志》中有关于王寂与京娘的人鬼恋情（《京娘墓》第 13 页）和贾益谦审案遇怪事（《张孝通冤报》第 35 页）等故事，而在《中州集》作家小传中却没有引用这些记载。由此可见，虽然元好问在《中州集》作家小传中记载了不少的生死怪异、梦验诗谶和癫狂诡谲之事，但比起在《续夷坚志》中所记载的转生投胎、妖狐鬼怪等故事来说，其荒诞怪异的色彩要淡得多，两书在取材的标准上显然存在着很大的差异，小传所取显然更为郑重和严谨。这是因为《中州集》是元好问为了“不可令一代之迹泯而不传”而做的，而且他是抱着“国亡史作，己所当任”的态度来做的，所以“凡金源君臣遗言往行，采摭所闻，有所得，辄以寸纸细字为记录”[②]。尽管他的创作态度非常严肃认真，但亦有如许多的奇谈异闻，可见金代文人们搜奇猎异的世风对元好问创作的影响之深。

综上所述，《中州集》作家小传中记载了丰富而重要的文学史论述，其中有关金代文宗传承的论述诸如“正传之宗”与“国朝文派”和“吴蔡体”都是首次见诸文献记载，前者是金代文学史分期的重要参照系，后者则给金词的研究提供了非常好的视角和论题；有关金代文坛上父兄渊源、师友讲习等文人的交游活动则有助于我们弄清楚金人诗文创作的源流关系，深入了解金代文学繁荣的原因；而其中记载的许多异闻轶事又从一个侧面反映了金代文坛尚奇的倾向。可以说，这些论述对我们今天研究金代文学都具有非常重要的意义。

---

① （金）元好问著：《续夷坚志评注》，李正民评注，山西古籍出版社 1999 年版。

② （元）脱脱等：《金史·文艺传·元好问传》卷 126，中华书局 1975 年版，第 2743 页。

金莲川藩府文人仕与隐的冲突

任红敏

（安阳师范学院文学院）

蒙古时期，蒙哥汗即位，忽必烈以太弟之尊，开府金莲川，广延藩府旧臣与四方文学之士，思“大有为于天下”,[①] 成为他事业的辉煌开端。所谓“四方文学之士”，包括以经济之士为主的邢州集团、以许衡等人为主的理学家群体和由汉族世侯为主组成的旧金遗士。于是，形成了一个庞大的藩府谋臣侍从文人集团[②]，这个藩府谋臣侍从集团，对忽必烈总领漠南乃至以后缔造元帝国，都产生了重大的影响。藩府文人作为一特殊的文人阶层和群体，有自己的行为方式和心理特征，其中，出仕与归隐一直是金莲川藩府文人的心结，他们会不时处于这种矛盾之中。藩府文人仕与隐

① （明）宋濂：《元史》，中华书局 1976 年版，第 57 页。

② 包括怀卫理学家群：姚枢、许衡、窦默、郝经和智迂等人；邢州学派：刘秉忠、刘秉恕、张文谦、张易、王恂、赵秉温等人；从东平、真定、顺天三个汉族世侯幕府均招揽了一些文士进入金莲川藩府，其中，从东平严氏收揽的文士徐世隆、宋子贞、王磐、商挺、刘肃等人，从真定史氏招纳的是张德辉、杨果、贾居贞、张礎、周惠等人，从顺天张柔延揽的名儒王鹗，此外，还有赵璧、李简、张耕、杨惟中、宋衜、杨果、马亨、李克忠、杜思敬、周定甫、陈思济、王博文、寇元德、王利用、李德辉等其他金源文士谋臣；金莲川藩府侍从中的文士，主要分为两类，一是精通儒学的汉族藩府侍卫，如董文炳、董文忠、董文用、赵炳、高良弼、许国祯、许扆、谭澄、柴祯、姚天福、赵弼、崔斌等；二是深受儒学影响有着很高的汉文化造诣的非汉族侍卫谋臣，包括蒙古侍从文人阔阔、脱脱、秃忽鲁、乃燕、霸突鲁等，以及西域色目文人侍从孟速思、廉希宪、爱薛、也黑迭儿等，女真人赵良弼等。

的矛盾冲突，主要可以分为两个时期。

第一时期，在入侍藩府之初，藩府文人都有过出仕与归隐的矛盾，一是金元易代之际，空前的社会动荡，北方中原地区人民生活环境的恶化，儒家文化的衰落，藩府文人好多有过惨痛的经历[①]，他们经历了“千古神州，一旦陆沉，高岸深谷”（白朴《石州慢》）的心灵震撼，出仕为蒙古政权服务，要经过一番曲折之后才会予以认同。二是他们不清楚漠北的藩王忽必烈是不是他们能够依赖可以改变现状的君主，藩府的主要谋臣刘秉忠曾有过困惑，王鹗在入藩之前隐姓埋名，窦默是经过屡次征召才肯入侍藩府，姚枢也归隐家乡授徒讲学……直到他们了解到忽必烈积极延揽四方的文人，注重汉文化，“仁明英睿”、“善于抚下”，才慨然出仕藩府，欲借出仕而行“道”于世。

第二时期，忽必烈积极延揽四方的文人，注重汉文化，接受“马上得天下，不可以马上治”、“帝中国当行中国事”的道理，全力以汉法治理汉地，对汉族儒臣来说是莫大的鼓舞。因而，藩府文人进入藩府后，积极用世，辅助忽必烈行汉法，但是金莲川藩府儒臣和他们的君主从理念和文化上始终存在着不和谐，尤其是发生在元世祖中统三年（1262）的李璮之乱，对那些积极辅佐忽必烈施行汉法的金莲川藩府汉族谋臣是一个突如其来、意想不到的打击。虽然李璮之乱，只局限于益都、济南一隅，起兵五月即败死，但却给忽必烈带来了极大的震动，对忽必烈的统治政策和当时政局产生了深远的影响。李璮之乱后，忽必烈乘机大削汉族世侯们的兵权，杀王文统，并对汉族儒臣开始猜忌和逐渐疏远。如赵良弼和商挺都曾受到过怀疑[②]，就连他身边最受信任的刘秉忠、廉希宪也未曾脱

① 藩府文人中，如郝经幼时，“金季乱离，父母偕之河南。偕众避兵，潜匿窟室，（蒙古）兵士侦知，燎烟于穴，熘死者百余人，母许亦预其祸。公甫九岁，暗中索得寒遗一瓿，按齿饮母，良久乃苏。”（苏天爵《元朝名臣事略》卷15《国信使郝文忠公》）窦默、智迁、王磐、许衡、宋衜等在蒙古对金的战乱中，也同大多数北方百姓一样，辗转流徙。

② 《元史》卷159《赵良弼传》载：“蜀人费寅以私憾诬廉希宪、商挺在京兆有异志者九事，以良弼为证。帝召良弼诘问，良弼泣曰：‘二臣忠良，保无是心，愿剖臣心以明之。’帝意不释。会平李璮，得王文统交通书，益有疑二臣意，切责良弼，无所不至，至欲断其舌。良弼誓死不少变，帝意乃解，费寅卒以反诛。”又《元史》卷159《商挺传》载：“帝召挺便殿，问曰：‘卿在关中、怀孟，两著治效，而毁言日至，岂同寅有沮卿者耶？抑位高而志怠耶？比年论王文统者甚众，卿独无一言。’挺对曰：‘臣素知文统之为人，尝与赵璧论之，想陛下犹能记也。臣在秦三年，多过，其或从权以应变者有之。若功成以归己，事败分咎于人，臣必不敢，请就戮。’”

得了干系[①]。李璮之乱对金莲川藩府文人最沉重的打击，就是忽必烈态度的转变。李璮之乱前，忽必烈倚重金莲川藩府儒臣，倾向于汉法，专心文治，藩府文人也是雄心勃勃，一心辅佐忽必烈施行汉法。李璮之乱后，忽必烈对汉臣、汉将的态度发生了变化，从根本上改变了以往全力倚重金莲川旧僚的政策，虽然他没有改变以汉法治理汉地的基本方针，但在用人政策，对汉官的任用上却有了更多的保留[②]。对那些曾经参与决策并辅佐他登上汗位，又为新王朝奠定基础的金莲川藩府旧臣，忽必烈是逐渐疏远。当汉族儒士文臣发现“行道”的理想、平生努力的目标难以实现时，不免怀着深深的失望，甚至是心灰意冷，他们陷入了深深的苦闷，“这苦闷来自于文化心理的隔膜带来的他们与蒙古贵族之间的互相不能理解”[③]，时政的挫折与失望让他们摇摆于仕与隐、进与退的矛盾中，在他们当中普遍存在着宦途漂泊之感、出仕与归隐的心理矛盾。因而，导致了藩府文士出仕与归隐的第二个重要时期。

许衡无奈地把这种挫折归结到命运和时运上，他在与《窦先生书》中写道：

> 尝谓天下古今，一治一乱……世谓之治，治非一日之为也，其来有素矣……而世谓之乱，乱非一日之为也，其来有素矣。析而言之，有天焉，有人焉。究而言之，莫非命也。命之所在，时也。时之所向，势也。势不可为，时不可犯，顺而处之，则进退出处、穷达得失，莫非义也。[④]

大蒙古国已经足够强大，但离治世还有很长的路要走，由于客观情势的阻

---

① 据《元名臣事略》卷7《平章廉文正王》载：方逆璮未诛，平章赵璧素忌公勋名，倡言王文统一穷措大，由廉某、张易荐，遂至大用，今日岂得不坐？一日夜半，中使召公入，从容道潜邸事，良久，及赵言，公曰：“向行驿驻鄂，贾似道以木栅环城，一夕而办。圣谕谓扈从诸臣曰：‘吾安得如似道者用之？’秉忠、易进言：‘山东有王文统，才智士也。今为李璮幕僚。’诏问臣，臣对：‘亦闻之，其心固未识也。’”上曰：“然，朕亦记此。”

② 至元二年（1265），忽必烈正式颁布了“以蒙古人充各路达鲁花赤，汉人充总管，回回人充同知，永为定制。”在不得不利用汉官为其办理具体事务的同时，在每一机关都分派一名蒙古正员监临，并配置一名权位相等的回回官员为同知进行防范和牵制。

③ 查洪德：《理学背景下的元代文论与诗文》，中华书局2005年版，第14—15页。

④ （元）许衡：《鲁斋遗书》卷9，北京图书馆古籍珍本丛刊，影印明万历二十四年刻本。

碍，很多事不是个人所能左右的，正所谓“势不可为，时不可犯”。许衡曾无奈地感慨“弱德较强力，明知势难侔”（《读东门行》），这不仅是许衡个人的悲剧，也是金莲川藩府儒臣群体的悲剧，以“不见群雀满树急喧啾，隋侯有珠不肯投”（《读东门行》）[①] 作比，大有不得其时之叹！这种无奈和失望可以说是当时金莲川藩府文人的共同心态，因为“任何一个历史个人（不管其地位多么重要）的心态是他本人及其同时代人所共有的心态”[②]，由于蒙元王朝发展的客观情势的限制，金莲川藩府文人一度的雄心勃勃变成了灰心失望。藩府文人内心受到了前所未有的煎熬，不再对仕途存有奢望，这种挫折造成了心理上的压抑感和失落感，使他们与向往无功利世界的思想顺理成章地达成了默契，文人追求的隐逸生活也就成情理之中的事情了，所以许衡怅叹道：“何如早还归，山阳坟陇在。平生所愿心，辗转不得遂。十年误同游，回首只多愧。”（《有感》二首其一）[③]

姚枢虽然位列三台，权重位高，不离忽必烈左右，但面对这次沉重的打击，他也感慨道：“四海一红炉，焦心待时雨。群生日嗷嗷，无从求乐土。百拜吁苍天，吁天天未许。亨嘉会有期，此非容力取。”（《聪仲晦古意廿一首爱而和之仍次其韵》第十八首）[④] “群生日嗷嗷”，正是当时汉族儒臣期待与盼望的焦虑心情的写照，“乐土”是诗人所追求的文治社会，“苍天”应是对忽必烈的比况，忽必烈重新倚重金莲川旧僚，倾心汉法，一心文治的时候又何时能返回？这正是他焦心等待的。

刘秉忠在忽必烈身边一直是以“聪书记”僧人身份，谋划军政机要二十多年。忽必烈对刘秉忠一向信任有加，李璮之乱对刘秉忠并没有多少影响，而刘秉忠又是一个淡于功名利禄的人，在政治生活上始终是“潇潇洒洒水云乡，扰扰胶胶名利场”（《淡中》），置身红尘名利之外，但对这次事关生平努力的事态变化，他不可能置身事外，他也有过苦恼、烦闷，从他的诗词中可以窥测这种心态，他意图在酒乡中麻醉自己：

---

① （元）许衡：《鲁斋遗书》卷51，北京图书馆古籍珍本丛刊，影印明万历二十四年刻本。

② ［法］雅克·勒戈夫、皮埃尔·诺拉主编：《史学研究的新问题新方法新对象》，社会科学文献出版社1988年版，第268页。

③ （清）顾嗣立编：《元诗选》（初集上），中华书局1987年版，第435页。

④ （清）顾嗣立编：《元诗选》（二集上），中华书局1987年版，第130页。

年年策马走风埃，钟鼎山林事两乖。千古兴亡归恍惚，一身行止赖编排。无才济世当缄口，有酒盈樽且放怀。何日还山寻旧隐，瘦笻偏称著芒鞋。(《醉中作》)①

是啊，人事沧桑，千古兴亡，世事难料，就连精明如秉忠者，都叹道“无才济世当缄口”，意图还山寻旧隐，更何况他人！他无奈地感慨：“风云龙虎随时有，鱼水君臣自古稀。”(《蜀先主孔明》)君主和臣子之间始终都是有隔膜的，他希望“万事纷纷一醉休”(《跋李太白舟中醉卧图》)，可酒不能解决任何问题，只能让他得到短暂的解脱。也只有在他写给引致自己出家的僧友颜仲复《遣怀寄颜仲复》的诗中，才吐露了心曲：

名利场中名利儿，寸心徒用恶寻思。人才自有安排处，物理宁无否泰时。纵量倾残一壶酒，畅情吟杀七言诗。诗成酒醉东风晚，月照梨花第一枝。

朱颜白发任流年，睥睨揶揄置两边。皆醉皆醒人岂尔，一鸣一息物当然。飞腾起处须从地，智力穷时便到天。惟有无生话无尽，何如缄口坐痴禅。②

诗人无奈地感慨“人才自有安排处”，可见这次事件的打击对他有多大，他在这次变故面前感到无能为力，“何如缄口坐痴禅”闭口不言时政，再次提到“缄口”，其心情是何等的无奈！在参禅礼佛中忘怀烦恼，可真能忘却么？如果是真能忘却，就不会有“分别是非谁得正，摩婆今古自宜平”(《过天井关》)③，从古今倏忽时空虚幻中去寻求安慰了，这种灰心和失望在秉忠诗词中经常可以见到。

当然，金莲川藩府文人出仕与归隐的心结，自然也会影响到他们的诗词创作，为了消除精神上的烦恼痛苦，这些身居庙堂之上的金莲川藩府文人，找到了一个绝佳的保持清操高节，亦忘怀荣辱得失的方式，即用佛道

① (元)刘秉忠：《藏春集》卷1，北京图书馆古籍珍本丛刊，影印明天顺五年刻本。

② (元)刘秉忠：《藏春集》卷3，北京图书馆古籍珍本丛刊，影印明天顺五年刻本。

③ (清)顾嗣立编：《元诗选》(初集上)，中华书局1987年版，第378页。

出世远世和遁隐的精神解脱自己。孔子曰："学而优则仕"，文人努力学习以期优秀就是为了出仕从政。而从政的目的又是什么？概括而言，一是为了行道，二是为了干禄，而行道和干禄这两者是相辅相成，互为条件的。要想行道，必须做官从政，取得辅佐帝王的重要位置，正如杜甫诗中所言："自谓颇挺出，立登要路津。致君尧舜上，再使风俗淳。"（《奉赠韦左丞丈二十二韵》）[①] 只有占据"要路津"，才具备"致君尧舜上"，使"风俗淳"的条件，而且是官位越高，行道的范围与可能性就越大。而出仕为官，自然也就获得了俸禄，因而，行道和干禄，一个是精神追求，另一个是物质保障，自然缺一不可。而当文人行道的理想受挫，除了退出官场之外，只有亦仕亦隐，为心灵寻找一片平淡宁静的避风港，这样，既积极入世又能保持精神自由、追求诗意生存的人生态度。这是中国士大夫在理想受挫、宦海浮沉、人世沧桑之际的表现，退而出入佛道，以自省、内敛的心态和审美趣味，注重内心情感的体验和对平淡闲适生活的追求，锤炼出士大夫潇散淡泊、老成达观的心理特质，将退隐作为体验自由、寻求心灵解脱和淡泊澄静的一种生活方式。而且，从文学史的角度来看，易代之初也往往是隐逸文学的兴盛阶段，金末元初的文坛也不例外，在特定的隐逸精神兴盛的社会文化土壤影响下，藩府文人诗词创作的一个重要内容便是隐逸情怀的抒写，他们诗词中满是"归去来兮"的吟唱。隐逸，就成为金莲川藩府文化的重要构成部分，成为藩府文人士大夫的精神取向。

对金莲川藩府文人诗词所抒写的隐逸情怀，可以从以下两个方面来审视：

第一，淡漠功名富贵，歌颂啸傲山林、优游岁月的闲居生活，以淡泊宁静为特质，注重自我的心性修养和精神的自由、自足，体现出士大夫潇散淡泊、老成达观的心理特质。

如刘秉忠《蜗舍闲适三首》：

> 今古无穷岁月流，山林鼎篆自悠悠。意还本分是为足，事不自然难免忧。夺得凤池终犯手，构成蜗舍且抽头。南窗尽日消闲在，细听莘公说四休。
>
> 画戟朱门将相家，山间一室息纷哗。素餐得饱那思食，薄酒消愁

① （唐）杜甫撰，（清）仇兆鳌详注：《杜诗详注》，上海古籍出版社1992年版，第73页。

宛胜茶。就里静为真受用，倒头闲是好生涯。此身久置功名外，万户封侯任被夸。

半世劳生天地间，千金易得一安难。庭前松菊成闲趣，窗外云山得卧看。光满此宵逢好月，香来何处有幽兰。横琴消尽尘中虑，一曲秋风对月弹。①

虽身居官位，“夺得凤池终犯手”，却心怀山林，视隐身山林、远离尘世为人生至乐，在山间一室，南窗之下，对庭前松菊，卧看窗外云山，弹琴吟咏，陶然自得，的确做到了心情恬退，生活闲适，全然不在意那高官厚禄的物质享受，而是崇尚任性逍遥，放浪山水，他所追求的是“横琴消尽尘中虑，一曲秋风对月弹”的超然，当诗人阅尽人间沧桑以后，对现实生活便有着真切的感悟，从中获得那种心境的释然与思想的升华，在纷纭世态中保持一份超越是非利害得失的清净心。而秉忠的这种任性逍遥、洒脱闲远的人生境界，不仅是受当时的社会文化土壤以及藩府文人的隐逸心态的影响，更主要的是缘于他贯通儒释道，“凿开三室，混为一家”，而归本于儒的思想。他既能体会儒家所追求的孔颜之乐，又有道家的超尘洒脱，也追求清净无为、功成身退，还有佛家的虚静高洁、淡泊悠远。

据刘秉忠的同僚王磐记载，刘秉忠身侍忽必烈之后，虽位居庙堂，但仍不改初服，“不坐官府，不趋朝行，褐衣疏食，禅寂徜徉”，他还俗拜官之后，仍“斋居疏食，终日淡然，与平昔不少异。”（王磐《文真刘公神道碑》）② 刘秉忠的为人就是潇散闲淡，清逸高洁，自然其隐逸诗词便呈现清疏、放旷、淡雅的审美境界。其隐逸诗词主要是抒发身居高位却不能尽展其志时，思归慕隐随意自适之情，如：“翠微深崦遁肥家，占断安闲阅物华。不但爱诗仍爱酒，何妨栽竹更栽花。固知天命元无间，还信人生各有涯。华屋山丘都是梦，且图沉醉卧烟霞。”（《山家》）诗人不在意功名富贵，华屋山丘不过是梦一场，在意的是诗与酒，绿竹与花草，向往的是沉醉卧烟霞的洒脱，诗歌意境古淡空寂，同时带有淡淡的忧伤和孤清之感。顾随先生曾说过：“凡艺术作品中皆有作者之生命与精神”，“一切

---

① （元）刘秉忠：《藏春集》卷1，北京图书馆古籍珍本丛刊，影印明天顺五年刻本。

② （元）刘秉忠：《藏春集》卷6，北京图书馆古籍珍本丛刊，影印明天顺五年刻本。

文学的创作皆是‘心的探讨’”,[①] 可以说，刘秉忠的诗词里有他的生命，也有他的精神，还代表了金莲川藩府文人谋士在此风云际会之时的心态。李昌集先生在其《中国古代散曲史》中论刘秉忠词：“观秉忠词，多‘言志’之作，个中‘山林’之志又为最常见主题，语言刚劲雅致，实为一种‘诗化’之词，是承宋代苏辛一路的金词的余响。”[②] 今以其以下两首词为例：

> 青山憔悴锁寒云。站路上，最伤神。破帽鬓沾尘。更谁是、阳关故人。颓波世道，浮云交态，一日一番新。无地觅松筠。看青草、红芳斗春。(《太常引》)
>
> 平生行止懒编排。住蒿莱。走尘埃。社燕秋鸿，年去复年来。看尽好花春睡稳，红与紫，任他开。紫微天上列三台。问英才。几沉埋。沧海遗珠，当著在鸾台。兴世浮沉惟酒可，如有酒，且开怀。(《江城子》)[③]

况周颐《蕙风词话》曰：“太常引云：‘无地觅松筠。看青草、红芳斗春。’藏春佐命新朝，运筹帷帐，致位枢衡，乃复作此等感慨语，何耶?江城子云：‘看尽好花春睡稳，红与紫，任他开。’则是功成名立后所宜有矣。”[④] 他提出秉忠“佐命新朝，运筹帷帐”，却发“无地觅松筠”之感慨的问题，正是李璮之乱后，秉忠身居高位却不得尽展其志时，作者灰心失望、心胸郁结、惆怅惘然思绪的表达。词人感到诸多苦闷，本来青草、红芳斗春是令人非常惬意的，但此时却毫无欣赏美景的兴致。“红与紫，任他开”，只看到“颓波世道，浮云交态”，纵是英才，也只好沉埋于世，不得施展抱负，只好借酒浇愁。当几经沉浮，深深体验到人生的虚幻和痛苦之后，便对现实生活有着更真切的感悟，从中获得那种心境的释然与思想的升华，在纷纭世态中保持一份超越是非利害得失的清净心，正因为如此，秉忠当年“王戈定指何方去，天意仍教我辈参”，“江山如旧

① 顾随讲，叶嘉莹笔记，顾之京整理：《驼庵诗话》，天津人民出版社 2007 年版，第 3—4 页。

② 李昌集：《中国古代散曲史》，华东师范大学出版社 1991 年版，第 482 页。

③ （元）刘秉忠：《藏春集》卷 5，北京图书馆古籍珍本丛刊，影印明天顺五年刻本。

④ 况周颐：《蕙风词话》，唐圭璋《词话丛编》（五册），中华书局 1986 年版，第 4470 页。

年年换，谁把功名人笑谈”（《岭北道中》）[1] 激烈的济世壮怀换做了如今的浅吟低唱，而且多以闲逸、静默、淡泊、深远的诗情来表达心态的平静，以及那种潇洒自如的气度。

在创作中，秉忠任性逍遥，随缘放旷，使其诗词有一种超尘脱俗、悠然旷达的气质。也正因为如此，其追步范蠡、陶渊明、张志和、刘（晨）阮（肇）的隐逸之作便呈现清疏、放旷、淡雅的审美境界。他有“十里烟波明落日，数声渔笛响西风。红尘不到孤舟上，谁得江湖伴此翁”（《渔父》）的坦然悠闲；“一声鱼笛烟波上，宜著蓑翁泛小舟。红蓼岸，白苹洲。闲鸥闲鹭更优游”（《鹧鸪天》）的旷然潇洒；“策杖欲寻佳境去，出门还被乱云迷。野花野草同三月，闲鹭闲鸥共一溪”（《回杖》）的雅洁惬意；而“拨棹垂竿日日同，藕花丛了荻花丛。朝云暮雨闲身外，春水秋山醉眼中。十里烟波明落日，数声渔笛响西风。红尘不到孤舟上，谁得江湖伴此翁。”（《渔父》）更是潇洒豪迈，风神绝俗；又如：“渔舟横渡。云淡西山暮。岸草汀花谁作主。狼藉一江秋雨。随身碧笠蓑衣。斜风细雨休归。自任飞来飞去，伴他鸥鹭忘机”（《清平乐》），忘却世间俗机，置身“秋雨”、“岸草汀花”之间，虽身著“碧笠蓑衣”，清贫苦寒，而能“与鸥鹭同飞”，与自然万物浑化一体，优哉游哉，好不惬意。

因而，他的隐逸诗词清灵疏宕，更让人回味久远、辗转难忘。他这种否定功名富贵、颂歌啸傲山林、优游岁月闲居生活的隐逸诗词，足以体现士大夫潇散淡泊、老成达观的心理特质，也即藏春诗词的佳处，既有性情深厚、襟抱磊落、悲天悯人的胸怀与深沉的思想，又有凄婉苍凉之致。而且秉忠诗词中所反映出的主体精神已经不仅仅是刘秉忠个人的思想情致的显现，而是整个时代风会所造成的藩府文人群体心态的一个缩影。尤其是其词中的弃世慕隐、适意山林的人生价值取向，是金元之际社会现实在金莲川藩府文人心态上的曲折映射。

第二，倾慕陶渊明，满是“归去来兮”式的呼唤，寄情山水田园，把山水、林泉、茅舍、田园作为他们自由生活的乐土，也是他们精神的栖居之地。与政治中心保持距离，疏远政事、吏道、俗务，体现疏旷通达，散淡自由的精神与生命的本真。

刘秉忠追求的是陶潜潇洒任性、率真自得的审美生存精神，尽可能在

---

① （元）刘秉忠：《藏春集》卷1，北京图书馆古籍珍本丛刊，影印明天顺五年刻本。

仕途以外的人生中寻求、创造和享受生活的诗意与自由。这种人生的选择在他的诗词中表现为：旷放疏散、陶然于山水田园、沉醉于诗书美酒。在这里，他完全释放了自己，游心物外，寄情山水，在明月清风中求得心灵自适，诗人将历经世事沧桑的旷达情怀融入了宁静优美的大自然中，一川秋水，一带林烟，洗脱了俗情物累，只剩下一脉清远旷达，“长歌短咏流年里，远眺登高夕照边。不见南山真面目，一川秋水淡林烟”（《晚眺》）；也追慕渊明桃源的与世无争，远离世事纷纭，于是要去桃源探访一下消息，只可惜那片远离尘世的净土已经无路可寻，“桃源觅无路，对溪花红紫”（《桃花曲》）；他常在美酒中，疏远了政务、俗务，忘却了荣辱穷达，找回了自我：“日暮西风吹过雁，夜凉明月照惊乌。黄花离落秋香里，醉倒渊明不要扶。”（《秋夜饮》）“二顷田园也易成。尊酒醉渊明。菊有幽香竹有声。”（《南乡子》）“野花野草同三月，闲鹭闲鸥共一溪。沽酒归来北窗下，人间如梦醉如泥。”（《回杖》）在作者描绘的清凉透明、孤寂清高的世界里，又能感觉到作者的通脱之感、旷达之气。以其词《洞仙歌》为例，可以充分体味秉忠对陶潜潇洒自得与忘怀世俗精神的领悟：

> 仓陈五斗，价重珠斛。陶令家贫苦无畜。倦折腰闾里，弃印归来，门外柳，春至无言自绿。山明水秀，清胜宜茅屋。二顷田园一生足。乐琴书雅意，无个事，卧看北窗松竹。忽清风，吹梦破鸿荒，爱满院秋香，数丛黄菊。①

词冲和平淡又自然高致，以“陶令”自况，上片“仓陈五斗”三句写陶令贫苦之境，即便是如此“家贫无畜”的境遇之中，渊明还是弃印而归，不为俗务所累，自然觉得所见之景分外怡人，“门外柳，春至无言自绿”，道出了随缘自适的释怀之感。下片转而描绘田园之乐，山明水秀，虽然只有茅屋一幢，田园二顷，但自适之趣可见，还有“琴书雅意”之乐趣，足以使秉忠自得其乐、忘怀世俗。词以陶渊明自况，道出了词人安贫适意的“清淡”心境。

许衡诗词创作的一个重要内容也是隐逸情怀的抒写，他诗词中满是“归去来兮”的吟唱，对渊明的倾慕，对田园的眷恋。许衡非是为了做学

① （元）刘秉忠：《藏春集》卷5，北京图书馆古籍珍本丛刊，影印明天顺五年刻本。

问而死读书者，坚持北方学术重治生的精神，以拯救生民为己任：“一祈仁政苏民疲，一祈善政赒民饥”（《送姚敬斋》）[1]，“干戈恣烂熳，无人救时屯。中原竟失鹿，沧海变飞尘”（《训子》）[2]，他关心现实，有忧世伤时之情怀，他一生五仕五隐，其出仕，是本着儒家“兼济天下”，主张“但当匡救主民疲”（《题武郎中桃溪归隐图》其二）。他怀着极大的热情，进入藩府后，积极用世，辅助忽必烈行汉法，议事中书省时，所上《时务五事》等，本之儒道，洋洋万言。当“行道”遇到挫折时，他并不眷恋仕途。他所走的乃是儒家给中国文人所规定的正统人生道路，“达则兼济天下，穷则独善其身”，仕也好，隐也罢，终不离乎“道”，他是“又爱功名又爱山”（《题武郎中桃溪归隐图》其四）。许衡的这种隐逸情怀，既是时代风会造成文人心态的缩影，又是许衡志于“道”心态的显现。如其《题武郎中桃溪归隐图（五首）》就是许衡所描摹的隐居之乐景，以其以下两首诗为例：

> 桃溪风景写横披，浑似秦人避乱时。万树春红罗锦绮，一湾晴碧卷琉璃。饮中更听琴声雅，静里初无俗事羁。他日君侯归此隐，肯容闲客日追随。（其三）
>
> 门外秋千摆翠烟，篱边鸡犬亦闲闲。更教烂熳花千树，对着萦纡水一湾。好景已凭摩诘画，他年重约长卿还。寻思此世人心别，又爱功名又爱山。（其四）[3]

一旦忧国忧民的意向受到挫折，“天下有道则见，无道则隐”，天下无道当然可以“隐”，“隐”就是一帖绝妙的精神安慰剂，隐即乐。归隐田园，乐而忘返。诗中是一种皈依自然的真乐，不在于那“烂熳花千树，萦纡水一湾”的美景，也不是鸡鸣犬吠，男耕女织的生活，而是那种悠闲，“饮中更听琴声雅，静里初无俗事羁”，确实是“闲中别有一乾坤”（《题武郎中桃溪归隐图（五首）》其五），逍遥出世，与道俱成，其乐融融。许衡所追求的正是传统中国儒学的理念，重视内心的充盈和满足，追求

---

① （元）许衡著，王成儒点校：《许衡集》，东方出版社2007年版，第235页。

② 同上书，第232页。

③ （元）许衡：《鲁斋遗书》卷11，北京图书馆古籍珍本丛刊，影印明万历二十四年刻本。

“饭疏食、饮水，曲肱而枕之，乐亦在其中矣”（《论语·先进》）的内心愉悦，还有那种“浴乎沂，风乎舞雩，咏而归”（《论语·先进》）超越一切世俗烦恼的快乐满足。当诗人目睹了几许人生的沧桑变化，看清了仕途的坎坷磨难，便进一步超越了实用观念、政治关系、功利目的和世俗的无奈与矛盾，他坦言：“我生爱林泉，俗事常鞅掌”（《游黄华》），“我爱林虑山，不处要路津。兹焉几千古，绝彼朝市尘”（《别西山》）。为了自己所志之道，而慨然放弃顾影虚名，“吾道真如千里重，虚名冷笑一毫轻”（《呈友人》），经常想着归隐田园，“如何藉我知音力，五亩耕归沁北村”（《病中有感》），热衷的也是“五亩桑麻舍前后，两行花竹路西东。幽人自爱幽居好，未肯埋身利害中”（《用吴行甫韵》），“百亩桑麻负城邑，一轩花竹对烟岚。纷纷世态终休论，老作山家亦分甘”（《偶成》）的生活，淡泊自守、归隐田园，虽生活清苦，但活的更踏实。“月下檐西，日出篱东，晓枕睡馀。唤老妻忙起，晨餐供具，新炊藜糁，旧腌盐蔬。饱后安排，城边垦劚，要占苍烟十亩居。闲谈里，把从前荒秽，一旦驱除。”（《沁园春·垦田东城》）归耕田园，生活确实清苦，却恬静而无俗务所累，于闲谈中，心中郁结的烦闷得到排解。诗人在灵魂深处构建着一个属于自己的诗化的精神乐园王国。许衡不是一个浪漫的人，但他笔下的归隐图却惹人遐想：

> 溪桃种成事天子，已把行藏两途拟。如今鞍马困黄尘，袖着横披念生理。君不见：太仓米，登大厨，金盘对饤如珍珠。虽能顷刻得贵重，无复继世生民区。果欲归，归贵速，云雨人情若翻覆。虚名累不当饥寒，枉惹闲愁乱心曲。果欲归，归恐晚，镜里萧萧鬓丝短。桃花零落几春风，野鹤山猿有谁管。归去来，莫徘徊，瓦盆便拟倾新醅。脱冠一笑醉溪石，人间万事俱尘埃。（《桃溪归隐图》）[①]

完全是一种洒脱而旷达通脱的人格美的体现。诗中“归去来兮”的呼唤是诗人此时内心世界最真实的展现。林语堂先生曾说：“中国文化的最高理想始终是一个对人生有一种建筑在明慧的悟性上的达观”，“人生有时颇感寂寞，或遇到危难之境，人之心灵，却能发出妙用，一笑置之，于是

① （元）许衡：《鲁斋遗书》卷11，北京图书馆古籍珍本丛刊，影印明万历二十四年刻本。

又轻松下来”,[①] 许衡在仕途遇到挫折之后，看透了俗情世间，去田园农村安顿他珍爱的有限生命，享受现世的欢愉，不失为传统中国儒学的理念——重视内心的充盈和满足的最好演绎。而许衡所演绎的隐逸文化具有一种淡泊宁静、任性率真的美学意趣，这一特质的产生，自然和诗人的心态与社会文化背景的孕育有极大的关系。

郝经和刘秉忠、许衡的遭遇不同，中统元年（1260），元朝刚刚立国，正当郝经踌躇满志，准备有一番作为之时，忽必烈派他为国信使，以翰林侍读学士的身份，佩金虎符出使南宋。他本以弭兵保民的满腔豪情出使宋朝，却不料被拘囚真州十六载而不得北归。仪真馆中的郝经，孤独、沉痛和凄怆，在孤馆之中，唯一能作为排遣痛苦、抒发悲愤、支持生存的就是吟诗著书，这时候的他最常流露的感情不仅是思乡怀亲，还有就是还乡归隐田园，这也是支持他在孤馆内活下去的精神力量。他的《陵川集》有整整两卷是和陶诗，共 118 首，其中，和陶诗很多的内容是表达归隐田园的思想。此时的郝经，在真州经历了十二年的半囚半客式的生活，已经不再是入仕之前的豪情满怀，对陶渊明有了更深的领悟，他的和陶诗中满是“归去来兮”式的呼唤：“嗟我征夫，曷云还归！瞻彼北辰，翰音弗遗。……伊余南征，输平内交。滔滔弗归，故山梦劳。”（《归鸟》）故乡时时在梦中出现，听到雁声他更思念故国和家园，“青山绕故国，白雁遗燕声。”（《九日闲居》）“雁啼霜江清，人与卉木腓。舍馆极羁留，感秋尤思归。”（《于王抚军坐送客》）在这种情况下，他对陶渊明归隐田园是从心里认同，也理解了陶渊明的精神世界，对陶渊明“退归田里，浮沉杯酒，而天资高迈，思致清逸，任真委命，与物无竞”[②] 的田园悠游生活羡慕不已，并极力追求陶渊明的生活境界，更渴望回归故里过陶渊明式的生活。在《辛丑岁七月赴假还江陵，夜行途中》一诗中写道：“嗟嗟何不辰，瞢闇误此生。老树栖惊乌，江静秋月明。顾影无匹俦，徙倚恨不平。空庭步数周，肃肃成宵征。河阳有赐田，何日得归耕？”[③] 他虽然不能摆脱眼前的困境，但隐逸家乡的山林田园成了他痛苦中的渴望，好似茫茫黑夜中的亮光，给了他无限的希望，经历了震撼灵魂的重大困境之后，对生

① 林语堂：《林语堂著译人生小品集》，浙江文艺出版社 1991 年版，第 52 页。

② 郝经：《郝文忠公陵川集》卷 6，北京图书馆古籍珍本丛刊，影印明天顺五年刻本。

③ 同上。

存处境有了深切洞悉，对议和事件经过深入思考，也有了清醒认识，当诗人对人生意义经过痛苦地反思，终于为自己找到了一条出路，就是远离俗情世间，去山林田园安顿他珍爱的有限生命。在人生生死困境的考量下，郝经是真心希冀师从渊明，作斜川游，飘然回归田园："花飞好鸟歌，尘世有此不？醉踏石上水，洒然濯百忧。何年结茅屋？归去便可求。"（《游斜川忆西郎》）那世外桃源对郝经来说，好似人间仙境，可以逃避一切世俗烦恼，那是他从人生困境中解脱出来，超越悲情，获得了灵魂的归依，精神安宁的地方。

因而，郝经笔下的田园生活是美好的，让人向往的，也是欢快的，这是郝经和陶诗中唯一充满欢情的地方，如其《归园田居（六首）》诗中：

童稺游鹿豕，野逸便深山。幽居远世尘，颢颢羲皇年。卢溪郁岩阿，缭壁涵清渊。征君始真隐，种玉开石田。幽人竞卜邻，联落崎阻间。竹木茅舍边，桑麻橘篱前。三春牡丹雨，十月梅花烟。孤云出遥岑，颓日下层巅。性与万化寂，身同天地闲。一从入縶羁，趋蹶宁复然？（其一）

雨余山色净，霜降木叶稀。南涧拾梨栗，带月吟风归。青青路边兰，细细侵裳衣。饭饱晦亦足，物我两无违。好山无俗人，林泉有真娱。种秫足自酿，高下开荒墟。清溪侵古屋，况有高贤居。绿竹扫山色，奇木近千株。邻舍几父老，话言皆纯如。相见即痛饮，瓮盎倾无余。酒酣藉月卧，清兴欲凌虚。云谁知此乐，此乐世间无。（其四）[①]

在诗人的笔下，深山田园是恬美、宁静的，远离世尘，清溪浅浅，有竹木茅舍，桑麻橘篱，还有三春牡丹，十月梅花……初雨过后，山色分外净朗，路边兰草青青，直透人衣裳。绿竹勾出淡淡的山色，奇木千株，静绝尘氛，真要滤尽人的现实遐思，置身于荒天迥地之间，这是诗人运用神思遐想来构筑的理想境界，这样的境界，可以让人超越悲情，获得灵魂的归依，精神的安宁，去体验超越的情致。人呢？"性与万化寂，身同天地闲"，"饭饱晦亦足"，"酒酣藉月卧，清兴欲凌虚"，更是怡然自得，与田

① 郝经：《郝文忠公陵川集》卷6，北京图书馆古籍珍本丛刊，影印明天顺五年刻本。

夫野老相游于山间，适性逍遥，是一种超拔世俗的人生情态，绝非凡人所能及。郝经构建了自己独特的随缘自适、自由无待的精神天地，希冀获得灵魂的宁静与愉悦，这是最能看出陶渊明影子的地方。他不止一次地感叹“劳生役世物，万戚无一欣”，向往“且拂冠上尘，暂作山中人”，他幻想自己拥有一个草庐，“醉归语山家，今年当卜邻。便送买山钱，结茅东涧滨。”（《示周掾祖谢》）他歌颂山中人淳朴的快乐：“乐哉山中人，身世无妄想。避世如避仇，纳履遂长往。耕鉏足衣食，生聚罗稺长。含淳遂天真，体胖心亦广。”（《归园田居（六首）》其三）

郝经是在当时矛盾、痛苦万分的心境下，以道家的出世，齐生死，泯物我，超尘脱俗来宁静、平缓自己心中的沉痛与悲愤，表面上寄情山林，怡然自得，其实内心深处痛苦不堪。这是诗人为了缓解自己痛苦的精神状态而作出的自我宣泄、自我拯救的超脱方式，他两卷和陶诗，其实大多都在表示一种希冀超脱、渴求心如止水的强烈愿望。

当然，这种归隐山林田园的愿望，实际上一直是中国文人的传统，它早已作为一种文化意识深深地积淀在中国知识分子的内心深处。在现存藩府文人的诗词中，经常可以见到这种寄情山水田园的隐逸之作，如陈思济《漱石亭和段超宗韵》一诗：“风波万顷一官微，羡杀田家豆粥稀。后日秋冈冈上去，树腰移榻转斜晖。”[①] 诗风清雅，把隐逸情怀表达得含蓄蕴藉，委婉深远。杨果的《村居》一诗：“草堂有燕贺新成，沙渚无鸥续旧盟。满径落红风扫静，一渠春碧雨添平。春波淡淡卷寒漪，长日萧萧静竹扉。村舍蚕催桑叶大，山田鹿食麦苗稀。”[②] 用充满欢欣的笔触描写了一幅清丽、高旷田园生活的美景，借以衬托诗人的舒适快意之情怀。

金莲川藩府文人在理想受挫、宦海浮沉、人世沧桑之际，转而自觉地去追求一种诗意的栖居，将退隐作为体验自由、寻求心灵解脱和淡泊澄静的一种生活方式，从而形成了金莲川藩府文学清疏、放旷、淡雅的一脉审美风貌。隐逸思想又是普遍存在于元代文人中的一种时代情绪，在文人士大夫的诗文创作中，有关抒发隐逸情怀、表达隐逸意绪的作品炽盛一时，藩府文人隐逸文学的创作，不仅为元代文坛增添了一道淡雅的风景，而且也是元代文人士大夫隐逸文学创作不可或缺的一部分。

---

① （清）顾嗣立编：《元诗选》（二集上），中华书局1987年版，第323页。

② 同上书，第174页。

明清长篇世情小说女性丑怪身体的群像

孙宏哲

（内蒙古民族大学文学院）

文学中的身体现象与现实社会中人的身体现象、身体经验、身体知识一样，都受制于具体的时代生活、环境和文化形态。身体同时是被自然、社会与文化构成的现象。[①] 作者认为，明清长篇世情小说中女性身体是多维度、多层次的现象，其意义随历史与境遇的变化而变化。所以作者力图通过对明清长篇世情小说中女性形象生理层次、心理层次、文化层次的层级式解剖，揭示出女性身体在封建宗法父权体制[②]及性别政治中共同具备绝望、焦虑、病态的特质，构成了丑怪身体群像。

一　社会历史文化背景：女性丑怪身体的文化解读

在中国，封建宗法父权体制集道德、法律、权力于一体。在文化传承上，从《易经》阴阳观，经过《吕氏春秋》、《淮南子》、《礼记》等经典书籍的传播转化，到了《春秋繁露》，构成了完备的阳尊阴卑、天人合一的系统哲学观。在宗法象征秩序中，男尊女卑，男外女内、女性被收编在

---

① 详参斯特拉桑（Andrew J. Strathem）《身体思想》，王业传、赵国新译，春风文艺出版社1999年版，第1页。

② 父权体制（patriarchy）在西方是指男性社会通过家庭婚姻、社会、政治、文化、教育和经济等手段压制女性的一种体系思想。米利特（Kate Millett）在《性的政治》一书中，系统地将父权体制纳入女性主义理论系统中加以批判。笔者参照林幸谦的观点，将宗法体制文化与“父权体制”概念相结合，用“宗法父权”表达中国传统女性所受到的总体压抑。

体制之内的边缘位置上，置于婚姻家庭秩序之内，扮演男性主体的他者，终生无法逾越家庭，在社会文化意义上，女性只能在以男性为主体的宗法父权话语中寻求自己的主体与意义。

明清时期，封建宗法父权强加给女性的宗法伦理秩序思想与性别统治思想达到空前绝后的变态程度。女性被贬压为永远未成年的宗法父权的“女儿”，在“三纲五常”、“三从四德”、“七出”、“七莫”、“十莫”等伦理秩序里，女性内化为顺女、贤妻、良母、孝媳，终生遵循“内闱”的规范。宗法伦理秩序思想，性别统治思想，狭小的、因与社会隔离而类似软禁的家庭生活，不但使女性人格受屈辱，精神被压抑，才智被埋没，正当权益被剥夺，以致很难找到自己身体的自主、自由的欲望以及和社会的联系，而且给女性留下“肉体异感”，在内化的自我规范思维之中，女性自身亦难以接受带有被压抑的欲望的身体，敌视身体，加深了女性作为“他者”的压抑，使女性难以成为有自主身体、精神和灵魂的人。

在晚明，统辖身体的形上之理与超感性的观念世界，不是遭到放逐，就是被还原到“穿衣吃饭”的切身需求和欲望的自然本性上去了。在某种程度上减弱了它的约束力、激发力和建构力。一旦“身体”从形而上的礼教观念的监禁中逃离，获得了自身的实在性，就会开始叙说它的存在。这种影响在清初还时有表现。《金瓶梅》、《醒世姻缘传》等小说中的女性总体上呈现出张扬个性、放纵原欲的特点。清中后期，程朱理学全面复辟，社会道德理念绝对压倒人的正常情感欲求，社会理性全面统辖个人感性，宗法父权的道德理念在女性身上取得了内在合理性，这在《林兰香》、《歧路灯》、《儒林外史》、《红楼梦》等小说中的女性形象身上得到了体现。

无论如何，女性的社会身体在父权性别政治运作下，始终是体现父系文化想象的集体产物。女性形象并不具有独立存在的意义，只是作为男性精神世界里的一种象征符号——欲望的符号或压抑的符号，女性被贬为物品、商品，被男性中心视为一种使用价值功能，在男性联盟之间具有交换利益的功能。

明清长篇世情小说里有这样一批女性形象，在极度压抑、内闱中，由于身份、地位、欲望和自我的不确定和被否定，不断涌现忧郁、紧张、情感失控、理性沦灭，以语言、行动或在心理上对自己或他人造成伤害，呈现出一种精神上的自虐与被虐。形成生理、心理、精神层面上绝望、焦虑、病态的女性丑怪身体。

二 宗法父权政治关系下女性的丑怪身体

父权政治赋予女性“原罪”，使之一直占据着一席留给罪人的位置，“事事有罪，处处有罪：因为有欲望和没有欲望而负罪，因为太冷淡和太热烈而负罪，因为太过分的母性和不足够的母性而负罪，因为生孩子和不生孩子而负罪，……”（埃莱娜·西苏）[①] 因此，从总体上看，所谓贤女显示出焦躁不安、忧郁和神经质，所谓恶女则体现出人格分裂、精神分裂和疯狂。两者共同拥有焦虑、绝望、丑怪的性质，体现其精神和肉体被无情戕害的状况。

（一）恶女的丑怪身体：丑化、兽化、妖魔化

明清长篇世情小说中，所谓恶女的反宗法父权的言论和行为形成了“异声喧哗”。因为具有反父权、颠覆宗法，抗衡权利操控的性质，她们被充分丑化、兽化、妖魔化了。作家还以她们临死充满污秽、血腥的惨相，死后堕入畜道，受尽惨苦来宣示道德训诫。这是在男性中心论影响下对女性的刻意丑化，既暗示她们恐怖、反扑的邪恶力量，又以惩戒宣示了男权的威力，女性的他者地位。

首先，男权视角下的恶女前世是畜生，如富氏、铁氏、侯氏梦见自己前身皆为畜类，薛素姐前生更是被人拦腰射杀剥皮剔骨的妖狐；今世容貌奇丑无匹，如贾文物眼中的富氏“项短如虎，声雄若牛。脸上常露凶光，胸中每存泼味”。卜通之女多银“脸上的疙瘩麻子有指顶大，还不足为异。都是连环圈儿，一个套着一个，活像蚂蝗绊。两只眼中两个大萝卜白花配着，那眼睛边周围如大红线锁了的，真也异样。那脸上的雀斑，黄的黑的堆了一脸，厚厚的抹上一层粉，衬得斑斑点点，与那芥末拌的片粉无二。头上吊着五六寸高的一个桃儿，歪在顶上，走路一摔一摔的。四面短发蓬松，金丝般披得满脸满项。一口乌黑猪屎牙，牙黄也不知有多厚”。让人看后心中凛凛然起来。就算曾经美丽，也会因悍恶变得秃鼻少眼，丑

① 转引自张京媛《当代女性主义文学批评》，北京大学出版社 1992 年版，第 193—194 页。

陋不堪。

明清长篇世情小说中恶女还有一类是淫荡之女。淫荡之女通常有着近乎病态的欲望，为了满足这种欲望，她们往往不择手段。在原型意义上，淫女是诱惑的、勾引的、狂纵的、噩梦般的女性形象，是男人身上的魔鬼。[①] 她们的“激情”是焚毁男性的残酷毁灭力量，其过度的威力和神秘的魅力变成意识的摧毁者，她诱惑并毁灭那些沉溺于她的地上乐园的人们。女性身体作为一种内在的、充满冲动、难以驾驭的力量展示出来。卜通之女多银（《姑妄言》）“生性淫荡”，十二岁时与一卖花者私通，又与一卖绒线的相厚“两年光景”，再同一讨饭的花子相与，“数年之中养过了三四胎”；嫁给游夏流后，极尽淫欲之能事，甚至与狗、驴行苟且之事。潘金莲骑在西门庆身上的架式，就使人毛骨悚然地想到，她不是别人，而是一个无情地吸尽男人精血的吸血鬼。在宗法父权阴影下暴露出来的那些所谓贪淫的荡妇身体就更加秽恶、丑陋，最后结局都是纵欲而亡。瓶儿病重，连床都下不来，每天在身子下面垫着草纸，不断地流血，房间里的秽恶气味必须靠不断地熏香才能略为消除。金莲死亡的身体最为惨不忍睹。在新婚之夜，被武松剥净了，香灰塞口，掀翻在地，那白馥馥的心窝被武松用刀只一剜，就是一个血窟窿，鲜血直冒，接着就是被生扯下来心肝五脏，割下头颅。这个生命力最旺盛、欲望最强横的女人的死是如此狂暴、凄惨、鲜血淋漓，让人“不敢生悲，不忍称快，而心实恻恻难言哉！”（绣像本眉批）

恶女往往贪婪、吝啬、势利，有着强烈的自私心理，为了达到目的，常置人情物理于不顾。如《型世言》中黄氏、权氏、薄氏、创氏等人。黄氏吃饭时关上房门，如做贼似的，忙忙偷吃了才开门。舍不得钱买面打糨糊就刮下来许多牙黄。割肉待客心疼得落泪，比割自己身上的肉还疼。王恩妻薄氏为贪图富贵，将十四岁的女儿送予上司魏广微。受人恩惠还背信弃义，诬恩人要做疏财仗义的好汉，要博好名。创氏势利而泼悍，郝氏逼女儿钱贵接客不得应允就要拿皮鞭奉敬，“不是你死，就是我亡”。在行为上逞凶肆恶，亢扬乖张。有的对丈夫严刑拷打，针刺、火烧、箭射，般般演示。铁氏打童自大“夹脸一掌，一个满脸花，连耳根稍带了一下。

① ［德］埃利希·诺伊曼：《大母神——原型分析》，李以洪译，东方出版社1998年版，第146页。

手比铁还硬，打得童自大满目生花，耳中如磬，鼻血直冒”。有的毒打与丈夫发生私情的女人。都氏（《醋葫芦》）发现丈夫与翠苔的私情，将其诱到后园太湖石边，“手中幌出那条向来惯打丈夫的毛竹板子”，“逞着威力，将她衣服层层剥下，自头至脚，约打有三四百下，不觉竹蓖打断。复将翠苔头发分开，缚在太湖石上，自去攀下一枝粗大的桃条，复连花带叶，又抽上二三百下……”有的机变权诈，采取阴狠手段百般毒害、打击竞争对手。任香儿（《林兰香》）先是“被底谗言”引起丈夫对梦卿的疑虑，后诬梦卿“坐破天门，阳神出现”而为“鬼物”，诬她管账有弊而夺去治家之权，牢牢地将丈夫笼络在身边。为了成为正房，企图用毒咒治死春畹，有加害耿顺之心。齐蕙娘（《绿野仙踪》）为了斗倒乃至消灭何氏，逢迎公婆显知礼，笼络下人抓把柄，假作关心丈夫安危杯酒杀人；宦氏（《金云翘》）嘻笑谐谑之间逼翠翘以花奴身份持觥跪奉束生，还让翠翘弹奏令人神爽的琴曲，进一步侮辱翠翘“星眼红晕，语倒言颠”，是“装妖作怪的贱婢”，并让丈夫审问这“死贱人”。王熙凤设下毒计诓骗尤二姐，步步为营，滴水不漏，使二姐失爱于周遭，害得二姐吞金而逝。

最引人注目的是她们“嘴似淮洪也一般”，滔滔雄辩、无所不骂的尖牙利齿。她们的嘴是极具攻击力的，仿佛使我们看到了恶魔再生。从原型理论分析，她们的嘴作为撕裂和吞噬的侵害象征，是危险的负面女性特征所特有的，只会带来毁灭和死亡。[①]“勾绞星”滑氏（《歧路灯》）经常在丈夫面前咆哮，薛素姐（《醒世姻缘传》）咒丈夫七件恶死之法，潘金莲（《金瓶梅》）因为瓶儿的盛宠造成自身身份地位的危机感，又由于潘金莲（攻击者）与西门庆（攻击目标）在力量对比上存在的巨大悬殊，无法实施直接攻击而采取“移置攻击行为”。潘金莲将被忽视、被冷落的满腔怒火烧向更弱小的移置攻击目标，甚至婴儿也不放过。她打狗骂街，辱骂、毒打丫头秋菊，打得她“杀猪也似叫”，用尖指甲将她的脸和腮颊掐得稀烂；训练雪狮子猫，使官哥儿惊吓致死；她“每日抖擞精神，百般的称快”，快心畅意地借丫头指桑骂槐：“贼淫妇，我只说你日头常晌午，却怎的今日也有错了的时节？你斑鸠跌了蛋也，嘴答谷了；春凳折了靠背儿，没的倚了；王婆子卖了磨，推不得了；老鸨子死了粉头，没指望了，

① ［德］埃利希·诺伊曼：《大母神——原型分析》，李以洪译，东方出版社1998年版，第168页。

却怎的也和我一般!"

金莲害死瓶儿、都氏毒打翠苔、蕙娘斗倒何氏、熙凤害死二姐、金桂折磨香菱……妻妾疯狂的施虐行为都是把从属的焦虑和挫折加诸于竞争对手，以获得自身主体性的确定感，在菲勒斯权威（phallocentrism）[①] 之下努力争取自己的欲望和残余身份。她们承受了整体宗法父权所赋予的疏离与破灭，在某种意义上都是“影子战士”，徘徊在影子皇帝/正统身份前接受身份的挑战。[②]

女性除了在妻妾竞争关系中呈现出焦虑绝望，在婆媳关系中也体现出历史的复制与丑怪身体的符号化倾向。

封建宗法父权赋予婆婆特权，使之充当隐形父亲的角色。在儿子的“母亲”身份的背后仍然是从属与压抑的妻子的延续，她的压抑经验使之无法控制仇恨和恐惧，用她们当年被传统宗法法则压抑的形式去压抑媳妇，在自己的权利王国中施展政治暴力。

婆婆对媳妇的压抑和攻击首先体现在以赞同封建宗法社会赋予男性特权的方式实现对媳妇性欲的剥削。《醒世姻缘传》里素姐发现狄希陈与妓女孙兰姬的私情，对丈夫严刑拷打（52 回）。“老狄婆子只得走进房去，……狄婆子见了，望着狄希陈脸上使唾沫啐了一口，说道：‘呸！见世报王八羔子！做了强盗么？受人这们逼拷！嫖来！是养汉老婆的鞋！汉子嫖老婆，犯法么?’一边拿起桌上的剪子，把那根鸾带拦腰剪断，往外推着狄希陈说道：‘没帐！咱还有几顷地哩，我卖两顷你嫖，问不出这针跡的罪来!’”在这个情节中，婆媳两人的冲突恰恰发生在“闺房”这充满情欲象征的地方。婆婆模拟男性家长的权威，公然将象征着妻子束缚丈夫男性特权的绳索剪断，并声称嫖老婆不犯法，甚至可以卖了地支持儿子嫖妓。《姑妄言》里宦家小姐富氏泼打偷丫头的贾文物，遭到婆婆变脸训斥：“丈夫有不是，好好地劝，他再不听，告诉公婆，有你动手打得么？……少年妇女这样不贤惠。”婆婆制止媳妇打儿子自有母亲心疼儿子

① 菲勒斯或阳物，原义指阴茎（penis）的图像，并不是真正的生物性阴茎。拉康学派的精神分析理论中，菲勒斯作为象征的和语言的意义而存在，用以强调男性生殖器的象征主体，并使主体进入象征秩序之中。菲勒斯被理解为一种能指（signifier），一种父权的隐喻和象征符号。在此概念中，女性不但认同男性权威，亦将自身视为客体。

② 林幸谦：《荒野中的女体：张爱玲女性主义批评》，广西师范大学出版社 2003 年版，第 269 页。

的理由，但她一味“护短”，搬出在宗法父权家庭中规定的媳妇的低下地位和贤妇的标准来压制媳妇，对媳妇的处境没有丝毫同情。在这里婆婆具有父权象征的意涵，而媳妇具有内囿的性质，处于父权文化的边缘。婆婆本身的欲望、自主性长期大量地被掠夺，她也要掠夺媳妇的欲望和自主性。她对媳妇性欲的剥削，恰恰暗示她的欲望早已被否定（第 56 回狄父在京娶了名为调羹的 16 岁的妾），而导致她本身被父权文化否定。

婆媳之间的矛盾有时不仅落在“婆婆的儿子”和“媳妇的丈夫”的层次上，还落在家庭地位、身份的确定，家庭权力的分配上。婆媳冲突中婆婆扮演压迫者的角色是压抑媳妇的父权的替身，而媳妇扮演从属者的角色。有时媳妇被婆婆视作竞争者，二者的斗争和竞争无法避免。婆媳为寻求自主而相互角力，相互压制的言行，充分体现了女性自我分裂的矛盾身体。

《红楼梦》中邢夫人自身在“媳妇”的身份下备受压抑。她是小户人家出身，进入豪门作了填房，又没儿没女，很有填房的尴尬。丈夫贾赦还把一个又一个小老婆收在房中，甚至要邢夫人去说媒。邢夫人相当不满儿媳妇王熙凤时时处处抢去她的风头，越过她这个婆婆，得以到贾母（父权的代理人）身边当家管事。“雀儿拣着旺处飞，黑母鸡一窝儿，自家的事不管，倒替人家去张罗。”她在心理极度不平衡中，带着中年妇女的怨毒与嫉妒，想方设法负气斗狠，冒险犯难而进，时不时对熙凤使左性子，于是引发“抄检大观园”。

总之，婆媳的冲突是女性争取主体身份，减轻父权压抑的消极手段。婆婆模拟男性家长的权威，将自身的压抑经验挪用在媳妇身上来建构自身主体性，这并不能驱散她内心的阴影，反而重复上演女性的身体与欲望被宗法父权的性别政治所操纵的创痛的历程。

（二）贤女的丑怪身体：忧郁、焦虑、病体支离

宗法父权社会理想的贤女同样不能逃脱化为丑怪身体的命运。在宗法父权社会，女性的欲望和灵魂的追求遭到道德规范的压抑和现实的阻碍，造成心理的极度压抑，以至于忧郁、焦虑、病体支离。

明清长篇世情小说存在着众多生病、被病痛折磨的女性的身体书写。如燕梦卿（《林兰香》）、孔慧娘（《歧路灯》）、林黛玉（《红楼梦》）等都是如此。现代医学讲的“心身疾病”是人在情绪和心理的作用下，机

体免疫力下降导致的多种疾病。人的身体和精神互相作用，心病导致身体之病，身体病痛导致情绪低落。封建宗法父权的统治是女性身心病态的社会原因：当女性试图遵守传统社会行为规范，在传统社会结构中生活时，她就必须抛弃女性自我，面临着自我崩溃；而当她违反传统社会伦理道德规范时，她就必然陷入病态。明清长篇世情小说众多生病、被病痛折磨的女性的身体书写，客观上具备了隐喻意义。女性人物以其病体与死亡的面貌呈现出这一时代女性受传统父权文化压迫的精神写照。女性身体病患现象可视为女性身体的社会/文化建构。生病既是女性情感情绪的投射，又是女性对待父权的一种政治行为。在封建宗法父权规约之下，女性自我所拥有和暂时掌管的也只有自我的身体了，任意处置身体成为唯一的话语权力。女性病体支离，表现着其压抑、忧郁、内囿的处境，女性以患病、濒临死亡和已经死亡引起注意，其中也不乏抵抗和破坏的意味。

燕梦卿是集封建时代一切美德于一身的理想人物，为了丈夫，和药而断指，为制甲而剪发，却始终无法得到丈夫的理解和爱敬，最终在二十二岁的青春年华，带着伤残的身体抑郁而亡。身为侍妾，只能处处藏拙，她“言不轻发，都是大娘问道，方才开口。……事不自专，必须大娘应允，方才敢行。”身为才女，梦卿认可“女子无才便是德”的要求，刻意压制露才扬己的冲动，但显然感觉压抑。她内心的不满通过诸多含义复杂的梦境体现出来。如梦见杀敌（37 回），梦见处境不妙的兰花（35 回），死后还留下许多内容丰富的遗物（61 回）；在复杂的家庭生活中，梦卿对工谗善妒的任香儿不设防，不反击。受儒家礼教的束缚，在遭受委屈和误解时，梦卿不为自己辩解，而是被动承受，以“忍”来息事宁人，“自为妇以来，逆来顺受，亦惟忍之而已”，默默等待丈夫的觉醒。结果遭受更厉害的馋陷，终使丈夫绝情，自己抑郁成疾。病中的梦卿被来看望的宣爱娘点出她生病之由乃是千思万虑，并积于心，还要表面上终日言笑，一如无事。(21 回)

孔慧娘也是一个封建妇道规范下典范女性。笃守“三从四德”却并没有获得幸福，反而让她堕入了父权宰制下女性命运的深渊。她听从于父母，毫无反抗地嫁给了已入“匪类”，“般般下流”的谭绍闻，接受了丈夫与婢女生的儿子；听命于无能无才又不入正路的丈夫。即便是丈夫吃喝嫖赌，慧娘也只能忍辱不言，将所有的悲伤绝望都埋入心底。新婚不到半年，丈夫谭绍闻便与高皮匠老婆通奸。孔慧娘“把脸儿白了，一声儿没言语”，无法责怪丈夫半句。后来见丈夫因养戏班之事上衙门与茅拔茹打官司，“芳魂早失却一半”。好不容易挨到丈夫回来，她自己却“把脸儿渐渐黄了，黄了又白了，也顾不的兴官儿，坐不住了，晕倒在地”。这是在封建桎梏下谨守女德的慧娘心中气恼又说不出来，“委的难受”。谭绍闻又将拒绝去借高利贷的忠仆赶出家门，慧娘“气了一个身软骨碎。”“直如一个痴人一般。”最终谭绍闻欠下巨额赌债，被打手当街打骂。慧娘“身上软了，麻了，一口痰上了咽喉，面部流汗如洗，四肢直伸不收，竟把咽喉被痰塞住，不出气儿”。与茅家官司，孔慧娘已气得天癸不调，迟了一年多，月信已断。此番又生了暗气，渐渐咳嗽潮热，成了痨瘵之症。她恪守的道德信仰与眼前的现实发生剧烈冲撞，巨大的精神压抑与折磨，终于将她逼上了绝路。孔慧娘因丈夫丑行抑郁成疾，丈夫竟然连日去看串新戏，无视其死活，婆婆王氏也生厌、埋怨。慧娘却为自身的不幸产生诸多不安和愧疚，反射出家人带给她的无形压力。在自责的表象底下，隐藏着慧娘的丑怪身体和父权文化压抑的真相。慧娘那象征封闭、怜悯、压抑的闺房把她隔离在繁华的人间之外，而她自己在此生出了幻灭感。弥留之际，“猛地睁开眼”，看见父亲在床前，“把那瘦如麻秆的胳膊强伸出来，捞住父亲的手，只叫得一声：‘爹呀！’后气跟不上，再不能多说一句话儿，眼中也流不出泪来，只见面上有恸纹而已。”（47 回）“爹呀！”这死前的哀呼，包含了多少蓄积的愁苦，多少难言的委屈！

林黛玉拥有“如水一样柔和，丝一样缠绵，火一样热烈，剑一样锐利”[①] 的爱情，然而无法实现“木石前盟”，她热烈的自我欲求和她对人生意义的追求是被漠视的，并不被传统习俗接受，放弃自我或坚持自我都会给她带来痛苦。她不再想从病痛中解脱出来，自我遗弃、糟蹋个人身体，这是一种极度悲观地对待身体的模式，已经到了自虐的地步，由此表明，黛玉深受焦虑、苦闷、抑郁、绝望的折磨，最终呈现出对人生的厌倦。在自虐与自弃之间，已经堕入疯狂与毁灭的境地。她代表了病体女性的整体写照。苏珊·桑塔格在《疾病的隐喻》中具体论述到情欲与身体疾病之间的关系，认为肺病有“情欲催化作用”，往往使“情欲加剧”并且“产生巨大的情欲诱惑力……”[②] 这个观点并没有经过确凿的医学论

① 詹丹：《情僧·空门中的人性湿润》，百家出版社 2004 年版，第 48 页。

② Susan Sontag, Illness as Metaphor, New York: Farrar and Giroux, 1978, p. 13.

证，却很符合我们的日常经验，女性无法实现身心合一的爱情而且不断否定自己热烈的情欲，欲望张扬被矛盾的现实和儒家传统规范的女性人生理性压抑，虽然暂时没有在疾病中死亡，却在困境中展开了针对自己身体的斗争，以“糟蹋”自己的方式探索生命的意味。

从另一角度看，黛玉得知宝玉婚事“惟求速死”，她对死亡的欲望隐含了更深一层的潜在话语，即对自身被重视的焦灼和渴望。读者可由“老太太，你白疼了我了”这句话以及临死之时“一句话一点泪也没有了”见出端倪。

女性贯穿于前世、今生、来世的绝望、焦虑、病态的丑怪身体写照，见出其非正统身体和缄默意义的他者形象，以从属化、疏离化、病态化、丑怪化演出了亚文化悲剧。由上述理论及现象出发，我们可以看出，女性形象已被残缺化为丑怪焦虑的象征。此种巴赫汀（M. M. Bakhtin）所说的“丑怪身体”（the grotesque body）恰恰具有彻底震荡、破解儒家正统身体的可能性与颠覆性意图。

三 结论

综上所述：传统上所谓的恶女与贤女，由于身处深具中国文化特质的宗法父权的边缘性文化困境，形成了焦虑、绝望、疯狂的丑怪身体。一方面扮演从属者的被压迫角色，把宗法父权所赋予她们的焦虑与绝望加诸于自身；另一方面又代替宗法父权扮演压迫者的角色，把从属的焦虑与挫折加诸于竞争对手，表现了“矛盾铭刻”（contradictory inscriptions）的内涵。此种丑怪身体彻底破解、颠覆了儒家正统身体，上演了一场人性缺失与变异，人而非人的悲剧。

斯人未远！“一切历史都是当代史”，明清长篇世情小说里女性的丑怪身体，在某些情境中、在某种程度上竟与现实女性之身体暗合。女性丑怪身体的悲剧必将警醒和鞭策当代现实世界里的女性把握自己的命运，活出自己的人生。

黑水城出土《刘知远诸宫调》作期和著作权综考

王　昊

（吉林大学文学院）

俄国科兹洛夫探险队于1907年至1908年间发掘西夏黑水故城（亦集乃）时出土有一部残本《刘知远诸宫调》（蝴蝶装刻本，存42页，估计全书缺佚80余页），20世纪30年代中国郑振铎和日本学者青木正儿先后同年发表《宋金元诸宫调考》和《刘知远诸宫调考》①，他们对《刘知远诸宫调》作期的推定意见成为此后研究的基础。自兹以降70余年来，不同代际和国籍的学人相继从版刻和内证角度对《刘知远诸宫调》作期发表意见，特别是进入21世纪以来出现了专题论文和争鸣，体现着研究的不断深入。②

以往研究思路或循“刊刻年代”直接推测长时段的产生年代（如向达、郑振铎等），或从文本内部寻求“内证”探其“作期”。笔者追踪思考此问题有年，拟在充分理解已有前贤时彦研究成果的基础上，扬弃“盲点”另觅蹊径，采取“复合和逆向思路”，从看似对立歧异处突破，对《刘知远诸宫调》的作期和著作权问题予以综考，期使研究整体推进

---

① 《宋金元诸宫调考》，原刊《燕京大学文学年报》第一期，1932年，后收入《郑振铎文集》第6卷，人民文学出版社1988年版，第18页。文中认为《刘知远诸宫调》为民间文人或艺人所作，是12世纪的产物，与董解元《西厢记诸宫调》出于同一时代，但要早一些。青木正儿：《刘知远诸宫调考》，载《支那学》第6期，京都1932年，第195—230页。贺昌群译文刊《国立北平图书馆馆刊》第6卷第4号，1932年7/8月，第3—20页。悼真译文刊《大陆杂志》（南京）第1卷第3期，1932年9月，第51—66页。

② 参本文末所附“研究综述”。

一步。

所谓“复合思路”即突破线性和二元对立思维：首在明确“作期”含义（创作产生年代和写定年代），其次明确“作期”、“待定性”和“确定性”的统一与“地域要素”（产生空间和流入空间）即“著作权”归属的密切对应关系，实际涉及空间（著作权朝代归属）、时间（创作产生年代和写定年代）两方面。图示如下：

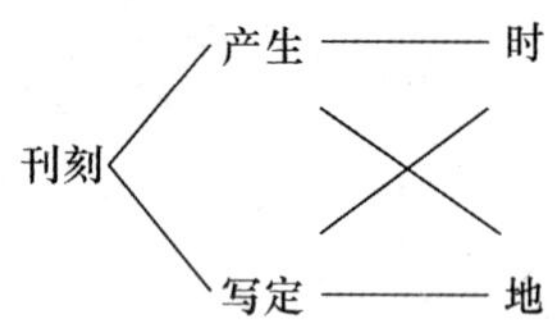

所谓“逆向思路”即对于“著作权”和“作期”先分判后整合的逆向考证思路。

诸宫调这一说唱文体在辽宋西夏金元时代（即“近世文学”之前、中期）流行一时。对“最早的一部刻本的诸宫调”（郑振铎跋语）的《刘知远诸宫调》作期和著作权的综合确考，不唯有助于深化对诸宫调整体分期的认识，更可通过《刘知远诸宫调》作期和著作权归属问题所内含的《刘知远诸宫调》在辽金西夏三地传刻这一个案，还原和透视为通行文学史观和史述所遮蔽的11—12世纪北方民间俗文学产生、流行和传播、接受异常活跃的文学生态。

一　从对龙、武两文的逻辑推衍和金代独有名物“内证”，可证今存《刘知远诸宫调》最后写定于金代

龙建国《〈刘知远诸宫调〉应是北宋后期的作品》[①] 认为《刘知远诸宫调》不可能与《董西厢》同时代，也不可能是南宋作品，而是作于北宋后期熙宁、元丰、元祐之后即1094—1127年，是北宋艺人创作，又由北宋传播流入金代经金人改编的作品。武润婷在与龙文的商榷文章《也

① 《文学遗产》2003年第3期。

谈〈刘知远诸宫调〉的作期》[①]中认同通过作品“内证”的方法对考察《刘知远诸宫调》的作期，是一个极其重要的线索，但根据作品所反映的文化背景（包含制度、名物、地理沿革等）及其用乐的特点，武文所得结论是：《刘知远诸宫调》是金初的作品，作期当在金正隆元年（1156）到大定二十二年（1182）之间，而不是北宋末年。

武文、龙文焦点首在“著作权”（宋人抑金人），然后才是“作期”（创作产生年代或写定年代），然而龙文论证中无直接证据、不能确切证明“一定是北宋流入”。按《三朝北盟会编》所载北宋灭亡后“瓦舍众技”的北上金境[②]，当包括“诸宫调”，但亦不能确证《刘知远诸宫调》一定必然在内。同时，武文的逻辑起点具有不周延性：武文对龙文取“非直接反证”思路，没有论证“一定不是流入”。但在没有论证“一定不是流入”的情况下存在只是金代“写定”的可能。

诸宫调产生于泽州。“泽州，唐贞元间其治所为晋城（今山西晋城市），北宋时属河东路，其辖境相当今山西晋城、高平、沁水一带。金灭北宋后于天会六年（1128）改称南泽州，属河东南路。因此在金所奄有的诸宫调发源故地，当有此种伎艺未进入城市的那一部分的民间存留、积累。”[③]金灭北宋后，不仅有汴京诸宫调的南下、北上，于泽州还当有未城市化的本土遗存一脉，所以“《刘知远诸宫调》是金初艺人创作”存在必要条件。然仅可能性非必然性。故而武文认为：“对于考察《刘知远》的作期来说，它所反映的文化背景是一个重要的线索。然而，如果一部作品同时反映了前后两个时代的文化背景的话，我们只能认定它是后一个时代的作品，而不是前一个时代的作品。”[④]这一结论，在无须论证“一定不是流入”的逻辑起点下，是完全逻辑自洽的；但在未证明“一定不是流入”之前，“是”字当改为“写定于”。

对《刘知远诸宫调》中涉及的“射粮”、“射粮军”、“本破”、“都头”、“团练”、“十将”、“节级”等名物，在“二十五史全文阅读检索系

---

① 《中国典籍与文化》2004 年第 2 期。

② 参徐梦莘《三朝北盟会编》卷 77 靖康中帙五十二“金人来索诸色人”条，同书卷 78“金人又索诸人物”条。

③ 王昊：《金代“说话”艺术与话本小说的发展》，《北方论丛》2004 年第 3 期，第 18 页。

④ 武润婷：《也谈〈刘知远诸宫调〉的作期》，《中国典籍与文化》2004 年第 2 期，第 66 页。

统”联合检索《辽史》、《金史》和《宋史》，其结果为：

> （一）“射粮”、“射粮军”为辽、金所共有名物，《宋史》未见；
> （二）“都头”、“团练”、“十将”辽、宋、金共有；
> （三）“节级”金、宋共有，《辽史》未见；
> （四）“本破”独见《金史》，为金代独有名物。

“本破”是金代四品官员的差役，《金史》卷四二载：

> 凡内外官自亲王以下，傔从各有名数差等，而朱衣直省不与。其贱者，一曰引接（亦曰引从），内官从四品以上设之。二曰牵拢官，内外正五品以上设之。三曰本破，内外正四品以下设之。

由此可证今存《刘知远诸宫调》最后写定于金代。

二　黑水城出土的《刘知远诸宫调》是辽代刊刻金代配补，由辽代流入金境复流入西夏的作品；从避讳用字特征看，最晚1100年代故事已经产生

今存黑水城出土的《刘知远诸宫调》是辽代刊刻金代配补复流入西夏的作品，这为一般版刻论述所忽略。1958年文物出版社的珂罗影印版出版后似未引起广泛注意，而俄国汉学家对中国古书刊刻又不甚了了。①

龙、武文章论证的共同偏弊即在于对《刘知远诸宫调》这一刻本的版刻特征重视不足，仅引证“金代平水坊刻书”的一般结论，且都以时贤对《刘知远诸宫调》的校注整理本为文本依据。而事实上《刘知远诸宫调》是一个“配刻本”，即“辽刻金配本”，这是其最重要也最有价值的版刻特征。

① ［俄］缅希科夫：“任何一部都未保存下有日期的题记，因此只能大致断定刻印年代，这一类书籍有《刘知远诸宫调》。”见王克孝译《黑城遗书（汉文）诠注目录导言（四）》，《敦煌研究》1989年第3期，第116页。

诚如缅希科夫先生所言，无“日期题记”下只能“大致断定刻印年代”，但如果进一步根据中国古籍版刻所特有和常见的“避讳字”特征，是能够判定具体的“刊刻年代”的。事实上，此点前贤业已关注、揭示。陈治文先生发表于1966年的《〈刘知远诸宫调〉校读》[①] 在页下题注中指明：“此残本之（最后配补）刊刻时代当在金世宗（1161—1189）朝之后。”因刻板、字体不一致故是“配刻本”；而同字讳否不一，可看出三个刊刻年代：（1）“洪”、“共”字缺笔，避辽道宗（1055—1100）“洪基”讳，“此书之有刊本，或即在此时”；（2）“尧”、“烧”、“晓”缺笔，避金世宗（1161—1189）父讳“宗尧”，“可知此书曾再刻于金世宗时”；（3）他处各“洪”、“共”、“尧”、“烧”、“晓”不缺笔，“则此残本之（配补）刊刻时代当在金世宗（1161—1189）朝之后。回改未尽，所以有避讳缺笔字的残留。”[②]

结论在此但有一个复核问题。比如如果缺笔讳字多于不缺笔，则结论止于上述之（2）。核以《历代避讳字汇典》（王彦坤编著，中华书局2009年版）和文物出版社1958年影印《刘知远诸宫调》、顾廷龙主编《续修四库全书》“集部·曲类”之影印本《刘知远诸宫调》[③] 以及“中华再造善本”《刘知远诸宫调》（北京图书馆出版社2005年版），陈治文先生的判断和结论是坚实正确的。[④] 至此可得第一个分判结论：从刻板和避讳字特征看，说明是辽代流入金境复流入西夏；最晚1100年代故事已经产生。

① 陈治文：《〈刘知远诸宫调〉校读》，《中国语文》1966年第3期，见其题注：“此书现存的一、二、三卷，每半页十二行，字体刊版均较粗劣；十一、十二两卷，每半页十一行，字体版刻均较精工，可见此书不但是个残本，而且是个配本。翻检此书，发现一9b一行、十一4a九行、十一8a六行、十一8b二行五行十行、十一10a九行、十一10b四行等处的诸‘洪’字，一9b四行的‘共’字均缺末笔。……又，一12a二行的‘尧’，一10b三行的‘烧’字，二1b十二行、十一10a六行七行等处的诸‘晓’字均缺末笔。……除上举各处之外的‘洪’字、‘共’字、‘晓’字以及从‘尧’的字并不缺笔。”

② 陈治文：《〈刘知远诸宫调〉校读》，《中国语文》1966年第3期，第219页。

③ 上海古籍出版社2002年版，第1738册，第1—22页。

④ 因《刘知远诸宫调》1950年代已由前苏联政府赠还给中国，故未收入。俄罗斯科学院东方研究所、中国社科院民族研究所、上海古籍出版社联合编纂，上海古籍出版社1996年续出的《俄藏黑水城文献》。

三　逆向整合(一):先考订"写定年代"

以董解元《西厢记诸宫调》为参照坐标、由内证推定和由"刊刻年代"推定的多重绾合，确定最后"写定年代"最晚在金世宗朝（1161—1189）以前，即1160年前。

1. 整体分期观下考察——以董解元《西厢记诸宫调》为参照坐标。《刘知远诸宫调》年代早于董解元《西厢记诸宫调》，这是郑振铎、青木正儿以来的学术共识。元人钟嗣成《录鬼簿》列董解元"前辈已死名公有乐府行于世者"，下注金章宗时人，即1190—1208年。今人徐凌云《关于〈董西厢〉的创作年代》一文考实董解元《西厢记诸宫调》的创作年代在1165年至1205年①，则《刘知远诸宫调》可能的最晚写定年代在1165年以前。

2. 以《刘知远诸宫调》所用词调比勘宋金人词，金代词人首见词调年代最晚者是王喆（1112—1170），宋代词人始见词调年代最晚者是南宋辛弃疾。绾合前述"今存《刘知远诸宫调》最后写定于金代"，则可能"写定年代"最晚在1170年前。《刘知远诸宫调》中所用词调：

『仙侣宫』:《六幺令》（文人词始见柳永，下皆省"文人词"）
《醉落托》（始见张先）
《恋香衾》（始见吕渭老，渭老生卒不详，徽宗宣和间以诗词名）
《相思会》　［始见曹组，组生卒不详，徽宗政和（1111—1118）间以俗词名］

『南吕宫』:《应天长》（两体，分始见冯延巳和柳永，分入双调和林钟商）
《一枝花》（即《促拍满路花》，始见辛弃疾1140—1207。《钦定词谱》卷二〇："元人南吕一枝花词"，皆宗此体）
《瑶台月》（始见黄大舆《梅苑》卷三无名氏词，据

① 徐凌：《关于〈董西厢〉的创作年代》，《文学遗产》1986年第3期，第103页。

其自序《梅苑》编成于1129年）

『正宫』:《甘草子》（始见柳永）

《锦缠道》（始宋无名氏，词见《妙选群英草堂诗余》）

『黄锺宫』:《女冠子》（本唐教坊曲，两体，分始见唐薛昭蕴和柳永）

『道宫』:《解红》（两体，分始见五代和凝和金代王喆1112—1170。《钦定词谱》卷一云：“按《宋史·乐志》小儿舞队有《解红》，其曲失传。陈暘《乐书》载和凝作，乃唐词也。”）

『中吕调』:《拂霓裳》（本唐教坊大曲，调始见晏殊）

『般涉调』:《沁园春》（始见宋人韦骧1033—1105）

《哨遍》（有三声叶和平仄间叶两体，分始见苏轼和汪莘1155—1227，《方壶诗余》）

《苏幕遮》（本唐教坊曲，调见敦煌民间词）

『高平调』:《贺新郎》（始见苏轼）

『歇指调』:《永遇乐》[仄韵体始见柳永，陈允平（南宋末，与张炎、周密有交往）改平声体]

『大石调』:《伊州令》（宋教坊曲，《钦定词谱》卷九引宋无名氏词）

『商调』:《玉抱肚》（始见宋杨无咎，无咎生卒不详）

《抛球乐》（本唐教坊曲，唐代民间词体与中唐刘禹锡文人词体不同。北宋金元有平仄两体，仄体见于柳永者与见于王喆者差异甚大）

『商角调』:《定风波》（本唐教坊曲，平仄间叶体始见敦煌民间词，平韵体始见苏轼。柳永翻调新体入双调）

另《柳青娘》（本唐教坊曲，调始见敦煌《云谣集杂曲子》无名氏词）在《刘知远诸宫调》凡两见，但腔格不同。

列出始见唐五代、宋、金文人首见词调，再较其作者年齿，综合列目如上。可知宋代词人始见词调年代最晚者是南宋辛弃疾（1140—1207），金代词人首见词调年代最晚是王喆（1112—1170），并且，辛弃疾《一枝花》词句格与《刘知远诸宫调》中《一枝花》词句格、王喆《解红》词句格与《刘知远诸宫调》中《解红》词句格俱相似、接近。试比较：

千丈擎天手。万卷悬河口。黄金腰下印、大如斗。更千骑弓刀，挥霍遮前后。百计千方久。似斗草儿童，赢个他家偏有。算枉了、双眉长恁皱。白发空回首。那时闲，说向山中友。看丘陇牛羊，更辨愚贤否。且自栽花柳。怕有人来，但只道、今朝中酒。

——辛弃疾《一枝花》醉中戏作①

三娘当此日，筵上还分析。妹妹听妾身、话端的。是俺先招安（，）抚为女婿。一别十三载。都是贤德夫人抬举，交他荣贵。今谢您夫妻特重义，取奴不相弃。三娘心愿足，感恩惠。只子母团圆，与您拂床并叠被，早是难将恩报得。是甚斟量，更敢要金冠霞帔。

——《刘知远诸宫调》『南吕宫』『一枝花』②

叹嗟浮世，被荣华驱策名和利。人人斗作机心起。百般奸计。嫉妒愈增侥巧重，生俱相效皆贪爱。何曾停住常若是。各炫女夸男孙奉侍。更酒迷歌惑望长遂。还知七十应难值。便百年限来，无有推避。早早悟、前途不如意。急回头、便许脱了生死。投玄访妙，搜微密察幽秘。管取自然，神气双全分明见，元初个、真真圆性，诚恁似。玉貌琼颜奇又异。莹宝光、瑶彩吐祥瑞。金丹结就虚空萃。处清静，大罗天上仙位。

——王喆《解红》③

鼓掌揎指，那知远月下长吁气。独言独语，怎免这场拳踢。没事尚自生事，把人寻不是。更何况今日，将牛畜都尽失。若还到庄说甚底，怕见他洪信与洪义。劝人家少年诸子弟，愿生生世世，休做女婿。妻父妻母在生时，凡百事，做人且较容易。自从他化去，欺负杀俺夫妻。两个男女，搊着嘴儿厮罗织，灭良削薄得人来，怎敢喘气。

① 邓广铭笺注：《稼轩词编年笺注》（增订本），上海古籍出版社1993年版，第334页。
② 廖珣英校注：《刘知远诸宫调校注》，中华书局1993年版，第152页。
③ 唐圭璋编：《全金元词》，中华书局1979年版，第222—223页，个别处标点重点。

道我长贫没富多不易，酸寒嘴脸只合乞。百般言语难能吃，这般材料怎地发迹。

——《刘知远诸宫调》『道宫』『解红』[①]

汪莘（1155—1227）平仄间叶体《哨遍》腔格与《刘知远诸宫调》中者相差甚大，可忽略。以故再绾合前述之"今存《刘知远诸宫调》最后写定于金代"结论，则《刘知远诸宫调》其可能"写定年代"最晚在1170年前。

3. 考察分析车遮韵在《刘知远诸宫调》中的运用情况，以车遮韵产生的时间为坐标，通过《刘知远诸宫调》用"车遮"韵说明1162年为可能最晚"写定年代下限"。1162年即绍兴三十二年，是毛晃毛居正父子《增修互助礼部韵略》的成书时间[②]。此书始提出"车遮"、"家麻"以"中原雅声"当析为二韵。因为理论总结总在现象之后，兼以综合前述《刘知远诸宫调》与董解元《西厢记诸宫调》的整体分期关系，则可推定《刘知远诸宫调》可能最晚写定年限在1162年。

车遮韵是《中原音韵》音系区别于《广韵》音系的显著标志之一。该韵有两个真韵母『iɛ』、『iuɛ』，含63个小韵，188字（其中舒声韵字56个，入声作舒声韵字132个）。舒声韵字来源于《广韵》麻韵三等（举平以赅上马去祃），入声作舒声韵字主要来源于《广韵》月、薛、屑、叶、业、帖六韵。《刘知远诸宫调》中已产生车遮韵。早在20世纪60年代廖珣英先生就指出："《中原音韵》的车遮韵在诸宫调时代也已成立。诸宫调用家麻韵和车遮韵都很利落。"[③]《刘知远诸宫调》残卷中，计用车遮韵有3曲3尾，家麻韵2曲2尾，仅"知远别三娘太原投事第二"中『大石调·红罗袄』押家麻韵，混入鱼模韵字"覆"和车遮韵字"绝"，其余各曲、尾均严用本韵字。这说明《刘知远诸宫调》中车遮韵已从家麻韵部中独立出来，单独为一部了。例如《刘知远诸宫调》"知远别三娘太原投事第二"：

① 廖珣英校注：《刘知远诸宫调校注》，中华书局1993年版，第59页。

② 据毛晃《拟进增修互助礼部韵略表》上表时间。据《同治江山县志》，晃字明叔，约生于宣和五年（1123），绍兴二十一年（1151）进士。转引自宁忌浮《〈古今韵会举要〉及相关韵书》，中华书局1997年版，第258页。

③ 廖珣英：《诸宫调的用韵》，《中国语文》1964年第1期。

『中吕调·牧羊关』云儿来往不宁贴帖韵，唯现出些小笼月月韵。洪义心肠，倒大来乖劣薛韵，专等着刘知远，即渐里更深也马韵三等，隐约过二鼓，清风触两颊帖韵。向西北上，一搭墙摧缺月韵，蓦然地见他豪杰薛韵，跳过颓垣，怎恁地健捷薛韵。欲奔草房去，洪义生欢悦薛韵。这汉合是死，仇冤都报彻薛韵。①

韵脚中，贴、颊同属《广韵》入声帖韵；月、缺同属《广韵》入声月韵；劣、杰、捷、悦、彻同属《广韵》入声薛韵；它们与《广韵》麻韵系上声马三等字“也”同押，构成“车遮韵”。

毛晃父子在其《增修互助礼部韵略》平声微韵后加案语说：“所谓一韵当析为二者，如麻韵自奢以下、马韵自写字以下、祃韵自藉字以下，皆当别为一韵，但与之通用可也。盖麻马祃等字皆喉音，奢写藉等字皆齿音，以中原雅声求之，迥然不同矣。”② 这就意味着在毛氏父子《增修互助礼部韵略》成书之时，在“中原雅声”中家麻韵、车遮韵已经分立了。而因为理论总结总在现象之后，兼以综合前述《刘知远诸宫调》与《董西厢》的整体分期关系，则可推定《刘知远诸宫调》可能最晚写定年限在1162年。

4. 与前述在金配刻的“刊刻时代”坐标绾合，确定最后“写定年代”最晚在金世宗朝（1161—1189）以前，即1160年前。

5. 与武文印制思路绾合，确定最后实际写定年代在1156年至1160年。

武文已证宋代印制不以重量衡官阶，以重量表明官阶高低的官印则始于金代正隆元年（1157）。③ 今检《辽史》，辽代印制亦不以重量衡官阶，故而可确定最后实际写定年代在1156年至1160年。

---

① 廖珣英校注：《刘知远诸宫调校注》，中华书局1993年版，第55页。

② 转引自宁忌浮《〈古今韵会举要〉及相关韵书》“第七章　毛氏父子的贡献　第五节　案语选读”，中华书局1997年版，第276页。

③ 武润婷：《也谈〈刘知远诸宫调〉的作期》，《中国典籍与文化》2004年第2期，第68页。

四　逆向整合(二):再考察“北宋后期作年”能否成立及北宋流入辽的可能性

(一)考察邵雍“声音唱和图”

11 世纪即北宋中期的邵雍［真宗大中祥符四年（1011）—神宗熙宁十年（1077），字尧夫］著《皇极经世书》中有《声音唱和图》。借助周祖谟先生的研究，对比《中原音韵》，说明家麻韵在北宋中期的地方方言中还未分化。

(二)考察北宋雅俗文学特别是北宋后期俗文学里有无“车遮”韵之例证

“北宋后期作年”是否成立，必需解决的关键问题：北宋后期雅俗文学里有无“车遮”韵之例证。若有，则“北宋后期作年”可以成立；若无，“北宋后期作年”必然一定不成立。

北宋陈彭年等纂修之《广韵》、丁度等之《集韵》和戚纶等之《礼部韵略》皆为官方为科举程试所颁韵书，故而北宋律诗、律赋等“雅文学”中必然不会出现“车遮”韵；文化品格介于雅俗之间的词体文学，作为流行的音乐文学，其至南宋朱敦儒尝拟应制词韵十六条前，率用诗赋之韵而宽其通转并杂方音而已，并无专用《词韵》。而据当代学者的系统研究，宋代文人词里也并无“车遮”韵。① 曹组（字彦章，后改字元宠）是主要活动于北宋末年徽宗朝的文人俗词作者［于宣和三年（1121）始赐同进士出身，见《全宋词》曹氏小传］，其词流行一时。王灼《碧鸡漫志》卷二：“长短句中，作滑稽无赖语，起于至和（1054—1056），嘉祐（1056—1063）之前，犹未盛也。熙（宁）　（元）丰［熙宁（1068—1077）元丰（1078—1085）］、元祐间（1086—1093），兖州张山人以诙谐独步京师，时出一两解。泽州有孔三传者，首创诸宫调古传，士大夫皆能

① 请参证鲁国尧先生宋词用韵成果《宋代辛弃疾等山东词人用韵考》，载《南京大学学报》1979 年第 2 期；《宋代苏轼等四川词人用韵考》，载《语言学论丛》第 8 期，商务印书馆 1981 年版；《宋代福建词人用韵考》，载《语言文学学术论文集》，知识出版社 1989 年版；《宋代江西词人用韵考》，载《近代汉语研究》，商务印书馆 1992 年版。

诵之。元祐间，王齐叟彦龄，政和间（1111—1118）曹组元宠，皆能文，每出长短句，脍炙人口。彦龄以滑稽语噪河朔；组潦倒无成，作《红窗迥》及杂曲数百解，闻者绝倒，滑稽无赖之魁也。……其后祖述者益众，嫚戏污贱，古所未有。”惜曹组当时所作“《红窗迥》及杂曲数百解”今已失传，这可能会影响到全面之判断。《全宋词》录曹组词36首，虽多属俚俗诙谐的文人俗词，但无“车遮”韵。如其《好事近》：“茅舍竹篱边，雀噪晚枝时节。一阵暗香飘处，已难禁愁绝。江南得地故先开，不待有飞雪。肠断几回山路，恨无人攀折。”韵脚“节”屑韵，“绝”、“雪”、“折”薛韵，韵脚字分别属于《广韵》入声屑韵、薛韵，未有麻韵三等字，说明没有车遮韵。

刘永济《宋代歌舞剧曲录要》[①] 辑有“大曲”、“舞曲”、“曲破”、“法曲”、“鼓子词”、“调笑转踏”等宋代流行于宫廷和豪右宴集场合的较大型叙事性词体体制作品23首，详考其用韵[②]，亦无车遮韵。

故而就目前所见北宋后期雅俗文学材料用韵的考察结论是，《刘知远诸宫调》“北宋后期作年”不能成立，辽刻《刘知远诸宫调》非北宋流入者。

五　关于黑水城出土的《刘知远诸宫调》“创作产生年代”和“著作权”的结论和申论

从避讳字特征看，最晚1100年代故事已经产生，且辽刻《刘知远诸宫调》非北宋流入者。王灼《碧鸡漫志》［据自序，成书于绍兴十九年己巳（1149）三月既望］追述说：“熙丰、元祐间（1068—1093），……泽州有孔三传者，首创诸宫调古传，士大夫皆能诵之。”“首创”“诸宫调古传”的孔三传的活动年代是1068年至1093年。《刘知远诸宫调》的“创作产生年代”最晚在1100年代，其“著作权”的空间归属在辽代。

被旧史家和文学史所忽略、遮蔽的以诸宫调为载体的说唱文学—俗文学在11世纪至12世纪里的北方宋、辽、金、西夏“大中华”的范围

① 刘永济：《宋代歌舞剧曲录要》，古典文学出版社1957年版。

② 参见刘静《〈中原音韵〉在宋元俗文学中的运用》，《陕西师范大学学报》2003年第4期。

内多向、频繁交流传播的文学生态，正是文人文学和民间文学、雅文学和俗文学“双峰并峙，二水分流互渗”的“近世文学”模态的建构和展开。

“近世文学”模态的建构和展开不仅依赖于唐宋城市建制的转型和市民阶层的壮大、文化需求的扩张，而且依赖于辽、金、西夏游牧、渔猎和半牧半农民族“歌舞乐三位一体”的异质文化对于口头讲唱文学的助力。刘知远由草民到皇帝的传奇，不但契合着彼时广泛地域中的市民“变泰发迹”心理，而且在文学史的意义上，作为讲唱文学的诸宫调正可视为叙事诗传统晚生和不发达的中国古代汉语言文学中的“英雄史诗”。这就是《刘知远诸宫调》辽金西夏三地传播个案的文学史意义。

黑水城出土《刘知远诸宫调》作期研究综述(1932—2004)

王　昊

（吉林大学文学院）

一　对《刘知远诸宫调》作期的最初推测和初步版刻考察

对《刘知远诸宫调》作期的最初推测是通过对其版刻的初步考察得出的。

据郑振铎在《宋金元诸宫调考》文中的引述，向达在寄给郑氏的他所称之为《刘知远传》的《刘知远诸宫调》抄件卷首“题记”中说：“与刘知远戏文一起出土的还有（西夏）乾祐二十年（南宋光宗绍熙元年，公元后一一九〇年）刊《观弥勒上生兜率天经》，《金刚般若波罗密经》（笔者引按，原文此处未加书名号隔断，当加），《大方广佛华严普贤行愿品》，二十一年刊骨勒茂材之《蕃汉合时掌中珠》，又有平阳姬氏刊历代美女图版画：大都是十二世纪左右之物。此刘知远戏文当亦与之同时也。”[①] 郑振铎一方面肯定向达的推测，又补充说：“后来我在赵斐云（即赵万里，引按）先生处，见到原书的影片，大有宋刻的规模。指为宋版云云，当不会是相差很远的。”实际上，由“刊刻年代”推断“创作年

---

① 郑振铎：《宋金元诸宫调考》，载《郑振铎文集》第6卷，人民文学出版社1988年版，第82页。

代”，“作期”问题连带着“年代”和“产地”即“时”、“地”两方面，故郑氏又接云：“何况乾祐二十年恰是金章宗的明昌元年。相传做《西厢记诸宫调》的董解元是金章宗时人，则《刘知远传》的出于同一时代，大是一个可注意的消息。或竟是金版流入西夏的吧。”[①] 在同文中，郑振铎还从宫调角度指出，“（《刘知远诸宫调》）多出‘商角调’及‘歇指调’二种，这是与《西厢记诸宫调》所用宫调不同之点。‘歇指调’也见于宋教坊十八调中。‘商角调’则见于宋教坊已废弃不用的十调之中。这可见《刘知远诸宫调》的来历，恐怕要比《西厢记诸宫调》更为‘近古’的。”[②] 郑振铎在其后出版的《中国俗文学史》[③] 中基本延续了这一推断过程，而在《插图本中国文学史》[④] 中所附《刘知远诸宫调》一页书影下注云：“观其版式，似是宋、金的刊本。今存的诸宫调，当以此书为最古。”[⑤]

1950 年代前苏联将《刘知远诸宫调》赠还我国，1958 年借文物出版社影印出版《刘知远诸宫调》之机，郑振铎在其跋文中说：“这部七百多年前所刻的古本的诸宫调，即中国最古的一部刻本的诸宫调，……这是一个袖珍本，完全是金代（公元一一一五——一二三四年）刻本或稍后的蒙古刻本的式样。”[⑥] 同年赵万里撰文《记苏联政府赠送〈刘知远诸宫调〉和〈聊斋图说〉》[⑦] 指出，《刘知远诸宫调》是“十二世纪至十三世纪之金刻本”。

二　在宋金元诸宫调整体分期观下的考察和论述

20 世纪 40 年代冯沅君在《天宝遗事辑本题记》[⑧] 一文中率先从宋金

① 《宋金元诸宫调考》，《郑振铎文集》第 6 卷，人民文学出版社 1988 年版，第 82、83 页。

② 同上书，第 30 页。

③ 1938 年商务印书馆初版。

④ 1932 年北平朴社初版。

⑤ 《插图本中国文学史》，北京出版社 1999 年新版，第 538 页与第 539 页间插图。

⑥ 《刘知远诸宫调跋》，《郑振铎古典文学论文集》（下），上海古籍出版社 1984 年版，第 908—909 页。

⑦ 《文物参考资料》1958 年第 7 期。

⑧ 收入作者《古剧说汇》一书，1947 年商务印书馆初版。

元诸宫调整体分期考察《刘知远诸宫调》的作期，但没有展开论述："《董西厢》则介于《刘知远》及《天宝遗事》二者之间。……王伯成是十三世纪后期的人，董解元是十二世纪末十三世纪初人，《刘知远》的作者的年代也许在十二世纪初，南北宋之交。《碧鸡漫志》所说的孔三传所创的诸宫调古传不知是否与《刘知远》同，如果较刘书还要古点，则诸宫调的历史恐怕要分为四个时代了。"①

50年代吴则虞撰文《试谈诸宫调的几个问题》②，在宋金元诸宫调整体分期观下考察《刘知远诸宫调》的作期并予以论述，"约自十一世纪前至十三世纪末先后三百年左右""发展过程"分五期：第一个时期孔三传以前至孔三传时期；第二个时期是创"赚词"的张五牛时期，即南宋绍兴间（1131—1162）；第三个时期即刘知远诸宫调时期。理由如次：（1）宋无名氏编《新编五代史平话·刘知远平话》内容叙事接近《五代史》，有如《西厢》之在《会真记》前，《刘知远诸宫调》或在其后；（2）《梦粱录》记载："尹常卖五代"，《五代史平话》可能就是尹常（卖）所写作，而尹常（卖）与张五牛时代接近，故《刘知远诸宫调》的写作，必然后于张五牛；（3）《刘知远诸宫调》用"歇指调"四次，而《董西厢》未用，且"歇指调"是宋代燕乐六宫十二调之一，据凌廷堪《燕乐考原》金元以降已并入"双调"，故《刘知远诸宫调》的写作年代不但早于《董西厢》，而且可能是宋诸宫调仅存者，不能随便断为金元产物；（4）《董西厢》用赚体，《刘知远诸宫调》只有缠令、缠达，无"赚"，故《刘知远诸宫调》距离张五牛时代不太远。③ 吴则虞首次提出《刘知远诸宫调》可能是南宋作品，但在创作年代上到底是晚于还是早于绍兴间首创"赚词"的张五牛时代，其（2）、（4）论述有矛盾。

吴则虞之后至80年代长时间没有后续研究，直到胡士莹在其《词话考释》一文中明确提出"（《刘知远诸宫调》）它是唯一的今天所能见到的宋代诸宫调作品。"④ 并在相关注释中补充论证说："《刘知远传》为金元之际的刊本，它的创作时期，大约在南宋初年，其证有三：一是其

---

① 《古剧说汇》，作家出版社1956年版，第273页。

② 《文学遗产增刊》第五辑，作家出版社1957年版。

③ 同上书，第285—286页。

④ 胡士莹：《词话考释》，载《宛春杂录》，浙江文艺出版社1984年增订版，第226页。

中用‘歇指调’四次，‘歇指调’见张炎《词源》及《芝庵唱论》，为宋六宫十二调之一，金元以来皆不用之；二是《董西厢》用‘赚’，《刘知远传》虽用‘缠令’、‘缠达’，却不用‘赚’。‘赚’是后期‘赚词’才有的。可见它早于《董西厢》，离绍兴年间张五牛创‘赚词’时期不远；三是内中有久已废置不用的商角调。”① 基本是祖述吴则虞和郑振铎的论述。

90 年代初翁敏华《〈刘知远白兔记〉纵横表里谈》② 一文虽非专论《刘知远诸宫调》作期但含相关性，该文从六个方面概括《刘知远诸宫调》对《新编五代史平话·刘知远平话》内容的“改造与创新”，③ 实际已含有《刘知远诸宫调》的创作产生年代后于《新编五代史平话·刘知远平话》的判断。周惠泉在《金代文学学发凡》④ 中认为，“《刘知远诸宫调》一作《刘知远传》，系大约产生于十二世纪中叶以前的金代诸宫调作品，作者失考。”⑤ 认为是金代作品且其创作产生年代在 12 世纪中叶以前，惜无展开论证。

三　对《刘知远诸宫调》作期的专门论证

进入 21 世纪出现专论《刘知远诸宫调》作期的论文。龙建国《〈刘知远诸宫调〉应是北宋后期的作品》⑥ 一文从《刘知远诸宫调》体例、音律、文化背景、官职兵制名物等多个角度运用“内证”，破立结合，认为《刘知远诸宫调》不可能与《董西厢》同时代，也不可能是南宋作品，而是作于北宋后期熙宁、元丰、元祐之后，即 1094—1127 年间，由北宋人创作，传播流入金代经金人改编的作品。为便于把握其论证脉络，兹详述如下：

① 《宛春杂录》，浙江文艺出版社 1984 年增订版，第 243 页。

② 《艺术百家》，1991 年第 4 期，又收入作者《中国戏剧与民俗》，台北学海出版社 1997 年版。

③ 《艺术百家》，1991 年第 4 期，第 94 页。

④ 东北师范大学出版社 1994 年版。

⑤ 《金代文学学发凡》第六章“金代文学保存整理综论”，东北师范大学出版社 1994 年版，第 150 页。其后作者《金代文学论》（东北师范大学出版社 1997 年版）所论同此。

⑥ 《文学遗产》2003 年第 3 期。

破：

1.《刘知远诸宫调》不可能与《董西厢》同时代的作品，理由有二：

（1）二者体例虽似，章节有异。《刘知远》在章节上有题目标注，这与宋代话本相似，而《董西厢》主要流传形式是卷。

（2）二者音律有别。《刘知远》是残本，共用十四宫调，其中歇指调、商角调《刘》有《董》无，据考证金元时已不用歇指调，已将它并入双调，而《刘知远》四度使用歇指调，故不可能与《董西厢》为同时代作品。

2.《刘知远诸宫调》不可能是南宋作品。理由有三：

（1）有无用“赚”。《董西厢》曲子中用了“赚”，《刘知远》未用，而在南宋绍兴年间（1131—1162），张五牛才创“赚词”，又绍兴十一年以前属战乱环境，艺人们无暇创作。

（2）有无刊刻记载。《刘知远》是金代平水版的产物，龙文逆而推之，“如果《刘知远》是南宋作品，为何不见南宋刊刻记载，反而由敌对的金国来刊刻，于情理皆不能说通。”

（3）与南宋诸宫调体制不同。南戏《张协状元》副末开场中的一段诸宫调，其体制形式与《刘知远》大不相同，它反映的应是诸宫调在南宋的发展变化及其与南戏之间的互融关系。

立：

龙文通过“内证”，即作品所涉及的文化背景和官制兵制等名物，论证《刘知远》作于北宋后期熙（宁）、（元）丰、元祐之后，是由北宋流入金代的作品。

1. 作品中所描绘的文化背景多与北宋有关。

第一则『仙吕调·胜葫芦』说：“不纳王尧（徭）并二税”和第二则『黄钟宫·出队子·尾』说：“莫想青凉伞儿打，休指望坐骑着鞍马，你不是冻杀须饿杀”中提及的“二税”和“青凉伞”多与北宋的制度名物有关，龙文据对“青凉伞”的解释，直至“神宗熙宁之制，非品官禁用青盖，京城唯执政官及宗室许用”①。认为作品用“青凉伞”来代替官爵，据此推测《刘知远》产生的年代不应距熙宁时期太远。

① （元）脱脱等：《舆服二》，《宋史》卷150，中华书局1977年版，第3510、3511页。

2. 作品中所用的职官和兵制名称也多为宋代所有。

作品第十则、第十二则中多次说刘知远是“九州为经略”、“九州安抚”、“并州大元帅”。北宋时的经略安抚使之职并不常设置，且只限于河东、陕西、岭南等路，据《旧五代史·汉书·高祖纪》记载，刘知远曾任河东节度使，基于此龙文认为是把北宋“经略安抚使”的职称加于刘知远身上。

作品中所提及的一些下层军官名称也多为宋代经略安抚司中所有。如“十将”、“都头”、“节级”、“团练”等，作品中还有“土军”、“急脚”等宋代特有的兵制名称。

故而《刘知远》是一部带有时代印记的讲唱文学作品，《刘知远》的作者和听众应对北宋生活都比较熟悉，又据南宋王灼《碧鸡漫志》卷二记载：“熙丰、元祐间，……泽州孔三传者，首创诸宫调古传，士大夫皆能诵之”，诸宫调兴起于北宋熙宁至元丰元祐间（1068—1094），《刘知远诸宫调》应产生于此后，即北宋后期。

但对作品中出现的只见于金代的两个名物，“射粮军”和“本破”，第二则『高平调·贺新郎』说：“太原府文面做射粮”，第十二则『仙吕调·恋香衾缠令』说：“自言是经略在衙本破。”龙文复认为《刘知远诸宫调》在金代曾被改编过。

武润婷《也谈〈刘知远诸宫调〉的作期》① 是与龙文的商榷文章，武文认同通过作品“内证”的方法对于考察《刘知远诸宫调》的作期，是一个极其重要的线索。但根据作品所反映的文化背景（包含制度、名物、地理沿革等）及其用乐的特点，武文所得结论：《刘知远诸宫调》是金初的作品，作期当在金正隆元年（1156）到大定二十二年（1182）之间，而不是北宋末年。该文也针对龙文所议先破后立，根据《刘知远诸宫调》中官印以重量表明官阶高低的特点，认为这部作品作于金代，并据此确定了其作期的上限，又以文中“九州”为推定作期下限依据。据《金史》等记载，金初太原一带（河东北路）确实设过九州，其最晚的时间应是在大定二十二年（1182），故推论《刘知远诸宫调》作期的下限当是大定二十二年（1182）。同样，为便于把握武文论证过程，兹详述如下：

① 《中国典籍与文化》2004 年第 2 期。

驳：

首先，认为“龙先生所指认的《刘知远》描写的北宋制度名物，是宋、金共有之物，而非北宋特有之物。”“如果一部作品同时反映了前后两个时代的文化背景的话，我们只能认定它是后一个时代的作品，而不是前一个时代的作品。”

第一则『仙吕调·胜葫芦』说：“不纳王徭并二税”。其中“二税”或“两税”意为两次征税或交两种税。除历代沿用唐德宗废除租庸旧赋，改用夏秋两季征税法，即两次征税之外，在金代的历史上还出现过“分其税一半输官，一半输寺”[①] 的“二税”，即交两种税。

第二则『黄钟宫·出队子·尾』说：“莫想青凉伞儿打，休指望坐骑着鞍马，你不是冻杀须饿杀。”其中“青凉伞”泛指官员出行，仪仗中用的伞盖。[②] 这是历来都有的，并非特指北宋年间只有亲王和近臣才可以用的青伞。“青凉伞”和“坐骑着鞍马”一样只象征富贵，不指做官的级别。

第十二则『大石调·红罗袄』说：“有一个急脚，言有机密临衙”。“急脚”意指快速传递文书的差役。这种机构，很多朝代都有，因属下级差役，不易记载，但《红楼梦》第十一回曾用“急脚鬼”形容人的性急，至清中叶仍有这样的说法，这恐怕与“急脚”这个行当有关，这也应该能说明“急脚”这个词语在民间流传的时间比较长，而非北宋所特有。

此外《刘知远》中所用的一些下级军官的名称，如十将、都头、节级等，龙文认为“宋代以后很少见此官名”。武文则认为，很少见并不等于没有。据《金史》记载，金初为了淡化民族矛盾，军队中不仅保留了宋代的某些制度，也保留了宋代的一些官名。

值得注意的是，《刘知远》中写了许多只有金初才有，而宋代所无的制度、名物。第二则『高平调·贺新郎』“太原府文面做射粮”中的“射粮”和第十二『仙吕调·整花冠』“自言是经略在衙本破”中的“本破”在《金史》中都有记载，却都不见于《宋史》。

其次，武文在《刘知远》用乐方面也提出了与龙文相异的理由。

---

① （元）脱脱等：《食货一》，《金史》卷46，中华书局1975年版，第1033页。

② 凌景埏、谢伯阳校注：《诸宫调两种》中对“青凉伞”的注释，齐鲁书社1988年版，第49页。

（一）《刘知远》用了商角调和歇指调，而《董西厢》未用。商角调在宋初就被废弃了，歇指调见于宋教坊十八调内，但“在元时已并入双调”（《燕乐考原·卷三》），据此龙文推断《刘知远》产生于北宋。

武文认为这种推断值得商榷，理由如下：

1. 商角调在北宋初为教坊司所废弃，但实际上并未在社会上绝迹。直至元代也还有人在用此调，据记载考证，此调在金元尽管成为僻调，但并非绝对不用。而元时并入双调的歇指调在金初的作品中出现也就更不足为奇了。

2. 金代的音乐不完全因袭宋制，也参照辽乐。金代的乐曲名虽已不传，但对照《宋史》和《辽史》的“乐志”可知，对于隋唐俗乐二十八调，宋教坊采用了其中的十八调，废弃了十调；而辽大乐却把这二十八调全部保留下来了。

（二）与《董西厢》相比，《刘知远》现存的曲调中用了“缠令”、“缠达”，并没有用“赚”。而南宋绍兴年间（1131—1162），张五牛才创“赚词”。龙文据此推断《刘知远》应产生在“赚词”出现之前。

武文认为这种看法并不客观，因为：

1. 据冯沅君先生在《古剧说汇·天宝遗事辑本题记》中所说，“凡是《董》有《刘》无的还不必十分注意，因为《刘知远》是个残本。”也许《刘知远》在散佚的部分用了赚词。

2. 据《都城纪胜·瓦舍众伎》记载，赚词唱起来很难。金初北方的民间曲艺，运用南宋武林一带流行的赚词有一定的困难。

立论：

武文根据《刘知远》中所写的官印的特点，推定这部作品作于金代，并确定了其作期的上限。

第十一则『般涉调·麻婆子』中所说刘知远的官印是“二十五两造，莫看成做小可”。说明他的官印是以重量表明官阶的高低。据《宋史》卷一五四中有关官印的记载，可知从汉至宋，都以官印的大小、涂金不涂金表明官阶的高低。而以重量表明官阶高低的官印则始于金代。据《金史》卷五八《百官四》记载：“百官之印：……至正隆元年……一品印，方一寸六分半，金镀银，重三十五两，镀金三字。……”由此可知，《刘知远》作期的上限应为金正隆元年（1156）。

《刘知远》中所写的官名，则为确定作期的下限提供了重要的线索。

第十则、第十二则中多次说刘知远是“九州为经略”、“九州安抚”、“并州大元帅”。并州是太原一带，宋、金均属河东路。虽确如龙文所说，经略安抚使是宋代的官职，但据《金史》卷五五记载，至金熙宗颁新官制时，也大都沿袭宋辽旧制。而太原一带原属宋，金占领以后又基本上沿用了宋朝的行政机构，故在官名上就应是循宋之旧了。又《金史》卷八一有关郑建充官职的记载，也说明金代颁布新官制后，仍有经略安抚使的职名。

武文认为“九州”二字对确定作期下限则显得十分重要。据《金史》卷二六和《山西通志》卷一《历代疆域图》记载，金初太原一带（河东北路）确实设过九州，其最晚的时间据《金史》和《历代疆域图》记载，应是在大定二十二年（1182），故推论《刘知远》作期的下限当是大定二十二年（1182）。

综上《刘知远诸宫调》的作期当在金正隆元年（1156）到大定二十二年（1182）之间，而不可能是北宋末年。

武文、龙文焦点在“著作权”（宋人或金人）然后才是“作期”（产生年代或写定年代）：一认为《刘》为金代艺人创作，产生年代在金初；一认为《刘》为北宋人创作，产生于元祐后的北宋后期，而又由北宋流入金代，金人改编（写定）。实际涉及空间（著作权朝代归属）、时间（产生年代或写定年代）两方面问题。两文看似对立歧异其实各有盲点亦非完全不可弥合者。

四 版刻考察的一般结论

版刻考察一般认定《刘知远诸宫调》是金刻本。

赵万里20世纪90年代撰就的《中国版刻发展》一文分析了我国各个朝代的版刻中心，特别指出，北宋亡后山西平阳代替了汴京成为黄河以北地区的出版中心。“……金元两朝政府设有管理书籍出版的机构。从十二世纪起，开始出版古医书、类书和其他各类书籍……《刘知远诸宫调》，就是平水坊本。”[①] 刘国钧在专书中说：“北京图书馆藏《刘知远诸宫调》残卷就是金代平水坊刻书的一种。”

① 赵万里：《中国版刻发展过程》，《版本学研究论文选集》，书目文献出版社1995年版，第4页。

元西域散文家及其散文成就

王树林

（南通大学文学院）

元西域文家的散文创作是元代具有特征性的文学现象之一。陈垣先生《元西域人华化考》卷一指出："畏吾儿、突厥、波斯、大食、叙利亚等国本有文字，本有宗教，畏吾儿外，西亚诸国去中国尤远，非东南诸国比。然一旦入居华地，亦改从华俗，且于文章学术有声焉。是真前此所未闻而为元所独也。"① 这一论述，很好地说明了元西域文人"文章学术"在元代文化史、文学史上的珍贵价值。

一　元西域文家群体构成及其社会文化共生环境

（一）西域文家的群体构成

元西域文家的群体构成，是元西域人（即色目人）群体构成的组成部分，其认知问题颇为复杂。元代之所谓"西域"，是一个地域概念，现代大多学人认为指河西走廊以西的大元的辽阔疆域。但在这一辽阔疆域中生活的民族种群众多，交互融合又极为复杂，以一概之，实为不易。元统治者将其臣民略而分为四等，即蒙古人、色目人、汉人、南人。这一划分笔者认为不仅仅只是政治地位、不同待遇的区别，也是不同地域民族种群的划分。《中国历史大辞典》（辽夏金元卷）释"色目"为"各色名目"，

① 杨家骆主编：《中国学术名著》第5辑《中外交通史名著》第1集第7册，世界书局1962年版，第2页。

我赞成这一观点。色目人当指大元西域各族士人的通称。这里所说的“西域文家”，也即指元代西域色目士人之散文家。

元西域人（即色目人）的群体构成，最早见于元末陶宗仪《南村辍耕录》，其卷一列“色目三十一种”，明凌迪知《氏族博考》7、王世贞《弇州四部稿》167、清《续通志·氏族略四》据以照录。清钱大昕《元史氏族表》、日本学者箭内亘《蒙汉色目待遇考》（陈捷译，商务印书馆1935年版），据陶氏所列，作了有益考订。近人屠寄《蒙兀儿史记》（杨家骆主编，世界书局1962年版）154“色目氏族表”，对色目人作了进一步考察，为后人研究西域人的族群构成奠定了基础。杨镰先生《元西域诗人群体研究》就“元代色目氏族中，确属西域人，而且又有用汉语写作的诗歌作品流传至今者”考得20种左右100余人①，为西域诗人的现代研究开了先路。而西域文家群体的专门研究，实在凤毛麟角，少得可怜。

陈垣先生《元西域人华化考》四《文学篇》之四“西域之中国文家”一节②，是仅见关于西域文家的专论。先生考元西域文家仅得七人：赵世延、马祖常、余阙、孟昉、贯云石、赡思（亦祖丁）、察罕。在谈到西域文家研究之难时指出：

> 考元西域文家，比考元西域诗家其难数倍，因元西域人专集其传者类皆有诗无文，而元诗总集今传者尚众，如《元风雅》、《草堂雅集》、《大雅集》、《乾坤清气集》、《元音》、《元体体要》等，皆元末明初人选本。复有陈焯《宋元讨会》、顾嗣立《元诗选》、《康熙御选元诗》等集其大成，一展卷而西域诗人悉备。至于西域人专集之诗文并传者，今只有马祖常、余阙二家。元文总集只有《天下同文集》及《元文类》。《同文集》限于大德以前，西域人作品无有。《元文类》诗有五家，文有马祖常、赵世延二家，赵世延只有《南唐书序》一首。

---

① 新疆人民出版社1998年版，第13页。

② 《励耘书屋丛刻》上，北京师范大学出版社影印民国三十年冬刻版，1982年版，第69页。

陈老是近世元史研究大家，他尚且慨叹元西域文家研究之不易，其难可见一斑。但书中提到元代前期西域人辛文房著有《唐才子传》，此书“虽非专意为文”，“志在谈诗”，然其文“琅琅可诵”，也可算得上一部不可多得的传记文学著作，先生将其摒弃文家之外，似有不妥。今考《全元文》，收西域人有文传世者30余人，除以上八家中的七家外，大多只有单篇文章行世，能否成“家”，尚待论列。

（二）西域文家的社会文化共生环境

西域文家的家族背景、华化教养、仕历交游等社会文化共生环境，对他们的汉语散文创作产生着直接影响。对其共生环境考察，是全面认识其散文写作独特风貌的必要条件。纵观这一群体中有成就的散文家，虽然各自阅历有别，但其社会文化共生性质颇为显然。

其一，元代史上有成就的西域文家，其家族入居华夏之地大多已历三世以上，或祖或父，皆有接受汉文化之背景。元末戴良《九灵山房集》卷二一《鹤年吟稿序》云：“我元受命，亦由西北而兴。而西北诸国如克鼐满、伊罗勒琨、回回、西蕃、天竺之属，往往率先臣顺，奉职称藩。其沐浴休光，沾被宠泽，与京国内臣无少异。积之既久，文轨日同，而子若孙，遂皆舍弓马而事诗书。”这一特殊的历史文化现象，是元西域文家共生之家族背景。

《元史·察罕传》载：察罕，“西域巴喇勒哈城人，父布都讷。”蒙古兵下西域，“举族来归，事亲王实喇，授河东民赋副总管，因居河中猗氏县。后徙解州，赠荣禄大夫宣徽使柱国芮国公。”程钜夫《雪楼集》卷十八《大元河东郡公布都公神道碑铭》谓：布都讷虽不解中国书，但“切切以教子为务。尝戒之曰：我不幸少年百罹，不得学，尔等安居暇食，宜勉读圣人书，行中国礼，他日面墙，悔之无及。”布都讷娶汉人出自书香世家李氏为妻。《雪楼集》卷二〇《河东郡公布都公夫人李氏墓碑》云：“夫人京兆李氏，金进士试长安令讳君宝之女。……夫人躬节俭，慎丧祭，和上下，正内外，不动声色而教被婣族，不出闺阃而化行邑里。……夫人固诗礼之胄胤耶！”察罕幼时，既“博览强记，通诸国字书”。

据《元史·赵世延传》载：赵世延，“其先永古特族人，居云中北边。”祖阿勒楚尔，“从太祖征伐有功，为蒙古汉军征行大元帅，镇蜀，因家成都。父赫色，以门功袭父元帅职兼文州吐蕃万户达噜噶齐。”元程文海《雪楼集》卷五《赵氏先庙碑》谓其祖“虽积苦兵间，而敬礼儒生，恒戒军中无毁文籍。……有古名将之风焉。”其父“虽出将家，自幼学问雍容闲雅，言貌甚都。”

马祖常先世乃雍古部基督教徒，据元袁桷《清容居士集》卷二六《开封郡伯马公神道碑铭》载：辽道宗咸雍年间其先祖“自西域入居临洮狄道”，金代徙居净州之天山（今内蒙古四子王旗以西）。其四世祖习礼吉思开始真正融入汉文化。习礼吉思精通多国文字，曾为金出使蒙古，为凤翔兵马都统管判官，因官职有“马”字，遂以马为姓，改汉名庆祥。曾祖月合乃历仕蒙古太宗、宪宗、世祖三朝，终礼部尚书。祖世昌、父润，自觉接受汉文化教育，具有丰厚的儒学基础。特别是其父马润，历官州县，仁厚爱民，以儒治政，有诗“《樵隐集》若干卷”。许有壬《至正集》卷四六《马文贞公神道碑铭》中云：“公先世已事华学，至公始大以肆。”苏天爵《滋溪文稿》卷九《马文贞公墓志铭》亦云：“公自先世皆事华学，号称衣冠闻族。”

瞻思，《明史》作舒苏。《元史·儒学二》谓瞻思“其先大食国人。国既内附，大父鲁库乃东迁丰州，太宗时以材授真定济南等路监榷课税使，因家真定。父乌哲，始从儒先生问学。轻财重义，不干仕进。”贯云石，祖籍西域北庭。其祖阿里海牙战功显赫，母廉氏为畏吾儿名儒廉希闵之女，贯云石自幼随母在“廉园”读书，阅读到大量儒家典籍，深受儒家文化的熏陶。余阙世家河西武威，幼时随父迁官合肥，虽少既丧父，其儒学家庭背景是很明显的。

以上数例，仅见一斑。西域文家先辈由马背入居华地，舍弓马而事诗书，弃刀剑而操笔砚，其后代成为一代文家，被泽先光，在当时虽是普遍现象，但在中国历史上确有其特殊性。

其二，如果说上述相似的家族背景是西域文家共性特点的外显表现，那么，共同的儒家思想基础则是西域文家共性特点的隐性内涵，也是西域文家更深层次意义上的共生特征。

《元史·赵世延传》载：赵世延“天资秀发，喜读书，究心儒者体用之学。……历事凡九朝，剔历省台五十余年，负经济之资而将之以忠义，守之以清介，饰之以文学，凡军国利病，生民休戚，知无不言，而于儒者名教尤拳拳焉。”察罕，历官以民为本，以儒家清明政治为期。《元史·察罕传》载：“帝尝问张良何如人，对曰：‘佐高帝兴汉功，成身退，贤者也。’又问狄仁杰，对曰：‘当唐室中衰，能卒保社稷，亦贤相也。’因诵范仲淹所撰碑词甚熟，帝叹息良久曰：察罕博学如此邪！尝译《贞观政要》以献，帝大悦。诏缮写遍赐左右，且诏译《帝范》，又命译《托卜齐延》名曰《圣武开天纪》及《纪年纂要》《太宗平金始末》等书，俱付史馆。”《元史・儒学传二》谓瞻思：“生九岁，日记古经传至千言。比弱冠，以所业就正于翰林学士承旨王思廉之门，由是博极群籍，汪洋茂衍，见诸践履皆笃实之学，故其年虽少，已为乡邦所推重。……邃于经，而易学尤深。至于天文地理，锺律筭数水利，旁及外国之书，皆究极之。家贫，馆粥或不继，其考订经传常自乐也。所著述有《四书阙疑》、《五经思问》、《奇偶阴阳消息图》、《老庄精诣》……藏于家。”《元史・马祖常传》谓“祖常七岁知学，得钱即以市书。……既长，益笃于学。蜀儒张须讲道仪真，往受业其门，质以疑义数十，须甚器之。……祖常立朝既久，多所建明。尝议今国族及诸部既诵圣贤之书，当知尊诸母以厚彝伦。……文宗尝驻跸龙虎台，祖常应制赋诗，尤被叹赏，谓中原硕儒，唯祖常云。”余阙早年耕读庐州东南青阳山中，“即田舍置经史百家之书，释耒则却坐而读之，以求古圣贤之学”（《青阳先生文集》附程文《青阳山房记》），被学者称青阳先生，与大儒吴澄之弟子张恒游。“留意经术，五经皆有传注。”（《明史・余阙传》）文集外有《易说》五十卷。

儒家思想是中华先进文化的核心部分，西域文家群体不仅自幼受到良好的儒家思想教育，更能在以后的为官历仕中躬身践行。虽间杂释道，但儒家思想无疑是西域文家群体共生的思想基础，也成为他们为文审美价值取向的主导观念。

其三，西域文家自觉接受现世文坛整体风气培育，与汉族文人融为一体，共同构成中华民族文家整体；他们相互间广泛交往，形成社会文化网络，这是西域文家的又一共生特征。

马祖常最崇奉的师长是北宗文派的两个大家姚燧和元明善，他在为元明善写的神道碑中云：“有元古文之宗曰翰林学士清河元公。”又云：“倡古学于当世，为一代之文宗者，柳城姚燧暨公而已。”其为文师承宗尚可知。苏天爵《御史中丞马公文集序》说他“入翰林为应奉文字，与会稽袁公、蜀郡虞公、东平王公以学问相淬砺，更唱迭和，金石相宣，而文日益奇矣”。苏天爵提到的袁桷、虞集、王士熙是马祖常一生最要好的朋友。《石田集》中与三人唱酬的诗歌颇多，而与袁桷相知最早最深。《石田集》中与袁桷酬赠联和诗十余首，有举荐袁桷的《举翰林待制袁桷等》文，并为其叔父袁德平《卧雪斋文集》作序。而《清容居士集》中与马祖常交往诗文有20余种，诗近60首。祖常与虞集的交游见于《石田集》者有五处，而虞集《道园学古录》、《道园遗稿》中与祖常的诗文却有十多处。虞集极为推崇祖常的文章，晚年过从更密，曾因目疾请求解职，上章举马祖常自代。王士熙是马祖常在好友中唱酬交往最多的一位文人。士熙是东平官至翰林学士承旨、中书省参议王构之长子，《石田集》所载与其酬唱交往诗文近30处，诗有50余首。马祖常在《杨玄翁文稿序》中谈到延祐初与他共同讨论文章，“讲求其说”的除虞集、王士熙外，还有“东平曹子贞甫（曹元用）、中山王仪伯甫（王结）、相下许可用甫（许有壬）、宣城贡仲章甫（贡奎）”。另外，与他同年举进士的黄溍、欧阳玄、杨载等人也是他的文章好友。

孟昉初登文坛，为文师法先秦两汉，作《拟古文集》，吴中傅若金、大都宋褧、山东苏天爵、庐州余阙皆为之题跋，讨论得失，切磋文艺。后新安程文、吴中陈基为其文集作序，表微阐幽，推爱有加。另，当时文坛大家虞集、名家如张翥、顾英、徐一夔、张昱等，方外鄱阳僧廷俊用章、豫章僧怀渭清远等皆与孟昉唱酬。察罕是较早融入汉文作家队伍的西域文人，程钜夫、袁桷、徐明善、蒲道源、滕斌、安竹斋等皆其文友。特别是程钜夫，他不仅为其《历代帝王纪年纂要》作序，还为其父布都讷作神道碑铭、其母李氏夫人作墓碑，今《雪楼集》存留与察罕之赞、序及诗词题咏十余首。

贯云石更是得到当时文人的热捧。《元史》本传谓，“比从姚燧学，燧见其古文峭厉有法，及歌行古乐府慷慨激烈，大奇之。”欧阳玄《圭斋文集》卷九《贯公神道碑》谓：“仁宗正位宸极，特旨拜翰林学士中奉大夫知制诰同修国史，一时馆阁之士素闻公名，为之争先快睹。会国家议行科举，姚公已去国，与承旨程文宪公（钜夫），侍讲元文敏公（明善）数人，定条格，赞助居多，今着于令。……移疾辞归江南，十余年间，历览胜概，著述满家。所至缙绅之士，逢掖之子，方外奇人，从之若云。”特别是他的《芦花被诗》，一时“人闲喧传”。

考现存元代文献，赵世延、瞻思、余阙等皆有极为广泛的文人人际交往。由上观之，西域文家所与交游者大都是一时著名的汉族文学家，他们朝野相煽，过从密切，形成一个西域文家与当时文人交融共生的文坛网络，这一庞大的文化网络，共同酿成了元代文学的盛世气象。从这一气象中可以看出，西域文家主动接收文坛整体风尚培育的精神风貌。

二 西域文家散文的文献考察

马祖常《石田先生文集》及散佚文章，笔者已有专述[①]；余阙《青阳集》之版本源流得失，在《金元诗文与文献研究》一书中亦有详考[②]，此不赘述。仅将察罕、辛文房、赵世延、赡思、贯云石、孟昉六家之文章，略考如下。

（一）察罕之文传世者不多，陈垣先生考其文仅得《安南志略序》一篇，今《全元文》收《安南志略序》外补辑 2 篇。一篇为《涞水东镇创建景福院记》（延祐三年），此篇辑自清光绪二十七年《山右石刻丛编》卷三七，有删节。另一篇为《林县宝严寺圣旨碑》（大德八年四月），此篇辑自 1955 年社会科学出版社《元代白话碑集录》。故今察罕存文仅此 3 篇。

（二）辛文房著有《唐才子传》一书，今存。除此之外，《全元文》收其文 5 篇，分别为《唐才子传引》（《唐才子传校笺》卷一，中华书局 1987 年版）、《隐逸诗人论》（《唐才子传校笺》卷一王绩传附，中华书局 1987 年版）、《女性诗人论》（《唐才子传校笺》卷二李季兰传附，中华书局 1987 年版）、《方外诗人论》（《唐才子传校笺》卷三零一传附，中华书局 1987 年版）、《仙道诗人论》（《唐才子传校笺》卷一〇吕严传附，中华书局 1987 年版）。

（三）陈垣先生考赵世延文共计 11 篇，分别是《南唐书序》、《茅山志序》、《天禧寺碑》、《灵谷寺钟铭》、《钟山崇禧万寿寺碑》、《加封圣号诏碑》（皇庆二年）、《重阳宫敕藏御服碑》（延祐二年）、《东岳庙昭德殿碑》（天历三年三月）、《白云崇福观碑》（元统元年）、《任城郡公札思忽儿锝墓碣》（至元三年三月）、《御史台题名记》（删节不全）。据笔者考察，其中《钟山崇禧万寿寺碑》、《白云崇福观碑》、《任城郡公札思忽儿锝墓碣》有目无篇。《全元文》所收赵世延文 17 篇，其中《茅山志序》

---

① 王树林：《元代河南三先生文集叙考》，《南阳师范学院学报》2006 年第 4 期。

② 王树林：《金元诗文与文献研究》，中华书局 2008 年版，第 258 页。

（泰定甲子）、《南唐书序》、《灵谷寺钟铭》、《昭德殿碑记》、《藏御服碑》（延祐二年）5篇与陈垣先生所考重，另12篇乃有所增益，分别为《净明忠孝全书序》（正统《道藏》卷二一）、《程氏读书分年日程序》（《程氏读书分年日程》卷首）、《经世大典序录》、《治典总序》、《赋典总序》、《礼典总序》、《政典总序》、《宪典总序》、《工典总序》（以上七篇《国朝文类》卷四二）、《孔庙加封碑跋》（皇庆二年五月十三日）、《读书崖记》（《四川通志》卷一九，清嘉庆二十一年刻）、《太华山佛严寺无照玄鉴行业记》（《新纂云南通志》卷九三）。《全元文》所收与陈垣先生所考文相较，除去相同篇目及有目无篇之文，尚有3篇为《全元文》未收。今另从明赵琦美编《赵氏铁网珊瑚》第十五辑得赵世延《崇真宫上清像赞》："泰定四年丁卯代祀江南三山，还朝醮于崇真宫，作上清像赞：冠芙蓉兮玉比德，衣云霞兮绚五色。谈大道兮坐瑱席，流琼音兮达宣室。贯羲文兮妙德一，相箕畴兮广敷锡。轮天神兮天只尺，言谔谔兮帝心格。进崇阶兮总仙籍，着赞书兮表清直。事列圣兮如一日，显祖父兮饶封国。信行藏兮古是式，从赤松兮师黄石。玄中之玄兮太虚无迹，洞瞩万变兮凌厉八极。"明郁逢庆编《昼画题跋记》第二辑得赵世延《唐榻化度寺邕禅师塔铭跋》："欧书世所传者《九成宫碑》《邕禅师塔铭》，见者或鲜。尝观宣和内府所藏《荀公曾帖》，其清劲精妙与此帖殆无异，宜乎为世所宝也。至顺龙集壬申十月初吉，迂翁云中赵世延德敬父观于金陵之筠雪斋。"由以上考订，赵世延存世文今可见者22篇。

（四）赡思一生著述甚丰，著有《四书阙疑》、《五经思问》、《奇偶阴阳消息图》、《老庄精诣》、《镇阳风土记》、《续东阳志》、《重订河防通议》、《西国图经》、《西域异人传》、《金哀宗记》、《正大诸臣列传》、《审听要诀》及文集三十卷，惜其大部分著述已经散佚，据陈垣先生考订："今存者只《河防通议》二卷，辑于《永乐大典》，余皆不可得见。"陈垣先生考赡思文得5篇，分别是《加号大成诏书碑阴记》（《常山贞石志》卷十九）、《哈珊神道碑》、《善众寺创建方丈记》（《常山贞石志》卷二一）、《龙兴寺钞主通照大师碑》、《龙兴寺住持佛光弘教大师碑》（《常山贞石志》卷二二），其中《加号大成诏书碑阴记》仅有存目。今《全元文》收赡思文4篇，其中《大善众寺创建方丈记》与陈垣考得《善众寺创建方丈记》重，其余3篇为《宝庆四明志重刻序》（《鄞县志》卷七五，清光绪三年刻本）、《元甘肃等处行中书省平章政事荣禄大夫公神道碑》

（《欒城县志》卷一四，台湾影印清同治十一年刻本，又见《正定府志》卷四七，清乾隆二十七年刻本）、《河防通议序》（《丛书集成·河防通议》卷首）。综合陈垣先生考定及《全元文》收录，赡思今存文为7篇。

（五）《元史·小云石海牙传》记载贯云石“有文集若干卷、《直解孝经》一卷行于世”，然已经散佚，今不可见。程钜夫《雪楼集》卷二五《跋酸斋诗文》提到其《洪弟之永州序》文，“恳欵教告”，今亦不可。陈垣先生考其文仅得《阳春白雪集序》一篇而已。《全元文》收贯云石文5篇，除收入陈垣考订的《阳春白雪集序》外，另辑得文章四篇：《孝经直解序》、《今乐府序》（以上两篇《贯云石作品辑注》，新疆人民出版社1988年版）、《夏氏义塾记》（《松江府志》卷一三，明刊本）、《万寿讲寺记》（《南翔镇志》卷一〇，民国十三年刊）。

（六）孟昉为元后期散文名家，著有《孟待制文集》，《千倾堂书目》著录，已散佚。今仅见傅若金《孟天伟文藁序》、宋褧《跋孟天暐拟古卷后》、苏天爵《题孟天暐拟古文后》、余阙《题孟天暐拟古文后》、程文《孟君文集序》、陈基《孟待制文集序》等诸序跋。《全元文》未收孟昉文章。陈垣先生考孟昉文云：“孟昉文不多见，《元诗选》癸之辛有《十二月乐词》，并序一篇，《两浙金石志》（十八）有《杭州路重建庙学记》一篇。”由此可见，今孟昉存世之文仅见二篇。

三　西域文家散文的整体风貌及民族特质
——以马祖常、余阙、辛文房为例

上文对西域文家的散文文献作了考察，通过考察，我们可以发现，大部分西域文家的文集已经散佚，只有单篇文章行世，西域文家有文集传世者仅马祖常、余阙、辛文房三人而已。《四库全书·石田集提要》这样评价马祖常：“大德、延祐以后，为元文之极盛，而主持风气，则祖常等数人为之巨擘。”余阙“皆有关当世安危”的散文创作，很大程度上反映了元末文风。辛文房《唐才子传》是一部专门的传记文学著作，风格独特。可见，马祖常、余阙、辛文房三人的散文创作在西域文家群体中具有一定的代表性，今以他们的散文创作为例，就其整体风貌，略作探讨。

（一）质朴平实，不尚虚华，并一根于理，是他们文章的明显特征

这一特征多体现在他们议论说理类散文。祖常为文，“修辞立言，追古作者”（苏天爵《滋溪文稿》卷九《元故资德大夫……马文贞公墓志铭》），这一散文创作追求，造就了祖常散文不尚虚华的审美特点。李性学《文章精义》中称祖常文章“如彝器陈于宗庙，无甚华饰，而质雅可观”。祖常的几篇具有论说性质的文论充分论述了这一审美特点。祖常在《周刚善文集序》一文中推崇周刚善的文章“质实而不窳，藻丽而不华”，并且认为“先秦古文，虽淳驳庞杂，时戾于圣人，然亦浑噩弗雕，无后世诞诡骫骳不经之辞。”可见，文章“浑噩弗雕”是为祖常所称道的。祖常在另一篇《卧雪斋文集序》中称：“袁君德平之文，可谓美矣。优柔而不华，典则而不质，可以施之宗庙，告之朝廷。”由此观之，“优柔而不华，典则而不质”可谓祖常之美文观，其必反对文章虚华。祖常在《杨玄翁文稿序》一文中记载了这样一件事情：“延祐初，予售于有司，是时以古文名者，清河元公复初假予以言曰：‘子之修辞几于古矣，然于质实则过之，于藻丽则乏矣。’”身为古文之宗的元明善也认为祖常之文过于质实，而乏于藻丽，祖常为文之不尚虚华是可知矣，况祖常自道“然称以质实，则祖常有未敢能。”余阙身处元朝行将倾国之际，受时代因素的影响，其文“皆有关当世安危”，纵然不尚虚华。

马祖常、余阙论说文往往又能一根于理。所谓“理”，即为“行道、致君、泽民”之理。凡能合此理者，他们大加赞赏；凡与此理相悖者，他们则直言不讳地予以批判。祖常大部分章疏类文章或直言进谏，或弹劾权臣。祖常在闻知秦州成纪县等处山移一事后，慷慨激昂，上《论秦州成纪县等处山移事》一疏：“夫山移大变，实维天谴。是为不动之物而动，大臣以下，各宜辞避官位，推让贤能，畏惧修省，表奏待罪……今山移之谴，理无虚示，岂非在野有当用不用之贤，在官有当言不言之佞，所以感召不动之物而动，毒延庶民，甚可哀痛。”祖常还有几篇直言弹劾权臣的文章：《弹右丞相特们德尔》、《弹大都路总管范完泽》、《弹中书参议博啰等官》等。祖常的直言不讳得罪了很多朝臣，他在《题松厅事稿略后》一文中写道：“（昔祖常）往往笃信古道，动辄得咎。言秦州山移之变，则得奉祠大社；论特公丞相废法擅权，则谪官开平。”但是，祖常并

未因此而否定自己之前的言论，相反，他在该文中表明了自己不愿意“卖直要誉”的坚定立场。祖常之所以如此坚定，是因为他笃信“行道、致君、泽民”之理。章疏中还有另一类文章，为祖常奖掖后进、举荐贤才之文。《辨王左丞等》言王伯弘、拜珠二人“刚毅不屈，信可倚仗”，建议“将二人擢置机要，不令外补”，《论加恩典》一文则进言请为好官加恩，《举翰林侍制袁桷等》一文举荐袁桷、吴澄二人。诸如此类举荐之文，祖常亦是据“行道、致君、泽民”之理而为，绝非仅凭个人好恶而为之。余阙论说类散文也能一根于“行道、致君、泽民”之理。在《送樊时中赴都水庸田使序》一文中，余阙开篇即论及都水庸田使之职责：“国家置都水庸田使于江南，本以为民，而赋税为之后。”接下来，余阙笔锋一转写道：“往年使者昧于本末之义。民尝以旱告，率拒之不受，而尽征其租入；比又以水告，复逮击告者，而以为奸治之。”文章最后指出：“善为国者，疏其赋而厚其民，理之较然者也。”在余阙看来，民为本，赋税为末，国家欲大治，应疏赋厚民，遵本末之序。余阙在镇守安庆期间，给贺丞相连上四书，急言安庆地理位置之险要，朝廷理应增援安庆，以保江山社稷。此四书中亦不乏痛斥时弊之言论，若余阙心中无“行道、致君、泽民”之理，恐其难为此四书，更不会以忠义显。

（二）稽古穷经，气势磅礴，多具北方民族的豪迈性格

胡助在《挽马伯庸中丞二首》中盛赞祖常“稽古陈三策，穷源贯六经。文章宗馆阁，礼乐著朝廷。”① 苏天爵《魏郡马文贞公墓志铭》中记载：“公每进说，必以祖宗故实、经史大谊切于时政者为上陈之，冀有所感悟焉。”祖常在《请慎简宫寮疏》一文中为了论说谨慎选择太子近侍的重要性，征引《传》语：“成王始为太子也，太公为师，周公为傅，召公为保，伯禽、唐叔与游。目不阅淫艳，耳不闻优笑，居不近庸邪。及为君也，血气既定，游习已成，虽有放心，不能夺已成之性。”借用《传》语，祖常欲论之意悉尽。《建白一十五事》开篇即稽古阐明言事官之重要职责：“古者建立言事之官，非徒擿拾百官短长，照刷诸司文案，盖亦拾遗补阙，振举纲维，上有关于社稷，下有系乎民人。”祖常以古言事之官

① 《纯白斋类稿》卷7《挽马伯庸中丞二首》，影印文渊阁四库全书本，第1214册，第593页。

自任，进言十五事。《论加恩典》一文祖常征引故蔡国公张柔归身我朝开拓土宇一事，言“礼及贤臣，国无不治之政；恩推耆旧，士有先死之心”的道理。余阙在《送月彦明经历赴行都水监序》一文中论及“河患”一事，提出“河失禹之道，而治河者不以禹之所治治之”为导致“河患”的原因，余阙历数前朝治河正反两方面的教训：禹时治河，析二渠，播九河，河大有所泄，力有所分，患可平；周定时，河始南徙；汉初，禹之故道失，受患特甚；汉人马颊治河，偶合于禹所治河者，故不为患者数千百年；宋时，汉之故道失，今之河患与武帝无异。《元统癸酉廷对策》一文，余阙“稽天地之理，验之往古”，历数往代统治者保天下之成败教训，告诫当今圣上应以仁保天下。马祖常、余阙的论说类散文稽古穷经，说一理能尽得其意，尽得其意又能大成其势，故他们的这类散文往往能给人以气势磅礴之感。戴良在《余豳公手帖后题》中如此评价余阙：“公学问该博，汪洋无涯，其证据今古，出入经史百子，亹亹若珠比鳞列。为文章，操纸笔立书，未尝起草，然放恣横纵，无不如意。”① 《元史·余阙传》亦称阙“为文有气魄，能达其所欲言”。

（三）结构缜密，叙事简洁，议论精到

这一特点多表现在他们记事体物类散文中。祖常、余阙为文叙事，结构严整，叙一事往往能叙及事之始末，篇末亦不乏精到议论。祖常《固始县重建县治记》一文较为完备地记叙了固始县重建县治一事的经过。文章开篇叙及祖常作该记之缘由：“今贤大夫承流宣化之余力，不谋其私，不肥其孥，辟兹新堂，照临百里，可无辞也哉?”接下来，文章依次记叙了固始县从无县治可言、县治不完善到县治最终建成的经过：我朝之先，固始为县“南穷山，北尽淮，陆可骑，水可航，田亩之町，躏礫者无虑十八九，虎豹之所宫，狐狸之所号，故老遗人谈之者，尚蹙额而衔掩袂也”，此时的固始县无县治可言；迨至我朝，“建制县邑，立官立师”，固始县一改昔日景状，而号称沃壤，然县人却“动以利害相磨戛，以舌吻相撼摇，持短长日从于官”，是为不化之民，固始县之县治尚不完善；县大夫等偕治之官教民以化，民能宜之，“不敷不哗，如子安父”，“宾客

① 戴良：《九灵山房集》卷22《余豳公手帖后题》，影印文渊阁四库全书本，第1219册，第505页。

有位，庖厨有次。丰而不奢，华而不忒。”至此，固始县之县治可谓最终建成。篇末的议论也较为精到：“今邑人宜大夫，大夫有人民，有社稷。文有吏，武有兵。谐其神人，罔有圮倾，尚何以二鲁诿为哉！”祖常该文，叙议相生，叙能备其事，议能精其言。余阙为文亦能如此，《湘阴州镇湘桥记》一文首先记述了湘水给涉湖乡民带来的诸多不便，之后较为完备地记叙了湘阴桥历经三次修建之事：宋之时，邓氏媪首建木桥，“行者德之，谓之‘邓婆桥’”，是为镇湘桥之前身；大德中，木桥毁坏，州人黄仲规以私财命子惟敬二建石桥，易名为“镇湘桥”；至元初，桥又敝，黄仲规之子惟贤、惟德率州人三修石桥，修建后的石桥“上可以任大车，下可以通千斛舟，饰以彩绘，远而望之，烂若阴虹之饮湖中”，甚是宏伟。篇末余阙写道：“夫桥之利大，故其费亦大……黄氏非有大作业大廪藏，而为有司大家之事，力有不足，至父子相承乃克成此，夫亦难能也。”对修桥之人大加赞许。

（四）人物纪传体散文行文有法，亦富变化，长于描绘，形象鲜明

苏天爵《石田文集序》称祖常“文则富丽而有法，新奇而不凿”，王守诚《石田文集序》则称祖常“文词简而有法，丽而有章，卓然成家”。二人均道出祖常行文有法。正因如此，其文能“新奇”，进而“卓然成家”。祖常行文有法，但又不拘于一法，往往能有所变化。《记河外事》一文，祖常采用问答的方式结构全文，通过计吏之口，揭露社会弊端。《小石山记》本应专写小石山，但祖常开篇却大篇幅描写“岳镇”之壮观，之后才写到小石山，实乃欲扬先抑之法。篇末“其能无尺寸之功欤”的反问为全文点睛之笔，突出了小石山之功用，也蕴含着“天生我材必有用”的哲理，耐人寻味。《小圃记》一文记写小圃的基本情况，笔法平实，文末的“土之力完则殖繁，若力尽，则亦不殖矣”道出祖常治小圃之法。

人物纪传体散文在马祖常、余阙的文集中占较大比重，大部分见于序、传、碑志一类的文体，辛文房《唐才子传》一书则专为人物纪传体散文。马祖常、余阙、辛文房的人物纪传体散文，往往截取最能表现人物性格的事例，通过对人物语言、神情等多方面的传神描写，将人物形象刻画得惟妙惟肖，异常鲜明。马祖常在《翰林学士元文敏公神道碑》中为

突出元明善的智勇双全，截取两件最能表现其智勇双全的事例：一为监斩，另一为焚籍。军中将斩一贼，欲让元明善监斩，左丞则认为元明善为儒生，没有胆量监斩，但是“终刑已，（元明善）色不变”，并能据理力争，阻止杀戮无辜，此当为勇；“贼贵盗书民丁十万于籍，有司喜，欲发之，公夜置火籍稿中，焚之以灭迹，赣、吉遂安。”此当为智。《致仕礼部尚书邢公神道碑铭》一文中记载了邢公在处理属州饥荒一事时的言行：“议遣官出廪米五十万石，赈贷属州饥，众难之，公请：‘异日有擅发罪，秉仁（邢公）愿独坐。’”邢公能为他人不敢为之义事，其敢做敢当的性格不道自明。《敕赐赠参知政事胡魏公神道碑》为写胡景先仗义疏财，截取三个事例：里人贷钱无能力偿还，“公捐资与偿之”，里人为券相谢，“公火其券”；遇到饥年，胡公想方设法救济灾民，待至丰年，“人将酬之，不受”；“邻有丧，子弱贫无所有”，胡公为邻人办妥后事，并抚养其子，其子既长，“愿傭以报，不许”。“火其券”、“不受”、“不许”，足以说明胡公实乃仗义疏财之士。余阙在《贡泰父文集序》一文中写自己与贡泰父“迂”性相投，亦举一事例：“意少适，即联镳过市，據鞍谈谑，信其所如，而止及暮。无所止，则相与问曰：‘将何之？’皆曰：‘无所之也。’乃各策马还。”如是，二人“迂”性相投可谓至矣！余阙《张同知墓表》一文亦能截取冒火救母、割肉疗母等事例，突出慈利张君之至孝。辛文房《唐才子传》用寥寥数语能将人物性格表现殆尽，人物形象栩栩如生。李白个性狂放不羁，《唐才子传》中通过对其语言、神态的描写，形象生动地表现了李白的这一个性。一日，“白浮游四方，欲登华山，乘醉跨驴，经县治，宰不知，怒引至庭下曰：‘汝何人，敢无礼？’白供状不书姓名，曰：‘曾令龙巾拭吐，御手调羹，贵妃捧砚，力士脱靴。天子门前，尚容走马；花阴县里，不得骑驴。’宰惊愧，拜谢曰：‘不知翰林至此。’白长笑而去。”《唐才子传》一书刻画人物多能类此，其形象因故而能鲜明、丰满，如杜审言之狂妄、王绩之嗜酒、王勃之才高等。

（五）文章语言简洁精赅，而又感情真挚

元王结评“伯庸之文章简洁精密，足以鸣一世而服群彦”（《文忠集》卷四《书松厅事稿略》），伍宗曜在《唐才子传序》中称辛文房“评陟精审”，可知马祖常、辛文房为文简而不烦，余阙之文亦能如是。他们的人

物纪传体散文简而不烦，寥寥数语，往往能切中其意，达到言简意赅的审美效果。《唐才子传》中每记一人，多不过数百字，少则几十字，然而人物形象往往能跃然纸上，评论亦十分精到，可谓字字珠玑。他们的这类散文字里行间还透露出真挚的感情。《翰林学士元文敏公神道碑》一文是祖常为元明善所作，元明善卒，“宾客僚隶皆四散，无一人顾之者”，祖常能为其作碑文，可见祖常感情之真挚，而非出于应酬。《故显妣梁郡夫人杨氏墓志铭》一文为祖常为其母杨氏所作，文中祖常写道：“呜呼！祖常不孝，罪戾无赎，天降鞠凶，夙集于身，致吾慈母年不登寿，而罹罪不淑。……追痛罔极，殁身而后已，虽身殁而又何及耶！……忆夫人病将棘时，祖常孑然立床第前，忽涕唾，夫人已不能言，顾指祖常唾迹，泣下而逝。呜呼！祖常尚忍书之耶！尚忍而不书耶？忍而书，其又能文耶？乃泣血为铭。”母子深情，感人至深。余阙记人也能饱含感情，《张同知墓表》一文，余阙感情真挚地记述了张同知的孝行，字里行间流露出余阙对其孝行的认同与赞赏。

马祖常、余阙、辛文房等作为西域文家的代表成员，他们的散文创作在很大程度上代表了西域文家散文创作的整体成就。元时西域诸国本各有文字，然西域文家一旦迁居华地，改用汉字进行创作，其成就不在汉族文人之下，设若将其文置于汉族文人所作之列，实难分辨彼此。他们文章共同的率直、质朴风格，与西北地区民族朴实率真的人情风尚分不开。余阙在《送归彦温赴河西廉使序》中这样描述其故土乡民：“其民多武勇而少文理……其性大抵质直而上义。”余阙能坚守安庆七年，以忠义显；马祖常、赵世延均因“质直”而得罪权臣，遭到贬谪。少数民族质直、淳朴的民族特性不仅影响了西域文家人格气质的形成和定型，也在一定程度上影响了西域文家的散文创作，造就了其散文独具的民族特质。

飞天形象的演变及当代诗人对其的描写

王锺陵

（苏州大学文学院）

一

飞天，是敦煌诗意最典型的表达。她捧花、散花、送花，她弹奏各种乐器，她是美与艺术之神。她在壁画中，不占主要位置，也没有众神的环绕，她往往处于壁画的边缘地区，然而她自有其自在的飞翔，她是境界高超的自由之神！

如同一切宝贵的东西，必须经历艰难才能获得一样，飞天形象的成熟，也经过了一段漫长的过程。在炳灵寺169窟西秦壁画中的飞天，仅仅是一位妇女腾空而起，飘在供养人的上方。莫高窟257窟北魏时期的伎乐舞蹈飞天，下身裙子已有所拖长，但裤腿过短，双脚与一段小腿均在裤外，下腹部的转折仍显滞重，令人产生飞腾乏力之感。文殊山石窟中北凉时代的飞天，人体弯折笨拙，双腿伸直，短裤腿，帛带不能与人体有机协调。莫高窟275窟北凉尸毗王本生壁画中的飞天，好一点的像是在游泳，双脚在打水；差一点的臀部往下，人体呈V形，看上去简直就像在往下坠；虽画有帛带，仅略在身上有所缠绕而已。

西魏时期，飞天的形象在沿袭旧画法的同时，取得了明显的发展：莫高窟249窟北壁，那白鼻白眼的飞天，已有飞翔之势；285窟龛顶，那头戴菩萨冠，披帛巾，裸上身，下系长裙的飞天，则像是在冉冉飞落；也在285窟中，那裸体飞天，所披长帛已虚化为装饰图案；那手执箜篌在星空中飞舞的伎乐飞天，则更引人作遐思。然而，莫高窟428窟南壁北周时期的飞天，却又表现出一种倒退，粗旷、笨拙，有的上身竖起，有的人体仍呈V形，如上文所说，前者使人觉得飞腾乏力，后者则让人感到是在往下坠。不过，形成对照的是，麦积山4窟北周朝代的捧杯的薄肉飞天塑像，裙带已经加长，人体弯转自然，有飘逸感，飞天旁边饰以花草、云朵，一个明显的变化是，飞天仅双脚露在裙外，不是北朝一些壁画中所习见的那种将一段小腿露在裙外的笨拙画法了。可以看出，北朝是秀美的飞天形象的孕育期，前进与滞重在这一时期的飞天画中交织出历史前进的艰难脚步。

到了隋代，飞天画明显变得轻快流动，笔触自由奔放，色彩复多绚丽。如莫高窟305窟南壁的飞天，长带当风，动势强烈，画面空间以花瓣充填，给人以饱满感。唐代飞天的形象更加飘逸。莫高窟321窟初唐双飞天，与404窟隋代的飞天一样，弯转处在胸前，于是整个人体便真正腾空，且飘带大大加长，在飘展之中略呈波折状，舒展之中又给人以风吹的实感。飞天的代表作，是莫高窟320窟盛唐壁画中相互对称的两组双飞天。里面的一组头向外回顾，似乎是在呼唤友伴，外面的一组面向里双手伸开，作腾飞状，似乎是在回应呼唤。里面的一组飘带极长，画面的空间饰以花朵、云气。走过了艰难道路的飞天形象，在初盛唐，终于已完全成熟。此后，精美的飞天形象不断出现。榆林窟15窟中唐伎乐飞天，体态丰腴安详，虽弯转处在膝，因飘带向上翻卷，而有飞翔之感。莫高窟158窟中唐飞天，亦丰腴飘飞。莫高窟327窟宋代献花飞天，双手远送，体态秀美。

飞天，是以宗教画的形式所表现出来的自由意念，是对于自在飞翔、轻盈升腾的人生愿望的表达。

二

作为敦煌艺术中有代表性的形象，飞天形象一直为中国人民所喜爱。当代诗人对此也作了表现，抒发了他们的哲思，需要作一些解读。林染有首《在东方沙漠里》，其中有这样三句：

敦煌的少妇袒胸露乳，顾影自怜
作出飞腾的姿势

却一直摆脱不掉古老的画壁

这显然是写的敦煌壁画上的飞天形象，杨炼则专门写过一首题为《飞天》的诗，其首节曰：

我不是鸟，当天空急速地向后崩溃
一片黑色的海，我不是鱼
身影陷入某一瞬间、某一点
我飞翔，还是静止
超越，还是临终挣扎
升，或者降（同样轻盈的姿势）
朝千年之下，千年之上？

其末节曰：

没有方向，也似乎有一切方向
渴望朝四周激越，又退回这无情的宁静
苦苦漂泊，自足只是我的轮廓
千年以下，千年以上
我飞如鸟，到视线之外聆听之外
我坠如鱼，张着嘴，无声无息

林染所写仅仅是一种旁观的描述，没有太多的想象。杨炼所写则是由飞天者的心理着笔。从其飞翔的升降上展开想象，升则为鸟，降则为鱼。从画壁上的“飞”着眼，似乎是动，实还是静，于是产生动静的责疑。这动和静的责疑，伸展一步，亦即是将壁画时间的悠久与飞翔之升降糅合到此种责疑中，便产生了“朝千年之下，千年之上”的疑问。这一疑问其实是将时间转化为了空间，诗句重在“之下”、“之上”这两个词上。末尾一节，这一转化便显示了出来：千年以下，对应坠如鱼之无声无息；千年之上，对应飞如鸟，到视线之外聆听之外。以上一切，都是以飞天者的心理之流来展开的。诗人借助于飞天的神话形象，所表达的是人想超越自身的处境，而终竟做不到的无奈，是个体的自足徒具一种轮廓，一切其实不能自主的苦闷。对此种无奈与苦闷的深切体认，显然是一种现代意识。为了略略点醒诗句的含义，“超越，还是临终挣扎”，“渴望朝四周激越，又退回这无情的宁静”这两句，就多少越出了一点对飞天者心理加以表述的范围。由于是从飞天者的心理着笔，所以诗句中有些地方有跳跃或跳脱，例如“一片黑色的海，我不是鱼”，乍一看不易懂，因为其中省略了降则为鱼，鱼坠入海这样的演进环节。还有“千年之下，千年之上”句，其中的时空转换，是对于久远历史的知性感受，化入到视觉里，而糅合为对飞天的动态描写。这当然也要稍微想一下，才能明白。由于这样的糅合，诗句就多了一种悠远的意味。我们可以看出，升和降是上引两节诗构思的关键，那么有一个寻根究底的问题，壁画上，画的是飞翔，怎么会引出下降，以至降而入海的想象的呢？这是由诗人观画时的感受而产生的：画幅上，飞天的群像中，有的位置很高，便像是要飞出视线了；有的位置很低，便似乎在往下沉，似乎是在挣扎。这是诗人瞬间的心理联想或者说是错觉。诗正是从这儿建立了它的基点。而在新诗潮论者们看来，这便是潜意识的作用。

杜甫和睦平等民族观之具体表现[①]

——杜甫与少数民族关系之二

徐希平　彭　超

（西南民族大学文学院）

杜甫故乡为河南巩县，属于中原之地，又因先祖的关系，自称少陵野老，也表现出对京城的特殊感情。同时，杜甫漫游一生，早年“放荡齐赵间，裘马颇轻狂”。壮游祖国河山，走遍大江南北，安史乱起，随难民一道逃亡，经陇南，越秦岭，抵巴蜀，“支离东北风尘际，漂泊西南天地间”，四方民俗，天下朋友，均在其传神诗笔中得到真实记录，地域所涉，诸凡秦、晋、齐、鲁、吴、越、楚、蜀、巴、梁、赵、幽、蓟、关外、辽东、西域、北庭、吐蕃、回纥、西南夷风土习俗皆入其诗；对中原即所谓邦人、都人、邑人之外同属于统一秩序中四面八方之人，则有东人、北人、边人、胡人、野人、巴人、蜀人、秦人、晋人、吴人、楚人，杜甫亦一视同仁地平等看待，基本不带狭隘的地方偏见，客观地描绘其共有的人性情感及斑斓多彩的民族文化特点与差异。而作为生活在多民族国家的杜甫对江山一统、民族和谐、睦邻友好的观念也由此得到充分具体的体现。

① 基金项目：本文为四川省教育厅教育教改项目：“民族高校汉语言文学人才培养与加强民族团结教育、服务社会功能理论与实践”阶段性成果。

（一）广泛结交各族朋友，平等相待

杜甫和睦平等民族观的一个突出表现是他广泛结交各族朋友，数量众多，且不乏深交。在具体交往中，平等相待，完全看不到所谓夷夏之大防的观念。

在杜甫诗中所反映的少数民族人物中，有几位元姓家族，据《新唐书·宰相世系表》记载："元氏出自拓跋氏，……世为鲜卑君长。平文皇帝郁律二子什翼犍乌孤。什翼犍，昭成皇帝也，始号代王。至道武皇帝（拓跋珪）改号魏。至孝文帝（元宏）更号元氏。"可见其少数民族血缘。元氏后裔积极学习中原汉族文化，参与文化建设，不乏成就卓著的文化名人。与杜甫同时的著名诗人元结即为其中之一。

颜真卿《唐故容州都督兼御史中丞本管经略使元使君墓碑铭》称元结为"后魏昭成皇帝孙曰常山王遵之十二代孙。"① 常山王遵与道武皇帝拓跋珪同辈，皆为昭成皇帝什翼犍之孙，拓跋珪传六世而为孝文帝，《北史》卷三《北魏孝文帝纪》载："太和二十年（496）春，正月丁卯，诏改姓元氏。"（《魏书》卷七《高祖纪》，下同）另外《资治通鉴》卷一四〇《齐纪》六载："北人谓土为拓，后为跋，魏之先出于黄帝，以土德王，故为拓跋氏。夫土者，黄中之色，万物之元也，宜改姓元氏。"

元结出生于唐玄宗开元七年（719），比杜甫小 7 岁，二人是否结交相识，尚需求证，但杜甫与元结的唱和却成为文学史中的一段佳话。

那是在唐广德二年（764）五月，元结赴湖南道州刺史任，此时道州刚刚经历上年岁末一次大的战乱，乱兵烧杀掳掠，百姓流离失所，"人无十一，户才满千"。元结到官未久，诸使又屡下征求符牒二百余封，若失期限，则将领罪贬官。元结在矛盾之中作著名的《舂陵行》诗，诗中写道："州小经乱亡，遗民实困疲。大乡无十家，大族命单羸。朝餐是草根，暮食乃树皮。……奈何重驱逐，不使存活为？安人天子命，符节我所持。州县忽乱亡，得罪复是谁？逋缓违诏令，蒙责固所宜。"表明其宁愿待罪削职，也不愿扰民盘剥诛求的心态。并上表请求免租税，得到代宗皇帝许可，侵扰者也为之退兵。又作《贼退示官吏》云："城小贼不屠，人

① 《全唐文》卷 344，第 3 册，第 2072 页。

贫伤可怜。是以陷邻境，此州独见全。使臣将王命，岂不如贼焉。今彼征敛者，迫之如火煎。谁能绝人命，以作时世贤。思欲委符节，引竿自刺船。将家去鱼菱，穷老江湖边。”其愤时爱民的真挚情怀溢于言表，令人肃然起敬。[①] 元结作此诗时，杜甫尚在蜀地，三年之后，即代宗大历二年(767)，杜甫于夔州瀼西读到元结之诗，非常感动，产生强烈共鸣，挥笔写下《同元使君舂陵行》。

诗前有序云：

> “览道州元使君结《舂陵行》兼《贼退后示官吏作》二首，志之曰：当天子分忧之地，效汉官良吏之目。今盗贼未息，知民疾苦，德结辈十数公，落落然参错天下为邦伯，万物吐气，天下小安可待矣。不意复见比兴体制，微婉顿挫之词，感而有诗，增诸卷轴，简知我者，不必寄元。”

诗中高度评价元结其人其行其诗。“吾人诗家秀，博采世上名。粲粲元道州，前圣畏后生。观乎舂陵作，欻见俊哲情。复览贼退篇，结也实国桢。”同时表达对元结思想的认同：

> “道州忧黎庶，词气浩纵横。”“狱讼永衰息，岂惟偃甲兵。凄恻念诛求，薄敛近休明。乃知正人意，不苟飞长缨。”最后再次申明唱和之旨：“感彼危苦词，庶几知者听。”

王嗣奭《杜臆》评此诗曰：“公作此诗，盖同声之应也。”“亦欲救世，诗人闻而兴起，故诗序云，‘知我者，不必寄元’。”“‘乃知正人意，不苟飞长缨。’此篇中吃紧语，公与元相契在此。使居官者人人有此念，天下治矣。”[②] 可谓深得其意。

杜诗中有“粲粲元道州，前圣畏后生”一句，宋人特地在道州州治修筑“粲粲亭”，取杜诗诗意以作纪念，而杜甫与元结相通的心志情感，又一起融汇成中国古典诗歌反映现实的优良传统和忧国忧民精神，对后世

---

① 参见孙望《元次山年谱》，古典文学出版社 1957 年版，第 66 页。

② 王嗣奭：《杜臆》，上海古籍出版社 1983 年版，第 312 页。

产生巨大影响。堪称中华多民族文学共生的灿烂奇卉。

杜甫另有一首《送元二适江左》，《全唐诗》卷227于题下注云：“一本原注：元结也。考次山集，未尝入蜀，亦未尝至江左，且与后注应孙吴科举不和。迨非是。”可见其诗曾被误认为是赠予元结的，学者们均以辨其非。然元二是何人，则尚待考证。《杜诗详注》卷一二引朱注：“《王右丞集》有《送元二使安西》，疑即此人，”实际上也缺乏进一步证据，虽然如此，我们还是可从“风尘为客日，江海松君情”、“经过自爱惜，取次莫论兵”等句看出杜甫对这位元姓朋友的关心。

此外，杜甫在夔州期间还屡屡有诗赠另一位元姓友人，先后作《七月三日戏呈元二十一曹长》、《夜宿西阁晓呈元二十一曹长》、《西阁口号呈元二十一》诗。据仇注：“（杜）公昔曾与元同曹，故曰曹长。”[①] 可见其为杜甫故交。从第一首题目即可见出其关系亲近和谐，第二首诗末云：“寒流江甚细，有意待人归”，写杜甫对故人相见满怀期待，也可见其情谊非浅。其第三诗云：“山木抱云稠，寒空绕上头。雪崖才变石，风幔不依楼。社稷堪流涕，安危在运筹。看君话王室，感动几销忧。”则可看出二人交谈甚合。所谓“喜留心王室者，尚有同志也。”

拓跋氏后裔又有改长孙姓氏，唐太宗长孙皇后及宰相长孙无忌等均为其后裔。杜甫《送长孙九侍御赴武威判官》，则是至德年间在凤翔送别排行第九的长孙氏朋友。其时长孙九应杜甫族父杜鸿渐之邀赴河西幕府，杜甫与之为同僚，此时离别，深为忧思。“族父领元戎，名声国中老。夺我同官良，飘飖按城堡。使我不得餐，令我恶怀抱”。可见彼此深情。同时高度评价其才华：“若人才思阔，溟涨浸绝岛。樽前失诗流，塞上得国宝。皇天悲远送，云雨白浩浩。”长孙侍御别后不久去世，杜甫做诗悼之，再次赞其文才，“道为诗书重，名因赋雅雄，礼闱曾擢桂，宪府屡乘骢。流水生涯尽，浮云世事空，惟余旧台柏，萧瑟九原中”。后诗之意与前有所关联，情意殷殷，不胜唏嘘。（高仲武《中兴间气集》卷上载此诗为杜诵之作，黄鹤谓“诗流”与此合意，为杜甫作。此取黄鹤之说。）

杜甫晚年在湖南还结交了一位叫长孙渐的朋友，其《冬晚送长孙渐舍人归州》云：“参卿休坐幄，荡子不还乡。南客潇湘外，西戎霅杜旁。衰年倾盖晚，费日系州长。会面思来札，销魂逐去樯。……”则彼此会

---

① 仇兆鳌：《杜诗详注》卷18，第1559页。

面不久即成离别矣。

在潭州时，又与名叫豆卢峰的交往唱和，作《同豆卢峰贻主客李员外贤子棐知字韵》诗。仇注云："《唐书·世系表》：豆卢姓慕容氏，北人谓归义为豆卢，因赐为氏。"① 诗云：

> 炼金欧冶子，喷玉大宛儿。符彩高无敌，聪明达所为。
> 梦兰他日应，折桂早年知。烂漫通经术，光芒刷羽仪。
> 谢庭瞻不远，潘省会于斯。唱和将雏曲，田翁号鹿皮。

杜甫一生历经坎坷，直到晚年而战乱尚未平息，感慨时事，特作一组《八哀诗》深切怀念已故旧时勇将贤才，其中包括李光弼、张九龄、严武、李邕等名公将相，也有郑虔、苏源明等故交知己，可见其诗用情之深。而开篇第一首则是哀悼少数民族出身之名帅王思礼。《赠司空王公思礼》云：

> 司空出东夷，童稚刷劲翮。追随幽蓟儿，颖锐（一作脱）物不隔。服事哥舒翰，意无流沙碛。未甚拔行间，犬戎大充斥。短小精悍姿，屹然强寇敌。贯穿百万众，出入由咫尺。马鞍悬将首，甲外控鸣镝。洗剑青海水，刻铭天山石。

《唐书本传》载王思礼为高丽人，诗中不因其出身东夷而有所保留，极力赞美其少习戎旅，脱颖而出，为国效力，勇建奇功。刻画出一个英勇善战、威震敌胆的名将形象。且具有过人的文韬武略，"晓达兵家流，饱闻《春秋》癖。胸襟日沉静，肃肃自有适。"最后哀其壮志未酬，"不得见清时，呜呼就窀穸。"于太原军中赍志以殁，而胆气雄风将长留天地。"千秋汾晋间，事与云水白。"仇注引王洙评曰："思礼两镇太原，抚御功深，故想见千秋之后，当与云水长留。"表现其对这位平叛名将的无比敬重。

《八哀诗》第二首为《故司徒李公光弼》，李光弼为营州柳城（今辽宁朝阳南）契丹族人。曾任河西节度使，朔方节度副使等职，安史乱中与郭子仪齐名，为平叛屡建奇功，其后因忧惧宦官饮恨而终。杜甫为之甚

① 仇兆鳌：《杜诗详注》卷23，第2058页。

感不平，希望将来史臣予以正确评价。“直笔在史臣，将来洗箧簏。吾思哭顾冢，南纪阻归辑。”杜甫的观点和预言后来在正史中都得到反映，两《唐书本传》都记载了李光弼的隐衷。

还有一位少数民族著名将领哥舒翰，本为突厥酋长后裔，既屡建奇功，担当守边大任；又在各类事件中受到非议，是一位颇有争议的人物，这在杜诗中也可以得到印证。大家非常熟悉杜甫《潼关吏》中的名句："请嘱防关将，慎勿学哥舒。"实际上在此之前，杜甫还于天宝十二载作有另一首《投赠哥舒开府二十韵》献给时任陇右节度大使兼河西节度使的哥舒翰，称赞其“今代麒麟阁，何人第一功。君王自神武，驾驭必英雄。开府当朝杰，论兵迈古风。先锋百胜在，略地两隅空。青海无传箭，天山早挂弓。廉颇仍走敌，魏绛已和戎。”虽然这是一篇干谒作品，但也并不是毫无根据。此外还有许多作品中涉及哥舒翰其人。角度和评价也是多样化的，当代学者曾有专文探讨哥舒翰的悲剧命运以及杜甫相关诗作不容忽视的价值。[①] 亦可从一个侧面见出杜甫对待这位名将的复杂心境。

杜甫早年还结交了一位叫贺兰铦的朋友，贺兰铦为鲜卑族，其先与魏同起，多以山谷为氏族，[②] 这位朋友大概有着与杜甫相识的经历，怀才不遇，穷愁潦倒，战乱之后于广德二年与杜甫重逢，却又很快要各自东西，杜甫非常伤感，作《赠别贺兰铦》：

> 黄雀饱野粟，群飞动荆榛。今君（一作吾）抱何恨？寂寞向时人。老骥倦骧首，苍（一作饥）鹰愁易驯。高贤世未识，固合婴饥贫。国步初反正，乾坤尚风尘。悲歌鬓发白，远赴湘吴春。我炼岷下芋，君思千里莼。生离与死别，自古鼻酸辛。

诗中对贺兰铦的遭遇十分同情，正如仇兆鳌所评：“士之寂寞，由于世未识贤。其甘守饥贫，宁为骥倦鹰驯，不为雀饱群飞。此可见其志节也。”正由于志趣相近，当贺兰离去后，杜甫又再作《寄贺兰铦》表达其情：

> 朝野欢娱后，乾坤震荡中。相随万里日，总作白头翁。岁晚仍分

① 参见周巨山《杜甫诗中的哥舒翰形象》，《杜甫研究学刊》1993 年第 1 期。

② 参阅《魏书·官氏志》。

> 袂，江边更转蓬。勿云俱异域，饮啄几回同？

乱世分离，感伤慨叹，而又强自宽慰，见其款款深情。

杜甫在成都草堂期间，还有一位南邻酒伴，复姓斛斯名融，排行第六，斛斯其先居广牧，世袭莫弗大人，号斛斯部。北魏有斛斯椿，李白亦有《下终南山过斛斯山人宿置酒》诗。① 这位朋友擅作碑文，也同样嗜好饮酒，彼此常聚饮欢会，但其人实在有些本末倒置，往往因酒而导致影响基本生活，故杜甫曾作《闻斛斯六官未归》加以劝诫：称“本卖文为活，翻令室倒悬。”希望其“老罢休无赖，归来省醉眠”。可见杜甫对友人的关心。果然，在杜甫离开成都前，斛斯融就很快去世，杜甫十分悲痛，作《过故斛斯校书庄二首》，凭吊故人，不胜唏嘘。诗之原注曰：“老儒艰难，病于庸蜀，叹其殁后，方授一官。”其一云：“此老已云殁，邻人嗟亦休。竟无宣室召，徒有茂陵求。”为其遭遇而不平，其二写道：“遂有山阳作，多惭鲍叔知。素交零落尽，白首泪双垂。”为知交零落而哀叹。

杜甫交游中，还有一些普通的少数民族商人、僧侣，如在夔州期间所用的仆人也是当地土著民族后生，诗人都平实地予以记录，一一写出，反映出当时内地各族交往的实情。如其写胡商：

> “商胡离别下杨州，忆上西陵故驿楼。为问淮南米贵贱，老夫乘兴欲东游。”（《解闷》十二首其二）
>
> “舟人渔子歌回首，估客胡商泪满襟。”（《滟滪》）
>
> “左绵公馆清江濆，海棕一株高入云。……移栽北辰不可得，时有西域胡僧识。”（《海棕行》）

其《示獠奴阿段》云：“山木苍苍落日曛，竹竿袅袅细泉分。郡人入夜争余沥，竖子寻源独不闻。病渴三更回白首，传声一注湿青云。曾惊陶侃胡奴异，怪尔常穿虎豹群。”《困学纪闻》卷一八《诗评》曰：“《北史》：‘獠’者，南蛮别种，无名字，以长幼次第呼之，丈夫称阿谟、阿段，妇人称阿夷、阿等之类。”历代正统史书文献均反映其对三峡地区獠人的极度轻视，把他们贱称为“蛮人”、“夷人”、“蛮夷之人”，甚至视为“性

---

① 参见《通志》卷29《氏族略五代北复姓》。

同禽兽”。[①] 而杜甫则毫无偏见，满怀亲近和关注。诗中惊叹阿段穿越出入于高山虎豹出没之地，引来甘甜山泉，字里行间满怀赞许之情。因为夔州峡深路险，饮水全靠当地百姓用竹筒从高山峰谷间引来山泉。杜甫对此感受甚深，曾专门作《引水》诗予以咏叹：“月峡瞿唐云作顶，乱石峥嵘俗无井。云安沽水奴仆悲，鱼复移居心力省。白帝城西万竹蟠，接筒引水喉不干。人生流滞生理难，斗水何直百忧宽？”可见取水之不易，后来引水筒损坏，又是一位叫做信行的当地隶人（仆人）冒着酷暑前往修复，杜甫对此同样满怀感激，并且不无愧疚，为之作《信行远修水筒》（原注：引泉筒）：“汝性不茹荤，清净仆夫内。秉心识本源，于事少凝滞。云端水筒坼，林表山石碎。触热藉子修，通流与厨会。往来四十里，荒险崖谷大。日曛惊未餐，貌赤愧相对。浮瓜供老病，裂饼尝所爱。于斯答恭谨，组以殊殿最。讵要方士符？何假将军佩？行诸直如笔，用意崎岖外。”阿段、信行等都是一些地位低下的朋友，杜甫对他们都友好相待，在一首《秋行官张望督促东渚耗（一作刈）稻向毕清晨遣女奴阿稽竖子阿段往问》诗中，杜甫还特地请阿段阿稽给那些帮做农活（秏薅稻、耘苗）的乡亲带话：“清朝遣婢仆，寄语逾崇冈。西成聚必散，不独陵我仓。岂要仁里誉，感此乱世忙。”表现其乱世中散粟以接济邻里的胸怀，也显出诗人与当地各族乡亲的感情。实际上杜甫也感受到乡亲们的情谊，《竖子至》一诗中生动地描绘了“獠人”阿段给他送山柰八角尝新的有关情况：“楂梨才缀碧，梅杏半传黄。小子幽园至，轻笼熟柰香。山风犹满把，野露及新尝。欲寄江湖客，提携日月长。”洋溢着喜悦之情。

（二）广泛了解和接触多民族文化习俗，客观描叙和介绍，反映出博大宽广的胸怀

杜甫一生足迹遍布大江南北，除广交朋友之外，对于各地的风土人情，民俗文化也都深入了解和接触，并加以平实地介绍，反应其对多民族文化的接纳和喜爱。如下面这首《寓目》：

> 一县葡萄熟，秋山苜蓿多。关云常带雨，塞水不成河。羌女轻烽燧，胡儿掣骆驼。自商迟暮眼，丧乱饱经过。

---

① 魏收：《魏书》卷101，中华书局1974年版，第2248页。

蒲起龙《读杜心解》评道："朱注：谓以羌胡杂处，关塞无阻而发，是也。一二属兴，三四属比，逗出'关''塞'二字，更着'常带''不成'四字，见界限不清之象。"[①] 初看诗中景物，好似西域风情，结合其创作系年，方知此乃乾元二年末于秦州所见，此前有大量西北少数民族部落投奔唐朝，唐政府特将其迁居此地安置，"降虏兼千帐，居人有万家"（《秦州杂诗二十首》其三），他们带来新的农作物品种栽培技术和特有的民族习俗，而又很快融入当地，呈现出一幅奇异而和谐的风情图景，令从战乱中逃出不久的诗人产生万千感慨。

当年岁末，杜甫离开秦州，翻越秦岭，眼前展现出一幅与京华关中及中原迥然不同的西蜀景象，令诗人万分惊喜，信笔写下热情洋溢的《成都府》：

> 翳翳桑榆日，照我征衣裳。我行山川异，忽在天一方。但逢新人民，未卜见故乡。大江东流去，游子日月长。曾城填华屋，季冬树木苍。喧然名都会，吹箫间笙簧。信美无与适，侧身望川梁。鸟雀夜各归，中原杳茫茫。初月出不高，众星尚争光。自古有羁旅，我何苦哀伤？

诗中对地处西南的成都风景民俗满怀新奇，更找到一方乱世中的暂时栖居之所。此后将近十年岁月中，诗人以成都草堂为中心，游踪遍及巴蜀大地，雄奇秀美的西川景色和绚丽多姿的天府风情极大地丰富了诗人的创作。就文化而言，古蜀文明中既含有道教发源的因素，也有浓郁神秘的先民仙化传奇，蜀人有关杜鹃啼血的美妙传说则堪称当地民俗文化之典型，为了纪念古望帝，每岁二月杜鹃鸟鸣时跪拜祭奠，杜甫对此已有明确记载："古时杜宇称望帝，魂作杜鹃何微行。""蜀人闻之皆起立，至今相效传遗风，乃知变化不可穷。"（《杜鹃行》）"西川有杜鹃，东川无杜鹃。涪万无杜鹃，云安有杜鹃。我见常再拜，重是古帝魂。礼若朝至尊。"（《杜鹃》）此外还有《子归》等，可见其对西蜀特有习俗之感受和深入了解。诗圣离开了，草堂已成为后世诗人景仰的中国诗歌圣地，杜诗也成

① 蒲起龙：《读杜心解》，中华书局2000年版，第392页。

为巴蜀文化的重要组成部分。

在巴蜀的最后两年，诗人来到夔州，这里位于长江三峡入口，为巴渝荆楚文化交汇之处，又是多民族聚居之地。杜甫再次体察到不同的习俗及民族文化的魅力。尚在川东的时候，杜甫就接触不少巴人，他们生活的艰辛也增添了诗人沈郁忧伤的色彩。如："巴人困军须，恸哭厚土热。"（《喜雨》）"遂州城中汉节在，遂州城外巴人稀。"（《去秋行》）"巴城添泪眼，今夜复清光。"（《薄游》）"不愁巴道路，恐湿汉旌旗。"（《对雨》）"不眠持汉节，何路出巴山。"（《九日奉寄严大夫》）

而今，到达夔州后，民族特色更为明显："山带乌蛮阔，江连白帝深。"（《渝州候严六侍御不到先下峡》）"久游巴子国，卧病楚人山。"（《自瀼西荆扉且移居东屯茅屋四首》其四）"三峡楼台淹日月，五溪衣服共云山。"（《咏怀古迹五首》其一）

仇注："《后汉·南蛮传》：武陵五溪蛮，皆盘瓠之后。盘瓠，犬也，得高辛氏少女，生六男六女，织绩衣皮，好五色衣服。《水经注》：武陵有五溪，谓雄溪、樠溪、酉溪、沅溪、辰溪也，在今湖广辰州界。"共云山，杜甫谓己与五溪之人共处，因此大开眼界，了解许多民族习俗，自然也成为其诗歌的题材：

> 巴人常小梗，蜀使动无还。垂老孤帆色，飘飘犯百蛮。军吏回官烛，舟人自楚歌。（《将晓二首》）

诗中"巴人"、"百蛮"、"楚歌"均写出其地域和民族特色。另如：

> 峡内淹留客，溪边四五家。古苔生迮地，秋竹隐疏花。塞俗人无井，山田饭有沙。西江使船至，时复问京华。（《溪上》）
>
> 殊俗还多事，方冬变所为。破甘霜落爪，尝稻雪翻匙。巫峡寒都薄，黔溪瘴远随。终然减滩濑，暂喜息蛟螭。（《孟冬》）

二诗皆写出其习俗之差异，此外还有食品的特色，如《戏作俳谐体遣闷二首》其一：

> "异俗吁可怪，斯人难并居。家家养乌鬼，顿顿食黄鱼。旧识能

为态，新知已暗疏。治生且耕凿，只有不关渠。”

其二云：

“西历青羌坂，南留白帝城。于菟侵客恨，粔籹作人情。瓦卜传神语，畬田费火耕。是非何处定，高枕笑浮生。”

峡中鱼类也有多种，或巨大无比，或细小如雪，其《黄鱼》诗云：“日见巴东峡，黄鱼出浪新。脂膏兼饲犬，长大不容身。筒桶（一作筒）相沿久，风雷肯为伸。泥沙卷涎沫，回首怪龙鳞。”而《白小》诗谓：“白小群分命，天然二寸鱼。细微沾水族，风俗当园蔬。入肆银花乱，倾筐雪片虚。生成犹拾卵，尽取义何如?”

当代学者鲜于煌先生曾比较系统地梳理三峡獠人若干种特有的民风习俗：像“有巢氏”那样“依树积木”的“巢居”之俗，“持刀刺鱼”的渔猎生活之俗，古老的耕作方法——“畬田”之俗，打鼓鸣号之俗，“男坐女立”之俗，采野菜、吃山柰八角之俗，“用竹为簧，群聚鼓之”的歌舞之俗，以十月为岁首的早春之俗等，[①] 大多在杜诗中有所反映，诗人不带偏见的客观介绍，对我们认识长江三峡地区不为外人所熟知的少数民族——“獠人”特有的风土民俗和唐代的民族关系，显然有不可忽视的重要意义和作用。

“丛菊两开他日泪，孤舟一系故园心。”虽然诗人时刻思念故乡，但夔州生活的两年却是诗人创作的最后一个辉煌阶段，他热爱此地的山川风物，对当地人民充满怀深情，也对一些恶俗陋习提出批评。如同此前在蜀中时，既称颂“全蜀多名士”（《行次盐亭县聊题四韵奉简严遂州蓬州两使君咨议诸昆季》），同时也批评“蜀中寇亦甚”（《览柏中允兼子侄数人除官制词因述父子兄弟四美载歌丝纶》）。夔州则是所谓“形胜有余风土恶”（《峡中览物》）。最典型的是《负薪行》和《最能行》所揭露：

夔州朮女发半华，四十五十无夫家。更遭丧乱嫁不售，一生抱恨

① 鲜于煌：《试论唐代三峡少数民族“獠人”的民俗生活特色及影响》，《西北民族研究》2003 年第 1 期。

长咨嗟。土风坐男使女立，男当门户女出入。十有八九负薪归，卖薪得钱应供给。至老双鬟只垂颈，野花山叶银钗并。筋力登危集市门，死生射利兼盐井。面妆首饰杂啼痕，地褊衣寒困石根。若道巫山女粗丑，何得此有昭君村？（《负薪行》）

峡中丈夫绝轻死，少在公门多在水。富豪有钱驾大舸，贫穷取给行艓子。小儿学问止论语，大儿结束随商旅。欹帆侧舵入波涛，撇漩捎濆无险阻。朝发白帝暮江陵，顷来目击信有征。瞿唐漫天虎须（一作眼）怒，归州长年行最能。此乡之人器（一作气）量窄，误竞南风疏北客。若道士（一作土）无英俊才，何得山有屈原宅？（《最能行》）

前首写当地妇女的惨况，背负生活的重压和折磨，为其深抱不平。如林继中《杜诗选评》引萧涤非先生点评："把贫苦的劳动妇女作为题材并寄予深厚同情，在全部古典诗歌史上都是少见的。"[①] 后诗则批评以驾船水手（最能）为代表的峡中男儿轻生逐利，器量狭窄，但最后却予以鼓动和激励，都表现出诗人对百姓的感情。

（三）对丰富多彩的民族文化和艺术营养的由衷喜爱，兼收并蓄，吸收运用

作为诗史，杜诗中对唐代文化交流和民族艺术有许多直接的记载，也表现出诗人的由衷喜爱。

先听语言的差异：如《秋野五首》其五：

"身许麒麟画，年衰鸳鹭裙。大江秋易盛，空峡夜多闻。径隐千重石，帆留一片云。儿童解蛮语，不必作参军。"

再欣赏民族音乐歌舞与音乐：

"久嗟三峡客，再与暮春期。……万里巴渝曲，三年实饱闻。"（《暮春题瀼西新赁草屋五首》）

---

① 林继中：《杜诗选评》引，三秦出版社 2004 年版，第 217 页。

"白夜月休弦，灯花半委眠。……蛮歌犯星起，空觉在天边。城郭悲笳暮，村墟过翼稀。"（《夜二首》其一）

"羌妇语还笑，胡儿行且歌。"（《日暮》）

在写民族歌舞的作品中，《秦州杂诗二十首》其三较有代表性：

州图领同谷，驿道出流沙。降虏兼千帐，居人有万家。马骄朱汗落，胡舞白题斜。年少临洮子，西来亦自夸。

蒲起龙《读杜心解》注："《西域传》：'白题国，在滑国东，西极波斯。'"[①] 仇兆鳌《杜诗详注》引薛梦符曰："题者，额也。其俗以白涂垩其额，因名。舞则首偏，故曰白题斜。白题，如黑齿、雕题之类。"[②] 这是诗人在秦州同谷所见的民族风情，可见当时西域歌舞已经传到甘陕南部地区。如刘明华先生所指出："这首诗除了反映风俗的一面，也有民族交往和民族融合的一面。……同谷是异族部落的聚居地，所以才有胡舞的腾跃。"[③] 而诗人对民族歌舞的感受则可从以下诗句中看出："朝来新火起新烟，湖色春光净客船。绣羽衔花他自得，红颜骑竹我无缘。胡童结束还难有，楚女腰肢亦可怜。"（《清明二首》其一）

提到民族歌舞，不能不提到那首著名的《观公孙大娘弟子舞剑器行》："昔有佳人公孙氏，一舞剑器动四方。观者如山色沮丧，天地为之久低昂。㸌如羿射九日落，矫如群帝骖龙翔。来如雷霆收震怒，罢如江海凝清光。"此为代宗大历二年（767），杜甫在四川夔府别驾元持宅看到公孙大娘的徒弟李十二娘表演《剑器舞》，回忆五十二年前自己年幼时在河南郾城看公孙大娘表演《剑器浑脱》的情景，感慨万端而作。其序云："公孙氏舞剑器浑脱，浏漓顿挫，独出冠时，……昔者吴人张旭，善草书书帖，数尝于邺县见公孙大娘舞西河剑器，自此草书长进。"关于公孙大娘所舞，历代学者探讨甚多，其中有一点似可无疑，即其舞应该与少数民族有关。关于剑器其名，仇注引唐段安节《乐府杂录》记载："舞者乐之

① 蒲起龙：《读杜心解》，中华书局 2000 年版，第 382 页。

② 仇兆鳌：《杜诗详注》，中华书局 1985 年版，第 574 页。

③ 刘明华：《杜诗中"胡"的多重内涵》，《杜甫研究学刊》1999 年第 1 期。

容也。……健舞曲有棱大、阿连、柘枝、剑器、胡旋、胡腾。”多为各民族舞蹈。序中所言西河剑器，似当出自甘肃西北之地。浑脱本为北方民族用整张兽皮制作用以盛酒水等物或渡河的器具，也可作帽戴，后来以此作舞蹈。《新唐书·宋务光传》：“比见坊邑相率为浑脱队，骏马胡服，名曰‘苏幕遮’，……胡服相欢，非雅乐也，浑脱为号，非美名也。”① 杜甫诗中把《剑器舞》雄健、奔放的气势，高难度、快节奏的连续舞动，突然静止的“亮像”，沉毅稳健的造型以及鼓声如雷鸣，剑光似闪电的演出效果都生动、真切地表现出来了。

杜甫诗中还有很多写到西域少数民族文化艺术的，是唐代各族文化交流的真实反映，也见出杜诗其作为诗史的丰富性。音乐少不了乐器，在杜诗经常出现的民族乐器有：

胡笳：“城上胡笳奏，山边汉节归。”（《秦州杂诗二十首》其六）“胡笳楼上发，一雁入高空。”（《雨晴》）

羌笛：“东征健儿尽，羌笛暮吹哀。”（《秦州杂诗二十首》其八）

画角：“万国城头吹画角，此曲哀怨何时终。”（《岁晏行》）《杜诗详注》仇兆鳌注引《晋志》：“角者，本以应笳之声，后渐用之。横吹有双角，即胡乐也。张骞入西域，传其法于西京。”

琵琶：“千载琵琶作胡语，分明怨恨曲中论。”（《咏怀古迹五首》之三）

大概少数民族多居边地，迁徙不定，与诗人漂泊生涯较为契合，故杜甫笔下的民族乐器奏出的多是苦寒哀音。其《夜闻觱篥》专写其听后感受：

闻觱篥沧江上，衰年侧耳情所向。邻舟一听多感伤，塞曲三更欻悲壮。积雪飞霜此夜寒，孤灯急管复风湍。君知天地干戈满，不见江湖行路难。

① 《二十五史》第6册，上海古籍出版社1986年版，第400页。

觱篥，亦作“笮篥”、“悲篥”，又名“笳管”。篥管古乐器，今已失传。以竹为主，上开八孔（前七后一），管口插有芦制的哨子。为古西域城龟兹国所传，其地在今新疆库车县一带。觱篥传入中原后，文人雅士多有闻之，如向达先生所指出：“唐代流行长安之西域乐以龟兹部为特盛。”“龟兹乐中尚有觱篥，亦曾盛于长安。”[①] 此前李颀曾作《安万善吹觱篥歌》：

南山截竹为觱篥，此乐本自龟兹出。
流传汉地曲转奇，凉州胡人为我吹。
傍邻闻者多叹息，远客思乡皆泪垂。
世人解听不解赏，长飙风中自来往。
枯桑老柏寒飕飗，九雏鸣凤乱啾啾。
龙吟虎啸一时发，万籁百泉相与秋。
忽然更作渔阳掺，黄云萧条白日暗。
变调如闻杨柳春，上林繁花照眼新。
岁夜高堂列明烛，美酒一杯声一曲。

对比二诗，杜诗透露出更加强烈的伤感情绪，这与其暮年漂泊之经历密切相关。

除艺术外，杜甫诗文中许多记录西域及多民族特产的内容，则同样反映其多民族文化的交流。杜甫现存数篇赋作，这是他十分自豪的文体。自称“赋料扬雄敌，诗看子建亲。”（《奉赠韦左丞丈二十二韵》）其中有三篇为借物自况之作，即《雕赋》、《天狗赋》和《越人献驯象赋》。《进雕赋表》云：“臣以为雕者，鸷鸟之殊特，搏击而不可当，……引以为类，是大臣正色立朝之义也。”仇注引朱注：“张尔公《正字通》云：雕，胡地鸷鸟，似鹰而大，土黄色，……梵书名揭罗阇。”可见其来源。《天狗赋序》曰：“天宝中，上冬幸华清宫，甫因至兽坊，怪天狗院列在诸兽院之上，胡人云：‘此其兽猛健无与比者。’甫壮而赋之，尚恨其与凡兽相近。”仇注：“《山海经》：阴山有兽焉，其状如狸，白首，其名天狗。”“赋言月窟，流沙，此物盖自西域来也。”《越人献驯象赋》末云：“邈自远藩，来朝至尊。辞桂林之小郡，入閶阖之通门。负名闻之藉藉，守驯扰

① 向达：《唐代长安与西域文明》，生活·读书·新知三联书店1979年版，第63页。

之存诚。幸投之于刍蒿，岂敢昧于君恩。”其意与另外两赋相同。此文不见于杜甫集中，其辩证情况可参阅笔者《〈全唐文〉补辑杜甫赋甄辨》（《杜甫研究学刊》1997年第2期）一文。

举世闻名的西域骏马也是杜甫作品中的常见题材，多次吟咏，比较著名的如《赠崔十三评事公辅》：

飘飘西极马，来自渥洼池。

《李鄠县丈人胡马行》：

丈人骏马名胡骝，前年避贼（一作胡）过金牛。回鞭却走见天子，朝饮汉水暮灵州。自矜胡骝奇绝代，乘出千人万人爱。一闻说尽急难才，转益愁向驽骀辈。头上锐耳批秋竹，脚下高蹄削寒玉。始知神龙别有种，不比俗（一作凡）马空多肉。洛阳大道时再清，累日喜得俱东行。凤臆龙鬐（《英华》作须，一作鳞，一作鳞鬐）未易识，侧身注目长风生。

《房兵曹胡马诗》：

胡马大宛名，锋棱瘦骨成。竹批双耳峻，风入四蹄轻。所向无空阔，真堪托死生。骁腾有如此，万里可横行。

《高都护骢马行（高仙芝开元末为安西副都护）》：

安西都护胡青骢，声价欻然来向东。此马临阵久无敌，与人一心成大功。功成惠养随所致，飘飘远自流沙至。雄姿未受伏枥恩，猛气犹思战场利。腕促蹄高如踣铁，交河几蹴曾冰裂。五花散作云满身，万里方看汗流血。长安壮儿不敢骑，走过掣电倾城知。青丝络头为君老，何由却出横门道。

《骢马行》：

邓公马癖人共知，初得花骢大宛种。夙昔传闻思一见，牵来左右皆神竦。

在杜甫笔下的西域骏马，不仅体格强劲，更贵有性情精神，在《房兵曹胡马》中显出诗人的由衷喜爱及其真正原因，诗曰：

胡马大宛名，锋棱瘦骨成。竹批双耳峻，风入四蹄轻。所向无空阔，真堪托死生。骁腾有如此，万里可横行。

《荆南兵马使太常卿赵公大食刀歌》：

太常楼船声嗷嘈，问兵刮寇趋下牢。牧出令奔飞百艘，猛蛟突兽纷腾逃。白帝寒城驻锦袍，玄冬示我胡国刀。壮士短衣头虎毛，凭轩拔鞘天为高。翻风转日木怒号，冰翼雪澹伤哀猱。镌错碧罂鸊鹈膏，铓锷已莹虚秋涛，鬼物撇捩辞坑壕。苍水使者扪赤绦，龙伯国人罢钓鳌。芮公回首颜色劳，分阃救世用贤豪。赵公玉立高歌起，揽环结佩相终始，万岁持之护天子。得君乱丝与君理，蜀江如线如针水。荆岑弹丸心未已，贼臣恶子休干纪。魑魅魍魉徒为耳，妖腰乱领敢欣喜。用之不高亦不庳，不似长剑须天倚。吁嗟光禄英雄弭，大食宝刀聊可比。丹青宛转麒麟里，光芒六合无泥滓。

《蕃剑》：

致此自僻远，又非珠玉装。如何有奇怪？每夜吐光芒。虎气必腾趠，龙身宁久藏。风尘苦未息，池汝奉明王。

闻一多先生称杜甫为“四千年中国文化中最庄严、最瑰丽、最永久的一道光彩。”[①] 正由于杜甫对各族艺术和文化充满喜爱，其描摹方才如此传神，而多民族文化的滋养，成就了诗圣的博大精深，受多民族文化影响和多民族基因凝聚而成的杜甫其人其诗，成为中华文化的优秀代表。

① 《闻一多全集》第6册，湖北人民出版社1994年版，第74页。

论女真字文化的兴衰*

薛瑞兆
（黑龙江大学文学院）

女真崛起初期，尚未创立自己的民族文字，传递军政机要，皆口授心记。有名思忠者尝司其职，“凡军事当中覆而应密者，诸将皆口授思忠，思忠面奏受诏，还军传致诏辞，虽往复数千言，无少误”①。与辽国往来，使用契丹字。与北宋交聘，则用汉字。灭辽克宋后，金国同南宋、西夏、蒙古、高丽等为邻。当时，“凡聚会处，诸国人语言不能相通晓，则各以汉语为证，方能辨之”②。汉语成为北方各族人民的通用语。

一　女真文字的创立

太祖完颜阿骨打为维护民族尊严、巩固大金政权，命完颜希尹等“依仿汉人楷字，因契丹字制度，合本国语，制女真字”③。天辅三年，“《字书》成，太祖大悦，命颁行之”④。是为女真大字，保持了汉字的表意特征，同时又兼具复合表音，也就是说，一个女真字并不完全对应一个

---

* 本文系国家社会科学基金项目06BZW037、教育部人文社会科学研究项目05JA750.11—44009“金代艺文叙录”成果之一。

① 《金史》卷84《耨盌温敦思忠传》，中华书局1975年版，第1881页。

② 崔文印：《靖康稗史笺证·宣和乙巳奉使金国行程录》，中华书局1988年版，第31页。

③ 清毕沅：《续资治通鉴》卷93“徽宗宣和元年”，中华书局1979年版，第2412页。

④ 《金史》卷73《完颜希尹传》，第1684页。

汉字。20 世纪 70 年代，西安碑林发现《女真字书》残页十一件[①]，经学者考证复原，得“人物门”、“鸟兽门”、“田禾门”等门类 27 字约 1296 个[②]。

《金史·太祖纪》与《金史·希尹传》俱将造字归于希尹名下。希尹出自女真完颜部，本名谷神，宋人称“兀室”，官至左丞相，封贞宪王。“性尤喜文墨，征伐所获儒士，必礼接之，访以古今成败。诸孙幼学，聚之环堵中，凿圜窦，仅能过饮食，先生晨夕教授。”[③] 因此，自乾嘉学者补修辽、金、元三史艺文志，凡涉《女真字书》，俱著录希尹撰。

然而，实际并非如此。当时，希尹从太祖伐辽，戎马倥偬，无暇设计笔画，敲定字形，分别门类，不过领衔总揆其事罢了。而真正的造字者应是耶鲁，亦作叶鲁，《金史》仅两处提及：一是天会三年，“召耶鲁赴京师教授女真字”[④]，说明耶鲁为女真字专家；二是明昌五年，“以叶鲁、谷神始制女真字，诏加赠封，依仓颉立庙盩庢例，祠于上京纳里浑庄，岁时致祭”[⑤]。从这寥寥数字看，耶鲁的政治地位不高，却名列希尹之前，从而透露出创制女真文字的“第一把手”。

在中华文明发展史中，契丹是第一个拥有自己文字的北方少数民族。辽太祖神册五年，“始制契丹文字”，“诏颁行之”[⑥]。当是耶律阿保机倡导，由汉、契丹士人共同完成，称为契丹大字。契丹大字系借用汉字之形、增减笔划而成，为表意文字[⑦]。由于契丹语属阿尔泰语系，单词为多音节，使用黏着词尾，因此，以一个汉字表示一个音节的方法套用契丹语，往往不合。后来，契丹人从回鹘语受到启发。太祖以其弟迭剌“聪敏”，命之迎伴回鹘使，“相从二旬，能习其言与书，因制契丹小字，数

---

① 刘最长、朱捷元：《西安碑林发现女真文书、南宋拓全幅集王〈圣教序〉及版画》，《文物》1979 年第 5 期。

② 乌拉熙春：《〈女真文字书〉的复原》，西安博物馆编《碑林集刊》第 7 辑，陕西美术出版社 2001 年版。

③ （金）王彦潜：《左丞相贞宪王完颜希尹神道碑》，见清陆耀辉《八琼室金石补正续编》卷 63，续修四库全书本，上海古籍出版社影印，第 96 页。

④ 《金史》卷 3《太宗纪》，中华书局 1975 年版，第 53 页。

⑤ 《金史》卷 10《章宗纪》，第 231 页。

⑥ 《辽史》卷 2《太祖纪》，中华书局 1983 年版，第 16 页。

⑦ 刘凤翥：《契丹大字与契丹小字的区别》，《内蒙古社会科学》1981 年第 5 期。

少而该贯”①。这种小字是耶律迭剌等在大字基础上，结合契丹语音特点，参照回鹘语及汉字的反切原理而创立的拼音文字。

女真曾长久地为契丹所统治，因而深受契丹文化的影响，即使造字过程也颇为相似。女真大字颁行后，熙宗效仿迭剌加以改进，称为女真小字，不过笔画稍简，未如契丹小字那样发生重大变化。熙宗讳亶，本名合剌，系太祖嫡孙。天会八年，女真诸王建言立为皇储，太宗不得已从之。其时年仅十三岁。天会十三年，太宗驾崩，合剌即位，仍沿用天会年号至十五年。次年正月改元天眷，“颁女真小字”②。

所谓熙宗造字，当是女真诸王受契丹迭剌造字的启发，组织专家参与，以使这位少年新君有所成就，为其日后执政奠定基础。另外，熙宗自身也多少具备相应的条件。其幼时尝师从名儒韩昉，“解赋诗翰，雅歌儒服，分茶焚香，弈棋战象”，“宛然一汉家少年子”。即位后，身边聚拢了一批儒士，“教以宫室之壮，禁卫之严，礼仪之尊，府库之限，以尽中国为君之道”③。

女真小字推出后，与女真大字并行使用。由于创制日近，义理尚浅，自熙宗至海陵两朝，仍以汉字与契丹文字为主。大定间，女真文字应用渐广，取得与汉字、契丹文字并列地位。明昌二年，朝廷规定：“自今女真字直译为汉字，国史院专写契丹字者罢之”④，同时，“罢契丹编修三员，添女真一员”，只设“女真、汉人各四员”⑤。承安二年，“亲王宣勅始用女真字”⑥。四年，“罢契丹同修国史”⑦。契丹文字从此退出金朝官方语言系列，而由女真文字取代，成为具有交流思想与传播信息功能的工具。

现存女真大字文献著名者，如吉林省扶余县《大金得胜陀颂碑》，刻于大定二十五年，是为纪念太祖阿骨打于宁江州破辽之战而立。正面刻汉文三十行八百一十五字，背面刻女真字三十二行一千五百余字，两种文字对译，民国罗福颐《满洲金石志》卷三摹录比较完整；中国历史博物馆

① 《辽史》卷64《皇子表》，第968页。

② 《金史》卷4《熙宗纪》，第72页。

③ 宋张汇：《金节要》，见李澍田《金史辑佚》，吉林文史出版社1990年版，第60页。

④ 《金史》卷9《章宗纪》，第218页。

⑤ 《金史》卷55《百官志》，第1245页。

⑥ 《金史》卷10《章宗纪》，第241页。

⑦ 《金史》卷55《百官志》，第1245页。

所藏《奥屯良弼饯饮碑》，刻汉文楷书大字四行："奥屯良弼自泗上还都，心友饯饮是溪，泰和六年二月十有一日也。"左下方为女真字对译，三行六十余字。奥屯良弼字舜卿，《金史》稍见记载，正大间官至礼部尚书。20 世纪 50 年代，山东蓬莱还发现此人的女真文字题诗：

译成汉文："在朝赏心笑谈求，稚返蓬瀛长住留。五马载车无比贵，一旗出导惠及流。笔柳喜高□□柳，琴瑟□□心月□。小城虽僻于菟远，南衙大授夏非秋。"① 这首女真作品是按照汉语诗歌的思维定势创作的，从形式到内容不过是汉语律诗的译本，徒具女真文字的外壳。但是，这种情况反映出女真人为建立自己的民族文化所做的努力。

二　女真文字的应用

（一）兴办女真学校

女真大字颁行后，因对辽战事正酣，未遑推广。太宗即位后，命选诸路儿童学习女真文字。如纥石烈良弼，年十四授北京教授，学徒常二百人。"簿书过目，辄得其隐奥。虽大文牒，词理皆到。时学希尹之业者称

① 金启孮：《论金代的女真文学》，《内蒙古大学学报》1994 年第 4 期。

为第一"[①]。他如完颜兀不喝、温迪罕缔达、孛鲁术阿鲁罕、纳合椿年、温敦兀带、曹望之、徒单镒[②]等，俱以少年俊秀入选，日后俱成为大金帝国的栋梁之臣。

大定中，女真文化教育获得长足发展。世宗命每谋克选二人习之，诸路至三千人。当时，自上而下的女真文化教育促使兼通女真、契丹、汉字人才的大批涌现。如完颜仲、阿邻、独吉义、夹谷查剌、仆散忠义、移剌道、移剌慥、移剌成、徒单克宁、斡勒忠、赵重福、徒单绎、蒲察鼎[③]等。

女真君主尤其注重皇子的民族文化教育。如郓王琮，"世宗选进士之有名行者纳坦谋嘉教之，女真小字及汉字皆通习"。瀛王瓌，"工诗，精于骑射、书艺、女真大小字"[④]。原王璟，判大兴府时，"女真人诉事，以女真语问之，汉人诉事，以汉语问之"[⑤]。

金代文化教育包括两个系统：一是汉语教学，由京师"六学"与地方官学组成。大定十六年，置府学十七处，生员千人。章宗即位后，又置节镇三十九处、防御州学二十一处，生员增至二千六百余人。

二是女真语教学。大定十三年，建京师女真"六学"，诸路设女真府学二十二处，遍及中原、燕云、东北等广袤区域。各地女真府学以新科策论进士为教授，生员六百余人。官学之外，还有私塾，弦诵之声相闻。宋乾道五年［金大定九年（1169）］，南宋楼钥从使金国贺正旦，途经保州亲见之[⑥]。这些府学地所反映出金代女真语言文化教育的发达程度，极大

① 《金史》卷88《纥石烈良弼传》，第1949页。

② 《金史》卷88《纥石烈良弼传》，第1949页；卷90《完颜兀不喝传》，第1998页；卷105《温迪罕缔达传》，第2321页；卷91《孛鲁术阿鲁罕传》，第2024页；卷83《纳合椿年传》，第1872页；卷84《温敦兀带传》，第1884页；卷92《曹望之传》，第2035页；卷99《徒单镒传》，第2185页等。

③ 《金史》卷72《完颜仲传》，第1656页；卷73《阿邻传》，第1682页；卷86《独吉义传》，第1917页；卷86《夹谷查剌传》，第1925页；卷87《仆散忠义传》，第1935页；卷88《移剌道传》，第1966页；卷89《移剌慥传》，第1986页；卷91《移剌成传》，第2015页；卷92《徒单克宁传》，第2044页；卷97《斡勒忠传》，第2144页；卷128《循吏传》，第2771页；卷120《世戚传》，第2622页；卷120《世戚传》，第2621页。

④ 《金史》卷93《显宗诸子》，第2056页。

⑤ 《金史》卷8《世宗纪》，第191页。

⑥ 宋楼钥《攻媿集》卷111《北行日录》上："宿保州崇积仓道西，有小门榜曰：教女真学。"丛书集成初编本，中华书局1985年版，第1588页。

地促进了中原文化的北移，对于发展当地经济文化具有积极的社会意义。

同时，金世宗还将女真文化教育作为发扬民族精神的重要措施。大定二十六年，“制猛安谋克皆先读女真字经史，然后承袭”。又谕宰执曰：“诸王小字未尝以女真语命之，今皆当更易，卿等择名以上。”① 又屡颁诏令，“禁女真人毋得译为汉姓”②，以保持女真民族的文化传统。

（二）将汉语经典文献译成女真文字

大定四年，设译经所。“世宗命颁行女真大小字所译经书，每谋克选二人习之”③。当时的译经程序是，先以契丹小字译之，“成则以女真字传之”。如耶律履“素善契丹大小字，译经润文旨，辞达而理得”④，遂命主其事。翰林侍讲学士徒单子温译成多部史籍，“诏颁行之”⑤。著作佐郎温迪罕缔达、编修官宗璧、尚书省译史阿鲁、吏部令史杨克忠等，“译解”诸经，翰林修撰移刺杰等则“讲究其义”⑥。章宗时，又“置弘文院”⑦，以加强译经力量。其间，上骑都尉粘合珪尝知院事⑧。

因此，有金一代涌现出大批女真文字译著。经部有《易经》、《书经》、《孝经》、《诗经》、《礼经》等；史部有《贞观政要》、《白氏策林》、《史记》、《西汉书》、新旧《唐书》、《诸葛孔明传》⑨ 等；子部有《论语》、《孟子》、《老子》、《扬子》、《文中子》、《刘子》⑩、《庄子》等。这些见诸文献记载的书目，不过是当时宏大译书工程之区区部分而已。

需要说明的是，女真君主在建立封建王朝的过程中，急需从意识形态

---

① 《金史》卷7《世宗纪》，第165页。

② 同上书，第159页。

③ 《金史》卷51《选举志》，第1140页。

④ （金）元好问：《故金尚书右丞耶律公神道碑》，见元苏天爵《元文类》卷57，上海古籍出版社1993年版，第747页。

⑤ 《金史》卷99《徒单镒传》，第2185页。

⑥ 同上书，第2186页。

⑦ 《金史》卷10《章宗纪》，第232页。

⑧ 明残钞本《顺天府志》卷7《寺》，北京大学出版社1983年版，第56页。

⑨ 《金史》卷99《徒单镒传》：大定五年，“翰林侍讲学士徒单子温进所译《贞观政要》、《白氏策林》等书。六年，复进《史记》、《西汉书》，诏颁行之。”今按，徒单子温，平章政事合喜之侄，《金史》卷86《李石传》涉及。大定初，仕为翰林侍讲学士兼同修国史，官至安化军节度使。另据《金史》卷6《世宗纪》，大定十年，“以赃罪伏诛”。

⑩ 《金史》卷8《世宗纪》，第184页。

方面巩强政权。世宗鉴于熙宗与海陵王相继被臣下所弑，有意识地把儒家的忠孝观念作为调整君臣、宗族和家庭关系的准则，尝言："朕所以令译五经者，正欲女真人知仁义道德所在耳。"① 后来，章宗遵循祖训，又"诏亲军三十五以下，令习《孝经》、《论语》"②。这些旨在重振民族精神的举措竟使儒家学说成为女真人的文化思想和民族心理。

值得提及的是著名译者马庆祥。马氏字瑞宁，临洮狄道人，"通六国语，并与其字书识之"。泰和中，试补尚书省译史，屡从使报聘高丽、西夏。大安初，通问蒙古，以"谈吐辨捷"，为成吉思汗赏识，欲留不遣。庆祥"百计自解，竟获复命"③。金末以身殉国，诏加赠封。其事迹刻诸碑板，为时人传颂。

此外，还有《女真字国史》。遗山《南冠录引》有云："京师之围，予为东曹都事，知舟师将有东狩之役，言于诸相，请小字书《国史》一本，随车驾所在，以一马负之。时相虽以为然，而不及行也。崔子之变，历朝实录皆满城帅所取。百年以来明君贤相，可传后世之事甚多。"④ 所谓小字，当指女真小字；所谓国史，即金代"历朝实录"。所谓一本，当是一部或一套，因"以一马负之"。由此可见，金代历朝实录是用汉与女真两种文字写就的。

综上所述，如此大规模地将汉语经典文献译成其他民族文字，在人类文明史中尚属首次，反映了女真人追求文明的创造精神，为发展多元民族文化、促进各民族间的融合，曾经发挥过重大作用。

（三）推行女真策论选举

金代科举的特色在于创立策论进士。大定九年，诸路择猛安谋克子弟之异等者百人，荐于京师，官给食宿，命温迪罕缔达教之古书，习作诗、策，经复试得三十余人。自十一年，议行策选。至十三年，定每场策一道，以五百女真字以上成，免乡试府试，待行之久、学者众，则实行三年一试制度。

---

① 《金史》卷 8《世宗纪》，第 184 页。

② 《金史》卷 12《章宗纪》，第 270 页。

③ 《遗山先生文集》卷 27《恒州刺使马君神道碑》，四部丛刊本。

④ 《遗山先生文集》卷 37，四部丛刊本。

女真策选，前所未有。世宗亦颇谨慎，屡咨臣下，尝曰："契丹文字年远，观其所撰诗，义理深微，当时何不立契丹进士科举？今虽立女真字科，虑女真字创制日近，义理未如汉字深奥，恐为后人议论。"宰执对曰："汉文字恐初亦未必能如此，由历代圣贤渐加修举也。圣主天姿明哲，令译经教天下，行之久亦可同汉人文章矣。"世宗遂命女真考试依照中原模式设立，甚至实行二审：先是女真考官审阅，然后译作汉字程文，"俾汉官览之"①，以防偏袒，以示与汉进士同例，以免为后人议论。

策论进士为女真人而设，故称女真进士。所谓策，是用于阐述政局时务见解的文体，比词赋与经义两科相对简单，易于掌握。大定十三年八月，首届策论选举试于中都悯忠寺。寺有双塔，考生入院后，夜半东塔之上有声如音乐，预兆得贤之祥。女真人由此开创了中国古代少数民族科举考试的新纪元。

后来，策论选举尝因生源不足而暂停，世宗命新进士教授京师及各府，促进了女真学的蔚然兴起，从学者渐多，选举制度也逐步完善。一是以策、诗试三场，策用女真大字，诗用女真小字；二是试期比照汉、契丹、渤海等民族士人参加的词赋、经义进士选举，即三月二十日乡试，八月二十日府试，次年正月二十日会试，三月十二日御试。而女真选举免乡试，自八月二十五日分别试于大兴、会宁、咸平、东平等四府；会试、御试，与词赋、经义进士同制。大定二十二年，重开策论科选举。二十八年，拟试以经义。当时，五经之《书》、《易》、《春秋》及《诗》、《礼》等已陆续译毕，遂定于经内再试以论题。

与此相适应，策论府试地所增至七处：中都、会宁、咸平、东平、北京、西京、益都。其中，会宁、合懒、速频、胡里改、蒲与、东北招讨司，试于会宁府；咸平、隆州、婆速、东京、盖州、懿州，试于咸平府；北京路、临潢府路、宗州、兴州、全州，试于大定府。此外，辽阳、大定还设有词赋、经义考场。

章宗即位后，对策论选举有所调整：一是大定二十九年，许诸色人试策论进士，以扩大生源；二是"诗"与"策"作一日，"论"作一日，以"诗"、"策"合格为中选，以"论"高下定名次；三是明昌元年，取消猛安谋克直赴御试的特权，而允许五品散阶或官职俱至五品者直赴御

① 《金史》卷51《选举志》，第1142页。

试；四是承安二年，敕策论进士限丁习学。内外官员、诸局承应人、武卫军、猛安谋克女真及诸色人，户一丁者不许应试，两丁者一人，四丁者二人，六丁以上三人；五是加试骑射。当时，太傅徒单克宁针中原女真人习染文弱、才武渐疏的状况，上疏曰："今之猛安谋克其才武已不及前辈，万一有警，使谁御之？"① 因规定女真进士及第后，"试以骑射，中选者升擢之"②，以重振尚武精神。

（四）因应多民族语言的国情施政

女真小字颁行后，熙宗"诏百官诰命，女真、契丹、汉人各用本字，渤海同汉人"③。宋楼钥尝从使金国，亲眼所见："彼中有三等官：汉官、契丹、女真。三者杂居，省部文移、官司榜示，各用其字。吏人及教学者亦以此为别"④。

自京师至地方，皆设有汉、女真、契丹"令史"、"译人"、"通事"。所谓通事，即译者，自辽"置通事以主中国人，以知华俗、通华言者为之"⑤。当时，尚书省左右司"女真省令史三十五人，左二十人，右十五人"，"汉令史三十五人，左二十一人，右十四人。省译史十四人，左右各七人。女真译史同。通事八人，左右各四人。高丽、夏国、回纥译史四人，左右各二人。"⑥

六部也如此。吏部"译史五人，通事二人"。架阁库管勾"以识女真、契丹、汉字人充"⑦；户部译史五人，通事二人。泰和八年，置户部劝农、盐铁、度支等三司，"译史二人，通事二人"⑧；礼部"译史二人，通事一人"⑨；兵部"译史三人，通事二人"；刑部"译史五人，通事二

① 《金史》卷92《徒单克宁传》，第2052页。

② 《金史》卷10《章宗纪》，第229页。

③ 《金史》卷4《熙宗纪》，第73页。

④ 《攻媿集》卷111《北行日记》上，丛书集成初编本，中华书局1985年版，第1585页。

⑤ （宋）司马光：《资治通鉴》卷281"后晋天福二年二月"元胡三省注，中华书局1986年版，第9170页。

⑥ 《金史》卷55《百官志》，第1218页。

⑦ 同上书，第1232页。

⑧ 同上书，第1245页。

⑨ 同上书，第1234页。

人"[①]；工部"译史二人，通事一人"[②]。

都元帅府设"译史三人，女真译史一人，承安二年二人。通事，女真三人，后作六人，承安二年复作三人，汉人二人"。泰和六年伐宋，又"置令译史八十人"[③]。各路府统军司、转运司、提刑司、按察司、安抚司、兵马司、招讨司，诸京留守司、警巡院，诸总管府及诸府、节镇、防御州、刺史州，诸县，山东盐使司，诸猛安，诸部族节度使，诸移里董司，诸秃里，诸群牧所等，各以职能定员。

这样的制度与多民族的国情相适应。但是，女真语言文字在应用过程中却发生了种种始料不及的问题。皇统九年，大内火灾，"帝徙别殿避之，欲下罪己诏，翰林学士张钧视草。钧意欲奉答天戒，当深自贬损，其文有曰：'惟德弗类，上干天威'及'顾兹寡昧眇予小子'等语。(萧)肄译奏曰：'弗类是大无道，寡者孤独无亲，昧则于人事弗晓，眇则目无所见，小子婴孩之称，此汉人托文字以詈主上也。'帝大怒，命卫士拽钧下殿，榜之数百，不死，以手剑剺其口而醢之"[④]。由于佞幸之人把持了女真译语的解释权，恶意篡改原意，致使无辜者被肆恣滥杀。

尤其严重的是，"法寺断狱，以汉字译女真字，会法又复各出情见，妄生穿凿，徒致稽缓"[⑤]。因此，大定二十五年，世宗不得不亲自干预，诏罢"情见"。所谓情见，意犹感情用事，以致乱法。至于州县，更为普遍。承安五年，翰林修撰杨廷秀上疏指陈时弊，抨击官场的丑陋行径："州官往往以权势自居，喜怒自任，听讼之际，鲜克加审。但使译人往来传词，罪之轻重，成于其口，货赂公行。冤者至有二三十年不能正者"[⑥]。《大金国志》卷12《熙宗孝成皇帝》所载事例甚为典型：

> 北人官汉地者，皆置通事，即译语官也。而通事之舞法尤甚，上下重轻皆出其手，招权纳贿，二三年皆致富，民俗苦之。有银珠哥大王者，以战多贵显，而不谙民事。尝留守燕京，有民数十家，负富僧

① 《金史》卷55《百官志》，第1236页。
② 同上书，第1237页。
③ 同上书，第1238页。
④ 《金史》卷129《佞幸传》，第2780页。
⑤ 《金史》卷45《刑志》，第1020页。
⑥ 同上书，第1023页。

金六七万缗，不肯偿，僧诵言欲申诉，逋者大恐，相率赂通事，祈缓之。通事曰："汝辈所负不赀，今虽稍迁延，终不能免。苟能厚谢我，我为汝致其死。"皆欣然许诺。僧既陈牒，跪听命，通事潜易他纸，译言曰："久旱不雨，僧欲焚身动天，以苏百姓。"银珠笑，即书牒尾称"赛哏"者再。庭下已有牵拢官二十辈，驱之出，僧莫测所以，扣之，则曰："赛哏，好也，状行矣。"须臾出郭，则逋者已先期积薪，拥僧于上，四面举火，号呼称冤，不能脱，竟以焚死。

由此可见，以语言文字翻译害命，竟成为金代社会的重大消极因素之一。

三 女真文字的衰落

金亡后，女真文字在中原迅速衰落，生活在那里的女真人彻底融入了传统文化之中。因此，蒙古当局规定："女真生汉地，同汉人。"[①]。这些女真人甚至改变了自己的姓氏。如高闹儿，原是女真人，"事太祖，从征西域"[②]，以功授金符，管领山前十路匠军；李庭，"本金人蒲察氏，金末来中原，改称李氏"[③]。后选隶军籍伐宋，以功授虎符，官至平章政事；刘国杰，"本女真人也，姓乌古伦，后入中州，改姓刘氏"[④]。以破襄阳之役，加怀远大将军，赐号"霸都"。

至于未改姓氏的女真人，也完全接受了儒家观念，同中原汉人别无二致。至元六年，元世祖忽必烈命太保刘秉忠等访前代知礼仪者肄习朝仪，"从亡金故老乌古伦居贞、完颜复昭、完颜从愈、葛从亮、于伯仪及国子祭酒许衡、太常卿徐世隆，稽诸古典，参以时宜，沿情定制，而肄习之"[⑤]。当时，女真名士前后相继，不绝于史传。

乌古逊良桢字乾卿，临潢人，其先女真乌古部[⑥]。以荫补江阴州判

① 《元史》卷13《世祖纪》，中华书局1983年版，第268页。

② 《元史》卷151《高闹儿》，第3564页。

③ 《元史》卷162《李庭传》，第3795页。

④ 《元史》卷162《刘国杰传》，第3807页。

⑤ 《元史》卷67《礼乐志》，第1665页。

⑥ 《元史》卷163《乌古孙泽传》，第3831页。今按，泽，良桢之父。

官，累迁左丞兼大司农，同知经筵事，以蒙古礼“无夏制”，遂建言：“纲常皆出于天而不可变，议法之吏乃言国人不拘此例，诸国人各从本俗。是汉、南人当守纲常，国人、诸国人不必守纲常也。名曰优之，实则陷之；外若尊之，内实侮之。推其本心所以待国人者，不若汉、南人之厚也。请下礼官有司及右科进士在朝者会议，自天子至于庶人，皆从礼制，以成列圣未遑之典，明万世不易之道。”①

夹谷之奇字士常，其先出女真夹谷部，徙家于滕州，受业于名儒康晔。以荐授济宁教授，累迁吏部尚书。“虑识精审，明于大体，而不忽于细微，为政卓卓可称。虽老于吏学者，自以为不及。为文章尤简严有法，多传于世云”②。

孛术鲁翀，字子翚，其先隆安人。金泰和间定女真姓氏，因属望广平。自幼家境败落，而进修益力。后荐授汴学之官，累迁中宪大夫、礼部尚书，拜浙江行省参知政事。“为学一本于性命道德，而记问宏博，异言僻语，无不淹贯。文章简奥典雅，深合古法。用是天下学者，仰为表仪”③。由此可见，这些生活在中原的女真人已成为中原文化的传人。

与此不同的是，女真文字在东北地区与朝鲜半岛仍流传应用，经历了渐次消亡的过程。

（一）女真文字在东北地区的应用与消亡

入元后，东北各部女真人继续使用自己的民族文字。因此，蒙古当局规定：若女真、契丹“不同汉语者，同蒙古人”④，并于辽阳等处设行中书省，“抚肃慎之故墟”⑤，以防范与治理女真及其他民族。同时，又置会同馆，“掌接伴引见诸番蛮夷峒官之来朝贡者”⑥。至元六年，“以新制蒙古字颁行天下”⑦，设蒙古翰林院，“掌译写一切文字，及颁降玺书，并用

① 《元史》卷187《乌古孙良桢传》，第4288页。

② 《元史》卷174《夹谷之奇传》，第4062页。

③ 《元史》卷183《孛术鲁翀传》，第4222页。

④ 《元史》卷13《世祖纪》，第268页。

⑤ （元）欧阳玄：《圭斋文集》卷13《进金史表》，文渊阁四库全书本。

⑥ 《元史》卷85《百官志》，第2140页。

⑦ 《元史》卷6《世祖纪》，第121页。

蒙古新字，仍各以其国字副之”[1]。那些“诸番蛮夷峒官”，当包括女真；那些“国字”，当包括女真文字。

明代亦如此。永乐初，设辽东都司，置卫所，对女真各部采取怀柔政策，自酋长至部属，授以都督、都指挥、指挥、千户、百户、镇抚等，颁给印信，允许定期朝贡。见诸文献，明成祖招抚敕谕即用女真文字[2]，而女真木牌文告亦以汉、女真两种文字写就[3]。同时，明王朝因同境内各族部落使聘往来频繁，遂设“四夷馆”，其中包括“女真馆”，是为女真文字教习与女真文书翻译的机构。

当时，明朝皇家文渊阁藏有大批女真文字书籍，如《盘古书》、《孔夫子书》、《孔夫子游国章》、《家语贤能言语传》、《姜太公书》、《伍子胥书》、《十八国斗宝传》、《孙膑书》、《善御书》、《海钱公书》、《武子受书》、《黄氏女书》、《百家姓》、《哈答咩儿于》、《女真字母》等[4]。这些文献或金代译作，或明代女真人所为，而无论如何，都反映了女真语言文字仍在东北地区流行使用。

女真馆生徒选自国子监，后多从世业子弟中择录，称为译字生。有明一代尝多次经礼部考试选录生徒，“止泛考汉文数字，待收馆之后方习番文”[5]。各馆每日抽查背书情况，每月教师出题考试，每季提督出题考试。先是学制一两年，至弘治三年改为九年：满三年可参加“食粮”考试，又满三年许参加“冠带”考试，再满三年方参加“授职”考试。

女真馆及其他馆各以“杂字”、“来文”为教学内容。所谓杂字，指四夷馆所编“译语”，即汉语同“诸番语”对译语汇，以汉字音译表示。所谓来文，指“四夷”朝贡表文。《华夷译语》中的女真馆“译语”、“杂字”、“来文”等，均以女真文字书写，用作教习女真语。现存女真馆

① 《元史》卷87《百官志》，第2190页。

② 《李朝太宗实录》卷5：“（永乐）皇帝敕谕女真兀都里、兀良哈、兀狄哈等，招抚之，使献贡……其敕谕用女真书字，不可解，使女真说其意，译之而议。”韩国首尔大学奎章阁藏本。

③ 《李朝太宗实录》卷64：女真木牌文告，一面为汉文，另一面“以女真书书之，辞则同”。

④ （明）杨士奇等编：《文渊阁书目》卷18，丛书集成初编本，中华书局1985年版。

⑤ （明）吕维基辑，（清）曹溶增，钱绖补《四译馆则增订馆则》卷12《文史题奏类》“嘉靖四十五年正月题选译字生稿”，续修四库全书本，上海古籍出版社影印，第588页。

“来文”约七十九篇[①]，先用汉语文字写成，然后依汉语文序堆砌女真词汇，几乎千篇一律。当时规定，藩属进纳贡品，无表文不收。这些“来文”或为进贡者贿赂四夷馆人代拟[②]，而非完全出自女真人之手。

明代中期，生活在松花江流域的女真部落因受蒙古影响而渐习蒙古文字。正统九年，“玄城卫指挥撒升哈、脱脱木答鲁等奏：‘臣等四十卫无识女真字者，乞自后敕文之类第用韃靼字。’从之。”[③] 其进贡表文用蒙古字，朝廷亦由“韃靼馆”代译[④]。而生活在长白山地区的女真部落仍使用“野人书契”[⑤]。这说明，蒙古文字的影响是局部的，未能完全取代女真文字。

清顺治元年，“四夷馆”改为“四译馆”，女真馆被裁减。康熙六年，“女真语学改为清学”[⑥]。从此，满语代替了女真语，女真语言文字彻底退出了社会生活。

（二）女真文字在朝鲜半岛的应用与消亡

自金初，女真与高丽交聘往来，双方文书俱使用汉字。金亡之际，始见教习女真文字。高丽郑麟趾《高丽史》卷二二：高宗十二年［金正大二年（1225）］六月，“东真人周汉投瑞昌镇，汉解小字文书，召致于京使人传习，小字之学始此。”所谓东真，指金末女真蒲鲜万奴拥兵自立于辽东，号称东真国。

---

① 柏林本《华夷译语》收二十篇；东洋文库本《华夷译语》收二十九篇，其中十篇与柏林本相同；日本内藤湖南本《华夷译语》收五十篇，其中十篇与柏林本相同。这三种版本除部分重迭外，目前约可见到七十九篇：“永乐”一篇；“正统”三篇；“景泰”一篇；“天顺”十一篇；“成化”二十四篇；“弘治”三篇；“正德”四篇；“嘉靖”五篇；年代不明者二十六篇。

② 《四译馆增定馆则》卷7《属官》“十馆官职名”，续修四库全书本，上海古籍出版社影印，第562页。

③ 《四译馆则增订馆则》卷12《文史题奏类》“嘉靖四十五年正月题选译字生稿”，第588页。玄城卫，今松花江流域哈尔滨市附近。

④ 金光平、金启孮：《女真语言文字研究》，文物出版社1980年版，第32页。

⑤ 《燕山君日记》卷22：燕山君三年［明弘治十年（1497年）］，“四月丁酉，兵曹启：‘建州左右卫野人书契内，年前童清礼之来，期以明春会于满浦。’”韩国首尔大学奎章阁藏本。以上转引自王鲁平《满文创制前明代东北女真人的文字使用情况初探》，见《沈阳故宫博物院院刊》第4辑，中华书局2007年版，第125页。

⑥ 《通文馆志》卷1，韩国民昌文化社1991年版。

元明两朝，东北女真各部亦向半岛纳贡，而解译女真文字者甚少，拟文译书，或用女真人。后来，朝鲜王朝因应需要而设司译院“女真语学”，教习女真文字并译解女真文书。《经世大典》卷二《礼典生徒》：“女真学训导二员，为正九品。”负责管理、训导生徒。在京“女真学为二十人”；外方四十人，其中“义州五、昌城五、北青十、碧潼五、渭源五、理山五、满浦五”[①]。

司译院通过考试选拔译官。“译科”考试由礼曹主持，分初试与复试，包括“写字”、“译语”。所谓写字，指用女真字默写课文；所谓译语，是将女真字译成朝鲜文。取才，有临文和写字两种形式。所谓“临文”，当以女真字摹写应用程文。后来一些女真部落改用蒙古语，朝鲜王朝发给女真的文书不得不译成女真、蒙古两种文字[②]。

司译院女真语学与汉、蒙、倭学相同，通过“译科”初试和复试选拔生徒。“译科”考试所用书籍包括《千字文》、《天兵书》、《小儿论》、《三岁儿》、《自侍卫》、《八岁儿》、《去化》、《七岁儿》、《仇难》、《十二诸国》、《贵愁》、《吴子》、《孙子》、《太公尚书》等十四种[③]，后经内乱外患而多有亡佚。司译院培养的女真文字人才为发展同明朝女真部落之间的政治、贸易关系，发挥了重要作用。入清后，“始用《新翻老乞大》、《三译总解》，而前册中《仇难》、《去化》、《尚书》讹于时话，故并去之”[④]。女真语学也改为“清学”，同中国本土的演变趋势大体一致。

总之，女真文字的兴衰是同女真民族的命运紧密联系在一起的。历史表明，一个民族的语言文字只有承载自身足够的文化经验，才能比较充分地吸纳其他民族的文化营养，形成并保持自己的传统。否则，就会丧失竞争力，在民族政权覆灭，或是融入先进文明的过程中而渐次消

① 《经世大典》卷1“典吏京官”，韩国亚细亚文化社1983年版。

② 《李朝实录》卷261“成宗二十三年正月庚寅”［明弘治五年（1492年）］：右承旨权景禧向朝廷请示：“谕都骨兀狄哈之书，已用蒙古、女真字翻译，何以处之。”日本东京学习院东洋文化研究所刊本，昭和三十一年（1956）版。今按，都骨，当指姓；兀狄哈，女真部落之一，明朝称海西女真，居于牡丹江上游及绥芬河流域。以上转引自乌云高娃《明四夷馆“鞑靼馆”研究》，《中央民族大学学报》2002年第4期。

③ 《经国大典》卷3“礼典诸科译科”，韩国亚细亚文化社1983年版。

④ 《通文馆志》卷2“科举”，韩国民昌文化社1991年版。

亡。在这方面，女真文字同契丹文字、西夏文字以及满语文字的结局是相似的。至于元代蒙古文字，以其脱离了汉字的表意范畴，加之进入中原内地不久即溃败，不得不退回北方草原，才有幸使自己的语言文字得以存续。

石鼓文与游猎文学的发展

延娟芹
（西北民族大学文学院）

石鼓文为春秋时期秦国刻石，因十首诗歌刻于十面形似馒头的石鼓上而得名。石鼓现藏故宫博物院。因几经迁徙，诗歌残缺较为严重。目前见到的十面鼓上的文字，除《车工》完整外，其余几首皆有不同程度的残泐。

关于石鼓文之创作时间，目前学界还存在不同的意见。1958 年，唐兰提出，“石鼓应在秦公簋之后，诅楚文之前”，[①] 为后人的研究划出了正确的区间，成为学人共识。唐兰所说的秦公簋作于秦景公（前 576 年—前 537 年在位）时期，诅楚文作于秦惠文王更元十三年（前 312）。也就是说，石鼓文的具体创作时间虽然现在还有争议，但是不会早于春秋中期，也不会晚于战国早期是可以确定的，石鼓文应产生在《诗经》三百余首诗歌出现以后。

一 《石鼓文》十首诗歌之主旨

关于石鼓诗的主旨，各家因对作诗具体背景、作诗缘由看法的不同，对每首诗歌的理解也略有差异。这里抛开任何作诗背景的干扰，仅从现存

① 唐兰：《石鼓年代考》，《故宫博物院院刊》1958 年第 1 期，第 4—34 页。

文字来探讨诗歌所反映的内容。十首诗歌内容大体如下：[①]

《汧殹》第一，描写汧源之美与游鱼之乐。

《霝雨》第二，郭沫若曰："此石追叙初由汧源出发攻戎救周之事。"郭氏对诗旨的理解是基于诗为秦襄公八年护送平王凯旋记功之作。细审诗歌，只叙路上遭遇大雨时的艰难行进，并无攻戎救周的言辞。

《而师》第三，本诗残泐严重，主旨甚难判断。从诗中"弓矢"、"左骖"等词推测，与游猎有关。

《作原》第四，此石一度散落民间，凿凹成臼，每行上三字均缺，仅剩四字。从现存文字来看，叙述开辟原场，种植树木，全诗呈现出一派欣欣向荣的气象。

《吾人》第五，本诗与第四首《作原》相接，诗中有"驾弇"、"左骖"、"右骖"、"四翰"等词，主要叙述修整道路种植嘉树后，国君游猎行乐情形，从中可见当时国内安定和平的景象。

《车工》第六，叙述出猎情景。

《田车》第七，叙述打猎情景。郭沫若曰："此石叙猎之方盛。"

《銮车》第八，叙打猎。郭沫若曰："此石叙猎之将罢。"

《马荐》第九，本诗残缺最严重，今仅存完字十五。从"天"、"虹"二字与前《霝雨》一首推测，诗歌主要叙述雨后情景。

《吴人》第十，本诗在十首诗中最有特色，遗憾的是，残缺亦较多，无法见到诗歌全貌。诗歌开首便是一个兢兢业业、奔波忙碌的虞人形象，既可敬又可爱。诗中"献"、"大祝"等词显然与祭祀有关。许多学者将作诗缘由与《史记·秦本纪》、《史记·封禅书》所载秦国特有的祭祀——畤相联系，这也是他们判断作诗时代的主要依据。然而诗中有麀鹿、囿等字眼，也应该有游猎场面的描写。古代的田猎，兼军事大演习的性质，狩猎时须有一系列仪式，这些仪式往往与实际战争很相似。《周礼·夏官·大司马》就载有田猎时的礼仪："中春教振旅，司马以旗致民，平列陈，如战之陈。辨鼓铎镯铙之用，王执路鼓，诸侯执贲鼓，军将执晋鼓，师帅执提，旅帅执鼙，卒长执铙，两司马执铎，公司马执镯，以教坐作进退疾徐疏数之节。遂以搜田，有司表貉，誓民。鼓，遂围禁。火

① 本文依据的底本为郭沫若《石鼓文研究　诅楚文考释》中的摹本，十首诗之顺序也采用郭沫若说法。科学出版社1982年版。

弊，献禽以祭社。”从这段记载看，田猎结束后用所获猎物来祭祀是田猎礼仪的一项必备程序。也说明这组诗歌的性质是游猎诗而非祭祀诗。

综上，《田车》、《车工》、《銮车》三首叙游猎无疑。《汧殹》叙汧源、游鱼当为游猎目的地景象。《霝雨》、《马荐》一叙路上遇雨，一写雨后情景，亦与游猎有关。《而师》、《吾人》、《吴人》虽然涉及其他内容，也有关于游猎的字句。只有《作原》一首写开辟原场，字面与游猎无涉。将这首与其他九首列为一组，可能的原因是，开辟原场种植嘉树，乃是为国君游猎所做的准备工作。《田车》、《车工》、《銮车》、《霝雨》、《马荐》五首叙述内容比较集中，很少叙及其他。其他五首内容颇为丰富。总之，前人将这十首诗作为游猎诗，将石刻命名为石碣是有道理的。

二　石鼓文对前代游猎诗歌的继承与发展

记载游猎的文字，古已有之。甲骨文中就已经出现，《周易》、《左传》、《周礼》、《礼记》等文献中也有田猎的记载。但从目前见到的文献看，自觉以文学的语言、诗歌的形式来描写游猎却始于《诗经》和石鼓文。清程廷祚《骚赋论》云：“若夫体事与物，《风》之《驷驖》，《雅》之《车攻》、《吉日》，田猎之祖也。”《车攻》出自《诗经·小雅》。在石鼓文中也有《车工》一首，两诗内容、结构甚至某些句式都非常相似。对此，郭沫若曾云：“全诗（按，指石鼓文）格调与《诗经》中《秦风》及西周末年之二《雅》甚为接近。如《大雅》（按，应为《小雅》）、《车攻》、《吉日》诸诗自来以为宣王时诗，无异说，举以石鼓文相比较，不仅情调风格甚相类似，即遣词造句亦有雷同。”① 两诗内容如下：

石鼓文·车工

吾车既工，吾马既同。吾车既好，吾马既。
君子员邋，员邋员斿。麀鹿速速，君子之求。
角弓，弓兹已寺。吾敺其特，其来趩趩，
即即时。麀鹿，其来大次。
吾欧其朴，其来，射其豜蜀。

① 郭沫若：《石鼓文研究诅楚文考释》，科学出版社1982年版，第12—13页。

小雅・车攻

我车既攻，我马既同。四牡庞庞，驾言徂东。
田车既好，四牡孔阜。东有甫草，驾言行狩。
之子于苗，选徒嚣嚣。建旐设旄，薄狩于敖。
驾彼四牡，四牡奕奕。赤芾金舄，会同有绎。
抉拾既佽，弓矢既调。射夫既同，助我举柴。
四黄既驾，两骖不猗。不失其驰，舍矢如破。
萧萧马鸣，悠悠旆旌。徒御不惊，大庖不盈。
之子于征，有闻无声。允矣君子，展也大成。

“攻”，《尔雅》释作“善也”。“工”，《说文》曰：“巧饰也，象人有规矩。”看来这两字本来就有相近之处。关于《小雅・车攻》，《毛诗序》曰：“宣王复古也。宣王能内修政事，外攘夷狄，复文武之境土。修车马，备器械，复会诸侯于东都，因田猎而选车徒马。”毛说可从。方玉润亦曰：“盖此举重在会诸侯，而不重在事田猎。不过藉田猎以会诸侯，修复先王旧典耳。昔周公相成王，营洛邑为东都以朝诸侯。周室既衰，久废其礼。迨宣王始举行古制，非假狩猎不足慑服列邦。故诗前后虽言猎事，其实归重‘会同有绎’及‘展也大成’二句。”① 西周王朝到厉王时，已经历了二百余年的历史，这时各种社会矛盾愈加激烈。加之周厉王是一个荒淫残暴的天子，周王朝在厉王时期，社会已经动荡不安，各种礼仪制度遭到严重破坏，各个诸侯国开始心离王室，王室已经失去了向心力。周宣王继位后，志在复兴王室，一方面治乱修政，另一方面加强军事统治，出现了史称“宣王中兴”的局面。《车攻》即叙述宣王在东都会同诸侯举行田猎之事。这次大规模的行动，一则是为了联络与各诸侯国的感情，加强联系。更重要的是向诸侯炫耀武力，以望恢复昔日天子的威严与辉煌。

与《车攻》相接的诗歌是《吉日》。《毛诗序》：“美宣王田也。能慎微接下，无不自尽以奉其上焉。”《左传・昭公三年》：“郑伯如楚，子产相。楚子享之，赋《吉日》。既赋，子产乃具田备。”可知《吉日》确实有关田猎，只是描写的场面、气象不及《车攻》宏大。陈奂说：“《车攻》

① 方玉润：《诗经原始》，中华书局1986年版，第367页。

会诸侯而遂田猎，《吉日》则专美宣王田也。一在东都，一在西周。”① 依陈奂说法，两首当为姊妹篇。

将《车攻》与《吉日》合观之，可以发现，石鼓文有因袭《诗经》之处，更重要的是，对《诗经》又有很多发展。无论内容还是形式，都对《诗经》作了很大的扩充，石鼓文模仿继承《诗经》的痕迹非常明显。《车攻》、《吉日》所叙内容除诸侯会同一点外其余在石鼓文中都有出现，在叙事的完整性、描写的细致方面石鼓文则更胜一筹。句式语汇方面，《车攻》与《车工》二诗的开首部分，句式如出一辙。内容上前后渊源关系也很突出。以游猎诗最重要的射猎场面来看，《车攻》中以两章八句来描绘，《吉日》仅“既张我弓，既挟我矢。发彼小豝，殪此大兕”四句。在石鼓文中，《车工》、《田车》、《銮车》三首集中写田猎，其他诗歌中也有零星记载，直接描写游猎的句子达五十多句。有猎前准备、驾车骖马、野兽种类、群臣追赶野兽、野兽急速逃窜、猎物累累，甚至连田车的装饰、弓矢的颜色都一一道来，赋之运用在石鼓文中得到淋漓尽致的发挥。

三 石鼓文产生原因探析

程廷祚指出《驷驖》《车攻》《吉日》为田猎之祖，《驷驖》出自《诗经·秦风》，而石鼓文又与《车攻》《吉日》有诸多的相似之处，这不能不让人产生这样的疑问：在游猎文学的发展中，秦国诗歌有着怎样的地位？

除石鼓文与《驷驖》外，《诗经·秦风》中还有许多关于游猎场面的描写。对此，班固早有阐述，《汉书·地理志》曰：

> 天水、陇西，山多林木，民以板为室屋。及安定、北地、上郡、西河，皆迫近戎狄，修习战备，高上气力，以射猎为先。故《秦诗》曰“在其板屋”；又曰“王于兴师，修我甲兵，与子偕行”。及《车辚》、《驷驖》、《小戎》之篇，皆言车马田狩之事。②

① 陈奂：《诗毛氏传疏》，中国书店1984年版，第206页。

② 班固：《汉书》，中华书局1960年版，第1644页。

马瑞辰亦云：

> 秦以力战开国，其以力服人者猛，故其成功也速，其延祚也短；而其弊也，失于黩武而不能自安。是故秦诗《车辚》、《驷驖》、《小戎》诸篇，君臣相耀以武事。其所美者，不过车马音乐之好，兵戎田狩之事耳。①

班固、马瑞辰同时指出了秦国社会风俗对秦国诗歌的影响。《秦风》十首就内容言，大体可以分为两类。一类以表现秦人尚武、好战的风习为重点，如《车辚》、《驷驖》、《小戎》、《无衣》，风格多粗犷质朴；另一类则是吸收周文化、受周文化影响而创作的诗歌，《蒹葭》、《终南》、《渭阳》等属于这一类，风格则是秀婉隽永。

春秋时期虽然礼崩乐坏，礼乐征伐自天子出一变而成自诸侯出。可毕竟这种僭越还不像战国那样公然被社会认可和接受，周天子常常被各国作为政治资本，诸国在称霸战争中也往往打着尊王攘夷的旗帜，说明西周礼乐对“国际”行为尚存约束力。社会上普遍崇尚的理想人物依然是西周以来的谦谦君子，外交场合能够遵礼、依礼行事便受到礼遇。秦国则不然，秦国在平王东迁时始立国，摆在秦人面前的第一要务是生存立足问题。秦人在封国前就与戎狄长期杂处，自然受到了戎狄文化潜移默化的影响。而戎狄文化虽说整体落后于诸夏，但是剽悍好战却是其突出特点，就这一特点而言，诸夏远远不及戎狄。无论是立国前还是立国后，秦人为了生存与戎狄进行了长期而艰苦的斗争。恶劣的生存环境，培养了秦人刚健雄迈的性格特征，形成了他们崇尚战争与扩张的风习。秦国历来盛行好战尚武习俗。可以说秦文化的这一特点贯穿于整个秦人的历史。秦国由于偏居西北，不被中原国家重视，到最终能相继灭了山东六国，与秦人的这一性格特点有一定关系。《秦风》中前一类诗歌以及石鼓文的出现盖源于此。石鼓文几乎每章都言及马，狩猎场面更是其他国家所不及。在《诗经》中出现了《生民》等周族史诗式的组诗，也产生了表现贵族舞蹈的《万》舞系列组诗，在秦国却创作出表现国威赞扬君王的游猎组诗。从诗

① 马瑞辰：《毛诗传笺通释》，中华书局1989年版，第361页。

歌数量来说，《诗经》305篇中，除了《秦风》10首外，其余295首中有关游猎、打猎的诗歌只有8首，秦国现存诗歌中，游猎诗居绝对多数（《小戎》虽然不是游猎诗，诗中描写武器之精美，种类之繁多，也受到秦国崇尚武力、游猎风俗的影响）。秦国习俗对文学创作题材的影响于此可见一斑。

石鼓文的创作还源于秦人对秦君由衷的赞赏，这与《小雅·车攻》以及汉代的《子虚》、《上林》等的创作动机也有一定的相似之处。

《车攻》作者能够看到宣王会同诸侯的盛况，显然是贵族或史官一类的人。同样的道理，秦公游猎时自然也有贵族或史官随同。就诗歌题材讲，前人某一题材的诗歌为后人的进一步创作提供了某些范本，《诗经》中有关天子游猎的诗歌仅《车攻》和《吉日》两首，这是石鼓文作者在创作这组诗歌时最重要的参考范本。更为重要的是，两组诗歌的创作缘由也有很多相似点。宣王中兴是西周灭亡前的回光返照，在厉王被流放后，天下大乱，共伯和摄政，宣王继起，不但挽狂澜于既倒，还主动出击周边夷狄，取得了一系列的成果。可以设想《车攻》、《吉日》的作者在创作这两首诗歌时的自豪心情，创作诗歌的目的旨在宣扬天子声威，颂扬天子的武功。

石鼓文的创作动机与上述如出一辙，不管其具体创作缘由是什么，最终目的是赞颂秦公无疑。诗中对汧源丰茂的草木以及射猎的宏大场面作了细致的描绘，甚至直接称赞"天子永宁"，连那位对工作兢兢业业关心一切的虞人也让人觉得很可敬。再进一步考察，与其他西周初年就被分封的齐、鲁、晋等国相比，秦国的建国以及被周王朝和其他诸侯国的认同与接纳异常艰辛，是经过了秦几代人艰苦的创业换来的。秦国早期那些立下丰功伟绩的开创者们足以名垂史册，令后人引以自豪。秦祖先以及当时国君的伟绩与宣王在位时的一系列政绩有许多相似性，其作者有意模仿《车攻》，是其内在心理的曲折反映。

四　石鼓文对后代的影响

秦统一中国后，出现了一组秦始皇多次巡游各地用于表功的刻石文字。秦始皇刻石文总体风格气魄雄伟，典雅浑朴。内容以表功为主，涉及巡游很少，只有《之罘刻石》与《东观刻石》有少许文字言及天子东游。严格来说，这组文字还不能称作游猎文学。但是在气势上显然继承了石鼓文表现天子声威的华贵与雄伟，具体描写却不及石鼓文生动形象。

降及汉代，游猎题材的作品得到空前发展，《文选》在赋类专列畋猎类三卷五篇。司马相如的《子虚赋》、《上林赋》，扬雄的《羽猎赋》、《长杨赋》，不但是汉大赋的代表，也是游猎题材的代表作。事实上，田猎类赋远不止这几篇。即使是其他类别的赋作，如枚乘的《七发》、班固的《两都赋》等都有篇幅不小的游猎场面的描写。这类赋的出现一方面与最高统治者好大喜功的性格有关，另一方面更是经过了春秋战国几百年的争霸战争后，大一统封建国家在创作中的自然表露。从内容看，《子虚赋》等赋作对石鼓文与秦刻石都有继承与发展。就表现手法而言，秦国诗歌更长于用敷陈其事的“赋”的手法，《小戎》、《车工》等，几乎可以看作是微型赋。方玉润曾曰：“（《小戎》）三章写戎器，刻画典奥瑰丽已极，西京诸赋迥不能及，况下此者乎！”[①] 方氏所说《小戎》三章内容为：“小戎俴收，五楘梁辀。游环胁驱，阴靷鋈续。文茵畅毂，驾我骐馵。”“四牡孔阜，六辔在手。骐骝是中，騧骊是骖。龙盾之合，鋈以觼軜。”“俴驷孔群，厹矛鋈錞。蒙伐有苑，虎韔镂膺。交韔二弓，竹闭绲縢。”方玉润的话虽然有夸大之嫌，但是确实道出了本诗“赋”的特点和对汉赋的影响。其他如石鼓文中《作原》、《汧殹》叙整治原场，种植佳木，汧水两岸丰饶之物产，水中游鱼之乐，《田车》、《銮车》写打猎盛况，无不通过真实、细致的叙述再现当时情景，给人如临其境的感觉。秦国诗歌大量使用“赋”这种表现手法的进一步发展，就是汉代“铺采摛文”的大赋的出现。在汉大赋中，铺陈成为了主要的表现手法，如状苑囿，则东西南北，前后左右，上下里外，花草树木，游鱼碎石，飞禽走兽，一应俱全，极尽夸张铺陈之能事。来看《上林赋》中一段：

> 于是乎背秋涉冬，天子校猎。乘镂象，六玉虬，拖蜺旌，靡云旗，前皮轩，后道游；孙叔奉辔，卫公参乘，扈从横行，出乎四校之中。鼓严簿，纵猎者。河江为阹，泰山为橹，车骑雷起，殷天动地。

---

① 方玉润：《诗经原始》，中华书局1986年版，第271页。

先后陆离，离散别追，淫淫裔裔，缘陵流泽，云布雨施。生貔豹，搏豺狼，手熊罴，足野羊；蒙鹖苏，绔白虎，被斑文，跨野马，陵三嵕之危，下碛历之坻；径峻赴险，越壑厉水。椎蜚廉，弄獬豸，格虾蛤，铤猛氏，羂騕褭，射封豕。箭不苟害，解脰陷脑；弓不虚发，应声而倒。

这可以说是石鼓文打猎场面的放大。

从《诗经》中的《车攻》、《吉日》到石鼓文，再到秦始皇刻石文，进而到《子虚》、《羽猎》等赋作，游猎题材作品演变的轨迹可以梳理为：《车攻》、《吉日》只是车马装备、游猎场面的简单描写，气势宏大，但仍然有概括笼统之嫌。到石鼓文，将这两首诗歌发展为十首组诗，主题依然继承《车攻》——游猎兼对天子的赞颂。无论是叙事的完整性还是描写的生动性，都较前者有了长足的发展。到秦始皇刻石文，游行的路程、规模、时间都是前两次所无法企及的，但是这组刻石文在游猎上着笔甚少，绝大多数笔墨是对天子的称颂，甚至有不少夸大失实之处。主题也由前两者的双重主题演变为单一主题，即重在赞颂。到了汉代，田猎类赋作又向石鼓文作了回归，主题在描写游猎的同时兼及对天子的赞扬，有时还会在结尾作一些讽谏，达到"劝百讽一"的目的。游猎地点的景物、游猎场面的描写则更为详尽，辞藻更为华美，读来琳琅满目，应接不暇，在文学上是一个大的发展。

石鼓文为田猎赋的出现提供了许多借鉴。饶宗颐在为王辉《秦出土文献编年》作的序中说："十鼓信为自来'畋猎文学'之极品，后来衍生出汉人《羽猎》、《长杨》之巨制……"① 饶氏将石鼓文看作田猎文学，甚有见地。

从《诗经》中的《车攻》、《吉日》到石鼓文，再到汉代田猎赋，游猎题材作品的发展承传清晰可见，石鼓文是游猎文学发展链条当中不可缺少的一环，石鼓文在游猎文学发展中的地位应该得到重视。

① 饶宗颐：《秦出土文献编年序言》，台北新文丰出版公司2000年版，第5—6页。

小议满族作家对北京话的贡献

于润琦
（中国现代文学馆）

一　语言学家对北京话的经典解读

北京民俗语言专家金受申曾对北京话的演进有过精彩的议论，在他的《北京话语汇·编写人的话》中说：

“什么是土语？土语就是知识分子根本不懂，或懂一点也不肯说、说不出口的社会流行语言。——北京经历金、元、明、清几朝建都，作为一个首都，各地往来自然是频繁的，语言是不能不吸收外地语言的，金、元、清统治者又都是少数民族，少数民族语言当然也有借用做方言的，这样，北京话的语汇，就越来越丰富。还有一点，人们说话时，不单要说清楚，还要说得有力量、生动，于是便用形容词打扮一番，让它形象起来；人们说话时，总嫌一个形容词太显得‘干蹾儿’，说起来那么不受听，于是便用一些状语、词尾、嵌字等给它打扮一番，让它活泼起来；另外，在四声上，利用重读、轻读或改变四声的读法，来显示人类语言的活泼，这样，北京语汇就更丰富起来了——各地语汇也是这样形成的。

语言是历史的产物，一代一代流传下来，好的保留下来，不好的废掉了。同时，人们在生活中创造的新语汇，又一代一代的增加进去，听凭时代和后人‘过筛子’。‘学者’们说，秦朝以前，是文字和语言一致的，或者是比较接近的，秦朝以后，语言和文字才分了家。北京语汇里，有这么一个‘肯节儿上’，我想，怎么说这‘肯节’两字，也不能说不是《庄子》上‘肯綮’的口语化，可见北京语汇里，也保留了春秋战国时代的语言。汉朝以后的语言，在北京语汇里，确实保留了不少，例如：喊驾车的牲畜，口语是‘驾！驾！’这便是汉朝口语里的‘瀳，瀳’，意思是告诉牲畜留神水坑（见《说文释例》）。又北京口语说‘满’做‘可’，如：可一街的人；可一会场都是笑声。这也是唐宋诗人惯用的口语化文字。唐朝古文家韩愈写的《送李愿归盘谷序》，有‘膏其车，秣其马’，膏读去声，‘膏其车’就是给车轮心抹油，这不但和今天北京话所说的‘给车膏膏油’语汇相同，而且和北京语汇规律：‘单字名词该为动词时，平声必定改为去声’，完全符合。到了金元两朝，尤其是元朝，遗留下来的语汇，就更多了。可惜，我们过去的那些‘学者’，只重视在书本上的‘古声’、‘古韵’，却忘记了民间土语方言里，还蕴藏着一大部分跟古声古韵有瓜葛的材料呢（北京话里的单字，有不少是读古音的，例如：嫁女叫聘姑娘，聘就念 ping，不念 pin，——）

——所可喜的，从金朝以后，那些真正为人民写作的文学家，注意到了民间语汇的丰富多彩，注意到了民间语汇的创造规律，便在院本、杂剧里广泛地采用了形容词、副词之类并使用代用字，这样，给丰富多彩的民间语汇保留了一大批资料。例如：形容一个胖人，一个胖娃娃，胖得肉都一动一动的了，如果用直接写法：

‘这个胖娃娃，胖得肉都一动一动的了。’

这还象话吗？这形象还不干瘪吗？可是北京语汇里是这样形象起来的：

‘这个胖娃娃，胖得肉都 den le len den 的了。’

形象是够形象的了，可是没有注音符号，没有汉语拼音以前，怎么写？实际早在董解元的《西厢记》里，就用借用字，写做了‘邓虏沦敦’的，他形容大肚子说：‘生得邓虏沦敦着大肚子。’

这是一种创造，而且是很好的创造。缺点是记音记得不准确，单凭汉字直念起来，还是不够活泼的，所以这里就显示了注音符号，汉语拼音的优越性。"①

金受申是深入系统地探讨北京话的演进，清晰阐述北京话历史发展的第一人。

二　北京话与北方少数民族语言多次交融的深厚历史语境

北京话在西北少数民族文化与中原文化的多次交融中发展成熟。北京话，指的是住在北京城区一带的北京人所说的话语。以北京城区为中心，东至通县，西至昌平，南至昌平，北至怀柔，说的都是北京话，只占北京市总面积的三分之一左右。北京话内部也有分歧，老年人和青年人，住在通县的人和住在昌平的人，发音和用词也有一些细微的差异，但是他们所使用的语音系统则是完全一致的，这个语音系统就是汉民族共同语——普通话的语音标准。

北京这个千年古都是由汉族和我国北方少数民族共同营建的。早在隋唐时期，北京已成边陲重镇，是由秦汉族以来幽燕地区的汉人和少数民族冲突所致。至少从唐代以来，北京地区的汉人就一直和当时北方的少数民族杂居一处，人口流动较为频繁。语言和社会一样，越是封闭，发展就越慢；越是开放，发展则越快。在历史上，北京话既和当时当地的北方少数民族语言（主要是阿尔泰语系的语言）不断产生交流，也和周边的汉语方言频繁接触，千年以来，北京话始终处在这种十分开放的环境之中。拿现代的北京话和周边的汉语方言比较，北京话语音结构最为简单，保留的古音成分较少，可以说是发展最为迅速、最为成熟的一种汉语方言。

北京在唐代隶属幽州，当时的幽州地区已经居住着相当多的少数民族。公元936年，石敬瑭把燕云十六州割让给北方的契丹族，幽州地区从此脱离中原汉族的统治，成为辽金两代少数民族政权的南方重镇。契丹把析津府（今北京）定为南京，成为辽代五京之一。公元1153年，金代把国都迁到燕京，这是北京正式成为国都之始。从辽至金，北京的政治经济

① 商务印书馆1961年版。

地位迅速提升，大量的北方少数民族涌进燕京，燕京的汉族人不自愿地与他们杂居一处，他们彼此间的联系势必加强，这种情况竟一直延续了三百多年之久。与外族语言长期密切接触，使北京话从一开始就处于和其他汉语方言完全不同的特殊语境之中，这种背景对北京话的发展起了很大的促进作用，也使得北京话在辽金时期就成为发展最快的汉语方言。

蒙古族统治者灭金建立元朝之后，遂把金中都改建成元大都，大批的蒙古人定居大都。原来金朝统治下的汉族人和契丹、女真同被称为“汉人”，是低于蒙古人和色目人、高于“南人”（主要是原南宋统治下的汉族人）的“三等公民”。蒙古统治者这种分化汉族的政策，使得大都的汉族原住民社会地位高于“南人”，他们和契丹、女真人仍旧保持密切的联系，同时又一次被迫与蒙古族人杂居一处，自然汉蒙语频繁交往又成主调。尽管当时元朝的统治者强迫汉族人学习蒙语，有少数蒙语词汇如“胡同”等确实也被大都话所吸收，并且一直流传到今天；但蒙古族和辽金时代的契丹、女真族不同，在入主中原以前，蒙古族和汉族的接触远没有契丹和女真那样密切，而且统治中国还不足百年，两种语言的接触比较突兀，文化背景又相差较大，因此，蒙语对元大都话的影响并不很大。所谓元大都话，主要是辽金两代居住在北京地区的汉族人和契丹、女真族经过几百年密切交往逐渐形成的，随着元大都的建立而更加趋于成熟，以至成为现代北京话的直接源头。

有明一代，北京摆脱了四百多年的异族统治，重归汉族统治旗下。元末的大动乱，使大都城已经残破不堪，人口锐减，土地荒芜。为了发展生产，繁荣经济，明初采取了大量移民的政策，范围涉及从山西、山东直到江浙一带，每次动辄万户。永乐十九年（1421）迁都北京后，大批朝廷命官及家属也从南京移居而来，加上元大都的遗民以及从全国各地征召来的各行工匠。北京人口结构再次发生了很大的变化，与北京话频繁接触的已不再是契丹、女真等少数民族的语言，而是来自中原和长江以南的各地汉语方言。方言之间虽有分歧，但同是汉语，差别终究不大，再加上当时方言来源不一，五方杂处，不可能只向某一地区的方言靠拢，这可能就是中古以后发展迅速的北京话到明代趋于稳定的主要原因。明徐孝《重订司马温公等韵图经》中所记的音系可能代表了明万历年间（1573—1619）的北京话，已经和现代的北京话比较接近了。

在朱明王朝统治的近三百年里，北京话不可能毫无发展。而实际情况正是北京话稳固发展的时期：由此它可以细细咀嚼，慢慢消化。明沈榜《宛署杂记》记录了明万历年间北京的风土人情，卷一七“方言”条下特别指出：“第民杂五方，里巷中方言亦有不可晓者”，书中共收集了当时北京方言词语八十多条，至今仍保存在北京话里的还有一半左右。值得注意的是父亲的称呼当时竟有三种之多：“父曰爹，又曰别平声，又曰大”，其中“爹”大约是当时北京话原有的，“别平声”可能来自江淮一带，“大”可能来自山西，至今这些地方仍有这样称呼父亲的，至于今天北京话最常用的“爸”则在当时尚未出现。从《宛署杂记》所记录的父亲称呼正可以看出当时各地方言对北京话的影响。

清太祖努尔哈赤初建八旗时，满族人在八旗中占绝对优势。随着军事活动的需要，八旗组织迅速扩大，已经不可能只依靠人数有限的满族人力量，于是陆续增加了汉军八旗和蒙军八旗，大批投满的汉族人就这样被补充了进去。到清军入关时，八旗成分已经发生了根本性的变化，汉人的数量大增。根据历史档案的记载，在初建八旗时汉人只占4%，到入关时迅速上升到76%，在八旗中占了绝对优势。这些在旗汉人中的大多数原来都是世代居住在东北的汉族人，他们所说的汉语方言就成为八旗的通用语言。这种方言本是辽金时代随着被掳掠的大批汉族人带到东北地区的，它的基础是以当时的北京话为核心的幽燕方言，在六七百年的漫长时间内和当地少数民族语言密切接触，这时又随着八旗兵进入了北京，和直接连同元大都话承继下来的北京城。

明代兴建的北京城分为内城和外城两部分，内城是皇宫所在地，外城在内城之南，起拱卫内城的作用。清军进入北京后，为了保卫皇宫，把北京内城全部划归八旗驻地，所有原居住在内城的汉族人除已投诚者外一律强迫迁居到外城居住。内外城居民界限分明。内城主要是新从东北移居来的八旗军（包括满族、蒙古和汉军三种人），外城则是原来住在北京的汉族人和其他民族的人。一直到清中叶，满汉分居内外城的规定仍执行得相当严格，外城的汉族人口骤增，外地来京的官宦、商贾以及历年的应试举子也都只能居住在外城，五方杂处，人口密集，会馆林立，很快就发展成为北京的商业和文化的中心。乾隆以后，满汉分居内外城的规定执行得不十分严格了，但内外城的基本结构并没有改变，直到21世纪初，八旗人口在内城仍占一半以上，在外城则还不到5%。外城二百多年来一直是汉族人占绝大多数，其中除了历代居住在北京的本地人以外，还包括许多从全国各地来京的说各种方言的汉族人。

现代的北京话就是在三百多年来内外城人口结构完全不同的条件下逐渐成熟的。外城汉族人说的是土生土长的北京话，这种方言在元代以后就一直和汉语各地方言有密切接触。内城八旗人说的是从东北带来的汉语方言，源头是辽金时期以当时的北京话为中心的幽燕方言，一直和东北的少数民族语言有密切接触。两种方言来源相同，但所处的地区和所接触的语言不同，自然会产生一些差异。不过，从辽代直到明代，由于战争、俘虏和移民等原因，两地区的人口始终在不断大量流动，两种方言也始终保持着密切的联系，因此并没有产生重大的分歧。到了清代，两种方言在北京汇合，一在内城，一在外城，相互之间差别本来就不大，再次经过长时间的密切交流，已逐渐融为一体，成为现代仍然流行的北京话。由于内外城人口结构在清代一直没有重大的改变，这个融合过程是相当缓慢的，直到五六十年前，还能明显感到内城满族人和外城汉族人的口音的差别。随着城市交通不断发展，内外城人口大量流动，语言交流的频繁，这种差异到今天已经基本不存在，从现在年轻的北京人嘴里，已经完全听不出内外城人北京话的区别了。

李新魁先生在《汉语知识丛书·中古音》中也说：

> 中原地区居民的不断流徙，大大地加强了语言的交流，促使中原共同语有更多的传播机会。当然，在这种人口大量流徙和交融的过程中，中原之音也不可避免地受到北方地区的燕地方言所影响，中原人的口音也带上了燕北的口音。《三朝北盟会编》引楼攻媿《北行日记》记述楼氏进入金人占领的汴京时的情景：“语及旧事，泫然不以自已。承应人或与少香茶红果子，或跪或喏。跪者胡礼，喏者犹是中原礼数。语音亦有微带燕音者，尤使人伤感。”可见金人统治下的东京（汴梁），有的人已“微带燕音”，染上北方的“胡俗”了。明清之际作《书影》的周亮工说：“汴人语有不甚解者，大半是金、辽所遗。如藏物于内，不为外用，或人不知之者，皆曰‘梯己’，不知所出。后阅《辽史》：梯里已，官名，掌皇族之政教，以宗姓为之。似即今宗人府之官，所以别内外亲疏也。或即梯己之意欤！梯里已但呼梯己，二合音也。汴音多有二合，如‘不落’为‘鑮’之类甚多。”如果周氏的推断不误，那么，可见当时的汴洛语言，也多有受辽、金

> 族语言的影响。这就表明，在外族占领中原之后，彼此的语言曾经有过较多的相互影响和交流。①

博大精深美轮美奂的汉族文化，对“胡服骑射”的蒙古族、满族来说，不啻为一种“挡也挡不住的诱惑”。

三 满族作家对“京师人语”的特殊贡献

满族作家对北京话的发展有着特殊的贡献。尤其是清中期以来，出现了赫赫有名的京味小说，即用地道北京话写的小说。而最有名的是《红楼梦》和《儿女英雄传》。

（一）清代的曹雪芹、文康二位小说大家

我国民族众多，各民族语言多姿多彩。即使是汉语，南北方言也复杂多样。随着社会生活的进步，人们对使用一种公认通用的语言进行交流的要求日趋迫切。而北京话则脱颖而出，不仅在民间广泛流行，同时也被官方认可。明代以来，在北京（国都）就通行一种语言，被称为官话。清人俞正燮在《癸巳存稿·九》中写道：“雍正六年奉旨，以福建广东人多不谙官话，著地方官训导。廷臣议以八年为限；举人生员贡监童生不谙官话者，不准送试……”由此可见朝廷对于普及官话的重视。而这种官话与京师话基本是一回事。四川涪陵人冯镇峦《红椒山房笔记》有嘉庆十八年（1813）《自序》，其中《山茶》条写道：“芮星钘因言：……昨日友人送书来，无可酬答。前重午节，曾仿《红楼梦》小说作京师人语，俗情俗语，放手写出，且喜机趣盎然。”冯氏的文章，虽不可得其详，但能勇于突破窠臼，别从《红楼梦》中讨生活，赋予书面语言以新的机趣，感悟到书中的深刻寓意。由此可见《红楼梦》对官话普及的认同与贡献。“京师人语”就是北京话。由冯氏的话语，可以认定，他已经把《红楼梦》看作京味小说。由于《红楼梦》中出现的大量“京师人语”。由此可以看出“京师人语”在嘉庆朝已被人仿效，表明“京师人语”早已定型，

① 商务印书馆1991年版，第20、21页。

早已成为经典，否则不会有人仿效。

为要说明《红楼梦》"京师人语"给北京话带来的荣耀。这里再引用一些前人的观点。早在乾隆末年，周春在他的《阅红楼梦随笔》中有言：（读《红楼梦》要）"通官话京腔"。[①] 张新之也指出《红楼梦》"书中多用俗谚巧语，皆地道北语京语，不杂他处方言，有过僻，间为解释"。[②] 要读懂《红楼梦》，必须熟悉"京师人语"。这是解读《红楼梦》的前提，也是必需的条件。然而要熟悉"京师人语"，也不是一朝一夕可以了得的。又有人赞誉《红楼梦》的语言及对北京话的历史贡献。俞平伯说："《红楼梦》里的对话几乎全都是北京话……真是生动极了。"[③] 李冬辰的《红楼梦研究》中说："以《红楼梦》的文字论，'北京话'给他一种不灭的光荣；然'北京话'也因他而永传不朽了。"[④] 由以上的几段话，可以得出两点启示：一是《红楼梦》里的对话都是"生动极了"的北京话。二是"'北京话'给了《红楼梦》一种不灭的光荣，'北京话'也因此'而永传不朽了'"。

"京师人语"的不朽，是因为有了《红楼梦》，而《红楼梦》是由满族作家曹雪芹完成的，这份功劳既要记在曹雪芹的身上，也要记住满族这一少数民族对华夏文化的特殊贡献。《红楼梦》中的"京师人语"。比如：生分、寻趁、撺掇、胡镘、点卯、牙碜、扯臊、亏空、叨登、献勤儿、怪臊的、一嘟噜、咕咚咕咚、变个法儿、小挨刀的、给脸子瞧、脑袋瓜子、笑岔了气、乍着胆子、眼睛抠搂、直眉瞪睛、猴儿崽子、忘八羔子、小骚达子、小猴儿精、颟顸了事、酸文假醋、瞒神弄鬼、弄鬼掉猴、贪多嚼不烂、比铁掀还沉、着三不着两、滴里搭拉的、热锅上的蚂蚁、斜签着身子、忒儿一声飞了。这些"京师人语"至今还留存在北京人的口语里。《红楼梦》之前没有一部小说使用过如此大量的北京话。《红楼梦》中通俗口语的大量出现，表明"京师人语"在市井社会中的广泛流行。《红楼梦》忠实地记录了雍乾时期的"京师人语"，把形象鲜活、生动逼真的口语写进小说，这是曹雪芹的功劳。清代中期，是曹雪芹第一次把历经百余

① 中华书局1958年影印拜经楼抄本。

② 张新之：《红楼梦读法》，载一粟《红楼梦卷》，第156页。

③ 《〈红楼梦〉的思想性与艺术性》，见《红楼梦研究参考资料选辑》第2辑，人民文学出版社1973年版，第191页。

④ 《李辰冬古典小说研究论集》，中华书局2006年版，第77页。

年满汉语融合后定型的“京师人语”忠实地记录在自己的小说中。曹雪芹以他自己的语言天赋把满汉语结合的更趋合理，表现得更加充分，记录得也最为全面。有人做过统计，小说《红楼梦》（以庚辰本为准）中的俗语（含民间谚语、歇后语、成语、古人的诗句）多达315条。这一类俗语大多鲜活有趣，通俗易懂，是当时京师旗人中广为流行的口语，曹雪芹成功地把这些俗语吸收进自己的小说，精练巧妙而又十分传神地表现人物的性格，达到炉火纯青的程度。而对满民族来说，不仅仅孕育出一个小说大家曹雪芹，其后还有文康、松友梅、王冷佛、老舍等一批出色的满族小说家。

《儿女英雄传》的语言特点也十分鲜明，最显著的特点是独特的满语结构。满语隶属阿尔泰语系，它的句子结构是：宾语位于语动词的前面，谓语则位于句子的最后；与汉语的句式结构完全不同。但在清初满人学习汉语之时，自然是用满语语法去硬套汉语，这样说出来的话必然是满式汉语。试看以下各例：

“……舅爷有甚么高亲贵友，该请到他华府上去，偏要趁这个当儿热闹我，是个甚么讲究？”（第15回）

渚大娘子道：“……那大爷才坐下，瞅着那么怪腼典的，被我怄了他一阵，这会子熟化了，也吃饱了，同女婿合他大舅倒说的热闹中间的。”（第15回）

（舅太太）还说：“这算不个甚么，等你脱了孝，我好好的亲自作两双鞋你穿。”（第22回）

安太太道：“大姑娘，你要合他处长了，解闷儿着的呢。……那是我们家有名儿的夜游子，话拉拉儿！”（第22回）

张金凤道：“……我梦见你娶了何玉凤姑娘，却瞒得我好！”（第23回）

邓九公道：“老弟，告诉不得你！……”（第32回）

何小姐冷笑了一声，说道：“你有此时才催的，早作甚么来着？……不想大家都知道原谅我，倒是你第一个先不原谅我起。狠好！”（第36回）

以上的满语句式，今天已不再使用；但从中看到满语与汉语，尤其是与

“京师人语”的演变痕迹。《儿女英雄传》中的满语有七八十处之多，仅举数例：

> 那“密鸦密罕丰库”的汉语，便叫做“彩帨”，帨，即手巾也。（第28回）
>
> “里头两位少奶奶带着一群仆妇丫环，上下各屋里甚至茶房、哈什房都找遍了，……”（第35回）
>
> “那门上站的一班侍卫公不住的在那里吆喝‘积伪汗’。‘积伪汗’者，清语‘声音’也。”（第36回）
>
> “公子道：‘你就叫你媳妇儿帮帮不好吗，为甚么要累得这么阿哥的嬷嬷——库忒累的娘模样儿呢！’”（第37回）
>
> “只见老爷沉着脸说了句：‘阿他喇博球窝。’”（第40回）

小说中不仅有单一的满语词汇，还有直接使用十几个满语词连成的句子。第40回：“公子一一回明，提到见面的话，因是旨意交代的很严密，使用满洲话说。安老爷‘色勃如也’的听完了，合他说道：‘额力基孙（霍窝）力博（布乌）杭哦，乌摩什鄂雍窝、孤伦寡依扎喀（得恶）、斋斋（得恶）图业木（布乌）栖鄂（珠窝）喇库。’公子也满脸谨慎的答应了一声：‘衣遐。’”直接把满语写进汉文小说的对话里，还真不多见。

《儿女英雄传》的语言确实对“京师人语”的成熟至关重要，也为北京话的定型贡献不小。清代中期，是曹雪芹第一次把经百余年满汉语融合后定型的“京师人语”忠实地记录下来。几十年后，满族作家中的又一佼佼者——文康，又用他的《儿女英雄传》再续了北京话的辉煌。而满族小说家对北京话的贡献者还不只是曹雪芹、文康二位；其后，还有清末民初的松友梅、损公、徐剑胆及民国时期的老舍、王度庐、耿小的等一批满族小说家，其中以老舍的成就最大。

（二）民国初期的小说大家老舍

老舍之前的京味小说，多为长篇小说，都是一人一作；从老舍起则是一人多部，在老舍的一生中写的中长篇小说就有20多部。长篇小说有《二马》、《小坡的生日》、《牛天赐传》、《文博士》、《火葬》、《正红旗下》、《四世同堂》、《老张的哲学》、《赵子曰》、《骆驼祥子》、《离婚》、

《猫城记》、《鼓书艺人》等；短篇小说近70篇：《上任》、《马裤先生》、《老字号》、《断魂枪》、《微神》等；戏剧近30部：《女店员》、《方珍珠》、《龙须沟》、《全家福》、《神拳》、《春华秋实》、《茶馆》等。

在老舍的诸多作品中，留下的北京话语词汇多达1500个（舒济主编：《老舍文学词典》，北京十月文艺出版社2000年版）。这是北京话有史以来，文学作品中对北京话的最大集成。它是传至清末的“京师人语”的最全面记录。如果没有老舍的这些作品，北京话很有可能会大量流失。正是由于有了老舍，才使得“京师人语”得以长久留存；而使得“最有希望最有影响的”吴语小说最终消亡，这似乎也与老舍京味小说语言的广泛影响不无关系。

老舍作品中的北京话远承《红楼梦》、《儿女英雄传》，近袭《小额》、《春阿氏》，对有清一代的北京话语多有继承，对近代京味小说的词语精华饱蘸汲取，才使得老舍作品的语言绚丽多彩，最终确立了老舍语言大师的地位。老舍也是不折不扣的满族人。《四世同堂》是老舍的重要代表作——它展示了北京市井文化的世相：时令文化、寿诞文化、饮食文化、起居文化、礼仪文化、交际文化、婚丧文化、商贾文化等，通过种种场景，淋漓尽致地表现出来。仅一部近百万字的《四世同堂》就是老舍文学创作中的一座风光万种的丰碑。

老舍的又一力作——《茶馆》则满载着古都北京街巷语境中的“精气神儿”，把“京白”的灵动、脆生劲儿清晰鲜活地表现出来。每位出场人物的对话都是性格化的，读者仅凭他们各自的声口，就能判断他们各自的身份与情感。《茶馆》语言的幽默更为突出，老北京味儿更浓。宋恩子向王利发索贿，他要求：“每月一号，按阳历算，你把那点……”王利发抗不过他们，只好用小商人的算计法，叮问了一句：“那点意思得多少呢?”狡诈油滑的吴祥子毫不示弱：“多年的交情，你看着办！你聪明，还能把那点意思闹成不好意思吗?”这段对话圆熟地运用双关语含义，来刻画特务的巧取豪夺。这些幽默语言的驱遣，显示了作家对北京话内涵的高度敏感和超常的驾驭能力。他对北京熟稔于胸，绘写裕如。这些市井俚语，一经作者的造化，便成惊人之语。尽管《茶馆》是话剧，可它的语言还是不折不扣的京味儿，与小说同为一源之水。为更深入细致地诠释老舍作品的京味儿特色，有必要逐一地剖析作品。

有清一代，满语与汉语经过几次深度交融，两种语言血浓于水；北京话中有满语，满语一次次被北京话吸收。一个个语言大师，凭借着漂亮的北京话演绎他们的小说，他们用自己的小说忠实地记录了那个时代的北京话，北京话凭借着小说而得以留存，得以不朽。我们不能不感谢这些不朽的文学名著，不能不由衷地感谢这些伟大的小说家，同时我们应该记住这些小说家们的满族族籍。满民族在中华民族近三百年的历史中，对中华文学的贡献可谓大焉！

总之，一句话，中华民族是一个多民族的国家，每一个少数民族都有着自己民族的优秀文化，也多少对整个中华民族文化作出过自己民族的贡献。在我们炫耀中华文化之时，切切不可只言汉族文化的辉煌，而忘记少数民族所作出的历史贡献。

中西交通视野下的《聊斋》狐狸精形象

——从《聊斋》中狐狸精的“籍贯”说起

张崇琛

（兰州大学文学院）

《聊斋志异》中的狐狸精形象之所以一直放射着它迷人的光彩，并成为人们永久的话题，是与其形成过程中多种因素的融合分不开的。除了数千年的民俗积淀、历代文人的描绘以及蒲松龄的精心加工与再创造外，也与中西交通的文化背景有关。本文便试从《聊斋志异》中狐狸精的“籍贯”入手，从中西交通的文化视野来审视这些可爱的狐狸精形象。

一

阅读《聊斋》常会发现一种十分有趣的现象，那就是《聊斋》中的狐狸精在自报家门时往往称其为陕西人。如：

《娇娜》中的狐男自称：“仆皇甫氏，祖居陕。”

《焦螟》中狐女言：“我西域产，入都者十八辈。”

《潍水狐》中的狐翁租潍邑李氏别第，主人李氏“问其居里，以秦中对”。

《红玉》中的狐女红玉谓冯相如曰：“妾实狐，适宵行，见儿啼谷口，抱养于秦。”

《狐谐》中的狐女语万福曰：“我本陕中人。”

《胡相公》中的狐男胡四相公谓张虚一曰：“弟陕中产，将归去矣。”

《张鸿渐》中的张鸿渐“至凤翔界”，遇狐女施舜华。

《真生》中的长安士人贾子龙，遇狐男真生，“咸阳僦寓者也。”

《浙东生》中的浙东生房某，“客于陕”，遇狐女。

上述篇中之狐狸精为何都自称为陕西人呢？这便不得不让我们作深入探究了。

二

《聊斋》中的狐狸精之所以自称为陕西人，实与中西交通的大文化背景是分不开的。

首先与历史上的西域胡人大批来华，而这些胡人又多居住于长安及其周围一带有关。在中国历史上，汉唐为盛世，也是与外界联系最为密切的两个朝代。其时来华的外国人，除日本与朝鲜外，最多的便是沿丝绸之路或南方海路而来的西域人，他们在当时被称为“胡人”（当然其中也包括一部分少数民族之人）。这些胡人所从事的工作主要是经商、餐饮和伎艺等，故又被称为“胡商”、“胡妇”、“胡姬”、“胡伎”。《汉乐府·羽林郎》所描写的就是汉代胡姬当垆的情形：

胡姬年十五，春日独当垆。
长裾连理带，广袖合欢襦。
头上蓝田玉，耳后大秦珠。
两鬟何窈窕，一世良所无。
一鬟五百万，两鬟千万余。

这位开酒店的胡姬，头上戴的“蓝田玉”自然是中国所产；其耳后的“大秦珠”则是产自罗马帝国，其时的罗马帝国正通过西域与中国贸易，故“大秦珠”实可为中西交通之佐证。而胡姬头上的首饰竟能值千万余，则又反映了在华胡人的富有。再如东汉张衡的《二京赋》描写皇帝驾幸平乐观时所举行的大规模杂技、魔术表演：

临回望之广场，程角抵之妙戏。乌获扛鼎，都卢寻撞。冲狭燕濯，胸突铦锋。跳丸剑之挥霍，走索上而相逢。……蟾蜍与龟，水人弄蛇。奇幻倏忽，易貌分形。吞刀吐火，云雾杳冥。

其中有些表演，如索上相逢、钻刀圈（冲狭）、抛接丸剑、水人弄蛇、吞刀吐火等，其表演者部分可能也来自西域的伎人。《后汉书·西南夷传》云：

永宁元年（公元120年），掸国王雍由调复遣使者诣阙朝贺，献乐及幻人，能变化吐火，自支解，易牛马头。又善跳丸，数乃至千。自言我海西人。海西即大秦也，掸国西南通大秦。明年元会，安帝作乐于庭，封雍由调为大都尉。

《三国志·魏志·乌丸鲜卑东夷传》裴松之注引《魏略》亦云：

《西戎传》曰：大秦国一号犁靬，在安息、条之西大海之西……俗多奇幻，口中出火，自缚自解，跳十二丸巧妙。

因此，陈寅恪先生曾断言："跳丸、击剑、走索诸戏，及易貌分形、吞刀吐火等幻术，自西汉曹魏之世，即已有之，而此类系统之伎艺，实盛行于西方诸国。"① 可见，自张骞通西域，凿开"丝绸之路"以后，汉代进入中原的西域人是日渐其多了。

到了唐代，中西间的交通更为频繁，来华的西域人也就更多了。这些胡人，或逐利东来，是为"胡商"；或传道中土，是"胡僧"；或作为异域统治者之子侄长期为质于唐，终至入籍而为民者②。唐代宗之世，"四夷使者"常"连岁不遣"，再加上"失职未叙"者，"常有数百人，并部曲、畜产动以千计"。"先是回纥留京师者常千人，商胡伪服而杂居者又

① 陈寅恪：《元白诗笺证稿》第五章《新乐府·立部伎》，上海古籍出版社1978年版，第154页。

② 参见向达《唐代长安与西域文明》，生活·读书·新知三联书店1957年版，第6页。

倍之”，皆“殖资产，开第舍，市肆美利皆归之”[①]。到了唐德宗时这种情况愈演愈烈，“胡客留长安久者，或四十余年，皆有妻子，买田宅，举质取利”。检括无田宅者，尚有四千余人。朝廷欲行遣归，结果，“胡客无一人愿归者”[②]。当时这些“四夷使者”多居于都城长安，而朝廷于右银台门（即东内宫城西南）“置客省以处之”[③]。至于西域贾胡，则多居于西市。如李复言《续玄怪录》记杜子春事，谓杜子春徒行长安中，有一老人策杖于前云：“明日午时，候子于西市波斯邸。”[④] 同书记刘贯词事亦谓大历间刘贯词执鬻于长安，“西市店忽有胡客来”[⑤]。可见，当时的长安西市实有贾胡及波斯邸。至于寄居长安周围的胡人，也为数不少。如长安出土《安令节墓志铭》载，安令节“出安息国王子，入侍于汉，因而家焉。历后魏、周、隋，仕于京、洛，故今为豳州宜禄人也”[⑥]。再如《宋高僧传·神会传》云：“释神会，俗姓石，本西域人也。祖父徙居，因家于岐，遂为凤翔人矣。”[⑦] 无论豳州还是凤翔，均在今陕西境内也。

其次是胡人与狐狸精被联系在了一起。这大约有以下几方面的因素：一是“胡”、“狐”音同，而中国人向来就有以兽类比异族之传统，所谓“南蛮”、“北狄”者便是。二是男性胡人习性诡异，以及体征与狐狸的某些特征之相似，如脸多须而体多毛，腋下又有“胡臭”，而“胡臭”又被认为即是“狐臭”，如陈寅恪所说，“因其复似野狐之气，遂改‘胡’为‘狐’矣”[⑧]。三是胡女之美貌及活泼开朗的个性又与传说中善于勾引异性的狐狸精淫妇联系在一起，尤其在长安开设酒店的胡姬，更因对男性具有吸引力而被误解。即以唐代诗人而论，就有不少人惯以胡姬酒肆为温柔乡，李白就是其中最典型的一位。其《前有樽酒行》（其二）云：“胡姬貌如花，当垆笑春风。笑春风，舞罗衣，君今不醉将安归?”[⑨] 其《白鼻

① 以上见《资治通鉴》卷二二五《代宗纪》。

② 以上见《资治通鉴》卷二三二《德宗纪》。

③ 以上见《资治通鉴》卷二二五《代宗纪》。

④ 《太平广记》卷十六“神仙”类。

⑤ 《太平广记》卷四二一“龙”类。

⑥ 转引自向达《唐代长安与西域文明》，生活·读书·新知三联书店 1957 年版，第 18 页。

⑦ 《宋高僧传》卷九。

⑧ 陈寅恪：《狐臭与胡臭》，载《寒柳堂集》，上海古籍出版社 1980 年版，第 142 页。

⑨ 《李太白全集》（王琦注）卷三，中华书局 1977 年版，第 200 页。

骃》云："细雨春风花落时，挥鞭直就胡姬饮。"[①] 其《送裴十八图南归嵩山》云："胡姬招素手，延客醉金樽。"[②] 其《少年行》（其二）云："落花踏尽游何处，笑入胡姬酒肆中。"[③] 四是无论狐男、胡女，皆善贾而广聚财富，以至"穷波斯"竟被时人视为"不相称"之事[④]。这与狐狸的善盗及好积存食物又有某些相似的地方。总之，正是由于上述几个方面的因素，所以唐代民间便开始将"妖胡"（见元稹《胡旋女》）与狐狸联系在一起了。

最后，文人的创作对民间习俗的提升与延续，又起了推波助澜的作用。中国民间本有侍奉狐神的习俗，正如唐张鷟《朝野佥载》所说："唐初以来，百姓多事狐神，房中祭祀以乞恩，食饮与人同之。事者非一主。当时有谚曰：'无狐魅，不成村。'"[⑤] 然唐以前，狐与人是两回事，狐是狐（尽管已被称"神"），人是人。而自唐以后，狐与人却融为一体了，再准确点说，便是狐与胡合二为一了。正如陈寅恪先生所说："狐能为怪之说，由来久矣。而幻为美女以惑人之物语，恐是中唐以来始盛传者。"[⑥] 这一方面是由于唐代胡人的大批涌入中国，而胡与狐又被人们联系在了一起，从而形成了一种民间的习俗之见；而文人的创作则使这种习俗之见进一步升华，并形成了若干人狐合一的文学形象。唐传奇中这类的狐女、狐男形象已经很多，如沈既济《任氏》中的任氏便是一位典型的狐女[⑦]。《太平广记》中所录狐事八十余则，之都是出于唐人之作。如卷四四九所录《广异记》之《李元恭》条写狐现形为少年，自称姓胡；同书《汧阳令》条写狐化为贵人，向汧阳令之女求婚；同书《李麐》条写李麐从胡人店中"以十五千索胡妇"并与之生子，而胡妇实则是"牝狐"；卷四五四所录《宣宝志》之《计真》篇写计真"西游长安至陕"与李外郎之女结为夫妻，生七子二女，而妻子在临死前终于说出自己是狐所化；等等。

---

① 《李太白全集》（王琦注）卷六，中华书局 1977 年版，第 342 页。

② 《李太白全集》（王琦注）卷十七，中华书局 1977 年版，第 807 页。

③ 《李太白全集》（王琦注）卷六，中华书局 1977 年版，第 342 页。

④ 见（唐）李义山《义山杂纂》，曲彦斌校注《杂纂七种》，上海古籍出版社 1988 年版，第 6 页。

⑤ 《太平广记》卷四四七"狐神"条引。

⑥ 陈寅恪：《元白诗笺证稿》第五章《新乐府·古冢狐》，上海古籍出版社 1978 年版，第 288 页。

⑦ 《太平广记》卷四五二。

其中《汧阳令》中的狐化为贵人向汧阳令之女求婚，不由得会令人联想到《资治通鉴》（卷二二五）中所说“商胡伪服而杂居”，“或衣华服，诱娶妻妾”的历史事实。《李黁》中更是明确交代出“胡妇”即“牝狐”。显然，在这些文学作品中，狐的动物性与胡人的有关特征已被融为一体，形成了人化的狐狸，也就是通常所说的“狐狸精”。此后狐狸精形象假文学作品代代相传，并与民间传说相互补充，不但其形象“多具人情”，就连其家世也因久居长安及其周围地区，即所谓“我西域产，入都者十八辈”，遂成为“陕西人”了。

三

《聊斋志异》中的狐狸精形象，除了蒲老先生“用传奇法而以志怪”的描写手法，从而使故事情节更为曲折离奇，人物形象（即狐男、狐女）更加丰满以外，中西交通的大文化背景也对其形象的塑造产生了重要的影响。换言之，《聊斋志异》中的“狐男”、“狐女”形象，大都被打上了中西交通的文化烙印。

首先，汉唐“胡姬”的形象已被融入了《聊斋志异》的“狐女”形象之中。具体说有三个方面：

一是胡姬活泼、开朗、外向、大方的气质被融入了《聊斋》狐女的性格之中。中国传统的家教熏陶出来的女性向来是温柔敦厚，而《聊斋》中的大多数女性则与此相反，她们率真、坦诚，能说能笑，落落大方，见人从不羞怯。如《娇娜》中的娇娜、《小翠》中的小翠、《婴宁》中的婴宁便是典型代表。这是为什么呢？有人说因为她们是狐，不是人，故可不受人间礼教的束缚。但她们已经由狐化为人了，并以人的形象生活于世上，这又作何解释呢？可见这一类形象的塑造是缺乏中原传统文化的依据的。但我们却可以从汉唐胡姬的身上看到她们的来源。汉唐时期，胡姬“当垆”是很常见的现象，而这种抛头露面的事情，对中国传统女性来说则几乎是不可能的。在中国古代，除卓文君为得到父亲的赞助曾一度在家门口“当垆”外，其他似乎还不曾有过。而胡姬呢？她们不但善于经营酒馆，而且其性格也十分开放，既“当垆笑春风”，又擅歌舞表演，即元稹《西凉伎》所谓“胡姬醉舞筋骨柔”，还不时地向客人“招素手”，因之文人们也就纷纷“笑入”其酒肆中了。再看《聊斋志异》中那些无拘无束，常作嫣然一笑或秋波流慧的狐女们，不是可以从这里见到她们的影子吗?

二是狐女主动、热烈追求爱情的精神，也在《聊斋》狐女身上得到了体现。唐代胡人男性娶汉族女性为妻妾的现象已较普遍，以致朝廷不得不对此作出有关规定。《唐会要》（卷一百）云：“贞观二年六月十六日敕：诸蕃使人所娶得汉妇女为妾者，并不得将还蕃。”而胡人女性嫁汉人为妻妾者，虽未能留下明确的记载，想来数量也不会太少。至于狐女对爱情的大胆追求，我们实可以从当垆的胡姬身上窥其一斑。这些胡姬本来就年轻貌美，热情奔放，再加上又是春日当垆，春心荡漾，所以一旦与汉族文人相遇，诚可谓是“相逢何必曾相识”了。唐代文人的有些描写，似乎也向我们暗示了这一点。如张祜《白鼻騧》诗云①：

为底胡姬酒，常来白鼻騧。
摘莲抛水上，郎意在浮花。

文人们既以“郎”自称，而其意又不在酒而在“浮花”，则对方的胡姬自应是与他们相爱的对象了。再如杨巨源《胡姬词》②：

妍艳照江头，春风好客留。
当垆知妾惯，送酒为郎羞。
香度传蕉扇，妆成上竹楼。
数钱怜皓腕，非是不能愁。

这说得更明确了，既有“郎”，又有“妾”，胡姬与文人之间的相爱相怜之情已表现得十分真挚动人。也正因为胡姬是如此的多情，频“招素手”，春风留客，所以“胡姬若拟邀他宿”，文人们便“掛却金鞭系紫骝”了③。

至于由狐狸所幻化出来的“胡女”，其在情爱方面的表现就更是不拘

① 《全唐诗》卷十八，中华书局1960年版。
② 《全唐诗》卷三三三，中华书局1960年版。
③ 施肩吾：《戏郑申府》，《全唐诗》卷四九四，中华书局1960年版。

常规。例如《任氏》中的任氏，本是“生长秦城”的狐狸家族，并自称“某，秦人也”。而从其“门旁有胡人鬻饼之舍”及常活动于“西市衣肆”一带可知，这位任氏其背景极可能是一位“胡女”。再看她遇到郑六之后，即邀其“酣饮极欢，夜久而寝，其妍姿美质，歌笑态度，举措皆艳”；而跟郑六的朋友也“每相狎暱，无所不至，唯不及乱而已”。这在中国传统女性来说，简直是不可想象的。然而我们看《聊斋志异》中那些中夜破门而入，主动献身于穷书生的狐女们（如《莲香》中的莲香，《胡四姐》中的胡三姐，《张鸿渐》中的施舜华，《狐女》中的狐女，《红玉》中的红玉等），她们大胆、热烈追求爱情的精神，与当年的那些胡姬们不正是一脉相承的吗?

三是《聊斋》中的狐女心地善良，亦与胡姬相似。胡姬在她们所开设的酒肆中，待人一律平等，“来的都是客”。她们既不巴结或畏惧权贵（如《羽林郎》中的那位胡姬)，也不歧视平民，而尤其愿与那些下层文人和落第书生进行交往。如前述之王绩、李白、张祜、杨巨源等辈，都时常流连于胡姬酒肆之中。《聊斋志异》中那些不重门第、不慕富贵、全心全意爱着穷书生的狐女们，也表现出了这种善良美好的心地。而且，一旦遇到强暴，她们都会像当年的胡姬一样义正严词地进行反抗；一旦穷书生有难，她们也会全力以赴地进行帮助和营救。如《荷花三娘子》中的狐女之于宗湘若，《阿绣》中的狐女阿绣之于刘子固，《红玉》中的狐女红玉之于冯相如，皆是。有时她们的帮助对象亦不限于情人，像《王成》中的狐仙之于王成，便是狐祖母在帮助孙子；《封三娘》中的狐女封三娘之于范十一娘，则是狐女在帮助自己的同性姐妹。

总之，从《聊斋》狐女形象中，我们实不难发现当年胡姬的影子。这些胡姬由于原本生长异域，不曾受过中原传统文化的熏陶，所以无论在个性气质、人际交往，还是在对待爱情的态度上，都与中国传统女性浑然不同。而由胡姬与传说中的狐狸融合而成的“狐狸精”形象，自然也就留有若干胡姬的印记。这种形象再经民俗的积淀，文学作品的播扬，最终便在《聊斋志异》的狐女身上放射出耀眼的光彩。

其次，《聊斋》中的狐男形象，也带有较明显的中西交通文化背景的印记。其具体表现为：

一是居住地的东迁。《聊斋》狐狸故事中，很多狐男（尤其是老年男性）虽也称其籍贯为陕西，然其实际居住地域又到了山东、山西、河北、河南、江苏、浙江等地了。如《娇娜》中的“太翁”一家居浙江天台，《青凤》中的狐叟一家居山西太原，《潍水狐》中的狐翁居山东潍邑，《胡相公》中的狐男胡四相公居山东莱芜，《郭生》中的狐男居淄川之东山，《周三》中的狐男胡二爷与周三居山东泰安，等等。这是为什么呢？因为随着政治中心的东移和胡人对中国了解的日益深入，很多胡人已不满足于在长安及其周围地区居住，他们要到中东部去谋生和发展，所以自唐末以来，大批的胡人便开始向东迁移。先是前往洛阳、开封，最后又播散到中东部各省。胡人的迁徙，自然携家带口，所以“酒家胡”的身影也继长安、洛阳之后，又出现在今湖北的黄州、襄阳甚至东部沿海一带[①]。而随着胡人的东迁，狐狸精的故事也随之在中东部民间广为流传了。这就是《聊斋》中的狐狸精虽不忘其祖籍陕西，而实际上早已居住于中东部的文化背景。顺便也要指出的是，胡人的迁徙方向只是往东，而不曾向西。所以今存《聊斋》故事中涉及甘肃的虽有七篇之多[②]，然多是写龟、鳖、兔、虎，而绝无言狐狸者。这也间接印证了《资治通鉴》所记“胡客无一人愿归”的历史事实。

二是中国传统文化的熏陶。胡人东迁之后，作为一家之主的狐男，为了其家族能与中原地区的人民和谐相处，便不得不向当地之人学习。这样久而久之，中国传统文化便对他们产生了一定的影响。这主要表现在儒化的倾向上。早在晚唐、五代之际，居于蜀中的波斯人李珣、李玹兄弟俱已接受中国文化。五代何光远《鉴诫录》“斥乱常”条记：

> 宾贡李珣，字德润，本蜀中土生波斯也。少小苦心，屡称宾贡。所吟诗句，往往动人。尹校书鹗，锦城烟月之士，与李生长为善友，遽因戏遇嘲之，李生文章扫地而尽。诗曰：“异域从来不乱常，李波斯强学文章。假饶折得东堂桂，狐臭薰来也不香。”

波斯人李珣服膺中国文化虽不被时人理解，然其文名却并未因尹鹗的戏嘲而扫地。我们试看五代人赵崇祚编《花间集》选录其词 37 首，于入选的

① 参见芮传明《唐代“酒家胡”述考》，《上海社会科学院学术季刊》1993 年第 2 期。

② 详参拙文《〈聊斋志异〉中的甘肃故事》，载张永政、盛伟主编《聊斋学研究论集》，中国文联出版社 2001 年版。

18位词家中竟占到第五位，便可知李珣在学习汉文化方面是如何的成功了。北宋黄休复《茅亭客话》“李四郎”条又云：

> 李四郎名玹，字廷仪，其先波斯国人。……兄珣有诗名，预宾贡焉。玹举止文雅，颇有节行，以鬻香药为业，善弈棋，好摄养，以金丹延驻为务。

与兄李珣相比，李玹不但“举止文雅”，而且连“弈棋”、“摄养”这些中国文化的载体和要义都掌握了。

胡人的这种儒化追求自然也会反映到许多狐狸精故事中。《聊斋志异》中的不少狐男便已开始向士人身份演进。如《娇娜》中的狐男皇甫公子主动受教于圣裔孔雪笠；《雨钱》中的狐翁能与秀才“相与评驳古今”，“时抽经义则名理湛深”；《灵官》中狐翁与朝天观道士为玄友；《酒友》中车生之酒友狐男为“儒冠之俊人”；《胡相公》中的狐男胡四相公与莱芜名士张虚一谈笑交好；《狐嫁女》中狐翁之女出嫁用世俗礼；《周三》中的狐叟“与居人通吊问，如世人礼”，并被呼为“胡二爷”；而《胡氏》中的狐男胡氏更以秀才被人延为塾师；《郭生》中的郭生则以狐为师，“两试俱列前名，入闱中副车”。凡此，皆可见狐男形象之儒化倾向。

三是狐男与狐女的冲突。由于不少胡人家庭中的男性（尤其是家长）都在竭力使自己“汉化”，所以他们在教育子女方面也开始采用中国传统的家教。但胡人中的年轻女性则对此非常反感，她们仍习惯于无拘无束的胡姬生活。这便造成了胡人家庭中老年男性与年轻女性间的矛盾冲突。反映在《聊斋》的狐狸故事中，有许多篇便是这种矛盾冲突的写照。如《青凤》篇中的狐女青凤与书生耿去病相爱，遭到了那位头戴“儒冠”，“闺训严谨”的狐男叔父的训斥，便是一个典型的例子。也有些篇中写狐女与人恋爱或成婚，而狐男又从中作梗。如《长亭》中的狐女长亭、红亭嫁人后，狐翁则“狐情反复，谲诈已甚”。这样便形成了《聊斋》中另一种极为有趣的现象，那就是《聊斋》中的女狐狸大都是好的，而男狐狸则多是坏的。当然，这种现象也不限于“狐狸世界”，人类也往往如此。因为随着社会竞争的日益激烈和男子介入竞争的机会相对较多，人类很多优秀品质在男子身上已保存得越来越少了；相反的，由于女子参与社会竞争的机遇比较少，所以女性身上所保留的人性美好的东西要比男子多。贾宝玉说“女儿是水做的，男子是泥做的”，就是这个道理。而蒲松龄把许多美好的东西寄托在女子身上，也应是出于这方面的考虑。

总之，若从中西交通的视野来审视《聊斋》中的狐狸形象便可发现，这些千姿百态、活灵活现的“狐狸精”形象，既有着民间传闻及历代文学作品以为创作的基础，有着蒲松龄的生花妙笔以为点染和加工；同时，在这些形象中也隐含着中西交通的文化背景。明乎此，则不但《聊斋》中狐狸精“籍贯陕西”及“女狐狸好、男狐狸坏”的问题会迎刃而解，而且对《聊斋》成书的大文化背景也可以作更广阔、更深入的思考。

满族文学之瑰宝——子弟书

赵雪莹
(美国麻省州立大学亚洲语言文学系)

Zidishu: A Distinctive Genre of Manchu Literature

Introduction After the Manchus, a people living in Northeast of China, conquered the Han Chinese in 1644 – 1645 following the collapse of the Ming dynasty (1368 – 1644), they established one of the longest-lasting dynasties in Chinese history. One of the most important aspects of this period is the cultural interaction that took place between the Manchu and Han peoples. This had profound implications for social organization, government and military policy, internal ethnic and foreign relations, linguistic development, and popular culture. The Manchus inevitably underwent various degrees of cultural hybridization affecting both Manchu and Han cultures, a situation that was viewed somewhat ambivalently by the Qing court, which feared total assimilation. Yet, China today despite its rapid modernization remains greatly influenced by the heritage of the last imperial dynasty. The growing interest in understanding these pre-modern roots have recently generated increased scholarly attention towards the culture of the 18th and 19th centuries. Yet much remains to be explored. In part, this is because Han literary culture avoided representing many aspects of the Manchu-Han relationship while Manchu as a living language has virtually died out and few scholars are now equipped to handle Manchu sources.

Recent studies have confirmed Qing rulers' efforts to clarify Manchu ethnic identity. Based on the premise that ethnic identity is an interactive phenomenon that is not primal but changeable according to political and social contexts, historians have provided different explanations for what constituted the distinctive identity of the Manchus. For example, Mark C. Elliott in *The Manchu Way* pinpoints the Manchu military and administrative institution of the Eight Banner system (*baqi zhidu* 八旗制度) as the basis of their claim to "ethnic sovereignty."

Dissatisfaction with the "sinicization" mode that assumes that the Manchus' thoroughly adopted Chinese civilization has led contemporary historians to pay more attention to Manchu voices, especially those of Qing rulers. Relying heavily on archival materials, historians have presented new narratives of ethnicity in the Qing from the perspective of those who ruled. However, the Manchus were not passive recipients of the Qing official ideology. They had their own conceptions of Manchu identity, which might have been influenced, but not dictated, by the official policy.

Examining (*zidishu* 子弟书) (bannermen tales), a storytelling genre rooted in the hybrid, popular culture of Qing dynasty Beijing, helps to understand how the Manchus played out processes of cultural hybridization and perceived their evolving ethnic identity. This genre sheds light on both popular understanding of officially defined Manchu identity and everyday life of the Manchus. A study of *zidishu* provides insights into the role of Manchu language in Qing literature, amateur theater in 18th and 19th-century Beijing, and the social and cultural relationships between Manchu bannermen and the Han Chinese population. By investigating both the non-Han Chinese aspects of *zidishu* and the impact of Han culture on *zidishu*, my study argues that *zidishu* employed cultural hybridization as a way of performing and thereby preserving Manchu identity.

This paper introduces three linguistic types of *zidishu* and multiple aspects of Qing cultural hybridity reflected in *zidishu*, from linguistic and gender issues to aesthetics and ethnicity.

Definition of *Zidishu* and the Hybridity of Beijing Dialects

What does zidishu mean? Literally, *zidi* means "sons and younger brothers" and *shu* denotes "books" or "tales" . Yet *zidi* in the term *zidishu* also highlights the common Manchu identity of its writers and practitioners, as Qing writers indicated that *zidishu* were created by members of the Eight Banner system. ①All members in the system shared a common identity, and their primary duty was to protect and defend the Qing emperor and his court. They were called "bannermen" or "banner people" . Though initially military in nature, the Eight Banners came to assume other administrative duties, including disbursement of salaries, distribution of land, administration of justice, etc. Although there were three ethnic subdivisions within the Eight Banner system—Manchu, Mongol, and Han Chinese, it is widely believed that *zidishu* was originated by the Manchus in a broad sense. ②

In general, historians have agreed that the Manchus underwent a language shift from speaking only the Manchu of the conquest generation in the early Qing dynasty to a type of Manchu and Han bilingualism. By the end of the eighteenth century, the Han Chinese language had become their spoken tongue. ③Although the decline of spoken Manchu was undeniable evidence of the acculturation of the Manchus, the Manchu language was never abandoned by the court. Rather, Manchu which was commonly referred to as the national language (*guoyu* 国

---

① Zhenjun 震钧, *Tianzhi ouwen* 天咫偶闻 (Beijing: Beijing guji chubanshe, 1982), p. 175.

② Here I interpret "Manchus" as a political entity rather than a group of people with the same ancestral origins. The Manchus contained Jurchens and other peoples who actually joined the banner system throughout the Qing dynasty. See Mark C. Elliott, *The Manchu Way: The Eight Banners and Ethnic Identity in Late Imperial China* (Stanford: Stanford University Press, 2001), 13 – 15. Although the names of most *zidishu* writers remain unknown, members of the imperial clan were noted enthusiasts of writing and performing *zidishu*. See Ji Yonghai 季永海 and Zhao Zhizhong 赵志忠, *Manzu minjian wenxue gailun* 满族民间文学概论 (Beijing: Zhongyang minzu xueyuan chubanshe, 1991), 161; see also Fu Xihua 傅惜华, ed. *Zidishu zongmu* 子弟书总目 (Shanghai: Gudian wenxue chubanshe, 1957) . p. 3.

③ Ji Yonghai has provided evidence to show that, when the bannerman troops—including Manchus, Chinese, and Mongolians—attacked the Ming, they most likely spoke a form of Manchu. See Ji Yonghai 季永海, "Manzu zhuanyong Hanyu de licheng yu tedian" 满族专用汉语的历程与特点, *Minzu yuwen* 民族语文 (1993) 6: PP. 38 – 46. In addition, Mark C. Elliott suggested that, by the end of the Qianlong era, the majority of bannermen had lost their competence in speaking Manchu. See Elliott, *The Manchu Way*, 301. See also Wang Xuehua 王学华, "Qingdai Manren minzu xinli tanxi" 清代满人民族心理探析, in Hou Linli 侯林莉 ed. , *Qingdai renkou hunyin jiazu shilun* 清代人口婚姻家族史论 (Tianjin: Tianjin guji chubanshe, 2002), pp. 216 – 217.

语) during the Qing dynasty was elevated to a status equal to Chinese as one of the two official languages.

Despite the court's efforts to promote Manchu, by the early nineteenth century, an increasing number of the imperial clan lacked the ability to understand Manchu, not to mention ordinary Manchus. ①One may wonder how the Manchus acquired the Chinese language and made it their own. More specifically, in learning Chinese, did the earlier generations of Manchus who were bilingual leave any Manchu imprint on Chinese? Due to the overwhelming dominance of the Han culture in Chinese history, the Han Chinese language has traditionally been considered a relatively closed system. However, expressing skepticism about this view, a few scholars have recently studied mutual influences between Manchu and Chinese languages. For example, Jerry Norman has provided one example of morphological borrowing from Manchu to Chinese. ②Applying Thomason's and Kaufman's theory of language shift, Stephen A. Wadley argues that "northern Chinese dialects carry an Altaic substrate."③ Heavily emphasizing the Altaic influence on Beijing dialect, Mantaro Hashimoto theorized that the language of Qing Beijing was not Han Chinese, but rather a pidgin comprised mainly of Manchu and Chinese elements. ④Hashimoto's theory is based on his hypothesis and lacks much solid evidence, so the extent to which Manchu expressions were mixed with Chinese is a question. Yet, his hypothesis alerts us to the complexity of the evolution of Beijing dialect resulting from Manchu-Han cultural interactions.

Beijing in the Qing dynasty was a political and cultural center, attracting people from all over the country—including examination candidates, scholars, merchants, itinerant performers, etc. This population included Manchus, Mongolians, as well as Central Asian Moslems (Hui). Because these sojourners

① Yigeng, *Jiamengxuan congzhu*, p. 98.

② Jerry Norman, "Four Notes on Chinese-Altaic Linguistic Contacts," *Tsing Hua Journal of Chinese Studies* (1982) 1-2: pp. 245-246.

③ Wadley, "Altaic Influences on Beijing Dialect: The Manchu Case," p. 99.

④ Mantaro Hashimoto, "The Altaicization of Northern Chinese," in John McCoy and Timothy Light eds., *Contributions to Sino-Tibetan Studies* (Leiden: E. J. Brill, 1986), pp. 92-93.

brought their local cultures and dialects to the capital, Beijing was known for its cultural and linguistic diversity. Among the various spoken languages in Beijing, the most interesting for our purpose here is *qixia hua*, for it sheds light on how the Manchus acquired Chinese. Since Beijing's bannermen had already given up using spoken Manchu to communicate prior to the second half of the nineteenth century, it can be ascertained that *qixia hua* was neither Manchu nor completely Han Chinese. It was a kind of *Manjurified* Chinese—a hybrid language evolved through the Manchu-Chinese language contact. ①

Zidishu Texts

Zidishu circulated as a form of oral performance in the eighteenth and nineteenth centuries and was simultaneously transmitted through a great number of hand-copied librettos and printed texts.

There are three linguistic types of *zidishu*—the Manchu-Han bilingual text, mixed Manchu-Han language texts, and *zidishu* in Chinese adapted from Chinese literature. Although the Manchu-Han parallel format was by no means rare in Qing publications, "A Song in Search of One's Husband" is the only known *zidishu* text comprised of alternate lines of Manchu and Chinese. Looking at the bilingual text, the reader finds that the Manchu script functions as the dominant language, for each line is written vertically in columns from top to bottom and ordered from left to right, beginning with a Manchu line with its Chinese counterpart placed next to it. Without following the formal Chinese writing order (from right to left), this format adopted the Manchu script-writing tradition to stress the importance of Manchu lyrics. The Manchu edition of the text was carefully written and beautifully parallel to its Chinese counterpart. Both the theme

① The contemporary linguist Zhao Jie 赵杰 has noted that the so-called *qiren hua* 旗人话 (the language of the bannermen) was "Manshi Hanyu" 满式汉语 (Manjurified Chinese). Both *qiren hua* and *qixia hua* were common terms referring to Manjurified Chinese spoken by bannermen in nineteenth-century Beijing and provincial garrisons. See Zhao, "Shilun Qingmo minchu ManHan yuyan de ronghe" 试论清末民初满汉语言的融合, in Wang Zhonghan 王钟翰 ed., *Manzu lishi yu wenhua* 满族历史与文化 (Beijing: Zhongyang minzu daxue chubanshe, 1996), p. 244.

and the writing style show that the bilingual text is a serious work rather than a casual composition only for self-amusement.

The text is based on the tale of Meng Jiangnü who trudged ten thousand *li* in search of her husband and eventually washed away the foundations from part of the Great Wall with her tears of grief over his death. The first four lines read:

lioi bu wei i gicuke gebu tumen jalan de isatala
万古羞名吕不韦
emu bayan wesihun be hicume gise alibure sahiba
为贪富贵献娥眉
doosi weile šajingga nomun i jurgan be necihebi
贪心犯罪春秋笔
lehele i basucun hergen akū i eldengge wehe i sasa algišaha
乱种讥喧无字碑

Lü Buwei's shameful name remains throughout the ages. For his own wealth and rank, he ingratiated himself with [Prince Zichu] by presenting him with a courtesan. ①

Due to his greed, he offended the principles of the *Spring and Autumn Annals.*

His illegitimate son was ridiculed, while the stele without inscription became widely known. ②

In the bilingual *zidishu* the emperor is clearly a target for blame. Not only is he portrayed as a brutal and self-indulgent ruler, but he is also looked upon with scorn by the writer. Having demonstrated neither respect to the first emperor in Chinese history nor appreciation of the strategic and historic significance of the Great Wall, the *zidishu* writer revealed his ethnic pride and expressed a

① The Chinese version of this line is slightly different, which can be translated as follows: "Having sought for wealth and rank, he presented a beautiful woman to [Prince Zichu]."

② It has been said that Emperor Qin Shihuang erected a stele without any inscription when he paid homage to Mount Tai, but the early Qing scholar Gu Yanwu 顾炎武 (1613—1682) believed that the stele was erected by Emperor Wu (r. 140 BC - 87 BC) of the Western Han.

moral judgment.

Three texts— "Pangxie duan'er" 螃蟹段儿 (*Katuri jetere juben i bithe*; Eating Crabs), "Shengguan tu" 升官图 (The Map of Promotion in Rank), and "Chaguan" 查关 (Inspecting the Pass) —utilize various mixtures of Manchu and Han Chinese languages. The text of "Pangxie duan' er" includes Manchu phrases that parallel Chinese translation; in "Shengguan tu," almost every sentence contains a Qing official title and some of them are written in Manchu script. In "Chaguan," a barbarian soldier is presented as a Manchu and speaks the Manchu language, yet in the text his words are written using Chinese characters as a transliteration of his Manchu lines. The following section, taking "Chaguan" as an example, intends to answer questions regarding the reasons for and the effects of mixing Manchu and Chinese languages as well as to what extent the text mirror the broader cultural hybridity of the Qing.

"Chaguan" should have achieved popularity in the early nineteenth century, if not earlier, as it was included in Yigeng's 奕赓 (1809 - 1848) "Miscellaneous Titles of *Zidishu.*" The story depicts a romance between the Han prince Liu Tangjian 刘唐建 and the barbarian tribal leader Er guniang 二姑娘 (Second Mistress). The story is based on the play "Suguan" 宿关 (Lodging in the Pass) in clapper opera (*bangzi qiang* 梆子腔), also known as "*qin* opera" (*qinqiang* 秦腔), that was included in *Zhuiboqiu* 缀白裘 (A Cloak of Patchwork White Fur) as one of the popular drama scenes in the eighteenth century. The *zidishu* writer, using the pen name Zhuxuan 竹轩, certainly knew the scene from *qin* opera, which he mentioned in the second half of the poem before the first chapter of the *zidishu*:

> The Guangwu emperor of the Han restored power and his hegemony was recorded in historical annals.
>
> The story of Liu Tangjian going north toward the desert is presented in *qin* opera.
>
> It is all gone quiet; I, Zhuxuan, idly play with words,
>
> And perform the story of Suoluoyan inspects the pass.

汉光武中兴霸业传青史
刘唐建北行沙漠见秦腔
人静竹轩闲弄笔
且把那梭罗宴查关演一场①

While acknowledging his borrowing from the repertoire of *qin* opera, Zhuxuan actually transformed the more complex drama scene into a much simpler performance form, *zidishu*. How did he adapt this popular story to satisfy his readers? In the poem, why did he emphasize Suoluoyan, the officer serving Second Mistress, if the character only assumes the minor role of clown in the text?

The first chapter of the *zidishu* text starts with Liu Tangjian seeking refuge in a desert. Suoluoyan, a barbarian guard, sees a red light on the rock during his night watch; he is so worried that he reports it to the tribal leader, Second Mistress. Both of them visit the site and find Liu sleeping on the rock. Having been instructed to steal Liu's spear and horse, Suoluoyan wakes Liu up and asks him in Manchu about his family background. Liu is of course unable to understand the guard's questions. The second chapter highlights the love at first sight felt by Liu and Second Mistress. Attracted by the girl, Liu informs her of his true identity. He also promises to marry her and let her be his empress when he ascends to the throne. Their pledge of love is interrupted by Suoluoyan, who wants a job from Liu. Rather than accepting Liu's proposal of promoting him to the rank of general, Suoluoyan asks to be a member of the "armored infantry" (Manchu: *yafahan uksin*; "呀法哈乌克身" in the text), for the duties do not require much strength or effort. After the conversation, Suolouyan leaves the yurt, where the girl and Liu remain. The text ends in the writer's voice: "Those two, I don' t know if they went to sleep or not. This simple story ends here as it should, and please do not ask for details (他二人也不知寝未寝，简编里原该如此莫问端详)."② The last line asserts the writer's narrative authority and presents a certain pose of respectability.

---

① *SWXCK*, Vol. 384, p. 587.

② *SWXCK*, Vol. 611.

In the text, Suoluoyan is a strikingly interesting character. Because he and Second Mistress live in yurts on the steppe, they are presumably Mongols. However, as Hidehiro Okada and Stephen Wadley have noted, most Manchu words in the text are expressed through the speech of Suoluoyan. ①This character's Manchuness is substantiated through his language, his perception of an ideal career, and his personality. In other words, Zhuxuan highlighted the ethnicity of Suoluoyan and represented him as the embodiment of Beijing bannermen in the Qing dynasty. The new elements added to this character rendered Suoluoyan familiar to the reader, inviting their sympathy and approval.

Suoluoyan's speech is comprised of Manchu and Han expressions, but all the Manchu words are transliterated into Chinese characters. The questions he asks Liu vividly capture his half-Manchu, half-Chinese speech; these questions are listed below, with the highlighted Chinese characters representing the pronunciation of Manchu words and the romanized Manchu in parentheses:

> "You, Chinese from the south, what is your name?
> Say your surname honestly—is it Ox (Niu), Horse (Ma), Pig (Zhu), or Sheep (Yang)?
> Whose son are you? Who is your father?
> What is your native land? Where do you live?
> How old are you? Seventy, eighty, or two or three?
> What year were you born? In the year of the dog, hare, or monkey?
> Where have you come from, and where are you going?
> Most importantly, do you have a wife at home?"

> "那南方的蛮子哥布矮 (*gebu ai*)
> 矮哈啦 (*ai hala*) 你要实说是牛马朱杨
> 西委居西呢阿妈 (*si wei jui sini ama*) 是何人也
> 亚巴衣呢呀拉妈 (*yaba i niyalma*) 住在那乡

① Okada, "Mandarin, A Language of the Manchus," p. 174; Wadley, "Altaic Influences on Beijing Dialect," p. 100.

五都塞（*udu se*）是七十八十或三两岁
矮阿呢呀（*ai aniya*）是狗儿兔子合小猴王
矮逼七鸡合（*aibici jihe*）是往何处去
最要紧西你拨得可（*sini boode*）有了妻房"①

These questions not only add a humorous flavor to the character, but also indicate cultural differences between the Manchus and Chinese. To the Manchus, some Chinese surnames might sound strange. For example, the popular surnames Niu and Ma literally mean "ox" and "horse", respectively. Here the writer's play on words conveys a slightly ironic overtone that implies his cultural identification. A similar cultural identification also existed among his readers. Although Liu, the character being questioned, cannot understand the half-Manchu, half-Chinese speech, the Manchu terms used in the questions should not have been something beyond comprehension of bannermen. According to Yigeng, since 1729 even Chinese bannermen were required to learn Manchu. If they could not present their biographical data in Manchu, they would not be promoted. ②Of course, the Manchu language was also promoted among Manchu and Mongolian bannermen in the eighteenth century. Therefore, all bannermen readers in Beijing should have been able to understand such terms as "*gebu*" (name), "*hala*" (clan), "*jui*" (son), "*ama*" (father), "*aniya*" (year), "*boo*" (home/family), etc. It would not be surprising if Chinese bannermen use characters to help them memorize the pronunciation of simple Manchu expressions.

It is worth noting that Suoluoyan appears more authoritative and clever than his counterpart in the *qin* opera, called "Suliyan" 苏里烟 in the play, who is deceived by Liu's fake name and family background. Suliyan's ignorance reflects his unfamiliarity with the Han language and culture due to his barbarian identity. However, in the *zidishu* text, Manchu culture becomes dominant, and Liu's ignorance about the Manchu language caused him be an object of

① *SWXCK*, Vol. 384, p. 598.

② Yigeng, *Jiamengxuan congzhu*, p. 88.

laughter. Here, a sense of Manchu cultural superiority is evident.

> Unlike Suliyan, who wants to be a general in the play, Suoluoyan's ideal job is to be a common soldier. He says, "I think the armored infantry is interesting.
>
> They have no daily business other than beating out the watches.
>
> And occasionally urge on the subordinates and secretaries.
>
> If they meet an idle person, they will make certain gestures to show their importance."

"我见那呀法哈乌克身（*yafaha uksin*）真有趣
衣能以哒哩掰他阿库（*inenggidari baita akū*）净敲梆
就便哈啷阿齐音（*harangga janggin*）吆喝吆喝
遇见个苏啦呢呀啦吗（*sula niyalma*）一个更拿糖"①

This ideal position seems much humbler than the ambitious goal of being a general. In fact, Suoluoyan's request reflects the simple lifestyle of the Manchu bannermen. In the banner system, Manchus constituted a hereditary military group that distinguished them from Han civilians. This character's desire to be a soldier certainly draws him closer to average bannermen readers.

The final point of interest in regard to the text's adaptation is its lively portrayal of Second Mistress as a Manchu young woman. Although in the play her beauty is briefly mentioned, the *zidishu* text devotes considerable length to describing her appearance.

> A scarlet cloak of the pattern of "flowering crabapple and spring showers" was draped over her.
>
> Her silver fox-fur coat was trimmed at the collar and sleeves.
>
> Her palace-style shoes were three inches high.
>
> The tops of her shoes could not be seen clearly, as they were mostly

① *SWXCK*, Vol. 384, p. 610.

hidden by her dress…

Looking at the mistress beneath the moon and beside the lamp—she was surprisingly pretty and charming.

Second Mistress, jangling gold bracelets on her jade wrists, with a smile packed some tobacco.

披一件海棠春雨猩红套
玉狐裘锦上添花把领袖厢
宫样花鞋三寸底
鞋帮儿看不真切大半是被衣藏……
见姑娘月下灯前另一番姣媚
二姑娘玉腕金烛带笑把烟装①

Her high-heeled shoes, tobacco, and the style of her dress suggest she is a typical Manchu woman. Her love with the Chinese prince is not only allowed in the text, but is also presented as a blessing. This shows the writer's as well as his contemporaries' open attitude toward Manchu-Han intermarriage.

The text "Inspecting the Pass" is a skillful work that enlivens Suoluoyan compared to the *qin* opera. Second Mistress' alien identity is also projected in a vivid way. The writer used half-Manchu, half-Chinese speech and detailed depictions to enable bannermen readers to visualize these characters while fostering their ethnic pride and identification.

The majority of *zidishu* was written in Han Chinese. There were a number of hand-copied texts sold by the Hundred-Book Zhang bookstore. Hundred-Books Zhang established in 1790 by Zhang Er. 张二 was one of the most influential bookshops in Qing Beijing that sold hand-copied *zidishu* and also dramatic texts. This kind of texts circulated among a wide range of readers who might have been interested in reading the stories or watching *zidishu* performances. Many *zidishu* texts begin with a poem, though they are freer in form than regulated verse (*lüshi* 律诗).

① *SWXCK*, Vol. 601, p. 605.

There are more than 30 texts derived from *Honglou meng* 红楼梦（The Dream of the Red Chamber; hereafter HLM）. The *zidishu* writers did not hesitate to introduce changes in characterization and storyline in order to make their texts more relevant to Manchu society. For example, in a *zidishu* text focusing on Skybright titled "Furong lei" 芙蓉诔（Invocation to the Hibiscus Spirit）, Baoyu's status as a young master from a rich Manchu family becomes evident, though his ethnic identity is ambiguous in the novel. In other words, the *zidishu* writers transformed the novel HLM into a story about a Manchu family that practiced Manchu culture. The *zidishu* texts not only blurred the distinctions between writer and reader, but also invited the reader to play a more active role in producing textual meaning. Without having been influenced by commentators' readings of *Honglou meng*, the *zidishu* writers contributed to the construction of the paratextual universe of *Honglou meng*.

Zidishu texts in different linguistic styles shed light on the complexities of Manchu-Han cultural interaction in eighteenth and nineteenth century Beijing. On the one hand, the Manchus consciously studied elite Han culture, such as Confucian classics, poetry, and elite aesthetics; on the other, in their leisure they were fascinated by popular storytelling and participated in the composition of *zidishu*. As a genre, *zidishu* reflects a hybrid mixture of Manchu and Han aesthetics as well as the evolution of Manchu and Chinese languages in Qing Beijing. Although some scholars tend to believe that *zidishu* adaptations of Chinese literature represent Manchu assimilation to Chinese culture, there are different styles and degrees of adaptation and that many texts preserve elements of Manchu culture. Thus, they could also be regarded as statements of a continuing and evolving Manchu identity.

Selected Bibliography

Abbreviation

SWXCK Suwenxue congkan 俗文学丛刊.

Elliott, Mark C. *The Manchu Way: The Eight Banners and Ethnic Identity in Late.*

Imperial China. Stanford: Stanford University Press, 2001.

Fu Xihua 傅惜华. *Zidishu zongmu* 子弟书总目. Shanghai: Gudian wenxue chubanshe, 1957.

Hashimoto, Mantaro. "The Altaicization of Northern Chinese." In *Contributions to Sino-Tibetan Studies*, edited by John McCoy and Timothy Light, 76 – 97. Leiden: E. J. Brill, 1986.

Ji Yonghai 季永海. "Manzu zhuanyong Hanyu de licheng yu tedian" 满族专用汉语的历程与特点. *Minzu yuwen* 民族语文 (1993) 6: pp. 38 – 46.

——, and Zhao Zhizhong 赵志忠. *Manzu minjian wenxue gailun* 满族民间文学概论. Beijing: Zhongyang minzu xueyuan chubanshe, 1991.

Norman, Jerry. "Four Notes on Chinese-Altaic Linguistic Contacts." *Tsing Hua Journal of Chinese Studies* (1982) 1 – 2: pp. 243 – 47.

Okada, Hidehiro. "Mandarin, A Language of the Manchus: How Altaic?" *Aetas Manjurica* 3 (1992): 165 – 87.

Wadley, Stephen A. "Altaic Influences on Beijing Dialect: The Manchu Case." *Journal of the American Oriental Society* 116. 1 (1996): pp. 99 – 104.

Yigeng 奕赓. *Jiamengxuan congzhu* 佳梦轩丛著. Beijing: Beijing guji chubanshe, 1994.

Zhao Jie 赵杰. *Manzu hua yu Beijing hua* 满族话与北京话. Shenyang: Liaoning minzu chubanshe, 1996.

—— "Shilun Qingmo minchu ManHan yuyan de ronghe" 试论清末民初满汉语言的融合. In *Manzu lishi yu wenhua* 满族历史与文化, edited by Wang Zhonghan 王钟翰, Zhi Yunting 支运亭, and Guan Jixin 关纪新, 244 – 55. Beijing: Zhongyang minzu daxue chubanshe, 1996.

Zhenjun 震钧. *Tianzhi ouwen* 天咫偶闻. Beijing: Beijing guji chubanshe, 1982.

Zhongyang yanjiuyuan lishi yuyan yanjiusuo 中央研究院历史语言研究所 and Suwenxue congkan bianji xiaozu 俗文学丛刊编辑小组, eds. *Suwenxue congkan* 俗文学丛刊. Vols. 284 – 400. Taibei: Xinwenfeng, 2004.

李清照是第一流词人吗？

——由词学史引发的一段思考

周　茜

（同济大学文学院）

李清照是第一流词人吗？在今天似乎是一个不称其为问题的问题，或者干脆就是多余的问题，对这个问题，难道还可能有其他的答案吗？

作为宋代婉约词的代表，在20世纪中国词学研究中，李清照被推尊到与天才横放的苏轼、辛弃疾比肩的高度，可谓空前绝伦。只要翻检20世纪的中国词学资料，就会发现关于研究李清照的文章、著作汗牛充栋，仅次于苏轼，成为20世纪词学研究的第二大热点。尤其是中华人民共和国成立以后，李清照研究的热潮更是风起云涌、持续不断。在那政治斗争甚嚣尘上，学术文化遭受重创的时代，李清照研究不但没有中断，甚至还掀起了长达六年（1959—1964）的学术大讨论，这无疑起到了巨大的推动作用。此后以至于20世纪末，对李清照的研究仍然层出不穷、好评如潮。学者王兆鹏、刘尊明先生在《历史的选择：宋代词人历史地位的定量分析》（《文学遗产》1995年第4期）一文中通过多种数据的统计分析，得出“两宋十大词人”排行榜，李清照位居第八，其后在《从传播看李清照的词史地位》（《文献》1997年第3期）一文中，又根据新补充的材料，得出李清照的名次跃居第五，当之无愧地名列为中国古代第一流大词人。进入21世纪以后，据近几年的《宋代文学研究年鉴》统计，每年发表的李清照研究论文也都在百篇以上，数量和热度仍然仅居东坡之后，李清照一流词人的地位得到了一致公认。

但是，如果我们离开煊赫的当代，走到冷清的故纸堆中去，便发现在20世纪被众口一词地推崇的李清照，在词学史上的地位是并不稳固的，不同时代的批评家对她在宋词百花园中“花中第一流”的评价是存在争议的。

一　在历史的波峰浪谷间

回顾历史，我们发现，与20世纪的交口称颂相比，在不同的历史时期，对李清照词的评价存在着分歧，在特定的历史时期，这种分歧甚至形成了巨大的反差。

宋代，李清照以“才女”、“才妇”称名于世，对易安词的评价以赞赏她词句的生新、奇俊为主流，如胡仔、黄昇、张端义等人拈出“绿肥红瘦”、“人比黄花瘦”、“宠柳娇花”、“寻寻觅觅”等给予称赞。与此同时，也有褒贬争议。如王灼《碧鸡漫志》虽称许“若本朝妇人，当推文采第一……作长短句，能曲折尽人意，轻巧尖新，姿态百出”，但同时又斥之曰：“闾巷荒淫之语，肆意落笔。自古搢绅之家能文妇女，未见如此无顾籍也。”[①] 王灼站在封建男性中心主义的立场发言，在那个时代是具有代表性的，此后类似的谴责也时有所闻。

南宋词坛以雅化为潮流，宋末张炎在《词源》中有曰：

> 至如李易安《永遇乐》云：“不如向帘儿底下，听人笑语。”此词亦自不恶。而以俚词歌于坐花醉月之际，似乎击缶韶外，良可叹也。[②]

张炎大力倡导雅词，对李清照以俚词俗语入歌颇有微词。

要之，清照的才高学博、能诗会词在宋代是得到公认的，而对其词作的评价主要在品赏佳词名句方面，其地位犹如“小荷才露尖尖角”，让文人士大夫对一闺阁妇人显示出如此才华而不能不刮目相看，同时又难免有芒刺在身之感。

---

① 褚斌杰等编：《李清照资料汇编》，中华书局1984年版，第4页。

② 同上书，第24页。

元代，关于李清照的记载不多，值得一提的是两则广为流传的轶事，见于伊世珍的《琅嬛记》。一是说赵明诚叹赏清照《醉花阴·重阳》一词，于是自己作词50首，欲胜过清照而不得；二是记赵明诚梦中所示要娶“能文词妇”。这两则轶事疑非事实，但却被后人反复征引，从中反映出世人对易安才华的嘉许。此外，元末著名诗人杨维桢在《曹氏雪斋玄歌集序》中谈到女子诵书属文者时，认为李清照、朱淑真之作虽有动人处，“然出于小听挟慧，拘于气习之陋，而未适乎情性之正”[①]。其批评立场近似王灼。

李清照词史地位的急速攀升是从明代开始的。明代词的创作中衰，词学观念也迥异于南宋的崇雅，趋向于浅俗与香弱，同时严守诗、词之别，提出“诗庄词媚”，崇婉约抑豪放，强调婉约词的“正宗”地位。首先提出词“别是一家”的李清照，所写皆闺阁情怨，风格清新浅近，可谓深契明人之心，因而易安词在明代获得了高度赞赏，地位一跃而升，晋级为“自是花中第一流”。

如杨慎《词品》卷二评曰：“宋人中填词，李易安亦称冠绝”。王世贞《弇州山人词评》则把李清照与李氏、晏氏父子、耆卿、子野、美成、少游、易安并列为“词之正宗也”。徐士俊《古今词统》在王世贞之论的基础上更大大提升了易安词，认为“正宗易安第一，旁宗幼安第一。二安之外，无首席矣。”[②]

清初词学观承明代余绪而来，仍然严守诗词之辨，以香弱艳冶为词体本色，崇尚晚唐五代、北宋风致。此期对李清照的评价与明代几乎如出一辙，其正宗、一流的地位进一步巩固。

明末清初云间派的领袖陈子龙极赏南唐、北宋词，贬抑南宋词，把李璟、李煜父子和周邦彦、李清照作为典范。云间派后期词论家宋征璧列举七位北宋词人为标榜，以“曰易安，其词妍婉”，把李清照与欧阳修、苏轼、秦观、张先、贺铸、晏几道并列为一流之席。

清初诗坛领袖王士祯，兼领词坛风骚，在他周围形成了一个广陵词人群体，繁荣一时。王氏论词也以婉约、豪放分派，但他倡导词风的多样性，对南北宋婉约、豪放兼容并蓄，尤其推崇同乡李清照、辛弃疾，其

① 褚斌杰等编：《李清照资料汇编》，中华书局1984年版，第26页。

② 同上书，第35、41、60页。

《词苑丛谈》曰：

> 张南湖论词派有二：一曰婉约，一曰豪放。仆谓婉约以易安为宗，豪放惟幼安称首。皆吾济南人，难乎为继矣。①

极力称赞之外，王士祯还以遍和漱玉词来表达他的推崇备至。王士祯作为清初"主持风雅数十年"的领袖人物，他的崇尚，其意义和影响力非同一般，故广陵词人对易安词多有称赏，此不赘述。此外，清初颇具代表性的评价还有：

> 沈谦《填词杂说》：男中李后主，女中李易安，极是当行本色。
>
> 永瑢等《四库全书总目提要》集部词曲类一：清照以一妇人，而词格乃抗轶周、柳。……虽篇帙无多，固不能不宝而存之，为词家一大宗矣。②

可见，李清照词从宋元时期的褒贬兼具、局部称赏，到明代、清初被一致推许为婉约词之正宗，甚至"冠绝"、"第一"，其地位可谓达到了空前的高度。然而情形很快就发生了戏剧性的转折，清代中叶词学复兴以后，在浙西词派、常州词派那里，易安词却受到了冷遇，这一事实长期以来却被研究者所忽视。

中国词学在清代中后期达到高峰，执清代词坛之牛耳者为浙西、常州二派，在这两派批评家所列举的第一流词人的行列里不再有李清照的身影。

浙西词派以朱彝尊、厉鹗、郭麐为代表，在康、雍、乾、嘉时代处于百年词坛的中心位置，他们标举醇雅清空，宗法南宋，推尊姜夔、张炎。该派创始者朱彝尊及其同调们历时八载精心编选《词综》，以此体现他们的词学主张。在《词综发凡》和《词综序》中，他们所列谱系无一不是南宋中后期词人，这既是对南宋雅词思潮的继承，又是对明代以来词坛尚俗风气的反拨。由此看来，词学观念的转变使李清照的地位开始跌落。

---

① 褚斌杰等编：《李清照资料汇编》，中华书局 1984 年版，第 75 页。

② 同上书，第 69、98 页。

虽然浙西词派打出南宋“清雅”的旗帜，从而树立了不同于传统的婉约、豪放的第三派，但朱彝尊并未因倡导南宋而否定北宋，《词综》的编选也并未鄙薄北宋，柳永、秦观、晏几道、周邦彦等人的作品都广泛收录。浙派中期领袖厉鹗，在朱彝尊的基础上有所变化，不仅推尊姜、张，更增加了北宋周邦彦，并将其视为开派之祖。浙派后期代表人物郭麐则将词体分为四派，四派中所赞许的北宋词人为晏殊、欧阳修、秦观、周邦彦、贺铸、晁补之、苏轼。可见，浙西词派虽以南宋词为尚，但也不乏他们赏识的北宋词人。然而，无论是其初期、中期还是晚期，在他们所称许的宋代词人中都没有李清照的踪影，不仅如此，在明末清初消失已久的批评之声再次出现，如许昂霄《词综偶评》认为易安代表作《念奴娇》（萧条庭院）“有句无章”，《声声慢》（寻寻觅觅）“颇带伧气”，即带有粗野、俚俗之气。

嘉庆年间继浙派而起的常州词派倡导比兴寄托，其影响直至清末民初。被常州派后学追尊为祖师的张惠言，编辑《词选》，倡导“意内言外”、“风雅比兴”的“寄托说”。张氏极力推崇温庭筠，对于宋词，其曰：

> 宋之词家，号为极盛。然张先、苏轼、秦观、周邦彦、辛弃疾、姜夔、王沂孙、张炎，渊渊乎文有其质焉。其荡而不反，傲而不理，枝而不物。柳永、黄庭坚、刘过、吴文英之伦，亦各引一端，以取重于当世。①

可见，宋之词家，张氏最为赞赏的有八家，对南北宋并无轩轾，另有四家虽然指出各自的问题，但也肯定其“各引一端”的成就。但是，无论是其中八家还是四家都没有李清照的一席之地。

常派的真正确立并最终能够在词坛获得巨大成功得力于周济对张氏理论的继承和发展。其词学理论的主要贡献在于“词史说”、“寄托出入说”和“浑化”的最高评词境界。其《词辨自序》云：

---

① 张惠言：《词选序》，唐圭璋编《词话丛编》第2册，中华书局1986年版，第1617页。后文所引《词话丛编》皆与此同。

> 自温庭筠、韦庄、欧阳修、秦观、周邦彦、周密、吴文英、王沂孙、张炎之流，莫不蕴藉深厚，而才艳思力，各骋一途，以极其致。①

周济所推崇的作为典范的宋代词人中也没有李清照。对于易安词其《介存斋论词杂著》则曰：

> 闺秀词惟清照最优，究苦无骨，存一篇尤清出者。②

在周济眼中易安词只是在闺秀词中最优而已，并批评其“究苦无骨”。对强调“诗有史，词亦有史”的周济来说，易安词虽清新自然，但闺阁气太重，不免近于纤弱轻巧，缺乏气骨。

综上所述，在浙西、常州二派的一流词人谱系中都排除了李清照，对比明清之际等人的评价可谓有天壤之别。

晚清词坛多受常州词派的影响，最重要的代表人物有陈廷焯和被称为“四大家”的王鹏运、朱祖谋、郑文焯、况周颐。他们的词学渊源出于常州词派，但又不囿于此，而有着自身的学术见识和气魄，摒弃了流派和意气之见，形成了词学创作和理论的又一高峰。

陈廷焯初学词受“浙西词派”的影响，曾有选本《云韶集》和理论著作《词坛丛话》来推衍浙西派的词学主张，其中对李清照词的点评不少，评价颇高，但23岁时陈廷焯结识了常州派的重要词人，词学思想转宗常州派，后来又编选《词则》四集，在此基础上作《白雨斋词话》，本“风雅比兴”之旨，创“沉郁顿挫”之说，将常州派词论进一步深化。此时的陈廷焯对易安词的看法发生了变化：

> 易安《声声慢》一阕，连下十四叠字，张正夫叹为公孙大娘舞剑手。且谓本朝非无能词之士，未曾有一下十四叠字者。然此不过奇笔耳，并非高调。张氏赏之，所见亦浅。又“宠柳娇花”之句，黄叔旸叹为前此未有能道之者。此语殊病纤巧，黄氏赏之亦谬。宋人论

① 唐圭璋编：《词话丛编》第2册，第1637页。

② 褚斌杰等编：《李清照资料汇编》，第101页。

> 词且多左道，何怪后世纷纷哉！（《白雨斋词话》卷二）
>
> 两宋词家，各有独至处，流派虽分，本原则一。惟方外之葛长庚，闺中之李易安，别于周、秦、姜、史、苏、辛外，独树一帜，而亦无害其为佳，可谓难矣。然毕竟不及诸贤之深厚，终是托根浅也。（《白雨斋词话》卷六）①

此外，陈廷焯在《白雨斋词话》卷八中将词人分为上乘、次乘、下乘等，李清照被列入次乘中。此时词学思想已经成熟的陈廷焯，提倡“沉郁”、“深厚”，对李清照词虽然肯定其能独树一帜，但认为并非高调，且“毕竟不及诸贤之深厚，终是托根浅也”，因此不能进入上乘、一流的行列。

“四大家”中王鹏运、朱祖谋、郑文焯都没有论词的专著，他们主要在词的创作以及词籍词律的搜集整理考订方面作出了巨大贡献。王鹏运四印斋致力于《漱玉词》的搜集刊刻，对易安词的传存厥功甚伟。

晚清学人，后出转精，时见创获，相较于开宗立派者具有更开放、包容的心态，力求持论公正，是故对李清照词有着更客观的体认和肯定，但是从他们的词学观念出发，李清照并不被视为“花中第一流”。

二 “别是一家”的成就

由上可见，从宋至清，对李清照词的重视和评价存在重大差异。由于不同时代政治伦理、文艺思潮以及审美理想的变迁，作家们会在历史的长河中升沉起伏，本是不足为怪的，但就对李清照的评价而言，却存在一个发人深思的问题，即，在中国古代，正是词之创作与词学理论都处于衰颓不振的明代，李清照的地位达到了高峰，而到了清代，是词学得到高度发展，对词的艺术规律的认识空前深入的时期，李清照的词史地位却落到了历史的低点，二者之间存在着一个巨大的历史反差。

中国古代词学理论的发展与词的创作发展并不同步。词体文学源起于隋唐之际，在经历了晚唐、五代的演变成熟之后，在宋代达到了巅峰，从而成为了一代文学的象征。虽然两宋词的创作达到了极度的辉煌，但是宋

---

① 褚斌杰等编：《李清照资料汇编》，第169、170页。

代的词学理论却是相对滞后的，宋末沈义父、张炎倡导雅词，他们否定词体的改革，又找不到新的出路。而元明词学整体衰微，明人仍然视词为“小道”、“卑体”，并以婉约、豪放划分词体风格，一味崇尚清浅、艳俗的词风。于是，词学研究的任务留给了复兴的清代。

推尊词体，以比兴寄托为介质，将唐宋词的绮思艳情转换成与时代政教相关的忧患意识，是清代词学批评的主流趋向，清初已肇其端，如阳羡词派、浙西词派等均不同程度地表达过尊体的主张，只是未形成完整的词学理论。清代中叶，常州词派兴，他们在总结前人经验教训的基础上，将保持词的特殊体式、审美特质与提高词的精神品格二者结合起来，他们的探索经历了一个不断完善和发展的过程。从张惠言、周济的寄托说，到谭献的柔厚说，陈廷焯的沉郁说，最终至况周颐的重拙大说，形成了前后相续的理论系统。浙、常两派代表词学理论的发展高峰，对词的地位和艺术特征的探讨空前活跃、深入，取得了迄今为止最为宝贵，最可重视的真知灼见，这已经是词学界的一个普遍共识。

而李清照词何以在明清两代起落，要解释其中的原因，我们首先应该探讨的是：为何在明代李清照词得到了一致推崇。为此，我们需要对词的传统特质以及李清照词的创作及观念加以认识。

不妨大胆地说，词与诗的一个最重要的文化差异就在于它最初的文化基因是女性化的。“诗庄词媚”就代表着长期以来人们对它的一种固定化的风格认知。早期文人词《花间集》产生于花前月下、酒边樽前，为娱宾遣兴而作：“则有绮筵公子，绣幌佳人，递叶叶之花笺，文抽丽锦；举纤纤之玉指，拍按香檀。不无清绝之辞，用助娇娆之态。”（欧阳炯《花间集序》）可见词体文学最初是绮筵公子为绣幌佳人而作的清绝歌词。而“唱歌须是玉人，檀口皓齿冰肤。意传心事，语颤声娇，字如贯珠。因语颤声娇之女声歌唱最宜传达男女之绮情艳思，于是文人依声而填词，也不由趋向于雌声学语，男子而作闺音。”① “男子作闺音”即是一种“代言体”，男性作者往往竭尽所能来模拟女性口吻，表现自身的容饰如何美丽（女为悦己者容），她们对男子又是如何地一往情深，以及别离后满怀无尽的相思哀怨……凡此种种形成了词体文学偏于女性化、阴柔美的审美特色，也由此奠定了词有别于诗的独特品质和婉约传统。

① 方智范等：《中国古典词学理论史·前言》，华东师范大学出版社2005年版，第6页。

而易安词正如缪钺先生所言“得天性之近”，将词的女性特质与词人的自我表达天然地融为了一体，她所取得的艺术成就有别于众人，很大程度上不能不归因于此。她在表现女性情感的真切、细腻、婉曲等方面有着与生俱来的优势，虽然男作家的代言体也曾获得了相当的成功，但那份原生态的女人心恐怕“作妮子态”的男子是难以真正洞悉的。而李清照无须矫揉造作，只要我手写我心，有真情实感有灵心慧质有卓越才华就可实现性别与文体形式的和谐统一。正因为如此，易安之所感所思所写往往不同于男性作家，且不说人们百举不厌的“瘦”（“绿肥红瘦”、“人比黄花瘦”、“露浓花瘦”等）字是如何令人惊异地写出了女性对自身以及美好事物之玉悴香消的敏感和怜惜，像换季时增衣减裳这样的生活细事，她也能别出心裁地用来表达心情，如《菩萨蛮》：

风柔日薄春犹早，夹衫乍着心情好。睡起觉微寒，梅花鬓上残。故乡何处是？忘了除非醉。沉水卧时烧，香消酒未消。

“风柔日薄春犹早，夹衫乍着心情好”，真是道出了爱美的女子在春天来临，急不可耐地卸去厚重的冬装，换上轻薄的春衫时那种轻松欣喜的女人心。然而，女人心如天上云，说变就变，乍着夹衫的好心情瞬息即逝，早春的微寒，鬓上的残梅，不禁令词人思绪万千，悲从中来，以至于下阕陡然一转，跳到思念故乡的一怀愁绪上来。在此与其说是词人的笔触曲折跌宕，毋宁说是一位敏锐女子心思复杂微妙、情感起伏不定的真实写照。再如《南歌子》：

天上星河转，人间帘幕垂。凉生枕簟泪痕滋，起解罗衣，聊问夜何其？翠贴莲蓬小，金销藕叶稀。旧时天气旧时衣，只有情怀不似旧家时。

结拍“旧时天气旧时衣，只有情怀不似旧家时”，十六字中一气用了三个“旧时”，把强烈的今昔之感淋漓尽致地宣泄出来。这哀婉痛切的感叹就是以一件“旧时罗衣”引发的：“起解罗衣”时，那金翠的莲藕花饰依稀可见，勾起多少前尘往事，可是世变时移，物是人非，一切都不可追回不堪回首！

服装是女人的深爱，是女人性情、心绪的无言表达，即便一般顶冠束带的男子能够了解也难以感同身受。

此外，李词名篇《永遇乐·元宵》下阕："中州盛日，闺门多暇，记得偏重三五。铺翠冠儿，捻金雪柳，簇带争济楚"，作者在回忆中州盛日元宵佳节的情景时，那昔日繁盛的景象、旖旎的风光、璀璨的灯火，全都不着描绘，而偏偏落笔在女人们精心的打扮、华丽的装束上，元宵节的盛况也就在妇女们的隆重和争芳斗妍中表现出来了。这是典型的女性视角，有着男性作家在表现女性生活时所缺乏的真切和新鲜。一句话，易安词之笔触是迥异于男性文人目光中、花笺上那理想化、虚幻化、类型化的美女与爱情的。

正因为身为女性的李清照在词中可以一任抒发自我，无须惺惺作态，便能道出男人们难以心领神会的感受，所以她的词作让人感到轻巧、尖新，焕发出别样的艺术魅力。

然而女性身份并非成就李清照的充足理由，这是不言而喻的。此外她还具备高度的文化修养与开阔的识见视野，这一点至关重要。宋代是一个文化发达昌盛的时代，士大夫们多为饱学之士，黄山谷曾曰"三日不读书，则尘俗生其间，照镜则面目可憎，对镜则语言无味"，可见赵宋文人的知识崇拜。要在这样的环境中超拔于须眉，对学养的要求可想而知。与此同时，宋代又是一些道学家变本加厉地提倡封建礼教，束缚女性、窒息女性的时代，"女子无才便是德"，所以能够具备高文化、高追求的女性依旧凤毛麟角。而李清照出身书香门第，深受家庭熏陶，又天资聪颖，博学多能，成名极早："自少年便有诗名，才力华赡，逼近前辈"①，此外，她性情通达不羁，逞强好胜，兴趣广泛，使她的生活圈子不仅仅局限于深闺庭院、玉枕纱橱而已，她能溪亭泛舟、踏雪觅诗、品酒斗茶、与丈夫共同搜集鉴赏金石古物，与政界、文坛名流诗书往来……"她的思想意识无疑是和当时一般恪守闺范的家庭妇女不同，也和一般大家世族的才媛不同。"② 凡此种种玉成了她非凡的才识和学养。正是李清照既有"闺房之秀"，又兼有"文士之豪"，从而使她在词的创作上既能契合文体，又能

① 王灼：《碧鸡漫志》，《李清照资料汇编》，第4页。

② 夏承焘：《李清照词的艺术特色》，载《李清照研究论文集》，中华书局1984年版，第66页。

具备深厚的艺术功底，取得了不让须眉的文学成就，成为婉约词的优秀代表。

李清照不仅在词的创作中取得了不俗的成就，她还撰写了一篇短小精悍的《词论》，从理论上明确地指出词“别是一家”，要求严守诗词畛域，维护词的婉约传统和艺术独立性。她的诗、词创作就是泾渭分明的，其词严格恪守花间词的旧有传统，几乎不出“闺情”范畴，是个人的、清浅的、婉约的，如果我们非要从中寻绎江山社稷、家国政治等大义未免牵强附会。但李清照并非目光短浅、深锁于闺阁的一般妇人，只是她把自己的雄才大义、远见卓识都抒发在了言志的诗里而已。正是因为李清照无论在创作实践中还是词学观念上，都坚守婉约词的营垒，所以承续“花间”以来传统词学观念的词家视其词为正宗，尤其在明代、清初李清照词获得了最高评价，与当时词坛以“诗庄词媚”、“婉约豪放”、“本色当行”为标准来品评衡量词作密切相关，如明代具有代表性的词论曰：

> 词须婉转绵丽，浅至儇俏，挟春月烟花，于闺襜内奏之。一语之艳，令人魂绝；一字之工，令人色飞，乃为贵耳。至于慷慨磊落，纵横豪爽，抑亦其次，不作可耳。（王世贞《艺苑卮言》）
>
> 乐府以曒迳扬厉为工，诗余以婉丽流畅为美。即《草堂诗余》所载……柔情曼声，摹写殆尽，正词家所谓当行，所谓本色。（何良俊《草堂诗余序》）
>
> 至论其词，则有婉约者，有豪放者。……要当以婉约为正，否则虽极精工，终乖本色，非有识者所取也。（徐师曾《文体明辨序论》）

可见，婉约又清丽的易安词与上述词学观深为契合，而杨慎、王世贞、王士祯等人又特别推崇抒情自然真切、风格清新浅近之作，因此易安词成为了他们最为心仪的对象。

如果词能够永久地保持这种女性化的特质，那么，李清照的历史地位或许是不可撼动的。

三 “究苦无骨”的缺憾

然而，就像人的生命一样，词作为一种文体的艺术生命也是生生不息的，第一个对词造成重大冲击的人是苏轼。苏轼以诗为词，扩大了词的表现领域，提升了词的精神境界：

> 及眉山苏氏，一洗绮罗香泽之态，摆脱绸缪宛转之度，使人登高望远，举首高歌，而逸怀豪气，超然乎尘垢之外。于是《花间》为皂隶而柳氏为舆台矣。[①]

莺歌燕语的词作开始向高歌雄音转变，于是苏轼的雄性之声动摇了几百年来已经凝定的词的传统和审美特质。正是针对这种状况，李清照以一篇《词论》来表达她坚守词"别是一家"的主张，批评苏词"皆句读不葺之诗尔"。然而，青山遮不住，毕竟东流去。"靖康之变"后，东坡词的效法者逐渐增多，至南宋辛派词人出，语壮声宏，慷慨悲歌，从此，婉约与豪放各执一端，引发了后世长久的正变之争。传统者坚持词与诗的分疆，严守词的婉约特征，但却限制了词的题材和表现范围，更重要的是限制了以词表现重大而深刻的思想内容，长此以往，词只能始终卑弱和艳俗。革新者恰恰相反，他们以词接续中国古代诗歌言志的传统，升华词的境界，但在表现深厚意蕴的同时，又忽略了词自身的特质和审美诉求，尤其是那些学苏辛而只能得其皮毛者，难免不流于狂呼叫嚣，失却词之品格与韵味。如何超越这种二元对立的局面，既把词提升到与诗平起平坐的地位，又能保持词自身的独立性，成为了清代词学面临的重大课题。

浙西词派通过倡导清雅，推出既非婉约也非豪放的姜、张第三派，矫正了词坛长久以来一味崇尚婉约艳俗的弊端。易安词清则清矣，但好用俚词俗语入歌，非醇雅之词，自然进入不了浙西词派的法眼。

常州词派被认为取得了中国古代词学理论的最高成就，正是因为他们在推尊词体与捍卫词体这两难的境地中终于找到了一条正确的发展途径，即，将词的文体形式的轻、狭、小与思想内容的重、拙、大结合起来的适宜的方式。如果就性别意识而言，婉约词是女性化的，豪放词是男性化的，借用叶嘉莹先生使用的术语，常州词派所主张的则是一种"雌雄同体"的美学，而这种美学的核心就是所谓"意内言外"和"比兴寄托"。常州词派的开山者张惠言在《词选序》中写道：

---

① 胡寅：《酒边集序》，载《宋代词学资料汇编》，汕头大学出版社1993年版，第212页。

> 传曰："意内而言外谓之词。"其缘情造端，兴于微言，以相感动。极命风谣里巷男女哀乐，以道贤人君子幽约怨悱不能自言之情，低徊要眇，以喻其致。盖《诗》之比兴，变风之义，骚人之歌，则近之矣。①

张惠言通过将中国古代诗歌的"比兴"传统援之入词，将词的婉媚侧艳转换成"贤人君子"的忧国忧民之情，使其承载与诗歌相同的使命，从而颠覆了词为"小道"、"艳科"的传统观念，真正实现了尊体的目的。

正是在张惠言词论的基础上，周济进一步提出了"词亦有史"的观念，对词的思想寄托提出了更加富于时代特色的要求：

> 感慨所寄，不过盛衰，或绸缪未雨，或太息厝薪，或己溺己饥，或独清独醒，随其人之性情学问境地，莫不有由衷之言。见事多，识理透，可为后人论世之资。诗有史，词亦有史，庶乎自树一帜矣。②

周济要求词需寄托与时代盛衰相关的政治感慨，突破了只为一己遭遇伤离自叹的狭隘个人情感，只有这样的词，才能承担"史"的功能，才能成为"后人论世之资"。

陈廷焯把常州词派的理论主张转化为一种理想的艺术风格，他称为"沉郁"，他认为"沉郁"是词体的基本特性，他阐释道：

> 所谓沉郁者，意在笔先，神余言外。写怨夫思妇之怀，寓孽子孤臣之感。凡交情之冷淡，身世之飘零，皆可于一草一木发之。而发之又必若隐若现，欲露不露，反复缠绵，终不许一语道破。匪独体格之高，亦见性情之厚。③

总之，常州词派要求在词中表现一种深厚的富于社会性和政治性的情感，

① 张惠言：《词选序》，载《词话丛编》第 2 册，第 1617 页。

② 周济：《介存斋论词杂著》，载《词话丛编》第 2 册，第 1630 页。

③ 陈廷焯：《白雨斋词话》卷 1，《词话丛编》第 4 册，第 3777 页。

这种思想情感，在周济那里是“感慨所寄，不过盛衰”，在陈廷焯那里是“孽子孤臣之感”。周济所谓的“骨”，陈廷焯所谓的“根底”都是和这种思想感情相联系着的，而以这种标准衡之李清照词，难免他们不会发出“究苦无骨”、“终是托根浅”的感叹。

易安现存词作40余首，除了四分之一的作品为咏物之作外，其余几乎都是伤春伤别的传统题材，要么抒发少女的情怀，要么咏唱少妇的愁思，抑或悲叹嫠妇的凄苦，充满浓重的女性色彩和个人生活气息。论者通常以南渡为界，将其分为前后两期，前期词几乎都是闺情小令，走的是《花间》一路，春情秋愁以外，别无深意。而南渡以后，经历了国碎家破、夫亡物散、漂泊流离、孤苦无依等一系列深悲剧痛之后，易安词一变清丽为愁苦，悲今悼昔，忧伤哀怨。如后期名作《武陵春》：“物是人非事事休，欲语泪先流”，“只恐双溪舴艋舟，载不动许多愁”。《声声慢》：“雁过也，正伤心，却是旧时相识”，“这次第，怎一个愁字了得”。《临江仙》：“感月吟风多少事，如今老去无成。谁怜憔悴更凋零？试灯无意思，踏雪没心情。”

可以说，她后期的代表作几乎都以不同的方式抚今思昔，表现无尽的伤痛与愁苦。

“国家不幸诗家幸，赋到沧桑句便工”，实际上，宋室南渡以后，不少词人都纷纷从原来的浅斟低唱、剪红刻翠的狭小范围，走向了抒写国家沧桑巨变这一社会重大现实。且不说辛派词人如何以词为“陶写之具”，述“经济之怀”，即便是沉醉于湖山清赏的姜、吴骚雅派词人，也以低回掩抑的词笔诉说家国之恨。如姜夔的《扬州慢》描写经过金兵焚烧掠夺后昔日繁华的扬州成了荒芜废城的景象：“自胡马窥江去后，废池乔木，犹厌言兵”，陈廷焯评曰：“‘犹厌言兵’四字，包括无限伤乱语，他人累千百言，亦无此韵味。”（《白雨斋词话》卷二）

正如前文曾经指出，李清照并非没有这种社会性和政治性的思想情感，但由于囿于词“别是一家”的观念，她把这种思想情感都放在自己的诗歌里去抒写，其中不乏大气典重之作，比如那首脍炙人口的“生当作人杰，死亦为鬼雄。至今思项羽，不肯过江东。”（《乌江》）以及“南来尚怯吴江冷，北狩应悲易水寒。”“南渡衣冠少王导，北来消息欠刘琨”等，忠愤激发、豪迈悲壮，与其词判然有别。

而李清照下面这首《永遇乐》被评论者认为表现了她的爱国主义

情感：

> 落日熔金，暮云合璧，人在何处？染柳烟浓，吹梅笛怨，春意知几许？元宵佳节，融和天气，次第岂无风雨？来相召，香车宝马，谢他酒朋诗侣。中州盛日，闺门多暇，记得偏重三五。铺翠冠儿，捻金雪柳，簇带争济楚。如今憔悴，风鬟雾鬓，怕见夜间出去。不如向帘儿底下，听人笑语。

这首词是作者晚年流寓临安（今浙江杭州）时某一年元宵节所作。上片写今，写当前的景物和心情；下片则今昔对比，以过去的繁华反衬今日的孤寂。整首词运用哀乐对比的手法，言浅意显，抒发的仍然是个人身世之悲，硬要把它提升到爱国主义的高度，显然是一种溢美之词。

总之，李清照词无论是前期还是后期，内容和风格都较单一，完全没有超出抒写个人情感遭遇的范畴。原本她所经历的世变时移、深悲剧痛可供她词作抒发更丰富更广阔更深刻的感慨，加之她的才华、学养也足以让她驰骋笔墨，成就“词史”篇章，然而，她所固守的词学观念，把自己牢笼在了词“别是一家”的狭小天地里，限制了她创造力的发挥，除了伤离怨愁的浅吟低唱外，没有与国事民瘼息息相关的重大深厚的思想内涵，那么在常州派看来就是意不深、义不厚，因而不能进入一流典范就不足为奇了。

四　明白晓畅与“意在言外”

必须指出，常州词派主张在词中抒写与国事民瘼相关的忧患意识，主张“词亦有史”，并不是要在词中直接地呼喊爱国情怀，也不是要借词来重写一部名副其实的历史，他们所表达的政治性的思想感情是借“比兴寄托”的方式来表现的，即把一种与家国政教相关的深刻的思想内容，通过言外的寄托，变成一种高度凝练和沉郁的表达，一种欲露不露、欲说还休的暗示，一种富含引人联想的具有多层意蕴的象征，这就是常州词派津津乐道的“意在言外”。

例如姜夔的咏梅词《疏影》被常州词派认为寄托遥深：

苔枝缀玉，有翠禽小小，枝上同宿。客里相逢，篱角黄昏，无言自倚修竹。昭君不惯胡沙远，但暗忆、江南江北。想佩环、月夜归来，化作此花幽独。犹记深宫旧事，那人正睡里，飞近蛾绿。莫似春风，不管盈盈，早与安排金屋。还教一片随波去，又却怨、玉龙哀曲。等恁时、重觅幽香，已入小窗横幅。（《疏影》）

《疏影》连用历史上五位美女的典故来写梅花，有所寄托。尤其“昭君”四句，设想傲雪凌霜的梅花是塞北沙漠的昭君灵魂所化，又把昭君与“江南江北”相连，极易使人联想北宋沦亡后南北分裂的局面，不能不说作者寄托了家国之恨，今昔盛衰之感，但这种情感是借一树幽独的梅花托喻，伊郁蕴藉，意在言外，所以周济称赞这首词“寄意题外，包蕴无穷”①，陈廷焯称其“感慨全在虚处，无迹可寻”②。

王国维在《人间词话》中用极其精练的语言概括了常州词派对词的审美特质的发现：“词之为体，要眇宜修。能言诗之所不能言，而不能尽言诗之所能言。诗之境阔，词之言长。”③ 叶嘉莹先生把“词之言长”解释为词所独具的一种深微幽隐的特质，这是十分恰当的，但从这种立场来观察李清照的词，同样会发生扞格不入之处。李清照词以明白晓畅、清新可喜为特征，易于为广大读者接受，此其所长，但如果用“词之言长”的标准来衡量，她的词则缺乏言外之意、幽隐之思，不那么耐人寻味。下面我们就李清照与受到常州词派欣赏的词人王沂孙的咏物词试作一说明。

易安咏物词有 10 余首，约占其总数的四分之一，无论是咏寒梅的《渔家傲》（雪里已知春信至）、咏红梅的《玉楼春》（红酥肯放琼苞碎），还是咏桂花的《鹧鸪天》（暗淡轻黄体性柔），抑或是咏白菊的《多丽》（小楼寒）等，清照或赞赏花之形态美意韵高，或嗟叹花自飘零香自消，“此花不与群花比”、“自是花中第一流”也好，“挼尽梅花无好意，赢得满衣清泪”也罢，作者既赏花又自赏，既惜花又自惜，其中物的意象是明晰的，借物而发的情思也是触目可感的，除此而外，别无深隐的比兴寄托，即便是通篇用典的《多丽·咏白菊》也是如此，请看：

---

① 周济：《介存斋论词杂著》，唐圭璋编《词话丛编》第 2 册，第 1634 页。

② 陈廷焯：《白雨斋词话》第 4 册，第 3797 页。

③ 王国维：《蕙风词话·人间词话》，人民文学出版社 1960 年版，第 226 页。

> 小楼寒，夜长帘幕低垂。恨萧萧、无情风雨，夜来揉损琼肌。也不似贵妃醉脸，也不似孙寿愁眉，韩令偷香，徐娘傅粉，莫将比拟未新奇。细看取，屈平陶令，风韵正相宜。微风起，清芳酝藉，不减酴醾。渐秋阑，雪清玉瘦，向人无限依依。似愁凝、汉皋解佩，似泪洒、纨扇题诗。朗月清风，浓烟暗雨，天教憔悴度芳姿。纵爱惜，不知从此，留得几多时？人情好，何须更忆，泽畔东篱。

易安笔下的白菊是人格化的。上片连用典故“贵妃醉脸”、“孙寿愁眉”、“韩令偷香”、“徐娘傅粉”写白菊的娇艳、媚色与芳香，却又在典故前以“也不似”三字进行了否定。紧接着则以屈平、陶令两位坚贞高洁的历史人物来肯定白菊的品格风韵。后片又用“汉皋解佩”、“纨扇题诗”、“泽畔东篱”等典故抒发白菊的哀愁和词人一片惜花怜花之苦心。尽管此词多以典故堆砌而成，在漱玉词中堪称另类，但词人对花的赞美与同情与别的咏物词一样都是一目了然的，历来未有也无须有读者从层层的典故中去发掘出难言的深意。

王沂孙为南宋晚期著名词人，他现存60多首词作中有40余首咏物之作。请看其咏水仙的《庆宫春》：

> 明玉擎金，纤罗飘带，为君起舞回雪。柔影参差，幽芳零乱，翠围腰瘦一捻。岁华相误，记前度湘皋怨别。哀弦重听，都是凄凉，未须弹彻。国香到此谁怜？烟冷沙昏，顿成愁绝。花恼难禁，酒销欲尽，门外冰澌初结。试招仙魄，怕今夜瑶簪冻折。携盘独出，空想咸阳，故宫落月。

对于此词吴梅《词学通论》指出：

> “岁华相误，记前度湘皋怨别。哀弦重听，都是凄凉未须彻。”后叠云“国香到此谁怜？烟冷沙昏，顿成愁绝。”结云：“试招仙魄，怕今夜瑶簪冻折。携盘独出，空想咸阳，故宫落月。”凄凉哀怨，其为王清惠辈作乎？[①]

① 吴梅：《词学通论》，华东师范大学出版社1996年版，第90页。

王清惠为宋末一宫嫔。据《浩然斋雅谈》记载：南宋都城临安陷落时，三宫被掳北上。宫嫔王清惠，北行途中题《满江红》一阕于驿壁之上，旨意哀切。是故学者普遍认为此首词中的水仙花，是翩翩起舞的舞女，也是被掳北方畏寒悲戚的亡国宫女。

初读此词，若不注明“水仙”恐难以与此联系，细读之下则见水仙的花容娇姿无不是宫中美女的体态舞姿。词人又极其自然地将洛神、湘灵、铜仙辞汉的典故融化进去，尤其是用李贺《金铜仙人辞汉歌》句意来以汉喻宋，从而暗示出亡国宫嫔的题意，于是盛衰兴亡的易代之悲，作者借水仙即宫女的哀伤，曲折地道出。

同是吟咏花卉，无论是菊花还是水仙在中国文化符号中都是高洁、清雅的象征，易安词一如传统的歌咏，亦落笔于花之高韵与人之爱惜，从而感物抒怀。碧山词则超越于此，托物喻志，缘物起兴，寄寓身世家国之感。实际上，碧山的咏物之作大都如此，其代表作《天香·龙涎香》、《齐天乐·蝉》、《水龙吟·白莲》、《眉妩·新月》等无不以托物喻志的手法来抒写积郁于胸的亡国之痛，因此其所咏之物的物象世界不再呈现出明晰、直露的形态，而是“如雾里看花，终隔一层”，物之本体成为了一种隐喻，词人通过物的吟咏来寄托、影射其幽微隐秘的内心世界，意在笔先，意在言外，使每一个典故、意象都负载着丰富的潜在意义，让读者玩味探索不尽，诚如沈祥龙《论词随笔》所言：“咏物之作，在借物以寓性情。凡身世之感、君国之忧，隐然蕴于其内，斯寄托遥深，非沾沾焉咏一物矣。”① 是故，碧山词获得了常州词派的高度赞赏：

咏物最争托意，隶事处以意贯串，浑化无痕，碧山胜场也。（周济《宋四家词选目录序论》）②

咏物词至王碧山，可谓空绝古今。然亦身世之感使然，后人不能强求也。（陈廷焯《白雨斋词话》卷七）③

---

① 沈祥龙：《论词随笔》，《词话丛编》第5册，第4058页。

② 唐圭璋编：《词话丛编》第2册，第1644页。

③ 唐圭璋编：《词话丛编》第4册，第3937页。

常州词派对“意内言外”的倡导，并不仅仅出于他们褊狭的艺术趣味，而是与他们对词的形式特征的认识相联系的。陈廷焯在解释他所谓的“沉郁”时说：

> 诗词一理，然亦有不尽同者。诗之高境亦在沉郁，然或以古朴胜，或以冲淡胜，或以巨丽胜，或以雄苍胜。纳沉郁于四者之中，固是化境，即不尽沉郁，如五七言大篇，畅所欲言者，亦别有可观。若词舍沉郁之外，更无以为词。盖篇幅狭小，倘一直说去，不留余地，虽极工巧之致，识者终笑其浅矣。①

在艺术上常州词派为了克服词“篇幅狭小”的文体限制，只能在有限的空间里尽可能向纵深开掘，这就必然使他们追求一种含蓄蕴藉的表现形式和风格，而这种形式和风格，又和词婉媚窈深的传统风格相吻合，因而广受后世学者的称赏。令人遗憾的是，李清照那种明白晓畅的风格显然是与之南辕北辙的。

从美学上看，词学史具有双重的意义，一方面，它是不同时代人们的词学观念和审美理想的变迁史，另一方面，它又是人们对词的艺术规律的探索和认识逐步深入、日渐成熟的历史。历史上李清照词史地位的变化，就是这两方面的因素交互作用的结果。如果说明代、清初对李清照的推崇主要是前一方面的原因所造成的，那么清中叶以后浙、常二派，尤其是常州词派对李清照的批评，则和后一方面的原因有着更为紧密的联系。这就是为什么常州词派的批评值得引起我们更大程度关注的原因。以史为镜，可以知得失兴替。在20世纪，一方面，由于妇女解放运动的勃兴、女性地位的提高；另一方面，由于白话文学、通俗文学大行其道，于是词风明白如话又为杰出女性的李清照便成为了古典文学研究中的天之娇女，万千宠爱集于一身。然而，李清照存留下来的作品相当有限，词作不过50首，诗10余首，文章不足10篇，人们面对如此稀薄的资源，却从事着仿佛浩瀚无际的开发，在一派热闹繁盛之中，是不是缺乏深刻的探究和冷静的反思呢？

也许常州词派对李清照的批评对我们正是一剂令人清醒的良药。

① 陈廷焯：《白雨斋词话》卷1，《词话丛编》第4册，第3776页。

清代甘肃诗人丛考

——以《清人诗文集总目提要》为中心

朱则杰

（浙江大学文学院）

清代诗歌的文献学著作，从最初邓之诚先生的《清诗纪事初编》，到袁行云先生的《清人诗集叙录》，再到李灵年、杨忠两位先生共同主编的《清人别集总目》和柯愈春先生所著的《清人诗文集总目提要》，越来越向全面、系统发展。（如果按实际情况结合散文，那么中间还应当加上张舜徽先生所著的《清人文集别录》；假如再推及其他各类文献，则王绍曾先生主编的《清史稿艺文志拾遗》，与原有的《清史稿艺文志及补编》配套，覆盖面最大。）这里面以《清人诗文集总目提要》问世最迟[①]，其学术价值与质量也最高。

作者柯愈春先生，沉潜此书三十年。他以人民日报社图书馆馆员、记者部记者、总编室编辑的多重身份，跑遍了全国各地的主要藏书单位。全书三巨册，正文五十八卷，著录清代诗人（包括少量仅有散文者）近两万家，别集约四万种，这个数字与《清人别集总目》基本相当。各个作家名下，都尽可能介绍生平履历、著作版本及其主要收藏单位，并附有大量的考证以及扼要的评论。虽然其中著录的收藏单位没有《清人别集总目》那么广泛，同时省去了作家的传记资料目录，但关于作家本身的介绍、著作版本的考察，特别是相关的考证文字，大都体现出深厚的功力，

---

① 北京古籍出版社 2002 年第 1 版，以下简称《提要》。

可以看出作者确实做过深入的研究。全书基本上按照作家时代先后进行排序，以及《后记》提到的已经搜集而尚待整理的“大约十五万清代人物传记资料”、“地方志中艺文志著录的清人别集十余万种”、大量“集外诗文及其他遗篇佚简”等[①]，这些也都是十分明显的表现。如果说《清人别集总目》主要还是一部工具书的话，那么《提要》则与《清诗纪事初编》、《清人诗集叙录》一样，完全称得上一部学术专著，并且从最后正式出版的时间上来看，也真正是后出专精。

《提要》的问世，无疑代表了当今清代诗歌文献学研究的最高成就。以目前我国的学术制度和许多藏书单位对线装古籍阅览的高额收费，估计在将来的日子里很难再有哪个个人能够像柯先生这样从头做出类似的巨著，并且事实上也确实已经没有太大的必要了，例如笔者过去曾经提到的更为专门具体的《全清诗集总目提要》之类[②]。因此，即以现在的《提要》作为基准，对其中难免存在的若干舛误与疏漏进行订正与补充，从而使该书尽可能地更趋完善，这也就成了一件很有意义的事情。特别是关系到该书以及日后《全清诗》、《全清文》等内部排序的作家生卒年问题，更是解决一处是一处，完成一家多一家。且可喜的是，当该书正式出版之时，柯先生才六十岁出头，作为一位传统文化研究领域的专家来说还算相当年轻，他本人也将继续从事这些方面的修订工作；有关读者的各种发现，正可以最终汇集到柯先生那里，共同为本书出力。

本着这样的精神，笔者特将若干读书所得陆续整理成文字，提供给柯先生以及其他有关读者参考。凡用以立目的作家，均按《提要》著录的先后次序排列。有些同时关系到《清人别集总目》的问题，也附此一并予以提出。本篇所涉，则均为甘肃籍作家。

一　张晋（卷八，上册，第206页）

张晋，字康侯，号戒庵，甘肃狄道（今临洮）人。顺治八年辛卯（1651）举人，次年联捷成进士，曾官江苏丹徒（今镇江）知县。《提

① 见下册，第718页。

② 参见拙著《清诗知识》第五辑之八《清诗总集研究的硕果——读〈清诗总集131种解题〉》，浙江大学出版社1998年第1版，第242页。

要》此条末尾曾提道：

> 孙枝蔚《挽张康侯》诗，谓“狱中诗更好，读罢断人肠”，“何曾明罪迹，能不悔词场”，未识何事系狱。

按张晋狱案，即著名的顺治十四年丁酉（1657）“江南科场案”。该年江南乡试，张晋为同考官。案发之后，与正副主考官及其他十七名同考官均被清廷处死（包括此前瘐死狱中者），“妻子家产，籍没入官”。据《清世祖实录》卷一二一记载，顺治皇帝最后下旨乃在顺治十五年“戊戌十一月辛酉”[①]。其具体施行是否已至顺治十六年己亥（1659）亦即《提要》所定张晋卒年，则难以确断。上引孙枝蔚挽诗，原见《溉堂集·前集》卷四“五言律诗”，编年为“己亥”，系本年同体裁作品第五题[②]；最早第一题已是正月“十四”，而后面第二题仍作于“春日”，由此可以推知张晋殉难的大概时间（包括消息从北京传到孙枝蔚所在的扬州）。

又张晋有弟张谦，《提要》同卷曾著录其《得树斋诗》，但未明其与张晋的关系，也不详生卒年，因此次序反置于张晋之前[③]。按今人赵逵夫先生曾校点整理张晋《张康侯诗草》（兰州大学出版社 1989 年第 1 版），其中即附收张谦《得树斋诗》；此外还撰有《清代诗人张晋生平考辨》[④]、《清初甘肃诗人张谦》[⑤] 等一系列专题论文，不仅前述张晋狱案曾做考证，而且张谦的生年也已经获得解决，即明崇祯十四年辛巳（1641），小张晋十二岁（参见下文）。至于张谦的卒年，据有关考证则大约在清康熙十一年壬子（1672）“拔贡”与康熙二十七年戊辰（1688）李观我纂修《狄道新志》（卷五张谦本传曾提到“遗稿”云云）之间。另狄道在清代甘肃建省以后属兰州府，《提要》两处均仍称“陕西”，似亦欠妥。

---

① 二十八日，公元 1658 年 12 月 22 日。参见李兴盛先生主编《诗人吴兆骞系列》之二《江南才子塞北名人吴兆骞年谱》该年条注［九］，黑龙江人民出版社 2000 年第 1 版，第 62 页。

② 凡二首，所引两联均出第一首，见《溉堂集》，上海古籍出版社 1979 年第 1 版影印本，上册，第 240 页。

③ 上册，第 193 页。

④ 原载《社会科学》1983 年第 6 期，第 100—106 页。

⑤ 原载《庆阳师专学报》1986 年第 2 期，第 1—4 页。

以上张晋、张谦兄弟二人，《清人别集总目》也曾著录[①]，并且还列有上及赵逵夫先生点校本《张康侯诗草》；但有关行年，仅提到张晋“卒年30余”，因此同样应当予以补充和修订。

附带关于上及《狄道新志》张谦本传[②]，其中称张谦“年甫十四即有诗成帙，为孙豹人所欣赏。后著作数千首，悉为士林脍炙人口”，这里“年甫十四”云云不无疑惑。考孙枝蔚（豹人其字）《张牧公得树斋诗序》曾说：

> 及祸难稍平，牧公由江南侍太夫人过维扬，蹴一椽暂憩息其下，予乃得与牧公再一相见，……然予尚不知牧公之能为诗也。未几，牧公又过江去，相别辄复年余。盖牧公今年才二十一岁，其疲顿舟车之间如此。

此序既见张谦（牧公其字）《得树斋诗》卷首[③]，亦载孙枝蔚《溉堂集·文集》卷一[④]。上及赵逵夫先生《清初甘肃诗人张谦》一文，已根据《溉堂集·前集》卷五“五言律诗”《张牧公见过溉堂》编年，推断为顺治十八年“辛丑”（1661）所作[⑤]。此外《溉堂集·文集》卷一此序排在第一篇，第二篇《送无言归黄山序》据正文所述仍作于“辛丑岁”[⑥]，而卷内同体裁作品也按写作时间先后编次，因此更可以确定此序作期只有顺治十八年辛丑（1661）这一种可能。而所谓“祸难稍平”，结合下文“相别辄复年余”来看，应该就在张晋殉难的顺治十六年己亥（1659），当时张谦已经十九岁，然而孙枝蔚却还不知道张谦“能为诗”。因此，上引该本传以“年甫十四即有诗成帙”与“后著作数千首”相对举，而将“为孙豹人所欣赏”属之前者，恐怕与事实并不相符，至少在行文上易生歧义。而另考《张康侯诗草》所附张晋《戒庵自识》，曾提到自己“十四岁

① 分别见第2册，第1089页、第1098页。

② 可见《张康侯诗草》附录一，兰州大学出版社1989年版，第159页。

③ 《张康侯诗草》，第130—131页。

④ 上海古籍出版社1979年影印本，下册，第1031—1033页，个别文字略有出入，上引据《张康侯诗草》，第130页。

⑤ 第1页，张谦生年即据此推算。

⑥ 上海古籍出版社1979年影印本，下册，第1033页。

知声律，今一纪矣。……箧存古近诗千七百余首"[①]；又张谦《得树斋诗》内《晋陵东园逢方十五彦博弟三首》，其一有"见汝诗成帙"之句，原注说："彦博年十四，为诗几三百首。"[②] 上引该本传称张谦"年甫十四即有诗成帙"云云，估计很可能就是由这两条特别是后一条记载牵连而致误。至于此后几种地方志的类似说法，则显系沿袭该本传而来，毋须再辨。

此外，已故邓长风先生《明清戏曲家考略三编》，其中第十四篇《关于〈明清戏曲家考略〉及其〈续编〉的若干补正——美国国会图书馆读书札记之四十三》，所考第二十家即为张晋[③]。邓先生定张晋卒年为顺治十五年戊戌（1658），这一点姑置不论；但他称张晋、张谦"兄弟的诗集今皆未见"[④]，可知至少在这个《三编》出版的1999年，他还没有注意到点校本《张康侯诗草》，这不免令人为清人诗集的传播感到遗憾。

二　邢澍（卷三四，上册，第959页）

邢澍诗文，旧有民国年间冯国瑞所编《守雅堂稿辑存》。今人漆子扬、王锷两位先生共同在此基础上进行进一步的校点整理，重新编排，并经李鼎文先生审订，于1992年10月由甘肃人民出版社出版，书名仍旧。《提要》及《清人别集总目》[⑤] 著录邢澍，于今本均未提及。

特别是关于邢澍的生卒年，《提要》及《清人别集总目》乃至此前袁行云先生《清人诗集叙录》卷四八邢澍小传[⑥]均作乾隆二十五年庚辰（1760）至道光十一年辛卯（1831）。但据冯国瑞《邢佺山先生事迹考》（可见今本附录一）征引邢澍（佺山其号）弟子张廷济《桂馨堂集·感逝诗·注》，邢澍实际上生于"乾隆二十四年己卯六月二十八日"（第74页），按照今本《校点说明》的现成换算即为公元1759年7月22日（第1页）。奇怪的是《清人诗集叙录》该小传也曾提道"《桂馨堂集》有《感逝诗》"，却不知为什么没有留意到这条具体的记载。至于邢澍的逝

① 《张康侯诗草》，第108页。

② 《张康侯诗草》，第143页。

③ 上海古籍出版社1999年第1版，第288—289页。

④ 同上书，第289页。

⑤ 第1册，第372页。

⑥ 第2册，文化艺术出版社1994年版，第1699页。

世，尽管旧说多有分歧，但李鼎文先生《邢澍》一文（可见今本附录二），参照冯国瑞《邢佺山先生事迹考》所述黄丕烈《士礼居藏书题跋记》卷六曾提到道光三年癸未（1823）邢澍藏书已散入书商之手的情况，同时访问邢澍的后裔，最后结论为“邢澍卒于道光三年八月初八日，即公元1823年9月12日，享年65岁”（第126页），这应该是比较有说服力的。因此，《提要》等书的有关记载，至少是其中的生年，恐怕都应当更正才是。

三 马疏（卷四〇，中册，第1254页）

马疏为甘肃安定（今定西）人，《提要》缺其生卒年及仕履。按今人路志霄、王干一两位先生共同编纂的《陇右近代诗钞》[①]，收录近代以来甘肃诗人凡三十七家，第一家即为马疏。该书末尾据其《日损益斋古文集》卷八，附录有徐辰告所撰《例授儒林郎勅授文林郎前翰林院庶吉士陕西咸宁县知县马南园先生墓志铭》及其子马纶笃所撰《例授儒林郎勅授文林郎前翰林院庶吉士陕西咸宁县知县马南园府君行状》这样两篇传记（南园其号），后者有关记载尤其具体（第311页）：

> 府君生于乾隆五十四年五月十七日吉时，卒于咸丰三年正月十七日卯时，享寿六旬有五。……前翰林院庶吉士，历任陕西府谷、洛南、咸宁等县知县……

据此不仅可知马疏仕履，而且可以知道他的精确生卒时间，换算为公历即1789年7月9日至1853年2月24日，享年刚好六十五岁。《清人别集总目》著录马疏[②]，上述内容及两篇传记目录均付阙如，因此同样可以补充。

四 牛树梅（卷四一，中册，第1269页）

牛树梅，《提要》及《清人别集总目》[③] 均定其生卒年为乾隆五十七

① 兰州大学出版社1993年第1版。

② 第1册，第33页。

③ 第1册，第204页。

年壬子（1792）至光绪元年乙亥（1875），享年八十四岁。但据前及《陇右近代诗钞》（牛树梅入编第二家）附录曾和瑞所撰《牛雪樵先生传》，牛树梅（雪樵其字）实际上“生嘉庆四年己未正月二十四日”（第314页），亦即公元1799年2月28日。考该传录自牛树梅《省斋全集》卷首，作于“同治十二年岁次癸酉，六月天贶节日”（农历六月六日，公元1873年6月30日，第318页）；据其中“因公之将归也，爰约同门醵金锓板，以公诸世”云云（见同页），可知当时牛树梅尚在世，因此关于这个生日的记载也就可以确信无疑。如此再结合附录《清史稿》卷四七九本传所说“光绪初，归里卒，年八十四”（第313页），则牛树梅应当卒于光绪八年壬午（1882）。《提要》及《清人别集总目》中所记载，显然整体提前了七年时间。

五　张和（卷四一，中册，第1290页）

张和，《提要》及《清人别集总目》[1]均缺生卒年及小传。兹据前及《陇右近代诗钞》（张和入编第三家），转录其小传及有关著作介绍于下（第28页）：

> 张和（1799—1861）
>
> 张和，字理堂，甘肃河州（今临夏县）人。道光五年［乙酉，1825］拔贡，十一年［辛卯，1831］举人，二十五年［乙巳，1845］进士。历知成安、东安、宁津、大兴等县事及涿州知州，均有政声。咸丰九年［己未，1859］告病归，十一年［辛酉，1861］卒于家。
>
> 著有《殉难纪略》、《鸿雪集》、《鸿雪续集》及《绍香堂诗草》等。《绍香堂诗草》，咸丰三年［癸丑，1853］刻成。前有丛坛、陈瑞、王绣、彦昌序，后有侯桐跋。共存诗一百六十一首，较张质生手抄本少九首。盖和未仕前家居时所作。至《鸿雪集》与《鸿雪续集》，共存诗三百九十三首，皆其后行役宦游之作。

这里不但解决了张和的生卒年及小传问题，而且提到的《鸿雪集》、《鸿

① 第2册，第1084页。

雪续集》以及《绍香堂诗草》的张质生手抄本等，《提要》及《清人别集总目》均未著录，同样也可以补充。（另参见下文第九条“孙海”）

六　王权（卷四七，中册，第1600页）

王权，《提要》称其“生于道光四年（1824），卒年不详”。今人吴绍烈、路志霄、海呈瑞三位先生，曾共同校点整理王权诗文为《笠云山房诗文集》[①]。该集卷末附有张世英所撰《心如先生墓志铭》，叙述王权（心如其字）生卒时间十分具体（第342页）：

> 生于道光二年十月壬寅［初一］，卒于光绪三十一年六月癸丑［十一日］，春秋八十有四。

又前及《陇右近代诗钞》（王权入编第八家），其末尾也曾附录这篇墓志铭，完整标题为《皇清诰授中宪大夫赏戴花翎重宴鹿鸣赏加四品衔陕西补用直隶州知州富平县知县甲辰恩科举人心如先生墓志铭》（第320页），据注“录自墓志铭拓本”（第324页）；同时还附录有任承允“代作”的《王心如先生行述》（录自《桐自生斋文集》卷六），有关叙述与此完全相同（第329页），因此可以确信无疑。按照此集卷首李鼎文先生《读王权〈笠云山房诗文集〉》一文（代前言）中的现成换算，即为公元1822年11月14日至1905年7月13日（第2—3页）。而此集《提要》虽然已有著录，但这些资料却还未及利用，原来的生年也只是大致推测，现在则连同卒年均可据此予以修订。又《清人别集总目》也曾著录王权并此集[②]，但生卒年及两篇传记目录均付阙如，因此同样应当予以补充。

附带关于任其昌。此集卷十七倒数第二篇据任其昌《敦素堂诗集》补入的《户部观政进士陇南书院主讲任士言先生墓表》，称任其昌（士言其字）“卒于光绪二十六年十一月癸未［十五日］午时，年七十有一”（第337页）。据此推算，其谢世在公元1901年1月5日，而生年依农历

---

① 兰州大学出版社1990年版。

② 第1册，第49页。

为道光十年庚寅（1830）。但今人龚喜平先生《甘肃近代部分作家生平辨正及其他》一文[①]，以及《近代五位甘肃作家述论》[②] 注［十五］，曾征引任其昌长子任承允《桐自生斋文集》卷六《先考府君行述》，考证任其昌“生于道光十一年九月十八日，卒于光绪二十六年十一月二十一日，享寿七十”（分别见第55页、第42页），亦即公元1831年10月23日至1901年1月11日，这与上引墓表明显不同。而如果仅就此二者进行比较，那么自然应当以任承允的记载更为可信。《清史列传》卷七三任其昌传，于其生卒年即采任承允之说（可见《陇右近代诗钞》第331页，参见下文）。《提要》及《清人别集总目》著录任其昌[③]，对生卒年的处理也是如此，这应该是比较妥当的。只是其卒年的公历已入1901年，这一点似乎仍然忽略了。又有关任其昌的这三篇传记，前及《陇右近代诗钞》曾一并收入附录（第331—337页）；任其昌在该书中入编第十家，其名下标注的卒年已换算为公元“一九〇一”，但小传称其“得年七十有一”（第82页），则未能顾及农历。《清人别集总目》于三篇传记缺少行状一篇，亦可据此予以补足。

七　朱克敬（卷四七，中册，第1604页）

朱克敬，《提要》及《清人别集总目》[④] 均缺生卒年。兹据前及《陇右近代诗钞》（朱克敬入编第七家）小传，可知其卒于光绪十六年庚寅（1890，第41页）。此外上及龚喜平先生《甘肃近代部分作家生平辨正及其他》一文，曾根据《郭嵩焘日记》该年六月初五日（公历7月21日）条所说“日久不见朱香荪，……而闻昨酉刻已物故”，同时排比前后各日相关记载，考得朱克敬（香荪其字）的具体谢世时间为该年本月“初四日酉时”[⑤]，这就更加精确可信了。只是其生年，目前仍然不详。

① 《西北师范大学学报》1991年第6期，第54—60页。

② 《西北师范大学学报》1991年4月专辑，第34—42、29页。

③ 分别见卷49，中册，第1664页；第1册，第47页。

④ 第1册，第433页。

⑤ 公历“七月20日下午5时至7时”。第1册，第58页。

八 王源瀚（卷四八，中册，第1655页）

王源瀚，《提要》定其生卒年为道光十年庚寅（1830）至光绪二十五年己亥（1899），享年七十岁。但前及《陇右近代诗钞》（王源瀚入编第九家），小传称其"卒年七十一"，又名下标注为公元"一八二九——一八九九"（第74页），可知差别即在生年。而究其原因，则似乎在于对所录同治四年"乙丑"（1865）《元日口占》一诗"我过新年三十六，那年难过似今年"（第76页）这两句的理解：《提要》单独引用上一句，意思是刚刚度过这个"新年"，也就是"元日"写诗这一年，作者为"三十六"岁，这样其生年就是道光十年庚寅（1830）；而如果结合下一句再回过来看上一句，那么上一句的意思似乎就变成了我总共已经度过了"三十六"个"新年"，也就是写诗这一年已经三十七岁（出生第一岁一般不会遇"新年"，除非生日恰巧在"元日"），这样其生年便是道光九年己丑（1829）。后一种理解虽然过于曲折了一些，但毕竟也是能够说得通的。至于下文所录最末一题《正月初九日，临终口吟》（第81页），编年为光绪二十五年"己亥"（1899），亦即作者卒于该年，这一点毫无疑义；唯首句"劳力劳心七十年"，这个"七十年"既可以看成是实指，也可以看成是泛言，所以与上面这两种说法都不存在抵触，同时也都不能作为佐证。而在目前尚无其他旁证的情况下，二说只能暂时并存。《清人别集总目》著录王源瀚[①]，于其生卒年均付阙如，则可据此酌情予以补充。

九 孙海（卷五一，中册，第1759页）

孙海，《提要》及《清人别集总目》[②] 均缺生卒年。兹据前及《陇右近代诗钞》（孙海入编第十二家）小传名下标注，可知为公元"一八四〇——一九〇一"（第104页）。唯小传正文仅叙及"光绪二十七年［辛丑，1901］……卒于山西韩侯岭营次"（见同页），而没有明确交代享年或生

① 第1册，第182页。

② 第1册，第628页。

年。因此，如果单纯从目前这个以公历出现的生年来看，它所对应的旧历年份就存在本年（道光二十年庚子，1840）或上一年（道光十九年己亥，1839）的年末（该年十一月二十七日起公历已入1840年）这样两种可能（上文九“张和”实际上也有这种情况）。好在所录孙海诗有《重到阆中感赋，时余三十初度矣》七律二首（第106—107页），尽管写作年份不详，但据其一第二句“九十春光去已多”（第106页）、其二第五句“身世多愁春未觉”（第107页）云云推测，可知其生日乃在春季，这样其生年的旧历年份也就不存在上一年道光十九年己亥（1839，年末）的问题，而只能是在道光二十年庚子（1840）本年，这事实上也正是著录的一般习惯。

一〇　安维峻（卷五三，中册，第1866页）

安维峻，《提要》定其生卒年为咸丰五年乙卯（1855）至民国十五年（1926），享年七十二岁。但据前及《陇右近代诗钞》（安维峻入编第十五家）附录任承允所撰《内阁侍读原任福建道监察御史翰林院编修安公晓峰墓志铭》（录自《桐自生斋文集》卷七），安维峻（晓峰其字）实“生于咸丰四年七月十七日，卒于隐居后十四年［民国十四年，参见下文］十月十五日，享寿七十有二”（第343页），亦即公元1854年8月10日至1925年11月30日。《提要》的著录，可能是将《清史稿》卷四四五安维峻本传“宣统三年，复辞归。越十有五年，卒”云云（亦见附录，第340页），理解为在“宣统三年”（辛亥，1911）的基础上净加“十有五年”；然而这里的“越”字，倒确乎应当包括“宣统三年”本身在内，如此则计算结果与墓志铭正合（可参见拙稿《朱彝尊〈曝书亭集〉关于“越”若干时候的用法》，待刊）。想《清史稿》本传和墓志铭在这里都有意避免用到“民国”纪年，所以给读者带来了不必要的歧义。《清人别集总目》著录安维峻[①]，生卒年与《陇右近代诗钞》相同；唯这篇墓志铭，依体例则应当予以补充。此外前及龚喜平先生《甘肃近代部分作家生平辨正及其他》一文，对安维峻的生卒年也曾经做过考证，并且其依据除了这篇墓志铭以外，还根据李鼎文先生《评介甘肃举人〈请废马关条约呈

① 第1册，第585页。

文〉及其他》一文[①]，提到一篇安维峻长孙安世忠所撰《先祖晓峰府君行状》的石印件，论据更为充足，读者可以详参[②]。

一一　王树中（卷五五，中册，第1935页）

王树中，《提要》及《清人别集总目》[③] 均缺生卒年。兹据前及《陇右近代诗钞》（王树中入编第十九家）小传，可知其“卒于民国五年［1916］九月二十七日，距生同治七年十月一日［公元1868年11月14日］，得年四十有九”（第145页）。另下文第二十三家杨巨川、第三十二家王永清名下，分别录有两题关于王树中的挽诗《哭王建侯》（第184—185页）、《哀家建侯观察》（第263页，建侯其字），后者有编年为“丙辰”，亦即民国五年（1916），与小传所述卒年正合。

一二　任承允（卷五五，中册，第1936页）

任承允，《提要》仅提到籍贯“甘肃秦州”与“光绪二十年进士”科名。兹据前及《陇右近代诗钞》（任承允入编第二十一家），录其整篇小传于下（第162页）：

任承允（1871—1941）

任承允，字文卿，号上邽山人，甘肃天水人。其昌子也。幼从王心如、吴蜀江受学。光绪二十一年举人，二十七年成进士，授内阁中书，以文名都下。假归，两易寒暑，再赴都充国史馆协修，方略、会典两馆校对。丁忧归，先后主讲宁羌、振文、秦州、陇南各书院。嗣复入都，调禄米仓监督，旋署侍读。民初返里，却扫闭门，不问世事。贫苦自励，不谒权贵。与其父先后名重一时。

① 据注原载《甘肃师范大学学报》1963年第1期，后收入李鼎文《甘肃文史丛稿》，甘肃人民出版社1986年版，第297—318页。

② 同上书，第56—57页。

③ 第1册，第151页。

这里与《提要》现有的记载明显有异：一是籍贯，清代甘肃秦州直隶州的治所在天水县，民国后又改秦州为天水县，所以这一点并无关系。二是科名，检《明清进士题名碑录索引》，任承允确实如《提要》所说，系光绪二十年甲午（1894）恩科三甲第一百十三名进士[①]；又据徐沅、祁颂威合撰《清秘述闻再续》卷一“乡会考官类”[②]，知光绪二十一年乙未（1895）并无乡试，光绪二十七年辛丑（1901）也无会试，可见小传所说“光绪二十一年举人，二十七年成进士”肯定是错误的。不过尽管如此，这里介绍的字号、仕履以及标注的生卒年，在目前缺少其他资料的情况下，仍然可以作为一种参考和补充。特别是《清人别集总目》著录任承允[③]，关于作者无一字介绍，这就更加具有参考的价值了。

补记：江庆柏先生《清人诗文集作者生卒年续考》[④]，其中第十一家亦为任承允。该文据任承允《桐自生斋文集》卷六《先妣略述》“先妣归府君之三年生承允，次年乙丑府君成进士”，考得“承允生于同治三年甲子（1864）。卒年不详”（第294页）。这个推论翔实审慎，可资借鉴。

一三　巨国桂（卷五五，中册，第1943页）

巨国桂，《提要》及《清人别集总目》[⑤] 均缺生卒年。按前及《陇右近代诗钞》（巨国桂入编第十三家）附录有任承允所撰《诰授奉政大夫原任新疆阜康县知县巨君子馥墓志铭》（录自《桐自生斋文集》卷七），据此可知巨国桂（子馥其字）“卒于乙丑年（民国十四年，1925）五月二十九日，距生道光己酉年（二十九年）八月二十五日（公元1849年10月11日），享寿七旬有七”（第339页）。另《清人别集总目》关于巨国桂仅有一句按语：“作者曾纂光绪14年刊本武功县续志。”因此，小传以及这篇墓志铭也都应当予以补充和著录。

① 上海古籍出版社1979年新1版，下册，第2856页。

② 可见《清秘述闻三种》，中华书局1982年第1版，下册，第957—1003页。

③ 第1册，第473页。

④ 《古籍研究》杂志，2004年卷上。

⑤ 第1册，第628页。

一四　李于锴（卷五五，中册，第1944页）

李于锴，《提要》及《清人别集总目》[①] 均缺生卒年。按作者次子即李鼎文先生，曾校点整理有《李于锴遗稿辑存》[②]。据此集《校点说明》以及附录王树楠《味檗斋遗稿序》、刘尔炘《山东沂州府知府前翰林院庶吉士武威李叔坚传》等记载[③]，李于锴生于清同治元年壬戌十二月二十六日（公元已入1863年，2月13日），卒于民国十二年农历五月初十日（公元1923年6月23日），享年以旧历计为六十二岁。这个生卒年并此集，《提要》及《清人别集总目》均可据以补充。

附带关于陈墉、陈世熔。此集正文第一部分《味檗斋文集》有《二陈传》，记载陈墉、陈世熔二人事迹。其中涉及陈墉的生卒年，据“同治二三年……墉年垂七十岁”，又同治“四年二月……不二年，墉死矣”云云（均见第20页）推测，大致可定为嘉庆元年丙辰（1796）至同治五年丙寅（1866），享年以七十出头（七十一岁）计。由于目前《提要》及《清人别集总目》著录陈墉都缺少生卒年[④]，所以这个推测还是有一定意义的。又该传提到陈世熔“卒……年八十七”（第21页），《提要》著录与此相合（见卷四〇，中册，第1214页），《清人别集总目》则计为七十八岁[⑤]，不知当以何者为是。前及《陇右近代诗钞》最末附录有陈世熔《寄李云章、王心如二生（并序）》组诗八首（第357—359页。王心如即前及王权，李云章为李于锴之父李铭汉，云章其字），可借以推测陈世熔的生年，但也不是十分确切。

此外《提要》著录郭楷（见卷三五，中册，第1011页），曾提到一种《梦香草堂诗稿》。上及李于锴《味檗斋文集》内，有一篇为郭楷该诗稿所撰的序，书名“香”字在标题及正文中均作“雪”（第39—40页）。

---

① 第1册，第760页。

② 兰州大学出版社1987年第1版。

③ 又关文字分别见第1页、第114页、第117页。又刘尔炘所撰该传亦载前及《陇右近代诗钞》附录，李于锴人编该书第十六家，叔坚其字，有关文字见第344页。

④ 分别见卷三七，中册，第1100页；第2册，第1249页。

⑤ 见第2册，第1270页。

检王绍曾先生主编《清史稿艺文志拾遗》，此字亦作“雪”[①]，依据是近人徐世昌《书髓楼藏书目》。但徐世昌辑《晚晴簃诗汇》卷一〇九郭楷小传，却作“香”[②]，猜想这便是《提要》的来源。而现在证以李于锴此序，则可推断“香”字很可能即系“雪”字之讹。

上及李于锴《二陈传》、《梦雪草堂诗稿序》，以及《二陈传》前一篇《潘挹奎传》等，还颇多涉及有关人物的科名仕履等生平资料。这些内容对目前《提要》特别是《清人别集总目》来说，也都具有相当重要的参考价值，可借以补充。[③]

一五　张建（卷五六，中册，第1961页）

张建，《提要》及《清人别集总目》[④] 均缺生卒年及仕履。兹据前及《陇右近代诗钞》（张建入编第二十八家）小传，补录其秀才科名以后的有关内容（第226页）：

> 后弃科举，游幕四川。辛亥革命后，佐宁夏、绥远军幕。任绥远烟酒事务局局长、临时参政院参政。以军阀混战，时事日非，年五十归隐兰州。家居二十余年。
>
> 解放后，任甘肃省人民代表大会一至三届代表，甘肃省民族事务、政治协商、土地改革各委员会委员，临夏专员公署副专员、临夏回族自治州副州长。一九五八年殁于任，年八十有二。

结合这里的卒年与享年推算，张建的生年应当是光绪三年丁丑（1877）。但小传名下标注的生年，却为“一八七八”，不知是否出生于该年的农历年末（该年十一月二十八日起公历已入1878年），抑或编纂者原来的推算有误。又下文最后第三十七家叶惟熙名下录有一首五言古诗《祝质老八十》（第305页），当即为张建（字质生）而作，可惜有关因素不够明

---

① 中华书局2000年第1版，下册，第1854页。

② 中华书局1990年第1版，第5册，第4657页。

③ 潘挹奎：《提要》卷三九，中册，第1181页；《清人别集总目》，第3册，第2417页。郭楷：《清人别集总目》，第2册，第1935页。

④ 第2册，第1086页。

确，无法据以佐证。（另该诗夹注“翁六七自寿诗”云云，“七”字疑为“十”字刊误。）

一六　程天锡（卷五七，中册，第2001页）

程天锡，《提要》及《清人别集总目》[1] 均缺生卒年及仕履（另后者称程天锡“字晋之”，“之”字系“三”字之讹）。兹据前及《陇右近代诗钞》（程天锡入编第二十家）小传，补录其光绪三十年甲辰（1904）进士科名以后的有关内容（第150页）：

> 授云南禄丰县知县，以耳疾未得莅任。辛亥革命后寓居兰州。在兰州师范、兰州中学、兰州女子师范任教二十余年。一九五一年卒，年八十三。

根据这里的卒年与享年，可知程天锡生年为同治八年己巳（1869），与小传名下标注正合。另所录程天锡诗，有《己巳季夏，周甲自寿》一题（第152页），由此可知其生日乃在农历六月，与下文所录《八十生日率吟》八首之八起句“年年此日盛筵张”自注“旧历六月”（第161页）相同；这里的“周甲”，则明显是按六十一岁计算，其《八十生日率吟》八首之七第七句“泮水重游敢自夸”自注“予弱冠入庠，距今已满周甲”云云（见同页）与这里的用法也并无矛盾。此外书末还据韩瑞麟《长春楼文草偶存》附录了两篇为程天锡而撰的《涤月轩诗集序》、《甲后吟草序》（第349—350页），可借以了解程天锡更多的著作情况（该二种目前《提要》及《清人别集总目》均未涉及）。

以上《陇右近代诗钞》所涉甘肃籍作家，自马疏而下，包括王权、李于锴在内，共有十四家。其中除了个别如王源瀚那样有争议者以外，有关生卒年及其他某些生平资料乃至著作版本，基本上都可以用来补充、订正《提要》以及《清人别集总目》。此外该书还有约半数诗人（包括最末个别明显属于“现代”的诗人），《提要》以及《清人别集总目》目前都还没有著录，而他们基本上也都有专集传世，更可以从零开始补充。一部

[1] 第3册，第2224页。

篇幅并不怎么大的《陇右近代诗钞》，居然可以解决这么多的问题，令人既感到高兴，又不免有些伤感。也正因为如此，更见出该书的两位编纂者确实下过了很深的功夫，才使该书具有了重要的文献价值。如果说对该书还有什么遗憾的话，那就是其中有一部分作家的介绍没有像已有的附录这样全部交代有关的原始依据，不然读者还可以在这个基础上进行更加深入的考察。

当然，《陇右近代诗钞》本身，也还不可避免地存在着其他某些具体的问题。除了上文已经提到的任承允科名之类以外，比较明显的还涉及以下几家：

一是刘尔炘（入编第十七家）。小传称其“卒于民国二十年十月九日，距生同治四年正月初七日，得年六十有七”，名下标注公元相应地也是“一八六五—一九三一”（第134页）。但据所录《五十初度书怀》一题（第139页），编年为“癸丑”（民国二年，1913），如此上推其生年应当是同治三年甲子（1864），享年当为六十八岁。又下文程天锡名下录有《挽五泉山人刘晓岚先生》三首，第一首五律尾联“幸能留老眼，得见蚌珠明”原注说：“君殁前数月举一子，时年已六旬有八矣。”（第159页）这同样可以印证刘尔炘（晓岚其字，五泉山人其号）的享年与生年。小传有关叙述，恐怕并不正确。《提要》及《清人别集总目》著录刘尔炘①，生卒年正作同治三年甲子（1864）至民国二十年（1931）。

二是吴可读（入编第六家）。小传称其“光绪……五年……缳首而死”（第39页），书末附录《清史稿》卷四四五本传也说“光绪五年……自缢”（第319页），又所录《绝命诗》首句云“回头六十八年中”（第40页），可知吴可读生于嘉庆十七年壬申（1812），卒于“光绪五年”己卯（1879），享年“六十八”岁。如此对照小传名下标注的公元“一八一二—一八七六”，最末这个“六”字显然系“九”字之讹，这应该是由印刷校对不慎造成的。《提要》及《清人别集总目》著录吴可读②，生卒年均不误。

三是祁荫杰（入编第二十九家）。小传称其“卒于民国三十四年十月十三日，距生光绪七年十二月二十三日，得年六十有六”，名下标注生卒

① 分别见卷五五，中册，第1935页；第1册，第521页。

② 分别见卷四五，中册，第1473页；第1册，第873页。

年份相应地也是公元“一八八二——九四五”（“光绪七年十二月二十三日”，公元已入1882年，2月11日。第233页）。如此按古人以虚岁计年龄的习惯，其享年应当是六十五岁。小传所说的“得年六十有六”，很可能是计算有误。（此家《提要》及《清人别集总目》均未著录。）

补记：《陇右近代诗钞》作者小传，后来路志霄先生曾专门整理修订为《陇右近代诗钞作者传略》①。其中如前述吴可读卒年的“六”字，已经更正为“九”（见第3页目录及第29页正文）。又原第三家张和之后，新增李铭汉一家；此与《提要》及《清人别集总目》均无关涉，但原书此起作者次序则需要顺延。

本篇所考作家，大量资料都现成采自今人的有关论著，特别是《陇右近代诗钞》一书，而笔者主要只是做了一些校核与移植的工作。因此，笔者为《提要》以及《清人别集总目》所做的这些“订补”，实际上主要也应当归功于路志霄、王干一等各位先生，并且最好还应当由他们本人直接来做。

又这里的《陇右近代诗钞》（包括后来的《陇右近代诗钞作者传略》），以及张晋《张康侯诗草》、邢澍《守雅堂稿辑存》、王权《笠云山房诗文集》、李于锴《李于锴遗稿辑存》等点校本，乃至若干相关论文的复印件，笔者都曾经得到有关校点整理者和论文作者或作家后裔的惠赠，并且其中像《张康侯诗草》还有一式两部。当时的出发点，本来是提供给编纂《全清诗》使用的。然而《全清诗》却至今仍然未能正式开编，这些资料只能用于为《提要》等书做一些零星的补订；尽管这也是前期不可缺少的一项工作，但相对于正式编纂《全清诗》而言，毕竟是一种遗憾。倒是通过本文的写作，多少可以以一种别样的方式，向诸多热心的同志表达真挚的谢意。

此外从本文还可以明显看出，《提要》以及《清人别集总目》对这种今人现成的研究成果往往没有予以充分的利用，甚至还没有引起必要的重视。由此回想起当初制定的《全清诗》工作方针，凡是已有经过今人校点整理的点校本清人诗集，都尽可能结合《全清诗》的体例要求，优先予以吸收利用，并且最好还就约请原校点整理者承担该家诗集的具体工作

① 香港天马出版有限公司2004年初版。

（称为“特约研究员”），这样有利于提高全书的质量[①]。现在从《提要》以及《清人别集总目》的有关情况来看，更能够证明这个方针确实是正确的。即使从一般意义上来说，从事任何一个课题的研究，最好也应当尽可能地将该领域的已有成果网罗净尽，这样才能够有一个更高的起点。

有关清诗的文献浩如烟海，任何一个人都不可能全部读尽，更不可能完全用尽。因此，《提要》以及《清人别集总目》等书存在着某些舛误与疏漏，这本身也是十分正常，很容易理解的。但愿随着时间的延续，和世人的共同努力，有关问题能够获得更多的解决，最终实现最完美的目标。

① 参见拙作《论〈全清诗〉分“编”法的设计》有关内容，载台湾中山大学《清代学术研究通讯》1995年创刊号，第41—44页。

后　记

2010 年“中国文学西北论坛”学术研讨会在甘肃兰州顺利召开，此次论坛是专题研讨中国古代西北地域文学的学术盛会。

西北地域文学与中国传统文学互动发展具有重要意义，为促进西北地域文学研究，交流研究成果，西北民族大学举办“中国文学西北论坛”学术研讨会，国内外从事该领域研究的重要专家四十余人参加此次会议，提交会议论文三十余篇。会议以中国古代西北地域文学及文化为研讨主题，深入探讨了中国文学史上以河西四郡（武威、张掖、酒泉、敦煌）为中心的西北文学在中国文学发展史上的地位、河西边塞文学的民族地域特色、中国古代文学的传播途径等目前中国古代文学研究领域的热点问题，突出了中国古代文学的发展与西北地域文化、西北民族文化之关系。通过学术交流，开阔研究视野，推进西北地域文学研究进程。

此次会议由西北民族大学主办，西北民族大学文学院承办，河西学院协办。与会专家一丝不苟的学风、审慎的研究态度、精彩的论说，给师生留下了深刻印象，对营造良好校园学术氛围也产生了积极作用。论文大多数篇目论证翔实，观点明确，具有学术前沿意义。这些论文出版可推进古代文学研究领域中的地域文学研究，推进西北地区的地域文学研究。

说明：本书主编高人雄为西北民族大学文学院教授；副主编多洛肯为西北民族大学文学院教授，黄大祥为河西学院中文系教授。